KB044403

지나친 고백

지나친 고백

크리스티 테이트

서제인 옮김

내면의 상처를 어루만지는
고백과 우정의 연대기

바다출판사

영광스럽게도

나와 함께 둥글게 둘러 앉아주었던

나의 심리치료사와 그룹 구성원들에게

일러두기

- 본문의 각주는 모두 옮긴이 주입니다.
- 고딕체로 처리된 단어와 문장은 원서의 강조를 그대로 옮긴 것입니다.
- 외국어의 인명과 지명은 국립국어원의 외래어표기법을 참고하되, 가독성을 위해 생활에서 자주 쓰이는 발음이 있다면 그것을 살렸습니다.

목차

1부

*

지나치게 매끄러운 심장의 표면

1

내가 처음으로 죽고 싶었을 때, 그러니까 죽음이 그 앙상한 손으로 내 어깨를 두드리고 "이쪽이야" 하고 말하기를 진심으로 바랐을 때, 내 차 조수석에는 '스탠리' 청과물 상점의 종이봉투 두 개가 놓여 있었다. 양배추, 당근, 자두 몇 개, 피망, 그리고 빨간 사과 스물네 개. 로스쿨 회계과에 찾아가 학적 담당자로부터 학년 석차가 적힌 카드를 건네받고, 그 숫자가 머릿속을 떠나지 않게 된 지 사흘이 지나 있었다. 나는 섭씨 32도의 더위 속에서 차키를 돌리고 엔진이 돌아가기 시작하기를 기다렸다. 자두 하나를 봉지에서 꺼내 단단한지 눌러보고는 한입 베어 물었다. 껍질은 질겼지만 그 아래 과육은 부드러웠다. 과즙이 턱을 타고 똑똑 떨어지게 내버려뒀다.

토요일 아침 8시 30분이었다. 갈 곳도, 할 일도 없었다. 월요일 아침이 되어 내가 하계 인턴사원으로 일하는 레어드, 그리핀 앤드 그리핀 노무법인에 출근하기 전까지는 만날 사람도 없었다. 그 노무법인에 내가 존재한다는 걸 아는 사람은 접수 담당자와 나를 고용한 파트너 변호사뿐이었다. 독립기념일은 수요일이었는데, 그건 한 주의 중간에 또다시 공허하고 숨 막히는 하루를 맞닥뜨려야 한다는 뜻이었다. 12단계 모임을 찾아내서 거기 사람들이 끝나고 커피나 한잔하러 가기를 바라야겠다. 어쩌면 나 같은 외로운 영혼이 또 있어서 영화를 보거나 간단히 샐러드를 먹고 싶어 할지도 모르니까. 엔진이 웅웅거리며 살아나자 나는 총알같이 차를 주차장에서 꺼냈다.

누가 내 머리에 총 좀 쏴줬으면.

흑요석처럼 시원한 표면을 지닌, 마음을 진정시켜주는 생각이었다. 죽어버리면 이번 주말에 남아 있는 48시간도, 휴일인 수요일도, 그다음 주말도 보내지 않아도 된다. 내 앞에 펼쳐진 후덥지근하고 무거운 외로움의 시간들을, 그리고 그 뒤로 이어질 날들을, 달들을, 해들을 견디지 않아도 된다. 나, 사과 한 봉지, 그리고 회복 모임이 끝난 뒤에 낙오자들이 나랑 같이 시간을 좀 보내고 싶어 하지 않을까, 하는 실낱같은 기대. 이것 말고는 아무것도 없이 평생 계속되는 삶을 견디지 않아도 되는 것이다.

시카고에서도 악명 높은 공영주택 단지인 카브리니 그린에서 최근 총격 사건이 일어나 사람이 죽었다는 뉴스를 들은 일이 머릿속을 스쳐갔다. 남쪽으로 운전해 클라이본 애비뉴를 타고 가다가 좌회전해 디비전 스트리트로 들어갔다. 어쩌면 그런 총알 중에 빗나간 한 발에 내가 맞을 수도 있을 것이다.

제발, 누가 나 좀 쏴줘.

나는 만트라처럼, 주문처럼, 아마도 응답받지 못할 기도처럼 그 말을 반복했다. 나는 화창한 여름날 아침 10년 된 혼다 어코드를 모는 스물여섯 살 먹은 백인 여자였으니까. 누가 날 쏘겠는가? 나는 적도 없었지만 존재감도 없었다. 아무튼 그 판타지는 운에 달려 있는 정도가 너무 컸고, 그 운은 생각하기에 따라 좋다고도 나쁘다고도 할 수 있었지만, 다른 판타지들은 나 혼자 할 수 있는 것들이었다. 고층 건물 창문에서 뛰어내리기. L선 선로에 뛰어들기. 디비전 스트리트와 래러비 스트리트가 교차하는 모퉁이에서 잠시 멈춰 섰을 때, 나는 좀 더 색다르게 삶을 끝내버릴 방법들을 곰곰이 생각해봤다. 예를 들면 목을 매 죽어가면서 자위를 한다든가. 뭔 소리야? 나는 성적으로 너무 억압돼 있어서 그런 짓도 할 수 없잖아.

자두에서 씨를 빼낸 다음 나머지를 입에 넣었다. 나는 정말로 죽고 싶은가? 이런 생각들은 나를 어디로 이끌어가는 걸까? 이런 게 자살사고일까? 우울증일까? 나는 이 생각들을 실천에 옮기게 될까? 그래야 할까? 나는 차창을 내리고 씨를 최대한 멀리 던져버렸다.

로스쿨 지원서에는 내 꿈이 표준 체형이 아닌 (뚱뚱한) 몸을 지닌 여성들을 변호하는 거라고 적었지만, 그건 오직 일부만 사실이었다. 페미니스트 변호사가 되는 일에 관심 있다는 건 진짜였지만, 그게 내 주된 동기는 아니었다. 빵빵한 연봉이나 성공한 여성처럼 보이는 정장에 혹한 것도 아니었다. 내가 로스쿨에 간 건 변호사들이 일주일에 60시간에서 70시간까지 일하는 사람들이라서였다. 변호사들은 크리스마스 휴가에도 전화 회의 일정을 잡고 노동절에도 이사회 회의실에 불려 다닌다. 겨드랑이가 땀으로 얼룩진 셔츠의 소매를 걷어붙이고 동료들이 가득한 사무실 책상에 앉아 저녁을 먹는다. 변호사가 되면 일과 결혼할 수 있었다. 그 일이 너무도 중대해서 설령 자신의 개인적 삶이 한밤중의 주차장처럼 텅 비어버린다 해도 신경도 안 쓰고, 알아차리지도 못한다. 법과 관련된 일은 내 비참한 개인적 삶을 가리면서 사회적으로 승인도 받는 간판이 될 수 있었다.

로스쿨 입학시험LSAT 문제는 장래성이라고는 없이 비서 일을 하던 직장의 책상에 앉아서 처음으로 풀어봤다. 그때 내게는 써먹을 데 없는 석사 학위와 섹스하지 않는 남자친구, 피터가 있었다. 몇 년 뒤면 나는 그를 일 중독자에 알코올의존증이 있는 사람이라고 언급하게 될 테지만, 그때는 내 인생의 사랑이라고 부르고 있었다. 밤 9시 30분, 잠자리에 들 준비가 되면 나는 사무실에 있는 그에게 전화를 걸어 내게 시간을 전혀 내주지 않는다고 비난을 퍼붓곤 했다. "일을 해야 되는데 어떡해." 그는 그렇게 말하고 전화를 끊곤 했다. 내가 다시 걸면 그는 받지 않았다. 주말이 되면 우리는 위커 파크에 있는 저렴한 술집까지 걸어가곤 했다. 거기서 그는 미국산 맥주를 마시며 R.E.M. 초기 앨범들의 가치를 논했고, 나는 그가 너무 취하지는 않기를, 그래서 섹스할 정신이 남아 있기를 기도했다. 그에게 그럴 정신이 있는 날은 드물었다. 결국 불행한 관계에 쏟아붓고 있던 에너지를 대신 빨아들여줄, 내가 전력을 다할 만한 뭔가가 필요하다는 결론이 나왔다. 사무실 내 자리에서 복도를 따라가면 나오는 자리에 앉는 여직원이 가을에 로스쿨에 간다고 했다. "시험 문제집 좀 빌릴 수 있을까요?" 내가 물었다. 나는 첫 번째 문제를 읽었다.

어느 교수가 하루 동안 일곱 명의 학생을 1번부터 7번까지 번호가 매겨진 서로 다른 일곱 개의 연속되는 시간대로 나눠 만날 일정을 짜야 한다.

그 뒤에는 다음과 같은 일련의 설명들이 이어졌다. 메리와 올리버가 각각 차지하는 시간대는 반드시 앞뒤로 붙어 있어야 하고, 셸던의 일정은 유라이어보다 뒤에 잡아야 한다. 35분 동안 이 교수의 복잡한 일정 짜기에 관한 객관식 문제 여섯 개를 풀어야 했다. 나는 거의 한 시간이나 걸렸다. 게다가 반은 틀렸다.

그럼에도 불구하고, 고생해서 LSAT를 준비해 로스쿨에 가는 게 더 쉬워 보였다. 나를 피터와 사랑에 빠지게 만든 게 뭐든, 밤이면 밤마다 똑같은 싸움을 계속하게 만드는 게 뭐든, 그것들을 바로잡는 것보다는 쉬워 보였다.

로스쿨은 다른 사람들의 무리에 속하고 싶다는, 그리고 그들이 열망하는 것과 비슷한 뭔가를 열망하고 싶다는 내 간절한 바람을 모두 채워줄 수 있었다.

텍사스에서 여자고등학교를 다닐 때 1학년 선택과목으로 도예를 골랐다. 손으로 빚어 만드는 도기에서 시작해 조금씩 단계를 올려 도자기 물레로 나아가는 수업이었다. 우리가 그릇을 빚어 만들면 선생님은 손잡이 다는 법을 가르쳐주었다.

서로 다른 점토를, 예를 들어 찻잔과 손잡이를 붙이려면 양쪽 점토 표면에 모두 칼집을 내야 했다. 칼집을 내면(즉 둥근끌을 이용해 점토에 수평과 수직으로 홈을 파면) 가마에서 구울 때 덩어리들이 서로 더 잘 붙었다. 선생님이 칼집 내는 과정을 보여주는 동안 나는 내가 만든 투박한 '찻잔' 하나와 C자 모양 손잡이를 들고 걸상에 앉아 있었다. 애정을 기울여 빚은 '찻잔'의 매끈한 표면을 망가뜨리고 싶지 않았고, 그래서 칼집을 내지 않고 그냥 손잡이 끝을 으깨서 찻잔에 붙였다. 며칠 뒤, 구워서 윤기가 흐르는 우리의 작품들이 작업실 뒤쪽 선반에 전시되었다. 가마 속에서 내 찻잔은 살아남았지만 손잡이는 퍼석퍼석한 여러 조각으로 부서져 옆에 놓여 있었다. "칼집을 잘못 냈네." 침울해진 내 얼굴을 본 선생님이 말했다.

내 마음의 표면을 상상하면 언제나 떠오르는 형태가 그랬다. 반들반들하고, 매끄럽고, 어디에도 붙어 있지 않은 것. 붙일 곳도 없고 칼집도 없었다. 삶에서 피할 수 없는 열기가 닥쳐올 때면 아무도 내게 붙지 못했다. 나는 그 은유가 훨씬 더 깊은 곳까지 영향을 끼치는 게 아닌지 의심스러웠다. 사람들 사이에서 자연스럽게 생겨나는 칼집, 그러니까 타인의 욕망, 요구, 옹졸함, 선호 같은 것들과의 불가피한 충돌, 그리고 관계를 이루는 그 모든 흔하디흔한 의견 절충 과정 때문에 마음이 손상되는 걸 내가 두려워하는 게 아닐까 하는 의심이었다. 결합되기 위해서는 칼집이 필요했는데, 내 마음에는 홈이 나 있지 않았다.

이 글 첫머리를 읽는 사람은 내게 부모님이 없나 싶을지도 모르겠지만, 나는 고아도 아니었다. 우리 부모님은 여전히 행복한 결혼생활을 하며 텍사스에, 내가 자라난 붉은 벽돌로 된 랜치 하우스에 똑같이 살고 있었다. 차를 타고 태커레이 애비뉴 6644번지를 지나가다 보면 비바람에 삭은 농구 골대 하나와 깃발 세 개(성조기, 텍사스주 깃발, 그리고 텍사스 A&M대학교 로고가 들어간 밤색 깃발)를 단 꽃줄이 걸린 현관이 보일 것이다. 텍사스 A&M대학교는 우리 아버지의 모교였다. 그리고 내 모교이기도 했다.

부모님은 한 달에 두 번쯤, 보통 일요일 미사가 끝난 뒤에 내게 전화를 걸어 안부를 확인했다. 나는 크리스마스에는 언제나 본가에 갔다. 내가 시카고로 이사 올 때 부모님은 에디 바우어에서 큼직한 녹색 코트를 사줬다. 엄마는 내게 용돈 하라고 50달러짜리 수표를 종종 보내줬다. 아버지는 내 혼다 자동차의 브레이크에 무슨 문제가 있는지 전화로 진단해줬다. 여동생은 대학원을 마치고 오랫동안 사귄 남자친구와 곧 약혼할 예정이었고, 대학 때부터 커플이었던 오빠와 새언니는 애틀랜타에서 수십 명의 대학 친구들 가까이에 살고 있었다. 그들 중 누구도 내 마음에 칼집이 없다는 사실을 알지 못했다. 그들에게 나는 민주당에 투표하고 시를 좋아하며 메이슨 딕슨 선*

---

* 미국 펜실베이니아주와 메릴랜드주 사이에 있는, 미국의 남부와 북부를 가르는 선.

17

북쪽에 자리 잡고 사는 별난 딸이자 언니이자 동생일 뿐이었다. 그들은 나를 사랑했지만 나는 그들과도, 텍사스와도 별로 맞지 않았다. 내가 어렸을 때, 엄마는 텍사스 A&M대학교 응원가를 피아노로 치곤 했고, 아버지는 목청껏 노래를 부르곤 했다. 헐러발루 커넥 커넥. 헐러발루 커넥 커넥. 아버지는 나를 텍사스 A&M대학교에 데려가 답사시켰고, 내가 그 학교를 선택하자(우리 집 형편상 갈 수 있는 학교가 그곳이라는 게 주된 이유였다) 가족 중에 동문이 생기게 됐다는 사실에 순수하게 가슴 설레 했다. 아버지는 절대 그렇게 말은 안 했지만, 내가 모교의 축구팀 홈경기를 보는 대신 도서관에서 《월든》의 단락들에 형광펜으로 줄을 그으며 시간을 보낸 걸 알고는 틀림없이 실망했던 것 같다. 그때는 2만 명의 팬들이 노래하고 발을 구르며 요란하게 응원을 해대는 통에 텍사스 A&M팀이 득점했을 때는 도서관 벽이 흔들릴 지경이었다. 우리 가족 모두가, 그리고 텍사스 주민 전체가 축구를 사랑하는 것처럼 보였다.

나는 부적응자였다. 내가 품고 다니던 무거운 비밀은 내가 어딘가에 속할 수 없다는 것이었다. 어디에도. 내 시간의 절반은 음식과 내 몸, 그리고 그 두 가지를 통제하기 위해 하는 개똥 같은 일들에 사로잡혀 보냈고, 다른 절반은 학업적 성취를 통해 외로움에서 도망치려 애쓰면서 보냈다. 나는 고등학교의 우등생 명단으로부터, 대부분의 학기에 평점 4.0을 받아 대학의 우등생 명단으로 옮겨 갔고, 다시 일주일에 7일씩 뇌에 법이론을 쏟아 넣는 것으로 옮겨 갔다. 나는 어느 날 목표 체중에 도달한 모습으로, 건강하게 제 할 일을 하는 남자와 팔짱을 끼고, 하늘을 향해 등을 똑바로 쭉 펴고 태커레이 애비

18

뉴 6644번지에 나타날 수 있기를 꿈꿨다.

죽고 싶다는 괴로운 소망들이 불쑥 나타났을 때 가족들에게 털어놓을 생각은 하지 못했다. 우리가 대화를 나눌 수 있는 주제는 날씨, 내 혼다 자동차, 그리고 텍사스 A&M 학생들 정도였다. 내 은밀한 두려움과 판타지 들은 그중 어느 범주에도 들어가지 않았다.

나는 죽음이 찾아오기를 수동적으로 바랐을 뿐, 알약을 비축해두거나 헴록 소사이어티*의 메일링 리스트에 가입하지는 않았다. 권총을 구하는 방법을 검색하거나 허리띠로 올가미를 만들지도 않았다. 죽음에 대한 계획도, 방법도, 실행할 날짜도 없었다. 하지만 치통처럼 지속적인 불안이 느껴졌다. 죽음이 나를 낚아채주기를 수동적으로 바라는 일은 정상처럼 느껴지지 않았다. 내가 살아가는 방식에는 어딘가 삶을 그만두고 싶어지는 데가 있었다.

불안에 대해 생각하면서 내가 어떤 단어들을 사용했는지는 기억나지 않는다. 내가 아는 건 말로는 할 수 없는 갈망을 느꼈고 그걸 충족하는 방법을 몰랐다는 것이다. 가끔 나는 내가 그냥 남자친구가 갖고 싶은 거라고, 혹은 고독사하게 될까 봐 겁이 난 거라고 되뇌곤 했다. 그것도 사실이긴 했다. 하지만 그 말들은 그 갈망의 뼈에 자국을 내기는 했어도 내 절망의 핵심까지 닿지는 못했다.

나는 일기장에 모호한 단어들을 써서 불쾌감과 고통을 표현했다. 나 자신이 두렵고 걱정된다. 내가 괜찮지 않고, 앞으로도 절

---

* 1980년부터 2003년까지 존재했던 미국의 조력자살 옹호 단체.

대 괜찮지 않을 거라는 사실이, 운이 다했다는 사실이 두렵다. 그 사실이 내게는 몹시 불편하게 느껴진다. 난 뭐가 잘못된 걸까? 그때 나는 내 병을 완벽하게 정의하는 한 단어가 있다는 걸 몰랐다. '외로움'.

그건 그렇고, 회계과에서 받은 학년 석차가 적힌 카드에는 '1등'이라고 적혀 있었다. 이탈리아어, 영어, 스페인어, 독일어, 어떤 언어로 말해도 1등이었다. 나와 같은 학년의 학생 170명이 나보다 낮은 평점을 받았다. 평균에도 못 미치는 LSAT 점수를 받고 나서(그 유라이어라는 학생이 언제 면담을 해야 하는지 나는 죽어도 알아낼 수가 없었다) 그다음에 세운 도전적으로 보이는 목표, 그러니까 학년 전체에서 절반 위쪽에만 들자는 목표를 뛰어넘은 것이었다. 나는 황홀해하고 있어야 했다. 신용카드들을 새로 만들고 있어야 했다. 루부탱 구두를 쇼핑하고, 골드 코스트에 새 집을 구해 임대차계약서를 작성하고 있어야 했다. 그러는 대신 나는 학년 전체에서 1등을 해놓고는 자위를 하면서 쾌감을 높이려고 목을 매달다가 죽은 록밴드 INXS의 리드 싱어를 부러워하고 있었다.

도대체 나는 뭐가 잘못된 걸까? 나는 바지 사이즈가 6에 브래지어는 D컵이었고, 시카고 북부의 전도유망한 지역에 원룸형 아파트를 마련할 만큼 학자금 대출도 충분히 받은 터였다. 음식을 먹고 나서 30분 뒤에 목구멍에 손가락을 집어넣지 않을 수 있는 방법을 가르쳐주는 12단계 프로그램의 회원으로 지내온 지도 8년이었다. 내 앞에는 할머니의 윤이 나는 은식기처럼 빛나는 미래가 놓여 있었다. 낙천적이 될 이유라면 충분했다. 하지만 내 몸의 세포 구석구석에는 꽉 막힌 내 상

태(다른 사람들로부터 멀리 떨어져 있고, 낭만적인 관계로부터
는 영겁만큼이나 떨어져 있는)에 대한 자기혐오가 박혀 있었다.
내가 그토록 고립되고 혼자라고 느끼는 데는, 내 심장 표면이
그토록 매끄러운 데는 어떤 이유가 있었다. 나는 그게 뭔지는
몰랐지만, 깨어나지 않기를 바라면서 잠을 청할 때면 그게 고
동치는 걸 느꼈다.

12단계 프로그램에는 이미 속해 있었다. 텍사스에 사는
조력자와 함께 4단계 할 일 목록을 끝내고 내가 전에 피해를
끼쳤던 사람들에게 보상까지 한 뒤였다. 내가 나온 여고인 어
설라인 아카데미에 100달러짜리 수표를 들고 찾아가 3학년
때 주차요금을 관리하면서 훔쳤던 돈에 대한 손해배상도 마쳤
다. 12단계 회복 프로그램은 최악을 달리던 내 섭식장애를 잡
아줬고, 나는 내가 생명을 구한 건 그 프로그램 덕분이라고 생
각했다. 그 생명을, 지금 나는 왜 없애버리고 싶어 하는 걸까?
텍사스에 사는 조력자에게 그동안 안 좋은 생각들이 떠올랐었
다고 고백했다.

"매일 죽고 싶어요." 조력자는 모임에 나가는 횟수를 두
배로 늘리라고 했다.

나는 모임 횟수를 세 배로 늘렸고, 그 어느 때보다도 외로
워졌다.

　학년 석차를 알게 되고 며칠 뒤, 마니라는 이름의 여자가 12단계 모임이 끝나고 나서 저녁을 같이 먹자고 나를 초대했다. 마니는 나와 마찬가지로 회복 중인 폭식증 환자였다. 하지만 나와는 달리 온통 멋진 삶을 살고 있었다. 나보다 겨우 몇 살밖에 많지 않았는데 유방암 치료를 위한 최첨단 실험이 주된 사업인 연구소에서 일했고, 최근 자기가 사는 식민지 시대풍 저택의 입구 통로를 남편과 함께 셔윈 윌리엄스사의 오세이지 오렌지색 페인트로 칠했으며, 임신을 하려고 배란일을 추적하고 있었다. 마니는 인생이 완벽하지는 않았지만(그의 결혼생활은 종종 폭풍 같았으니까) 자신이 원하는 것을 좇으며 살았다. 내 본능은 그의 저녁식사 제안을 거절하라고, 그냥 집에 가서 브래지어를 벗고 혼자서 〈스크럽스〉를 보며 다진 칠면조고기 110그램과 구운 당근을 먹는 게 낫겠다고 속삭였다.

그렇게 꽁무니를 빼는 게 모임이 끝난 뒤 커피나 저녁식사를 함께하자고 (그들 말로는 '친목'을 다지자고) 제안하는 사람들에게 내가 보통 하는 행동이었다. 하지만 마니는 내가 미처 사양하기도 전에 내 팔꿈치를 붙잡았다. "그냥 와요. 팻도 다른 동네에 있고, 혼자 저녁 먹기가 좀 그래서요."

우리는 발아곡물빵과 고구마튀김이 나오는 '건강한' 식당의 전형이라 할 만한 곳에 마주앉았다. 마니는 평소보다 유독 기운차 보였다. 립글로스를 바른 건가?

"좋아 보이시네요." 내가 말했다.

"새 심리치료사 덕분이에요." 나는 포크로 접시 위에 놓인 시금치 잎사귀를 집으려고 이리저리 쫓았다. 심리치료사가 내게 도움이 될까? 나는 그 희망이 스치게 놔두었다. 로스쿨에 오기 한 해 전 여름, 나는 노동자 지원 프로그램 덕분에 사회복지사에게 받는 8회기 동안의 무료 상담을 이용할 수 있었다. 내게 배정된 사회복지사는 비꼬려고가 아니라 진짜로 입고 싶어서 프레리 스커트를 입고 다니는 준이라는 이름의 온순한 여자였다. 나는 준이 당황할까 봐 걱정돼서 내 비밀 중 어떤 것도 말하지 못했다. 사람들과 진정으로 가까워지는 일과 마찬가지로, 심리상담은 내가 그 외부에 있어야 하는 경험, 창문에 얼굴을 대고 서서 들여다보는 게 다인 어떤 경험처럼 보였다.

"저는 여자들로만 구성된 그룹 상담을 받고 있어요."

"그룹?" 내 목이 즉시 긴장으로 뻣뻣해졌다. 5학년 때 안 좋은 경험을 한 뒤로 나는 그룹에 대해서라면 깊은 불신을 지니고 있었다. 그때 부모님은 반 학생 수가 점점 줄어들던 작은 가톨릭 학교에서 지역의 공립학교로 나를 전학 보냈다. 전학 간 학교에서 나는 인기 있는 여자애들과 어울리게 됐는데, 그 애들의 우두머리는 비앙카라는 아이였다. 비앙카는 점심시간마다 아이들에게 졸리 랜처스 사탕을 나눠주었고, 순금 구슬여러 개를 끼워 넣은 목걸이를 하고 다녔다. 한번은 밤에 비앙카네 집에서 놀았던 적도 있는데, 비앙카네 엄마가 우리를 은색 메르세데스에 태워 데려가서 영화 〈풋루스〉를 보여주기도했다. 하지만 그해 중간쯤에 비앙카는 내게 화를 내며 달려들었다. 역사 시간에 내 옆에 앉은 자기 남자친구가 나를 좋아한다고 오해한 것이었다. 어느 날 점심시간에 비앙카는 나만 빼고 테이블에 앉은 모두에게 졸리 랜처스 사탕을 하나씩 돌렸다. 그러고는 내 도시락 가방 밑에 쪽지 하나를 슬쩍 놓아두었다. 우리 테이블에서 나가줬으면 좋겠어. 다른 여자애들 모두가 서명한 쪽지였다. 나와 다른 사람들의 관계에는 뭔가 빠진 게 있다는 걸 그때쯤 알게 됐다. 나는 내가 버림받지 않고 계속 관계를 유지하는 방법을 모른다는 걸 직감적으로 깨달았다. 내가 12단계 그룹을 견뎌낼 수 있었던 건 모임 때마다 나오는 사람들이 바뀌어서였다. 거긴 나오는 것도 나오지 않는 것도 각자 마음대로였고, 아무도 다른 사람의 성이 뭔지 몰랐다. 12단계 모임에는 책임자가 없었다. 다른 회원들을 축출할 수 있는 여왕벌 비앙카 같은 사람이 없었다는 뜻이다. 12단계 그룹은 일련의 신성한 원칙들에 따라 유지되었는데, 익명성, 겸손, 성실, 화합, 봉사가 그것이었다. 그 원칙들이 아니었다면 나는 거기 계속 있지 못했을 것이다. 게다가 2달러 정도씩 기부하는 게 권장되긴 했지만 모임 참가비가 기본적으로 무료이기도

했다. 다이어트 콜라 한 잔을 마실 비용이면 60분 동안 내 섭식장애를 고백하고 음식을 둘러싼 다른 사람들의 고생담과 성공담을 들을 수 있었다.

나는 토마토 덩어리를 포크로 찌르면서 마니에게 꺼낼 만한 흥미로운 화제가 있을지 곰곰이 생각했다. 오클라호마시티 폭탄 테러범인 티모시 맥베이의 형 집행 얘기라든지, 콜린 파월이 하려는 일이 뭐든 간에 그 얘기를 할 수도 있을 것 같았다. 나는 마니에게 요즘 화제가 되는 일들을 알고 있다는 인상을 주고 나 자신의 동료 의식도 약간 보여주고 싶다는 충동을 느꼈다. 하지만 마니의 심리상담 그룹에 호기심이 일기도 했다. 나는 크게 관심은 없는 척하면서 그 그룹이 어떤 모임인지 물었다.

"전부 여자들이에요. 메리는 청력을 잃어가고 있고, 지니어는 메디케어 사기 혐의로 고발을 당해서 의사 면허를 박탈당하기 직전이에요. 에밀리는 아버지가 마약 중독자인데, 위치토에 있는 원룸 아파트에서 계속 협박 편지를 보내서 딸을 괴롭혀요." 마니는 한쪽 팔을 들어올리더니 팔뚝 앞부분 안쪽의 부드럽고 살집 있는 부분을 가리켰다. "모임에 새로 온 여자는 자해를 해요. 항상 긴소매 옷만 입죠. 아직 그 친구 얘기는 못 들었지만 틀림없이 지옥같이 컴컴한 얘기일 거예요."

"좀 세게 들리네요." 내가 상상했던 그림은 아니었다. "근데 저한테 이런 얘기 전부 하셔도 되는 거예요?"

마니는 고개를 끄덕였다. "우리 심리치료사 의견이 그래요. 비밀을 지키는 건 유독한 과정이니 우리 그룹 구성원들은 원하면 어디서든, 무슨 얘기든 해도 괜찮다고 했어요. 심리치

25

료사는 치료사-내담자 간 비밀 유지 의무에 묶여 있지만, 우린 아니니까요."

비밀을 안 지켜도 된다고? 나는 뒤로 기대 앉아 고개를 저었다. 테이블 밑에서 냅킨을 손목에 감았다. 나는 그런 건 절대 할 수 없었다. 고등학교 때 한번은 사회정의에 관한 강의를 하던 그레이 선생님에게 내 식습관이 엉망이 됐다고 슬쩍 말을 흘린 적이 있었다. 내게 상담을 제안하려고 그레이 선생님이 우리 부모님에게 전화했을 때, 엄마는 엄청나게 화를 냈다. 나는 비스킷 한 접시를 말끔히 먹어치우면서 오프라 윈프리가 윌 스미스를 인터뷰하는 걸 보고 있었는데, 그때 엄마가 날개 한 쪽이 떨어져 나간 말벌보다 더 흥분한 상태로 거실로 뛰어 들어왔다. "왜 사람들한테 네 문제를 얘기하고 다니니? 자기 자신을 보호해야지!" 우리 엄마는 1950년대에 배턴 루지에서 성장한 예의 바른 남부 여자다. 엄마가 보기에 자기 문제를 다른 사람들에게 말하는 건 저속할 뿐더러 사회적으로 안 좋은 결과까지 초래할 수 있는 일이었다. 내게 정신적 문제가 있다는 걸 다른 사람들이 알면 내가 배척당할 거라고 엄마는 확신하고 있었고, 나를 보호하고 싶어 했다. 대학에 가서 12단계 모임에 나가기 시작했을 때, 나는 남들도 나만큼 익명성 원칙을 프로그램의 중요한 부분으로 여길 거라고 믿기 위해 내가 가진 모든 용기를 끌어 모아야 했다.

"거기 나가면 어떻게 괜찮아지는데요?" 마니는 분명 나보다 훨씬 잘해 나가고 있었다. 만약 우리가 탐폰 광고에 나오는 사람들이라면, 나는 탐폰에서 냄새가 나고 새기도 한다고 얼굴을 찡그리며 불평하는 쪽이겠지만, 마니는 양 많은 날에도 하얀색 진바지를 입고 발레의 주떼 동작을 하는 사람이 될 것이었다.

마니는 어깨를 으쓱했다. "직접 나와서 확인해보면 되죠."

다른 심리상담도 받아본 적은 있었다. 고등학교 때 짧은 기간 동안이었는데, 담당자는 파스텔톤 바지 정장을 즐겨 입는 폴라 딘처럼 생긴 여자였다. 그레이 선생님이 전화해 내 섭식장애 얘기를 하고 나서 우리 부모님은 나를 폴라 D.(그러니까 나의 심리상담 담당자)에게 보냈지만, 나는 나 자신을 보호하라는 부모님의 명령에 열심히 따르느라 내가 뭘 느끼는지에 대해서는 아무 말도 하지 못했다. 대신 내가 여름방학 동안 쇼핑센터 일자리를 구해야 할지에 대해 폴라 D.와 잡담을 나눴다. 익스프레스와 갭 중 어디서 일하는 게 좋을까? 한번은 폴라 D.가 500개쯤 되는 질문이 있는 심리검사지를 주면서 집에서 해오라고 했다. 말풍선 하나하나에 답을 채워 넣는데 손가락 혈관에 희망이 도는 게 느껴졌다. 이 질문들에 답하면 나는 마구 먹어대는 일을 왜 멈출 수 없는지, 왜 가는 곳마다 부적응자처럼 느껴지는지, 왜 다른 여자애들은 모두 프렌치 키스를 하고 몸을 더듬으려는 애들에게 둘러싸여 있는데 내게 관심 있는 남자애들은 하나도 없는지 마침내 알게 될 것이었다.

폴라 D.는 심리치료사 톤으로 완벽하게 조정한 목소리로 검사 결과를 읽어주었다. "크리스티는 완벽주의자이고 뱀을 무서워하는군요. 크리스티에게 이상적인 직업은 시계 수리공이나 외과의사일 겁니다." 그는 미소를 짓더니 고개를 옆으로 기울였다. "뱀이 좀 무섭긴 해요, 그렇죠?"

그에게 울거나 공황 상태에 빠진 모습을 보여줄 생각은

전혀 없었다. 내가 마음을 열기 위해서는 침묵 속에서 내 고통의 메아리를 듣고, 내가 부정否定이라는 하의 속에 집어넣어 입은 셔츠 자락 같은 진실을 알아볼 수 있는 심리치료사가 필요했다. 폴라 D.는 그런 사람이 아니었다. 그 회기를 끝낸 뒤 나는 부모님을 앉혀놓고 이제 심리상담은 졸업했다고 말했다. 이제 모든 게 괜찮아졌다고. 부모님의 얼굴은 자부심으로 빛이 났고, 엄마는 자신의 인생철학을 들려주었다. "그냥 행복해지겠다고 마음을 먹는 거야. 긍정적인 생각에 집중해. 부정적인 생각들에는 절대 에너지를 쏟지 마." 나는 고개를 끄덕였다. 훌륭한 생각이었다. 복도로 나와 내 방으로 가는 길에 욕실에 들어가 저녁 먹은 걸 토했다. 먹은 음식을 토해내는 어느 체조 선수에 관한 책을 읽은 뒤 생긴 버릇이었다. 나는 몸에서 음식이 비워지는 느낌과 비밀을 갖는 데서 오는 아드레날린이 폭주하는 느낌을 사랑했다. 열여섯 살이었던 나는 폭식한 다음 토하는 것이야말로 내가 크래커와 빵과 파스타를 마구 퍼먹게 만드는 인정사정없는 식욕을 통제할 천재적인 방법이라고 생각했다. 내가 끝없이 계속 늘어나는, 그리고 나로서는 어떻게 발산해야 할지 알 수 없는 걱정과 외로움, 분노와 슬픔을 폭식증이라는 방법으로 통제하고 있었음을 알게 된 건 회복에 들어간 다음이었다.

마니가 고구마튀김을 또 하나 찍어 접시에 발린 케첩을 묻혔다. "오면 로젠 박사를 만나게 될 거예요."

"로젠? 조너선 로젠 박사 말인가요?"

로젠 박사에게는 절대 전화할 수 없었다. 블레이크가 로젠 박사에게서 상담을 받은 적이 있었던 것이다. 블레이크는 내

28

가 로스쿨에 오기 한 해 전 여름에 어느 파티에서 만난 남자였다. 그는 내 가까이에 앉더니 물었다. "그쪽은 섭식장애가 어떤 종류예요?" 그는 내 접시의 당근 스틱을 가리키며 말했다. "그런 눈으로 보지 말아요. 거식증 환자 한 명, 그리고 자기가 거식증 환자였으면 좋겠다고 생각하는 폭식증 환자 두 명하고 데이트를 해봤거든요. 그쪽이 어떤 타입인지 알겠어요." 그는 일을 쉬면서 알코올의존증 자조모임에 나가고 있었는데, 내게 배를 태워주겠다고 제안했다. 우리는 호반으로 자전거를 타고 가서 독립기념일 불꽃놀이를 구경했다. 그러고는 그의 보트 갑판에 어깨를 나란히 하고 누워 시카고의 스카이라인을 바라보며 회복에 관해 이야기를 나눴다. 토요일 오후면 우리는 그가 자조모임에 나가기 전에 '시카고 다이너'라는 식당에서 비건 음식을 맛본 다음 영화를 보러 갔다. 그에게 우리가 사귀는 거냐고 묻자 그는 대답하지 않았다. 그는 가끔씩 며칠 동안이나 잠수를 타면서 어두운 자기 아파트에 처박혀 조니 캐시의 앨범들을 듣곤 했다. 나는 마니와 같은 심리치료사에게 상담을 받을 수는 있어도, 내 전 어쩌구였던 (그 어쩌구가 뭐였는지는 모르겠으나) 블레이크와 같은 심리치료사에게 상담을 받을 수는 없었다. 이 로젠 박사라는 사람에게 전화해서 뭐라고 한단 말인가. "지난 가을에 블레이크의 우울증을 나아지게 해주려고 걔하고 항문 섹스를 했던 여자 기억하세요? 음, 그게 바로 저예요! 상담받을 때 블루크로스 블루실드 보험 적용도 되나요?" 이렇게 말할까?

"그 상담, 비용이 얼마나 되는데요?" 상담 그룹에 들어갈 의도는 전혀 없었지만, 한번 물어본다고 손해 볼 일은 없었다.

"엄청 싸요. 일주일에 70달러밖에 안 돼요."

나는 뜨거운 숨을 내쉬었다. 노스웨스턴대학교에서 연구소를 운영 중이고 남편에게는 작지만 물려받을 가산도 있는 마니에겐 70달러가 보잘것없는 푼돈인 모양이었다. 내가 식료품 구입비를 아껴 쓰고 차 대신 버스를 타고 다니면 월말까지는 70달러 정도의 여분을 만들 수 있을지도 몰랐다. 하지만 매주 그런다고? 내가 하계 인턴사원으로 일해서 버는 돈은 1시간에 15달러였고, 우리 부모님은 그냥 행복하게 살자는 주의로 사는 분들이라 손을 벌릴 수도 없었다. 2년 뒤면 내게도 고정된 일자리가 생기겠지만 지금은 학생인데, 그 돈이 어디서 나온단 말인가?

마니는 큰 소리로 로젠 박사의 전화번호를 불러주었지만 나는 받아 적지 않았다.

그런데 그때 마니가 한 가지를 더 얘기했다.

"그분, 최근에 재혼하셨거든요. 요즘 항상 웃고 다니세요."

나는 곧바로 로젠 박사의 심장을 그려보았다. 초등학생이 밸런타인데이용으로 오려낸 것 같은 빨간색 심장에, 표면에는 샵(#) 부호들이 헐벗은 겨울 나뭇가지들처럼 새겨져 있을 것 같았다. 나는 한 번도 만나본 적 없는 로젠 박사에게 나 자신을 투사했다. 속을 뒤집어놓는 과정을 겪으며 이혼을 하고, 전대한 원룸형 아파트의 전자레인지에 냉동실에서 색이 변한 음식을 돌려 먹으며 외로운 밤을 보내고, 그러다 다시 사랑할 기회와 새 아내라는 반전을 맞은 한 남자에게. 내 가슴은 호기심과 그가 나를 도울 수 있을 거라는 희미하게 떨리는 희망으로 가득 찼다.

그날 밤 침대에 누워 마니의 그룹에 있는 여자들을 떠올 렸다. 아마도 자해를 하는 듯한 여자, 중죄를 저지른 죄인, 마약중독자 아버지를 둔 딸. 나는 자기 그룹 남자들과 탄탄한 유대관계를 형성했던 블레이크를 떠올렸다. 상담 시간이 끝나면 그는 공기인형을 여자친구로 삼았다는 에즈라와, 이혼하고 싶어서 남편의 모든 물건을 보도 위에 내버린 아내를 둔 토드에 관한 얘기들로 넘치는 상태가 되어 집에 오곤 했다. 내가 그 사람들보다 정말 사정이 더 나쁠까? 내 병이 뭐든 간에, 그걸 치료하기가 그렇게 불가능한 일일까? 진짜 정신 의학에 기회를 줘본 적은 한 번도 없었다. 정신과 의사들은 의학 학위가 있는 사람들이었다. 어쩌면 내 문제가 뭐든 그걸 해결하려면 훈련 과정에서 사람의 심장을 해부해본 적이 있는 누군가의 기술이 필요할지도 몰랐다. 로젠 박사에게는 내게 해줄 조언이 좀 있을지도 몰랐다. 상담 한 회기나 두 회기 동안 나눠줄 수 있는 뭔가가. 그는 내 절망을 누그러뜨리고 심장에 칼집을 내줄 알약의 처방전을 써줄 수 있을지도 몰랐다.

3

마리와 저녁을 먹고 두 시간 뒤, 전화번호부에서 로젠 박사의 번호를 찾아내 자동응답기에 메시지를 남겼다. 다음날 박사가 전화했다. 대화는 3분도 되지 않아 끝났다. 나는 약속을 잡고 싶다고 했고, 그는 괜찮은 시간대를 제안했고, 나는 좋다고 했다. 전화를 끊은 나는 온몸을 떨면서 사무실의 내 자리에서 일어섰다. 법률 조사를 계속하려고 두 번이나 다시 자리에 앉았지만, 두 번 다 30초 만에 의자에서 튀어나와 사무실 안을 왔다 갔다 했다. 박사와 약속을 잡는 건 별일 아니라고 내 이성은 주장했지만, 내 몸속에 흐르는 아드레날린은 그렇지가 않다고 넌지시 알려왔다. 그날 밤 나는 일기에 이렇게 썼다. 전화를 끊고 울음을 터뜨렸다. 내가 뭔가 잘못된 말을 한 것 같고, 박사는 날 마음에 들어 하지 않는다. 나를 너무 드러낸 것 같고 무방비 상태가 된 기분이다. 나는 박사가 날 도와줄 수 있을지는 신경 쓰지 않고 그가 날 마음에 들어 하는지 아닌지만 걱정했다.

대기실은 병원 특유의 무미건조한 분위기로 채워져 있었다. 부활절 장식용 백합이 있었고, 두 팔을 쫙 펼치고 얼굴은 태양 쪽으로 향하고 있는 한 남자의 흑백 사진이 있었다. 책장에는 《공동의존자 더 이상은 없다》《훼손된 러브맵》같은 제목의 책들과 알코올의존증 자조모임 회지 수십 권이 꽂혀 있었다. 안쪽에 있는 문 근처에는 각각 '그룹'과 '로젠 박사'라고 표시된 두 개의 버튼이 있었다. 나는 '로젠 박사' 버튼을 눌러 내가 도착한 걸 알린 다음 벽을 따라 문을 마주보고 놓인 의자에 앉았다. 불안을 진정시키기 위해 〈내셔널 지오그래픽〉 한 권을 펴들고 넘기며 나무 한 그루 없는 평원을 위풍당당하게 달려가는 북극늑대의 사진들을 훑어보았다. 전화상으로 로젠 박사의 목소리는 엄숙하게 들렸다. 모음 발음으로 보건대 이스트코스트 쪽인 것 같았다. 웃음기 없는 진지함이 느껴졌다. 엄하고 유머감각이라고는 없는 성직자의 목소리 같기도 했다. 나는 다른 한편으로 그가 다른 일정이 너무 많아 몇 주나 몇 달이 지나야 나를 만날 수 있기를 바랐지만, 그는 48시간 후로 약속을 잡았다.

정확히 1시 30분이 되자 누군가가 대기실 문을 열어젖혔다. 문을 연 사람은 빨간색 토미 힐피거 골프 셔츠와 카키색 바지를 입고 검은 가죽 로퍼를 신은 호리호리한 중년 남자였다. 얼굴에는 상냥하지만 전문가다운 미소가 엷게 걸려 있었고, 남아 있는 뻣뻣한 회색 머리칼이란 머리칼은 모두 위로 뻗쳐 살짝 아인슈타인이 떠올랐다. 길에서 지나쳤으면 돌아볼 일 없는 외모였다. 재빨리 훑어본 바로, 그는 내게 아빠가 되기에는 너무 젊고 나와 섹스를 하고 싶어 하기에는 너무 나이가 많았는데, 그래서 이상적으로 보였다. 나는 그를 따라 복도를 걸어가 북쪽 창문으로 높다란 마샬 필드 빌딩이 내다보이는 사무실에 도착했다. 내담자가 앉을 자리로는 몇 가지 선택지가 있었다. 따끔거릴 것 같아 보이는 덮개가 씌워진 소파, 꼿꼿한 사무실용 의자, 책상 옆에 놓인 검은색 특대형 안락의자. 나는 검은색 안락의자를 골랐다. 하버드대 학위증서가 담긴 수많은 액자가 내 눈을 잡아끌었다. 나는 하버드와 관련된 거라면 중요하게 여겼다. 아이비리그로 진학하는 게 꿈이었지만 내 시험 점수와 경제 사정은 주립학교에 어울렸다. 내게 저런 아이비리그 증명서들은 이 남자가 일류임을 뜻했다. 엘리트. 최고 중의 최고. 하지만 동시에, 그마저 날 도와줄 수 없다면 나는 정말로 철저하게 망했다는 뜻이기도 했다.

의자에 자리를 잡고 앉은 나는 그의 얼굴을 자세히 살펴보았다. 그의 코와 두 눈, 일직선으로 다문 입술을 들여다보는 동안 심장박동이 빨라졌다. 그것들을 종합해보자 알 수 있었다. 그는 내가 아는 사람이었다. 그 사실이 충분히 이해되는 동안 입술을 앙다물었다. 그는 내가 아주 잘 아는 사람이었다.

로젠 박사라는 이 사람은 3년 전 내가 섭식장애가 있는 사람들의 회복 모임에서 만난 조녀선 R.과 동일 인물이었다. 12단계 모임에서는 익명성을 유지하기 위해 모두가 자기 성의 머리글자와 이름만을 사용한다. 섭식장애가 있는 사람들을 위한 12단계 모임은 알코올의존증 자조모임과 비슷해서, 구성원들은 교회 지하에 모여 음식이 어떻게 자기 삶을 망치고 있는지 이야기를 나눈다. 우리보다 좀 더 유명한 알코올의존증 자조모임 형제들처럼, 모임 풍경이 맥 라이언 영화에 묘사되고 〈웨스트 윙〉에서 〈NYPD 블루〉에 이르기까지 텔레비전 시리즈에서도 참조해온 그들처럼, 음식 중독자들도 평온함을 비는 기도에 쓰는 동전을 수집하고 조력자를 구해 어떻게 하면 폭식을 하거나 토하거나 굶거나 몸에 자해를 하지 않을 수 있는지 학습한다. 하지만 알코올의존증 자조모임과는 달리 그동안 내가 참석했던 12단계 모임은 대부분 여자들로 채워져 있었다. 10년 동안 모임에서 본 남자라곤 한 줌이나 될까. 그런데 그 남자들 중 한 명이 하버드에서 교육을 받은 정신과 의사였고, 겨우 60센티미터 떨어진 곳에 앉아 내가 입을 열기를 기다리고 있었던 것이다.

나는 한 인간으로서의 조너선 R.에 대해 여러 가지를 알았다. 한 명의 남자로서. 섭식장애가 있는 한 명의 남자로서 말이다. 나는 그가 자기 어머니에 관해 털어놓았던 얘기들을, 만성 질환을 앓고 있던 그의 아이를, 자기 몸에 관한 그의 감정들을 기억했다.

심리치료사는 텅 빈 백지 같은 존재여야 한다. 그런데 로젠 박사는 여기저기 온통 얼룩으로 뒤덮인 종이였다.

나는 그가 나를 정면으로 볼 수 있게 몸을 돌렸다. 그가 나를 알아보면 곧바로 내쫓을까? 그는 계속 숨김없고 호기심 어린 표정만 짓고 있었다. 5초가 흘러갔다. 그는 나를 알아보지 못한 듯했고, 내가 말하기를 기다리고 있었다. 이제 그가 하버드 출신이라는 사실이 나를 주눅들게 했다. 어떻게 해야 도로시 파커나 데이비드 레터맨처럼 기지가 넘치면서도 고통받고 있다는 인상을 줄 수 있을까? 나는 이 로젠 박사라는 사람이 내게 새롭게 생겨난 죽음에 대한 판타지를 진지하게 받아들여주기를, 그러면서도 나를 참을 수 없이 매력적이고 성적 충동을 일으키는 면도 약간 있는 여자로 봐주길 바랐다. 그가 나를 매력적이라고 느끼게 되면 좀 더 기꺼이 도와줄 것 같았다.

"저는 인간관계에는 꽝인 데다가 고독사할까 봐 두려워요."

"그게 무슨 뜻이죠?"

"사람들한테 다가갈 수가 없어요. 뭔가가 보이지 않는 방벽처럼 저를 붙들어 세워요. 제가 뒤로 물러나는 게, 언제나 뒤로 물러나는 게 느껴져요. 남자들로 말하자면 항상 토하거나 필름이 끊길 때까지 마셔대는 남자한테만 빠지고요."

"알코올의존증이 있는 사람들 말이죠." 질문이 아니라 진술이 되돌아왔다.

"네. 고등학교 때 사귄 첫사랑은 매일 대마초를 피웠고 저를 속이고 다른 여자를 만났어요. 대학에서는 남학생 사교 클럽 회원인 잘생긴 콜롬비아 남자한테 빠졌는데, 그 남자는 알코올의존증에다 여자친구가 따로 있었고요. 그다음엔 마약중독자하고 사귀었어요. 그 사람 다음에 괜찮은 남자도 있긴 했는데 그 남자는 제가 차버렸고요."

"왜요?"

"저를 수업에 데려다주고, 자기가 좋아하는 책들을 사주고, 키스해도 되냐고 물어보더라고요. 소름이 끼쳤어요."

로젠 박사가 미소 지었다. "감정적으로 도움이 되는 남자를 두려워하는군요. 아마 여자한테도 그럴 것 같고요." 또다시 진술.

"착실한 남자가 저한테 관심을 표현하면 토하고 싶어져 버려요. 여자의 경우에도 마찬가지인 것 같고요." 지난 크리스마스에 가족들을 방문하러 텍사스에 갔을 때 일이 머릿속을 스쳤다. 그때 바나나 리퍼블릭 매장에서 고등학교 때 친구와 우연히 마주쳤다. 리아가 내 이름을 불렀을 때 나는 블레이저와 옥스퍼드 셔츠들 근처에 서 있었는데, 그 애가 나를 따뜻하게 끌어안자 얼어붙어버렸다. 몸을 뗀 리아의 얼굴에 나는 우리가 친구인 줄 알았는데,라고 말하는 듯한 상처받은 표정이 스쳤다. 리아는 내게 시카고와 로스쿨에 관해 물었다. 크리스마스 이후 특가 판매 제품들을 찾는 쇼핑객 사이에서 잡담을 나누는 동안, 내 이성은 리아가 나와 이야기를 나누는 걸 달가워하지 않는다고 주장했다. 왜냐하면 그 애는 이제 성공한 물리치료사였고, 옛날에 알던 누군가가 포옹해줬을 때 입을 꾹 다물게 만드는 섭식장애나 이상한 골칫거리도 없었으니까. 리아와 나는 고등학교 때 친했지만 마지막 해에는 내가 거리를 뒀다. 섭식장애가 심해져서, 그리고 그때 처음으로 사귀던 남자친구가 나를 속이지 못하게 하느라 진이 빠져 있어서였다.

"폭식증이 있어요?"

"회복 중이에요. 12단계요." 나는 폭식증에서 회복 중인 크리스티라고 자기소개를 했던 나에 대한 기억이 그에게서 되살아나지 않기를 빌며 재빨리 말했다. "12단계를 하니까 폭식증에는 도움이 됐는데, 이놈의 인간관계 문제는 고칠 수가 없어서요."

"혼자서는 안 되죠. 누구누구한테서 도움을 받고 있나

요?"

나는 내 조력자인 케이디를 언급했다. 케이디는 아이들을
다 키운 전업 주부였고, 내가 대학을 다녔던 텍사스의 시골 마
을에 살고 있었다. 내게는 다른 누구보다 가까운 사람이었다.
나는 그에게 사흘에 한 번씩 전화를 했지만, 5년 동안 우리가
실제로 만난 적은 한 번도 없었다. 마니처럼 회복 모임 시간
에, 그리고 가끔씩은 모임이 끝난 후에 그때그때 어울리는 여
자들도 좀 있었다. 내가 폭식증에서 회복 중이라는 걸 모르는
로스쿨 친구들도 있었다. 텍사스에서 알던 고등학교와 대학
교 때 친구들도 있었고 그 애들은 나와 연락을 유지하려고 노
력했지만, 나는 그 애들에게 전화를 다시 거는 일이 드물었고,
놀러오라는 초대 역시 한 번도 받아들인 적이 없었다.

"죽음에 대해 판타지가 생기기 시작했어요." 내가 입술을
앙다물었다. "로스쿨에서 학년 1등을 했다는 걸 알게 된 뒤로
줄곧-"

"마젤 토브*." 로젠 박사의 미소에 너무 거짓이 없어서,
나는 울음을 터뜨리지 않으려고 고개를 돌려 그의 학위증서들
을 바라봐야 했다.

"제가 하버드에 갔다거나 뭐 그런 것도 아니잖아요." 박
사는 눈썹을 치켜올렸다. "그리고, 어쨌든 제가 멋진 커리어를
갖게 된다 쳐요. 그래서 뭐요? 저한텐 그것 말고는 아무것도
없을 텐데요."

"그래서 법학을 선택했군요." 그의 확신에 찬 진단은 내

---

* '행운을 빕니다, 축하합니다'라는 뜻의 히브리어.

38

경계를 풀어주는 동시에 위로가 되었다. 그는 뱀 질문이나 해대는 폴라 D. 같은 사람이 아니었다.

"스스로 생각하기에 어떻게 해서 지금의 자신이 된 것 같아요?" 로젠 박사가 물었다.

"어느 집에나 개판 치는 사람은 있죠." 내가 왜 그런 말을 했는지 모르겠다.

"로스쿨에서 졸업생 대표가 되게 생겼는데, 개판 치는 사람이라고요?"

"주위에 아무도 없이 혼자서 죽게 될 거라면 졸업생 대표가 되는 게 뭔 놈의 의미가 있겠어요?"

"그럼 크리스티가 원하는 건 뭔데요?" 그가 물었다.

'원하는 건'이라는 말이 내 머릿속에 메아리쳤다. 원하는 건, 원하는 건, 원하는 건. 나는 고독사하고 싶지 않다고 그냥 불쑥 말하는 대신 내 갈망을 긍정형 문장에 담아 표현할 방법을 찾아 헤맸다.

"제가 원하는 건-" 내가 머뭇거렸다.

"제가 하고 싶은 건-" 또다시 머뭇거림.

"제가 원하는 건 진짜가 되는 거예요. 다른 사람들과의 관계에서요. 진짜인 사람이 되고 싶어요."

그는 그리고 또 다른 건요? 하는 눈으로 나를 빤히 처다보았다. 욕망의 다른 가닥들이 머릿속에 떠다녔다. 나는 깨끗한 순면 같은 향기가 나고 매일 직장에 출근하는 남자친구가 갖고 싶었다. 내 몸 사이즈에 대해 생각하며 보내는 시간을 깨어 있는 시간의 절반 이하로 줄이고 싶었다. 하루 세 끼를 모두 다른 사람들과 같이 먹고 싶었다. 〈섹스 앤 더 시티〉에 나오는 여자들만큼 섹스를 즐기고 추구하고 싶었다. 가슴이 커지고 허벅지가 굵어지면서 포기했던 발레 수업을 다시 받으면서 열정을 되살리고 싶었다. 2년 뒤 변호사 시험이 끝났을 때 세계 여러 곳을 함께 여행할 친구들을 사귀고 싶었다. 휴스턴에 사는 대학 시절 룸메이트와 다시 연락을 주고받고 싶었다. 쇼핑몰에서 고등학교 때 친구들과 우연히 마주치면 그 애들을 안아주고 싶었다. 하지만 나는 이 욕망 중 어떤 것도 말하지 않았다. 너무 시시콜콜하게 느껴져서였다. 감상적이기도 했고. 심리상담은 글쓰기와 같아서 세부 사항과 구체성이 중요하다는 걸 나는 아직 모르고 있었다.

로젠 박사는 나를 그룹 상담에 넣어주겠다고 했다. 놀라서는 안 됐지만, 그룹이라는 말을 들으니 갈비뼈 사이를 얻어맞는 기분이었다. 그룹이라면 사람들로 채워져 있을 것이었다. 나를 좋아하지 않을지도 모르는 사람들, 내 문제를 들춰내고, 감시의 시선을 보내는 타인들 앞에 내 정신적 고통을 드러내지 말라는 우리 엄마의 칙령을 방해할 사람들로.

"그룹 상담은 못하겠어요."

"왜요?"

"저희 엄마가 뒤집어지실 거예요. 그 사람들이 다들 제 문제를 알면-"

"그럼 어머니한테는 말씀드리지 마세요."

"개인 상담은 왜 안 되는데요?"

"제가 알기로, 크리스티를 원하는 곳으로 데려다줄 유일한 방법은 그룹 상담이에요."

"5년 드릴게요."

"5년?"

"5년 드릴 테니 제 인생을 바꿔주세요. 만약에 효과가 없으면 그만둘 거예요. 어쩌면 자살할지도 몰라요." 나는 로젠 박사의 얼굴에서 그 싱글거리는 웃음을 지워버리고 싶었고, 만약 내 삶에 실질적인 변화가 없으면 무한정 붙어 있지도, 다른 망가진 사람들과 내 감정 얘기나 하려고 힘들게 중심가까지 오지도 않을 거라는 사실을 그에게 알려주고 싶기도 했다. 5년 뒤면 나는 서른두 살이었다. 서른두 살에도 내 심장이 여전히 매끄럽고 어디에도 연결되지 못하는 상태라면 나는 자살하고 말 것 같았다.

그가 몸을 앞으로 기울였다. "5년 내로 인생에 친밀한 관계들이 생겼으면 좋겠어요?" 나는 눈이 마주치는 불편함을 기꺼이 감수하며 고개를 끄덕였다. "우린 그렇게 되게 할 수 있어요."

로젠 박사가 겁나긴 했지만, 내가 그 하버드 출신 정신과 의사를 나중에 비판하게 될까? 그의 의지가 너무도 강렬해서 나는 겁이 났다. 그 웃음도, 그 진술들도. 하지만 동시에 호기심이 일기도 했다. 그 자신감이라니! 우린 그렇게 되게 할 수 있어요, 라니.

그룹 상담을 받기로 하자마자 로젠 박사에게 뭔가 재앙 같은 일이 일어날 거라는 확신이 들었다. 그가 스타벅스 앞에서 12번 버스에 치어 사망하는 광경이 떠올랐다. 악성 종양으로 가득 찬 그의 폐와 루게릭병으로 쓰러진 몸도 떠올랐다.

"길에서 부처를 만나면 그 부처를 죽여라." 두 번째 상담에서 내가 그런 두려움들에 관해 말하자 로젠 박사는 이렇게 말했다.

"유대인 아니세요?" 박사의 성도 유대인이 쓰는 성이었고, 전에 했던 '마젤 토브'라는 말도 있었고, 학위증서들 맞은 편에는 히브리어 글자들을 수놓은 자수 장식이 걸려 있기도 했다.

"그 표현은 이런 뜻이에요. 아마 크리스티는 제가 죽었으면 하고 기도하고 있을 거라는."

"제가 왜 그러겠어요?"

"제가 죽으면," 그는 양손을 맞잡더니 몹시 들뜬 꼬마 요정처럼 미소 지었다. "저보다 훌륭한 심리치료사가 오게 될 테니까요." 그의 얼굴에 기쁨이 흘러넘쳤다. 마치 무슨 일이든, 정말이지 무슨 일이든 일어날 수 있으며, 그 일은 이전보다 몹시 멋지고 더 나은 일이 될 거라고 믿는 것처럼.

"전에 하와이 해변에서 사고가 났던 적이 있는데요. 저랑 같이 있던 어떤 사람이 익사했어요." 가슴이 부풀어 오르는 게 느껴졌다. 내가 터뜨린 폭탄에 그의 두 눈이 커지고 있었다.

"저런. 그때 몇 살이었는데요?"

"3주 있으면 열네 살이었어요." 하와이 얘기가 나올 때면 언제나 그랬듯 정신없는 불안이 내 몸에 가득 차올랐다. 8학년과 가톨릭 여자고등학교에서의 새 학년 사이에 놓인 꿀 같은 시간이었던 그 여름, 친구 제니가 자기 가족들과 함께 하와이에서 휴가를 보내자고 나를 초대했다. 우리는 하와이의 메인섬을 탐험하며 사흘을 보냈다. 검은 모래 해변과 폭포들을 둘러보았고, 하와이식 연회 '루아우'를 즐겼다. 나흘째 되던

42

날, 우리는 섬 가장자리에 있는 외딴 해변으로 갔는데, 제니 아버지가 그곳의 파도에 휩쓸려 죽었다. 나는 그 경험을 어떻게 얘기해야 할지 결코 알지 못했다. 우리 엄마는 그 일을 '사고'라고 했고, 다른 사람들은 '익사'라고 했다. 그 일이 일어난 날 밤, 제니 어머니는 댈러스에 있는 가족들에게 전화를 걸어 흐느꼈다. "데이비드가 죽었어." 그때 일어난 일에 대해서도, 제니 아버지의 축 늘어진 몸을 바다에서 끌어내던 기억을 품고 사는 일이 어떤 느낌인지에 대해서도 표현할 언어가 내게는 없었기에, 나는 그 일에 대해서는 말하지 않았다.

"더 하고 싶은 얘기 있어요?"

"저, 박사님이 죽었으면 하고 기도 같은 거 안 해요."

구글에 '부처를 만나면 죽여라'라고 검색해보면《길에서 부처를 만나면 그 부처를 죽여라! 심리상담 내담자들의 순례 이야기》라는 제목의 책으로 연결되는 링크가 나올 것이다. 이제는 내 사람들이 됐지만, 내가 보기에 심리상담을 받는 내담자들은 심리치료사들이 내담자들과 마찬가지로 그저 발버둥을 치며 사는 인간들에 불과하다는 사실을 알아야 한다. 그 문장은 로젠 박사가 내게 해답을 제공해주지 않을 거라고, 어쩌면 제공해줄 해답을 갖고 있지 않을지도 모른다고 일찌감치 알려주는 신호였다. 나는 로젠 박사가 몸서리쳐지는 죽음을 맞는 장면들로 구성된 내 판타지 상영목록에 장면 하나를 추가했다. 내가 그의 심장에 나무 말뚝을 박아 넣고 있는 심란한

43

장면이었다. 그저 내가 부처를 드라큘라와 헷갈렸기 때문만은 아니었다.

대학교 1학년 때, 오스틴에서 온 활기차고 인기 많은 여자 애들 몇 명이 뉴올리언스로 자동차 여행을 가자고 나를 초대 했다. 그들 중 한 명의 사촌 집에 묵으면서 학교로 돌아올 시간 이 될 때까지 프렌치 쿼터에서 파티를 즐기자는 게 계획이었 다. 나는 생각 좀 해봐야겠다고 말했지만, 뭐라고 대답할지 이 미 알고 있었다. 학기가 시작되고 겨우 2주차였고, 과제라면 고등학교 때 이미 읽었던《베오울프》의 앞부분 절반을 읽어오 는 것밖에 없었는데도 나는 숙제를 핑계로 댔다.

비앙카와 졸리 랜처스 사탕 사건 이후로 시간이 제법 많이 지났는데도 나는 집단이라면 겁부터 났다. 뉴올리언스에 가면 어디서 자지? 쟤들이 하는 농담을 내가 못 알아들으면? 서로 할 말이 다 떨어지면 어떡하지? 내가 쟤들처럼 돈이 많지도 멋 지지도 행복하지도 않다는 걸 쟤들이 알아내면 어쩌지? 내가 처녀가 아니라는 걸 쟤들이 알면? 내가 같이 잔 남자가 딱 한 명이라는 걸 알면? 음식과 관련된 내 비밀들을 알면?

내가 어떻게 매주 똑같은 사람들과 함께 그룹 상담을 할 수 있단 말인가?

"저, 선생님 알고 있었어요. 모임에서요." 두 번째 개인 상 담 도중에 나는 그렇게 불쑥 말해버렸다. 어느 날 그가 나를 기억해내고, 그 모임들에서 우리가 같이 앉아 있었다는 이유 로 자기 영업장소에서 나를 쫓아내버릴까 봐 두려웠다. "몇 년 전에 제가 하이드 파크에 살았을 때요."

그는 고개를 옆으로 기울이더니 눈을 가늘게 떴다. "아,

그렇군요. 어쩐지 얼굴이 낯이 익더라고요."

"그럼 선생님은 저를 맡으실 수 없는 건가요?"

요정 같은 웃음을 터뜨리는 바람에 그의 두 어깨가 흔들렸다. "그렇기를 바라는 것 같네요."

"네?" 나는 그의 유쾌한 얼굴을 빤히 쳐다보았다.

"만약에 저랑 같이 치료를 해볼 생각을 하는 중이라면요. 그렇다면 크리스티가 제일 먼저 하게 될 일은 이 치료가 제대로 안 될 이유를 만들어내는 일일 거예요."

"하지만 그건 충분히 가질 만한 두려움인데요."

또다시 웃음.

"왜요?"

"제 그룹 중 하나에 들어오게 되면, 옛날에 모임을 같이 했던 저에 대해 기억나는 모든 걸 그룹 사람들한테 얘기해줬으면 해요."

"하지만 선생님 익명성은-"

"저를 보호해줄 필요는 없어요. 그건 크리스티가 할 일이 아니에요. 크리스티가 할 일은 말하는 거죠."

두 번째 상담이 끝나고 적어둔 내 일기에는 기묘하게도 선견지명이 담겨 있었다. 상담을 하다가 사람들이 내 식습관에 대해 알게 될까 봐 불안하다… 로젠 박사에 대해, 그리고 그가 내 인생에서 맡을 역할에 대해 여러 가지 감정이 든다. 내 비밀들이 끄집어내질 거라는 두려움. 두려움이 너무 크다.

로젠 박사는 선문답을 하듯 말을 했다.

"굶어 죽어가는 사람은 처음 한 입을 베어 물고 나서야 배고픔을 느끼는 법이죠." 그가 말했다.

"저 거식증 아닌데요." 아, 물론 내가 프링글스와 칩스 아호이 퍼먹는 걸 멈출 수 없었던 고등학교 시절 내내 거식증 증상이 나타나기를 바랐던 건 사실이다. 하지만 그건 나와는 완전히 거리가 먼 병이었다.

"그건 은유예요. 그룹 사람들을 마음속에 들여놓으면, 그러니까 처음 한 입을 베어물면, 그제야 크리스티가 지금껏 얼마나 외로웠는지 느끼게 될 거예요."

"'그룹 사람들을 마음속에 들여놓는' 건 어떻게 하는 건데요?"

"자기 삶에서 '관계'가 들어가 있는 모든 국면을 그 사람들하고 공유하는 거예요. 우정, 가족, 섹스, 데이트, 로맨스. 모든 걸요."

"왜 그래야 되는데요?"

"그게 그 사람들을 마음속에 들여놓는 방법이니까요."

———

그룹 상담을 시작하기 전에 주어지는 개인 상담 시간은 세 번이었다. 마지막 개인 상담에 들어가 로젠 박사의 검은색 가죽 안락의자에 편히 몸을 파묻고 앉자 어깨에서 긴장이 풀렸다. 나는 검지손가락으로 팔찌를 만지작거렸고 한쪽 발을 구두에서 뺐다가 넣었다가 했다. 나는 로젠 박사가 낯설지 않았다. 내게 그는 옛날에 알던 이상한 친구 같은 사람이었다. 이곳에서 두려워할 이유는 없었다. 옛날 모임들에서 그를 알게 됐다고 그에게 말을 했고, 그는 그게 상담 불가 사유는 아니라고 했다. 유일하게 남은 일은 내가 어떤 그룹에 들어갈지 같은 세부사항을 해결하는 것뿐이었다. 그는 화요일 아침 7시 30분에서 9시까지 진행되는 남녀 혼성 그룹을 제안했다. 의사들과 변호사들이 가득한 '전문직' 그룹이었다. 나는 내가 들어갈 그룹에 남자들이 있을 거라고는 상상해보지 못했다. 의사들이나 변호사들이 있을 거라고도.

"잠시만요, 그룹 상담을 시작하면 저한테 무슨 일이 일어나게 되는 거죠?"

"살면서 외로움을 느꼈던 그 어느 때보다도 외로워지게 될 거예요."

"잠깐 좀 있어보세요, 하버드 선생님." 나는 의자에서 자세를 꼿꼿이 고쳐 앉았다. "제 기분이 더 나빠질 거라는 말씀이세요?" 나는 새로 받게 될 상담비용을 내려고 로스쿨 학생처장을 만나 이자 10퍼센트에 개인 의료서비스 대출을 받기로 막 얘기를 끝낸 참이었다. 그런데 지금 로젠 박사 말로는 그룹 상담이 내 기분을 더 나빠지게 만들 거라고? 내가 자두즙을 뚝뚝 흘리며 차를 타고 돌아다니면서 내 머리에 총알이 박히기를 기도했던 그날보다도?

"물론이에요." 그는 자기 머리 위에 얹힌 뭔가를 흔들어 떨어뜨리려는 듯 고개를 끄덕였다. "진심으로 친밀한 관계를 맺고 싶다면, 다시 말해 크리스티가 말한 것처럼 진짜인 사람이 되고 싶다면, 어린 시절부터 억눌러온 감정 하나하나를 느껴볼 필요가 있어요. 외로움, 불안, 분노, 공포 같은 것들을요." 내가 이걸 해낼 수 있을까? 내가 이걸 원했던가? 이 남자와 그의 그룹들에 대한 호기심, 그리고 그들이 내 심장에 칼집

47

을 내줄지도 모른다는 생각이 저항하고픈 마음을 간발의 차로 앞서긴 했지만, 그건 정말 간발의 차였다.

"나중에 전화해서 말씀드려도 될까요?"

그는 고개를 저었다. "오늘 결정을 하고 갔으면 좋겠어요."

나는 침을 꿀꺽 삼키고 문을 노려보고는 내 선택지들을 곰곰이 생각해봤다. 결정하는 게 두렵긴 했지만, 그룹도 없이, 어떤 다른 선택지나 희망도 없이 빈손으로 그의 상담실에서 걸어 나가는 일이 내게는 더 두려웠다.

"좋아요. 할게요." 이제는 눈에 띄지 않게 직장으로 돌아가 방금 한 결정을 떠올리며 초조해해야 할 시간이라 핸드백을 집어들었다. "마지막으로 질문 하나만 더요. 그룹 상담을 시작하게 되면 저한테 무슨 일이 일어나나요?"

"크리스티의 모든 비밀이 밖으로 나오게 될 거예요."

4

"톱이에요, 보텀이에요?" 첫 그룹 상담 시간, 커다란 녹색 눈에 금속테 안경을 쓴 뚱뚱하고 머리가 벗겨지기 시작한 남자가 폭탄을 투하하듯 이런 첫 질문을 내게 던졌다. 나중에 알게 됐지만 신입 괴롭히기의 포문을 연 이 남자는 카를로스라고 했고, 로젠 박사에게 몇 년째 상담을 받고 있는 30대 후반의 신랄한 게이 의사였다.

"섹스할 때요. 톱이에요, 보텀이에요?" 그가 말했다.

곁눈으로 살짝 보니 로젠 박사는 타이머를 맞춰둔 스프링클러처럼 한 사람에게서 다른 사람에게로 시선을 옮기고 있었다. 나는 치마 앞쪽의 주름을 폈다. 그래, 원하시는 게 야하고 섹스를 좋아하는 크리스티라면, 대령해드리지.

"말할 것도 없이 톱이죠."

물론 이 크리스티는 낯선 사람의 선 넘는 질문도 미소 지

49

으며 환영하는, 내가 꾸며낸 자아였다. 요동치는 신경과 빨라진 맥박을 느끼며 나는 울고 싶어졌다. 그 질문에 대한 진실한 대답은 나는 내가 어떤 식으로 섹스하는 걸 좋아하는지 모른다는 것이었으니까. 나는 우울증과 중독 증상 때문에 섹스라는 걸 꾸준히 할 수 없는 남자들만 골라서 만나 왔다. 내가 톱이라고 대답한 건 고등학교 때 남자친구와 나눴던 쾌락의 기억이 흐릿하게나마 남아 있어서였다. 인기 있는 농구선수이자 대마초 상용자였던 그 애와 나는 우리 아버지의 셰비 앞좌석에서 정기적으로 섹스를 했다.

로젠 박사가 일부러 크게 헛기침을 했다.

"왜요?" 나는 그룹 상담이 시작되고 나서는 처음으로 로젠 박사를 똑바로 쳐다보았다. 조금 전 그는 대기실 문을 열고 카를로스와 나, 그리고 다른 두 사람을 복도 끝, 내가 개인 상담을 했던 상담실 반대편 구석에 있는 또 다른 상담실로 안내했다. 가로세로 각 4미터 정도씩 되는 그룹 상담실에는 회전의자 일곱 개가 원형으로 배치되어 있었다. 미니 블라인드 틈으로 들어온 햇빛이 방에 줄무늬를 새겨놓았다. 방 한구석에는 책장이 하나 있었고, 거기에는 중독, 공동의존성, 알코올의존증, 그룹 상담에 관한 책들이 꽂혀 있었다. 책장 아래 칸 가장자리에선 뒤죽박죽 섞인 동물 모양 봉제완구들과 권투글러브를 낀 수녀 인형이 쏟아져 나와 있었다. 나는 문을 마주보는 자리를 골랐는데, 로젠 박사의 위치를 12시라고 할 때 9시 방향이었다. 의자는 앉기엔 딱딱했고 이리저리 회전시키자 희미하게 삐걱거렸다. 솔직히 하버드 출신은 조금 더 세련된 시설에서 일할 거라고 기대했는데.

"솔직하게 대답하는 게 어때요?" 로젠 박사가 말했다. 그의 웃음은 이의가 있다는 걸 널리 알리고 있었다. 마치 내가 성적으로 원기 왕성한 여자인 척하고 그룹 상담을 시작한 걸 의심의 여지없이 잘 안다는 듯.

"솔직하게라뇨?"

"크리스티는 섹스하는 걸 전혀 좋아하지 않잖아요." 얼굴이 뜨거워졌다. 그건 내가 나 자신을 설명했을 법한 방식이 아니었다.

"그건 사실이 아니에요. 저 섹스하는 거 좋아해요. 섹스할 사람을 찾을 수가 없는 것뿐이라고요."

전에는 오르가슴도 느껴봤고, 쾌감으로 발가락이 오므라드는 섹스도 해봤다. 대학 때는 알코올의존증이 있는 그 콜롬비아 남자도 있었다. 그가 키스하면서 내 얼굴을 만질 때면 나는 초신성처럼 환하게 빛이 났다. 몇 번 안 되지만, 고등학교 때 남자친구랑 할 땐 그 애의 몸 위에 올라가 있는 걸 진심으로 좋아했다. 그때 나는 골반을 세심하게 아래위로 움직이며 오직 탄산 알코올음료에 중독된 열일곱 살짜리만 할 수 있는 방식으로 내 성적 욕망 속으로 돌진해 들어가곤 했다. 내 그런 숨은 부분들이 어디로 가버렸는지, 왜 그 부분들을 유지할 수 없었는지 나는 알지 못했다.

머리를 군인처럼 짧게 깎고 KFC의 커널 샌더스처럼 염소수염을 기른 할아버지 나이대의 한 남자가(은퇴한 항외과 전문의였다) 끼어들었다. "아가씨처럼 예쁜 여자가? 그럴 리가." 이 할아버지, 나한테 추파를 던지는 건가?

"남자들은 저한테⋯ 반응을 안 해요." 눈물이 날 것 같았다. 상담을 시작한 지 2분밖에 안 됐는데 벌써 무너지고 있었다. 가톨릭 여자고등학교 2학년 때 피정*을 갔는데 피정 선생님이 폭식증이 있었던 자기 과거를 털어놓으며 이야기를 시작했던 일이 떠올랐다. 나는 눈물을 터뜨리고 방 안 가득한 열네 살짜리들에게 나도 폭식증이 있다고 고백하는 것으로 반응했고, 그다음에는 모두에게 비밀을 지킬 것을 맹세시켰다. 먹고 토하는 증상에 대해 다른 사람에게 털어놓은 건 그때가 처음이었다. 커널 샌더스 맞은편에 앉아 있자니 피정 때의 혼란이 내 곁으로 슬금슬금 다가와 맴도는 게 느껴졌다. 입을 열어 낯선 사람들에게 진실을 흘리면 나는 구원받을까, 아니면 우리 엄마의 예언대로 망가질까?

"'반응'을 안 하다니 무슨 뜻인가요?" 커널 샌더스는 분명 추파를 던지고 있었다.

"남자들은 **항상** 제 친구들한테 다가가지 저한테는 절대 안 와요. 고등학교 때부터 그랬어요." 바에서나 파티에서 남녀 혼성 집단이 만들어지면 나는 살짝 옆으로 물러나 있곤 했다. 양손을 어디에 두어야 할지 도무지 알 수가 없었고, 어떻게 해야 남자들이 좋아할지 생각하느라 내 원래 목소리로 웃거나 대화에 끼어들 수도 없었다. 미국 남자들만 그런 것도 아니었다. 대학 때 룸메이트였던 캣과 졸업한 뒤에 유럽 여기저기를 함께 여행했는데, 그때도 내게 수작을 거는 남자 한 명이 없었다. 심지어 이탈리아에서도. 그러는 동안 뮌헨과 니스, 루체른, 브뤼헤에서 온 남자들은 온통 캣에게 빠져들면서 나를 없는

* 성당·수도원 등에서 가톨릭 신자들이 행하는 일정 기간 동안의 수련 생활.

사람 취급했다.

버저가 울리자 로젠 박사가 자기 뒤 벽에 있는 버튼을 눌렀다.

3초 뒤, 청록색 매니큐어가 여기저기 벗겨지고 과도하게 멋을 낸 오렌지색 머리에 흡연자같이 걸걸한 목소리를 한 40대 후반의 여자가 미소 지으며 걸어 들어왔다. 그의 술 달린 레이온 티셔츠는 시카고 중심가가 아니라 우드스톡에 더 잘 어울릴 것 같았다. 12단계 모임에서 몇 번 본 적 있는 여자였다. "로리예요." 여자는 내게, 그리고 나처럼 그룹 상담에 처음 온 걸로 보이는 내 맞은편의 또 다른 나이 많은 남자에게 말했다. 로리는 보이스카우트 지도자처럼 모두를 가리키며 각자의 이름과 직업을 우리에게 말해주었다. 커널 샌더스의 진짜 이름은 에드였다. 카를로스는 피부과 전문의였다. 패트리스는 산과 병원의 공동 경영자였다. 로리는 인권 변호사였다. 새로 온 남자는 이름이 마티였는데 눈썹이 그루초 막스를 연상시켰고 10초마다 코를 훌쩍이는 버릇이 있었다. 그는 동남아시아 난민들을 담당하는 정신과 의사로 자신을 소개했다.

"그러니까, 섹스를 더 많이 하고 싶어서 여기 온 거예요?" 커널 샌더스가 물었다.

나는 어깨를 으쓱했다. 말 그대로 몇 분 전에는 그렇게 인정해놓고, 지금 나는 내 뼛속 깊이 새겨진 어떤 메시지들 때문에 뒷걸음질을 치고 있었다. 좋은 여자는 그걸 원하지 않아. 페미니스트에겐 그게 필요 없어. 착한 여자는, 특히 남녀가 함께 있는 집단에서는 절대 그런 얘기를 하지 않아. 내가 이 낯선 사람들과 그런 얘기를 하고 있는 걸 알면 우리 엄마는 돌아가실 것이다.

대화는 거기서 다시 로리에게로 옮겨갔다. 로리는 자기에게 청구된 대금을 내달라고 아버지에게 돈을 요구했다고 했다. 로젠 박사는 홀로코스트에서 살아남은 로리 아버지의 이야기로 로리를 이끌고 갔다. 로리 아버지는 수년간 폴란드에서 군용 사물함 속에 숨어 지냈다고 했다. 그러다 대화는 갑작스레 다시 방향을 틀어 카를로스의 환자가 비용을 지불하지 않으려 한다는 이야기로 향했다.

사람들이 여러 화제 사이를 이리저리 오가는 동안 나는 딱딱한 의자에 앉은 채 무게중심을 양쪽 엉덩이로 번갈아 옮겼다. 기운이 빠져서 한숨을 쉬고는 헛기침을 했다. 아무것도 해결되지 않았잖아. 다들 답을 얻고 싶어서 여기 온 거 아니었나? 해결책은? 더 나쁜 건 나는 새로 와서 그 얘기들의 맥락을 알 길이 전혀 없다는 거였다. 카를로스의 조수는 왜 일을 그만뒀을까? 아버지가 사물함 속에 들어가 홀로코스트에서 살아남았다면서 로리는 왜 저렇게 유대인을 싫어하는 것처럼 보이지? 연체된 비자카드 대금 얘기는 또 뭐고?

상담 도중 어느 순간, 나는 마음을 진정시키려고 내 진주 팔찌의 구슬들을 묵주처럼 어루만졌다. 로젠 박사가 실험실에 새로 들어온 쥐를 보듯 나를 지켜보았다. 나중에 내 파일에 기록도 하려나? CT는 그룹 상담 중에 손가락으로 보석을 만진다. CT는 주요 친밀감 문제를 지닌 사람의 전형적인 징후를 모두 드러내며 심하게 억압되어 있다. 힘든 케이스가 될 듯.

세 번의 개인 상담을 끝내면서 나는 로젠 박사의 잘난 척하는 태도와 이상한 유머감각에도 불구하고 그와 나 사이에 어떤 유대감이 생겼다고 느꼈다. 그가 나를 이해한다고 믿었는데, 이제 그는 완전히 낯선 사람처럼 느껴졌다. 멍청이, 나는 머릿속으로 그를 그렇게 불렀다.

그룹에는 불문율이 있었다.

"다리를 꼬고 앉으셨네." 커널 샌더스가 말했다. 나는 내 왼쪽 허벅지 위에 올린 오른쪽 허벅지를 내려다보았다. 모두가 나를 향해 고개를 돌렸다.

"그게 왜요?" 내가 방어적으로 물었다.

"여기서는 다리를 꼬면 안 돼요." 커널 샌더스가 내 다리를 쳐다보았다. 나는 꼬고 있던 다리를 재빨리 풀었다.

"왜 안 되죠?" 내가 스스로를 멍청하다고 생각하는 일이 나아지는 방법이라면, 나는 크리스마스쯤에는 다 나아 있을 것 같았다.

"그건 마음이 열려 있지 않다는 뜻이니까요." 말한 사람은 카를로스였다.

"부끄러워한다는 뜻이고요." 이번엔 로리.

"크리스티는 지금 감정적으로 문을 닫아걸고 있는 거예요." 패트리스가 말했다.

그룹 상담실은 사방에서 빤히 들여다보이는 어항 같았다. 둥글게 모여 앉은 여섯 쌍의 눈동자로부터 숨을 곳이 아무 데도 없었다. 그 눈동자들은 내 몸을 읽어낼 수도, 평가를 내릴 수도, 결론을 도출해낼 수도 있었다. 그들은 나를 볼 수 있었다. 그렇게 노출되자 상담 시간이 끝날 때까지, 아니 세상이 끝날 때까지 다리를 꼬고 있고 싶어졌다.

로젠 박사가 활기를 되찾은 목소리로 입을 열었다. "지금 어떤 감정이 느껴지나요?"

내가 생각하기에 점수를 딸 수 있을 것 같은(그룹의 에너지가 나를 기운 나게 해주는 것 같긴 했으니까) 터무니없는 대답을 불쑥 내뱉는 대신, 나는 숨을 들이마시고 진실을 찾아 마음속을 뒤졌다. 방향을 잃은 기분이었지만, 진실은 나의 근거지 역할을 할 수 있다고 결론을 내렸다. 진실은 12단계 모임들에서는 효과가 있었다. 그때 내가 살아 있을 수 있었던 건 모임에서 몇 번이고 내 폭식증에 대한 진실을 말했기 때문이었다. 내 인생의 그 무엇도, 좋은 성적도, 마른 몸도, 남학생 사교 클럽 회원인 라틴계 꽃미남과의 유사 성행위도, 식사를 하고 토해버리는 내 증상에 대한 날것의 진실을 말하는 일만큼 나를 기운 나게 해주지는 못했다. 내게 정말로 힘이 생겼다는 풍부한 감각을 처음으로 느낀 건 처음으로 나간 12단계 모임을 끝내고 여자 회원 한 명과 함께 벤치에 앉아 있었을 때였다. 그때 나는 캠퍼스 여기저기서 훔친 음식을 폭식하고 토하는 일을 반복해왔다고 그 사람에게 털어놓았다. 그러자 남들에게 내 문제를 말하지 말라고 했던 엄마의 금지령에 등을 돌릴 수 있는 힘이 느껴졌다. 나는 가족 중에 누가 나를 저버릴까 같은 건 생각하지 않고 비밀을 꺼내놓았다. 계속 비밀을 유지하는 건 나 자신을 저버리는 일임을 마침내 깨달아서였다. 그룹 상담을 하면서 건강해지는 방법이 있다면(그런 게 있는지 확신할 수는 없지만), 그 방법을 이루는 토대는 진실이어야 했다. 다른 길은 없었다. 그리고 이 사람들 중 누구도 우리 엄마나 엄마 친구들을 알지 못한다. 그러니 체면 차리기는 그만하자.

"방어적인Defensive 감정이요." 여기서는 다리를 꼬면 안 된

56

다는 걸 내가 어떻게 알 수 있었겠는가?

　로젠 박사가 고개를 저었다. "그건 감정이 아닌데요."

　"하지만 그게 정확히…" 이제 나는 짜증이 치밀었고, 내가 느끼기에 그건 분명 감정이었다.

　규칙 또 하나. "감정은 두 음절 이하로 된 단어예요. 수치스러운ashamed, 화난angry, 외로운lonely, 상처받은hurt, 슬픈sad, 두려운afraid―" 로젠 박사는 유치원생을 상대하는 쇼 진행자 프레드 로저스처럼 감정에 관해 설명했다. 보아하니 감정을 세 음절 이상의 단어로 말하면 '주지화'를 하고 있는 거고, 자신의 감정에 담긴 단순한 진실로부터 사실상 잽싸게 도망치는 일이 되는 모양이었다.

　"그리고 행복한happy." 로리가 말했다.

　"하지만 그건 여기서 느낄 일이 없을 거잖아요." 카를로스가 말했다. 모두가 웃었다. 내 양 입꼬리가 올라가며 미소가 지어졌다.

　로젠 박사가 내 쪽으로 고갯짓을 했다. "자, 그럼 '방어적인' 감정 대신에 뭐라고 해야 할까요?"

　첫 번째 돌발 질문. 나는 정답을 맞히고 싶었다. 하지만 그 질문은 LSAT 모의고사에서 셸던의 면담 일정을 알아내던 것만큼이나 어렵게 느껴졌다. 나는 감정들의 목록을 급히 훑었다. 좌절스러운frustrated이 떠올랐지만 그건 세 음절로 된 단어였다. 몹시 화가 난Furious? 안 돼, 그것도 세 음절이야. 세 마리 눈먼 쥐. 세 번 수탉이 울었다. 세 번 예수님은 넘어지셨다. 3은 성스러운 숫자였다. 성서에 나오는 숫자였다. 왜 세 음절로 된 단어를 말하면 안 되는 거지? 안녕히 계세요adios가 떠올랐다. 그게 나로서는 최선의 선택 같았다.

"화난Angry?" 내가 말했다.

"뭔가 다른 감정도 느껴졌는데요. '수치심shame'은 어떤가요?"

나는 소리 내 말했다. "수치스러운Ashamed 감정?"

수치심은 아동학대를 하는 악마 숭배 의식이나 근친상간에서 살아남은 사람들이 견뎌내야 하는 감정이라고 생각했다. 수치심은 성적으로 심각한 죄를 지었거나 공공장소에서 벌거벗고 민망한 짓을 하는 사람들이 갖는 감정이었다. 그 감정이 나한테 있다고? 나는 항상, 심지어 잠자리에 들 때도 옷을 입고 있었고, 섹스할 때도 브래지어는 종종 하고 했다. 내 모든 게 잘못돼 있어서 완벽한 시험성적 밑에 전부 감춰야 할 것 같던 그 감정의 이름이 수치심이었나? 어렸을 때 발레 수업에서 제니퍼나 멜리사 같은 아이들처럼 자그맣고 예쁜 몸을 갖기를 갈망하며 느꼈던 감정이 수치심이었을까? 친구들이나 여동생 곁에 앉아 그 애들의 새뼈같이 가냘픈 뼈대와 내 굵은 허벅지를 비교할 때면 배 속에서 점점 커져가던 내 몸에 대한 혐오감의 이름이 그것이었나?

나는 로스쿨에서처럼 상담에서도 졸업생 대표가 되고 싶었다. 물론, 1등을 하는 일의 문제는 그런다고 해서 내 외로움이 사라지지도, 내가 다른 사람들과 조금이라도 가까워지지도 않는다는 점이었다. 게다가 그룹 상담에서는 어떻게 하는 게 '잘하는' 건지 내가 전혀 모른다는 것도 있었다.

로젠 박사의 세계에서 가장 중요한 규칙은 당연히 그룹 구성원 사이에는 비밀이 없어야 한다는 것이었다. 그 규칙은 카를로스가 로젠 박사의 또 다른 그룹에 있는 린이라는 여자 얘기를 꺼냈을 때 드러났다. 카를로스 말에 의하면 린은 자기 남편과 헤어지기로 했는데, 그건 부분적으로는 남편의 발기부전 때문이라고 했다. 나는 콧날을 찡그리고 로젠 박사에게 시선을 쏘아 보냈다. 우린 지금 아무 잘못도 없는 어떤 남자의 망가진 페니스에 대해 떠들어대고 있는데, 이 사람은 어떻게 이걸 용납할 수 있는 거지? 만약 그 남자가 내가 아는 사람이었으면 어쩔 뻔했나? 마니가 이 상담은 비밀 없이 진행된다고 했을 때만 해도 로젠 박사가 **상담 도중**에 다른 내담자들에 대한 소문 얘기가 나오는 걸 정말로 눈감아줄 거라고는 생각 못 했었는데.

"비밀 유지는 안 하나요?" 내가 말했다.

"여기서는 그런 거 없어요." 로리가 말했다. 패트리스와 카를로스가 힘주어 고개를 끄덕이며 그 말을 승인해주었다. 고등학교 때 나를 혼내던 엄마의 기억이 머릿속을 스쳐갔다. 나는 12단계 모임에서는 사람들을 마음속에 들여놓겠다는 맹세에 따랐지만, 그들은 익명성이라는 신성한 원칙에 묶여 있었고, 그 원칙은 프로그램의 이름으로 명시돼 있었다. 농담 따먹기를 하고 있는 이 사람들을 묶어놓는 원칙은 뭐지?

"그럼 어떻게 안전하다고 느낄 수 있죠?"

"비밀을 지키면 안전할 거라고 생각하는 이유는 뭐죠?" 로젠 박사는 나를 가르칠 준비가 된 듯 기운차 보였다.

"그룹 상담에서는 항상 비밀이 유지되는데요." 그룹 상담에 대해 내가 의지할 수 있는 권위자로는 그룹에 들어갈 때 비밀을 지키겠다는 동의서에 서명해야 했던 대학원 친구가 있었다. "전 제 비밀들이 박사님의 그룹 정보망 전체에 소문나는 건 원하지 않는 것 같아요."

"왜 원하지 않죠?"

"제가 제 사생활을 왜 지키고 싶어 하는지 이해가 안 되시나요?" 나를 마주보는 사람들의 얼굴에는 화가 난 기색이 전혀 없었다.

"자신이 왜 사생활에 그렇게 큰 의미를 두는지 한번 살펴봐도 좋을 거예요."

"보통 다들 그러지 않나요?"

"그럴 수도 있겠지만, 다른 사람들의 비밀을 지키는 건 다른 사람들이 내 문제를 알게 되는 것보다 더 해로워요. 비밀을 지키는 건 자기 몫이 아닌 수치심을 품는 일이니까요."

어떤 차원에서는 그의 말이 이해되었다. 회복 모임의 음식 중독자들은 자기 이야기를 하면 상태가 나아졌다. 하지만 12단계 모임에서는 시작할 때마다 주의사항이 주어졌다. 모임을 떠날 때는 여기서 들은 이야기는 여기 두고 갑시다. 그 구절이 낭독될 때면 모임 사람들은 그럽시다, 그럽시다! 하고 대답했다. 로젠 박사에게는 내 정신과 의사로서 내 비밀을 지킬 윤리적 의무가 있었지만, 여기에는 다른 사람들도 다섯 명이나 있었고, 그들은 내가 하는 모든 얘기를 듣게 될 것이었다. 그룹 상담실 벽은 흘러나가는 정보를 막아주는 방벽이 못 됐다. 나중에 내가 로펌에 들어갔는데, 어느 날 그 회사에서 돈을 횡령했다면? 내가 과민성 대장증후군이 생겨 미시건 애비뉴에서 바지에 실례를 했다면? 내가 구두점도 제대로 찍을 줄 모르는 누군가와 잤다면 어쩔 텐가? 내가 언젠가 해보고 싶은 곡예를 닮은 섹스 체위들을 말했는데, 수요일의 남자 그룹에 있는 조스키모라는 남자가 그것에 대해 자세히 알게 된다면 나는 기분이 어떨까?

"그렇게 해서 제가 뭘 얻게 되는데요?" 나는 이 질문이 내 입에서 너무도 자주 나와서 반쯤은 주문처럼, 반쯤은 일종의 구호처럼 느껴지게 될 거라는 사실을 이때는 아직 모르고 있었다.

"와서 무슨 얘기든 할 수 있는 장소가 생기는 거죠. 누구의 어떤 비밀에 대해서도 혼자만 품고 있으라는 요구를 받지 않을 수 있고요. 절대로요."

상담 시간이 끝날 무렵 로젠 박사는 두 손을 맞잡았다. "오늘은 여기까지 하죠." 모두가 일어섰다. 로젠 박사가 내게 말했다. "여기서도 마무리는 12단계 모임에서와 똑같은 방식으로 해요. 모두가 둥그렇게 손을 잡고 평온함을 비는 기도를 하는 거죠. 근데 불편하면 안 해도 돼요."

나는 그에게 '그 정도는 저도 알거든요' 하는 미소를 지어 보였다. 나는 90분 동안의 그룹 상담을 막 끝낸 참이었고, 평온함을 비는 기도가 필요한 사람이 있다면 바로 나였다. 내게도 익숙한 그 기도는 특정 종교의 전통을 떠오르게 하지 않으면서 중독자들이 자기 자신보다 큰 힘과 연결될 수 있게 도와주는 기도였다. 주님, 제게 바꿀 수 없는 것들을 받아들이는 평온함과, 바꿀 수 있는 것들을 바꾸는 용기와, 그 둘을 분별할 수 있는 지혜를 주소서.

기도문을 외우고 나자 모두들 몸을 돌려 자기 옆사람을 포옹했다. 로리와 패트리스, 마티와 에드. 카를로스와 로젠 박

61

사. 앞으로 걸어나가 몸을 맞댈 준비는 안 된 채로 나는 그들을 지켜봤지만, 패트리스가 내게 두 팔을 벌렸을 때는 앞으로 걸어나가 그의 품에 안겼다. 내 양팔은 텅 빈 소맷자락처럼 옆구리에 늘어져 있었다. 로젠 박사가 일어나 자기 의자 앞에 서자, 그룹 구성원들은 한 명씩 차례로 그에게 다가가 포옹했다.

나는 앞으로 걸어 나가 로젠 박사의 어깨에 내 두 팔을 두르고 재빨리 꽉 안았다가 놓았다. 그의 체취가 느껴지지도 않고, 내 몸에 그의 두 팔이, 혹은 그의 몸에 내 두 팔이 닿았다는 기억도 남지 않을 정도로 재빨리. 너무 빨라서 아무 일도 일어나지 않은 것 같았다. 내 몸에는 아무것도 각인되지 않았다. 내가 그를 포옹한 건 사람들 속에 섞이고 다른 사람들 모두가 하는 행동을 하고 싶어서, 눈에 띄지 않고 싶어서였다. 몇 년 뒤, 나는 새로 온 내담자들이 다른 사람과, 특히 로젠 박사하고는 포옹하지 않겠다고 거부하는 걸 보게 되고, 그를 포옹하지 않아도 된다는 생각이 내게는 한 번도 떠오르지 않았다는 걸 깨닫고 입을 쩍 벌리게 된다. 아니오,라고 말할 수 있는 그런 종류의 감각은 내 몸속 어디에도 없었다.

그룹 상담을 끝낸 나는 학교로 돌아가기 위해 북쪽으로 향하는 레드선 열차를 탔다. 새로운 얼굴들, 새로운 감정의 어휘들, 내가 막 속하게 된 새로운 세계로 머릿속이 웅웅거렸다. 로젠 박사는 마치 나의 모든 걸 안다는 듯 행동했다. 그의 확신에 찬 선언(크리스티는 섹스하는 걸 전혀 좋아하지 않잖아요) 때문에 나는 빈정이 상했다. 뭐가 그렇게 잘났담! 일류 정신과 의사라고 모든 걸 다 안다는 법은 없었다. 나는 예전에 쾌락에 열린 태도를 지녔던 적이 있었고, 만약 박사가 한 번 물어보는

62

성의라도 보였더라면, 나는 다리도 꼬지 않고 그와 그룹 구성원 모두의 눈을 들여다보면서 모든 걸 말해주었을 것이다.

———————

　내가 처음으로 강렬한 오르가슴을 느꼈던 날 밤, 텍사스의 봄 날씨는 태커레이 6644번지에 있는 내 방 창문을 열어놓아도 될 만큼 쾌적했다.
　나는 잠이 안 와서 라디오를 켜고 방송을 들었다. "〈섹슈얼리 스피킹〉, 연결되셨습니다." 우우우. 이건 어린이용 라디오 프로그램이 아니었다. 이불 속으로 더 깊이 파고들었다. 메리 마거릿 수녀님은 우리에게 섹스는 아기를 가지려고 노력하는 결혼한 부부들만을 위한 거라고 했다. 그 외의 상황에서 섹스를 하는 건 지옥에 떨어지는 길이며, 신으로부터, 부모님으로부터, 우리의 소중한 사람들로부터 멀어지는 길이라고. 어느 날 밤 엄마는 저녁 먹는 자리에서 가톨릭교회의 그 진리를 긍정하면서, 세상에는 영원한 지옥으로 가는 편도 티켓이 될 만한 두 가지 죄가 있다고 설명했다. "그건 살인, 그리고 혼전 섹스란다."
　라디오 볼륨을 조금씩 높이다보니 신의 은총으로부터 빠져나가는 내 모습이 어렵지 않게 상상되었다.
　전화를 걸어온 여성 청취자는 파트너와의 관계에서 오르가슴을 느낄 수가 없다고 고백했다. 그러자 루스 웨스데이머 박사의 강의가 이어졌는데, 자위행위를 통해 자기 몸을 알아가는 방법에 관한 강의였다. 루스 박사는 유용하게도 클리토리스가 어디 있는지, 뭘 하는 기관인지 설명해주었다. 4학년 생이 이 방송을 듣고 있다는 걸 잘 아는 듯한 말투였다.

그 현명한 충고들을 죄다 그냥 버릴 수는 없었다. 나는 다리 사이로 한 손을 미끄러뜨리고 자전거를 너무 오래 탈 때면 가끔씩 아팠던 그 섬세한 진주를 만져보았다. 손가락으로 천천히 원을 그리다 보니 마침내 무슨 일인가가 일어나는 게 느껴졌다. 따스한 파도가 솟아오르면서 두 다리가 뻐근해졌다. 그때 내 상영 목록에서 돌아가던 판타지는 〈올 마이 칠드런〉의 태드 마틴이 내 얼굴에 키스하면서 파인 밸리의 여자들을 전부 합쳐놓은 것보다 나를 더 사랑한다고 말하는 광경이었다. 나는 더 세게 문질렀다. 더 세게 압박해도 아프지는 않았다.

내 몸은 영광스러운 첫 번째 성적 해방을 향해 언덕을 올라갔다. 그러더니 루스 박사가 약속한 대로 온몸이 쾌감으로 떨려왔다. 태어나서 처음으로 내 몸이 정교하고도 강력한 존재라는 생각이 들었다.

거기, 아늑하고 어두운 나만의 공간이었던 어린 시절의 방에서 나는 루스 박사의 상냥한 지도하에 내 성적 욕망 속으로 여행을 떠났다. 어른들의 성적 비밀을 발견하고 나니 어른이 된 기분이었다. 이렇게 자기 몸을 만지면서 강렬한 육체적 쾌감으로 이루어진 따뜻한 파도를 느끼는 일은 못된 일임이 분명했다. 아무도 그것에 관해 얘기하지 않았으니까. 자위행위는 내가 떠올릴 수 있는 단어 가운데 가장 저속하게 들리는 단어였고, 나는 그런 말은 절대 하지 않을 생각이었다.

4학년이 될 때까지 몇 년 동안 나는 내 몸에 대한 혐오에

푹 절어 있었다. 나는 배가 너무 나온 아이였다. 그렇다는 메시지를 받기 시작한 건 네 살 때, 흠모하던 발레 선생님으로부터였다. "크리스티." 선생님은 말하곤 했다. "배." 배를 집어넣어서 안 보이게 하라는 뜻이었다. 선생님은 레오타드*가 군살로 튀어나오지 않고 양 허벅지 윗부분이 서로 완전히 닿지 않는 여자애들을 편애했다. 다른 무엇보다 발레리나가 되고 싶고 선생님의 사랑을 받고 싶었던 나를 그 두 가지 모두에서 저지하는 방해물이 하나 있다면 내 몸의 사이즈였다. '조스키스'와 '딜러즈' 같은 옷가게 탈의실에서 새 옷을 입어볼 때 엄마가 한숨을 내쉬는 걸 들으면 엄마는 내 온몸의 뼈가 가느다랗기를 바라는 게 아닌지 의심이 되기도 했다. 나 역시 그걸 바랐다는 걸 안다. 여동생이나 발레 수업의 제니퍼나 멜리사처럼 날씬하고 몸이 유연한 여자애들은 작은 몸 때문에 더 행복할 거라고 믿었다. 그 애들은 확실히 더 사랑받았다. 그렇게 체구가 작은 여자애가 되려는 시도의 하나로 나는 심각하지 않은 선에서 내 식욕과 소규모 전투를 (점심시간에 샌드위치를 반만 먹는다거나 디저트를 먹지 않는 식으로) 벌이기 시작했지만, 언제나 이기는 쪽은 내 식욕이었다. 날마다 물 한 잔과 클럽 크래커 세 조각만 먹을 요량으로 부엌에 들어섰지만, 결국엔 칩스 아호이를 한 주먹이나 먹고 쿨에이드 포도맛을 반 병이나 꿀꺽꿀꺽 마시곤 했다. 왜 식욕 조절이 안 될까? 왜 내 몸은 내가 되어야 하는 존재가 못 되게 방해하는 걸까?

* 티셔츠와 팬티를 결합한 형태의 의류로서 발레, 에어로빅, 체조 등을 할 때 입는다.

나는 폭식증이라는 형태로 오랫동안 이어질 내 몸과의 전쟁을 위해 그때부터 이미 준비를 하고 있던 예민한 아이였지만, 어두운 내 방에서 다리 사이에 손을 넣고 있을 때면 순수한 육체적 쾌감을 경험하기도 했다. 몇 분 안 되는 그 짧은 시간 동안에는 내 살들과 화해하고 잠들 수 있었다.

로젠 박사는 자위행위에 발을 들여놓고 있던 어린 시절의 크리스티를 알지 못했다. 그 조그만 소녀에겐 라디오를 켜고 탐험에 나설 배짱이 있었다.

5

"크리스티, 사람들한테 어제 뭘 먹었는지 말해보면 어떨까요."로젠 박사가 말했다.

"안 돼요!"내 목소리가 벽에 부딪쳐 울렸다. 나는 의자에서 튀어나와 마치 불이라도 끄려는 사람처럼 원 한복판에서 이리저리 뛰어다녔다. "안 돼, 안 돼요, 정말! 부탁할게요, 로젠 박사님, 그건 좀 봐주세요!"나는 어린애처럼 애원했다. 이것만은. 제발 이것만은. 전에는 이런 식으로 행동해본 적이 한 번도 없었다. 내가 먹는 음식에 관해 이렇게 단도직입적으로 물은 사람이 아무도 없었으니까.

"아이고, 저런. 그렇게 난리 피워야 될 정도면 우리한테 얘기 좀 해봐요."카를로스가 말했다.

심지어 음식 얘기를 하고 있던 것도 아니었다. 우린 로리가 기르는 페렛의 병원비 청구서 얘기를 하고 있었다.

상담을 시작한 지 한 달째였다. 화요일 상담을 네 번 하는 동안 그룹 사람들과 나는 서로를 알아가는 모든 통과의례를 거쳤다. 사람들은 내가 인간관계 때문에 힘들어서 그룹에 왔다는 걸 알게 됐다. 폭식증도, 나와 루스 박사에 대해서도 알게 됐다. 하지만 이건? 일곱 명이나 되는 사람들 앞에서 내가 어제 뭘 먹었는지 말하라고? 그럴 순 없었다.

내 섭식장애 양상은 더 이상 '라이프타임*' 채널에서 하는 영화에 나오는 것 같지는 않았다. 드라이브스루 식당들을 옮겨 가며 폭식을 하고 토하는 대신, 나는 좀 별난 방식으로 먹었다. 예시 A: 매일 아침 양배추 잎에 싼 모짜렐라 치즈 한 조각과 함께, 썰어서 탈지 우유를 부은 사과 한 사발을 전자레인지에 돌려 숟가락으로 떠먹었다. 그걸 '애플잭스'라고 불렀다. 거의 3년간 계속 아침으로 먹은 메뉴였다. 소시지 맥머핀이나 초콜렛 크루아상이나 그래놀라 바를 먹은 적은 한 번도 없었다. 이런 비밀스러운 아침 메뉴를 사생활이 보장되는 내 집 부엌에서 혼자 먹는 게 불가능할 때는 아예 아침을 걸렀다. 이 아침 메뉴는 안전했다. 단 한 번도 폭식을 불러오지 않았으니까.

로스쿨 친구들은 내가 괴상한 점심 메뉴를 먹는 걸 매일 봤다. 숨길 방법이 내게는 없었으니까. 기름 대신 샘물을 쓴 통조림 참치 한 캔을 양배추 잎에 얹고 프렌치스 클래식 옐로 머스터드를 듬뿍 뿌린 것이었다. 친구들은 당연하게도 너무나 입맛 떨어지는 데다 상상력도 없는 메뉴라고 나를 놀렸다. 평

---

* 주로 여성 관련 프로그램을 송출하는 미국 방송사.

범한 사람이라면 이런 점심 메뉴는 두 번 이상 먹지 않겠지만 나는 매일 그렇게 먹었다. 점심시간이면 다른 학생들은 분홍색과 흰색이 어우러진 고기와 치즈가 들어 있고 야채를 큼직하게 썰어 넣은 자르디니에르 소스가 뚝뚝 떨어지는 샌드위치를 찾아 캠퍼스를 어슬렁거리곤 했지만, 나는 학생 휴게실에 편안히 앉아 야구장에 들어온 토끼처럼 점심을 먹으며 다음 수업 준비를 했다. 그들은 내가 회복에 들어가기 전에는 음식과 맺고 있던 관계 때문에 식사를 하고 나면 보통 허리를 굽히고 변기에 얼굴을 들이밀고 토하곤 했다는 걸 몰랐다. 식욕을 통제할 수 없었던, 그리고 결국 말 그대로 변기 속을 들여다봐야 했던 기억은 내 몸에 새겨져 나를 괴롭혔다. 대학 때는 거의 '수치사'할 뻔했다. 누군가는 내 점심 메뉴에 대해 여러 가지를 말할 수 있을 것이다. 맛도 없고 부실한 데다 먹으면 반드시 속이 쓰릴 것 같다고 말이다. 하지만 그 메뉴는 내가 통제력을 잃지 않게 해주었다. 그 맛난 샌드위치들이 그렇게 해줄 수 있을까?

저녁으로는 다진 칠면조고기 소테에 브로콜리, 당근 또는 콜리플라워를 버무린 다음 파머산 치즈 한 숟가락을 뿌려 먹었다. 가끔씩 재료를 바꿔서 다진 칠면조고기 대신 닭고기를 넣기도 했다. 한번은 다진 양고기를 넣어봤는데 기름기가 너무 많았고, 집에서 썩은 고기 냄새가 풍겼다. 폭식증에서 회복되기 시작했을 때, 나는 내가 절대 폭식한 적이 없는 '안전해' 보이는 한 줌의 식품들을 골랐다. 그 안전한 식품들에서 방향을 틀 용기가 내겐 없었다.

하지만 폭식증은 다른 곳에서 툭 튀어나왔다. 그게 내 안에서 썩고 있던 비밀이었다. 매일 밤 나는 '디저트'로 빨간 사과를 서너 개씩 먹었고 종종 그보다 더 먹기도 했다. 가끔은 여덟 개까지 먹을 때도 있었다. 이렇게 사과를 먹는 습관에 대해 텍사스에 사는 조력자 케이디에게 슬쩍 얘기하자, 그는 흰설탕을 먹는 게 아니라 사과라면 하루에 한 상자씩 세 번을 먹어도 괜찮다고 나를 안심시켰다. 폭식증에서 회복 중인 많은 사람에게 흰설탕은 악마의 독약과도 같아서 도넛을 먹다 죽음에 이를 수도 있었다. 케이디는 내가 사과를 일주일에 몇 상자씩 먹든 그걸 '안전한 음식' 목록에 계속 놔두게 허락해줬다.

케이블 텔레비전 요금, 가스요금, 교통비를 합친 것보다 사과 값이 더 들었다. 내가 룸메이트 없이 혼자 사는 데 이유가 있다면 사과였다. 알려지는 것도 두려웠지만, 매일 밤 사과를 겨우 하나씩만 먹는 것도 상상하기 어려웠다.

"말해줘요." 로리가 부드럽고 상냥한 목소리로 말했다.

나는 두 눈을 질끈 감고 소를 팔러 나온 경매인처럼 재빨리 읊었다. "치즈, 양배추, 사과, 우유, 또다시 양배추, 참치, 머스터드, 오렌지 한 개, 닭고기, 당근, 그리고 시금치." 거기까지 말한 나는 계속하기 겁이 나서 잠시 멈췄다. 사람들에게 사과 얘기를 하는 것도 상상이 안 갔지만, 그걸 비밀로 하고 있는 것도 갑자기 참을 수 없게 느껴졌다. 내가 전혀 회복이 안된 거 아니냐고, 단계를 제대로 지키지 않았다고, 낙오자라고들 할 텐데. 나는 마음속으로 걷잡을 수 없이 비명을 질러댔다. 그렇지만 어째선지 불쑥 말해버렸다. "그러고 나서 사과를 여섯 개 더 먹었네요."

저녁을 먹고 나서 사과 반 다스를 먹어치우기, 그리고 내 식사 일기를 망치는 악당이 다름 아닌 농산물 매장의 무해한 귀염둥이라는 사실. 둘 중에서 어느 쪽이 더 화끈거리도록 수치스러운지는 말하기가 어려웠다. 12단계 모임에서 사람들이 체리 치즈케이크나 검은 감초 사탕, 스캘롭트 포테이토로 기괴하고 오싹한 일들을 벌였다고 얘기하는 건 수백 번이나 들어봤다. 그런데 내가 무릎 위에 올려놓고 있던 건 사과 한 봉지였다.

그 전날 밤의 폭식은 언제나와 비슷했다. 저녁식사 후에 사과를 하나 먹고는 더 이상은 아무것도 먹지 않겠다고 맹세했다. 하지만 배 속이 요동을 쳤고, 아직도 배가 고픈 건지, 칼로리가 더 필요하다고 몸이 신호를 보내는 건지 알 수가 없었다. 폭식증 회복 과정에서 알게 된 한 여자가 항상 하는 얘기가 있었다. 저녁을 먹었는데 또 뭔가가 너무 먹고 싶을 때는 침대에 올라앉아서 그 순간이 지나갈 때까지 기다리라고. 그래서 그렇게 해봤다. 깃털 이불 위에 책상다리를 하고 앉아 저 아래 거리에서 들려오는 소리를 들으며 앉아 있었다. 하지만 사과가 너무 먹고 싶어져서 침대에서 빠져나와 부엌으로 갔고, 냉장고 과일 칸에서 사과를 또 한 개 꺼냈다. 그러고는 마치 1분 내에 다 먹으면 안 먹은 걸로 해주겠다는 말을 듣기라도 한 것처럼 정신없이 먹어치웠다. 그러자 집에서 혼자 사과 빨리 먹기 대회를 하고 있다는 사실 때문에 수치심이(내가 그룹에서 배운 전문용어였다) 절정에 이르렀고, 나는 사과 두 개를 더 먹어버렸다. 만지면 아플 정도로 배가 불렀다. 내가 대체 뭔 짓을 하고 있는 거람? 알 수 없었지만, 나는 레드 딜리셔스 사과 두 개를 더 먹었다. 마침내 자려고 이불 속으로 기어들어가자 제대로 씹지도 않고 삼킨 사과 조각의 뾰족뾰족한 가장자리가 위벽을 찔러댔다. 위산 때문에 목구멍까지 쓰린 기분이었다.

매일 밤 자신을 상대로 이런 짓을 벌이는데 내가 대체 어떻게 식습관을 '회복' 중이라고 말하겠는가? 누구든 이런 식으로 음식을 먹는 사람을 어떻게 사랑하겠는가? 나는 이 짓을 몇 년 동안이나 계속해왔다. 이걸 대체 어떻게 멈출 수 있을까?

로젠 박사가 도움이 필요하냐고 물었다. 나는 천천히 고개를 끄덕였다. 외로운 보통 사람들처럼 밤마다 바이슨 버거와 아티초크 피자를 먹든지 벤 앤드 제리스 아이스크림을 파인트로 먹든지 하라고 그가 말할까 봐 두려웠다. 그보다 더 두려운 건 사과를 그만 먹으라는 말이었고.

"매일 밤 로리한테 전화해서 뭘 먹었는지 보고해요."

로젠 박사가 내 학년 석차를 듣고 "마젤 토브"라는 인사말로 축하해주었을 때처럼, 로리도 나와 눈을 맞추면서 너무도 친절한 미소를 지어 보이는 바람에 나는 울지 않으려고 시선을 돌려야 했다. 친절한 마음을 정면으로 받으니 명치께가 적외선등을 쬐는 듯 따뜻해졌고 눈물이 솟구쳤다.

내가 매일 벌이는 의식을 마침내 자세하게 드러내고 나니 피부가 한 겹 벗겨져 나간 것 같았다. 내 식습관을 정의하는 특징이 있다면 비밀주의였다. 유치원 때는 과자통에서 쿠키를 몰래 꺼내 먹었다. 고등학교 3학년 때 추수감사절 주말에는 피칸파이 윗부분을 몰래 벗겨 먹었다. 같이 지냈던 모든 룸메이트의 음식을 훔쳐먹어봤다. 회복 기간에 들어서서도 토하는 버릇은 없었지만 비밀로 하는 버릇은 버리지 못했다. 그리고 조금 다른 형태의 폭식증도.

"사과를 먹지 말라는 얘기가 아니에요."로젠 박사가 말했다. "먹고 싶은 대로 먹어도 돼요. 사과를 먹는다고 죽진 않아요. 하지만 그걸 비밀로 하는 건 해롭죠. 그리고 중요한 건," 그는 몸을 바짝 기울이고 목소리를 낮췄다. "크리스티가 음식과 맺고 있는 관계 속으로 이 그룹 사람들을 들여놓을 수 있다면 친밀한 관계를 만드는 데 한층 가까워질 수 있을 거예요. 우선 로리하고 시작해보세요."

나는 로리를 바라보며 내가 입에 넣은 모든 음식을 한 입한 입 그에게 말하는 걸 상상해봤다. 온몸에 힘이 꽉 들어갔고, 그건 대체로 두려움 때문이었지만, 희망도 있긴 했다. 내엉망진창인 식습관 속에서 벌어지는 일을 누군가에게 알릴 수있는 기회가 여기 있었는데, 그건 내가 전에는 진정으로 해본적 없는 일이었다.

음식에 관한 문제도, 관계에 관한 문제도 내 안의 망가진어느 한 부분에서부터 자라났다는 건 그렇게 놀랍지 않았다. 나를 놀라게 한 건 로젠 박사가 그걸 이해한다는 사실이었다. 폴라 D.는 그걸 알아채지 못했고, 그때 나는 줄기차게 토해대고 있었다.

"로리한테 전화하면 사과 폭식증이 치유될까요?"

"크리스티한테 필요한 건 치유가 아니에요. 지켜봐줄 사람이죠."

하지만 난 치유가 필요했다. 사과는 비쌌으니까.

대학교 2학년 때, 나는 보조개가 연못만큼이나 깊이 들어가는 정열적인 콜롬비아 남학생에게 빠졌다. 술집들이 문을 닫고 나면 그는 술에 취해 내게 전화를 걸었고, 우리는 여학생 클럽 회관인 '카파 카파 감마*' 하우스 뒤에서 서로를 더듬곤 했다. 그는 키스가 어떤 것이 될 수 있는지를 하나부터 열까지 내게 가르쳐준 남자였다. 그를 만나기 전에는 다른 사람과 입술을 서로 맞대는 일에 별다른 감흥이 없었지만, 그의 부드러운 혀가 내 혀에 닿자 곧바로 알 수 있었다. 훌륭한 키스는 몸속의 장기 하나하나, 세포 하나하나까지 닿을 수 있었다. 놀라움으로 숨을 못 쉬게 만들 수도, 입속을 대성당처럼 신성한 장소로 바꿔놓을 수도 있었다. 그의 키스는 나를 깨어나게 했다.

그러고는 나를 망가뜨렸다. 그 콜롬비아 남자는 이중으로 나를 힘들게 했다. 알코올의존증이 있는 데다 진지하게 사귀는 여자친구도 있었던 것이다. 나는 그의 아파트에서 자고 간 일이 딱 한 번 있었는데, 그날 그는 너무 취한 나머지 화장실로 착각하고 옷장 속에 소변을 보았다. 침대에서 1미터 남짓밖에 안 되는 곳에서 그가 소변을 보고 있던 새벽 2시에 나는 어디 있었을까? 그의 부엌에서 남은 생일 케이크를 입속에 욱여넣고 있었다. 몇 시간 뒤 수치심을 달래려고 산책을 나가면서 나는 원형 극장 모양으로 남은 검은 케이크 부스러기와 리

* 미국 일리노이주 몬머스대학에서 처음 설립되어 현재 미국과 캐나다에 140개 대학 지부가 있는 여성 대학생 클럽.

놀륨 바닥에 뭉개진 설탕 장식 덩어리들을 외면했다.

나는 긴 금발 생머리에 가냘픈 몸매를 지닌 '카이 오메가*' 회원이었던 그의 진짜 여자친구가 샌안토니오에 있는 부모님 댁에 갈 때면 그가 찾는 비밀스러운 간식이었다.

그가 속한 사교 클럽에서 하는 봄 무도회가 텍사스주 갤버스턴에서 열리던 주말, 나는 그의 아파트 근처로 달려갔다. 그러고는 그와 카이 오메가가 그의 포드 브롱코에 샤이너 복맥주를 여러 상자 싣는 모습을 음침한 스토커처럼 지켜보았다. 그가 여자친구의 엉덩이를 주무르자 여자친구는 머리를 뒤로 넘겼다.

엄청난 충격을 받은 상태로 달려 기숙사에 돌아온 나는 콘크리트 블록으로 된 우리의 조그만 방에 있던 모든 칼로리를 집어삼켰다. 테디 그레이엄즈 비스킷, 프레첼, 팝콘, 팝 타르트, 그리고 룸메이트가 찬장 속에 남겨놓은 핼러윈 사탕까지. 그다음엔 복도를 걸어 다니며 음식을 찾아 공용 쓰레기통들을 뒤졌다. 다른 어떤 학생이 버린 페퍼로니 피자를 쓰레기통에서 꺼낸 나는 그걸 전자레인지에 넣고 30초 돌렸다. 그러고는 치즈가 녹기를 기다리면서 딱딱해진 오트밀 건포도 쿠키 한 봉지를 게걸스레 집어삼켰다. 보몬트에 사는 누군가의 엄마가 보내온 페덱스 상자 속에 여전히 들어 있던 쿠키였다.

폭식하고 토하고를 7학년 때부터 해온 터라 손가락을 사용할 필요는 없었다. 그저 변기 위로 몸을 굽히기만 하면 됐

* 1895년에 처음 설립되어 현재 40만 명 이상의 회원이 가입해 있는 세계 최대 규모의 여학생 단체.

다. 먹은 걸 다 토해낸 나는 얼른 샤워기를 틀고 룸메이트가 공부 모임에서 돌아오기 전에 깨끗이 샤워를 했다. 위장이 반으로 쫙 찢어질 것 같았다. 조그만 욕실에는 김이 피어올랐고, 나는 벽 쪽으로 다가가 구토가 더 올라오는지 보려고 기다렸다. 눈앞에 검은 점들이 빙글빙글 돌았다. 나는 몸 반은 욕실에, 반은 바깥에 걸친 채 바닥에 쓰러졌다. 모든 게 까매지기 전에 나는 생각했다. 이거구나. 나는 이렇게 죽는 거구나. 인사불성이 될 때까지 퍼먹고 남자 때문에 좌절해서.

―――――――

로리의 번호로 전화를 걸었다. 다행스럽게도 로리의 녹음된 음성이 나를 반겼고 삐 소리가 났다. 내가 말할 차례였다. 나는 속삭임을 간신히 벗어난 목소리로 양배추 잎 전부와 저녁식사 후에 먹은 사과 다섯 개를 하나하나 늘어놓았다. 전화를 끊은 나는 방 안으로 전화기를 확 던져버렸다. 전화기가 단단한 나무 마룻바닥에 부딪치며 덜컥 소리를 냈다. "젠장할!" 나는 빈 집 안을 향해 소리를 지르며 주먹으로 베개를 쳤다. 어느 순간, 이런 생각이 들었다. 나 이거 왜 하고 있지? 너무 고통스럽잖아. 그런 다음에는 이런 생각이 들었다. 왜 로젠 박사한테 더 일찍 찾아가지 않았지?

다음날 밤 로리에게 다시 전화를 걸었지만 그 일은 조금도 쉬워지지 않았다. 로리의 음성사서함에 내가 먹은 음식물 보고를 끝내고 나서도 여전히 두 손이 떨렸고, 또다시 방 안으로 전화기를 던져버렸다. 소중한 비밀을 붙잡고 놓지 않으려고 말 그대로 레슬링이라도 한 것처럼 양팔에 환각 비슷한 통증이 느껴졌다. 사흘째 되던 날 밤 음성사서함에서 삐 소리가 났을 때는 "어제랑 똑같아요" 하고 말할 뻔했다. 나는 억지로 사과 하나하나, 양배추 잎 하나하나를 열거했다.

네 번째 날 밤은 최악이었다. 사과 일곱 개. 주 박람회 대회에 나가 상을 받을 만한 파이를 만들기에도 충분한 숫자였다. 나는 사과 일곱 개라는 그 진실을 숨기고 싶었지만, 이미 곡예사처럼 외줄을 타고 반쯤 걸어온 상태였다. 그 말을 로리에게 하면 저 앞에 보이는 단까지 후다닥 빠르게 달려갈 수 있을까? 어느 쪽이든 나는 외줄에서 내려가고 싶었다.

힘든 일을 하지 않으면 효과가 없을 거야. 나는 자신에게 되뇌었다. 숨을 깊이 들이마셨다. "망할 놈의 사과 일곱 개요."

　　로젠 박사는 뱀을 부리는 사람 같았다. 그가 정곡을 찌르
는 질문을 던지면 우리에게선 과거의 비밀들이 뱀처럼 스르
르 흘러나오곤 했다. 그는 로리를 부추겨 아버지가 폴란드에
서 탈출하며 했던 참혹한 경험 얘기를 자세히 꺼내놓게 하면
서 아버지처럼 유럽식 억양을 써서 말해달라고 권하곤 했다.
로젠 박사의 권유를 받은 커널 샌더스는 베트남에서 군복무를
마치고 나서 무면허 의사에게 외상후스트레스장애PTSD 치료
를 받았었다며 그 의사와의 미심쩍은 심리상담 경험을 들려주
었다. 로젠 박사는 카를로스에게서 주일학교가 끝난 뒤 자신
을 학대했던 이복 형 얘기를 끌어낼 수 있었고, 패트리스가 자
기 가족이 운영하던 과수원에서 목을 맨 오빠 얘기를 하며 눈
물을 글썽이게 할 수 있었다. 로젠 박사는 우리의 수치심과 슬
픔이 어디에 숨어 있는지 감지했고, 그걸 끄집어내는 방법을

알았다. 그는 거의 모든 상담 시간에 하와이와 폭식증 이야기를 하도록 나를 재촉했다.

화요일 아침마다 나는 내 아파트에서 레드선을 타고 역을 열한 개 지나 워싱턴역에서 내린 다음 7시 10분쯤에 지상으로 올라가곤 했다. 20분쯤 이른 시각이었다. 그룹에 들어가기로 한 날부터 밤에 깨지 않고 쭉 잠을 잘 수가 없게 됐다. 밤 10시쯤 잠들 수는 있었지만, 새벽 2시나 3시에 갑작스레 잠이 깨서는 다시 잠들지 못하곤 했으니 중심가로 일찍 나오는 건 어렵지 않았다. 하지만 불안으로 맹렬하게 뛰는 심장을 끌고 힘겹게 대기실로 가서 중독에 관한 책들 사이에 앉아 문이 열리기를 기다리고 싶지는 않았다. 그래서 나는 그 블록 근처를 돌아다니곤 했는데, 의류매장 '올드 네이비'를 지나 카슨 피리 스코트 백화점까지 내려간 다음, 거기서 워바시 애비뉴에 있는 L선 기차역을 향해 동쪽으로 걷곤 했다. 가끔씩은 고리 모양을 한 이 경로를 두 번 돌면서 자신을 안심시키기도 했다. 넌 그냥 심리상담을 받으러 가는 여자일 뿐이야. 둥글게 모여 앉아서 90분 동안 얘기하면 돼. 식은 죽 먹기지.

가끔씩 상담 시간은 샘스클럽 마트에서 하는 주스기 시연만큼이나 감정적으로 격렬해졌다. 어떤 날은 카를로스가 로젠 박사에게 서명 받으려 하는 보험 계약서가 있어서 상담 시간 전체를 그것에 관해 논하는 데 썼다. 또 어떤 날은 패트리스가 무릎까지 오는 양말 양쪽을 서로 다른 색깔로 신고 와서(한쪽은 미드나잇 인디고, 다른 쪽은 새까만 색이었다), 우리는 까다로운 성격의 패트리스가 양말을 엉망으로 신게 된 게 발전인지, 혹은 자신을 방치했던 과거의 상태로 되돌아가고 있는 것

79

인지에 대해 15분 동안 논쟁을 벌였다. 상담에는 깔끔한 결론도, 해결책도 없었다.

폭로가 있었다. 피드백이 있었다. 쳐다볼 대상이 있었고, 눈에 들어오는 것이 있었고, 나를 보는 시선이 있었다. 해답은 없었다.

나는 해답을 원했다.

방향 전환은 예고 없이 일어났다. 한순간, 나와 같은 날 상담을 시작했던 조용한 성격의 남자 마티가 죽음을 상기시키는 물건들을 숨겨둔 자신의 불온한 은닉처를 (다시 말해, 그가 혹시라도 모든 걸 끝내고 싶을 때를 대비해 침대맡 탁자에 보관해둔 청산가리 알약들을) 묘사하면서 울음을 터뜨리나 싶더니, 다음 순간에는 그룹의 대화가 유치원 때 내게 요충이 있었다는 이야기로 갑자기 핑 날아갔다. 아이들에게는 흔한 기생충인 요충이 생기면 밤 시간대에 항문이 참기 힘들 만큼 가려워진다. 나는 태커레이 애비뉴 6644번지의 내 방에서 떠돌이 개마냥 혼자서 몇 시간 동안이나 항문을 긁어야 했던 얘기를 그룹 사람들에게 했다. 밤이었고, 나는 다섯 살이었고, 부모님은 〈더 투나잇 쇼〉를 끄고 잠자리에 든 지 오래였다.

"요충이 생긴 걸 부모님도 아셨나요?" 로리가 물었다.

"잠깐만요." 내가 양손을 들어올리며 말했다. "근데 우리, 마티의 청산가리 얘기 하고 있었잖아요." 어쩌다가 화제가 다섯 살 때의 내 엉덩이로 온 거야?

"그룹 상담에는 하나의 방식이 있는데, 우리가 그만 놔줄 필요가 있을지도 모르는 것들이 그 방식을 통해 드러나게 되는 거예요." 로젠 박사가 말했다.

로젠 박사는 자세한 이야기를 좋아했기에, 나는 심호흡을 하고는 부모님이 요충이 생겼을 때 바르는 데시틴 연고를 줬지만 가려움이 가시지는 않았다고 설명했다. 아침 무렵엔 냄새가 심한 그 흰색 연고가 내 손톱 밑에 비벼져 있었고, 침대 시트와 잠옷과 엉덩이, 그리고 질에까지 온통 묻어 있었는데, 거긴 요충이 있는 곳이 아니었지만 긴긴 밤을 긁으며 보내다 보니 이것도 저것도 전부 헷갈렸던 모양이었다. 내 질에는 상처가 났고, 크림에선 비료 냄새가 나고, 항문은 가렵고, 모든 게 너무나 고통스러웠다. 하지만 신체적인 불쾌함보다 더 나쁜 건 내 엉덩이 속에 살아 있는 벌레들이 있다는 끔찍한 사실이었다.

"데시틴 연고는 기저귀 발진에 쓰는 국소 치료제고, 요충은 기생충인데요. 메벤다졸을 썼어야 했는데." 로젠 박사가 이마에 주름을 잡으며 엄청나게 의사답고 대단히 하버드 출신다운 말투로 말했다. 나는 다른 누군가의 문제로 화제를 돌리고 싶은 마음이 간절했지만, 그룹 사람들은 질문이라는 덫으로 나를 계속 붙잡았다. 이를테면 왜 부모님에게 데시틴 연고가 듣지 않는다고 말하지 않았는지 같은 질문을 하면서.

"약이 안 듣는 건 제 잘못이라고 생각했거든요." 긁으면 안 됐고, 부모님도 긁지 말라고 했지만, 나는 긁었다. 밤새도록 긁었다. 게다가, 엉덩이에 생긴 기생충 얘기를 하고 싶은 사람이 누가 있겠는가? 다섯 살 때 내 입을 꽉 다물게 한 건 내가 그때는 이름을 몰랐던 수치심이라는 감정이었다.

"다섯 살 때 벌써 여러 가지를 혼자서 처리하는 데 열심이었군요." 로젠 박사는 그게 대단히 놀라운 사실이라는 듯 말했지만 내게는 그렇게 느껴지지 않았다. 요충이 생겼을 때 나는 당혹스러운 (로젠 박사 식으로 말하자면 수치스러운) 감정을 느꼈다. 내가 엉덩이 속에 벌레가 든 더러운 아이가 되다니. 오빠나 여동생의 항문 속에는 기어 다니지 않는 벌레가 나한테는 있다니. 벌레는 내 몸이 결함 있고 역겨운 것이라는 증거였다. 로젠 박사는 어린 소녀로서 항문에 생긴 기생충과 혼자 싸워야 했던 일이 어떤 느낌이었는지 설명해보라고 내게 압박을 넣었다.

나는 몸서리를 치며 두 눈을 질끈 감았다. 20년이라는 세월이 지났지만 여전히 데시틴 연고 냄새가 나고 다리 사이에 지긋지긋한 가려움이 느껴지는 듯했다. 요충 얘기는 누구와도 해본 적이 없었다. 하물며 완전히 몰입한 여섯 명의 관객 앞에서는.

나는 눈을 뜨지 않은 채 자진해서 그들을 향해 말했다.
"수치심을 느꼈어요."

"수치심은 표면에 있는 감정이고요. 그 밑에는 뭐가 있죠?" 로젠 박사가 말했다.

나는 두 손에 얼굴을 파묻고 대답을 찾기 위해 내 몸을 훑었다. 수치심의 한쪽 귀퉁이를 들어 올려 그 밑에 뭐가 숨어 있는지 살펴봤다. 어릴 때 쓰던 침실에서 자정이 넘도록 몸을 긁고 있던 다섯 살 나의 공포로 일그러진 얼굴이 보였다. 그건 도움을 청할 방법을 모른다는 공포였다. 결국 키가 크고, 엄지손가락이 굵고, 낮고 굵직한 목소리를 지닌 중년 남자였던 소아과 의사선생님을 찾아가 온통 엉덩이 얘기를 해야 했던 공포. 학교에서 독서 모임을 하던 도중에 다른 사람들 눈에 안

떼게 가려움을 덜어보려고 테니스화 뒤꿈치를 엉덩이 틈새에 끼워 넣어야 했던 공포. 내가 불결한 존재이고, 먹기를 그만둘 수 없는 음식과 엉덩이를 가렵게 만드는 벌레들이 들어찬 몸으로 살고 있다는 공포. 무엇보다도 내 몸이 추잡한 문제, 다른 누구도 갖고 있지 않은 문제라는 공포.

"공포요." 내가 대답했다.

로젠 박사가 승인하듯 고개를 끄덕였다. "점점 가까워지고 있네요."

"무엇에요?"

"자기 자신에게, 그리고 자신의 감정들에요." 그가 두 팔로 방 전체를 훑는 동작을 했다. "그리고 물론 우리한테도요."

"이렇게 기억을 파내려가는 일이 저한테 어떻게 도움이 될까요?"

"패트리스를 봐요. 그리고 공감할 수 있는지 물어봐요." 패트리스는 깜짝 놀란 듯했고, 쳐다보지 말아요, 라고 말하는 것처럼 고개를 저었다. 그러더니 한 박자 쉬고는, 자기가 병원에서 받다가 도중에 잘못돼버린 관장 시술에 관한 얘기를 시작했다. 그다음으로는 로리가 항문 섹스에 대한 자신의 혐오감을 언급했고, 마티는 어렸을 때 그를 고생시킨 끈덕진 변비 얘기를 선사했다. 상담이 끝날 무렵, 우리 모두는 엉덩이에 얽힌 얘기를 하나씩 공유한 상태가 되어 있었다.

그날 상담을 하고 며칠이 지나 부모님에게 전화를 걸었다. 아버지와 나는 쩍쩍 들러붙는 느낌이 나는 내 차의 브레이크와 A&M대학교의 코튼볼 축구 경기 예상 성적, 그리고 계절답지 않게 서늘한 시카고의 날씨에 관해 이야기했다. 그런 다음 나는 로젠 박사 흉내를 냈다. 난데없이 그 요충에 관한 질문을 꺼낸 것이다. 아버지는 뭐가 기억나세요? (많이는 안 나는구나) 저한테 몇 번이나 요충이 생겼었죠? (몇 번 그랬지) 오빠랑 동생도 그런 게 생겼던 적이 있나요? (그렇진 않았다) 엄마의 목소리가 배경음처럼 들려왔다. "크리스티가 왜 요충에 관해 알고 싶어 하는 거예요?" 나는 전화기를 꽉 움켜쥐었다. 그룹 상담을 받고 있다는 고백이 내 입 안에 차올랐지만, 내가 엉덩이에 벌레가 생겼던 과거 얘기를 한 무리의 사람들과 함께 나눴다는 걸 알면 **엄마**가 느낄 공포를 상상하자 그 고백은 흩어져버렸다. 게다가, 로젠 박사와 그룹 사람들에 관해 엄마에게 얘기하면 나는 내가 의지력을 발휘해 행복해지는 데에도, 그리고 남들에게 내 문제를 말하지 않는 데에도 실패했다는 사실을 인정해야 할 것이었다.

"그런 건 왜 묻니?" 아버지가 말했다.

"그냥 궁금해서요."

———

어느 화요일 아침에는 90분의 상담 시간 내내 아무도 아무 말도 하지 않았다. 우리 모두는 말 그대로 침묵 속에 앉아 저 아래에서 L선 열차가 육중하게 움직이는 소리, 자동차 브레이크가 밟히며 나는 끼익 소리, 그리고 복도 저쪽에서 누군가가 문을 닫는 소리에 귀를 기울였다. 우리는 서로 눈을 마주치거나 킥킥거리지 않았다. 첫 45분 동안, 나는 내 스웨터에서 보풀을 뜯어내고 다리를 덜렁거리고 손에서 큐티클을 잡아뜯었다. 30초마다 시계를 쳐다보았다. 침묵은 노출된 느낌, 불안한 느낌, 비생산적이라는 느낌이 들게 했다. 이 시간에 헌법 과제를 읽어도 될 텐데. 그러다 나는 차츰 평온해졌고, 창밖으로 미시건 호수를 내다보았다. 우리가 유지하고 있던 조용한 공간이 바다만큼이나, 우주 공간만큼이나 광활하게 느껴졌다. 상담실 안에 흐르는 빛은 신성해 보였고, 우리 사이의 친밀감은 거룩하게 느껴졌다. 9시가 되자 로젠 박사는 두 손을 깍지 끼고 늘 하던 대로 "오늘은 여기까지 하죠"라고 말했다.

그룹 구성원들과 함께 복도를 걸어 나오는 내 몸속에는 조용한 평화가 깃들어 있었다. 비록 거리로 나오자마자 카를로스의 팔을 잡아 흔들며 "방금 저기서 대체 뭔 일이 있었던 거죠?"하고 묻기는 했지만.

그게 뭐였든, 나는 조용한 평화와 함께 내가 90분 동안 완벽한 침묵 속에서 여섯 명의 다른 사람들과 함께 앉아 있을 수 있었다는 경이감을 품고 그날 하루의 나머지 시간을 보냈다.

로젠 박사는 처방을 많이 했지만 약물 처방은 드물었다. 그는 약으로 치료하는 사람이 아니었다. 카를로스는 병원을 확장하는 일에 대한 두려움을 가라앉히는 데 도움이 되도록 그룹에 기타를 가져와 우리에게 노래 한 곡을 불러달라는 처방을 받았다. 패트리스는 남편의 배에 딸기를 문지르고 핥아 먹은 다음 그 결과를 그룹에 보고하라는 처방을 받았다. 그리고 내과 전문의가 불안 증상에 처방해준 약 때문에 로리의 성

욕이 억눌리고 있다고 생각한 로젠 박사는 로리에게 다음과 같은 처방을 내렸다. "남편이 오럴섹스를 해주는 동안 발가락 사이사이에 그 알약을 하나씩 끼워요."

나는 매일 밤 로리에게 전화해 먹은 음식을 보고하라는 내 몫의 처방을 몇 주간 따라오고 있었다. 더 이상 전화를 끊고 나서 울지 않았고, 먹는 사과의 개수도 매일 밤 다섯 개 정도로 소박하게 줄어들었다. 또 다른 처방이 필요한 시기였다.

"제 불면증에 뭔가 도움이 되는 게 있을까요? 졸려서 생각을 제대로 할 수가 없어서요."로스쿨에서의 두 번째 해가 진행 중이었고, 그룹에 와서 앉아 있지 않을 때면 나는 하계 인턴십을 위해 시카고에서 제일 큰 로펌들에 가서 면접을 보고 있었다. 인턴으로 뽑힌 다음 나중에 정규직 제안을 받을 수 있었으면 했다. 몇 주 동안이나 잠을 제대로 못 잔 까닭에 피로가 두개골을 압박해서 수업에서든 면접에서든 맑은 정신으로 깨어 있기 어려웠다. 윈스턴 앤드 스트론사에서 백발의 운영위원이 자기가 대법원에서 변호를 맡았던 시절 얘기를 들려주는 동안 나는 졸지 않으려고 팔뚝 안쪽을 꼬집어야 했다.

내 식습관이 뜨거운 김이 모락모락 나는 꿀꿀이죽처럼 엉망진창이라는 건 이미 고백한 뒤였고, 이제 나는 잠을 제대로 못 잔다는 사실을 시인하고 있었다. 스물일곱 살짜리 몸에 갇혀 있는 신생아나 다름없었다.

로젠 박사가 자세를 바로하고는 미치광이 과학자처럼 두 손을 비벼댔다. "오늘 밤 자기 전에 마티한테 전화해서 긍정적인 말을 해달라고 청해봐요."

"로리한테 전화해서 먹은 걸 보고하기 전에요, 후에요?"

"그건 상관없어요."

"오늘 밤에 저는 오페라를 보러 가니까 7시 전에 전화 주세요." 마티가 말했다.

그날 저녁 6시 30분, 나는 하루 종일 이어진 수업과 존스데이사에서 다섯 시간 동안 진행된 면접으로 녹초가 된 채 벨몬트 기차역 승강장에 서 있었다. 존스데이사에서는 시니어 변호사들과 얘기하는 동안 졸지 않으려고 또다시 팔뚝 안쪽을 꼬집어야 했다. 머리칼을 얼굴에 후려치는 바람을 맞으며 마티의 번호로 전화를 걸었다.

"긍정적인 말 때문에 전화했는데요." 북쪽으로 향하는 열차가 들어오는 불빛이 승강장을 비추기 시작했을 때 내가 전화에 대고 말했다.

"당신은 다리가 아주 근사해요, 아가씨." 마티는 커널 샌더스처럼 기분을 나쁘게 하는 남자는 아니었다. 그는 그룹에서 입을 열 때마다 울었고, 그를 그토록 슬프게 하는 게 뭔지 좀 더 알고 싶다고 우리가 말했을 때는 순수하게 놀란 것 같았다. "제가 하는 말을 들어주는 사람이 있다니 믿기 어려운 일이에요."

나는 다가오는 열차의 굉음 속으로 웃으면서 그의 말들이 강력한 수면제 암비엔처럼 효과를 발휘해주길 기도했다.

다음 날 아침, 눈을 뜨기 전에 망설였다. 아직 새벽 2시밖에 안 된 걸 보게 될 것 같아서였다. 그런데 아침의 소리가 들려왔다. 이웃집 문이 닫히는 소리. 새들의 노랫소리. 차에 시동이 걸리는 소리. 왼쪽 눈을 뜨고 시계를 보았다. 5시 15분이었다. 전례 없이 일곱 시간이나 잔 것이었다. 나는 챔피언처럼 주먹을 쥐고 흔들었다.

어쩌면 로젠 박사는 뛰어난 사람이 맞을지도 몰랐다.

7

시카고에 겨울이 내려앉자 나는 평범한 문제들을 그룹에 가져오는 연습을 했다. 스물일곱 살 먹은 제법 똑똑한 성인이면 당연히 처리할 줄 알아야 하는 일들에 대해 그룹 사람들의 조언을 요청할 때면 수치심이 등뼈를 타고 내려가며 따끔따끔 찔러댔다. 대학 때 룸메이트였던 캣이 계획한 스키 여행을 가기 위해 학자금으로 지원받은 돈 일부를 써야 할지 같은 문제가 그런 경우였다. 그룹 사람들은 만장일치로 여행을 가는 쪽에 투표했다. 로젠 박사는 여행을 가면 안 되는 그럴듯한 이유를 하나만 대보라고 나를 압박했다.

"전부 다 커플이에요. 저만 짝이 없다고요."

"마음을 열어봅시다." 로젠 박사가 말했다.

믿을 수 없어! 단 한 번도 어디에도 참석 안 하던 네가! 내가 초대를 받아들이자 캣은 이렇게 답장을 보냈다.

크리스마스와 설날 사이의 화요일 아침, 나는 크레스티드 뷰트에 있는 어느 오두막집에서 로리의 휴대폰으로 전화를 걸었다. 내가 상담에 결석한 건 그때가 처음이었다.

"안녕, 자기. 스피커폰으로 연결할게요." 부스럭거리는 소리가 나더니 약간 알아듣기 어려운 로리의 목소리가 들려왔다. "모두들 크리스티한테 인사해요." 뒤에서 들려오는 인사말의 합창.

"다들 뭐하고 있어요?" 창밖으로 보이는 시카고의 회색 하늘을 배경으로 늘 앉던 자리에 앉아 있는 그들 각자를 그려 보며 내가 물었다.

"크리스티가 없으니까 재미없네요." 카를로스가 말했다.

"모두들 저 보고 싶어요?" 이 사람들, 사과도 기생충도 너무 많이 나오는 내 비참한 얘기와 나에게서 해방될 수 있어서 고마워하고 있는 거 아닌가?

"다들 끄덕끄덕하고 있어요." 로리가 말했다. "심지어 로젠 박사님도요."

내 마음은 로키 산맥 너머로 솟아올라 평원을 가로질러 그들이 앉아 있는 가로세로 4미터짜리 방으로 달려갔다. 거기에는 보통 때는 내 몸이 놓여 있지만 지금은 비어 있는 의자가 하나 있었고, 그들은 그 자리를 바라보며 머릿속으로 나를 떠올리고 있었다.

어렸을 때 오빠, 나, 그리고 여동생은 번갈아 가며 할머니 댁에 찾아가곤 했다. 할머니는 텍사스주 포레스턴에 있는 농장이 딸린 커다란 노란색 주택에 살고 계셨다. 나는 그곳에서 보내는 주말을 좋아했다. 할머니의 땅 여기저기를 돌아다니며 시냇가에서 보물을 찾고 암소들의 무덤에서 뼈들을 골라 낼 수 있어서였다. 한번은 할머니 댁에 있다가 중간에 집으로 전화를 한 적이 있었다. 이유는 기억나지 않는다. 장거리 전화를 걸 수 있는지 시험해보려고 했던 것 같다. 태커레이 애비뉴 6644번지의 전화기는 울리고 또 울렸다. 아마 이웃집 수영장이나 뒤뜰에 계실 거야. 그날 밤, 한 번 더 통화를 시도했다. 여전히 응답이 없었다. 부모님은 어디로 간 걸까?

그 주 주말에 아버지가 나를 데리러 올 시간을 정하려고 전화했을 때 나는 할머니에게서 전화기를 빼앗았다. "어디들 계셨어요? 이틀 전에 전화했었는데."

"오클라호마에 며칠 다녀왔단다."

나 없이 휴가를 다녀왔다고? 눈물이 차올라 눈앞이 흐려졌다. 오클라호마에 가본 적이 없던 나는 갑자기 못 견디게 그곳에 가고 싶어졌고, 거기서 부모님이 본 것들을 보고 싶어졌다. 검은 머리를 길게 땋아 늘어뜨린 여자들이 관리하는 진짜 티피*들과 쭉 뻗은 먼지투성이 고속도로를 따라 여기저기 흩어져 작동하고 있는 석유 굴착 장치 같은 멋진 것들을. 어떻게 나만 빼놓고 여행을 갈 수가 있지? 그것도 주 경계까지 가로질러 가면서! 이건 내가 우리 가족 중에 없어도 되는 사람이라는 분명한 증거였고, 그걸 깨닫자 몸을 웅크리고 소리를 지르며 울고 싶어졌다.

수화기 반대편에서 아버지는 우리 가족이 잘 아는 폰카 시티에 사는 친구한테서 오래된 대형 장식장 하나를 가져와야

* 북미 평원 지방에 있는 인디언의 천막집.

해서 갔던 거라고 설명했다. "하워즈 존슨즈 호텔 에어컨이 고장나서 켄터키 프라이드 치킨 매장에서 식사를 했는데, 너희 엄마가 그걸 가지고 나한테 아직도 화를 내고 있지 뭐냐. 거기 주차장에서 개 한 마리가 쥐를 잡아먹는 걸 봤거든." 아버지는 여행이 마치 재앙 같았던 양 말했지만, 내 귀에 들어오는 거라고는 오클라호마라고 불리는 그 땅에서 일어난 마술적이고 놀라운 일들뿐이었다. 그리고 이런 얘기도 들렸다. 너는 중요하지 않아. 네가 중요하지 않은 애라서 우린 너 없이 휴가를 간단다.

몇 년 동안 엄마는 오클라호마 여행이 화제로 등장할 때면 몸서리를 치곤 했다. 사진 한 장 남아 있지 않았고, 우리 가족 중 누구도 그리로 다녀온 짧은 주말여행에 대해 좋은 기억은 품고 있지 않았다. 나 역시 텍사스 정북쪽에 있는 그 주 이름을 들을 때면 몸서리를 치곤 했다. 그 단어는 내가 혼자 남겨질 수 있다는 증거였으니까.

———

겨울이 되자 내게는 그룹에 들어온 이후 처음으로 데이트 상대가 생기기도 했다. 카를로스가 자기 친구 샘을 나와 엮어주었는데, 샘은 연인과 헤어진 지 얼마 안 되는 변호사였다. 처음으로 전화통화를 하는 동안 샘과 나 사이에는 어렵지 않게 친밀감이 생겼다. 샘은 〈서바이버〉를 단 한 에피소드도 본 적 없다고 시인했고, 나는 《해리 포터》를 첫 챕터만 읽고 덮어버렸다고 고백했다. 북클럽 모임이 곧 시작할 참이어서 내가 전화를 끊으려 하자, 샘은 정신없이 바쁜 법학도가 취미로 책을 읽을 시간도 내고 있다는 걸 놀라워하는 느낌이었다.

샘과 내가 잘 맞을 것 같다고 믿을 만한 이유는 많았다. 우리는 둘 다 카를로스를 매우 좋아했고, 법률 전문직에 대해 복잡한 감정을 품고 있었다. 8시 정각, 창문으로 내다보니 샘이 아파트 앞에 차를 대고 있었다. 배 속이 흥분으로 울렁거렸다. 욕실에 들어가 카를로스가 바니스 백화점에서 나를 위해 골라준 립스틱을 한 번 더 덧발랐다.

문을 열면서 그와 포옹하게 될 줄 알았는데, 샘은 그냥 손을 내밀며 눈까지는 올라가지 못한 냉담한 미소를 지어 보였다. 그러고는 소화전 앞에 이중주차를 한 사람처럼 급히 몸을 돌려 계단을 내려갔다. 그래도 나는 실망하지 않았다. 우리 앞에는 가능성으로 가득한 하룻밤이 통째로 펼쳐져 있었고, 아마 조금 있으면 신체적 접촉도 뒤따르게 될 테니까.

샘은 어디를 예약해두지는 않았고, 어디로 가자고 제안을 하지도 않았다. 우리 사이에는 어색한 침묵이 흘렀고, 결국 내가 아파트에서 가까운 어빙 파크에 있는 쿠바 음식점으로 가자고 제안했다. 차를 타고 가는 동안에는 그에게 방향을 알려주는 내 목소리가 차 안의 유일한 소리였다. 내가 전화에서 느꼈던 그 공감대는 상상의 산물이었나?

'카페 28'에서 샘은 버버리 목도리를 계속 목에 감고 있었고 종업원들을 퉁명스럽게 대했다. 음식이 나올 때쯤엔 아무래도 안 되겠다는 생각이 들었다. 나는 실망한 나머지 그 멍청한 감자 요리를 주먹으로 으깨고 싶었고, 식당 한복판으로 연어를 던져버리고 싶었다. 이 만남을 위해 립스틱과 스웨터를 샀다. 그룹 상담에도 나가고 있었고, 로리에게 전화를 걸고,

마티에게도 걸면서 로젠 박사가 제안하는 대로 '그룹 사람들을 마음속에 들여놓고' 있기도 했다. 그래서, 그 결과가 이건가? 샘은 왜 저렇게 쌀쌀맞고 내게 관심이 없어 보일까?

우리는 너무 완벽해서 극단적으로 느껴지는 침묵 속에서 차를 타고 집으로 돌아왔다. 샘은 나를 집 앞까지 데려다주지 않았고, 차 엔진을 끄지도 않았다. 아마 그는 마지막으로 악수를 하려고 손을 내밀었을 테지만 나는 저녁 잘 먹었다고 인사한 다음 바로 그에게 등을 돌려버렸다. 집에 걸어 들어왔을 때 시계는 8시 50분을 가리키고 있었다.

심지어 한 시간도 못 버티고 데이트가 끝나버린 것이었다.

로젠 박사의 번호를 눌렀다. 그는 1번, 그러니까 내 단축번호에 있어 졸업생 대표였다. 그의 음성사서함에 내가 내린 결론을 밝혔다. "상담이 효과가 없네요. 부탁인데, 내일 전화 좀 해주실래요? 기분이 너무 아니라서요." 나는 집 안 여기저기를 빙빙 돌며 샘이 왜 내게 기회를 주지 않은 건지 궁금해했다. 그러고는 음식 보고를 하려고 로리에게 전화하고, 긍정적인 말을 들으려고 마티에게 전화해 그 굴욕감을 그들과 나눠 가졌다.

"데이트가 망한 건 크리스티 잘못이 아니에요." 그들은 그렇게 단언했다. "어떤 데이트는 그냥 망해요."

다음 날, 나는 학생으로 살아온 전 기간을 통틀어 단 한 번도 해본 적 없는 일을 했다. 수업을 빼먹고 이불 속에 들어가 몸을 둥글게 웅크린 채 아무것도 없는 허공 노려보기였다. 텔레비전을 보지도, 책을 읽지도, 수업을 위해 필기한 내용을 검토하지도 않았다. 정오쯤이 되자 로스쿨에서 절친인 클레어가 음성사서함을 남겼다. "아니, 생전 결석이라곤 안 하던 애가 웬일이냐. 전화해줘."

뭔가가 꽉 막힌 듯한 익숙한 느낌. 내 인생 대부분의 시간에 경험해온 그 느낌이 다른 모든 생각을, 감각을 차단해버렸다. 그 느낌은 내가 숨 쉬고, 내 몸에 피가 흐르고, 욕망이 생겨나는 걸 가로막으면서 항상 그 자리에 있을 것만 같았다. 막히고, 막히고, 또 막힌 느낌. 상담을 받으면 변화가 일어나고 막힌 데 없는 사람이 될 줄 알았다. 플로리다 해안 저 멀리서 세력을 모으는 허리케인처럼 가슴속 어디쯤에 한 덩어리의 울음이 모이고 있었다. 꽉 막힌 상태가 내 탓인 것처럼 느껴졌다. 대체 어떻게 해야 이게 달라질 수 있을까? 표면이 팝콘처럼 우툴두툴한 천장에 튀어나온 부분들을 세는 동안 나는 자기혐오 속으로 가라앉았다. 이렇게 계속 꽉 막혀 있을 거라면 화요일마다 받은 상담에는 무슨 의미가 있는 거지?

3시 15분, 로젠 박사의 번호가 전화기 화면에서 빛을 냈다.

"저 좀 도와주실 수 있어요?" 나는 '여보세요' 대신에 그렇게 말했다.

"그럴 수 있으면 좋겠네요."

"제 데이트는 왜 이렇게 처참한 꼴이 난 걸까요?"

"처참하다고 누가 그러는데요?"

"일단 50분밖에 지속이 안 됐고요. 저, 오늘은 심지어 학교도 안 갔어요. 지금 침대 속에 들어와 있어요."

"축하해요."

"뭘요?"

95

"마지막으로 자기 감정이 들어갈 자리를 이만큼 만들어줬던 게 언제였어요?"

"음." 로젠 박사는 내가 '그런 적 한 번도 없다'고 대답하리라는 걸 알고 있었다.

"뭔가를 느낄 여유 공간을 가져도 돼요."

"하지만 제가 어떤 **행동**을 해야 될까요?"

"전화 받기 전에는 뭐하고 있었어요?"

"천장을 노려보고 있었는데요."

"그럼 그걸 계속해요. 그리고 내일 그룹에 나와요."

"그게 다예요?"

로젠 박사가 웃었다. "**마말레***, 그 정도면 많이 하는 거예요."

그걸로 충분하다고는 느껴지지 않았다. 하지만 전화를 끊자 몸이 조금 펴졌다. 이성적인 생각들이 머릿속을 채웠다. 샘은 시카고에 있는 수천 명의 남자 중 한 명이었어. 내가 잘못한 건 없었어. 그냥 별로인 데이트를 한번 한 거야. 별 거 아냐. 긴장증에 빠져들 만한 이유는 못 돼.

그룹에서 로젠 박사는 내가 해야 하는 일은 계속 상담에 나오는 일밖에 없다고 단언했다. 그에게는 내가 그와 그룹 동료들과 함께 둥글게 모여 앉아 있는 90분이 가장 중요하고 최종적인 감정적 변화의 과정이었다. 그에게는 그 시간이 여전히 매끄러운 내 심장에 칼집을 내는 데 충분히 영향을 미칠 만한 시간이었다. 그에게는 그걸로 충분한 모양이었다.

하지만 내게는 아니었다. 나는 새로운 처방을 원했다. 뭔

---

* '꼬마 아가씨'라는 뜻의 이디시어.

가 대담하고 어려운 처방을. 내 용기를 몽땅 들이부어야 하는 어떤 일을. 로젠 박사는 내 고통을 심각하게 여기지 않고 있었다. 내 몸속의 느낌이 어떤지 그는 이해하지 못했다. 나는 칠하던 페인트가 굳어 열리지 않게 된 창문이었고, 조리대에 대고 아무리 두들겨도 꼼짝도 하지 않는 닫힌 병뚜껑이었다.

그에게 그걸 보여줘야 했다.

———————

앤드루 발리가 뜬금없이 전화를 했다. 내가 기억하기로 어느 휴일 파티에서 만났던 그는 청금석처럼 푸른 눈을 한 조용한 남자, 내 농담에 웃어주었던 남자였다. 그가 만나서 브런치를 같이 먹자기에 좋다고 했다. 달걀과 감자 요리를 앞에 두고, 나는 그의 거친 두 손과 거의 울프컷에 가깝게 자른 머리를 자세히 들여다보았다. 나, 이 남자가 마음에 드나? 곧바로 떠오르는 대답은 '아니오'였다. 우리는 공통점이 없었고, 공감대도 전혀 없었고, 나는 웃기려고 자른 것도 아닌 그의 80년대식 헤어스타일에 어쩔 수 없이 계속 의구심이 들었다. 하지만 나는 그 '아니오'를 그의 긍정적인 특징들로 눌러 내 갈비뼈 밑으로 가라앉혔다. 그는 친절했고, 지불 능력이 있었고, 맨정신이었고, 내게 관심도 있었다. 그러니 그가 책읽기를 좋아하지 않는다 한들 뭐 어떤가? 그가 베어스의 수퍼볼 예상 성적을 제외한 시사 문제에는 관심 없어 보이면 또 어떻고? 차로 걸어가는 길에 그가 손을 잡았을 때 거부감으로 내 몸이 경련을 일으킨들 무슨 상관이란 말인가?

앤드루는 두 번째 데이트로 자기 집에서 저녁을 만들어주겠다고 제안했다. 로저스 파크에 있는 그의 새 콘도로 운전해 가는 길, 금요일 오후의 차들은 웨스턴 애비뉴를 기어가고 있었다. 파란불이 두 번 켜지는 동안 몇 센티미터도 가지 못하고 앉아 있자니 속이 터져서 나는 운전대를 힘껏 두들기며 목청껏 소리를 질렀다. 너무 오랫동안 시끄럽게 소리를 지르는 바람에 내 목소리는 그 뒤로 이틀 동안이나 쉬어 있었다. 앤드루의 집에 가고 싶지 않았는데 억지로 좋다는 대답을 했다. 거절하는 건 내 무의식 속에 외톨이가 되고 싶다는 마음이 있다는 뜻이었으니까. 앤드루는 괜찮은 남자였잖아! 나는 나 자신을 향해 소리를 질렀다. 좀 기회를 줘보란 말이야! 죽도록 외롭다고 해놓고, 이제 와서 괜찮은 데다 맨정신이기까지 한 남자랑 데이트를 안 하겠다니 어떻게 그럴 수가 있어?

앤드루는 환하고 우아하게 꾸며진 자신의 원룸 아파트를 구경시켜준 뒤 닭가슴살 두 덩어리를 그릴에 굽고 양상추 한 봉지를 히든 밸리 랜치 소스에 버무린 다음 도자기 볼에 담았다. 나는 그의 진심 어린 노력에 미소를 지었다. 비록 배 속에서는 그 '아니오'가 사방을 휘저으면서 솟구쳐 올라 입에서 튀어나오려고 안달하고 있었지만.

우리는 그의 소파에 앉아 무릎 위에 접시를 올려놓고 균형을 잡으면서 그가 하는 일과 텍사스에 있는 내 가족에 대해 예의바른 잡담을 나눴다. 정면에서 보면 그가 울프컷을 하고 있다는 게 별로 눈에 띄지 않았지만, 그와 대화하는 건 연골이 닳아 없어진 몸속에서 뼈와 뼈가 맞부딪쳐 갈리는 느낌이었다. 이야기가 자연스럽게 흘러가지 않았다. 그도 나도 재치 있거나 매력적인 것과는 거리가 먼 사람이었다. 딱딱하게 굳은 닭가슴살 요리와 충분히 괜찮지만 말은 거의 안 통하는 남자. 이건 내가 원한 게 아니었다.

음식을 다 먹고 나자 나는 겁에 질렸다. 내 안에는 더 이상 꺼낼 잡담이 없었으므로, 나는 앤드루에게 돌진해 그의 입술에 입술을 가져다 댔다. 그 키스가 뭔가에, 그와 함께 그곳에 있고 싶어지게 해줄 뭔가에 불을 붙여주기를 바라면서.

앤드루의 두 눈이 놀라움으로, 이어서 흥분으로 휘둥그레졌다. 그는 내게 키스를 되돌려주었다. 나는 체온도 심장도 없는 기계인간으로 변해버렸다. 집에 가고 싶었고, 그런 내가 싫었다. 내가 헤어스타일 같은 멍청한 이유로 그에게 거부감을 느낀다는 것도 싫었다. 내가 혼자인 것도 당연했다. 나는 나쁜 년이었다. '아니오'가 배 속에서 고동쳤지만 내리눌렀다. 여기, 바로 내 앞에 괜찮은 남자가 앉아 있는데 그에게 반하거나 호감이 생기지 않는다면 그건 내 잘못이었다.

"콘돔 있어요?" 내가 말했다. 어쩌면 같이 자는 걸로 이렇게 꽉 막힌 상태에서 벗어날 수 있을지도 몰랐다. 어쩌면 섹스가 그의 매력을 알려줄 것이었다.

나는 스웨터와 브래지어, 속옷, 청바지를 아직 그대로 입고 양말과 부츠를 신고 있었다. 앤드루는 빨간색 플란넬 셔츠를 청바지 속에 빈틈없이 넣어 입고 벨트를 하고 있었다. 그의 구두끈은 여전히 묶여 있었다. 90초 동안의 정숙한 애무 시간이 끝나고 바로 성관계로 옮겨 가는 건 길모퉁이의 세븐일레븐을 터는 것만큼이나 말이 안 되는 일이었다. 하지만 우리는 속도를 늦추고 도대체 우리 사이에 진짜로 무슨 일이 일어나고 있는 건지 헤아려볼 재간도, 그러고자 하는 마음도 없었다.

음악은 없었다. 무드등도 없었다. 이따금씩 날아오는 검게 탄 닭고기 냄새를 제외하면 분위기랄 것도 없었다. 앤드루가 팬티를 내리고 콘돔을 끼웠다. 나는 골반에 딱 걸린 청바지를 벗느라 춤추듯 엉덩이를 흔들었다.

그가 내 몸 위로 올라왔다. 나는 아랫입술을 깨물고 천장을 노려보았다. 유독한 생각들이 머릿속을 흘러갔다. 네가 얻는 건 고작 이거야. 아무것도 느끼지 못할 거야. 넌 망가졌어. 칼집을 잘못 냈네. 눈을 깜빡이자 두 눈에서 눈물이 흘러나왔다. 나는 흐느낌을 삼키고 그룹에서 들려줄 말을 떠올렸다. 제가 한 짓을 봐요. 이제 아시겠어요? 이거 심각한 문제라고요.

앤드루는 내 안에 들어오려고 애를 썼다. 또다시 막혀 있었다. 나는 그가 들어오기 편한 각도가 되고 속도가 빨라지도록 엉덩이를 기울였다. 그가 세 번인가 네 번 밀어넣고 나자 일은 끝났다. 둔하고 단조로운 자기혐오의 울림을 제외하면 나는 아무것도 느끼지 못했다. 호흡도 전혀 빨라지지 않았다.

그가 뒷마무리를 하는데 그의 전화기가 울렸다. 직장에서의 긴급 호출이었다. 앤드루는 바지를 확 끌어올렸다. "미안, 근데 나 가봐야 돼서요." 나는 그의 직업이 뭔지조차 모르고 있었다.

내 차로 돌아온 나는 로젠 박사의 번호를 눌렀다. 그의 자동응답기에 대고 닭가슴살, 내 배 속에 있던 '아니오'라는 대답, 내가 부추겨서 한 섹스 이야기를 했다. "박사님한테 얘기하려고 했었어요. 제발 제 말 좀 들어주세요."

나흘 뒤 그룹에서 내 시선은 로젠 박사의 두 눈에 고정되어 있었다. 나는 분노로 주먹을 꽉 쥐고 있었다. 내가 얼마나 더 많은 남자와 같이 자야 이 사람이 나를 진지하게 받아들여줄까? 뭘 해야 저 얼굴에서 싱글거리는 웃음이 지워질까?

"제가 이해하지 못한다고 생각하는군요." 로젠 박사가 말했다.

"제가 아주 많이 고통스럽다는 걸 아시겠어요?"

"크리스티, 아주 많이 고통스럽다는 걸 알아요."

"절 도와주실 수 있어요?"

"네."

"제가 뭘 해야 되죠?"

"해야 되는 일은 이미 하고 있어요."

"그걸로는 충분하지 않아요."

"아뇨, 충분해요."

"아프다고!" 나는 두 주먹으로 의자 팔걸이를 내리쳤다. "저 아프단 말이에요."

"알아요."

"다시는 그런 식으로 섹스하고 싶지 않아요."

"다시는 그런 식으로 섹스하지 않아도 돼요."

"이걸로는 충분하지 않아요."

"크리스티, 이걸로 충분해요."

도대체 이게 어떻게 충분할 수 있다는 거지? 앤드루와 보낸 밤은 어떤 면에서 봐도 실패한 밤이었고, 그건 내 탓이었다. 나는 유능한 심리치료사, 그리고 나를 지지해주고 아마도 내 삶을 더 나은 방향으로 이끌어주고 있을 다섯 명의 그룹 구성원이 있는 사람이었는데도.

"이 모든 게 다 무슨 소용이죠? 힘들게 얻은 성공이라는 게 고작 더 개떡 같은 섹스, 그리고 단절되는 느낌밖에 없는데."

"아직 성공한 건 아니에요." 로젠 박사가 말했다. "하지만 그리로 향해 가고 있는 거예요."

나는 한쪽 팔로 방 안을 훑었다. "어째서 여기 있는 사람들 모두가 할 수 있는데 저는 할 수 없는 거죠?" 그룹 사람 절반쯤에게는 매일 밤 곁에서 함께 잠드는 중요한 타인이 있었다. "이게 얼마나 오래 걸릴까요?" 나는 그룹 상담이 기적같이 내 삶을 변하게 만들기를 기다리며 힘없는 늙은이가 되어가는 나 자신을 상상해보았다.

"얼마나 오래 걸릴지는 알 수 없어요. 지금까지 크리스티가 걸어온 한 걸음 한 걸음에 좀 기뻐할 수는 없을까요?"

아니, 나는 그럴 수 없었다. 내가 할 일이 얼마나 많이 남았는지 알게 될 때까지는 기뻐하고 싶지 않았다. 목표로 삼은 건강한 정신으로 가는 지름길이 없다는 걸 깨닫자 내 영혼은 부서져버렸다. 나는 그룹 사람들에게 내 고립된 상태와 비밀스러운 식사 의식에 대한 통제권을 넘겨준 상태였다. 그것들은 내가 오랫동안 소중하게 여겨온 대응기제였다. 이제 나는 내가 하는 모든 데이트를 포함해 인간과의 모든 상호작용에서 내 주된 방어기제가 없는 모습을 드러내야 했다. 그건 이론상으로는 건강하게 들리는 얘기였지만, 그날 아침 그룹에서 내게 찾아온 건 내가 머릿속이 하얘질 정도로, 돌이킬 수 없을 정도로 패배자가 되었다는 느낌이었다. 더 이상 사과를 폭식하면서 위안을 얻거나 꽉 닫혀 봉인된 삶으로 도피할 일은 없을 것이었다. 로젠 박사와 그룹 동료들의 시선에 담긴 밝은

빛, 내 모든 결함들을 밝혀주는 빛이 있겠지만, 내 감정들을 숨겨둘 비밀 동굴은 이제 없었다. 그래서 나는 바로 거기, 의자에 앉은 채 그 감정들을 안고 있었다. 나는 울었다. 내가 너무나 외롭게 느껴져서, 그리고 내 삶에 결코 진정한 변화는 없으리라는 사실이, 더 나쁘게는 그 진정한 변화가 오려면 내가 내놓을 수 있는 것보다 많은 것이 필요하리라는 사실이 너무도 깊은 두려움으로 다가와서. 상담 시간이 9시에 끝나지 않았다면 나는 분명 점심시간까지 쉬지 않고 울었을 것이다.

8

"그룹 사람들한테 그 스모커Smoker 얘기 해야지." 카를로스가 말했다.

상담실로 올라가는 엘리베이터에서 나는 카를로스에게 로스쿨에서 내가 최근에 꽂혀 있는 '스모커' 얘기를 들려주었다. 담배를 무척 좋아하고 담배 피우는 모습이 섹시한 사람이라 붙인 별명이었다. 스모커에게는 좀처럼 모습을 보이지 않는 여자친구가 있었다. 여자친구 이름은 윈터Winter였고, 식당 종업원이었다. 나는 그 여자가 못생겼거나 천박하거나 비열한 성품이길 바랐지만, 결국 존 발리콘 식당에서 피처를 서빙하는 그 여자를 보고는 가냘프고 젊고 싱그러운 미인에다 손님 모두에게 보내는 미소도 진심이구나 하고 인정할 수밖에 없었다.

스모커와 나는 둘 다 필기한 걸 수업 사이사이에 컴퓨터실에서 입력하면서 몇 시간씩을 보내다가 친해졌다. 처음 만

104

낮을 때 그는 밖에 나가 담배를 피우고 올 테니 그동안 자기 책들을 좀 봐달라고 부탁했다. 나는 당연히 그러겠다고 했다. 나는 오후가 되면 다시 자라기 시작하는 그의 수염을, 담배 냄새 나는 스웨터를, 그가 웃을 때 수줍게 먼 곳을 바라보는 방식을 사랑했다.

"스모커라고요?" 로젠 박사가 고개를 기울였다.

"같은 학교 사람이에요. 여자친구도 있는 사람. 굴뚝처럼 담배를 피워대요. 술도 많이 마시고요. 저 그 사람한테 빠지고 있는 것 같아요."

"가질 수 없는 사람이잖아요." 패트리스가 말했다.

로젠 박사는 잠시 말을 멈추고 한 손으로 입을 가렸다가, 자세를 바꾸고, 양손을 의자 팔걸이에 올려놓았다. 마침내 그가 말했다. "다음번에 그 사람 만나면 진실을 말하세요."

"무슨 진실이요?"

"당신이 감질나게만 하는 여자라는 거요."

나는 카를로스를 쳐다보았다. 로젠 박사는 저 말을 진심으로 하는 걸까? 둥글게 모여 앉은 모두가 안 돼요, 로젠 박사님. 크리스티가 그런 말을 어떻게 해요, 하고 말하는 것처럼 고개를 저었다. 로리의 얼굴이 두 손으로 가린 부분에서부터 빨개졌다.

"끌리는 남자한테 제가 '감질나게만 하는 여자'라고 말하라고요? 그런 다음에는 어떡하고요?" 감질나게 하는 쪽은 그 스모커 아닌가? 사과빛 뺨을 지닌 여자친구가 있는데도 나한테 플러팅을 하고 있는 건 그쪽이었는데. 로젠 박사는 내 심리치료사였고, 중년이었고, 고무창을 댄 갈색 구두를 신고 다니고 대중문화에 대해서는 하나도 모르는 사람이었다(한번은

"보노가 누구죠?" 하고 물은 적도 있었다). 이 상담 시간 전에 그가 감질나게만 하는 여자라는 말을 알 만한 사람이냐는 질문을 받았더라면 나는 절대 아니라고 단언했을 것이다. 하지만 그는 이제 내가 침대로 데려가고 싶은 남자와 대화 중에 그 말을 흘리라고 하고 있었다. 내 치료 과정의 일환으로.

"어떡할지는 차차 알게 될 거예요."

그로부터 이틀 뒤 밤에, 나는 노란색 택시를 타고 레이크 스트리트를 서쪽으로 질주하고 있었다. 스모커, 그리고 그와 늘 붙어 다니는 서글서글한 성격의 친구이자 로스쿨 우리 학년에서 농담을 담당하고 있는 바트와 함께였다. 공기는 찐득찐득했지만 하늘은 맑았다. 조각달이 나를 보고 싱글거렸다. 우리는 백미러에 매달린 나무 모양 방향제에서 나는 악취를 지우려고 택시 창문을 내려 열었다. 나는 창밖으로 몸을 기대고 잉크빛 하늘과 거기 떠 있는 유쾌해 보이는 달 쪽으로 얼굴을 향했다. 목구멍에서 웃음이 터져 나올 것 같았다. 나는 잠시 참았다가 웃음을 토해냈다. 쿵쿵거리는 음악 속에서 어깨를 펴고 똑바로 앉은 다음, 나와 바트 사이에 앉아 있는 스모커 쪽으로 얼굴을 돌렸다.

"나 완전 감질나게만 하는 여잔데." '완전'은 내가 아무 생각 없이 로젠 박사의 말을 재생하는 로봇이 아니라는 걸 증명하기 위해 개인적으로 덧붙인 수식어였다.

스모커는 흡연 후에 씹는 껌을 씹다 멈추고는 얼어붙었다. 잠시 후 그의 잘생긴 얼굴에 미소가 가득 번져나갔다. 그의 두 눈은 계속 똑바로 앞을 향하고 있었다. 그가 내 말을 소화하고 있는 걸 보니 피부가 따끔거리는 기분이었다. 나는 두

다리로 그의 몸을 감싸고 완벽한 모양으로 해진 리바이스 청
바지를 입은 그의 몸에 내 몸을 부딪치고 싶었다.

바트가 스모커의 가슴께에서 목을 쭉 빼고 나를 건너다보
았다.

"뭐라고?"

"들었잖아." 창문 쪽으로 고개를 돌리며 내가 말했다.

"아니, 못 들었는데." 바트가 말했다.

"그럼 왜 굳이 나한테 그 말을 다시 하라는 거야?"

"왜냐하면―"

"왜냐하면 처음에 내가 그 말을 하는 걸 들었으니까 그렇
겠지."

"뭐라는 거야. 얘 미친 건가." 바트의 낄낄거리는 웃음소
리가 바람에 실려 밤공기 속으로 흩어졌고, 내 자존심도 덩달
아 흩어졌다.

스모커는 계속 미소를 지으며 손가락으로 길고 탄탄한 허
벅지를 두드렸다. 스모커가 내게 작업을 걸 생각이 없다는 사
실을 깨닫자 천천히 굴욕감이 밀려왔다. 그는 나와 바트와 함
께 한 시간쯤 더 어울리다가 집에 가서 이불 속으로 미끄러져
들어가 윈터의 근무가 끝나기를 기다릴 것이고, 그런 다음 그
둘은 새벽까지 섹스를 할 것이다. 나는 우리가 밀워키 애비뉴
를 따라 쌩쌩 달리며 지나치는 건물들에 정신을 집중했다. 가
구 상점들, 타코 식당들, 서점 '마이오픽 북스'. 밴드 공연을
보려고 클럽 '서브터레이니언' 앞에 줄을 서서 기다리는 사람
들. 그들 중 누구도 조금 전에 내가 무슨 말을 했는지 알지 못
했다. 굴욕감 밑에서 다른 뭔가가 싹트기 시작하는 게 느껴졌

다. 로젠 박사가 하라고 한 일을 내가 해냈다는 자부심이었다. 그 말을 입 밖에 내는 건 하이다이빙으로 물에 뛰어드는 일이나 마찬가지여서 내가 낼 수 있는 모든 용기를 끌어모아야 했다. 몇 분이 지나고 나자, 내가 그 말을 했기 때문에 로젠 박사와 내 그룹 사람들에게 더 가까이 밀착되었다는 깨달음이 찾아왔다. 그리고 나흘 뒤면, 나는 원을 그리고 앉아 불안을 물리치고 (그리고 더 나은 판단도 물리치고) 로젠 박사의 조언에 따랐던 오늘 밤 얘기를 자세히 할 것이었다.

우리가 벅타운 바에 도착했을 때 옥외 테라스에는 자리가 없었고, 그래서 스모커는 보도에 서서 담배 한 대를 피워 물었다. 담을 넘어온 부겐빌레아에서 희미하게 달콤한 향기가 났다.

"한 대 피울래?" 그가 말보로 담뱃갑을 내밀며 물었다.

아, 얼마나 좋다고 대답하고 싶었는지. 그러면 우리는 영화에 나오는 아름다운 사람들처럼, 정신건강 문제도 성적인 고민도 섭식장애도 기생충도 없는 그들처럼 연기를 빨아들이고 내뿜으면서 완벽한 한순간을 함께 보낼 수 있었을 텐데. 내가 좋다고 하면 그는 몸을 바짝 기울이고 내 담배에 불을 붙여줄 것이었다. 담배, 껌, 그리고 그날 하루가 남긴 향기로 구성된 그의 체취는 내 기억의 일부가 될 것이었다.

하지만 아무래도 담배는 피울 수 없었다. 최근에 로리가 담배가 너무나 그립다고 하자 로젠 박사가 했던 설명, 담배를 피울 때 우리가 들이마시는 건 유독한 자기혐오라는 설명이 떠올랐던 것이다.

"아니, 괜찮아." 내가 말했다.

다음주 화요일 그룹 상담에 가기 전, 태양이 수목한계선 위로 조금씩 움직여가는 시각에 중심가로 가는 레드선을 탔다. 전날 밤 마티에게 전화해서 긍정적인 말을 들었는데도 새벽 4시부터 깨어 있었던 나는 중심가로 가서 커피숍에 앉아 있기로 마음먹었다.

나는 차 한 잔을 조금씩 마시며 창밖으로 매디슨 스트리트를 내다보았다. 그때 애니메이션 〈호기심 많은 조지〉에 나오는 조련사나 멜 것 같은 밝은 노란색 백팩 하나가 내 눈을 사로잡았다. 백팩을 멘 남자는 마치 영국식 정원을 구경 중인 사람처럼 남들보다 반 박자 느린 속도로 걷고 있었다. 남자치고는 키가 작아서 간신히 내 키 정도였고, 혼잣말을 하듯 입술을 가볍게 달싹거리고 있었다. 나는 남자가 관광객이라고 생각하고 찻잔에서 티백을 건져 올렸다. 남자가 내 시야에서 거의 벗어날 즈음에야 생각이 났다. 로젠 박사.

분명히 로젠 박사였다. 정리되지 않은 그 머리칼이며, 살짝 굽은 어깨며. 어쩜 그렇게 왜소해 보였을까? 그룹에서 내가 처방을, 해결책을, 해답을 달라고 졸라댈 때면 그는 너무나 거대해 보였고, 실물보다 커 보였는데.

나는 혼잣말을 중얼거리며 달콤한 시간을 보내는 그가 매디슨 스트리트를 계속 걸어가 보이지 않게 될 때까지 지켜보았다.

왜 그렇게 천천히 걸었을까? 그는 일을 (즉, 내가 받을 그룹 상담을) 하러 가는 길이었지 메주고레*로 순례를 떠나는 길이

* 보스니아에 있는 마을로, 이곳에서 성모 발현을 목격했다고 주장하는 사람들이 등장하면서 로마 가톨릭의 순례지가 되었다.

아니었는데 말이다. 그리고 왜 그렇게 중얼거린 거지? 그 끔찍한 백팩은 어디서 구한 거고?

차를 다 마시고 그룹으로 향할 때쯤 나는 좀 더 어려운 질문 하나에 직면했다. 혹시 내 심리치료사, 완전히 이상한 사람 아닐까? 나는 왜 그의 조언을 받아들여서 스모커에게 그 말을 한 거지? 그렇게 이상하고 조그만 남자에게 왜 그렇게 많은 권력을 부여했지?

그룹을 향해 걸어가면서 나는 기도했다. "제발 부처를 죽여주세요."

9

　그룹의 다른 모든 사람들은 섹스와 관련된 특별 과제를 하나씩 받았다. 커널 샌더스는 아내의 등을 문질러주되 섹스는 강요하지 말라는 처방을 받았다. 패트리스에게는 섹스 토이에 관련된 처방이 주어졌다. 카를로스는 매일 밤 10분씩 옷을 벗고 약혼자인 브루스를 안고 있으라는 조언을 받았다. 마티는 동거 중인 여자친구 재닌을 욕실로 초대해 함께 샤워를 할 예정이었다. 로젠 박사는 로리의 처방을 남편이 오럴섹스를 해주는 동안 발가락 사이에 애더럴*을 끼우라는 것으로 바꿨다.

　이 모든 처방을 들은 나는 질투로 불타올랐다. "저도 섹스와 관련된 과제를 하고 싶은데 파트너가 없네요."

* 주의력결핍과잉행동장애ADHD 및 기면증을 치료하는 데 사용되는 약.

로젠 박사는 마치 내가 질문하기를 몇 주나 기다리고 있었다는 듯 두 손을 비볐다. "패트리스를 북엔드처럼 처음과 끝에 써서 자위행위를 해보라고 제안할게요."

나는 관자놀이를 문지르고 나서 두 눈을 질끈 감았다. "뭘 해보라고요?"

"패트리스한테 전화를 걸어요." 로젠 박사는 전화기 버튼을 누르는 시늉을 한 다음 한 손을 수화기처럼 펴들었다. "그리고 이렇게 말해요. '안녕하세요, 패트리스. 저는 지금부터 자위행위를 할 거예요. 제 성적 욕망에 힘을 실어주셨으면 해서 전화했어요. 음식에는 이 방법이 정말 효과가 있어서, 이제는 성적 욕망 쪽으로 시도를 해보고 싶거든요.' 그런 다음, 다 끝나면 패트리스한테 다시 전화해서 말하는 거예요. '힘을 실어주셔서 고마워요.'"

"아뇨." 나는 자리에서 일어섰다. "그건 절대 못해요."

나는 자위행위가 잘못된 게 아니라는 사실을 머리로는 이해했다. 그걸 내게 가르쳐준 사람은 루스 박사였다. 쾌락은 전혀 부끄러워할 게 아니었다. 이론적으로는 그랬다. 하지만 실제로는, 나는 오직 어두운 밤 이불 속에 비밀스럽게 숨어서만 어찌어찌 쾌락을 느낄 수 있었다. 자위행위에 관한 얘기는 한 번도 해본 적이 없었고, 할 수도 없었다. 섹스는 오직 가톨릭 신자인 남편과 하는 것이고 재생산만을 위한 거라고 말했던 그 모든 수녀님들의 유령이 나를 괴롭혔다. 6학년 때 보건 수업에서 캘러핸 수녀님은 "낭비된 정자 하나하나가 새 생명이 될 수도 있었던 존재이기 때문에 자위행위는 중죄"라고 몇 분 동안이나 어색하게 설명했다. 캘러핸 수녀님은 여자애들이 그런 행위에 관련될 가능성에 대해서는 아예 말도 꺼내지 않았는데, 그건 여자애들은 절대 자위행위를 하지 않고, 해서도 안 된다는 사실을 증명해주는 것 같았다. 그건 말해서는 안 되는 일이었다.

내 상태를 가리키는 전문 용어는 **신경성 성욕부진증**이었다. 대부분의 사람들에게 친숙한 '거식증' 또는 '신경성 식욕부진증'은 자기가 먹는 음식을 엄격하게 제한하는 사람을 가리키는 말이다. 나 같은 신경성 성욕부진증 환자는 보통 여자친구가 있는, 친밀해지지 않았거나 친밀해질 수 없는, 알코올의존증이 있어서 섹스를 하는 게 불가능한 사람을 사귀려 하거나, 전혀 끌리지 않는 파트너와 억지로 섹스를 함으로써 자기 자신을 섹스에 굶주리게 만들었다. 그 꼬리표는 내게 흥미를 불러일으켰다. 토실토실 살찐 아이였던 나는 '신경성 식욕부진증' 같은 날렵한 느낌의 꼬리표를 갈망했던 것이다. 이제 내가 그 꼬리표를 사랑하는지는 확실치 않았지만, 그건 나를 덜 외롭게 해주었다. 나와 내 상태를 설명해주는 이름이 있다면 나는 혼자가 아니라는 뜻이었으니까.

나는 절대 누구를 '북엔드처럼 처음과 끝에 써서 자위행위를' 할 수 없었다. 로젠 박사를 노려보며 고개를 저었다.

"하지만 저한테 전화해서 사과를 먹었다는 얘기는 하잖아요." 로리가 말했다.

"이건 다르죠."

"어떻게 다른데요?" 로젠 박사가 물었다.

"사과랑 자위행위의 차이를 모르시겠어요?" 패트리스에게 전화하는 상상을 하자 목이 쇄골까지 닿을 만큼 움츠러들었다. 패트리스에게 전화해 그 얘기를 하는 건 조명탄을 밝히는 일과 같았다. 이봐, 세상아! 나 지금 자위한다! 그건 자위행위를 금하는 가톨릭의 규칙에도, 내 문제를 남에게 말하지 말라는 우리 엄마의 규칙에도 어긋나는 일이었다. 이 처방은 터무니없었고, 변태 같았고, 불가능했다.

"제 의견을 말해볼까요?" 로젠 박사가 말했다. "저녁을 먹고 나서 사과를 열 개 먹는 일은—"

"네 개로 줄였는데요."

"좋아요, 네 개. 아무튼 그렇게 사과를 먹는 일이 즐겁지는 않았잖아요. 크리스티는 그 일을 그만두고 싶어 했어요. 부정적인 행동을 그만두는 일과 즐거운 일을 시작하려고 지지를 받는 일은 근본적으로 달라요. 크리스티는 쾌락에 거부감을 더 많이 느껴요. 그게 제가 이런 처방을 하는 이유고요—"

"알겠는데, 저는 할 수 없다고요." 그룹을 그만둬야 할 것 같았다.

"다른 선택지들도 있어요." 로젠 박사가 말했다.

로리가 부츠 끝으로 내 발을 톡톡 치고는 좀 더 온건한 뭔가를 요구해보라고 제안했다. 나는 심호흡을 했다. 절망에 빠져 죽을 건가, 아니면 내게 필요한 걸 기꺼이 요구할 건가?

"처방을 조금만 완화해주실 수 있을까요?" 내가 속삭였다.

로젠 박사는 미소 짓더니 잠시 말을 멈췄다. "이건 어때요? 패트리스를 북엔드처럼 처음과 끝에 써서 목욕하기."

"안에 들어가서 뭘 하거나 뭔가를 만지거나 문질러야 한다는 조건 없이요?"

"엄격한 공리주의에 따르세요."

114

"좋아요." 온몸에서 긴장이 풀렸다. 망할 놈의 목욕 정도는 할 수 있었다. 살았다.

로젠 박사가 나를 빤히 쳐다보았다.

"왜요?" 내가 물었다.

"누군가가 뭘 요구할 때, 그것에 대해 아직 준비가 안 됐다고 마지막으로 말해본 게 언제예요?"

고등학교 4학년 때 나는 마이크 D.라는 매일 대마초를 피우는 야구 스타를 사귀었다. 그는 내가 처음으로 사귀어본 진짜 남자친구였고, 나는 좋은 여자친구가 되기를 필사적으로 원했다. 그게 뭘 의미하든 말이다. 마이크는 나를 만나기 전에 어느 치어리더와 데이트를 했었는데, 그 여자는 듣자하니 오럴섹스 솜씨가 놀랄 만큼 뛰어났던 모양이었다. 전 여자친구가 해주던 깊은 펠라티오가 그립다는 말을 그가 넌지시 흘릴 때면 나는 빨아달라는 요구를 받는 느낌이었다. 하지만 당시 열일곱 살이었던 나는 3년 전에 1루 베이스만 잠깐 밟아봤을 뿐이었다. 오럴섹스는 3루에 속하는 영역이었고, 나는 그것에 대해 아무것도 모른다는 사실 때문에 겁이 나서 목구멍이 죄어들 지경이었다. 두 손은 어디다 둬야 하지? 마이크의 페니스를 입안에 얼마나 오래 넣고 있어야 할까? 무슨 맛이 날까? 그가 내 머리를 담요 아래로 누르자 나는 두려움을 목구멍 밑으로, 배 속으로 쑤셔 넣었다. 내가 한숨 돌리면서 잘했는지 평가를 요청하려고 하자, 마이크는 내 머리를 다시 내리눌렀다. 그 담요 밑에서 땀투성이가 되어 있던 내 머리를 수천 번은 다시 떠올렸다. 그때마다 왜 내게는 선택권이, 언어가, 담요를 젖히고 숨을 쉴 권리가, 혹은 애초에 그의 성기를 빨지 않을 권리가 없다고 느껴졌던 건지 궁금해했다. 나는 좋은 여자친구가 되고 싶었기 때문에 그걸 했다. 좋은 여자친구는 '네'라고 말하는 법이다.

대학 때 룸메이트였던 셰리는 나보다 한 학기 먼저 졸업했다. 자유분방했던 셰리의 졸업 후 계획에는 콜로라도에서 카우치 서핑*을 하며 대학원이 시작될 때까지 지내는 일이 포함돼 있었다. 셰리가 졸업식이 끝난 뒤에 자신의 폭스바겐 제타를 덴버까지 운전해달라고 부탁했을 때 나는 거절했어야 했다. 원래는 댈러스에서 가족들을 만나고 쇼핑몰에서 아르바이트를 할 계획이었던 것이다. 셰리와 셰리의 자전거, 홀치기 염색을 한 티셔츠가 가득 든 셰리의 더플 백을 '마일 하이 시티**'까지 싣고 가는 일은 불편했고 돈도 들었다. 하지만 거절한다고 생각하니 위장이 죄어들어서 나는 그냥 좋다고 했다. 나는 좋은 친구가 되고 싶었다. 좋은 친구는 '네'라고 말하는 법이다.

대학원 생활을 위해 시카고로 이사 오기 전에, 나는 내가 대학을 다닌 도시에 있던 의류 브랜드 '익스프레스' 매장에 일자리를 얻었다. 사교 클럽 회원인 여학생들에게 치마바지를 파는 일이었다. 몇 달이 지나자 나는 대리로 승진했다. 상사는 종종 팔뚝 앞쪽에 길게 긁혀 피가 맺힌 상처가 난 채 직장에 나타났고(사나운 고양이 아니면 심각한 자해 습관의 흔적 같았다), 한 달에 몇 번씩 내게 자기 일을 대신 좀 맡아달라고 부

---

* 저렴한 숙박비를 내고 남의 집에 묵는 일.
** 덴버가 해발 1마일 높이에 위치하고 있어서 붙은 별명.

탁하곤 했다. '네'라고 대답하면 나는 휴식시간 없이 10시간 동안 일해야 했다. 대리는 가게를 비워놓고 외출할 수 없었고, 간식을 사러 잠깐 '칙필레' 같은 패스트푸드점에 뛰어갔다 오는 것도 안 됐다. 상사는 집에서 뭔지 알 수 없는 신체적 행위에 관여하고 있었고, 나는 창고에서 일하는 소년에게 금전등록기를 잠깐 맡아달라고 부탁하고는 화장실에 다녀오곤 했다. 하지만 거절하고 싶다는 생각이 떠오른 적은 한 번도 없었다. 나는 좋은 직원이 되고 싶었다. 좋은 직원은 '네'라고 말하는 법이다.

'네'는 여자친구로서, 친구로서, 직원으로서 내가 되어야만 한다고 생각했던 것이었다. 세상에 태어난 소녀로서, 그다음에는 여자로서. 누군가가 내게 점프를 하라고 하면 나는 곧바로 뛰어오를 준비에 들어갔다. 내가 배가 고픈지, 덴버로 가는 길을 아는지, 입속에 페니스를 넣고 대체 뭘 해야 할지 같은 건 생각해보지도 않은 채.

로젠 박사에게 내가 거절하는 데 익숙하지 않다고 말했다. 그는 내게 거절에 어떤 대가가 따르는지 아느냐고 물었다. 나는 고개를 저었다. 대가? 사람들은 내가 '네'라고 말하는 여자여서 좋아했다. 내가 '아니오'라고 말하고 다닌다면? 그들은 화를 낼 것이었다. 실망할 것이었다. **불행해질 것이었다.** 나는 그걸 참을 수 없었다. 그런 종류의 대담함은 다른 사람들, 남자들, 감정의 응어리 없이 화끈한 여자들이나 지니고 있는 태도였다.

"관계에서 거절을 하지 못하면 친밀해질 수 없어요." 로젠 박사가 말했다.

"다시 말씀해주실래요?" 나는 한 단어 한 단어가 내 안에 스며들도록, 내 피부와 근육을 지나 뼛속에 자리잡도록 가만히 견뎠다.

"거절을 하지 못하면 친밀함이라는 건 존재할 수 없다고요."

사람들은 언제나 내게 거절을 했고, 그럼에도 나는 여전히 그들을 사랑했다. 이게 다른 사람들이 고등학교 때 배우고 있던 거였나? 내가 걸 스카우트 씬 민트 쿠키를 폭식하고 라이오넬 리치와 휘트니 휴스턴의 노래들로 믹스테이프를 만들고 있던 그때?

갈고리발톱 모양의 발이 달린 오래된 욕조가 거품이 나는 라벤더향 물로 채워졌을 때, 나는 패트리스에게 음성사서함을 남겨 '북엔드'의 앞부분을 채워넣었다. 패트리스는 밤에는 휴대폰을 꺼두었기 때문에 나는 일부러 휴대폰으로 걸었다. 숨을 참고 거의 델 정도로 뜨거운 물속으로 미끄러져 들어갔다. 거품들이 조그맣게 보글거리는 소리를 냈다. 나는 도자기로 된 욕조의 단단한 가장자리에 머리를 기대고 숨을 내쉬었다. 숨결이 목에 걸려 잘 나오지 않았다. 울음이 터질지도 모른다는 신호였지만, 눈을 질끈 감고 고개를 흔들었다. 엉엉 울면서 이 일을 겪고 싶지 않았다. 나는 평범하게 섹스를 하는, 긴장을 풀기 위해 목욕을 하는 여자이고 싶었다. 2분 뒤, 나가고 싶어졌다. 나는 처방전대로 조제를 했고, 그 약을 꿀꺽 삼

킨 것이었다. 이제 내게는 서로 다른 세 명의 그룹 구성원에게
세 통의 전화 걸기라는 할 일이 남아 있었다.

하지만 그때, 나는 양손바닥을 가슴에 얹고 숨을 깊이 들
이마셨다. 눈물이 두 눈에 고였고, 그것이 흐르게 그냥 두었다.
내가 느낀 건 안도감이었다. 폭포처럼 강렬하게 쏟아져 내리
는 순수한 안도감. '아니오' 역시 내게 속한 말일지도 모른다.

다른 모든 사람들은 거절을 할 줄 알았다. 대학 때 룸메이
트였던 캣은 솔직하고 대담하면서도 안정된 아이였다. 대학
때 남을 손으로 더듬기 좋아하던 파이 델타 세타* 회원 한 명
이 오럴섹스를 해달라고 했을 때, 캣은 "꺼져 버려"라고 말했
다. 캣에게는 그 남자에게 오럴섹스를 해줘야 한다고 말하며
배 속을 압박하는 불안의 손아귀 같은 건 없었다. 고집 센 내
오빠는 다섯 살 때 부모님이 참치 샌드위치를 한 입만 먹어보
라고 우기자 그분들과 한 시간 동안이나 냉전 상태로 있었다.
나는 마요네즈가 가득 든 그 끔찍한 샌드위치를 빵 껍질까지
전부 한 입 한 입 억지로 먹었는데, 오빠는 참치와의 대결에서
승리를 거뒀다. 카를로스는 로젠 박사에게 반발하면서, 기타
를 가져와서 그룹 사람들을 위해 노래 부르는 일 같은 건 절대
안 할 거라고 했다.

반면에 나는 그룹을 그만두는 것까지 고려했다. 그만두면
로젠 박사를 쳐다보며 "아뇨. 전 패트리스를 북엔드처럼 처음
과 끝에 써서 자위행위를 하지는 못하겠어요" 하고 말하는 일

---

* 1848년 처음으로 설립되어 현재 미국과 캐나다에 190개 이상의 지부를
두고 있는 남자 대학생 단체.

은 안 해도 될 테니까.

양손에 물을 받은 다음 손가락 사이로 빠져나가게 했다. 늘 목욕이 싫었다. 타일이 발린 벽이나 비눗물 속에 잠긴 내 몸의 일부 말고는 쳐다볼 게 아무것도 없는 상황에서 물에 몸을 담그는 일이 뭐가 그렇게 긴장을 풀어준다는 걸까? 나는 내 몸을 쳐다보는 게 싫었다. 결국에는 늘 내 몸을 조목조목 평가하게 됐다. 면도하지 않은 다리, 페디큐어를 바르지 않은 발가락, 탄력 없는 가슴, 탄탄하지 못한 배, 매끈하지 못한 허벅지. 그 모든 정밀 검토와 거기 따르는 수치심은 내가 목욕으로부터, 아마도 모든 여성이 사랑할 그 기분전환의 시간으로부터 얻기로 되어 있던 어떤 기쁨이든 물에 가라앉혀버렸다.

여전히 눈에 들어오는 것들이 있었다. 벗겨진 빨간색 매니큐어, 털이 숭숭 난 다리, 올록볼록한 살 같은 것들. 피부를 뜨겁게 찔러대는 수치심도 여전했다. 하지만 그와 함께 희미하지만 조금 더 가볍고 시원한 뭔가가 수치심의 꼬리를 뒤쫓았고, 내 머릿속에는 내가 내 몸과, 그리고 아마도 다른 사람들과 조금 다른 종류의 관계를 맺었을 수도 있었겠다는 아주 조그만 생각 한 조각이 떠올랐다.

목욕물이 실내 온도까지 식는 동안 손가락 끝이 쪼글쪼글해졌다. 몸을 일으켜 앉자 한기가 목을 타고 내려갔다. 나는 분홍색과 흰색 줄무늬가 들어간 비치 타월을 몸에 두르고 욕조 가장자리에 앉았다.

패트리스의 휴대폰 번호를 눌렀다. "저 목욕 다 했어요. 안녕히 주무세요."

로리에게 전화해 먹은 것들을 보고했다.

마티에게 전화해 긍정적인 말을 들었다. "자네는 필요한 걸 다 갖고 있어, 젊은이." 마티가 그루초 막스 같은 억양으로 말했다.

나는 웃음을 터뜨렸다. 목욕을 해선지 목과 어깨 근육이 따스하게 풀어져 있었다. 반쯤 잠에 취한 듯 몽롱한 느낌이 들었다. "사랑해요." 여전히 쪼글쪼글한 손가락으로 전화기를 감싸며 내가 말했다. 그 말은 그냥 흘러나왔다.

"당연히 그렇겠죠, 자기. 나도 사랑해요. 재밌지 않아요?" 나는 미소 지었다. 내 가슴속에 퍼져나가는 따뜻하고 광활한 느낌을 표현하는 데 재미가 딱 들어맞는 단어는 아니었지만, 그보다 더 좋은 단어는 떠오르지 않았다.

침대에 들어간 내 눈앞에 하나의 풍경이 그려졌다. 어린 시절 '깃털처럼 가볍고 판자처럼 뻣뻣한 것' 놀이를 할 때처럼 그룹 사람들의 손이 내 몸 밑으로 들어가 있었다. 그들은 내 몸을 위로, 위로, 더 위로 들어올리게 도와줄 어떤 영혼이라도 불러내기 위해 다 같이 애를 썼다. 나는 내 머리를 받치고 있는 로젠 박사의 두 손을, 어깨를 받치고 있는 카를로스와 커널 샌더스의 손을, 양쪽 엉덩이를 하나씩 받치고 있는 패트리스와 로리의 손을, 그리고 발을 받치고 있는 마티의 손을 느낄 수 있었다. 나는 정말로 그들을 사랑했다. 그들의 존재를, 그들의 노력을, 내 몸에 닿은 그들의 튼튼한 손을. 그들은 내 삶에 그들 자신을 새겨넣고 있었다.

그 풍경은 나를 설레게 했고, 엉엉 울고 싶어지게 했고, 죽을 만큼 겁에 질리게 했다.

10

봄날이었던 어느 화요일, 마티의 얼굴에는 굵은 눈물이 흘러내리고 있었다. 그의 무릎에는 크기와 모양이 작은 북 아니면 윌리엄스 소노마의 크리스마스 쿠키 용기와 비슷한 은빛 통 하나가 놓여 있었다. 이제 죽음이라면 지겹다고 마티는 말했다. 그는 더 이상 죽음을 원치 않았다.

마티에게는 좋은 일이었다. 그는 겉으로는 사람들과 마음이 잘 맞고 할 일도 잘 해내는 것처럼 보였지만, 우리는 모두 그가 숨겨둔 청산가리에 대해 알고 있었다. 로젠 박사는 거의 모든 상담 시간에 그 얘기를 했고, 그걸 그룹에 가져오라고 마티에게 권했다.

"이제 그걸 떠나보낼 준비가 된 것 같군요." 로젠 박사가 통을 가리키며 말했다.

"안에는 뭐가 들어 있죠?" 커널 샌더스가 물었다.

마티는 통을 가슴께로 들어올렸다. "어떤 아이의 유골이에요."

나는 발뒤꿈치로 카펫을 누르고 의자를 뒤로 뺐다. 아기들은 통통한 뺨을 한 채 옹알이를 하고, 악을 쓰고, 울어대면서 시끄럽게 떠들어대야 하는 존재들이었다. 빈 깡통 속에 봉인되어야 하는 존재들이 아니라.

마티는 설명했다. 채 1개월이 되기 전에 죽은 그 아기는 그가 정신과 의사로 일하면서 처음 맡았던 환자 중 한 명의 아들이었다고. 그 환자는 여러 해 전 자신이 애도의 시간을 통과하는 동안 아기의 유골을 맡아달라고 마티에게 부탁했는데, 그런 다음 자신도 세상을 떠나고 말았다. 이제 마티는 죽음을 떠올리게 하는 이 물건을 어떻게 해야 할지 로젠 박사에게 묻고 있었다.

로젠 박사는 우리 모두에게 죽음을 둘러싼 감정들을 불러일으키는 걸 좋아했다. 그룹 상담에서 오가는 대화 주제를 파이 모양 그래프로 그린다면 가장 큰 두 조각의 파이는 섹스와 죽음이었다. 누군가에게 죽음의 경험과 관련된 트라우마가 있으면 로젠 박사는 최소한 한 달에 두 번씩은 그를 그 주제 쪽으로 밀고 갔다. 로리는 뭔가를 얘기할 때면 두 번에 한 번씩은 홀로코스트에 관한 얘기를 해야 했다. 1940년대의 유대인 대규모 학살과 로리의 시티은행 카드대금 연체료는 아무런 관계가 없어 보였는데도 말이다. 패트리스가 직장에서의 복잡한 문제와 씨름하고 있을 때 로젠 박사는 곧바로 패트리스 오빠의 자살로 방향을 바꿨다. 물론 그는 정기적으로 나 역시 하와이에서 있었던 사고 얘기를 해보라는 쪽으로 밀고 갔다. 그럴 때면 나는 보통 뒷걸음질을 쳤고, 로젠 박사가 내 커다란 불운, 그러니까 열세 살 때 해변으로 여행을 가서 목격한 죽음이 아니라 내 성생활에 초점을 맞추도록 일깨워주었다.

마티가 로젠 박사에게 통을 건네주자, 로젠 박사는 그걸 면밀히 살피더니 히브리어로 무슨 말인가를 했다. 로젠 박사는 마티에게, 만약 죽음에 대한 집착을 떠나보낼 준비가 됐다면 자기 삶을 좀 더 온전하게 포용할 수 있을 것이고 오랫동안 함께해온 파트너인 재닌과도 좀 더 가까워질 수 있을 거라고 말했다.

우울한 침묵이 그룹 사람들 위로 내려앉았다. 내 가슴속에서는 감정의 파도 하나가 부풀어올랐고, 그건 하와이에서의 기억의 조각들이었지만, 나는 꾹 눌러 참았다. 그건 그냥 그룹 분위기에 맞추려고 내가 만들어낸 슬픔이라고 믿었다.

한편으로, 반항하는 의미에서 다리를 꼬고 싶은 충동도 들었다. 나를 위한 로젠 박사의 마술은 어디 있지? 내가 그룹으로 가져와 짜잔! 난 이제 친밀하고 가까운 관계를 맺을 준비가 된 것 같네요! 하고 말할 수 있도록 벽장 속에 숨겨둔 건 뭐지? 마티와 나는 같은 날 그룹 상담을 시작했는데, 이제 마티는 나를 한참 앞서가고 있었다. 나는 내가 만성적으로, 근본적으로 혼자라는 느낌 때문에 죽기를 바라면서 로젠 박사를 찾아왔지만, 마티에게는 침대맡 탁자 서랍 속에 청산가리 알약이 있었다. 그런데 어째선지 마티는 갑자기 앞으로 나아가고 있네? 나는 질투와 분노가 솟아오르게 놔두었지만 아무 말도 하지 않았다.

상담 시간이 딱 15분 남자 로젠 박사는 마티의 통으로 주의를 돌렸다. "마티를 위해 그걸 보관해줄 사람을 골라봐요."
마티가 방 안을 훑어보는 동안 나는 얼룩진 카펫을 응시했다.
분명 그는 그룹에서 엄마 같은 역할을 하는 패트리스를 고를
것이었다.

"크리스티요."

이게 웬 프로이트적인 난장판이람? 나는 눈을 가늘게 뜨
고 마티를 보았다. 자라나지 못한, 이제 그 살과 뼈가 은빛 통
속에 봉인되어 있는 한 아기를 맡아줄 사람으로 그가 나를 골
랐다는 사실이 두렵고 귀찮았다. 나는 이 음울한 모든 일의 기
획을 맡은 로젠 박사에게 불쾌하다는 표정을 지어 보였다. 자
리에서 일어나 두 손으로 머리를 때리며 목구멍이 갈기갈기
찢어질 때까지 소리를 지르고 싶었다. "난 죽음이나 뼈나 재
를 얻으려고 여기 와 있는 게 아니라고요! 삶을 위해 여기 있
는 거라고! 나는 살고 싶다고!"

마티의 상담 그룹에 있는 '아무 여자'일 뿐인 나더러 갑자
기 이 통의 관리인이 되라니 말이나 되는 소리인가? 이 아기
는 응당 자신이나 자신의 부모님을 몹시 사랑했던 누군가에게
관리를 받아야 하지 않나? 이렇게 제멋대로인 건 참을 수 없
었다.

로젠 박사는 마티가 나를 쳐다보며 통을 맡아 줄 수 있을
지 물어보도록 이끌었다. 우리의 시선이 얽히자 마티의 고통
이 눈에 들어왔지만, 그 고통을 내가 떠맡을 수는 없었다. 나
는 로젠 박사에게 몸을 돌렸다.

"제가 마티의 청산가리 알약들을 맡으면 어떨까요?"

"그건 좀 아닌 것 같아요." 로젠 박사가 말했다. 잠시 침묵.

그러더니 그가 다시 말했다. "있잖아요, 그럴 필요는 없어요."

"뭘요?"

"겁이 나거나 속상하거나 화가 날 때 농담을 하는 거 말이에요. 피하는 거요."

"그래요? 그럼 이건 어때요? 엿이나 드세요, 로젠 박사님." 로젠 박사가 손바닥으로 심장 근처를 문질렀다. 전에도본 적 있는 몸짓이었다. 언젠가 그는 이렇게 설명했다. 누군가가 그에게 직접적으로 분노를 드러내는 건 애정의 증거이니, 그는 그걸 축복으로 여기며 마음속에 접어넣는다고.

"그게 더 낫네요."

"좋아요." 감정이 누그러진 내가 속삭였다. 마티에게 그 아기의 이름이 뭐였냐고 물어보았다.

"제러마이어."

제러마이어라는 이름의 아기를 저버릴 수는 없었다. 사랑받았던 그 아이의 일부는 여전히 그 통 속에 있었고, 나는 그 아이에게 등을 돌리지 않을 것이었다. 나는 이기적이고 자기밖에 모르는 인간이었지만 아주 괴물은 아니었다. 통을 향해두 팔을 뻗었다.

로젠 박사는 통을 패트리스에게 건네주었고, 패트리스는다시 그걸 내게 건네주었다. 나는 그걸 두 손으로 받아 아주가만히 들고 있었다. 안에 있는 내용물을 **만져보고** 싶지는 않았다. 통을 무릎에 내려놓으면서, 그 안에 아주 작은 조개껍데기들이 가득 들어있다고 상상했다. 유골을 떠올리지 않으려고정말로 애를 썼다. 통을 안고 몸을 흔들며 흐느끼는 내 모습이머릿속에 잠깐 스쳤지만, 로젠 박사에 대한 한 줄기 분노가 그 부드러운 슬픔을 완전히 지워버렸다.

"질문 있는데요." 내가 로젠 박사에게 말했다. "제러마이어를 떠나보내면 마티는 재난하고 더 가까워지는데, 이 아이를 맡는 저는 어떻게 되는 거죠?"

로젠 박사는 천장을 쳐다보며 으음, 어흠, 하는 소리를 몇 번 낸 뒤에 이렇게 말했다. "크리스티한테는, 이 유골이 이 그룹에 대한 크리스티의 애착을 상징하는 거예요. 크리스티가 죽음으로부터 도망치는 걸 멈추고 그걸 받아들이려면 그룹 사람들의 지지가 필요해요." 그는 내가 자기 말을 못 들었을까 봐 걱정이라도 하듯 몸을 앞으로 기울였다. "앞으로 나아가고 싶어요? 그럼 느끼기 시작해봐요."

"모르겠어요." 나는 떨리는 두 손으로 통을 붙잡았다.

"뭘 모르겠어요?"

"느끼는 방법을요. 아니, 내가 느낄 수는 있는 건지도 모르겠어요."

"마말레, 그 일은 이미 일어나고 있어요."

2주일 뒤, 마티는 봉투 하나를 꺼내 로젠 박사에게 보여주었다.

"제 약들이에요." 마티가 말했다. 그는 그 둥글고 납작한 노란색 약들을 손바닥에 붓더니 로젠 박사에게 건넸다. 로젠 박사는 일어서서 말했다. "우리는 장례식을 할 겁니다." 우리는 로젠 박사를 따라 그룹 상담실을 나가면 바로 있는 작은 화장실로 갔다. 로리는 마티가 알약들을 떠나보낼 준비가 될 때까지 그의 손을 붙잡아주었다. 로젠 박사는 이제 '애도자의 카디시'를 암송하겠다고 알렸다.

"우리, 뭘 애도하는 거죠?" 내가 물었다.

"마티의 자살 성향의 죽음을요."

"라카임." 카를로스가 말했다.

"저건 '삶을 위하여'라는 뜻이에요." 커널 샌더스가 울퉁불퉁한 손을 내 어깨에 올리며 말했다.

"〈지붕 위의 바이올린〉은 저도 봤거든요." 그의 손을 치우며 내가 말했다.

"그래요, 라카임." 로젠 박사가 얼굴을 빛내며 마티에게 말했고, 마티는 알약들을 변기 속에 떨어뜨리고는 그것들이 소용돌이를 그리다 사라질 때까지 지켜보았다.

마티의 알약들을 내려보낸 우리는 그룹 상담실로 돌아와 자리에 앉았다. 로젠 박사가 나를 빤히 쳐다보았다.

"준비됐어요?" 그가 말했다.

"무슨 준비요?"

"뭔지 알잖아요."

"모르겠는데요."

"알 거라고 생각해요."

물론, 나는 알고 있었다.

11

내 여행가방 이름표에는 '크리스티 테이트-레이먼'이라고 적혀있었다. 제니의 아버지인 데이비드는 내게 그것을 건네주며 이렇게 말했다. "나는 항상 딸이 둘이었으면 좋겠다고 생각했단다." 그는 나를 안아준 다음 진입로에서 쉬고 있던 택시에 나와 제니를 태웠다. 우리는 모두 다섯 명이었다. 제니, 제니의 아버지 데이비드, 제니의 엄마 샌디, 제니의 오빠 세바스천, 그리고 나. 6주 뒤면 고등학교 1학년이었다.

우리가 호놀룰루에 내리자 공항에 있던 모두가 꽃무늬 셔츠를 차려입고 "마할로*"라고 인사하며 우리를 반겨주었다. 호텔로 차를 타고 가는 길에 우리는 축복을 빌듯 그 말을 몇 번이나 반복했다.

* '고맙습니다'라는 뜻의 하와이어.

우리는 사흘 동안 푸르른 메인섬을 탐험했다. 길가에 차를 세우고 산의 암벽에서 솟아나는 폭포들을 감탄하며 바라보았고, 마카다미아 너트를 먹었고, 검은 모래 해변의 사진을 찍었다. 이틀째 밤에는 꼭 참석해야 한다는 '루아우'에 참석했고, 거기서 우리 모두는 타로 토란 요리를 쿡쿡 찌르고 싱싱한 난초 화환을 목에 걸었다.

나흘째 되던 날 점심 먹은 직후에 데이비드는 나를 포함한 아이들을 렌트한 세단에 태우고 수건과 소형 서핑보드도 차에 실었다. 우리는 고속도로 끝의 외진 곳에 있는 검은 해변으로 향했는데, 그곳은 우리가 관광 첫날 봐둔 곳이었다. 샌디는 빨래를 하겠다고 콘도에 남았다.

"서핑, 서핑, 서핑." 산 옆면을 감싸 안고 난 굽은 길을 따라 달리는 동안 데이비드는 노래하듯 되풀이했다. 세바스천이 테이프 데크에 카세트테이프 하나를 넣고 볼륨을 높였다. 더 큐어가 해변과 총이 여럿 나오는 노래를 침울하게 불러댔다. 우리는 창문을 내려 열고 산들바람을 목구멍에 맞아가며 목청껏 노래를 따라 불렀다.

데이비드는 차를 주차한 다음 그늘진 길로 향했다. 그곳의 철책에는 '출입금지' 표지판이 걸린 채 꽃이 핀 덩굴식물에 부분적으로 가려져 있었다. 나는 1나노초쯤 머뭇거렸다. 겁이 나서 등골이 오싹해졌다. 우리는 규정을 어기고 있었다. 데이비드는 계속 휘파람을 불었다. 머리 위에는 오직 해변에 도착하면 만나게 될 신선한 공기와 기분이 상쾌해질 수영 시간 말고는 아무것도 예고하지 않는 푸른 하늘이 걸려 있었다. 이렇게 꽃들이 많은 곳에서 나쁜 일이 일어날 리는 없었다.

우리는 똑바로 줄을 서서 내려갔다. 내가 맨 뒤였다. 가파른 산길을 내려갈 때는 내 몸을 지탱하던 여름 슬리퍼 끈이 끊어질 뻔했다.

산길이 평지로 바뀌고 야생 풀이 넓게 펼쳐진 곳이 나오자 해변으로 넘실거리며 밀려오는 파도가 보였다. 검은 모래의 결정들이 햇빛 속에서 반짝였다. 데이비드는 우리가 짐을 내려놓을 만한 편평하고 마른 곳을 찾아냈다. 해변에 다른 사람은 아무도 없었다. 안전요원의 의자도, 늘어놓은 비치 타월들도, 어떤 생명의 흔적도 전혀 없었다. 이렇게 드넓게 펼쳐진 천국을 우리가 자유롭게 독점할 수 있을 것 같았다. 티셔츠와 반바지를 벗었다. 나는 내 오션 퍼시픽 원피스 수영복 끈을 조절했고, 세바스천은 파도 속으로 뛰어들었다. 제니와 나는 빠른 걸음으로 그를 따라갔다.

"저기 밑에서 만나자." 데이비드는 여행용 사이즈의 식염수 병을 들고 콘택트렌즈 케이스 위로 몸을 굽혔다.

파도는 우리 가족이 휴가를 보냈던 텍사스만 연안 파드레섬의 파도와 다름없이 온화해 보였다. 하늘은 여전히 무해하고 푸른 원형 경기장처럼 보였다. 내 최대 고민은 내 몸이 제니 몸처럼 말랐으면 좋겠다는 생각이 든다는 것이었다.

물을 헤치며 허벅지 중간쯤까지 잠길 만큼 걸어 들어갔을 때 파도가 나를 덮쳐 쓰러뜨렸다. 내 몸 전체가 수면 밑으로 가라앉았고, 강한 역류가 나를 아래쪽으로 끌어당겼다. 똑바로 서려고 발버둥을 쳤지만 수면 위로 올라오자마자 또 다른 파도가 다시 나를 밀쳐 넘어뜨렸고, 나는 파도에 실려 공중제비를 넘었다. 소금물이 두 눈을 찌르고 콧속으로 밀려들어갔다. 모래 밑에 있는 어떤 보이지 않는 힘이 아래로 끌어당기며 싸움을 걸어오는 것 같았다. 머리가 물 밖으로 나갈 때마다 숨을 고르려고 했지만, 폐에 공기가 채워지기도 전에 또다시 얻어맞고 쓰러지곤 했다. 몸을 똑바로 세우려고 아무리 애를 써도 되지가 않았다.

물 밖으로 나가야 했다. 이성을 잃고 두 팔을 휘두르면서 두 다리를 자전거 타듯 움직였지만 역류가 계속 나를 다시 빨아들였다. 마침내 일어설 수 있는 지점에 도착했고, 숨을 헐떡이며 기침을 했고, 완전히 지쳐서 몸을 접다시피 웅크렸다. 바다와 싸우느라 고생한 탓에 머리가 욱신거렸다. 나는 비틀비틀 걸어 물 밖으로 나왔다.

뭍으로 나오자 빠져나오느라 힘들었던 가슴이 들썩거렸다. 물살을 잡아뜯듯 헤치고 나오느라 두 팔도 아팠다. 제니가 나타나 내 쪽으로 걸어왔다. 우리는 일광욕이 더 재미있겠다는 데 의견을 모았다.

"우리 아빠는 어딨지?" 제니가 물속을 훑어보며 말했다.

나는 이마에 손을 올리고 바다를 둘러보았다. 왼쪽, 오른쪽, 다시 왼쪽. 데이비드의 흔적은 없었다. 서늘한 두려움이 다시금 등골을 타고 똑바로 올라와 목 뒤에 들어앉았다.

"아, 어떡해!" 제니가 똑바로 앞을 가리키더니 정신없이 물속으로 들어갔다. 우리 앞 10미터쯤 떨어진 물속에 오렌지색 물체 하나가 힘없이 늘어져 있었다. 데이비드의 보드였다. 그 옆에는 뭔가 큼직하고 하얀 것이 떠 있었다.

데이비드는 얼굴을 밑으로 하고 물에 잠겨있었다. 파도가 정강이까지 오는 물속에 서 있는 우리에게 그를 밀고 왔다. 우리는 그의 몸을 뒤집었다. 그의 두 눈은 깜빡임 없이 하늘을 올려다보고 있었다. 내 숨결이 얕은 헐떡임으로 바뀌었다. 데이비드의 코와 입에서 물이 울컥울컥 솟구쳤다. 그의 몸에서 너무도 많은 물이 쏟아져 나왔다. 바다를 절반쯤 삼켜버리기라도 한 것처럼.

제니와 나는 그의 팔을 한 쪽씩 붙잡았다. 그를 해변으로 끌어올렸다. 우리 둘 다 심폐소생법은 할 줄 몰랐지만 해야 할 것 같은 동작을 취하며 그의 가슴을 펌프질하듯 눌렀다. 그러면서 미친 듯 세바스천의 이름을 외쳐댔다. 가슴을 한 번 누를 때마다 더 많은 물이 데이비드의 입과 코에서 쏟아져나왔다. 그의 두 눈은 깜빡임 없이 하늘을, 아무것도 없는 허공을 노려보고 있었다.

내 이가 걷잡을 수 없이 딱딱 맞부딪쳤고, 두 팔에는 경련이 일어났다. 나는 데이비드의 가슴에 대고 펌프질을 하지 않을 때는 제자리뛰기를 했다. 가만히 서 있으면 크게 떠진 그의 두 눈과 물이 쏟아져 나오는 입이 뜻하는 진실이 나를 찾아내고 내 안에 들어앉아버릴 것 같아서였다. 내 이성이 거짓말을 실처럼 자아냈다. 제니 아빠는 괜찮을 거야. 사람들은 휴가를 와서 죽지는 않아. 돌아가는 길에 우린 고약한 늙은이 같은 하와이의 파도 얘기를 하며 웃게 될 거야. 데이비드의 휘파람 소리가 여전히 귀에 선했다.

몸에서 충분히 물을 빼낼 수만 있다면 그는 일어나 앉아 기침을 할 것이다.

"오, 하느님!" 세바스천이 물이 뚝뚝 떨어지는 젖은 몸으로 숨을 헐떡이며 도착했다. 그는 양손바닥을 쫙 펴 자기 아버지의 가슴에 대고 힘껏 눌렀다.

"가서 도와줄 사람을 찾아볼게." 나는 그렇게 말하고 여전히 떨리는 몸으로, 맨발로, 달리기 시작했다. 내 두 다리는 필사적으로 움직이고 싶어 했다. 가만히 있으면 진실이 모습을 드러냈으므로, 나는 두 다리를 힘껏 움직이고 몸을 내던지며 산을 다시 올라갔다. 한 걸음 내디딜 때마다 불과 30분 전에 휘파람을 불며 그 길을 내려갔던 데이비드의 환영이 나를 괴롭혔다. 산길을 반쯤 올라갔을 때 나무뿌리에 발이 걸렸다. 나는 팔다리를 쫙 벌리고 길 위에 엎어졌다. 무릎이 파여 길고 시뻘건 상처가 생겼다. 아플 것 같아 보였지만 아무 감각이 없었다. 그저 심장이 미친 듯 뛰고 정신이 없을 뿐이었다. 내 혼은 내 몸 밖으로 빠져나가 벌써 산 위에 도착해서 누군가에게 도와달라고 애원하고 있었다.

"안 돼! 안 돼! 아빠, 안 돼요!" 해변에서 세바스천과 제니가 울부짖는 소리가 들려왔다. 나는 곧바로 일어섰다. 참을 수 없는 저 애도의 소리를 듣지 않으려면 계속 달려야 했다. 숨이 차 발을 멈출 때마다 그 애들의 울음소리가 들려왔다. 내 상상속, 아버지의 축 늘어진 몸을 붙들고 해변에 둘만 남은 그 애들의 모습이 나를 산 위로 떠밀고 올라갔다.

산꼭대기까지 올라간 나는 골프를 치고 있던 노인 네 명의 발치에 쓰러졌다. 스파이크가 박힌 그들의 하얀 골프화와 체크무늬 바짓단이 쓰러진 내 시야에 들어왔다. 그들 중 한 명이 몸을 굽히고 얼굴을 내 얼굴 가까이로 들이밀었다.

"괜찮니, 꼬마 아가씨?"

"사람이 물에 빠졌어요. 죽지는 않았고요." 나는 힘주어 말했다. 그 시점에서 내가 생각하기로 물에 빠지는 것과 죽는 것은 달랐다. "그 사람 아이들이 저 밑에 있는데 다른 사람이 아무도 없어요."

바위에 기대 앉혀놓은 나를 남겨두고 그들 넷은 발을 끌며 물러났다.

"그 사람 안 죽었어요." 그건 비명이자 속삭임이었고, 내 떨리는 심장에서 곧바로 튀어나온 긴급 공문이었다.

가만히 있는 게 무서웠다. 나는 곧바로 일어서서 도와줄 다른 사람을 찾아 포장도로를 달려 올라갔다. 작은 자갈들이 발바닥을 찔러댔지만 살을 뚫고 들어가지는 않았다. 더 빨리 달렸다. 그러다 길에서 좀 떨어진 곳에서 버려진 오두막집 한 채를 발견했다. 문을 두드려도 대답이 없어서, 나는 잠기지 않은 문을 박차고 들어가며 소리를 질렀다. "전화! 전화!" 깜깜한 방 안에는 나무 테이블 하나, 의자 두 개, 그리고 튼튼한 책장 하나를 빼고는 아무것도 없었다. 사람도, 불빛도, 전화도.

다시 길 위로 나오자 해변도, 제니와 세바스천의 목소리도 보이거나 들리지 않았다. 더 이상 갈 곳이 없었다. 나는 수영복을 입은 채 서서 경련하듯 몸을 떨며 무슨 일인가가 일어나기를 기다렸다. 목구멍에서 낮고 거친 신음소리가, "안 돼, 안 돼, 안 돼" "제발, 제발, 제발"을 아무렇게나 으깬 듯한 뜻 없는 소리가 새어 나왔다. 두 손은 놓으면 쪼개질 것처럼 내 머리 양옆을 감싸 쥐고 있었다.

캔자스에서 온 한 가족이(부부와 10대 아들이었다) 전망을 내다보게 돼 있는 곳에 차를 세웠다. 나는 두 손을 흔들었다. "도와주세요! 제발!" 좋은 소식. 소년의 아버지가 심장전문의였다. 소년과 아들이 산길을 뛰어내려가 사라지는 동안 소년의 어머니는 내게 루트 비어 한 캔을 주고는 자기 차에 들어가 앉게 해주었다. 나는 달콤한 음료수를 조금씩 들이켰다. 내 몸은 끔찍한 진실을 받아들이면서 여전히 떨고 있었다.

고속도로 경비대원 한 명이 검은색 트럭을 몰고 천천히 지나가고 있었다. 소년의 어머니가 차에서 뛰어나가 트럭을 세웠다. 남자가 차창 밖으로 머리를 내밀자 소년의 어머니는 그에게 뭔가를 속삭였다. 남자는 나를 쳐다보더니 도움을 요청하겠다고 약속했다.

난데없이 짙은 회색 구름들이 몰려들었다. 빗방울이 차에 튀었다. 비는 우박으로 변했다. 얼음 알갱이 하나하나가 창문을 때릴 때마다 나는 움찔했다. 여전히 몸이 떨렸다. 이를 너무 심하게 부딪쳐서 어금니가 다 빠져버릴 것 같았다. 숨을 참고 있으면 몇 초 동안 몸이 가만히 있었지만, 헐떡이며 숨을 쉬자마자 다시 몸이 떨리기 시작했다.

머리 위에서 헬리콥터 프로펠러가 스타카토 리듬으로 윙윙거리며 회전하고 있었다. 금속으로 만들어진 거대한 새 한 마리가 해변 쪽으로 활공하는 듯했다. 소년의 어머니가 얼굴을 찡그리더니 내 손을 붙잡았다. 여자는 그게 무슨 뜻인지 알고 있었다. 골프를 치던 노인들이 보도 앞쪽에 모습을 드러냈다. 나는 차에서 뛰어나갔다. 나는 여전히 해변에서 들려올 소식에 희망을 버리지 못하고 있었는데, 내 앞의 두 명은 고개를 젓고 있었다. 아니, 그는 깨어나지 못했어요. 아니, 그는 죽었어요. 아니, 더 이상 희망이 없어요.

"아이들은 우리 뒤를 따라 올라오고 있단다." 마침내 내 몸에서 희망이 완전히 빠져나갔다.

드넓게 펼쳐진 회색 하늘 외에는 아무것도 볼 게 없어졌을 때에도 내 귀에는 헬리콥터 프로펠러 돌아가는 소리가 들려왔다. 헬리콥터는 동체 아래에 긴 밧줄 하나를 매단 채 산 위로 솟아올랐다. 밧줄 끝에는 검은 사체낭 하나가 뭔가가 들어차 무거워진 꼬리처럼 흔들리고 있었다. 그것은 지평선 위 아주 작은 점 하나에 불과해질 때까지 하늘을 가로질러 날아갔다.

12

그 모든 끔찍한 세부 사항들을 끊지 않고 하나의 서사로 말하고 나니 마음이 조금 가벼워졌다. 그 공간으로 다시 들어가는 것, 증인들에게 내가 경험한 일을 알리는 것. 그러면 내게 필요한 치유는 다 될 거라고 믿었다. 이제 그룹 사람들은 더 큐어의 테이프와 데이비드의 콘택트렌즈, 탐욕스러웠던 그 바다, 산길을 달려가는 내 맨발, 루트 비어, 비, 그리고 헬리콥터에 대해 알게 되었다.

그다음 주 상담 시간, 나는 엘리베이터에서 내려 그룹 상담실로 걸어가면서 로젠 박사가 지난주에 내가 하와이 이야기를 잘해 냈다고 넌지시 말을 비칠 거라고 상상했다. 그게 내가 바라는 바였다. 크나큰 상처를 입은 그 여름부터 내가 머릿속에 품고 다니던 끔찍한 이미지들을 마침내 그룹 사람들에게 목격하게 했으니 상으로 황금빛 별이라도 받고 싶었다. 하지만 대기실에 도착했을 때는 뭔가 다른 것이, 겉으로는 그 일과 관계없어 보이는 어떤 감정이 느껴졌다. 로젠 박사의 휴가가 다가오는 것에 대한 불안이었다. 박사는 앞으로 2주일간 자리에 없을 것이었다. 나 자신을 묶어 고정시킬 상담 시간 없이 2주일을 보내다가는 외로움의 파도에 붙잡혀 물 밑으로 끌려들어가버릴 것 같았다. 그룹 없이 보낼 2주일이 산소 없이 보낼 2주일처럼 느껴졌다. 불안 밑으로 분노도 느껴졌다. 로젠 박사는 어떻게 2주 동안 통째로 우리를 저버릴 수 있는 걸까?

"바닥으로 내려와서 카를로스 다리를 붙잡아요." 상담이 시작되고 15분쯤 지나 내가 다가오는 로젠 박사의 부재에 대한 심정을 공유하자 박사가 제안했다. 카를로스의 다리를 붙잡으면 위로가 되고 의지가 되어야 했다. 하지만 그 행위는 둘 중 어떤 것도 주지 못했다.

그날 그룹 사람들의 에너지는 시작부터 정신없이 흘러갔고 하나로 집중되지도 않았다. 우리의 화제는 카를로스의 환자에서 마티의 결혼 계획으로, 다시 로리의 성생활로 쌩쌩 날아다녔다. 화제가 바뀔 때마다 옆으로 빠지는 대화가 여럿 터져나와 우리를 주된 논의에서 벗어나게 만들었다. 로젠 박사는 그게 2주일간 만나지 못한다는 사실에 대한 우리의 집단적인 불안이라고 했다.

마티가 청산가리를 숨겨두고 지내던 시간 이후의 삶에 대해 이야기하는 동안 나는 오른팔로 카를로스의 정강이를 감싸고 왼손으로는 카펫을 잡아 뜯고 있었는데, 갑자기 목이 터져라 비명을 지르고 싶다는 충동이 덮쳐왔다. 위장에서부터 천천히 올라온 충동은 흉골을 거쳐 목구멍 가장자리에 닿았다.

재채기나 오르가슴처럼, 억누르기에는 너무 강렬한 충동이었다. 그건 내 몸 밖으로 빠져나오며 방 안의 모든 움직임을 중단시켰다. 아아아아아아아아아! 배 속 깊은 곳에서 빠져나온 그 소리에 벽이 흔들렸다.

"대체 왜 그래?" 카를로스가 의자에서 내려다보며 물었다.

"나도 왜 그랬는지 모르겠어." 서사도, 계기도, 설명도 없이 터져나온 원초적인 울부짖음에 민망해하며 내가 말했다.

로젠 박사는 동요하지 않고 말했다. "당연히 알 텐데요."

헬리콥터가 윙윙거리는 소리가 들리며 몸이 두려움으로 죄어들었다. 내 마음은 곧바로 하와이로, 그 파도와 검은 모래바로 위로 날아갔다.

"제가 휴가를 어디로 갈 것 같아요?"

"모르겠는데요."

"머릿속에 그려지는 게 있잖아요."

"'휴가'는 단어지 그림이 아닌데요."

"제가 스키를 타러 가게 될까요?"

"지금 7월이잖아요."

"그럼 제가 어디로 갈 것 같아요?"

나는 불쑥 말해버렸다. "멕시코요. 빌어먹을 플라야 델 카르멘에나 가시겠죠."

"멕시코에는 뭐가 있죠?"

"폐소요." 로젠 박사는 조금도 물러서지 않았다. 정답이 내 머릿속에서 요란하게 울렸다. "해변이요."

그가 박수를 짝 치며 아, 하는 소리를 냈다. "제가 해변에 가는 것에 대해 드는 감정이 있어요?"

하와이 이야기의 조각들은 그룹 상담 첫 해 내내 조금씩 새어나오다가 결국 지난 시간에 폭발하기에 이르렀다. 로젠 박사는 그 주제가 나올 때마다 그 일에 대한 감정들을 표현하라고 나를 재촉했고, 나는 저항했다. 나는 그건 그렇게 큰 일이 아니었다고 주장함으로써 그 감정들을 막아냈다. 그 사람은 우리 아버지도 아니었잖아요. 너무 오래 전 일이에요. 하와이에 대해 내가 느끼는 감정들을 헤치며 걸어 들어가는 일은 극적으로 느껴졌고, 어쩐지 가짜처럼 느껴지기도 했다. 내게는 그 주제로부터 허둥지둥 도망치는 데 쓸 변명들이 아주 많았다. 게다가 나는 수영복을 입고 혼자 있었던 일, 도움을 요청하러 언덕을 달려 올라간 일, 내 다리에서 흐르던 피, 데이비드의 텅 빈 두 눈, 그의 얼굴에서 쏟아져 나오던 바닷물 같은 것들에 대해 얘기하고 싶지 않았다. 내가 아는 어떤 언어도 그날 내가 느꼈던 공포에 이를 수는 없었고, 그 슬픔을 담을 수도 없었다.

그 다음은 이랬다. 하와이에서 돌아온 제니와 나는 어설라인 아카데미에서 고등학교 1학년을 시작했다. 데이비드의 축 늘어진 몸이 헬리콥터 동체 아래 매달려 흔들리는 걸 봤던 그 검은 모래 해변을 떠나온 지 6주가 지나, 우리는 빨간색과 남색의 플리츠 스커트를 교복으로 입고 페니 로퍼를 신고 대수학에서 세계사로, 체육으로, 다시 영어로 옮겨 갔다. 대수학 시간에는 파브워비치 선생님이 칠판에 복잡한 방정식들을 적는 걸 보며 앉아 있었고, 점심시간에는 다른 여자애들이 마이클 잭슨 콘서트에 무슨 옷을 입고 갈지 계획하는 걸 들으며 앉아 있었다. 알 게 뭐야? 우린 모두 죽게 될 텐데. 이것들 중 어떤 것도 중요하지 않아. 그 첫 몇 달 동안, 나의 절반은 여전히 하와이에서 데이비드가 기침을 토해내며 깨어나기를 기다리고 있었다. 그가 깨어나야만 나를 반하게 한 뮤지션 조 모니코라거나 앞머리를 뱅으로 자를지 말지 같은 문제들을 중심으로 돌아가는 평범한 10대의 삶을 다시 이어갈 수 있을 것 같았다. 방과 후에 나는 몇 시간씩 잠을 잤고, 부모님은 내 감정 상태를 걱정하기 시작했다. 내가 저녁 식탁에서 무거운 머리를 손바닥에 괴고 있거나 오후에 소파에서 일어나지 못하고 있을 때면 부모님이 나를 노려보는 게 눈에 들어왔다. 하지만 하와이에서 일어난 '그 사고'에 대해 우리가 얘기를 나눈 적은 한 번도 없었다. 어느 날 저녁, 내 방 문을 두드린 부모님은 내가 침대에 누워 라디오를 듣고 있는 걸 발견했다. 그러고는 숙제에 대해, 다가오는 축구 홈경기에 대해 잡담을 해보려고 시도했다. 문손잡이를 잡고 있는 엄마의 모습에서, 그리고 서랍장에 몸을 기댄 아버지의 모습에서 뭔가 중요한 얘기가 나올 것임을 알 수 있었다.

"우리 부탁 좀 들어주겠니?" 엄마는 내 방 문간에 서 있었는데, 나와 마찬가지로 갈색인 엄마의 두 눈에 전에는 한 번도 본 적 없는 애원의 빛이 어려 있어서 나는 깜짝 놀랐다.

"그럴게요. 뭔데요?"

"평범하게 행동하려고 노력해줄 수 있니? 그냥 한번 시도만 해보렴. 우릴 위해서. 평범하게 행동하려고 노력해줄래? 이렇게 축 처져 있기만 하면 너한테도 안 좋고-"

"알겠어요." 엄마의 말이 무슨 뜻인지는 알았다. 하와이에 다녀온 뒤로 나는 에너지가 바닥나 있었다. 잠을 너무 많이 잤고, 고등학교의 시작과 함께 생겨나는 새로운 기회들에도 하나같이 아무런 관심이 없었다. 그 모든 것이 나를 그냥 지나쳐가고 있었다. 내 무기력한 상태가 부모님에게는 철없이 '축 처져 있는' 것으로 보였고, 삶의 1년을 통째로 잃어버리기 전에 내가 빠져나올 수 있고 빠져나와야 하는 태도로 보인 모양이었다. 부모님은 내가 마음만 먹으면 행복해질 수 있다고 굳게 믿었다. 이제는 알 것 같다. 그때 부모님은 내게 당신들이 의지해 살았던 도구들을 제공하고 있었던 것이다. 의지력, 낙천주의, 그리고 자립심 같은 것들을. 하지만 그런 도구들은 내 손아귀에서 계속 빠져나가기만 했기에, 나는 올라오려는 감정들을 누르기 위해 폭식과 구토라는 좀 더 믿을 만한 도구들에 손을 뻗은 것이다. 부모님과 나는 원하는 것이 같았다. 내가 평범해지는 것이었다. 나는 내가 '평범'해지기를 부모님보다 더 간절히 바랐지만, 내가 '축 처져 있는' 게 아니며 내 감정들을 틀어막으려 하면 나중에 더 큰 대가가 돌아올 거라는 사실은 나도 부모님도 알지 못했다. 하와이와 그곳의 무서운 이미지들은 전부 묻어버리라는 무언의 요구도 들려왔다. 부모님의 요구 밑에 숨겨진 뜻이 낮은 소리로 이렇게 울리고 있었다. 그 일에 대해 생각하지 마. 생각하면 속이 상할 거야. 속상해하지 마. 속상해했다간 평범한 10대 소녀가 되는 중요한 과업에서 뒤처질 거야. 그 일에 대해 말하지 마. 말했다간 속이 상할 거야. 그 일에 대해 말하지 마. 네가 말하면 나도 속이 상할 테니까. 나는 도리를 다하는 딸이 되고 싶었으므로 최선을 다해 그 일을 묻었다.

"휴가를 갔다가 못 돌아오는 사람도 있다고요." 내 목소리가 갈라졌다. 로젠 박사는 소리를 좀 더 지를 수 있겠느냐고 내게 물었다. 나는 못하겠다는 생각이 들었지만, 몸을 굽혀 뻣뻣한 카펫에 이마를 대자 지난 10년간 쌓여 있던 신음소리가 목구멍 속에서 솟아오르더니 파도처럼 몸 밖으로 흘러나왔다.

"헬리콥터가 데이비드의 시신을 실어간 뒤에는 무슨 일이 있었죠?" 로젠 박사가 물었다. 나는 우리가 그 해변을 떠난 뒤의 일들에 대해서는 한 번도 말한 적이 없었다. 내 머릿속에서 그 얘기는 헬리콥터가 데이비드의 시신이 든 기다란 검은색 사체낭을 매달고 산 너머로 사라지자마자 끝났다.

캔자스에서 온 그 여자의 차에서처럼 몸이 떨리기 시작했다.

"경찰서에서는 추웠나요?"

"맨발 아래 느껴지는 바닥이 차가웠고, 그때 제가 옷을 하나도 안 가지고 있었거든요. 경관 한 명이 올록볼록한 노란색 담요를 가져다 줬고 또 다른 경관은 부모님에게 전화할 수 있게 저를 어떤 방으로 따로 데려다줬어요. 부모님은 친구분들하고 영화를 보러 가셨더라고요. 그래서 오빠한테 얘기했어요. 무슨 일이 있었는지."

"경찰서에서 나와서는 뭘 했어요?" 로리가 물었다.

"세바스천이 운전을 해서 우리 모두 콘도로 돌아갔어요. 한 시간 좀 넘는 거리였어요. 그런데 세바스천이 돌아야 하는 곳에서 못 돌고 지나치는 바람에 길에서 한참 벗어나게 됐어요. 그렇게 들어간 2차선 고속도로를 타고 달리고 또 달렸어요.

아무도 아무 말도 하지 않았어요. 전 뒷좌석에 혼자 앉아서 차창 밖을 노려봤어요. 그 빌어먹을 바다랑, 보랏빛, 분홍빛, 오렌지빛으로 온통 빛나는 하와이의 석양을요. 우리는 더 큐어 테이프를 듣고 또 들었어요. 한쪽 면이 끝나면 버튼을 찰칵찰칵 누르는 소리가 몇 번 나고, 그다음엔 다른 면이 재생되기 시작했어요. 콘도에 도착할 때까지 양쪽 면을 여러 번 들었어요."

"경찰서에서 그렇게 세 명끼리만 있게 놔뒀다고요?" 로젠 박사가 물었다.

"세바스천은 조금만 있으면 열여덟 살이었거든요."

"그래도 그 친구 아버지가 방금 돌아가셨는데." 로리의 목소리가 갈라졌다. "크리스티랑 친구들은 아이들이었는데."

"경찰서에서 크리스티랑 친구들을 보살펴줬어야 했어요." 패트리스가 내 손으로 손을 뻗었다. 내가 손을 붙잡자 패트리스는 맨 첫날 아침 마무리 기도를 할 때 그랬던 것처럼 내 손을 꽉 쥐었다.

"그리고 콘도에 돌아왔을 때는요?" 로젠 박사가 물었다.

"샌디한테 말을 해야 했어요. 열쇠를 잃어버려서 우리는 문을 두드렸어요. 샌디는 내다보는 구멍으로 우리를 보고는 끔찍하게도 숫자가 안 맞는다는 걸 깨달았어요. 우리 중 한 명이 없었죠. 샌디는 비명을 지르기 시작했어요. '안 돼! 안 돼! 안 돼!'"

"맙소사, 크리스티." 카를로스가 속삭였다.

나는 자리를 비켜주려고 문간에 있던 그들을 밀치고 들어가 욕조 속에 숨었다. 물은 틀어져 있지 않았다. 샤워 커튼 뒤에서 다리에 말라붙은 진흙과 딱딱하게 굳은 피딱지를 긁어내면서 그들의 슬픔을 견디려고 애를 썼다. 그들은 서로를 안고 흐느끼면서 계속 문간에 서 있었다. 낮의 마지막 햇살이 어둠 속으로 사라질 때까지.

"그때 어떤 소리가 들렸나요?" 로젠 박사가 물었다.

나는 그들이 울부짖던 소리를 흉내내려고 입을 열었다. 아무것도 나오지 않았다. 다시 시도하자 소리가 내 안에서 얼어붙었다. 슬픔을 발산하는 틈이 목구멍 안에서 봉인된 것 같았다.

"그 소리, 조금 전에 크리스티가 냈어요. 머릿속에서 들릴 거고요." 로젠 박사가 말했다.

내게는 들렸다. 모여 서서 울부짖고 있는 그들 세 명의 소리가. 하지만 내게서 나오는 소리는 아무것도 없었다. 그 공포와 슬픔은 나의 일부였고, 피부나 털처럼 몸 전체를 덮고 있는 신체 조직이었다. 반점처럼. 그걸 어떻게 떠나보낼 수 있을지 나는 알 수 없었다. 나는 간신히 짖는 듯한 목 쉰 소리만 몇 번 냈다. 고개를 저었다. "못하겠어요."

나는 하와이를, 그 비명들을, 바다를 떠올릴 때면 근육 하나하나가 공포로 죄어드는 고통을 평생 동안 품고 살기로 오래전에 수긍한 터였다. 그게 내가 살아남은 대가였다. 이게 낫는다면 어떤 모습이 될까? 나는 데이비드에게서 쏟아져 나오는 바닷물에 시달리지 않는 나를 떠올릴 수가 없었다.

로젠 박사가 실험 하나를 해보자고 했다. "따라해봐요. '나는 데이비드를 죽이지 않았다.'"

나는 고개를 흔들었다. "맙소사, 로젠 박사님, 제가 그 사람을 죽였다는 생각은 안 해요. 〈ABC 방과후 스페셜〉도 아니고."

"하지만 책임을 느끼잖아요."

"말도 안 돼요. 저는 겨우 열세 살-"

"표지판이 있었죠."

"크리스티가 항상 언급하는 그거요." 로리가 말했다.

"표지판?" 방 전체를 정신없이 둘러보며 내가 말했다.

"'출입금지'라고 적혀 있던 표지판이요." 로리가 말했다.

나는 얻어맞은 것처럼 의자에 몸을 털썩 기댔다. 내가 정말로 그게 내 잘못이라고 생각하고 있는 건가? "그게 그렇게 오랫동안 제가 품고 다니던 그건가요?"

"크리스티가 품고 있는 많은 얘기 중 하나죠."

우리는 그 해변에 들어가서는 안 됐다. 1987년부터 내 안에 메아리치던 속삭임이 귓속에서 으르렁댔다. 너는 그 일을 막을 수 있었어. 막았어야 했어. 나는 열세 살이긴 했지만 글을 읽을 수는 있었다. 우리가 법을 어기고 있다는 걸 알고 있었다. '출입금지'가 무슨 뜻인지도.

"따라할 준비 됐나요?" 로젠 박사가 말했다. 나는 고개를 끄덕였다. "로리를 보면서 이렇게 말해요. '나는 데이비드를 죽이지 않았다.'"

"나는 데이비드를 죽이지 않았다."

"그가 죽은 건 내 잘못이 아니다."

"그가 죽은 건 내 잘못이 아니다."

"나는 나 자신을 탓할 필요가 없다."

"나는 나 자신을 탓할 필요가 없다."

"그건 내 잘못이 아니다."

"그건 내 잘못이 아니다."

"이제 숨 쉬어요." 로젠 박사가 말했다. 갈비뼈 밑에서 내

폐가 한껏 늘어났다. 숨을 내쉬자 내가 17년간 만들어온 거부감의 갈고리에 붙들려 가장자리가 들쭉날쭉하게 찢어진 숨결이 흘러나왔다.

"그러니까 이 트라우마가 이렇게 오랫동안 저를 외톨이로 만들어온 건가요?"

"묻어놓은 그 일에 대한 감정들이 크리스티를 사람들로부터 멀어지게 한 거예요."

"왜요?"

로젠 박사는 내 쪽으로 몸을 기울이고 천천히 말했다. "누군가와 친밀한 관계를 맺게 되면, 크리스티의 강렬한 감정들은 오늘 아침에 그랬던 것처럼 튀어나오게 될 거예요. 크리스티는 누군가와 애착으로 연결될 텐데요." 그는 자신을 가리켰다. "그 사람은 해변에 가게 될 수도 있어요. 그러고는 돌아오지 못할 수도 있고요. 사랑은 크리스티를 남은 평생 동안 천 번쯤 해변으로 이끌고 갈 거예요."

"제가 이걸 절대로 잊지 못하고 있는 거군요."

로젠 박사가 고개를 저었다. "크리스티, 이걸 잊을 일은 절대로 없을 거예요."

로젠 박사는 늘 하던 대로 상담 시간을 마무리했고, 패트리스와 로리는 둘 다 몸을 돌려 두 팔로 나를 안아주었다. 카를로스는 자기 차례가 오기를 기다리며 옆에 서 있었다. 마티와 커널 샌더스도 그랬다. 그들은 한 명씩 나를 꼭 안아주었다. 로젠 박사도 평소보다 몇 초쯤 더 오래 나를 안아주었다. 피부 바로 밑에서, 나는 검은 모래 해변을 때리던 파도의 기억으로 내 몸이 여전히 떨리는 걸 느낄 수 있었다.

13

2002년 8월, 나는 로스쿨의 다른 학생들과 함께 학생 휴게실에 진을 치고 앉아 3분에 한 번씩 집게손가락으로 메일함을 불안하게 새로고침하는 것으로 나의 그룹 상담 1주년을 기념하고 있었다. 벨 보이드 앤드 로이드사에서 10주간의 여름 인턴십이 막 끝난 참이었고, 채용 담당자는 그날 안으로 메일을 통해 정규직 채용 제안을 하겠다고 했다. 나는 여름 내내 법률검토의견서를 쓰고, 계약법 원칙들을 연구하고, 내가 열심이라는 걸 증명하기 위해 여러 날 밤에 9시 넘어서까지 야근을 했다. 술집에서 해피 아워가 되면 미래의 어느 날 우량 고객들과 어울리게 되더라도 잘해낼 수 있다는 걸 증명하기 위해 시카고 컵스의 경기에 환호를 보내면서 소다수를 홀짝거리기도 했다. 하지만 이제 내게는 채용 제안을 받는 일이 필요했다.

4시 30분, 마지막으로 한 번 마우스를 클릭해봤다. 회사에서 온 메일 한 통이 눈에 확 들어왔다. 위원회 투표가 아직 이루어지지 않았습니다. 그 회사는 과거에는 2년에 한 번씩 시카고 중심가가 내려다보이는 회의실에서 다량의 술을 제공하는 파티를 열었고, 인턴사원 모두에게 졸업 후 채용 제안을 했다. 하지만 올해 우리는 운영위원이 딱딱한 미소를 지으며 경기 침체에 대해 이야기하는 걸 들으면서 얌전하게 크랜베리 주스나 홀짝홀짝 마시고 구운 아몬드나 오물오물 씹어먹어야 했다. 이제 이 메일을 받고 보니 여름 내내 우리를 불안하게 하던 루머들이 사실이라는 게 증명된 셈이었다. 우리 모두에게 채용 제안을 하기에는 그 회사 일자리가 충분치 않았다.

로스쿨에서의 세 번째 해가 막 시작된 참이었다. 졸업이 9개월 뒤로 다가와 있었다. 닷컴 버블이 붕괴했고, 로펌들은 대개 3학년 학생들 대신 여름 동안 자기 회사에서 일한 인턴사원들을 채용했다. 어떤 로펌들은 내부 붕괴를 일으켜서 그 자리에 있다가도 다음날이 되면 없어지곤 했다. 우리 학교인 시카고 로욜라대학교는 두 번째로 좋은 학군에 속했기에, 나는 시카고대학교와 노스웨스턴대학교 출신 학생들과 경쟁하고 있었는데, 둘 다 10위권 내에 드는 학교였다. 졸업을 하면 내 빚은 모두 합쳐 12만 달러가 넘게 될 것이었다. 만약 일자리를, 그것도 좋은 곳에 얻지 못하면 집세와 학자금 대출과 상담 비용을 어떻게 내야 할까?

경보를 하듯 빠른 걸음으로 경력상담센터까지 걸어갔다. 그곳에서는 다른 학생 여러 명이 큼직한 흰색 서류철에서 구인광고 목록을 넘겨보고 있었다. 3학년 학생을 대상으로 면접을 할 예정인 몇 안 되는 회사들의 목록이 게시판에 핀으로 꽂혀 있었다. 누군가가 맨 밑에 **망했구나**,라고 휘갈겨 써놓았다. 두 군데의 조직에서 3학년 학생들을 대상으로 면접을 진행 중이었다. 국방성 법무병과와 전국에서 초봉이 제일 높기로 유명한 최상위 기업인 스캐든 압스사였다. 국방성 법무병과는 제외해야 했다. 내가 정신건강을 위해 치료를 받았고 대마초를 피워본 적이 세 번 있다는 사실을 연방 정부에 털어놓기는 싫었으니까. 스캐든 압스사는 아이비리그 학교들에서 최고의 교육을 받은, 일주일에 60시간씩 일하는 게 보통인 변호사들이 있는 최강의 로펌이었다. 한마디로 로펌계의 하버드였다. 그들이 나를 뽑을 일은 없을 것 같았다.

나는 흰색 서류철에 토해버리고 싶은 충동과 싸웠다.

로스쿨 절친 클레어는 내가 겁을 내는 걸 보더니 코웃음을 쳤다. "넌 우리 학년 1등이잖아! 분명 성공할 거야." 그래, 명색이 졸업생 대표니까 어딘가에 취직이 되기는 하겠지. 하지만 만약 연봉이 3만 달러 정도밖에 안 되면 나는 빚의 무게에 짓눌려 쓰러지고 말 것이었다. 나는 로젠 박사의 상담 비용을 내기 위해 10퍼센트 이자로 개인 대출까지 받은 상태였다. 로스쿨에 갚아야 하는 돈이 상당한 액수였다. 만약 구직 기간이 길어지면 생활을 어떻게 꾸려가야 할까? 태커레이 애비뉴 6644번지로 다시 들어가야 하나?

그룹에서 로젠 박사는 집요하게 말했다. "스캐든사에 가서 면접을 봐요."

나는 망설였다. 내가 생각하기에 나는 2류에 속하는 중간 정도의 변호사였다. 내가 다니는 로스쿨도, 벨 보이드 앤드 로이드사도 2류였다. 스캐든사의 파트너 변호사들은 대법원 변호를 맡고 〈월 스트리트 저널〉이 여러 페이지에 걸쳐 다루는 복잡한 상업 소송을 지휘하는 사람들이었다. 그들은 맞춤 제작한 슈트를 입고 이탈리아 가죽으로 만든 구두를 신었다. 나는 요충이 있는 꼬마 소녀였고, 스스로 불러들인 구토로 죽을 뻔했던 대학생이었으며, 지금은 사과 페티시를 간신히 누그러뜨리고 있는 젊은 여자였다.

"스캐든사는 저랑 어울리지 않아요, 하버드 박사님."

"아뇨, 어울려요."

로젠 박사가 대체 뭘 안단 말인가? 하루 종일 심리적으로 망가진 사람들이랑 앉아 있는 사람이. 스캐든사는 내가 최고 수준으로 일을 해내기를 기대할 것이었다. 그것과 똑같은 일을 프린스턴대학교를 최우등으로 졸업한 이후로 내내 해왔고 지금도 하고 있는 다른 사람들에게 둘러싸여서 말이다. 나는 우리 학교 축구팀 별명처럼 '로욜라의 산책자'일 뿐이었다.

"크리스티는 뛰어나요. 스캐든사에서도 분명 원할 거예요."

뛰어나다는 건 마리 퀴리나 스티브 잡스, 혹은 발신번호 표시 시스템을 개발해낸 여성 물리학자 셜리 앤 잭슨 박사에게나 어울리는 단어였다. 나를 위한 단어가 아니었다. 학년 1등을 한 건 내가 개인적 삶에 숭숭 뚫린 구멍들을 가리기 위해 성취라는 벽지를 간절히 원하는 일 중독자라는 뜻이었지, 뛰어나다는 뜻은 아니었다. 내게는 그 사실을 증명할 LSAT 점수가 있었다.

패트리스가 내 팔 앞쪽을 슬쩍 밀더니 로젠 박사가 누군가로부터 칭찬 혹은 모욕의 말을 들었을 때 하는 가슴께를 문지르는 동작을 과장되게 해 보였다. 나는 내 가슴께를 건성으로 문질렀다. 하지만 그 뛰어나요의 일부는 내 가슴뼈 바로 밑을 뚫고 들어갔고, 그중 한 조각은 그 말을 기꺼이 듣고 싶어 하는 나의 말랑말랑한 부분에 둥지를 틀었다.

집에 온 나는 벽장문을 열고 내 남색 '캘빈 클라인' 슈트와 '콜한' 플랫슈즈를 노려보았다. 물론 카를로스가 골라준 립스틱도 바를 것이었다. 최소한 복장은 제대로 갖춰 입을 수 있었다.

일주일 뒤, 나는 머리가 벗겨지기 시작한 어느 60대 백인 남자 건너편에 앉아 있었다. 남자는 양말 바람으로 오크나무 책장에 기대 서 있었고, 책장에 놓인 육중한 은빛 액자 속에서는 그의 아이들이 미소 짓고 있었다. 남자는 스캐든사의 소송부 부장이었다. 그는 윙크를 하더니, 5년 뒤에 내가 어디에 있게 될 것 같냐고 묻고는 그 질문이 쓸데없다는 듯 싱글싱글 웃었다. 나는 진실을 말했다. "파트너 쪽에 가까워지고 있기를 바랍니다." 나는 꼭 회사의 파트너 변호사를 말한 건 아니었는데, 그는 그걸 몰랐다.

그다음으로 나를 면접 본 파트너 변호사는 지금껏 내가 본 가장 사치스러운 흑회색 슈트를 입고 있었다. 나는 나중에 카를로스에게 묘사해주려고 그 옷을 자세히 들여다보았다. 나와 30분간 대화하는 동안 그는 스카치테이프 조각 다섯 개를 끈끈한 쪽을 바깥으로 해서 따로따로 돌돌 말더니, 그걸로 자기 책상 위의 보이지 않는 먼지 입자들을 마구 찍어냈다. 대화가 끝나고 악수를 하면서 그는 말했다. "우리가 흥미진진한 일을 드릴 수 있을 거라고 약속할게요."

남자 소속 변호사들의 사무실에는 시카고 컵스의 낡은 선수용 셔츠가 담긴 액자, 고르바초프 대두 인형, 브루스 스프링스틴 앨범 사인본 같은 별난 물건들이 있었다. 그들 중 누구도 어디가 아픈 사람처럼 보이지 않았고, 일 이외의 자기 삶에 대해 얘기할 능력이 없어 보이지도 않았다. 내가 만난 유일한 여자 소속 변호사인 레슬리는 미소가 환하고 잘 웃는 사람이었다. 남자들의 사무실에서는 안 그랬는데, 나도 모르게 의자 깊숙이 편하게 앉게 됐다. 스캐든사에서 여성이 성공하는 게 가능하냐고 묻자 레슬리는 천천히 고개를 끄덕였다. "네, 전 그렇게 생각해요."

두 명의 주니어 소속 변호사인 호르헤와 클라크가 점심 식사를 위해 부른 택시를 타고 타파스를 파는 식당 '에밀리오스'로 잽싸게 달려갔다. 위풍당당한 태도를 지닌 호르헤는 나비넥타이와 커프스단추를 하고 있었다. 동안인 클라크는 살짝 옷차림이 흐트러져 있었고 최근에 결혼을 했다고 했다. 우리가 자리에 앉자, 호르헤는 각자 요리를 네 가지씩 주문해서 나눠먹자고 제안했다. 나는 전에 타파스를 먹어본 적이 없었다. 초리조도, 만체고 치즈도 점심으로든 다른 어떤 끼니로든 먹어본 적이 없었다. 일자리를 얻으려고 애쓰는 와중에 열두 접시의 음식을 시켜 두 명의 남자와 나눠먹어본 적도 없었다.

음식이 나오자 호흡을 고르고 각 접시에 담긴 요리를 한 입씩 먹어보았다. 그릴에 구운 염소젖 치즈를 토스트 포인트*

* 삼각형 모양으로 자른 빵 조각에 버터를 발라 노릇노릇하게 구운 것.

에 얹은 것, 스페인 소시지, 기름으로 반들거리는 세 가지 색 올리브, 달팽이 소테, 그리고 그릴에 구운 감자. 풍미 가득한 음식이 한 입씩 목구멍으로 미끄러져 들어가자 위장이 기쁨과 충격으로 부르르 떨었다. 양배추와 참치와 머스터드로부터 참 멀리 와 있었다. 나는 접시 사이에 있는 하얀 린넨 냅킨 한구석을 집적거리며 그날 밤 먹은 음식을 보고할 때 로리의 머리가 터져버리는 광경을 상상했다.

설령 채용되지 못하더라도 기적 같은 식사였다.

그들은 자기들에게는 일 이외의 삶도 있다고 나를 안심시켜주었다. 호르헤는 약혼자가 있었고, 클라크는 몇 시간씩 포커 게임을 하는 걸 변함없이 아주 좋아했다. 마지막 한 입을 씹으면서 나는 가슴속에서 욕망이 꿈틀대는 걸 느꼈다. 나도 스캐든사에서 일해보고 싶었다. 클라크와 호르헤처럼 최상급 로펌의 희소성 있는 공기를 마셔보고 싶었다.

식당 밖에서 우리는 헤어졌고, 나는 오하이오 스트리트를 걸어 미시건 애비뉴 쪽으로 향했다. 모퉁이를 돌아 미시건 애비뉴로 내려가서 티파니와 카르티에, 니먼 마커스 매장을 지나가는 동안 내 단정한 남색 구두는 보도 위에서 또각또각 소리를 냈다. 내 두 발은 완벽한 스타카토 리듬에 맞춰 걸었고, 등뼈는 기둥처럼 꼿꼿했다. 성큼성큼 걷는 걸음은 로스쿨 학년 1등을 한 여성다웠다. 학교가 일류는 아닐지 몰라도 1등은 오직 한 명만 해낸 일이었다. 1등이라는 그 숫자의 진실이 내 몸속에서 끓어올랐고, 마침내 멍한 기분이나 수치심을 넘어서는 무언가로 변했다. 그건 에너지였고, 그 에너지는 내 것이었다.

집에 도착해 문에 열쇠를 꽂을 무렵, 나는 내가 스캐든사에서 제안을 받을 만하다고 믿고 있었다. 내가 학년 1등을 했기 때문이기도 했지만, 길 저편에 인상적인 배경을 지닌 괴짜 의사 한 명이 있어서 내가 뛰어나다고 말해주었기 때문이기도 했다. 그리고 설령 내가 나 자신을 뛰어나다고 여기지 않는다 해도, 나는 그가 나를 뛰어나다고 여긴다는 건 믿었다.

나는 결국 두 건의 채용 제안을 받았다. 하나는 인턴으로 일했던 벨 보이드 앤드 로이드사에서, 다른 하나는 스캐든사에서. 클레어는 스캐든사에서는 내게 죽도록 일을 시킬 테니 더 작은 회사로 가야 한다고 했다. 내 삶을 다 빨아먹을 일자리라면 얻지 않는 것이 지금까지 받은 상담의 요점 아니었던가? 나는 일로 인해 다 소모되는 삶을 원하지 않았다. 로스쿨에서 내가 좋아하는 교수님은 나는 젊고 에너지가 넘치는 데다 이건 거절하기에는 너무 좋은 기회니 스캐든사에 가라고 말해주었다.

결정할 시간을 24시간 남겨두고 나는 그 문제를 그룹에 가져갔다. 호르헤와 클라크와 점심 식사를 하고 나서는 세라노 햄의 맛에 취하고 스캐든사에서 성공할 수 있을 거라는 확신이 생긴 상태가 돼서 돌아오긴 했지만, 의심이 스멀스멀 기어들어왔다. 스캐든사에 가면 내 삶은 청구 대상 상담 시간으로 다 빨아먹혀 버리지 않을까? 만약 일 때문에 관계를 가꿔나갈 시간이 전혀 남아나지 않는다면 스캐든사는 악몽의 실현이 될 수도 있었다.

로젠 박사는 동의하지 않았다. "변호사로 일하려면 다른 뛰어난 사람들 사이에서 하는 편이 더 쉬울 거예요." 뛰어난. 또 그 단어였다. "지금 전화해서 제안을 받아들이면 돼요."

학교에서 만난 섹시한 남자에게 내가 '감질나게만 하는 여자'라고 밝히는 것과, 내 법률 전문직 커리어의 첫 단추인 이런 결정을 로젠 박사에게 맡기는 건 상당히 다른 문제였다. 나는 생각할 시간이 몇 분쯤 필요하다고 박사에게 말했다. 그는 늘 하던 식으로 '마음대로 하세요'라는 듯 어깨를 으쓱하고는 다른 사람에게 주의를 돌렸다.

상담 시간이 15분쯤 남았을 때, 내 가슴속에 일어났던 욕망과 야망의 그 꿈틀거림이 비눗방울처럼 반투명하고 연약하게 흔들리는 모습이 되어 되돌아왔다. 로스쿨에서의 첫 해가 지나고 로젠 박사에게 처음으로 전화를 걸기 전에 노스웨스턴 대학교의 로스쿨 지원서를 다운로드했었다. 내 학년 석차면 그 학교로 옮겨서 전국 8위를 차지한 그 로스쿨에 등록할 수 있었다. 나는 지원서를 작성해 두꺼운 서류 봉투에 넣었다. 하지만 법학도서관 앞에 있는 우체통에서, 내 손가락들은 문에 달린 작은 금속 손잡이를 붙잡기를 거부했다. 팔꿈치는 구부러지기를 거부했고, 팔의 이두근은 수축하기를 거부했다. 그 우편물 활송 장치 반대편에서 손짓하던 미래는 내 몸이 내놓을 수 있는 것보다 더 많은 것을 내게 요구했다. 나는 그 미래에 속하지 않았다. 나는 2류 인간이었다. 도서관 쪽으로 열 걸음 되돌아가 봉투를 쓰레기통에 던져버렸다.

스캐든사는 일류였고 내가 거기 속할 수 있을지도 알 수 없었지만, 갑자기 내 가슴속에 들어 있는, 앞으로 나아가려는 '네'라는 대답이 그곳에 부응하는 존재가 되지 못하리라는 두려움보다 강하게 느껴졌다. 불안과 두려움 때문에 스캐든사가 제공하는 모든 것에 다가가지 못한다는 게 부조리해 보였다.

게다가 그 회사는 집세와 학자금 대출과 상담 비용까지 낼 수 있을 만큼 충분한 연봉을 내게 지불할 텐데 말이다.

그룹 상담 시간이 째깍째깍 줄어드는 동안 나는 몇 블록 떨어진 곳에 거무스름한 빛깔로 서 있는 주얼러스 빌딩 꼭대기를 노려보았다. 이 새로운 전망이 사라지지 않도록 몸을 움직이지 않고 가만히 있었다. 두꺼운 흰색 명함지에 인쇄될 내 명함. 내가 받을 다섯 자리 숫자로 된 보너스. 달라질 내 옷장. 내가 들고 다닐 '투미' 서류가방. 내 사건들과 의뢰인들. 내가 이 모든 걸 받아들여도 될까? 시도해봐도 될까?

눈물이 터져나올 것 같았다.

나는 전화기를 횃불처럼 들어올렸다. "저, 스캐든사에 가고 싶어요."

로젠 박사가 두 손으로 어서 그렇게 해요, 라는 듯 손짓을 했다.

나는 전화기를 열고 번호를 눌렀다. 하지만 '통화' 버튼을 누르기 전에 조금 망설였다. 패트리스가 자기 의자를 끌고 다가와 손을 내밀었다. 나는 패트리스의 활짝 편 손바닥 위에 내 손을 올려놓았다.

전화는 채용 담당 파트너 변호사의 음성사서함으로 연결되었다. 삐 소리가 나자 나는 응원해달라는 뜻으로 로젠 박사를 바라보았다. 그가 고개를 끄덕였다.

나는 빠르게 숨을 들이마셨다. 숨을 내쉬면서, 내 미래로 한 걸음을 내디뎠다.

"지금 무슨 짓을 하고 계신 건지는 스스로 알고 계시길 바랄게요." 전화기를 접어 닫으며 내가 말했다. "이건 제 인생이

거든요."

"어쩌면 남편 되실 분을 거기서 만날 수도 있겠네요." 로젠 박사가 싱글싱글 웃었다. 나는 패트리스의 손에서 손을 빼내 로젠 박사에게 가운뎃손가락을 날렸다. 나는 남편감을 찾으려고 취직하는 게 아니었다. 박사가 웃으며 즐거운 듯 자기 가슴께를 문질렀다.

이제 내게는 새 집에 어울리는 새 일자리가 생겼다.

몇 주 전, 로스쿨 친구 클레어가 전화를 걸어 선언했다. "테이터, 나 새 룸메이트가 필요해." 나는 클레어가 자기 남자 친구이자 우리와 같은 학년인 스티븐에게 들어와 같이 살자고 할 거라고 생각했는데, 클레어는 자기들은 아직 그 단계를 밟기에는 준비가 안 돼 있다고 했다.

골드 코스트에 있는 클레어의 콘도에는 대리석으로 된 로비와 24시간 상주하는 안내원, 그리고 수영장이 딸려 있었다. 학교에서는 걸어갈 수 있는 거리였고, 거기서 L선을 타고 역을 세 개 지나면 로젠 박사의 상담실이었다. 클레어의 집 거실에는 금빛 벨벳 장식띠로 묶인 짙은 보랏빛 커튼이 걸려있었다. 헬스장과 주차장도 쓸 수 있을 것이었다. 초대를 받은 내 온몸이 기쁨으로 떨려왔다. 클레어는 내가 원룸형 아파트에서 철커덩거리는 라디에이터, 물이 새서 얼룩진 천장, 수십 년 된 주방 설비들을 끼고 살면서 내던 딱 그만큼의 집세만 내도 된다고 했다. 어떻게 거절할 수 있겠는가? 10분 뒤, 나는 전화번

159

호부를 뒤져 이사업체 한 군데와 계약을 했다.

　스캐든사에 가기로 결정한 날 밤, 나는 침대 위에 몸을 쭉 뻗고 누워 내 인생에 대해 찬찬히 생각해보았다. 새로운 일자리. 새 집. 만약 내가 죽게 된다면 클레어가 관련 기관에 연락해주면 된다. 아니면 안내원에게라도. 고독사는 면할 수 있을 것 같았다.

14

그룹의 카를로스는 내게 남자로는 처음 생긴 절친이었다.
그는 헬스장에 가는 길에 내게 전화를 걸어 자기 약혼자인 자
레드가 이탈리아산 구두나 고풍스러운 린넨 제품들에 돈을
너무 많이 쓴다고 큰 소리로 투덜대곤 했다. 그는 자신의 조그
만 은색 BMW에 나를 태우고 식당들로 잽싸게 달려가서 내가
한 번도 먹어본 적 없거나(팟 타이, 철갑상어) 들어본 적 없는
음식들을(카술레, 샤와르마) 소개해주었다. 카를로스가 아니었
다면 내가 스파나코피타나를 맛보거나 바니스 백화점에 발을
들여놓을 일은 없었을 것이다. 그룹 상담 2년차로 향해 가면
서 나와 카를로스의 관계는 꾸준히 밝아지는 내 인생에서 가
장 밝은 부분 중 하나가 되었다. 내가 그룹에서 카를로스와는
어떤 의견충돌이든 전혀 겪은 적이 없다고 자랑하자 로젠 박
사가 갑자기 큰 소리로 말했다. "싸우게 해달라고 기도해요."

"왜요?"

"왜냐하면 크리스티가 원하는 건 진정으로 친밀한 관계니까요."

"그게 싸워야 된다는 뜻이에요?"

"기꺼이 싸우려 하지 않는다면 어떻게 친밀해질 수 있겠어요?"

태커레이 애비뉴 6644번지에서 리모컨을 두고 오빠와 몸싸움을 했던 것도 해당되나? 나는 내가 옛날식으로 멋지게 싸워본 적이 있는지 기억 속을 뒤졌다. 문이 꽝 닫히고, 주먹을 꽉 쥐고, 큰 소리로 울어서 목구멍이 따가웠던 적이 있었는지. 그런 기억은 없었다. 고등학교 때, 친구 드니즈가 연상인 자기 남자친구와 카루스 공원에서 섹스를 하려고 내 집에서 몰래 빠져나간 일이 있었다. 그 애는 내 창문으로 달아나 나를 곤란해질 수 있는 상황에 빠뜨렸지만 나는 그것 때문에 화를 내진 않았다. 그 애가 창턱을 두드렸을 때, 나는 화가 나는 걸 꿀꺽 삼키고 그 애를 다시 들여보내줬다. 대학 1학년 때는 내가 도서관에 있는 동안 친구 앤이 내가 사귀고 있던 남자를 초대해 영화를 같이 보자고 한 일이 있었다. 나는 아무 말도 하지 않았다. 그 대신 두 달 뒤에 이사를 나갔다. 그리고 친구 타이라가 자기가 공연하던 극장에서 내가 마지막 커튼콜 전에 나가버렸다고 따졌을 때, 나는 뜨거운 분노가 배 속에서 입으로 울컥울컥 솟구치는 걸 느꼈다. 그 애는 내가 꽃을 가져다주고, 그 애가 대사를 전부 칠 때까지 자리를 지켜주고, 장염 때문에 어쩔 수 없이 자리를 떴던 걸 모른 체했다. 나는 한편으로는 그 애의 상처받은 얼굴에 내 얼굴을 바짝 대고 정말로 증오에 찬 말투로 이렇게 말하고 싶었다. "더도 말고 딱 1초 동안만 다른 사람 생각도 좀 해보시지?" 하지만 나는 대신 이렇게 말했다. "정말 미안해. 다음 공연에선 꼭 끝까지 있을게."

분노에 관해서라면 나는 삼키고, 다른 감정으로 가장하고, 무시하고, 도중에 그만두는 인간이었다. 나는 싸움에 대해서는 아무것도 몰랐다.

"월요일, 남자들만 모이는 그룹에 들어오는 게 좋겠어요." 로젠 박사가 카를로스에게 말했다. 내가 상담을 시작한 지 대략 13개월쯤 되던 어느 화요일 아침이었다. "결혼 준비에 도움이 될 거예요."

나도 두 번째 그룹에 들어가야 하냐고 묻자, 로젠 박사는 고개를 젓더니 나는 아직 준비가 안 됐다고 했다. 나는 수치심 때문에 의자에서 꼼짝도 할 수 없었고, 남은 그룹 상담 내내 침묵을 지켰다. 내가 두 번째 그룹에 들어가고 싶은지 나는 알지 못했지만, 그게 중요한 게 아니었다. 로젠 박사는 내게는 하지 않은 제안을 카를로스에게는 했다. 해로운 생각들이 남은 상담 시간 동안 머릿속을 이리저리 스쳐갔다.

나보다 카를로스를 더 좋아하는구나.

내가 이걸 제대로 해내지 못하고 있나 봐.

난 형편없는 내담자야.

침묵 속에서 부루퉁해진 채 아무 말 없이 상담실을 나섰다. 카를로스의 전화도 받지 않았다. 그가 사랑받는 아이가 된

게 질투가 나서였고, 내 성마른 태도가 부끄러워서이기도 했다. 우리는 계속 말을 하지 않다가 일요일 밤이 되어 내가 질투가 난다고 고백했다. "두 번째 그룹 가지고 질투하진 마, 친구." 카를로스가 말했다. "그냥 돈이 더 들고 귀찮은 일이 더 생기는 것뿐이니까."

그날 밤 나는 로젠 박사에게 메시지를 남겼다. 카를로스가 두 번째 그룹에 초대받은 일에 대해 내가 강렬하게 반응했는데, 그 일에 대해 로젠 박사의 의견을 듣고 싶으니 그룹 상담 전에 전화해달라고 부탁했다. 로젠 박사는 종종 상담과 상담 사이에 내 전화에 응답해주곤 했다. 그에게서 연락이 올 거라고 생각했다.

월요일, 나는 심장을 기증해줄 사람이 나타났다는 소식을 기다리는 이식 대기 환자처럼 하루 종일 전화기를 손에서 떼지 못했다. 하지만 해가 질 무렵에는 희망을 잃었다. 클레어의 콘도에 있는 고급 가스레인지에 닭가슴살을 노릇노릇하게 구우면서 마니에게 전화를 걸었다. 마니는 여전히 로젠 박사에게 상담을 받고 있으니 내 기분을 이해해줄 거라고 생각했다.

그런데 내가 뭐라고 말하기도 전에 마니에게 걸려온 다른 전화가 삐 소리를 냈다. "아, 로젠 박사님 전화네. 내가 이따가 다시 걸게요."

찰칵. 마니는 사라졌다.

프라이팬 손잡이를 잡는데 뜨거운 무쇠가 내 손가락들을 지져버렸다. "젠장!" 화상 입은 손가락들을 다른 손으로 받치고, 아파서 팔짝팔짝 뛰면서 작은 소리로 계속 욕을 했다. 주방 한가운데 앉아 앞뒤로 몸을 흔들었다. 프라이팬에서 닭고

164

기와 기름이 치직 소리를 냈다.

5분 뒤, 마니가 다시 전화했다. 나는 심호흡을 했다. 어쩌면 로젠 박사는 유산을 겪었던 마니가 최근에 다시 임신을 했기 때문에 전화에 응답해준 건지도 몰랐다. 어쩌면 마니의 일이 잘 안 풀리고 있는지도. 어쩌면 마니는 복통을 느꼈거나 의사에게서 나쁜 소식을 들었을지도 몰랐다.

"다 잘 됐나요?" 순수하게 걱정이 돼서 내가 물었다.

"우리랑 계약한 멍청한 업자 때문에 그래요. 문을 잘못 설치해놨지 뭐예요. 우리는 마호가니가 아니라 오크나무로 된 문을 주문했는데. 내일 그 사람한테 어떻게 말을 해야 할지 로젠 박사님이 조언해주셨어요."

폐에서 공기가 슈슛 하고 빠져나가면서 몸이 앞으로 꺾였다. 내가 냉동실에 놔둬서 이상한 냄새가 밴 얼음을 화상 입은 손에 대고 있는 동안, 막 임신해서 얼굴에 홍조를 띤 마니는 4층짜리 자기 집에서 맞춤 제작한 천을 씌운 긴 의자에 앉아 노동자들에게 어떤 식으로 이래라저래라 할지 의논하고 있었던 것이다.

로젠 박사는 왜 마니는 도와주면서 나는 도와주지 않는 걸까?

그의 번호를 누르는데 온몸이 떨렸다. 삐 소리가 났다. "당신 같은 사람 못 믿겠어! 이 빌어먹을 나쁜 놈아. 그동안 나한테 도움을 어떻게 청하는 건지 가르쳐줬잖아. 손을 뻗으라며. '당신이랑 그룹 사람들을 마음속에 들여놓으라고' 그랬잖아. 근데 당신은 손을 안 내밀어줘? 꺼져버려!" 나는 욱신거리는 손을 느끼며 로젠 박사의 음성사서함에 소리를 지르고 또 질러

165

댔다.

그의 음성사서함이 삐 소리를 냈다. 나는 전할 말을 끝까지 다 한 다음 전화기를 바닥에 내던졌다. 전부 다 박살을 내고 싶었다. '포터리 반'에서 산 클레어의 아름답고 짙은 보랏빛 접시들도, 구석에 있는 와인 냉장고도, 말린 꽃들이 꽂힌 꽃병도, 액자에 담겨 테이블 위에 놓인 재즈 페스티벌 인쇄물도. 모든 게 욱신욱신 쑤시고 있었다. 내 머리도, 심장도, 목구멍도, 손도. 로젠 박사의 모든 것이 싫었다. 그 잘난 척하는 얼굴도, 멍청한 장난꾸러기 요정 같은 웃음도, 무례한 처방들도. 그 인간도, 18층 그 방에 둥그렇게 놓인 의자들도 다 꺼져버리라고 해.

———

그룹 상담이 시작되고 처음 몇 분 동안 누구와도 눈을 맞추지 않았다. 무릎 위에서 두 손을 깍지 끼고, 시선은 카펫에 있는 타원형 얼룩에 고정했다. 마티가 우리에게 자기 어머니의 고관절 수술 이야기를 들려주었고, 로젠 박사는 언제나처럼 시선을 한 사람에게서 다른 사람에게로 옮겼다.

"저한테 메시지 남겼어요?" 시선을 위로 향하자 로젠 박사가 나를 빤히 쳐다보고 있었다. 나는 고개를 끄덕였다. 내가 경솔했다는 생각이 들었다.

"그룹 사람들한테 그 얘기 좀 해줄래요?" 박사는 로리가 논문 한 챕터를 끝냈다고 보고했을 때처럼 나를 보고 싱글싱글 웃고 있었다. 방에 둘러앉은 사람들의 듣고 싶어 하는 얼굴이 내 눈에 들어왔다.

"제가 화가 나서 좀 안 좋은 말을 남겼는데-"

"좀 안 좋은 말? 축소해서 말하지 말아요! 완전히 증오에 차 있던데!" 로젠 박사는 양손으로 손짓을 하며 자리에서 몸을 들썩였다. 그러더니 훌륭한 식사를 음미하듯 눈을 감고 가슴께를 문질렀다. "모두들 제 사무실로 가서 그걸 들어봐야 돼요."

모두가 일어섰다. 현장 학습이었다! 그룹 상담을 시작하고 나서는 그의 사무실에 처음 들어가보는 것이었는데, 모든 게 그대로인 듯했다. 하버드 학위증서가 담긴 액자들도, 천에 놓인 자수도, 벽에 붙어 있는 깔끔한 책상도.

로젠 박사가 수화기를 들고 음성사서함 비밀번호를 입력하는 동안 카를로스가 속삭였다. "대체 뭐라고 한 거야?"

로젠 박사가 스피커 버튼을 누르자 찢어질 듯 높고 선명한 내 목소리가 흘러나왔다. "당신, 나한테는 개뿔이고 소뿔이고 신경도 안 쓰잖아! 마니는 전부 다 가졌는데! 나는 뭔데?" 내 목소리는 3분 동안 이어졌다. 그룹 사람들이 전화기 근처로 모여들었다.

수화기 너머에서 내가 마침내 입을 닥치자 로젠 박사는 전화를 눌러 껐다. "이걸 축하해볼까요?" 그는 마치 내가 영어를 처음 배우는 사람인 양 한 단어 한 단어를 또렷하게 발음했다.

화를 낸 걸 축하해? 화를 내는 건 내게 싸움보다도 드문 일이었다. 나는 어떤 이유로든 부모님에게 소리 질러본 기억이 없었다. 심지어 10대 때도. 우리는 소리 지르는 사람들이 아니었다. 우리는 묵살하는 사람들, 시무룩하게 한숨을 쉬고 조용히 속을 끓이는 사람들이었다. 내가 고등학교 2학년 때, 미성년자들이 술을 마시게 될 거라고 생각한 부모님이 트로이 타부키의 새해 파티에 못 가게 하자 나는 내 방에 숨어 슬픈 노래들로 믹스테이프를 여러 개 만들었다. 부모님이 내게 텍사스에 있는 대학을 가라고 했을 때는 몇 주 동안이나 자세히 들여다보며 모서리를 접어두었던 다트머스대학교의 브로셔를 집어던졌다. 다른 사람들이 휴지를 사용하듯이 나는 가짜 미소와 "전 괜찮아요"라는 말과 엄청난 폭식이라는 방법을 사용했다. 그런데 지금 이 남자는 내 폭언을 쇼팽의 소나타 작품처럼 대하고 있었다.

"축하하라고요?"

로젠 박사의 두 눈이 커다래졌다. "이건 아름다워요!"

"역겨운데-"

"누가 그래요?"

"우선 자기연민으로 가득 차 있는 데다-"

"전 동의가 안 되는데요. 이 말들은 정직하고, 진심에서 우러난 말들이고, 진짜예요. 이건 크리스티 거예요. 그리고 크리스티는 이걸 저한테 공유해줬죠. 고맙습니다." 그는 손바닥으로 심장 위를 문질렀다. "분노의 세계에 온 걸 환영해요, 마말레. 이게 크리스티를 도와줄 거예요."

그건 내가 나의 추하고, 비이성적이고, 옹졸하고, 무모하고, 심술궂고, 뭔가를 마구 토해내는 부분들에 대해 처음으로 받아 본 칭찬이었다. 그런 건 한 번도 들어본 적이 없었다. 내가 나를 담당하는 심리치료사였다면 개떡 같은 소리 좀 그만

하라고 했을 텐데, 로젠 박사는 마치 그날이 춤추는 사람들이 거리에 가득한 휴전협정 기념일이라도 되는 것처럼, 하던 일을 손에서 놓고 기뻐해야 할 것처럼 축하해주었다.

"걱정 말아요." 그가 말했다. "크리스티는 지금 막 시작한 거니까요."

15

1년이 넘는 시간 만에 엄청나게도 여덟 시간을 통으로 자고 일어났다. 내가 어디 있는 건지 잠시 얼떨떨했지만, 다리 사이에 따스하고 기분 좋은 느낌이 남아 있다는 건 알 수 있었다.

섹스하는 꿈을 꿨다. R&B 가수 루서 밴드로스가 나오는 생생하고 관능적인 섹스 꿈이었다. 내 남자 루서는 내 얼굴을 애무하고는 혀로 내 입속을 꽉 채우며 깊이 키스했다. 그러더니 혀로 내 배 위에 뭔가를(원 그리기와 밀어넣기의 콤보였다) 해서 내가 별들 너머, 다른 행성들과 다른 은하들까지 보게 해주었다. 그의 부드러운 입술이 내 다리 사이에서 원을 그리자, 나는 갓 태어난 아기 고양이처럼 가냘프게 울었다.

나는 축축해진 몸으로 야하고 만족스러운 기분이 되어 깨어났다.

그날 아침 그룹 상담을 하러 가는 기차에서 나는 루서 밴드로스의 노래 중에 내가 좋아하는 〈히어 앤 나우〉를 허밍했다. 오, 좋아요, 루서, 지금 여기, 그래요.

기차가 벨몬트의 불 꺼진 게이 나이트클럽들과 파격적인 부티크들을 느릿느릿 지나가는 동안 나는 자신감이 넘치는 기분이 되었다. 마치 누군가가 놓친 풍선처럼 하늘로 떠오를 수도 있을 것 같았다. 내 내면은 결코 걱정했던 만큼 죽어 있지 않았다. 밴드로스 씨를 침대로 데려와 그의 혀가 내 몸 위를 돌아다니게 만든 게 내 무의식의 어떤 부분이든, 그 꿈은 그 부분이 살아 있다는 증거이기도 했다. 그리고 꿈속의 나는 허기져 있었다. 이 신경성 성욕부진증 환자는 뷔페가 차려진 테이블을 향해 움직여가고 있었다. 나는 뜨겁고 거칠고 떠들썩하고 축축한 데다 완전히 나의 쾌락에만 초점이 맞춰진 섹스를 꿈으로 꿨고, 느꼈다. 거리낌도, 지옥에 갈 거라고 위협하는 수녀님들도, 못마땅해 하면서 섹스를 결혼과 연결 짓고 싶어 하는 부모님도, 임신하거나 살이 찌거나 '제대로 못하는' 것에 대한 걱정도 없는 섹스였다. 거기에는 내 몸이 있었고, 매력적인 남자가 있었고, 쾌락이 있었다.

그룹 상담이 시작되고 처음 10분 동안 사람들에게 모든 걸 말해주었다. "그 사람이 저한테 오럴섹스를 해주고 있었어요. 등이 매끈하고 근육질이더라고요. 잠결에 오르가슴을 느꼈어요."

"얼마 동안이나 했는데요?"

"그 사람, 콘서트에서 본 적은 있어요?"

"그 사람이 샤카 칸이랑 듀엣곡을 불렀던 그 남잔가요?"

말없이 대화를 듣던 로젠 박사가 마침내 입을 열었다. "그

꿈, 저에 대한 꿈이네요."

우리는 그를 향해 빙글 돌아가는 소리가 날 것처럼 고개를 돌렸다.

"뭐라고요, 프로이트 씨?" 내가 웃으며 말했다. "비난하는 건 아닌데, 박사님은 그래미상을 수두룩하게 탄 데다 오프라 윈프리의 친구인 겁나 섹시한 흑인 남자랑은 하나도 닮은 데가 없는데요. 박사님은… 음…" 나는 그의 덥수룩한 머리와 갈색 꽈배기 니트 스웨터와 바닥이 두툼한 갈색 구두를 가리켰다. "제 말은, 거울을 한번 보세요."

로젠 박사는 예의 그 거들먹거리는 듯한 방식으로 고개를 저었다. 나는 얼굴을 찌푸렸다. 그 꿈이 정말 그에 대한 꿈이었다면 왜 더스틴 호프먼이 나타나지 않았지? 아니면 아담 샌들러나?

"이런." 카를로스가 말했다.

"왜?" 내가 물었다.

카를로스와 로리가 뭔가 아는 듯한 눈빛을 교환했다. 그러더니 카를로스가 그 나쁜 소식을 내게 전했다. "일단 심리상담을 시작하고 나서 꾸게 되는 섹스 꿈은 전부 자기 심리치료사에 대한 꿈이라는 거 몰라?"

로젠 박사가 고개를 끄덕였다. "밴-드-로스. '로젠'이랑 비슷하게 들리네요."

"맙소사, 진짜로 운이 맞네." 나는 눈을 위로 치떴다. 저렇게 비리비리하고 머리도 벗겨지기 시작한 내 유대인 심리치료사가 방금 생긴 내 남자 루서와 닮아 있는 평행우주는 그 어디에도 없었다. 로젠 박사는 두 손을 들더니 어깨를 으쓱했다.

172

그는 나를 설득하려 들지 않았는데, 그건 나를 뒤늦게 자책하게 만드는 가장 빠른 방법이었다.

"왜 그렇게 모든 걸 자기 얘기로 만들지 않으면 안 되는 거예요?" 나는 그에게 다 들리게 "싫어, 진짜."라고 중얼거렸다. 그러고는 마치 나한테서 대단한 심리치료사라는 칭찬이라도 들은 것처럼 가슴께를 문지르는 그를 못 본 체했다. 나는 그를 쳐다보지 않았고, 그룹 사람들은 다른 화제로 옮겨 갔다.

"왜 그런 꿈을 꿀 수 있었는지 알아요?" 상담 시간이 2분 남았을 때 로젠 박사가 내게 몸을 돌렸다. 나는 고개를 저었다.

"2주 전에 저한테 거침없이 분노를 표현할 수 있게 됐죠. 그러고 나서 저에 대한 엄청나게 야한 꿈을 꿨어요. 이게 우연이라고 생각해요?"

나는 그가 내 분노를 성적인 욕망과 연결 지은 부분을 모른 체한 다음, 그 꿈이 자신에 대한 꿈이었다는 그의 집요한 주장을 물어뜯었다.

"왜 제 꿈을 망치려고 하세요?"

"왜 저랑 섹스하는 게 꿈을 망치는 게 되나요?"

"박사님은 제 정신과 의사잖아요." 그 생각에 내 얼굴이 일그러졌다.

"그런데요?"

"언제는 아무거나 다 축하하시더니 어떻게 된 거예요?"

"전 지금도 축하하고 있어요. 거부감을 보이고 있는 사람은 제가 아니에요."

내가 그냥 넘어갈 수 없는 한 가지 비난이 있다면 '거부감을 보인다'였다. 그건 치유의 과정에서 가장 중대한 죄였고,

나는 그룹 동료들이 그 죄를 범하는 걸 볼 때마다 민망해졌다. 로젠 박사는 혜택도 아주 좋고 연봉도 더 높은 인권단체 몇 군데에 지원해보라고 로리를 한동안 설득했지만, 로리는 자기를 뽑아줄 곳은 빠듯한 자금으로 운영되는 위스콘신의 법률 상담소들밖에 없다고 고집을 피웠다. 로리한테 있는 자격증들이면 시카고 어느 지역에서든 일할 수 있었을 텐데, 그는 계속 위스콘신주 위펀으로 통근했고, 우리가 좀 더 좋은 뭔가를 향해 손을 뻗어보라고 재촉할 때마다 화를 냈다. 변화에 대해서든, 쾌락에 대해서든, 혹은 좀 더 가까운 직장에 대해서든, 우리가 진정으로 원하는 것으로부터 우리를 가로막는 것이 거부감이었다. 나는 그 죄를 범한 사람이 될 생각이 없었다. 내 꿈이 로젠 박사의 축 처진 엉덩이에 대한 꿈이었다고 인정하는 것보다는 차라리 그 잘난 척하는 쬐끄만 얼굴에 한 방 먹이는 게 나았지만 말이다.

"좋아요." 나는 의자 가장자리로 옮겨 앉은 다음 자세를 바로 했다. 의자 팔걸이를 두 손으로 붙잡고 억양 없이 단조로운 목소리로 속삭였다. "로젠 박사님, 박사님 얼굴을 제 다리 사이에 끼우고 싶네요. 박사님이 혀를 대고 제가 느낄 때까지 천천히, 천천히, 천천히 원을 그려주시면 너무 좋겠어요." 음향효과로 약간의 신음까지 곁들였다.

"맙소사, 야." 카를로스가 중얼거렸다.

커널 샌더스의 두 눈이 만화 캐릭터처럼 휘둥그레졌다. 로리는 얼굴이 빨개져서 창문 쪽으로 시선을 돌렸다.

로젠 박사는 눈을 두 번 깜빡였다. 그러더니 말했다. "이제 또 다른 그룹에 들어갈 준비가 된 것 같네요."

174

모두들 내가 말하기를 기다리고 있었지만 나는 할 말이 없었다. 오직 감각뿐이었다. 내 다리 사이에 있는 섹시한 루서, 내 속을 뒤집어놓고 있는 로젠 박사에 대한 짜증, 그리고 그가 한 말을 이해하면서 가슴속에 솟아오르기 시작한 공포였다.

　상담이 끝날 때 하는 기도를 중얼거리고 몽롱한 상태로 카를로스와 함께 걸어나갔다. 카를로스가 내 어깨에 팔을 둘렀다. "내가 그랬잖아. 두 번째 그룹에 들어갈 기회가 생길 거라고."

　물론, 이제 그럴 기회가 생기자 나는 그걸 의심했다. 나는 정말로 다른 그룹씩이나 원하는 걸까? 일주일에 두 번 시내에 나와서 요충에 대한 기억들을 발굴하고 그룹 동료들에게 전화를 걸어 내 기본적인 인체기능들을 털어놓는 일을? 내가 이걸 왜 이토록 간절히 원했지? 나는 사랑받는 아이가 된 기분을 느끼게 될 줄 알았다. 이를테면 '로젠 박사가 선택한 사람들' 중의 한 명이 된 기분을. 그런데 이제 두 번째 그룹에 초대받고 나니 내가 정말로 병들었다는 생각이 들어 수치스러웠다.

　그다음 주 화요일, 나는 내게는 다급한 질문으로 상담 시간을 열었다. "왜 지금인데요?" 로젠 박사는 방 안을 오가며 블라인드를 만지작거리느라 아직 자리에 앉기도 전이었다.

　그는 자리에 앉아 내 질문을 곰곰이 생각했다. "꿈을 기꺼이 그룹에 가져왔고, 그걸 자랑스러워했고, 논의까지 했으니 준비가 된 거죠."

　"뭐에 대한 준비가 돼요?"

　"더 많은 것에 대한."

　"더 많은 뭐요?"

175

"열정. 친밀함. 강렬함. 섹스."

"제가 관계를 맺는 데도 도움이 될까요?"

"제가 보장하죠."

"이제 그룹이 무슨 '가성비 최고 상품' 그런 건가 봐요?"

가끔씩 로젠 박사의 세계는 일종의 컬트처럼 느껴졌다. 나는 야생 환경에서 로젠 박사의 내담자들을 알아보기 시작한 터였다. 어느 12단계 모임에서 한 여자가 이렇게 말하는 걸 들었다. "제 이름은 지니예요. 제 괴상한 심리치료사가 제가 싸구려 오레오 쿠키를 얼마나 폭식하고 있는지 여러분한테 전부 말하라고 했어요." 지니가 다음 말을 하기도 전에 나는 카를로스에게 그 여자의 얘기를 들은 적이 있다는 걸 깨달았다. 지니는 남성 그룹에 속해 있는 칩이라는 남자를 사귀고 있었는데, 칩이 지니에게 오럴섹스를 해주지 않으려고 해서 그들은 헤어지기 직전이었다. 또 다른 모임에서는 한 여자가 원 가운데 앉아 버거킹 와퍼를 초인적인 기세로 베어 먹고 있었다. 나는 섭식장애 회복 모임에 참석해온 11년을 통틀어 모임 중에 누군가가 조그만 굴 모양 크래커 한 개를 먹는 것도 본 적이 없었다. 대부분의 모임에는 다른 사람의 폭식증을 자극할 수 있기 때문에 어떤 음식 이름도 구체적으로 언급해서는 안 된다는 명확한 규칙이 있었다. 그래서 와퍼를 게걸스레 먹는 누군가를 보는 건 달이 하늘에서 떨어져 무릎에 내려앉는 걸 보는 것만큼이나 충격적이었다. 마니가 몸을 기울이더니 속삭

였다. "저 여자도 우리 중 한 명인 게 틀림없어요." 우리는 나중에 로젠 박사가 그 여자에게 패스트푸드를 집에서 비밀스럽게 폭식하지 말고 모임에 나가서 실컷 먹으라는 처방을 내렸다는 사실을 확인했다.

나는 반쯤만 평범한 사람인데, 로젠 박사의 세계에 더 많이 참여하게 되면 그 일은 내 일상과 어떻게 맞물려 돌아가게 될까? 로스쿨 학생인 나는 내 본업에 관한 공적인 행보와 말하자면 상궤를 벗어난 내 상담 생활을 조화시키기가 어려웠다. 제러마이어라는 아기를 벽장 속에 보관하는 일. 매일 밤 로리와 마티에게 전화하는 일. 스모커에게 내가 '감질나게만 하는 여자'라고 말하는 일. 나는 한편으로는 첫 번째 그룹에 들어온 것과 똑같은 이유로 두 번째 그룹에도 들어가고 싶었다. 그 이유는 호기심이었다. 그룹에 어떤 사람들이 있을지, 그리고 거기 들어가면 내 삶이 어떻게 달라질지에 대한 호기심. 지금 내게 있는 다섯 명의 그룹 동료와 로젠 박사는 내 식생활과 수면 패턴과 섹스 꿈에 대해 모든 걸 자세히 알고 있었다. 그룹이 더 생기면 거기선 뭘 하지?

두 번째 그룹에 들어가면 생길 가능성들에 대해 곰곰이 생각하면서, 나는 첫 번째 그룹을 시작한 뒤로 내 애정전선에 있었던 발전들을 쭉 돌아보았다. 일종의 참사와도 같았던 샘과의 50분 데이트, 그리고 불에 탄 닭가슴살의 주인공 앤드루와의 대실패 이후로 나는 공식적인 데이트는 딱 한 번 해봤다. 앤드루와 섹스를 하고 2주가 지난 어느 날, 어느 하우스 파티에서 그레그를 만났고, 그는 내 전화번호를 알려달라고 했다. 그는 약물 때문에 생긴 1년간의 혼수상태에서 막 깨어난 참이었다. 그는 첫 데이트에서 식사를 마치고 초밥 전문점을 나서다가 자기가 어디 사는지를 잊어버렸다. 나 역시 관계에는 준비가 안 된 사람일지 모르지만, 그는 아주 확실히 준비가 안 된 사람이었다.

그리고 대학 때 사귄 전 남자친구 재비어도 있었다. 재비어는 나를 변함없이 충실하게 대하는 그 마음이 너무 싫어서 내가 차버린 괜찮은 남자 중 한 명이었다. 나는 텍사스로 가족들을 만나러 가 있는 동안에 그를 만나 시간을 함께 보냈다. 우리는 댈러스포트워스 공항 근처의 어느 수상쩍어 보이는 동네에 있는 어두운 주차장에서 만났다. 그와 몸을 더듬기 시작하자 별들과 은하들의 희미한 윤곽선이 보였다. 내 입술에 닿은 그의 입술이 나를 깨워주었다. 내 허벅지에 얹힌 그의 손은 속박을 풀어주는 느낌이었고, 나는 바로 거기, '수표 현금으로 교환 가능'이라고 쓰인 네온사인 밑에서 조금 더, 끝까지 가고 싶었다. 물론 그와 사귀던 시절에는 이렇게 마음에서 우러나는 갈망을 느껴본 적이 한 번도 없었다. 그때 나는 머리가 아프다거나 일하던 쇼핑몰에서 아침 일찍 근무가 있다고 투덜대며 섹스를 피했었다.

내가 치마를 끌어올리자 재비어는 몸을 뒤로 뺐다.

"코니가 탄 비행기가 곧 착륙해." 그가 말했다. 나는 눈도 깜짝 않고 그를 노려보았다. "네가 무슨 생각 하는지 알아. 근데 난 코니랑 진지한 관계가 되는 게 겁나서 너랑 시간을 보내는 게 아니야."

심장이 쿵 내려앉았다. 바보라는 말이 머릿속에 스쳤다. 며칠 뒤 내가 시카고에 돌아왔을 때, 그룹 사람들은 재비어는 가질 수 없는 남자이며 정확히 그 점이 내가 그에게 끌리는 이유라고 지적했다.

이제 재비어는 약혼을 했다. 대학 때 내 룸메이트였던 캣도 약혼했고, 로스쿨 친구 두 명도, 내 사촌 두 명도 모두 약혼했다. 로젠 박사의 새로운 그룹이 내가 붙잡아야 할 동아줄처럼 느껴졌다.

"좋아요, 두 번째 그룹에 들어갈게요."

"여자들만으로 구성된 그룹을 추천해요."

"왜요?"

"크리스티한테 그다음에 필요한 것들이 거기 있으니까요." 내 한쪽 눈가가 파르르 떨렸다.

로젠 박사는 화요일 정오에 모이는 그룹에 들어오라고 제안했다. 하루에 전부 합쳐 180분간 상담을 받게 되는 셈이었다. 화요일에는 워싱턴역과 워바시역을 기차로 두 번 왕복하게 될 테고.

"그건 좀 심한데요." 게다가, 정오에 모이는 그 그룹은 마니가 있는 그룹이기도 했다. 나는 마니와 내가 친구라는 사실을 로젠 박사에게 상기시켜주었다. 내 눈가가 다시 파르르 떨렸다.

"크리스티한테 필요한 사회적 위험요소들이 거기 준비돼 있어요." 나는 두 눈을 질끈 감고 5학년 때의 비앙카와 그 테이블에 앉아 있던 여자애들을 떠올렸다. 5학년 때 이후로 나는 여자들로 구성된 집단은 어떤 집단이든 간에 결국에는 나를 공격할 거라는 두려움에 시달려 왔고, 결국 변소에나 앉아 끼니를 때우곤 했다. 그럼에도 친구들 사이에서 약간의 충돌을 감내하는 일이 더 나을까? 흑요석처럼 매끄러운 심장을 품고 사랑받지도 상처받지도 않은 채 고독사하는 것보다는?

　나는 '네'라고 대답했다.

2부

＊

그들은 가끔
뾰족한 포크를 들고 나타난다

16

첫 번째 화요일, 나는 자신만만한 상태였다. 이미 요령을 알고 있었으니까. 지난 13개월간 내가 그룹 상담을 하며 보낸 시간을 계산해봤다. 5,265분이었다. 내 심장에는 지금까지 해온 갖가지 작업 덕분에 칼집 자국이 몇 개쯤은 나 있었다. 얇긴 했지만 분명 홈이 파여 있는 건 맞았다.

정신건강 관련 시설에 다니지 않는 클레어에게 하루에 그룹 상담을 두 번 받기로 등록했다고 말할 생각은 없었는데, 어느 날 오후 가족법 수업이 끝나고 집으로 걸어가는 도중에 그 말이 불쑥 튀어나와버렸다. 클레어는 걸음을 멈추더니 자랑스럽다는 듯 미소 지었다. "화요일에는 꼭 간식 챙겨먹어, 테이터. 긴 하루가 될 테니까." 클레어는 내가 상담을 두 탕 뛰는 첫날 입으라고 자기가 아끼는 '앤트로폴로지' 스웨터를 빌려주었다.

첫날 두 번째 그룹 상담이 시작되기 30분 전, 형사소송절차 수업을 듣고 나온 나는 케이크 반죽 속으로 미끄러져 들어갈 준비가 된 달걀처럼 당당하게 걸어갔다. 7분 일찍 도착했지만 그냥 그룹 상담실 버튼을 눌렀다. 그룹에 늦게 도착했을 때 로젠 박사에게 들여보내달라고 하는 데 쓰는 버튼이긴 했지만 말이다. 내가 누구게, 로젠 박사? 이제 내가 어때 보여? 하루에 두 번 상담받는 사람이라고. 내가 자리에 앉자 곧 에밀리가 도착했다. 로젠 박사의 세계에서는 유명한 사람이었다. 에밀리가 상담을 시작하자 캔자스에 사는 그의 약물중독자 아버지가 몹시 화를 내며 메일과 전화로 로젠 박사를 괴롭히고 협박했기 때문이었다. 에밀리는 마니와 친한 친구였는데, 나는 상담 시작 전 에밀리와 잡담을 나누는 동안 '그들의' 그룹에 끼어드는 기분이 얼마나 이상한지 실감했다. 그래도 두려움을 떨쳐 버리고 밀짚모자를 쓴 키가 큰 여자에게 인사를 했다. "저는 메리예요." 여자가 내 옆자리에 앉으며 말했다. 메리에 대해서는 마니에게 듣긴 했는데, 좋다고 했는지 죽도록 싫다고 했는지는 기억나지 않았다.

정오가 되자 로젠 박사가 대기실 문을 열고 우리 한 사람 한 사람에게 미소를 지어 보였다. 상담실에 들어가 의자에 앉으려는데 지니어라는 여자가 합류했다. 짙은 자줏빛 머리칼에 풍만한 몸매, 깜짝 놀랄 얘기 들려줄까? 하는 표정이 역력한 왕방울 같은 갈색 눈을 지닌 여자였다. 그는 〈던전 앤 드래곤〉 팬들을 위한 야한 온라인 커뮤니티 덕분에 멀티오르가슴을 느끼면서 주말을 보냈다는 얘기로 우리를 완전히 보내버렸다. 그러고는 실제로는 한 번도 만나본 적이 없다는 크로아티아에

184

사는 여자친구 얘기를 했다.

나는 이 방에서 5,000분 이상의 시간을 보냈다. 그 가운데 90분은 세 시간 전에 보냈고. 겉으로는 모든 게 똑같았다. 회전의자들, 책장, 싸구려 미니 블라인드, 축 늘어진 채 계절이 바뀌도록 걸려 있는 부활절 장식용 백합까지. 그럼에도 완전히 낯선 느낌이 들었다. 마치 꿈속에서 자기 집에 있는데, 집의 문 색깔이 다르고 1층집이 아니라 2층집이어서 사실은 자기 집이 아닐 때처럼. 에너지와 미립자 수준에서 뭔가가 완전히 결여되어 있었다.

로젠 박사는 내가 모르는 어떤 불친절한 사람 같았는데, 입술은 단호한 일직선으로 다물었고, 두 팔은 뻣뻣하고 부자연스러워 보였다. 우리 사이에 따뜻하거나 친밀한 분위기는 전혀 흐르지 않았고, 나는 고향처럼 느껴지는 화요일 아침 상담이 그리워서 심장이 죄어들었다.

지니어는 눈을 빛내며 크로아티아에 있는 그레타와의 관계를 얘기했다. 두 사람이 몇 시간 동안 온라인 섹스를 즐겼는지, 브뤼셀에서 열리는 컨벤션에 가기 위해 어떻게 돈을 모으고 있는지. 지니어는 몇 분에 한 번씩 내게 미소를 지어 보였고, 내가 그걸 너그러운 환영의 표시로 받아들이자, 자기 환자 중 한 명을 어떻게 대해야 할지 로젠 박사에게 묻는 걸로 매끄럽게 넘어갔다.

"환자요?" 내가 큰 소리로 말했다.

"저, 내과의사거든요."

로젠 박사가 나를 보고 싱글싱글 웃었다. 저 망할 자식이 나를 비웃고 있네! 오, 여자친구랑 가상섹스를 즐기는 성공한

185

의사 옆에 앉아 있는 저 외로운 내숭덩어리 여자를 보라지! 나는 눈을 가늘게 뜨고 노려봤지만 그는 더욱 활짝 미소 지었다. 그가 날 우쭈쭈해주길 바란 건 아니었지만, 왕좌에 앉아 나를 비웃을 줄은 몰랐다.

메리는 어린 시절 내내 자신을 죽여버리겠다고 협박했던 폭력적인 오빠가 전화해서 돈을 요구했다는 이야기를 했다. 지니어가 섹스 썰을 푸는 동안 상담실에 들어온 레지나는 마사지 치료사였는데, 두 장의 검은 숄처럼 보이는 것과 흐늘거리는 나일론 치마를 두르고 있었다. 그는 메리를 향해 조그맣게 공감하는 목소리로 정신병이 있는 자기 사촌이 자기한테 칼을 들이대서 접근금지 명령을 신청한 적이 있다고 말했다.

로젠 박사는 내 과거를 잘못 해석했다. 이 그룹이 내게 맞지 않는다는 걸 깨닫자 배 속에서 한 덩어리의 공포가 부풀어 올랐다. 나는 박사의 빳빳한 갈색 칼라를 붙잡고 제대로 알려주고 싶었다. 그래, 나는 하와이의 후유증으로 괴로웠고 섭식 장애와도 싸워왔어. 하지만 나를 죽이려 든 사람은 지금껏 없었다고. 나는 완벽주의자고, 불감증에 가깝고, 무성애자의 경계에 발을 걸치고 있는 사람으로 판명 났다. 그런데 박사는 어떻게 내가 이 그룹에 어울린다고 생각할 수 있었을까? 나는 별볼일없고 하찮은 존재였고, 온통 '힝힝, 남자친구가 있었으면' 하는 생각밖에 없는 여자였다. 나보다 용감하고, 더 재미있고, 평생 내가 이룰 것보다 더 많은 걸 이뤄낸 이 여자들에 비하면 나는 어디에나 있는 어리석은 여자였다.

20분이 지나갔다. 마니는 어디 있지? 내가 곤란해지면 마니가 도와주고 의지가 되어줄 줄 알았는데.

마니는 상담이 시작되고 30분쯤 지났을 때 도착했다. 오렌지색 가죽 가방을 인정사정없이 바닥에 집어던지더니 의자에 털썩 앉았다. 나는 마니와 눈을 마주치려 애를 썼지만, 마니는 나를 쳐다보려 하지 않았다. 입을 꽉 다물고 갈색 두 눈으로 둘러앉은 사람들을 날카롭게 훑어보았다. 마치 희생물을 찾는 것처럼.

"정말 너무 피곤해서 죽고 싶네요." 마니가 말했다. 마니는 6주 전에 아주 예쁜 여자 아기를 낳았다. "팻은 매주 출장을 가 있고, 애는 자려고 들질 않아요. 저는 도저히-" 보스 생수 한 병을 꺼내는 마니의 두 손이 후들거렸다. 그날 아침 일찍 나와 전화통화를 할 때는 그런 괴로움을 전혀 드러내지 않았는데. 이제 마니는 나를 그 방에서 없는 사람 취급하려는 것 같았다. 그런 종류의 의도적인 회피에는 딱 한 가지 뜻밖에 없었다. 마니는 내게 화가 나 있었다. 마니의 분노를 어떻게 멈춰야 할지 몰라 공포에 휩쓸린 내 귀에는 더 이상 아무것도 들리지 않았다. 마니가 몹시 화를 내는 건 전에도 본 적이 있었다. 별로 아름답지 않은 광경이었다.

문에서 버저가 울렸다. 가죽으로 된 술이 달린 엄청나게 큰 핸드백과 스타이로폼 음식 용기 하나를 든 여자가 걸어들어오자 방 안의 모든 것이 분자 단위로 바뀌는 듯했다. 낸이 틀림없었다. 마니가 낸을 언급한 적은 있었지만, 그렇게 눈부시고 범처럼 에너지를 쏟아내는 사람이라는 얘기는 듣지 못했다. 은퇴에 가까운 나이라는 건 알았지만 낸의 피부는 젊은 여자처럼 빛이 났다. 낸이 미소를 짓자 양쪽 볼에 보조개가 하나씩 생겨났다. 나는 낸의 은빛 샌들에서, 그가 의자 뒤에 핸드백을 둘 때 짤그랑거리는 열쇠 꾸러미에서, 그가 앉으면서 로젠 박사에게 지어 보이는 은밀한 미소에서, 마니가 말하는 동안 뭔가를 소곤소곤 중얼거리는 그의 입술에서 눈을 뗄 수가 없었다. 낸은 가벼운 고갯짓으로 나를 알아봤다는 뜻을 전했고, 나도 미소를 지어 보였다.

"오늘따라 내깜한테 휘둘리네요." 낸이 말했다. "내깜이 나보고 죽으래요."

나는 로젠 박사를 쳐다보았다. 내깜? 박사는 나를 봤지만 아무 말도 하지 않았다. 낸의 말이 무슨 뜻인지 알려면 직접 물어봐야 할 것 같았다.

낸은 스타이로폼 용기를 집어들고 뚜껑을 열었다. 거기에는 마카로니에 오렌지색에 가까운 소스가 뿌려진 맥 앤 치즈가 들어 있었다. 낸은 맥 앤 치즈를 한 입 물고 씹으면서 계속 말했다. "심지어 배도 안 고파." 그의 목소리가 갈라졌다. 그는 나를 보며 '내'는 '내면의'를, '깜'은 평생 동안 자신을 압박해 온 인종적 경멸을 담은 단어를 뜻한다고 설명했다. 그러면서 '내깜'을 줄이기 전의 원래 말은 자신이, 오직 자신만이 사용할 수 있다는 점을 분명히 했다. 맹세컨대 나는 낸의 말을 거스를 생각이 없었다. 나는 그가 알려준 것에 감사하며 고개를 끄덕였다.

"낸, 내가 얘기하던 중이었거든요." 마니가 말했다. 내가 아는 목소리 톤이었다. 마니가 팻과 부부싸움을 하기 직전에 그 톤으로 말하는 걸 들은 적이 있었다. 나는 몸을 좀 더 사리고 나도 모르게 숨을 죽였다. 분위기가 날카로웠고, 폭력이 일어날 전조마저 어른거렸다. 그런 공기를 들이마시고 싶지 않왔다.

낸이 포크로 마니를 겨눴다. "씨발. 가만. 좀. 있어." 나는 한 모금 꿀꺽 들이마신 공기를 폐 속에 담고 그대로 유지했다.

마니가 물병 뚜껑을 돌렸다. "씨발, 네 차례 되면 하라고." 그건 경고이자 야유로 들렸다.

이건 내 첫 번째 그룹과는 달랐다. 거기서는 패트리스가 커널 샌더스에게 톡 쏘는 말투로 말을 하거나 카를로스와 로리가 시간 맞춰 오는 문제를 두고 말다툼을 하는 정도였다. 하지만 마니와 낸 사이에서는 좀 더 무겁고 육체적이고 불안한 뭔가가 느껴졌다. 두 사람은 머리에 갑자기 떠오른 게 아니라 몸 속 깊은 곳에서부터 끌어낸 것처럼 말을 하고 있었다. 두 손과 두 팔을 쓰고 있었다. 뱉어내고 있었다. 열기로, 어떤 위협적인 느낌으로 공기를 타닥타닥 갈라놓으면서.

낸이 음식을 내려놓았다. 일어나서 소매를 걷어붙일 줄 알았는데, 핸드백에서 냅킨 한 장을 꺼내더니 서부영화에 나오는 화가 잔뜩 난 보안관처럼 아주 천천히 입을 닦았다. 나는 폐 속의 공기를 한 모금씩 살짝살짝 내쉬었다. 두 사람은 계속 소리를 질러댔다. 마니는 "비쩍 마른 백인 년"이라는 말을 들었고 낸은 "도와주려고 해도 무시하고 호들갑이나 떠는 년"이라는 말을 들었다. 로젠 박사는 그들을 경계하고는 있었지만 놀란 것 같아 보이지는 않았다. 그때 낸이 로젠 박사에게 포크를 겨눴다.

"좀 도와주셔야겠어요." 낸이 조용히 말했다. 고이는 건 보지 못했는데, 눈물이 낸의 뺨에 흘러내리고 있었다. 낸은 남은 음식에게 말이라도 걸듯 머리를 푹 숙였다. "제발 도와주세요." 나는 원을 가로질러 가서 낸의 몸에 두 팔을 두르고 싶었다. 하지만 그러는 대신 내 오른손 엄지손가락의 큐티클을 피가 스며나올 만큼, 위에 경련이 일어날 만큼 깊게까지 뜯어냈다.

"기꺼이 도와드릴게요." 중요한 독무대를 기다리고 있던 배우처럼 미소를 짓고 자세를 바로하면서 로젠 박사가 말했다.

"전 이런 것밖에 몰라요." 낸이 두 눈에 냅킨을 대고 눈물을 찍어냈다.

낸은 내게 몸을 돌리더니 폭력과 중독으로 점철된 자신의 어린 시절에 대해 설명했다. 밤새 도박을 하고 나서 자신에게 총을 휘둘렀던 불안정한 의붓아버지와 벽을 쾅쾅 치고 집안의 가보를 깨뜨렸던 양극성 장애가 있는 오빠에 대해. "야만적인 폭력. 전 그것밖에 몰라요."

마니가 자기 의자를 끌고 낸에게 가더니 낸의 팔에 손을 올렸다. "나 역시 그것밖에 몰라요." 메리와 에밀리의 눈에 눈물이 고였다. 내 두 눈은 엄지손가락에 고정돼 있었는데, 거기 드러난 짙은 분홍빛 살을 나는 계속 파내고 있었다. 손톱 안쪽에 피 한 방울이 고였다.

내가 알고 지낸 5년 동안, 마니는 감정적인 상황이 닥쳐올 때마다 고집 센 도발로, "너 지금 나한테 말하는 거냐?" 하는 식의, 내가 두려워하면서도 감탄하는 이탈리아 마초 스타일의 허세로 맞섰다. 나는 낸과 마니가, 몇 분 전만 해도 분명 서로를 패서 어딘가 부러뜨려 놓을 것만 같던 두 여자가, 공통의 트라우마와 치유로 이루어진 하나의 콜라주 작품으로 녹아드는 걸 지켜봤고, 매료되었다. 마니가 낸의 왼쪽 팔을 꼭 잡았다.

나는 어떤 두 사람이 싸우는 걸, 혹은 화해하는 걸 전에는 본 적이 없었다. 엄지손가락이 욱신거렸고, 울음을 터뜨리지 않으려고 입술을 깨물었다. 시간이 째깍째깍 지나가는 동안 나는 내 몸이 줄어드는 환상에 빠져들었다. 피부를, 근육을, 뼈를, 세포들을 잃고 그저 옷 무더기 하나가 되어 가장자리가 해진 내 회전의자에 놓여 있는 나를 상상했다.

다음번에 로젠 박사와 눈이 마주쳤을 때 나는 입모양으로만 "도와주세요"라고 말했다.

"뭔가요?" 그가 손으로 귀 뒤를 감싸며 물었다.

아무 소리도 나오지 않았지만 나는 계속 입을 뻥끗거렸다. "도와주세요." 다시, 그리고 또다시. 도와. 주세요.

방 안 사람들의 주의가 냅과 마니에게서 내게로 옮겨 왔다. 나는 여자들 중 누구도 쳐다볼 수 없었고, 아무 소리도 낼 수 없었다.

"뭐가 문젠가요?" 마침내 내게 온전히 주의를 집중하며 마니가 물었다.

나는 로젠 박사에게 계속 시선을 맞춘 채 고개를 흔들었다.

"아니 정말로? 대체 뭐가 문젠데요? 여기서 제대로 해내려면-" 마니는 로젠 박사를 힐끔 보며 턱을 내밀었다. "그리고 공개적으로 말하자면, 내가 있는 그룹에 저 친구가 들어온 것에 대해 내 기분이 어떤지는 아무도 묻지 않네요. 크리스티, 말을 큰 소리로 해야 돼요. 여기서 우린 엄청 몰입한다고요."

내게 떠오르는 유일한 생각은 집에 가고 싶다는 것이었다. 아침 그룹으로, 나를 알고 좋아해주는 사람들이 있는 곳으로.

나는 로젠 박사에게 몸을 돌렸다. "저를 왜 여기 데려온

191

거예요? 전 여기랑 안 맞아요. 모두들 누가 칼로 위협한 경험이 있거나, 끔찍한 폭력의 경험이 있거나, 그런 분들이잖아요. 전 그냥 제 인생에도 사람이 좀 있었으면 할 뿐이에요. 가령 죽도록 술을 마셔대거나 너무 우울해서 섹스를 못하는 상황이 아닌 남자친구요. 그런데 전 지금 역겨운 감정이-"

"역겨운disgusting은 음절수로 볼 때-"

"아니, 그래도 감정 맞잖아요!" 온몸이 떨렸다. 나는 물기를 말리려는 것처럼 두 손을 비벼댔다. 그 역겨움은 내 안에서 오고 있었지만 나는 그걸 피부에서 털어버리고 싶었다.

"아니에요."

"좋아요. 저는 마니의 그룹에 끼어든 것 때문에 수치심이 느껴지고, 여기서 보고 들은 것들이 무섭고, 절 여기 집어넣은 박사님한테 너무 화가 나요. 이 그룹엔 제가 있을 자리가 절대 없을 거예요. 두 번째 그룹에 들어오는 게 아니었다고요!"

"훌륭해요!" 로젠 박사가 양손 엄지를 들어올렸다. 마치 내 괴로움이라는 한 편의 영화를 이제 막 관람하고 나서 청중들에게 추천하고 있는 것 같았다. "벌써 효과가 있네요."

"뭐가 효과가 있어요?"

"이 그룹이요." 백만 와트짜리 미소, 큐! 원형으로 둘러앉은 사람들을 향해 팔을 쓱 휘두른다. 요정처럼 기뻐한다.

"마말레, 친밀감의 한 부분은 분노를 표현하는 걸 배우는 거예요. 크리스티는 아침 그룹에서 어마어마한 발전을 했어요. 하지만 친밀감에 또 다른 부분이 있다면 다른 사람들의 분노를 참는 거예요. 이 그룹은 크리스티가 그걸 해내게 도와줄 거예요." 그는 마니를 쳐다보았고, 마니는 눈도 깜빡이지 않고 그와 눈싸움을 해서 이겼다. "벌써 도와주고 있고요." 로젠 박사는 완전히 프레드 로저스 같은 분위기가 되어 설명했다. 친밀감으로 향하는 길에 발목을 잡는 또 하나의 방해물이 있다면 다른 사람들의 분노를 두려워하는 내 마음이라고. 물론 난 이제 로스쿨 친구들과 식당에서 점심을 먹을 수도, 누군가를 '북엔드처럼 써서' 목욕을 할 수도, 로젠 박사에게 소리를 지를 수도 있었다. 하지만 항상 뭔가가 더 있었다. 상담이라는 건 시지프스가 빠진 함정 같았다.

"제가 마니한테 뭘 하면 되죠?"

"마니의 분노를 축하해주면 돼요." 나는 눈을 위로 치떴다. 그러고는 어떻게 하면 되느냐고 물었다. "마니를 봐요." 로젠 박사가 지시했다. 나는 의자를 돌려 마니의 화난 두 눈을 빤히 들여다봤다. "이제 마니를 사랑한다고, 마니가 화를 내니 아주 멋지다고 말해요."

"마니, 사랑해요. 그리고 화를 내니까 아주 멋져요."

"이제 숨 쉬어요." 내가 한 말이 원 위를 맴돌았다. 내 본능이란 본능은 모두 로젠 박사의 각본에서 벗어나라고, 그래서 마니의 발치에 무릎을 꿇고, 그룹을 떠나겠다거나 밤새 마니의 아기를 봐주겠다는 약속을 하라고 나를 밀어붙였다. 하지만 나는 계속 숨을 쉬었다. 1초, 또 1초가 지날수록 나는 내 지겹고 오래된 충동들로부터 멀어졌다.

나는 눈을 돌려 시계를 쳐다봤지만 로젠 박사는 마니에게 시선을 고정하라고 했다. "분노를 표현해준 걸 환영한다고, 그리고 더 표현해도 받아들일 수 있다고 말해요." 나는 그렇게 했다. 마니는 아무 말도 하지 않았다.

"이제 어떤 감정이 느껴지나요?" 로젠 박사가 물었다.

"무서운 감정이요." 내 발가락들이 바닥 쪽으로 오그라들었다.

"좋아요. 그 두려움을 견디고 마니의 분노를 교정하고 싶은 마음을 버릴 수 있다면, 크리스티는 친밀한 관계를 맺을 준비가 될 거예요."

"로리한테 먹은 걸 보고하기만 하면 되는 줄 알았는데요. 패트리스를 북엔드처럼 써서 목욕을 하고. 제러마이어라는 아기를 맡고. 스모커한테 내가 감질나게만 하는 여자라고 말하기만 하면."

"분명히 그 모든 일을 할 필요가 있었어요. 그리고 이게 그다음에 할 일이에요."

상담이 끝났다. 로젠 박사는 익숙한 방식으로 마무리를 했다. 포옹이 시작되자 나는 마니에게 시선을 고정하고 마니가 에밀리를, 메리를, 지니어를 끌어안는 걸 지켜보았다. 부탁이니까 날 안아줘요, 나는 방 맞은편에서 그렇게 빌었다. 백팩을 들어올려 어깨에 멨다.

"어이, 자기." 마니가 내 어깨를 슬쩍 밀며 말했다.

"어이." 마니의 두 눈을 보았다가 얼른 바닥으로 시선을 옮기며 내가 말했다.

"오늘 잘하던데요." 우리는 둘 다 미소 지었다.

"기분이 안 좋아요."

"알아요."

마니는 두 팔을 벌렸고, 나는 그 안으로 걸어들어갔다. 마니가 내 머리칼에 대고 무슨 말인가를 했다. "뭐라고요?" 내가 물었다.

"내가 자기한테 화를 낼 때도 있겠지만, 그래도 사랑한다고요. 알잖아요."

아니, 사실 그건 몰랐다. 전혀 몰랐다.

17

클레어의 검은 드레스 중 한 벌을 걸치고 새로 산 검은 스트랩 샌들을 신었다. 마니는 팻의 마흔 번째 생일 파티를 열고 있었고, 기적적이게도, 나는 데이트가 있었다. 내가 끌리는 사람과의 데이트였다. 제러미를 만난 건 로스쿨에 오기 몇 년 전 12단계 모임 사람들로 가득한 어느 파티에서였다. 나는 그의 금속테 안경에, 온화한 녹색 눈에, 그리고 통찰력 있는 의견들에 매료되었다. 알고 보니 그 역시 카를로스가 나가는 로젠 박사의 다른 그룹에 속해 있었고, 그래서 나는 가끔 그에 관한 얘기를 토막토막 전해 듣게 됐다. 이를테면 그가 막 여자친구와 헤어졌다는 얘기 같은 걸.

팻의 생일 파티가 있기 전 주에, 나는 풀러턴 기차역 승강장에 서 있다가 제러미를 발견했다. 그는 두툼하고 인상적으로 보이는 책 한 권에 몰입해 있었다. 투키디데스의 책이었다.

그의 카키색 바짓단은 세심하게 접혀 있었고, 푸른색 플리스 상의는 녹색 눈을 빛나 보이게 했다. 나는 그쪽으로 조금씩 다가갔다. 다음 열차에서 한 무더기의 사람들이 쏟아져 나왔을 때 그가 고개를 들었다.

"어." 그가 말하고는, 읽고 있던 페이지 위쪽 모서리를 접고 책을 덮었다.

"보니까 맞는 것 같았어요." 나는 그가 잡은 열차 금속봉에 손을 뻗었다. 그는 로스쿨에 대해 물었고, 나는 그의 일에 대해, 그리고 왜 투키디데스 책을 읽고 있는지에 대해 물었다. "그냥 재미있어서요." 그의 미소를 보니 기분이 아늑해졌다. 성마른 통근자들로 꽉 차 무너질 것 같은 L선 열차에 밀어넣어진 게 아니라 불가에 함께 앉아 있는 것처럼.

"이 기차에서는 한 번도 못 봤네요." 우리가 기차역으로 두 역만큼 떨어진 거리에 산다는 걸 알게 됐을 때 내가 말했다.

그는 짧고 슬픈 웃음소리를 냈다. "전에는 벽타운에 있는 여자친구네 집에서 지냈거든요. 근데 헤어졌어요."

"들었어요." 멍청해 보이지 않고 윙크를 할 수 있었으면 좋겠다고 생각하며 내가 미소 지었다. 그가 고개를 갸웃했다. "저 로젠 박사한테 상담 받거든요. 화요일 아침에 카를로스랑 같이."

그는 녹색 눈동자 속의 금빛 점들이 내 눈에 들어올 정도로 내게 바짝 몸을 기울이고는 속삭였다. "저도 그거 들었어요."

"뚜셰*." 로젠 박사의 비밀 정보망에서 들은 속삭임들이

* '내가 졌군요'라는 뜻의 프랑스어.

우리 주위에 온통 메아리쳤다.

우리는 함께 웃었고, 우리 목소리가 내는 소리는 우리 머리 위로, 그리고 휴대폰에, 책에, 신문에 빠져 있는 사람들의 머리 위로 솟아올랐다. 미소를 띤 이 교양 있는 남자에 대한 욕망이 내 손가락에서 흘러나와 금속봉을 휘감았고, 팔을 타고 내려오더니, 가슴속을 뚫고 들어와 배로, 그리고 다리 사이로 전해졌다.

그다음에 기억나는 건 팻의 생일 파티에 오라는 초대가 내 입에서 튀어나왔다는 거다. 마치 내가 철학을 사랑하고 막 싱글이 된 남자들에게 일상적으로 데이트 신청을 하는 부류의 여자라도 된 것 같았다. 그는 곧바로 좋다고 했고, 책갈피로 쓰는 포스트잇에 주소를 적어주었다. 열차가 사우스포트역을 향해 갑자기 출발하자 우리의 손이 맞닿았고, 욕망에서 나온 싱그러운 활기가 내 몸을 관통했다.

그다음 주 금요일 밤 내가 차를 세웠을 때 그는 밖에서 기다리고 있었다. 기차에서와 정확히 똑같은 옷을 입고 있었는데, 그 모습을 보니 마음이 편안해졌다. 우리의 첫 대화 주제는 로젠 박사였다. 우리는 그의 가망 없는 패션감각과 그룹 상담을 하면 어떤 감정적 손상이든 무조건 치유할 수 있다고 믿는 그의 터무니없는 낙천주의에 관해 농담을 했다.

"그 사람, 확실히 그룹을 사랑해요." 제러미가 웃으며 말했다.

"확실히 갈색 스웨터도 사랑하고요."

우리의 상담 경험이라는 공통의 토대를 빠르게 훑는 동안 나는 팔다리에서 긴장이 빠져나가고 느긋해지는 느낌이었다.

첫 데이트에서 보통 느꼈던 거북한 느낌도, 나 자신의 어떤 부분을 억누르려는 충동도 전혀 들지 않았다. 그럴 필요가 없었다. 그는 로젠 박사에게 상담을 받고 있었으니까.

마니의 집 앞에 차를 세울 때쯤, 나는 제러미가 인생에서 유일하게 놓치고 있는 건 감정적으로 도움이 되는 여자의 사랑이라고 결론을 내렸다. 버섯 갓에 속을 채운 요리와 소다수를 찾아낼 때쯤엔 그 여자가 나일 거라고 결론을 내렸다.

"이리 와요. 보여주고 싶은 게 있어요." 나는 제러미를 위층의 아이 방으로 이끌었다. 마니가 노란 버터빛 벽에 손을 대고 스텐실을 해서 오리들 모양을 찍어놓은 딸의 방이었다. 나는 어떤 부끄러움도 없이 서랍 하나하나를 열고는 아기 랜든의 조그만 기저귀들과 말도 안 되게 조그만 양말들, 흰올빼미 털처럼 부드러운 파우더핑크빛 수면잠옷을 호들갑스럽게 칭찬했다.

"귀엽네요." 내가 모자와 토끼 귀가 달린 작은 목욕 가운을 들어올리자 제러미가 말했다. 그는 우리가 범죄라도 저지르고 있는 양 자꾸만 문 쪽을 돌아보았다. 머리에 대보라고 아기 모자를 건네주자 그는 뒤로 물러났다. "이거 혹시 처방인가요? 저한테 이 옷들을 보여주는 게?" 나는 고개를 젓고는 캐시미어 스웨터에 뺨을 문질렀다. "우리, 이제 그만 파티로 돌아가는 게 좋을 것 같네요." 제러미는 복도로 걸어나가 내가 랜든의 옷들을 치우기를 기다렸다.

아래층으로 내려간 그는 팻, 마니 그리고 교외에 사는 그들의 친구들과 대화를 나눴다. 11시가 넘어 그를 운전해 데려다주는 동안에도 내 팔다리에는 여전히 긴장이 풀려 있었다.

우리의 대화가 로젠 박사로부터 다른 곳으로 방향을 틀 때마다 내 머릿속엔 몇 개의 신호가 켜졌다. 정확히 적신호는 아니었지만, 분홍빛을 띤 신호였다.

"전 약간… 혼자 있는 걸 좋아해요." 그룹 동료들과 상담 시간 외에도 어울리느냐고 묻자 그는 그렇게 대답했다. 그런 점 때문에 언젠가 내게도 기대에 어긋나는 일이 생길지 궁금했다. 내가 사귀고 싶은 남자의 타입을 떠올려보면 혼자 있는 걸 좋아하는 남자는 목록 어디에도 없었다.

그는 또 자기 차가 고장났는데 예비 부품을 살 돈이 없다고도 했다. 돈 문제를 들으니 살짝 속이 불편해지려고 했다. 제러미가 여자친구와 헤어진 건 그가 여자친구에게 빌린 돈과 관계가 있다고 카를로스가 말한 적이 있었다. 나는 운전대를 움켜쥐고 평정심을 유지하려고 애를 썼다. 나는 곧 경제적으로 안정을 찾게 될 텐데, 그러면 제러미는 불쾌해할까? 이 사람 혹시 반자본주의자인가? 혹시 서른여섯이나 먹었는데도 여전히 직업적으로, 재정적으로 답 없는 상태에 놓여있는 건가? 만약 그렇다면, 그건 내게는 얼마나 중요한 문제일까?

약간은. 하지만 그 안경을 쓴 그는 너무 귀여웠다.

"하시는 일에 대해서는 제가 잘 모르는 것 같아요." 그에게 일 얘기를 들으면 내 목 뒤에 혹처럼 맺힌 긴장이 풀어지길 바라며 내가 말했다.

"산업시설 청소용역 회사 본점을 책임지고 있어요. 서쪽에 있는 작은 회사예요." 목 뒤의 혹은 꿈쩍도 하지 않았다. 나는 그가 중심가에 있는 큰 회사의 IT 관리자일 거라는 인상을 받았었다. 운전대를 움켜쥔 악력을 다시 조절했다.

그러니까 우린 달랐다. 큰 문제는 아니었다. 많은 커플이 다르기로 유명했다. 아놀드 슈워제네거와 마리아 슈라이버. 제임스 카빌과 메리 마탈린. 호머 심슨과 마지 심슨. 어쩌면 우린 은혼식까지 함께할 수는 없을 것이다. 하지만 분명 두 번째 데이트는 할 수 있었다.

그날 밤이 끝날 무렵, 그의 집 앞에 차를 세운 나는 오른손을 운전대에서 내려 옆으로 늘어뜨렸다.

"월요일 밤에 상영하는, 평이 아주 좋은 폴란드 영화가 있는데. 보러 갈래요?" 나는 요크셔테리어처럼 열렬한 마음이 되어 고개를 끄덕였다. 그는 차에서 내릴 때 내 팔을 아주 건전하지만은 않은 방식으로 꼭 쥐었다가 놓았다.

두 번째 데이트다! 나는 허공에 주먹을 들어올려 흔들었다. 집으로 향하려고 차를 돌리다가 차가 연석 위로 덜컹 올라가면서 목에서 뚝 소리가 나고 물병이 음료수 홀더에서 날아갔는데도 나는 거의 느낌이 없었다. 내 기쁨은 이상 흥분에 가까워져 있었다.

"그 제러미라는 사람 얘기 좀 더 해줘봐." 다음날 밤, 저녁을 먹으면서 클레어가 말했다. 내가 그에게 랜든의 아기 방을 구경시켜줬다고 하자 클레어는 두 손에 얼굴을 파묻었다. "테이터! 첫 데이트에서 남자한테 아기 방을 보여주면 어떡해!"

하지만 나는 전혀 부끄럽지 않았다. "걱정 마. 그 사람, 로젠 박사한테 상담받아. 그 사람은 속일 필요가 없어. 그냥 나 자신으로 있으면 돼." 클레어는 의심스럽다는 듯 고개를 갸웃했다.

"그거 정말 기대가 되는 소린데, 테이터. 그 두 번째 그룹에 들어간 보상을 이제 받는 모양이네!"

그날 밤 종이 한 장을 펴고 가운데에 세로선을 하나 그었다. 연애에 있어 계획성 없는 바보짓은 이제 그만하자. 나는 이제 상담을 받고 있었다. '장점' 칸을 채우는 걸로 시작했다. 제러미는 부인할 수 없을 만큼 똑똑했다. 누가 투키디데스를 그냥 재미있어서 읽겠는가? 그는 술에 절어 사는 인간이 아니었고, 그러니 한밤중에 내게 소변을 보지는 않을 것이다. 그에겐 고양이가 한 마리 있었다. 그러니 무언가를 돌보는 법을 알 것이다. 그 안경, 그 미소, 그렇게 열중해서 내 말을 들어주는 태도. 나는 그것들을 모두 적었다. 그런 다음 최고의 장점을 적었다. 로젠 박사에게 상담을 받음.

어떤 상담사한테서든 심리치료를 받는 남자와 사귀는 건 이상적인 일이었다. 상담은 사람을 좀 더 민감하게, 그리고 자신을 좀 더 잘 인식하게 만들어주었다. 관계의 방향을 잡는 데 필요한 도구들을 제공해주었다. 내 심리치료사에게 상담을 받는 남자를 만나는 건 무적의 관계를 만드는 하나의 방법이었다. 결국, 나는 로젠 박사를 신뢰했던 것이다. 대체로는. 나는 박사가 하는 일을 알았다. 내가 바로 그가 하는 일이었다. 제러미와 나에겐 엄청나게 넓은 공통의 토대가 있을 것이었다. 대화의 화제가 떨어지는 일도 절대 없을 것이었다. 게다가 보너스가 있다면, 우리는 커플 상담도 공짜로 받게 되는 셈이었다. 그냥 각자 다른 시간에 다른 사람들과 함께 상담을 받을 뿐이었다.

두 번째 데이트날, 우리는 사람들로 꽉 찬 뮤직박스 극장의 울퉁불퉁한 객석에 앉아 도시의 공원을 걸어가는 두 명의 슬픈 인물이 나오는 폴란드 영화의 자막을 읽고 있었다. 내가 다리를 꼬자 제러미가 팔꿈치로 나를 찔렀다. "그룹에서 절대 하면 안 되는 거잖아요." 그는 속삭였고, 우리는 함께 웃었다. 그는 자기 손을 내 손 위에 올리고 영화가 끝날 때까지 그대로 뒀다. 그 따스함과 무게가 견고한 기쁨처럼 느껴졌다.

그의 집으로 걸어 돌아가는 길, 바람이 사방에서 쌩쌩 불어와 우리는 바짝 붙어 걸었다. 우리는 서로에게 자신이 받아본 가장 어려운 처방을 말해주었다. 나는 내가 받은 '감질나게만 하는 여자' 처방 얘기를 꺼냈다. 두 번째 데이트에서 상대에게 말하게 될 거라고는 상상도 해보지 못한 얘기였다. 그는 자신은 아직 가장 어려운 처방을 실행에 옮기지 못했다고 했다. 그게 뭐냐고 내가 묻자 그는 시선을 돌렸다.

그러고는 몇 걸음 걸어가더니 말했다. "로젠 박사는 내가 전 여자친구한테 가서 전에 돈을 빌렸던 걸 용서해달라고 부탁해야 한대요." 그는 얼굴을 찡그리며 발치를 내려다봤다.

제러미네 집 거실의 특징이 되는 가구는 갈색 소파와 거기 어울리는 커피 테이블이었다. 그는 책상과 컴퓨터를 부엌 창가에 두었고, 욕실은 엄밀히 말하면 표백제 냄새가 풍기거나 떨어진 머리카락이 하나도 없을 정도는 아니었지만 그래도 꽤 청결한 느낌으로 다가왔다. 나는 그의 은주전자와 줄지어 놓인 차※들에 깊은 인상을 받았다.

오렌지색과 흰색 털을 지닌 통통한 얼룩고양이 한 마리가 제러미의 발치에서 가르랑 소리를 냈다. "얘는 부르주아 씨예요."

"그게 이름이에요?"

그는 고개를 끄덕이고는 미소 지었다.

"책장을 보니까, 별로 놀랍지도 않네요." 마키아벨리, 사르트르, 플라톤, 소크라테스, 하이데거, 칸트. 가장 가벼운 책이 성 아우구스티누스의 책이었다.

나는 구두를 벗은 다음, 내가 새로 들어간 그룹이 싫다고 그에게 말했다.

"왜요?" 소파의 내 옆자리에 앉으면서 그가 물었다. 그의 무릎이 내 무릎에 닿았다.

"분위기가 너무 직설적이고 격해요. 모두들 소리 지르고 음식을 먹고, 그러다가 또 울고 서로 끌어안고 그래요. 그리고 마니는 내가 거기 들어간 게 별로 좋지 않은가 봐요."

"로젠 박사가 왜 그 그룹에 들어가라고 한 것 같아요?"

"글쎄요."

"왜 그랬을까요?"

"박사는 그 그룹에 있으면 내가 관계에 마음을 여는 데 도움이 될 거래요." 나는 그 말이 얼마나 민망하게 들리는지 감추려고 찻잔을 입에 대고 기울였다.

그가 내 손을 잡았다. "나도 두 번째 그룹이 싫었어요. 거기서의 모든 순간이."

"그런데 왜 거기 계속 있었어요?"

"그 감정들이 무슨 의미인지, 어디서 왔는지 알고 싶었거든요." 그가 어깨를 으쓱했다. "그래서, 여기 이렇게 내가 있게

204

됐어요." 휘청, 내 심장이 갈비뼈 가장자리로 쏠렸다.

그가 내 쪽으로 몸을 기울였다.

"키스해도 괜찮겠어요?" 그가 물었다.

가슴속에서 뭔가가 솟아오르는 게 느껴졌다. 그건 전에는 없던 안전하다는 감각이었고, 욕망 쪽으로 조금씩 다가가고 있었다. 나는 고개를 끄덕였고, 우리의 입술은 서로 닿았다. 캐모마일 차 맛이 났다. 그가 내 목에 손을 얹었을 때 나는 그를 향해, 그가 내게 준 기회를 향해 몸을 기울였다. 남자의 입술에서 맛을 느낀 건 거의 2년 만이었다. 앤드루와 있을 때는 해리 상태에 빠지느라 정신이 없어서 아무것도 느낄 수 없었고, 주차장에서 재비어와 있을 때 느낀 맛이라고는 나 자신의 절박함의 맛이 다였다. 하지만 이제 제러미가 입술과 혀를 내 입술과 혀에 밀어붙이고 그의 염소수염이 내 윗입술을 간지럽히자, 내 성욕은 몇 번인가 깜빡이더니 이내 불이 붙었다. 두 다리 사이에 압박감이 느껴졌다. 쾌감과 고통이, 욕망과 아픔이, 만족감과 갈망이 뒤섞인 압박감이었다. 나는 살아나고 있었다.

이것이야말로 내가 기다려온 것이었다.

18

"비밀은 안 돼요." 제러미와 두 번이나 데이트를 했다는 영웅적인 소식과 함께 그룹에 나타난 내게 로젠 박사가 알렸다. "감정적으로든, 낭만적으로든, 성적으로든, 제러미와의 사이에서 일어난 일은 뭐든지 두 그룹에 다 공유해줘요."

"그리고 재정적으로 일어난 일도." 제러미의 지난 일들을 아는 카를로스가 말했다.

간단한 수학 문제 하나. 내 그룹 두 개 더하기 제러미의 그룹 두 개 하면? 우리가 언제 저녁을 먹고 더치페이를 했는지, 서로에게 집 열쇠를 줬는지 안 줬는지, 내 생리 기간에 섹스를 했는지 안 했는지 알게 될 스무 명 남짓 되는 사람들이 나온다. 나는 난색을 표하며 두 손을 들어올렸다. "워, 잠깐만요. 매주 망할 놈의 모든 사람한테 그렇게 실황중계를 하면 관계에서 쌩쌩함이 다 빠져나가버릴 텐데요."

"저의 제안은 비밀 없이 얘기하라는 거예요." 로젠 박사가
되풀이했다.

"그 제안 참 최악이군요."

"그동안 크리스티 방식대로 해본 건 얼마나 효과가 있었
는데요?"

———————

세 번째 데이트날, 제러미와 나는 마니와 팻이 결혼기념
일 저녁식사를 하러 나갈 수 있도록 마니의 딸 랜든을 몇 시
간 동안 봐주었다. 아기가 내 팔에 안겨 잠들자 제러미는 캐비
닛들을 살짝 들여다보고, 클레어의 접시들을 뚫어져라 바라보
고, 발코니에 서서 감탄하며 경치를 감상했다.

마니와 팻이 랜든을 찾아간 뒤, 나는 제러미에게 벨몬트
에 있는 바에서 클레어와 스티븐을 만나 라이브 음악을 듣자
고 제안했다. 그가 좋다고 하자 나는 놀라서 말문이 막혔다.
정말로 이렇게 쉽다고? 내가 그냥 물어보기만 하면 되는 거였
다고?

"가서 하룻밤 자고 올 수 있게 가방을 챙길래요?" 그가 물
었다.

아찔함을 숨길 수가 없었다. 나는 방 안을 분주히 돌아다
니며 콘택트렌즈 보존액과 새 스웨터를 가방에 챙겨넣었다.

그 바는 엄밀히 말하면 제러미의 취향은 아니었다. 사교
클럽의 남학생들과 나이들어가는 시카고 컵스 팬들이 플라스
틱 컵으로 음료수를 벌컥벌컥 마시고 있는 동굴 같은 공간이

었다. 첫 세트 연주가 끝나자 제러미는 이제 돌아가도 될 것 같다고 속삭였다. 온몸이 떨렸다. 나는 빨간불을 무시하고 달렸고, 정지 표지판도 아랑곳없이 차를 몰았다. 빨리 그의 몸에 내 몸을 밀어붙이고 싶어 죽을 지경이었다.

그가 부르주아 씨에게 먹을 것을 주는 동안 나는 어둠 속 그의 침대 위에 앉았다. 그가 내 곁에 앉자 나는 그에게 몸을 기울였다. 그가 입술을 내 입술에 밀어붙였다. "괜찮겠어요?" 그가 속삭였다. 고개를 끄덕이고 그를 내 쪽으로 끌어당겼다. 내가 몸을 그의 몸에 밀어붙이자, 그는 나를 꼭 끌어안고 더 깊고 격렬하게 키스했다.

그러더니, 나를 부드럽게 밀어내고 등을 대고 누웠다. "나, 섹스는 아직 준비가 안 돼서요." 그가 말했다. 단순한 고백이었다. 나 자신을 포함해 그 누구의 입에서도 나오는 걸 들어본 적 없는 문장이었다. 이거 혹시 처방인가?

"괜찮아요." 그리고 정말로 괜찮았다. 내가 원한 건 누군가와 가까워질 수 있는 기회였다. 꼭 섹스가 아니어도 됐고, 오늘밤이 아니어도 됐다.

섹스는 안 되겠다고 그가 말하자마자 내 몸의 긴장은 더욱 풀려서 그를, 침대를, 그 순간을 더욱 편안하게 받아들이게 됐다. 오늘밤의 시작과 끝은 키스가 될 것이었다. 그는 내 쪽으로 돌아누워 나를 바짝 끌어안았다. 가슴과 가슴, 배와 배, 허벅지와 허벅지가 서로 닿았다.

"그냥 이렇게 잠들어도 될 것 같아요." 그가 말했다.

"그래요."

우리는 서로에게 익숙해졌고, 우리의 호흡은 깊어졌다.

"항상 이렇게 옷을 많이 입고 자요?" 그가 내 목에 대고 속삭였다.

나는 청바지와 티셔츠를 입은 채였다. 유일하게 벗은 옷은 가벼운 양모 스웨터였다.

"네." 사실 난 늘 브래지어를 하고 잤다. 9학년 때 가슴이 작은 봉오리에서 D컵으로 폭발하듯 커졌을 때부터 그랬다. 나는 가슴을 언더와이어와 레이스 속으로 밀어넣어 고정한 채로 자는 게 좋았다. 예전 남자친구들을 사귈 때는 섹스할 때 브래지어를 벗었다가 잘 시간이 되면 다시 착용했다. 그걸 알아차리거나 그것에 관해 물어보는 남자를 만나본 적은 없었다.

다음날 아침, 제러미의 암막커튼 가장자리를 헤치고 빛의 파편들이 쏟아져 들어왔고 부르주아 씨는 나를 물끄러미 바라보며 침대 끝에 앉아 있었다. 거실로 조용히 걸어나온 나는 어두운 부엌의 작은 테이블에서 컴퓨터를 두드리는 제러미를 발견했다.

"안녕." 나는 냉장고와 그가 식료품을 저장하는 데 쓰는 금속 선반 사이의 공간으로 걸어들어갔다. 팔짱을 끼고 내 몸을 감싸 안았다.

우리 사이에 어색한 침묵이 고였다. 나는 헛기침을 했다. "오늘은 뭘 할 계획이에요?" 함께 브런치를 먹고 지난밤의 엷은 친밀함에 감싸인 채 거리를 걸을까? 아니면 다시 침대로 들어갈까?

그는 몸의 대부분을 컴퓨터 쪽으로 되돌렸다. 나는 오른다리를 왼다리 위에 올려 다리를 꼬았다.

"밀린 일들이 좀 있어요. 오늘밤에는 알코올의존증 자조

209

모임이 있고요. 크리스티는?"

"인터넷 관련법 수업에 뭐 좀 읽어가야 되고요. 클레어랑 옛날 영화를 한 편 볼지도 모르겠어요." 나는 잠시 말을 멈췄다. 그를 초대해야 할까? 그는 컴퓨터 화면을 보고 있었는데, 거기에는 샵(#) 기호, 점, 퍼센트(%) 기호 들이 검은 바탕화면을 밝히고 있었다. "그건 뭐예요?"

"〈넷핵〉이라는 아스키 코드 비디오 게임이에요." 그는 얼굴을 붉히며 발치를 내려다보았다. "여기 약간 빠져 있거든요."

비디오 게임? 빠져 있어?

"여기선 아무 판단 안 할게요." 나는 미소 지었다. 하지만 경고 같은 한 줄기 전율이 내 몸을 뚫고 지나갔다. 다 큰 성인이 어두운 방 안에 앉아 비디오 게임을 한다고? 폐소공포증을 일으키는 그 이미지에 목구멍이 죄어들었다.

"지금은 그렇게 말하겠죠. 근데 나, 이걸 말 그대로 하루 종일 하기도 하거든요-" 그의 녹색 눈은 들뜬 기분이 아니라 나도 아는 어떤 어두운 감정으로 가득 차 있었다. 수치심이었다.

"그래서 즐겁다면 나쁠 게 뭐가 있겠어요?" 나는 마음에 없는 격려를 하느라 새된 목소리를 냈다. 그의 얼굴은 풀어졌지만, 달아나고 싶은 충동을 느낀 나는 내 몸을 더 꽉 감싸 안았다. "이제 곧 가봐야 할 것 같네요."

집에 와 내가 주차하는 자리에 차를 세운 후, 로리의 전화 번호를 눌렀다.

"그 사람 말인데요, 제가 확신이 안 서서요."

"자기, 그 사람은 막 여자친구랑 헤어졌잖아요. 그룹에 와서 전부 얘기해요."

화요일 아침, 패트리스, 로리, 마티, 에드 그리고 로젠 박사는 자신의 성적인 한계에 대해 솔직하게 말한 제러미가 훌륭하다고 했다. 나는 제러미와 있을 때는 섹스할 준비가 되어 있지 않다고 인정하는 그에게 편안함을 느꼈지만, 이제 사람들이 보내는 성원을 들으니 그들이 나를 어린애 취급하는 것처럼 느껴졌다. 그들은 뜨거운 진짜 섹스를 할 자격이 있는 성인들이었고, 제러미와 나는 키스와 포옹에서 더 나아가지 못하고 있는 어린애들 같았다. 나는 그들의 쾌활함이 싫었고, 모든 걸 그룹에 털어놓겠다고 동의한 나 자신도 싫었다.

오후 그룹 상담에서는 격려해주는 분위기가 전혀 없었다. 마니는 제러미가 섹스를 사양하는 건 관계를 맺을 준비가 되지 않았다는 신호라고 했다. "마음에 안 드는데요." 마니가 고개를 저으며 말했다. 낸과 에밀리는 제러미가 내게 아침식사를 왜 대접하지 않은 건지 궁금해했다. 메리는 제러미에게 왜 제대로 된 식품 저장고가 없는지 궁금해했다. 나는 어깨를 으쓱하고는 수치심을 한 덩어리, 또 한 덩어리 꿀꺽꿀꺽 삼켰다.

"로젠 박사님, 아침 그룹 사람들은 이 남자의 모든 걸 마음에 들어 했는데 오후 그룹에선 온통 적신호뿐이네요. 어느 쪽이 맞는 거죠?" 오후 그룹 사람들의 날카로운 논평이 나를 두렵게 했다.

"두 그룹이 크리스티 자신의 내적 갈등을 반영해주고 있네요. 그런 분열이 크리스티의 내면에 있는 거예요. 제러미가 자기만의 속도를 지키는 게 은혜로운 일인지, 아니면 이 관계에서 크리스티가 굶주리게 될지, 그건 알 수 없어요. 그 사람이 비디오 게임 중독자인지 그냥 컴퓨터를 좋아하는 내향형 인간인지도 알 수 없고요."

"어느 쪽이 진짠지 어떻게 알아내죠?"

"계속 모습을 드러내세요."

"어디에요?"

"어디에든."

나는 상담 시간마다 두 그룹 모두에 새로운 소식을 충실히 보고했다. 그 결과, 내 그룹 구성원 열 명 모두가 다음 사실들을 알게 되었다. 제러미와 식사할 때는 대체로 내가 여름 동안 모아둔 돈으로 낸다는 것. 그의 트럭이 여전히 고장 나 있어서 어디든 내가 운전해서 다닌다는 것. 우리가 대부분 그의 집에서 시간을 보낸다는 것. 사람들은 그가 처음으로 내 가슴을 만졌을 때 내가 너무 기름진 케이크를 맛보거나 너무 강렬한 저녁놀을 볼 때처럼 울렁거리는 느낌에 가까운 기쁨을 느꼈다는 걸 알게 되었다. "괜찮겠어요?" 제러미는 내 배에 키스를 하든, 허벅지 위쪽에 손을 올리든 새로운 방식으로 내 몸을 만질 때면 언제나 그렇게 물었다. 아침 그룹 사람들은 그가 동의를 받는 데 진심이어서 좋다고 했지만, 오후 그룹 사람들은 "뭔가 재미없다"고 의견을 표했다.

알고 보니 섹스에 있어 우리의 진도가 느린 건 실은 로젠 박사가 손을 쓴 것이었다. 어느 날 밤 침대에서 서로를 만지고 있을 때 제러미가 인정했다. 로젠 박사가 자기에게 서두르지 말라고 경고했다고. "진도를 천천히 나가야 한다고, 안 그러면 내가 전 여자친구를 미워했듯 결국 당신도 미워하게 될 거라고 했어요." 이제 보니 그들의 관계가 끝나버린 건 풀리지 않는 경제적 갈등 때문만은 아니었고, 제러미가 감정적으로 준비돼 있던 것보다 성적인 진도가 너무 앞서 나갔기 때문이기도 했던 것 같았다.

나는 담요를 몸에 둘렀다. 노출된 기분이 들었다. 내가 육체적으로 더 원하는 쪽이었으니까. 거절당한 기분이었고, 그로부터, 로젠 박사로부터, 내가 그와 섹스하고 싶어 한다는 걸 아는 스무 명 남짓 되는 사람들로부터 얼굴을 숨기고 싶어졌다.

라디오 방송에서 했다는 어느 조사 결과를 들어보니 커플들 대부분은 세 번째 데이트 무렵이면 '끝까지' 간다고들 했다. 아침 그룹 사람들에게 내가 국민 평균보다 한참 뒤처지고 있는 게 속상하다고 한탄하자, 로젠 박사는 나와 제러미는 아직 준비가 되어 있지 않다고 다시금 주장했다. 나는 이해 상충이 일어났다고 느꼈다. 왜냐하면, 준비가 되지 않은 건 사실 제러미였으니까. 로젠 박사는 물러서지 않았다.

"왜 그렇게 서두르는 건데요?" 그가 물었다.

"저는 관계가 망하고 제가 성적으로 억압되는 걸 평생 동안 견뎌 왔으니까요."

"그럼 이왕 평생 견딘 거 조금만 더 기다려보면 어때요?"

로젠 박사와 말싸움을 해봤자 소용없었다. 그에게 우리가 섹스하는 데 동의하게 하려면 전략을 바꿔야 했다. 몇 분 뒤, 나는 로젠 박사 쪽으로 몸을 기울이고 내가 낼 수 있는 가장 이성적인 목소리로 말했다. "제러미에 대해 얘기 좀 해봐도 될까요? 그 사람, 비디오 게임 속으로 도망치고 있어요. 제러미한테 감정적으로, 그리고 성적으로 도움이 되는 여자친구하고 시간을 좀 보내라는 처방을 내리는 걸 고려해보셔야 될 것 같아요."

크흠. 크흠. 크흠. 로젠 박사의 연극적인 헛기침. 통역하면 말도 안 되는 소리 좀 그만해요, 였다. 나는 그 소리를 무시했다.

"제러미는 회피의 전형적인 신호들을 내보이고 있어요. 친밀감을 두려워하고-"

또다시 헛기침. 그리고 질문. "그럼 당신은 어떤데요, 마말레?"

"저요? 저는 뭐든 다 할 수 있죠." 나는 두 팔을 뻗어 활짝 펼쳤다. 전 아무것도 감출 게 없는데요. 그런데 방 안의 모두가 웃음을 터뜨렸다.

"뭐가 그렇게 웃겨요?"

"진심으로 물어보는 건가요?" 로젠 박사가 물었다. 나는 고개를 끄덕였다. "지금 브래지어를 몇 개나 하고 있죠?"

"아이고, 뽀록났군." 카를로스가 작은 목소리로 말했다.

혼란에 빠진 내가 어깨를 내려다보니, 탱크톱 밑에서 세 개의 브래지어 끈이 서로 엇갈려 있었다. 나는 상담하러 오기 전에 달리기를 하곤 했고, 내 가슴 사이즈는 더블 D였다. 스포츠 브라 하나로는 가슴이 제자리에 있어주지 않아서 두 개, 때로는 세 개를 껴입곤 했다.

"자기 가슴이 싫은가요?" 로젠 박사가 물었다.

물론 나는 내 가슴이 싫었다. 내 쇄골에 매달려 있는 지방 주머니. 나는 내 가슴을 꼴사나움과 연관지었지, 성적인 면모와 연관짓지는 않았다. 그리고 내 가슴에는 뭔가 두려운 데가 있기도 했다. 그게 남들(남자들)에게 몹시 중요하고, 몹시 거추장스럽다는 점이었다. 나는 평생 동안 납작한 가슴을 탐내 왔다. 빙하가 쓸고 지나간 지표면처럼 납작한 가슴을. 발레리나와 모델, 어린 소녀의 가슴처럼 납작한 가슴을.

"아주 좋아하지는 않죠."

"가슴을 작아 보이게 하려고 애쓰고 있는 것 같은데-"

"〈플레이보이〉 버니걸 대회에서 우승하려고 애쓰는 게 아니라 운동을 하고 있었으니까 그렇죠."

"가슴이 싫다는 느낌이 성적인 관계에 방해가 될 수도 있다고 생각해요?"

정답은 '네'였지만 차마 그렇게 말할 수가 없었다. 내 가슴을 내가 어떻게 느끼는지에 대해서는 전에 누구와도 얘기해 본 적이 없었다. 나는 거기 앉아 고개를 흔들면서 울지 않으려고 애썼다. 내가 내 가슴을 싫어한다는 사실이 슬프게 다가왔던 적은 한 번도 없었는데.

"제러미는 거기에 대해 어떻게 생각하나요?"

"확실히, 제가 잘 때 브래지어를 하고 잔다는 걸 이상하게 생각하는 것 같긴 해요."

로젠 박사의 눈썹이 머리카락 속으로 사라질 것처럼 치켜올라갔다. 다른 사람들은 모두 내가 새끼 고릴라들을 살해했다고 방금 자백이라도 한 것처럼 헉, 소리를 냈다. 커널 샌더스는 카를로스가 레즈비언 포르노 얘기를 했을 때 이후로 가장 생기 있어 보이는 얼굴을 하고 있었다.

"크리스티가 잘 때 왜 브래지어를 하는지, 스스로 궁금한

215

가요?" 로젠 박사가 물었다.

주먹만 한 분노가 내 입속을 가득 채웠다. "뭘 하려는 건지 알겠어! 지금 우리 아빠나 삼촌이나 어떤 추잡한 체육 선생님이 나한테 한 말이나 행동을 기억해내야 되는 시점인 거잖아요. 나한테 일어난 모든 일은 지극히 평범한 일들이었고-"

"하와이 얘기는 어떤 부분도 지극히 평범하게는 들리지 않던데요." 로리가 말했다.

"그건 말도 안 돼요! 데이비드가 물에 빠져 죽은 게 내가 이 브라들을 전부 하고 있는 이유는 아니라고요."

"그 이유가 궁금한가요?" 로젠 박사는 흔들림 없이 차분하게 질문을 반복했다.

"뭐 특별한 것도 없어요. 저는 마르고 싶어 하는 여자애였어요. 모두들 마른 여자애의 몸을 좋아하니까요. 거식증이라는 토대 위에 세워진 예술 형태인 발레를 좋아했기 때문이고, 가슴은 마른 몸과는 거리가 멀었기 때문이에요. 가슴은 지방으로 채워져 있잖아요. 가슴 때문에 'J.크루'랑 '앤트로폴로지' 같은 브랜드에서는 상의를 사는 게 어렵다고요. 가슴이 있어서 내 몸이 뚱뚱하게 느껴진다고요." 나는 브래지어 끈이 전부 숨겨지도록 탱크톱을 매만졌다. "미국 여성들의 몸의 세계에 오신 걸 환영해요, 친구."

"도움이 필요한가요?" 로젠 박사는 맹금류처럼 가만히 앉아 있었다.

나는 왜 여자 심리치료사를 선택하지 않았을까? 남자 심리치료사가 내가 내 가슴과 맺고 있는 관계를 가늠할 수는 없을 거라는 생각이 들었다. 물론 그는 섭식장애에서 회복돼본 경험은 있었지만, 텍사스주 웍서해치에서 자기 할머니와 함께 옷을 사본 적은 없었을 테고, 여자 점원이 그가 가슴 때문에 실제보다 훨씬 '덩치가 있어' 보인다고 말하는 걸 우연히 들어본 적도 없었을 것이다. 가슴이 나오기 시작하자 달걀 다이어트(달걀 세 개를 아침, 점심, 저녁으로 먹으면서 다른 건 아무것도 먹지 않는 다이어트)를 권하는 발레 선생님을 만나본 적도 없었을 것이다. 휴스턴 중심가의 '후터스*' 식당 근처를 지나갈 때 술 취한 남자들이 가슴을 곁눈질하며 추파를 던지는 걸 겪어본 적도 없었을 것이다. 그가 하버드의 모든 과목에서 완벽한 점수를 받았고 그룹 상담의 역학에 대한 천재적인 이해를 자랑한다 해도, 여자로서 이 행성을 걸어다니는 게 어떤 느낌인지 남자가 안다는 건 그냥 불가능한 일이다. 하지만 나는 고개를 끄덕였다. 그래요, 도움이 좀 필요해요. 남자 심리치료사로부터 부족한 도움이라도 받는 편이 아무것도 안 받는 것보다는 나았으니까.

"배에 헤나 문신을 새기세요. '나는 내 가슴이 싫어요'라는 문장으로요."

"싫다고 새기라고요? 우리의 목표는 사랑하고 받아들이는 건 줄 알았는데요."

로젠 박사가 고개를 저었다. "우선 혐오감을 받아들여요. 그걸 넘어서려고 하지 말고요." 그는 내 어깨와 브래지어를 향해 손짓을 했다. "제러미도 데려가고요."

* 여성의 유방을 뜻하는 속어이기도 하다.

217

제러미와 나는 레이신 애비뉴와 그랜드 애비뉴가 만나는 길모퉁이에 있는 부서져 가는 산업용 창고 건물 앞에 차를 세웠다. 나는 '빅 어니'라고 적혀 있는 버저를 눌렀다. 빅 어니는 〈시카고 리더〉에 자신이 마술사 겸 개 산책 전문가 겸 헤나 문신 예술가라고 광고를 냈다. 그는 우리를 들여보내줬고, 우리는 2층으로 계단을 올라갔다. 길고 검은 머리를 포니테일로 묶고 검은색 하렘 바지를 입은 남자가 자기 집 문간에서 우리를 맞았다. 나이는 콕 집어 말할 수 없어서 서른 살로도 쉰 살로도 보이는 남자였다. 그의 따뜻한 미소에 마음이 진정된다고 느끼며 천장이 4.5미터나 되는 그의 로프트에 들어가보니 인형의 집 안에 놓인 소품이 된 기분이었다. 벽돌 벽은 흰색 래커로 칠해져 있었다. 빅 어니는 헤나를 준비하는 동안 거실에 앉아 있으라고 했다. 나는 소파에 앉았고, 제러미는 벽난로 옆에 웅크리고 앉았는데, 거기에는 100개쯤 되는 페즈 사탕 용기가 완벽한 순서로, 마치 국군묘지의 하얀 십자가들을 색색깔의 만화 버전으로 바꿔놓은 것처럼 정리되어 있었다.

브래지어를 두 개 하고 아침 상담에 들어가는 실수를 했던 그날, 두 번째 그룹 상담이 끝나고 나서 바로 빅 어니에게 전화했다. 여자들의 그룹에도 내가 받은 처방 얘기를 전부 공유한 뒤였다. 평생 동안 어떤 식으로 내 가슴을 싫어해왔는지 설명하자 여자들은 모두 고개를 끄덕이며 자신들의 이야기를 들려주었다. 낸은 최근에 마샬 필드 백화점에서 립스틱을 보고 있는데 어떤 남자가 가슴을 움켜쥐었다고 했다. 지니어는 자기 가슴을 평가하는 아버지의 말을 평생 동안 들어야 했다. 메리는 가슴이 너무 작아서 부끄러워하고 있었다. 에밀리는 〈더 데일리 쇼〉를 같이 보고 있던 남편이 장난을 치며 가슴을 움켜쥐어서 싸움이 일어났던 이야기를 들려주었다. 내가 양손으로 입을 막고 울기 시작한 건 그때였다.

─────────

열여섯 살 때였다. 주니어 무도회 날이었다. 나는 '로라 애슐리'의 사이즈 10짜리 어깨끈 없는 검은색 드레스를 입었다. 목선이 하트 윗부분 모양으로 깊이 파이고 앞에는 치자꽃 모양의 커다란 핑크빛 장식들이 뿌려진 드레스였다. 이틀에 한 번씩 4주 동안 피부관리실에 태닝을 받으러 다녔던 터라 내 피부는 오렌지색이 도는 갈색으로 부자연스럽게 타 있었고, 관 모양의 부스에 지나치게 오래 누워 있었던 탓에 거의 고통스러울 정도로 따끔거리고 있었다. 무도회에서 내 짝이 된 매트와 나는 서로를 거의 몰랐는데, 다른 모두가 커플이 된 뒤에 둘만 남는 바람에 엮인 상황이었다. 그때는 매트가 스스로 게이라고 선언하기 몇 년 전이었다. 코르사주와 부토니에르*를 교환하고 저녁을 먹은 뒤에 우리는 대열을 이뤄 걷다가 어느 공원에서 멈췄고, 부모님들의 바에서 슬쩍해온 맥주와 와인 쿨러를 벌컥벌컥 마셨다. 슉슉 거품이 이는 달콤한 베리 와인 쿨러가 배 속에서 출렁이며 정신을 몽롱하게 했다. 물침대 위를 걸으려고 애쓸 때처럼 발밑의 땅이 기분 좋게 울렁거리는 게 느껴졌다. 내가 열 명의 남자에게 둘러싸여 재리드 미첨의 검은색 체로키 옆에 서 있던 게 기억난다.

우리는 모두 소리 내 웃고 있었다. 죽처럼 질척질척해 보이는 구름들이 흘러가며 몇 분에 한 번씩 달을 가렸다.

재리드가 대담한 눈빛을 하고 내게 다가왔다. 내 두 손은 옆구리께에 있었는데, 한 손은 바틀스 앤드 제이미스 빈 병을 움켜쥐고, 다른 손은 몸을 가누려고 드레스를 한 움큼 모아 쥐고 있었다. 재리드의 입에서는 맥주 냄새가 풍겼고, 아랫입술에는 작은 둔덕처럼 물집이 튀어나와 있었다. 내가 웃고 있는 도중에 그 애가 손가락 두 개를 뻗어 내 드레스 앞쪽 가슴 사이를 훑어내렸다. 나는 아무 일도 없었던 것처럼 마저 웃었다. 그게 정말로 일어난 일인지 확신할 수 없어서였다.

그건 정말로 일어난 일이었을까? 재리드는 재빨리 멀리로

* 코르사주와 부토니에르는 각각 무도회에서 여자의 옷에 다는 작은 꽃장식과 남자의 옷 단춧구멍에 꽂는 꽃을 가리킨다.

걸어가버린 뒤여서, 내 출렁이는 배 속과 몽롱한 정신 때문이라고 생각하기는 어렵지 않았다. 내 가슴은 드레스 속에 잔뜩 찌부러져 있어서 감각이 둔했고, 기억은 쉽게 녹아 없어졌다.

나는 들고 있던 병을 거꾸로 들어 병 주둥이에 묻은 마지막 한 방울을 핥았다.

그다음은 스펜서였다. 그 애는 빠르게 그 짓을 했고 내 눈을 피했다. 얼굴을 붉힐 만큼의 예의는 있는 애였다. 하지만 그 애는 수치심을 느끼면서도 P. J.와 태드에게 뭐라뭐라 속삭였고, 손가락 두 개를 내 가슴 사이로 미끄러뜨릴 때 그 둘은 나보다 훨씬 거대해 보였다. 나는 나무들의 꼭대기를 바라보았다. 밤은 고요했고 늦은 봄의 습기로 가득했지만, 나무들은 산들바람에 섬세하게 흔들리고 있었다. 내 두 손이 드레스와 빈 병을 더 꽉 쥐었다. 손을 뻗어 잡을 만한 것이 달리 없어서였다.

구름들은 계속 달을 지나 빠르게 흘러갔다.

다른 여자애들은 어디 있을까? 내 짝이라는 애는 어디 있지? 나는 왜 여전히 웃고 있고, 평생 알고 지낸 이 선량한 가톨릭 신자 남자애들과 함께 인생 최고의 순간을 보내는 양 연기를 하고 있는 걸까? 나는 그 남자애들 중 누구라도 내게 데이트를 신청하거나, 춤추자고 청하거나, 전화하거나, 키스하거나, 나를 원하기를 간절히 바라왔다. 그 애들은 모두 내 친구들 중 한 명씩을 사귀고 있었다. 그 애들 중 누구든 내 몸에 손을 댄 건 이번이 처음이었다.

재리드가 다시 모습을 드러냈다. 이번에는 지나가면서 한 손 전체를 내 가슴 사이에 넣었다 뺐다. 나는 그제야 뒤로 물러났다. 그제야 취기를 뚫고, 드레스를 뚫고, 웃음소리를 뚫고 밀어닥친 수치심이 후려치는 게 느껴졌다. 그제야 그 자식들이 나를 비웃고 있다는 걸 알 수 있었다.

나는 계속 웃었다.

웃고, 웃고, 또 웃었다. 웃음소리는 아주 많은 것을 덮어주었다. 두려움을 숨기려고 내가 지어낸 그 가짜 음색이 텍사스의 하늘 전체를 덮었다.

내가 가톨릭 신자였던 그 키 큰 남자애들의 이름과, 그 자식들의 축축한 손이 드레스 밑에서 어떻게 느껴졌는지를 말하는 동안 그룹 사람들은 조용히 앉아 있었다.

드러난 내 배에 와닿는 빅 어니의 부드럽고 축축한 브러시는 간지러웠지만, 나는 웃고 있지 않았다. 제러미의 손을 꽉 잡은 채 천장을 노려보았다. 뭔가 터져나올 것 같은 느낌이 목구멍을 간지럽혔다. 울음인지 비명인지 구별할 수는 없었지만, 그게 뭐든 요기 베어와 고인돌 가족 플린스톤이 그려진 사탕 용기들 앞에서는 나오게 놔둘 생각이 없었다. 나는 두 눈을 천장에 고정했고, 절대 아래를 내려다보지 않았다.

제러미의 집으로 돌아온 나는 욕실에 서서 헤나를 살펴보았다. 헤나의 가장 바깥에 있는 층은 피부 껍질이었는데 그것을 벗겨냈다. 매끈하고 짙은 오렌지색 소용돌이와 장식 도형들이 배꼽 위에서 춤을 추며 글자들을 꾸며주고 있었다. 나는 내 가슴이 싫어요. 솔직히 말해 죽도록 부자연스러워 보였고, 느낌 또한 부자연스러웠다. 그래도 먹은 음식을 보고하기 위해

222

로리에게, 긍정적인 말을 들으려고 마티에게 전화를 걸 때 나는 한 손을 그 헤나 위에 올려놓고 있었다.

브래지어를 벗고 가슴에 **아르스 테크니카***라고 적힌 제러미의 부드러운 검은색 티셔츠를 입었다. 침대에 누워 이불 속에 몸을 웅크리고 있는 나를 발견한 제러미는 옆에 누워도 되겠냐고 물었다.

나는 옆으로 움직여 그에게 자리를 만들어주고는 몸을 폈다. 제러미는 청바지를 벗고 사각 팬티와 티셔츠 차림으로 침대에 들어왔다. 나는 여전히 나 자신을 보호하듯 가슴에 양팔을 X자 모양으로 대고 웅크린 채 그의 품 안으로 몸을 굴렸다. 심호흡을 했다. 그리고 또 한 번. 그런 다음 두 팔에서 긴장을 풀고 몸 옆에 내려놓았다. 내 가슴의 부드러운 부분에서부터, 내가 가슴에 대해 느껴온 그 모든 혐오감이 그토록 오랫동안 박혀 있던 그 부분에서부터 눈물이 솟아올랐다.

"왜 그래요?" 그가 물었다.

"너무 무서웠어요." 그는 손바닥으로 내 머리 뒤쪽을 쓸어주었다.

"나도 그래요."

"내가 뭘 하고 있는 건지 모르겠어요."

"나도 그래요." 그가 나를 더 바짝 끌어안았다.

나는 계속 울었다. 내 배에 묻은 염료가 피부 속으로 스며들어 혈류에 합류하는 걸 상상하면서.

---

* 비디오 게임, 보드 게임, 소프트웨어, 과학, 기술, 사회 정책 등에 대한 소식을 전하는 미국의 온라인 매체.

20

제러미는 법학 도서관 로비에서 너덜너덜해진 니체의 책에 고개를 파묻고 나를 기다리고 있었다. 나는 그의 손을 살짝 잡았다. "미시건 애비뉴로 가요." 나는 눈부신 상점들과 식당들이 늘어서 있어서 '아름다운 거리'라는 별명으로 유명해진 미시건 애비뉴의 거리를 그와 둘이서 손잡고 걸어내려가는 일을 내내 꿈꾸고 있었다. 해마다 이맘때면 가로등마다 크리스마스 전등들이 걸리고 산타클로스 복장을 한 구세군 자원봉사자들이 니먼 마커스 백화점 앞에서 종을 울렸다.

내 판타지는 그 거리에서 근사한 저녁을 먹은 뒤 내 집에 가서 섹스를 하는 것이었다. 토요일, 하루 종일 도서관에 숨어서 형사소송절차를 공부했다. 기말고사 기간이었다. 스캐든 사에 채용이 확정됐고, 모두들 3학년 성적은 중요하지 않다고 했지만 나는 내 학년 석차를 지키고 싶었다. 교과서 위로 몸을 굽히고 체포와 구류를 결정하는 법률들을 마스터하느라 등이 아팠다. 관계 역시 마스터할 때가 됐다고 나는 이미 결론을 내린 뒤였다. 내 연애 생활을 통제하는 로젠 박사가 신물이 났다. 내 관계에는 약간의 리더십이 필요했고, 나는 다음 단계로 나아갈 준비가 되어 있었다. 키스와 가벼운 애무는 기분 좋았지만 나는 그다음 단계에 굶주려 있었다. 사실, 굶어 죽어가고 있었다.

호수에서 불어오는 바람이 가슴께에 부딪쳤다. 코트 속으로 더 깊이 파고들며 제러미에게 몸을 바짝 붙였다. 보도는 디즈니 스토어와 랄프 로렌의 로고가 적힌 커다란 크리스마스 쇼핑백을 든 관광객들로 꽉 차 있었다. 제러미는 크레이트 앤드 배럴의 특대 사이즈 쇼핑백에 허벅지를 세게 얻어맞았다. 그는 얼굴을 찌푸리고 걸음을 재촉했다. 나는 그를 따라잡으려고 보폭을 늘렸다.

"어디로 가는 거예요?"

"저 많은 사람들을 감당 못하겠어서요." 그는 미시건 애비뉴에서 벗어났다.

꿀꺽, 꿀꺽. 나는 실망을 두 번에 나눠 삼켰다. 내 판타지 상영 목록에 사람이 적은 옆길은 등장하지 않았다. 우리는 미시건 애비뉴의 크리스마스 조명들 아래, 그 난장판에, 삶이 에너지와 생기로 고동치고 있는 그곳에 있어야 했다.

반 블록쯤 갔을 때 제러미는 '캘리포니아 피자 키친' 매장으로 숨어들었다. 꿀꺽. 나는 또다시 실망을 삼켰다. 교외에 사는 10대들로 꽉 찬 피자전문점 체인은 내 판타지 상영 목록에는 확실히 등장하지 않는 장소였다.

"피자랑 샐러드 하나씩 시켜서 나눠먹을래요?" 내가 말했다.

"아뇨, 난 소시지 칼조네 먹을 거예요. 나 혼자 금방 해치울 수 있어요." 나는 힘겹게 고개를 끄덕였다. 나는 1인용 캘리포니아 베지 피자와 이탈리안 비니그레트소스를 뿌린 사이드 샐러드를 주문했다.

그는 그날 하루를 비디오 게임을 하며 보냈다고 했다. 내일 모레면 마흔인 다 큰 성인 남자친구가 '엔도르의 애뮬릿'을 얻으려고 애를 쓰면서 하루를 다 보냈다는 사실에 경멸이 끓어올랐지만 억눌렀다. 나는 6.4킬로미터를 달리고 12단계 모임에 갔다가 형사소송절차 시험공부도 네 시간이나 하고 온 참이었다.

대화가 뜸했다. 음식이 나왔을 때 나는 여자 종업원에게 입모양으로 "도와주세요"라고 말하고 싶었다.

그 종업원에게 텔레파시를 보내 알렸다. 나와 남자친구 사이에 사각지대가 생겼고 내가 거기 빠져 죽어가고 있으며, 이 남자는 만난 지 거의 두 달이나 지났는데도 여전히 섹스할 준비가 안 돼 있다고.

제러미가 칼조네를 찌르자 한 줄기 김이 새어나왔다. 나는 자른 토마토를 내 접시의 12시 방향에서 6시 30분 방향으로 옮겨놓고는 그가 나를 침대로 데려가고 싶어지게 하려면 무슨 말을 해야 할지 생각했다.

"내 샐러드 한 입 먹어볼래요?"

우리가 내 집으로 돌아왔을 때 클레어와 스티븐은 라이브 음악을 들으러 링컨 파크로 나가려던 참이었다. "두 사람도 같이 가요." 클레어가 코트를 어깨에 걸치며 말했다.

내가 어디로 가는지 물으려고 입을 열기도 전에 제러미가 대답했다. "저는 좀 자려고요." 그는 클레어와 스티븐에게 인사를 하고 내 침실로 직행했다.

클레어가 "좀 해봐, 테이터"라고 속삭이고는 두 눈썹을 의미심장하게 씰룩거렸다.

나도 장단을 맞췄다. "아침에 나 깨우지 마!"

거실 불을 끄고 침실로 걸어들어갔을 때 제러미는 코 고는 덩어리로 변해 있었다. 나는 그를 떠밀어 깨우고 싶다고 생각하며 침대 위에 털썩 주저앉았다. 베개로 몸을 받치고 벽에 드리운 그림자를 노려보았다. 궁금했다. 여자친구를 밤새도록 만지고 얘기도 나누고 싶어 하는 남자친구를 둔 클레어와 나는 정확히 무엇 때문에 이렇게 차이가 나는 걸까? 수년간의 폭식증 때문인가? 내가 무의식적으로 제러미를 밀어내고 있나? 나는 내가 로젠 박사와 내 그룹 동료들에게 애착으로 연결돼 있다는 걸 알고 있었다. 왜 남자하고는 그럴 수 없는 걸까? 로젠 박사가 주장하는 것처럼 내가 섹스를 두려워하는 것은 아니었다. 나는 바로 그 순간 제러미와 그걸 하고 싶었으니까.

시계가 빛을 내며 8시 45분을 알렸다. 수포로 돌아갔던 샘과의 데이트 때보다도 5분이나 이른 시각이었다. 제러미에 대한, 로젠 박사에 대한, 내 그룹 사람들에 대한, 그리고 이 멍청한 밤 전체에 대한 실망과 분노가 내 몸을 뚫고 밀려와 손가락이 움찔거렸다. 큰 소리로 한숨을 쉬었다. 제러미가 꼼짝도 하지 않기에, 나는 침대 밖으로 나왔다. 부엌 싱크대 아래 캐비닛에서 상자 하나를 찾아냈다. 옛날에 살던 집에서 가져

227

온 서로 어울리지 않는 접시들과 큰 유리컵들이 든 상자였다. 실행에는 옮기지 않았지만, 클레어와 나는 주거공간을 개선할 다양한 프로젝트를 위해 잡동사니 서랍에 '에이스 하드웨어' 사의 망치 하나를 보관하고 있었다. 나는 상자와 망치를 들고 발코니 문을 팔꿈치로 밀어 열었다.

가슴을 들썩이며 망치를 치켜올렸다. 와장창. 산산이 부서진 유리 조각들이 발코니로 날아갔다. 맨 무릎이 콘크리트에 쓸렸다. 와장창. 와장창. 와장창. 애를 쓰느라, 그리고 추위 때문에, 내 두 뺨이 붉게 타올랐다.

로리와 카를로스가 헉, 소리를 냈다.

"얼굴은 보호하면서 한 거예요?" 패트리스가 물었다.

그때 나는 박살내는 일에 사로잡혀 있다고 느꼈다. 내 몸은 단지 망치를 내려놓고 싶다는 충동을 유지하지 못할 뿐이었다. 나는 분노로 끓어 넘치고 있었다. '저 접시들을 부수지 않으면 내 몸에 망치를 내리치고 말 것 같아.' 그저 그 생각밖에 없었다.

"제러미를 깨우고 싶었던 거예요?" 패트리스가 물었다.

"그랬던 것 같아요. 하지만 때려부순 건 순수하게 몸이 시켜서 한 일이었어요. 마치 재채기를 하거나, 아니면-"

"토하는 것처럼." 로젠 박사가 말했다.

"맞아요! 몸 속에 뭐가 들어 있는 느낌이었는데-" 그 단어가 뭐더라?

"유독한 것?"

"바로 그거예요! 뭔가 제 몸에서 내보내야 하는 것이었어요."

"토하는 건 우리 몸이 우리를 식중독으로 죽지 않게 하려고 취하는 행동이지요." 로젠 박사가 말했다. "이 분노는 오래된 거예요. 크리스티가 음식을 토할 때 사용했던 분노인데, 아직도 그 안에 있는 거죠. 그동안 크리스티는 친밀한 관계를 피함으로써 이 감정을 느끼는 걸 피할 수 있었던 거예요."

"저, 박사님한테도 굉장히 화를 냈었잖아요. 박사님이 우리를 사무실로 데려가서 제가 남긴 음성사서함을 듣게 한 거 기억하세요?"

"우리는 성적으로 연관돼 있는 관계가 아니죠."

"타당한 지적이네요." 차이가 이해됐다. 제러미에게 나는 내 몸을 기꺼이 선물하겠다고 나섰고, 보답으로 그의 몸을 선물받기를 원했다. 하지만 그렇게 되지가 않았다. "그럼 이제 제가 해야 하는 **행동**은 뭐죠?"

그 대답이 제러미와 헤어지라는 것이었다면 나는 받아들였을 것이다. 하지만 로젠 박사는 내게 계속 분노를 표현하면서 제러미도 그 분노를 함께 나누도록 초대하라고 제안했다. 마치 내가 망치를 들고 있으면 제러미가 몸을 조금이나마 움직이기라도 할 것처럼.

"문제는 그런 요구를 할 마음이 크리스티한테 있는지 하는 거예요." 그렇게 해봤자 좋을 게 뭐가 있겠는가? 몸이 아래로 폭 꺼졌다. 로젠 박사는 일부러 방해물들을 보지 않고 있는 것 같았다.

229

"진심으로 제가 이 관계를 계속 이어가야 한다고 생각하세요?"

"점점 관계가 좋아지고 있는데요-"

"하지만 이 관계는 제대로 직동이 안 되는 관계예요. 완전히요."

"완전히는 아니죠."

"제 얘기 제대로 들으신 거예요? 저, 한밤중에 28층 발코니에서 싸게 산 유리잔이랑 그릇들을 망치로 작살내고 있었다니까요!"

"아까는 9시라고 해놓고." 커널 샌더스가 원 맞은편에서 싱글싱글 웃었다.

그에게 꺼지라고 말하는데 내 입에서 침이 사방으로 날아갔다. 나는 의자의 양쪽 팔걸이를 두들겼다. "저 좀 도와주실래요!"

"크리스티의 분노를 온전히 지지해요." 로젠 박사가 칠판처럼 반들반들한 말투로 말했다.

"그걸로는 안 돼요. 뭔가 좀 더 말해달라고요."

"안전 고글을 구입하세요."

세 시간 뒤, 나는 마구 화를 내며 정오 그룹으로 돌진해 들어가 로젠 박사에게 꺼지라고 말했다. 내가 접시들, 로젠 박사, 그리고 안전 고글을 사라는 그의 말에 대해 얘기하는 동안 그룹 사람들은 몸을 앞으로 기울이고 들었다. 마니는 로젠 박사를 째려보며 나를 도와주지 않은 그를 비난했다. 에밀리는 제러미와 내가 "잠시 휴식기를 가져보라"고 제안했다.

"나는 얘기를 더 들어야겠어요, 로젠 박사." 나는 그날 아침 못살게 굴었던 의자 팔걸이를 똑같이 두들기고 있었다.

로젠 박사는 아무 말도 하지 않았다. 그는 내가 소리치게 놔두고는 평소와 똑같이 상담실 여기저기로 시선을 옮겼다.

나는 바닥으로 미끄러져 내려갔다. 카펫에 대고 소리를 질렀다. 분노에 가득 찬 의미없는 말들을 쏟아붓고 또 쏟아부었다. 목 뒷부분에서 나오는 격렬한 소리들이 바닥으로 쏟아져 다른 여자들의 발치까지 어른거렸다. 소리를 지르고 꽉 쥔 주먹으로 카펫을 내리칠수록 절망의 블랙홀 속으로 더 깊이 빠져들었다. 땀이 목을 타고 흘러내렸고, 머리카락이 이마에 달라붙었다.

———

3학년인가 4학년 때였다. 부모님이 파드레섬 해변에서 가족 휴가를 보낼 계획을 세웠다. 아버지는 작은 고무보트들과 자외선 차단제, 비치 타월들로 가득 찬 우리의 흐린 푸른색 스테이션왜건을 몰고 해안을 향해 남쪽으로 달렸다. 차로 8시간 걸리는 거리의 반쯤 갔을 때 일기예보가 불길하게 바뀌었다. 허리케인이 진로를 바꿔 텍사스의 구부러진 끝부분 쪽으로 급상하고 있었는데, 우리가 향하고 있던 곳에서 단 몇 킬로미터 밖에 떨어지지 않은 지점이었다. 부모님은 거기 못 가겠다고 했다. 너무 위험했다. 새로운 계획이 세워졌다. 우리는 휴스턴에 있는 홀리데이 인 호텔에 체크인하고 엄마의 고등학교 시절 친구분과 만나 시간을 보내기로 했다. 어쩌면 나사NASA를 방문할 수도 있었다. 다음날 아침, 호텔 수영장에서 오빠와 여동생이 물을 튀기며 신나게 떠들고 노는 동안 나는 물이 얕은 쪽에서 우울해하고 있었다. 이리 와, 크리스티. 물에 들어와. 땅콩도 좀 먹고. 복도를 내려가서 제빙기가 되는지 좀 확인해봐. 나는 그럴 생각이 없었다. 아니 그럴 수가 없었다. 내가 만든 모래성 주변에 파고 싶은 해자垓子의 모습을 머릿속에 그려두었는데, 이 습기 찬 콘크리트 도시 한복판에 있는 멍청한 호텔 수영장은 내 상상에 들어맞지 않았다. 오빠와 여동생은 어떤 재주가 있어 방향을 선회하고, 다시 적응하고, 우회로에서 기쁨을 찾아낼 수 있었는지 몰라도 그런 재주가 내게는 없었다. 오직 내 안의 강풍급 분노와 실망에 삼켜진 채 침묵 속에서 속을 끓이는 것밖에 할 수 없었다. 내게 어떻게 다가와야 할지 잘 몰랐던 우리 가족은 결국 나를 그냥 내버려뒀다. 내게 제공해줄 도구를 가진 사람은 아무도 없었다. 그때도 그랬고, 나중에 내가 발레 독무를 따내지 못했을 때나, 남자친구들과 헤어졌을 때, 혹은 원하던 대학원 과정에 들어가지 못했을 때도 마찬가지였다. 화가 날 때 내가 해본 일이라고는 삼키거나 토해내는 게 전부였다. 이제 그 분노는 쏟아져 나오고 있었다. 시끄럽고 지저분하게.

─────────

여기 시카고 중심가 한복판에 있는 이 방에서, 카펫을 내리쳐 짙은 분홍색 줄무늬가 여럿 생긴 주먹이 화끈거리는 걸 느끼면서, 나는 바닥에 털썩 주저앉아 호흡을 진정시키려 애쓰고 있었다. 나와 마주치는 모든 사람의 눈이 연민으로 가득 찼다. 로젠 박사의 눈만 예외였다. 그의 두 눈은 정확히 똑같아 보였다. 진지하지만 무심했다. 계속 가라앉고, 가라앉고, 또 가라앉으며 연극적으로 반응하고 있는 자기 내담자에게 거의 짜증까지 난 것처럼 보이기도 했다.

"저기요! 저기요! 저기요!" 나는 양손에 머리카락을 한 움큼씩 쥐고, 있는 힘껏 잡아당겼다. 두피가 고통으로 윙윙 울렸지만 다시 잡아당겼다. 그리고 또다시.

누군가가 뭐라고 말했지만 나는 듣지 못했다. 여전히 머리카락을 인질처럼 붙잡은 채 자세를 바로했다.

"가엾게도." 낸이 말했다. 낸의 목소리가 흔들렸다. "가엾고 가엾게도." 자장가 같은 낸의 목소리에 몸에서 힘이 빠졌다. 낸은 내 등을 어루만져주려고 가까이 다가왔다. 나는 머리카락을 놓고 내 자리로 기어올라갔다. 두피와 양손이 심장 박동으로 울렸다. 뜯겨 나온 머리카락들이 손가락 사이에 휘감겨 있었다. 로젠 박사를 쳐다볼 수조차 없었다. 여자들은 내게 애정이 담긴 눈빛을 보냈지만 그 눈빛은 동정처럼 나를 찔렀다.

내게는 남자친구와 열 명의 그룹 동료들, 그리고 로젠 박사와 함께한 거의 2년간의 시간이 있었다. 그런데도 나는 그 어느 때보다도 꽉 막혀 있는 느낌이었다.

21

‘박살난 접시들의 밤’ 이후, 로젠 박사는 내가 제러미에게 원하는 걸 어떻게 요구해야 할지 조언해주었다. 그는 자기가 나라고 하고는 "제러미, 내 사랑, 오늘 밤에 저녁 먹으러 날 데리고 나가줬으면 좋겠어요"라거나 "우리, 옷을 벗고 침대에서 서로 껴안았으면 좋겠어요" 하고 말하곤 했다. 나를 연기할 때 로젠 박사는 등을 똑바로 펴고 앉아 얼굴 가득 미소를 지었다. 그런 그를 보니 원하는 걸 요구하는 그 일이 너무도 쉬워 보였다.

실제로 요구할 차례가 되자 나는 낡은 잔디 깎기 기계처럼 틸털거렸다. "내가 하고 싶은 건- 우리가 혹시- 그러니까 마음을 조금 열어서- 아마도- 모르겠어요- 언제 나랑 같이 외출해보면 어때요?"

제러미가 달콤하게 미소 지었다. "어딜 가고 싶은데요?"

"이 블록 내려가면 있는 초밥집 어때요?"

그는 조금 망설이더니 말했다. "좋아요."

어느 화요일 아침, 나는 처방 하나를 받았다. 제러미에게 순전히 5분 동안 쉬지 않고 내게 키스해줄 목적으로 집에 와 달라고 하라는 것이었다. 제러미가 5분씩이나 키스하는 수고를 하려고 들지에 대해서는 회의적이었지만, 중요한 건 그런 요구를 할 마음이 내게 있는지였다.

나는 그와 함께 낄낄거리면서 그를 내 침실로 이끌었고, 우리는 내 벽장과 침대 사이에 있는 카펫이 깔린 기다란 공간에 섰다. 복도를 걸어가면 나오는 거실에서는 〈휠 오브 포춘〉소리가 텔레비전에서 요란하게 울려나왔고, 스티븐과 클레어는 저녁식사를 만드는 중이었다. 창문으로 내다보이는 밤하늘은 새까만 담요 같았다. 제러미가 시계를 만지작거렸다. 그는 타이머 버튼 위에 손가락을 올리고는 내 쪽으로 걸음을 내디뎠다.

"준비됐어요?"

나는 숨을 깊이 들이마시고, 몸을 떨면서 아주 작고 날카로운 소리를 냈다. 나의 어떤 부분은 역할을 그만두고, 이런 연습을 멍청하다고 부르면서 싸움을 걸고 싶어 했다. 나는 마음을 다잡고, 두 눈을 질끈 감고, 나의 다른 부분을 활용했다. 이 키스를 기꺼이 하고 싶어 하는 나였다.

"네."

삐.

제러미는 한쪽 팔을 미끄러뜨려 내 허리에 감고 다른 팔은 내 머리 뒤에 대고 부드럽게 키스했다. 나는 타이머에 대한 걱정, 혀를 들이밀어야 할지, 내가 이 처방을 최대한으로 활용하고 있는지에 대한 생각들을 하며 혼란에 빠져 있었다. 그러다가 입술에 정신을 집중했다. 제러미에게 조금씩 다가갔다. 내 발끝이 그의 구두에 닿자, 시험 삼아 그의 몸에 내 몸을 밀어붙여봤다. 제러미가 내 몸무게를 지탱할 수 있을까? 그에게선 땀 냄새와 커피 향, 민트 향이 났다. 시간이 거의 다 됐다고 느낀 나는 마지막 몇 초 동안 그를 내 쪽으로 더 바짝 끌어당겼다.

삐.

"근사한데요." 시계에 달린 버튼을 만지작거리며 제러미가 말했다. 그는 백팩에 한쪽 팔을 꿰고 집에 갈 준비를 했다. 나는 거의 포대기에 꽁꽁 싸여 품에 바짝 안긴 아기가 된 것처럼 차분하고 안정된 기분이 들었다. 내게 작별의 포옹을 하면서 제러미는 나를 조금 더 오래 껴안고 있었다. 내 몸에 닿은 그의 몸은 단단하게 느껴졌다. 오랫동안 나를 떠받칠 수 있을 것처럼. 나는 엘리베이터 도착음이 울릴 때까지 현관문에 서 있다가 그가 은빛 문 뒤로 사라지는 걸 지켜보았다. 그 키스가 나를 채워주었다. 그것으로 충분하기를 바랐다.

나는 제러미와 관계를 이어갔다. 로젠 박사와도, 내 두 그룹과도 관계를 이어갔다. 관계를 이어가는 데 따르는 고통이 내 심장에 칼집을 내는 데 필요하다는 믿음 때문이었다. 내가 떠난다면, 그러니까 떠나기를 원하고 거기에 더해 실제로 떠나기까지 한다면, 그건 내가 진정한 친밀함에 적합하지 않다는 증거일 거라고 생각했다. 내가 맺는 관계에서 어떤 고통이 생기든 견딜 수 있다는 걸 나 자신에게 증명해 보여야 했다. 나는 그 뜨거움을 놔버리지 않고 견뎌낼 수 있었다. 애착으로 연결될 수 있었다.

크리스마스날 아침, 자고 있는 제러미를 두고 집을 나온 나는 친구 질을 만나 커피를 마셨다. 캐럴이 요란하게 울려퍼지는 혼잡한 스타벅스에서, 질은 폭력을 휘두르는 아버지를 찾아가는 것 말고는 아무 계획도 없이 혼자라며 울었고, 나는 섹스 없는 나의 연애 얘기를 하며 눈물을 글썽거렸다. 제러미의 집에 돌아왔을 때, 그가 나를 침대로 다시 불렀다. "청바지 벗어요." 그가 말했다.

메리 크리스마스!

그가 주도권을 잡았다는 게 어딘가.

베개 위 그 가까이에는 콘돔 하나가 놓여 있었고, 나는 굶어 죽어가던 몸을 그의 품 안으로 던졌다. 짜릿하고 숨김없는 느낌이 몸을 압도했다. 그가 한 번 밀어넣자 눈 깜짝할 사이에 오르가슴이 내 온몸을 사로잡았다.

곧바로 눈물이 터져 나왔다.

"왜 그래요?" 그가 물었다.

그 모든 좌절과 분노 밑에는 상처와 슬픔의 바다가 출렁이고 있었다. 로젠 박사가 오래전에 예언했듯 외로움이 파도처럼 밀려왔다.

"이러기가 왜 이렇게 힘든 거죠?" 나는 몇 번이고 그 말을 반복했다. 왜, 왜, 대체 왜? 나를, 내 몸을 사랑하기가 그렇게 어려운 걸까? 왜 우리는 이런 육체적 친밀함을 항상 나눌 수 없는 거지? 제러미의 사랑과 관심을 뒤쫓아온 그 모든 시간 동안, 내가 사랑하고 사랑받기를 원하는 방식이 뭔가 잘못

돼 있는 게 아닐까 하는 두려움은 한층 강해졌다. 그가 나를 소홀히 했기 때문에 나는 애착으로 연결되는 데 있어 내 능력이 부족하다는 사실을 확인하게 됐다. 나는 사랑과 관심을 지속 불가능할 만큼 조금씩만 나눠주는 남자친구를 고른 것이었다. 그리고 내가 훨씬 더 많은 걸 원하는데도 제러미를 고른 건, 참아낼 수 있는 사람이 제러미 정도밖에 없었기 때문이었다. 나는 필레 미뇽과 버터를 발라 구운 감자를 상상하면서도 계속 떡과 셀러리만 먹는 거식증 환자나 다름없었다.

2003년이 시작되자 나는 로스쿨의 마지막 학기로 당당하게 나아갔다. 제러미는 여전히 혼자 있는 시간을 나보다 많이 필요로 했다. 그는 가끔씩 아무런 설명도 없이 모든 걸 멈추고 돌아눕곤 했고, 아스키 코드 비디오 게임에 대한 그의 열정은 내 눈이 돌아가게 만들었다. 하지만 나는 살림살이를 때려부수는 대신 로리와 마티와 카를로스에게 문자를 보냈다. 나 너무 외로워요. 제러미는 비디오 게임 하고 있고요. 그가 우리 사이에 커튼을 쳐두는 암전의 시간 사이사이에, 우리는 로젠 박사가 그렇게 될 거라고 약속했듯 아주 조금씩 앞으로 나아갔다.

하지만 로젠 박사가 보이는 이해 상충은 작은 문제가 아니었다. 그는 나의 행복과 제러미의 행복 중에서 어느 쪽을 위해 일하고 있는 걸까?

어느 목요일 밤, 남자들만의 그룹 상담에서 돌아온 제러미는 〈파이낸셜 타임스〉 구독권과 운동화 한 켤레를 사줄 수 있겠느냐고 내게 물었다. 물어보는 태도로 보나 방금 그룹 상담을 마치고 돌아왔다는 점으로 보나 그게 로젠 박사의 처방이라는 걸 알 수 있었다.

"어떻게 감히 날 제러미의 슈가 마마*로 만들어버릴 생각을 해요!" 다음번 그룹 상담에서 나는 로젠 박사에게 이렇게 소리질렀다. "날 도와줘야죠, 날 이용해서 제러미가 취미생활에 쓸 자금을 대게 만드는 게 아니라요."

"지금 크리스티를 돕고 있는 거예요."

"말도 안 돼."

"제러미에 대해 가장 큰 두 가지 불만이 뭐예요?"

전에 제러미의 직업에 답이 없어 보인다는 얘기를 한 적이 있었다. 제러미는 멘사 회원인 데다가 나로서는 발음하기도 어려운 그리스 철학자들의 책을 읽었지만, 그가 하는 일에는 미래가 없었고, 그가 내야 하는 돈을 다 낼 수 있을 만큼 보수가 높은 것도 아니었다. 그는 자기 상사를 싫어했고, 자기가 가능성을 낭비하고 있다고 느꼈다. 한번은 로스쿨에 가보면 어떨까 하는 얘기를 내게 하기도 했다. 내가 전에 우려를 표했던 또 한 가지는 늘 앉아서만 지내는 그의 생활방식이었다. 이제 막 생겨나기 시작한 우리의 성생활에 그 생활방식이 부정적인 영향을 끼칠까봐 여전히 걱정이 됐다.

"제러미가 〈파이낸셜 타임스〉를 읽으면 자기 야망에 집중하는 데 도움이 되지 않을까요? 운동화가 생기면 좀 더 활동적이 될 거고요. 어쩌면 두 사람이 같이 달리기를 한 다음에 섹스를 할 수도 있겠네요."

위대한 인형술사 로젠 박사가 줄을 확 잡아당겼다. 그는 제러미가 요구를 하게 만들었고, 이제 내가 돈을 내게 만들 생

---

* 자신보다 어린 연인을 경제적으로 지원하는 여성을 가리키는 말.

각이었다. 그 전 주에 내가 스캐든사에서 보내준 7천 달러짜리 선불급여 수표를 가져왔던 터라 그는 내게 돈이 있다는 걸 알고 있었다. 로젠 박사는 원형으로 앉은 사람들이 그 수표를 돌려보게 하라고 내게 제안했다. 수표가 자신에게 넘어오자 그는 그것을 머리 위로 들어올리고 말했다. 바루크 아타 아도나이* 어쩌구 저쩌구.

크리스마스 전에 그룹에서 나를 무릎 꿇게 한 분노가 다시 밀려들었다. 로젠 박사가 진정으로 나를 도와줄 능력이 없기 때문에 제러미를 돕는 데 나를 이용하는 걸로 만족하고 있다는 분노였다. 하지만 나는 계속 의자에 앉아 입을 꾹 다물고 그 분노가 푹푹 썩어가게 내버려두었다. 몸을 달구는 분노의 감각만 있을 뿐 할 수 있는 말이 없었다.

제러미는 그다음 주말부터 매일 분홍빛 용지에 인쇄된 〈파이낸셜 타임즈〉를 받아보기 시작했고, 우리는 뉴발란스의 레트로 블랙 운동화를 한 켤레 샀다. 나와 함께 달리고 싶은지 묻자 그는 "아뇨, 먼저 다녀와요"라고 대답했다.

그가 내 돈을 얻으려고 마음먹고 난 뒤에, 상황은 더 나빠졌다. 로젠 박사가 내 질을 포로로 삼은 것이다.

늦겨울의 어느 날 저녁, 제러미가 하고 있던 컴퓨터 게임에서 몸을 빙글 돌려 떼어내더니 3월은 "크리스티한테 오럴 섹스를 해주는" 달이 될 거라고 선언했다.

"그 생각은 어디서 나온 거예요?" 내가 물었다.

"내가 방금 결정한 건데요."

---

* '오 주여 축복받으소서'라는 뜻의 유대교 기도.

우리는 몇 달 동안 데이트를 하고 있었지만 그도 나도 입으로는 뭔가를 별로 하지 않았다. 이제 나는 3월이 내게 가져다줄 선물들을 기대하고 있었다. 그런데 2월의 마지막 목요일, 그룹 상담을 하고 집에 돌아온 제러미가 이렇게 알렸다. "로젠 박사가 그게 안 좋은 생각이라고 하네요."

나는 들고 있던 법률서를 떨어뜨렸다. "뭐라고요?"

"박사 눈에는 내가 관계를 폭파해버리려고 애쓰는 것처럼 보이나 봐요."

그러니까, 성적인 관계를 포함해 건강한 관계를 맺을 수 있게 해주겠다고 약속했던 내 심리치료사가, 이제 내 쾌락에 적극적으로 반대하는 입장에서 일을 하고 있었다. 나는 양해를 구한 다음 전화기를 들고 욕실로 갔다. 로젠 박사의 번호를 눌렀지만 음성사서함으로 연결되었다. 전화를 끊었다. 음성사서함으로는 안된다. 그에게 내 분노의 온전한 힘을 직접 선사해줘야 했다.

"분노가 느껴지네요." 내가 아침 그룹에서 로젠 박사에게 맞서자 그는 차분하고 자신 있는 태도로 대답했다. 나는 주먹으로 의자의 양쪽 팔걸이를 두들겼다. 그러고는 그에게 여성혐오자이자 통제광이라고 말했다.

"제가 통제력을 행사하고 있다고 말하는군요."

"내 남자친구가 나한테 오럴섹스를 해주지 못하게 막았잖아요! 대체 뭐야?" 로젠 박사는 우와, 신난다, 이 여자 진짜 빡쳤잖아!라고 말하는 듯한 미소를 지었다. "꼭두각시 줄 잡아당기는 짓 좀 그만하세요."

로젠 박사가 두 손을 들어올리더니 고개를 저었다. "줄 같

241

은 건 없는데요. 저는 누구의 혀도 통제하고 있지 않아요."

"제안을 하잖아요. 뭘 해야 할지 말해달라고 맥한테 돈을 내는 사람들한테요."

"크리스티가 원하는 건 뭔가요?"

"당신이 지금 당장 꺼져버렸으면 좋겠어요." 분노가 내 목구멍과 가슴의 중간쯤에 걸려 있었다.

또다시 꽉 막혀 꼼짝할 수 없는 상태였다. 내 의자에서, 내 몸속에서, 내 남자친구와 심리치료사와의 관계에서.

로젠 박사가 두 손을 모으면 상담 시간 끝을 알리는 신호였다. 나는 모두와 함께 일어섰지만 평온함을 비는 기도는 암송하지 않았고, 모두가 둘씩 흩어져 포옹할 때는 패트리스, 로리, 마티, 카를로스, 커널 샌더스를 차례로 끌어안았다. 하지만 로젠 박사에게는 등을 돌렸다. 90분의 상담 시간이 끝났다고 모든 게 괜찮은 척하고 싶지 않았다. 배신감이 느껴졌다. 로젠 박사가 충성을 다하는 대상은 명백히 제러미였다. 박사는 하버드에서 배운 모든 전문 지식을 가져다가 제러미의 성적인 문제를 다루는 데 쓰고 있었다. 로젠 박사의 머릿속에는 내 이익이나 성적인 쾌락 같은 건 아예 들어 있지도 않았다.

오후 그룹에서 나는 로젠 박사를 쳐다보지 않았고, 그러면서 박사가 제러미에게 나를 기쁘게 해주지 말라고 조언함으로써 내 관계를 어떻게 훼방 놓고 있는지 모든 여자들에게 설명했다. 마니는 눈을 가늘게 뜨고는 제러미를 돕는 데 나를 이용하면 어떡하냐고 로젠 박사에게 호통을 쳤다. 그러더니 의자를 내 쪽으로 돌리고는, 관계에서 그렇게 굶주리고 있으면서 기꺼이 참아내다니 무슨 생각이냐고 나를 꾸짖었다. "이게 전부 로젠 박사 탓만은 아닌 것 같아." 마니는 나를 가리키며 말했다. "자기도 이 모든 것에 동조하고 있는 거라고요." 나는 마니가 내게 호통을 쳐서 화가 나지는 않았다. 마니의 목소리에서는 나를 사랑하고, 내가 더 많은 걸 얻기를 바라는 마음이 느껴졌다. 나도 같은 걸 바랐다.

22

스캐든사에서 보내온 그 7천 달러의 선불급여가 나를 대담하게 만들어주었다. 로스쿨 친구들은 모두 변호사 시험이 끝나면 애인과 떠날 여행 계획을 짜고 있었다. 나는 남자친구와의 외국 여행을 꿈꿨다. 이탈리아에 있는 우리를, 느릿느릿 흘러가는 강물과 높이 솟은 대성당들에 둘러싸여 중세풍 다리 위에서 손을 잡고 마르게리타 피자를 서로 한 입씩 먹여주는 우리를 상상했다. 웃고, 서로를 만지고, 탐험하고, 사랑하는 우리를 꿈꿨다. 몽상 속에서 내 손을 잡고 있는 남자는 제러미와는 닮은 데가 별로 없었다. 하지만 나는 여행을 목표로 정했고, 포기하지 않을 생각이었다. 로스쿨에서 열심히 노력해 스캐든사에 일자리를 얻어냈고, 그 일자리는 내게 선불급여로 7천 달러를 선사해주었다. 게다가 나는 관계를 맺기 위해 상담도 열심히 받고 있었다. 여행 정도가 어려워봤자 얼마

244

나 어렵겠나?

제러미와의 의견 절충 과정은 처음부터 긴장으로 가득 차 있었다. 내가 토스카나나 친퀘 테레에 가자고 제안하면, 제러미는 어깨를 으쓱하며 무겁게 한숨을 쉬곤 했다.

"그리스에 가도 되고요. 철학의 발상지잖아요."

그는 또다시 어깨를 으쓱했다.

"이 얘기 좀 해보면 안 될까요?"

"알아서 조율해봐요. 돈이 있는 사람이 크리스티잖아요."

"그럼 장소는 제러미가 골라요." 나는 양손을 내던지듯 쳐들었다. 솔직히, **함께** 갈 수 있기만 하면 어디를 가든 상관없었다.

그는 한참 동안 말이 없다가 대답했다. "이탈리아 정도면 괜찮겠네요."

내 두 그룹 사람들과 로젠 박사는 모두 나 자신에게 초점을 맞춰 하고 싶은 대로 여행 계획을 짜라고 조언했다. "제러미는 같이 가거나 안 가거나 둘 중 하나일 테니까 말이죠." 로젠 박사가 말했다. 퍽이나 위로가 되는 얘기였다. 나는 피어오르기 시작한 공포에 대해서는 생각하지 않으려고 했다. 제러미의 거부감에도 불구하고 잽싸게 일을 진행시켰다. 이탈리아에서 혼자 있는 젊은 여자가 되는 건 내가 기꺼이 들어가 살고 싶은 이야기가 아니었으니까. 내 마음속의 깊은 충동 가운데 혼자 여행하고픈 충동은 없었다.

피렌체의 온도는 섭씨 32도까지 치솟았고, BBC 라디오에서는 더위 때문에 일곱 명이 사망했다고 보도했다. 제러미와 나는 실라 호텔의 햇빛 가득한 2층 테라스에서 부드러운 스크램블드에그, 싱싱한 딸기, 집에서 만든 오렌지 마멀레이드를 바른 토스트로 아침식사를 했다. 그러고는 무화과나무 아래 그늘로 옮겨 더위를 피했다. 그곳에서 아르노 강을 건너다보며 비둘기들이 구구거리는 걸 들으면서 하루 종일 머무를 수도 있었지만, 10시에 시작하는 자전거 투어 일정을 잡아 놓은 터였다. 그 전날 나는 버스를 타고 시에나에 다녀왔다. 혼자서. 제러미는 더위를 마주하고 싶지 않다고 했다.

"자전거 투어 갈 거예요?" 나는 명랑한 휴가용 목소리, 희망에 매달리는 내 마음의 목소리로 물었다.

"다녀와요. 난 공부 좀 할게요." 제러미는 LSAT 문제집과 그만의 특별한 검은 펜을 꺼냈다. 그는 최근에 로스쿨에 지원하기로 결심했는데, 그가 자기 직업을 얼마나 싫어하는지를 생각해보면 부인할 수 없이 긍정적인 발전이었다. 하지만 LSAT를 보려면 몇 달이나 남아 있었는데도, 철갑을 두른 듯한 그의 공부 일정이 피렌체의 시골 풍경 때문에 방해받아서는 안 되는 모양이었다.

"아니면 뭔가 다른 걸 하는 게 나을까요? 자전거 투어는 취소할 수 있으니까-"

"아뇨, 다녀와요. 난 모의고사 문제 좀 풀어야겠어요."

로젠 박사는 내가 여행을 가도록 이끌면서 제러미의 내향성을 받아들이라고 권했었다. 그를 바꾸려 드는 일을 그만두라고. 나는 받아들이는 일이 중요하다는 건 이해했지만, 제러미가 나와 뭔가를 같이 하지 않겠다고 하는 게 연달아 이틀이되자 테이블을 엎어버리고 그의 소중한 LSAT 문제집을 자갈길에 던져버리고 싶어졌다. 내 욕망을 얼마나 조그맣게 접어야 제러미가 퇴짜를 놔도 더 이상 화가 나지 않을 수 있을까? 나를 사랑한다지만 나와 같이 시간을 보내고 싶은 욕망은 이렇게나 적어 보이는 이 남자에게서 많은 걸 바라지 않으려면 나는 어떻게 해야 할까?

제러미는 펜을 톡 누르더니 문제 중 하나에 대한 대강의답을 적어내리기 시작했다.

나는 그의 머리 위에 키스하고는 씩씩거리며 자전거 투어를 하러 나섰다. 남자친구를 이탈리아까지 데려와서 자기를무시하라고 돈을 내주는 사람이 어디 있나? 내 심장은 익숙하고 단조로운 리듬을 되풀이했다. '혼자, 혼자, 혼자.'

셰리라는, 자세가 요가 강사 같고 빼빼 마른 국외 거주자가 내가 탈 자전거를 보여주었다. "파트너 되시는 분은 어디계시죠?"

"아, 그 사람이―" 나는 침대 밖으로 나오지 못하는 알코올의존증 남편을 위해 변명하는 아내처럼 거짓말을 했다. "좀아파서요." 나는 더위와 시차 적응 탓을 했다.

투어에 참가한 다른 사람 열두 명이 둘씩 짝을 지어 도착했다. 신혼부부들, 아버지와 딸, 대학 룸메이트들, 그리고 결혼 30주년 기념이라는 부부. 우리가 처음으로 쉬어간 곳은 돌로지은 오래된 농가였는데, 피부가 햇볕에 그을린 관리인이 아

247

침 간식을 내주었다. 나는 서로 사진을 찍어주는 낯선 사람들에게 둘러싸인 채 아주 오래된 돌 벤치에 앉아 짭짤한 치즈와 버터 맛이 나는 메추라기 알 요리를 먹었다.

"사진 찍어드릴까요?" 샌디에이고에서 온 한 아버지가 내게 물었다. 나는 이마의 땀을 닦아내고 무화과나무 옆에 서서 자연스럽게 보이려고 애를 썼지만, 양손을 어떻게 해야 할지 알 수가 없었다. 양손을 앞에서 맞잡을까? 허리에 얹을까? 돌 벽에 몸을 기대고 균형을 잡을까?

아버지는 자기 딸에게 속삭였다. "혼자서 외국 여행을 하다니 참 용감한 분이네." 믿어도 돼요, 아저씨. 나는 이렇기도 저렇기도 하지만, 나한테 '용감한'을 붙이려면 '절망적인, 어리석은, 외로운, 우울한, 슬픈, 어쩔 도리가 없는, 창피한, 굶어 죽어가는'이 나오고도 한참 뒤에 붙여야 어울릴 거예요.

투어가 끝나 다른 사람들이 자전거를 타고 피렌체로 돌아갈 때 나는 무리에서 빠져나왔고, 대퇴사두근이 화끈거리도록 빠르게 페달을 밟았다. 자전거를 반납하고 나서 호텔로 돌아가는 좁은 길을 따라 걷다가 중간쯤에서 멈췄다. 서둘러서 뭐해? 제러미가 나를 보고 싶어 하지도 않을 텐데. 나를 봐서 기분이 좋기는 할까? 나는 호텔에서 방향을 틀어 대신 베키오 다리 옆에 있는 관광객들이 많은 번화가로 갔는데, 그곳의 가판대에는 가죽 벨트들이 고기 조각들처럼 걸려 있었다. 골목길에서 공중전화 하나가 눈에 띄었다. 시카고로 연결될 때까지 투입구에 동전을 하나씩 밀어 넣었다.

신호음이 세 번 간 뒤에 로젠 박사의 음성사서함으로 연결되었다. 삐 소리가 나자 나는 말을 쏟아냈다. "방금 자전거 투어를 다녀왔어요. 혼자서요. 어제는 시에나에 갔었어요. 혼자서요. 박사님이 이걸 고쳐주실 수 있다고 하셨던 것 같은데요- 저를 고쳐주실 수 있다고요." 나는 손때 묻은 이탈리아제 공중전화에 대고 흐느껴 울었고, 그러자 기계 음성이 나오며 전화가 끊어졌다.

내가 들어가 앉아 있었던 그 모든 상담 시간에도 불구하고. 기꺼이 따랐던 처방들에도 불구하고. 내 느낌들이 어떤지 느껴본 일에도 불구하고. 나는 여전히 끔찍하게 혼자인 채 여기 있었다. 외로움은 물러나기로 되어 있었는데. 상담을 받는 동안 내 발전 과정을 그래프로 그리면 위쪽으로, 오직 위쪽으로만 향하는 선이 될 줄 알았는데, 피렌체에 혼자 앉아 있자니 그룹을 시작하기 전 시카고에서 느꼈던 절망적인 동요가 똑같이 느껴졌다. 아직까지도 변화가 없다면 나는 언제 변하게 되는 걸까? 어쩌면 내게는 불가능한 일인지도 몰랐다. 나는 내 그룹 동료들을, 그리고 심지어 로젠 박사까지도 사랑했지만 그들이 나와 함께 이탈리아에 와줄 수는 없었다. 로젠 박사가 옳았다. 나는 한 주 한 주 그룹의 일원으로 앉아 있으면서 동료의식과 함께라는 느낌을 맛본 뒤였고, 이제 외로움은 그 어느 때보다도 어둡고 지독했다.

내가 방으로 돌아왔을 때 제러미는 침대에 누워 배 위에 문제집을 텐트처럼 올린 채 잠들어 있었다. 눈을 뜬 그가 미소 지었다. 나는 그 옆에, 그와 몸이 거의 닿지 않게 누웠다. 우리는 두오모 뒤로 해가 지면서 창가에서 빛이 사라지는 걸 아무 말 없이 지켜보았다.

그날 밤 저녁을 먹은 뒤, 그는 전등 스위치를 끄고 등을 대고 누웠다. 섹스를 하게 될까? 나는 심호흡을 하고 내 몸에 '원하지 말라'는 명령을 내렸다. 욕망을 아주 작은 종이학처럼 접어 보이지 않는 곳으로 치워버렸다.

"자기 전에 자위하려고요. 같이 할 거면 환영해요." 제러미는 사각 팬티를 미끄러뜨려 벗었고, 그의 팔꿈치는 바쁘게 움직이며 왕복할 때마다 내 팔뚝을 툭툭 쳤다.

"내가 해줄까요?" 욕망 한 가닥이 삐져나오는 걸 느끼며 내가 속삭였다.

"내가 할 수 있어요."

나는 한 손을 그의 어깨에 얹었다. 그가 그 손을 치우지 않는 게 고마웠다.

———

이탈리아에서 돌아온 후, 나는 대형 로펌의 소속 변호사로서 첫 해를 맞아 장시간 근무를 시작했고, 저녁 7시 전에는 퇴근하는 일이 없게 됐다. 내게는 갑자기 비서 한 명과 경비로 지출하는 은행계좌, 창문으로 시카고강이 내려다보이는 사무실이 생겼다. 근무를 시작하고 6주째에 처음으로 철야 근무를 했다. 젊은 변호사로서 내 주된 업무는 내가 자라면서 마셨던 음료수를 제조하는 의뢰업체의 회계 서류를 하루에 열 시간씩 검토하는 것이었다. 스캐든사는 나를 의뢰업체 본사로 보내 판매 전략을 세우는 주요 인물들을 인터뷰하게 해서 우리가 미국 증권거래위원회에서 그들을 변호할 수 있게 했다. 나만 빼고 전부 남자인 팀원들과 함께하는 연속 회의로 점철된

긴 하루와 긴 저녁식사가 끝나고 나면, 나는 호텔 침대에 쓰러져 집에서 〈넷핵〉 게임을 하고 있는 제러미에게 전화를 걸곤 했다.

"정말 잘하고 있네요. 너무 자랑스러워요." 제러미는 그렇게 말하곤 했다.

내가 스캐든사의 변호사로 살아가는 법을 배우며 떨어져 있는 동안 제러미는 우울증이 생겼다. 그는 체중이 늘었고, 면도를 하지 않았고, 알코올의존증 자조 모임을 빼먹었으며, 일하지 않을 때면 대부분 컴퓨터 앞에 앉아 게임을 했다. 부르주아 씨가 토해낸 헤어볼이 거실 한복판에 일주일 동안이나 그대로 놓여 있었다. 욕조는 머리카락과 더께로 지저분했다. 그 집에서 밤을 보내게 되면 나는 최대한 소변을 보지 않고 참았다. 거의 열여덟 시간까지도 참을 수 있었다. 그리고 요즘 우리는 늘 그의 집에 있었다. 나는 그에게 내 집만큼 먼 곳까지 오는 데 쏟을 에너지가 없다는 걸 깨달았다.

남는 시간이면 나는 그에게 식료품을 사주었고, 모임에 나가라거나 조력자에게 전화를 해보라고 제안하면서 그를 우울증에서 빠져나오게 하려고 애를 썼다. 그룹에서는 로젠 박사에게 그를 도와달라고 애원했다. "제러미가 우울증인 거 안 보이세요?" 로젠 박사의 대답은 언제나 똑같았다. "크리스티는 어떤 감정이 느껴지는데요?"

내 두 그룹 사람들의 반응은 만장일치였다. "새로 시작한 커리어에 집중해요."

"스캐든사에서의 새로운 생활에 초점을 맞춰봐요. 그러면 아마 크리스티의 취향도 변할 거예요." 로젠 박사가 말했다.

그건 즉석에서 만들어낸 논평처럼 들렸다. 내 취향?

내게 필요한 건 행동이었다. 내가 지켜보는 한 내 남자친구는 정신적으로 상태가 악화되거나, 절대 그럴 일은 없겠지만 알코올에 다시 의존하게 되지도 않을 것이었다. 나는 그에게 남성적인 체크무늬가 들어간 새 깃털 이불 하나를 사주었고, 표백제 한 병을 욕실로 들고 가서 뭔지 알 수 없는 덩어리들을 배수구에서 끄집어냈다. 러그에서 고양이 토사물을 빼내버렸다. 그의 냉장고에는 신선한 채소와 기름기 적은 단백질을, 식품 저장고에는 당분이 적은 시리얼을 채워넣었다.

정신없는 와중에, 나는 그가 전에 자신에게 필요하다고 표현했던 한 가지에 대해서는 여전히 귀를 닫고 지냈다. 혼자 있는 것이었다. 이 글을 쓰는 지금, 나는 그에 대해, 그에게서 즐거움과 에너지를 앗아간 질병에 대해 연민을 느낀다. 그리고 새로 산 린넨 제품들과 신선한 파인애플이면 그의 병이 나을 거라 생각한 당시의 나에게도 연민을 느낀다. 그때 내가 할 수 있는 일이라고는 그를 '교정'해 내가 원하는 남자로 만들기 위해 더 열심히, 정신없이 움직이는 것뿐이었다.

이 깜깜한 시간 가운데 어느 날 밤, 제러미의 뻣뻣한 새 체크무늬 깃털 이불 밑에서, 나는 그에게 오럴섹스를 해주려고 춤추듯 몸을 움직여 아래로 내려갔다. 나는 6개월째 변호사로 일하고 있었다. 생활수준도 로스쿨 학생에서 대형 로펌의 변호사에 걸맞게 옮겨간 뒤였다. 가끔 유기농 식품 전문점인 '홀 푸드 마켓'에서 쇼핑을 했다. 'J.크루'에서 제값을 주고 치마를 사기도 했다. 은행계좌의 저금도 2천 달러로 불어났다. 나는 낮 동안에는 당당히 어깨를 펴고 스캐든사에서 내 이름을 인쇄해 만들어준 두꺼운 흰색 명함에 어울리는 여성처럼 서 있었다.

하지만 밤이 되면 의기소침해졌고 괴로워졌다.

오럴섹스는 내 아이디어였다. 나와 제러미 사이에 놓인 드넓은 심연 위로 다리를 놓아보려는 시도였다. 그의 땀투성이 허벅지 사이에서 머리를 움직이는 동안 나는 오직 한 가지 생각만 했다. 이런 거 하고 싶지 않아. 나는 억지로 오럴섹스를 함으로써 나 자신을 함부로 대했고, 가짜 욕망을 꾸며냄으로써, 그의 관심을 끌고 임상 우울증의 진행을 막기 위해 오럴섹스를 이용함으로써 그 역시 함부로 대했다. 제러미는 며칠이나 샤워를 하지 않은 상태였다. 방치된 채 오랫동안 잔여물이 쌓인 그의 몸에서 시큼한 냄새가 났다. 나는 입으로 숨을 쉬면서 그의 몸에서 나는 악취와 나 자신의 커져가는 혐오감을 무시하려고 애를 썼다.

그다음 주 화요일 아침, 나는 부끄러워서 오럴섹스 얘기는 하지 않았다. 로젠 박사가 모든 걸 그룹에 공유하라고 내내 조언했지만, 제러미의 씻지 않은 몸은 내가 말해서는 안 되는 화제로 느껴졌다. 내가 좋아하지도 않는 오럴섹스를 억지로 했다는 사실도 수치스러웠다. 내 관계는 한 편의 소극 같았고, 나는 정직하지 못하게, 내 이익과 쾌락에 어긋나는 방향으로 연기를 계속했다. 오후 상담 시간이 되자, 내가 내 관계에 대해 말하지 않고 있는 모든 것이 장전된 총처럼 내 목을 겨누고 있는 것 같았다. 대화가 잠시 잦아들었을 때 내가 목소리를 냈다.

"난 더러운 고추를 빨고 싶지 않아요."

모두가 나를 향해 몸을 돌렸다.

"방금 뭐라고 했어요?" 마니가 말했다.

내가 오럴섹스를 묘사하는 동안 낸의 두 눈이 휘둥그레졌다. "맙소사, 안 돼." 낸이 속삭였다.

내가 마침내 로젠 박사를 쳐다보았을 때, 그의 두 눈에는 연민이 담겨 있었다. "더러운 고추는 빨지 않아도 돼요." 그가 말했다.

내 두 눈에 눈물이 차올랐다. 그는 그 말을 다시 한번, 아주 천천히 했다. 더러운. 고추는. 빨지. 않아도. 돼요. 그런 다음 덧붙였다. 다시는. 나는 고개를 끄덕였다.

"이제 끝이에요." 내가 말했다. 그 두 마디 말에 담긴 진실 속에서 내 등이 곧게 펴졌다.

로젠 박사는 손바닥을 위로 해서 두 팔을 똑바로 앞으로 내밀었다. 그런 다음 천천히 양 손바닥을 뒤집었다. "이렇게 놓아주는 거예요."

잘 이해가 되지 않았다. 그건 태극권 동작처럼 보였다. 그룹 동료들이 그 몸짓에 말을 얹었다.

"그 사람한테 전화하는 거 그만둬요."

"일 끝나고 그 지저분한 아파트까지 꾸역꾸역 가는 것도 그만둬요."

"이 돈 저 돈 다 내주는 것도 그만두고요."

내가 그냥 그만두면, 그러니까 쫓아다니고, 계획을 짜고, 힘들게 찾아가고, 눈감아주고, 부추기고, 청소하고, 쇼핑하러 가고, 보고 싶어 하고, 사주고, 빨아주고 하는 일을 그만두면 모든 게 끝날 것이었다. 제러미가 내 집에 스스로 들를 일은 없을 것이었다. 저녁을 먹자고 식당 예약을 하거나, 리비에라 극장에서 록밴드 윌코의 공연을 보자고 티켓을 구해놓는 일도 없을 것이었다. 내가 놓아주면 모든 게 사라질 것이었다. 나는 진정으로 혼자가 되겠지만, 자유로워질 것이었다.

"그러니까 제가 놓아주면-" 털이 북슬북슬한 로젠 박사의 팔뚝을 양손으로 붙잡으며 내가 말했다. 우리의 얼굴이 30센티미터도 안 되게 가까워질 때까지 박사 쪽으로 몸을 기울였다. 나는 내가 꺼낸 문장을 박사가 완성시켜주길 바랐다. 뭐라고 하든 그가 그 약속을 지키게 만들 생각이었다.

"그러면 크리스티는 진짜 관계가 어떤 느낌인지 알게 될 거예요."

23

"그 사람이랑 오르가슴을 느낄 수 있겠어요?"

로젠 박사와 아침 그룹 사람들이 내 대답을 기다리고 있었다. 제러미와 관계를 끝낸 지 석 달, 나는 스캐든사에서 정규직 채용 제안을 받고 싶어 하는 인턴사원과 시시덕거리며 어울리기 시작한 지 2주째에 접어들어 있었다.

"그러면 안 된다고 법으로 정해져 있지 않나요?" 내가 물었다. "저는 일자리를 얻고 싶어 하는 사람하고 침대에 들어가서는 안 돼요."

"자기가 변호사니까 잘 알겠죠." 낸이 말했다.

"전 성희롱은 하지 않아요."

"내가 보기엔 하는 것 같은데."

그 '인턴사원'은 회사가 일식당 '자포네'에서 마련한 저녁식사 자리에서 만났다. 참치회와 장어 요리가 꾸준히 나오는 동안, 나는 그가 내 눈동자를 칭찬하고 자신의 끝내주는 성적 능력이 나를 완전히 보내버릴 거라는 은근한 암시를 던지게 놔뒀다. 그는 너무나 소년 같았다. 디자이너 진을 입고 힙스터들이 신는 아디다스 테니스 슈즈를 신은 그는 자신만만했고, 몸놀림이 유연했고, 거리낌 없이 성적 매력을 드러냈다. 나보다 여섯 살 어렸는데 더 어리게 느껴졌다. 그는 자기 아버지가 새로 뽑은 렉서스 SUV를 운전하고 수학능력시험 대비 수업을 들으면서 자라났다고 했다. 정규직으로는 한 번도 일해본 적이 없다고 했다. 나는 식당에서 집까지 데려다주겠다는 그의 제안을 받아들이면서, 그처럼 팔팔한 남자가 내 방벽을 뚫고 들어올 일은 절대 없을 거라고 생각했다. 내 보이지 않는 방벽은 성적으로 제 기능을 하는 남자는 접근하지 못하게 막았으니까. 하지만 그는 그 방벽을 유유히 넘어 들어왔고, 클라크 스트리트의 고장 난 가로등 밑에서 그의 입술이 내 입술에 자연스럽게 와닿는 순간, 나는 입술을 열고 그를 받아들였다. 내 입술에 닿은 그의 입술이 살며시 움직이는 동안 내 다리 사이에선 윙 하는 울림이 일어났고, 그의 입술을 제외한 세상 다른 모든 것에 대한 식욕은 한순간에 증발해버렸다.

그다음 날 그는 내 개인 메일 주소를 찾아냈다. 키스 정말 근사했어요. 그는 그렇게 썼다. 나는 그 키스를 떠올리며 밤새도록 잠을 이루지 못했다는 걸 말하지 않았다. 열다섯 시간이나 지났는데도 여전히 내 모든 팔다리에 활기가 들어차 윙윙 울리고 있다는 말도 하지 않았다. 그 키스의 기억을 호사스레 맛보느라 내가 아침을 건너뛰었고, 3시가 다 되도록 점심도 먹지 않고 있다는 말도 하지 않았다. 내가 그에게 한 말은 더 좋은 키스도 해보긴 했어요,였다. 그 맛깔스러운 거짓말은 내 평생 최고가 될 만한 키스를 해주겠다고 약속하도록 그를 몰아갔다. 증명해봐요. 나는 그렇게 요구했다.

로젠 박사는 성희롱법 얘기에는 별 관심이 없었다. "그래서요? 그 사람이랑 오르가슴을 느껴볼 생각이 있는 거예요?"

그랬다. 나는 간절하게 그 인턴과 침대로 가고 싶었고, 그가 모든 약속을 지키게 하고 싶었다. 시카고 하늘에 해가 높이 떠오를 때까지 그가 내 꿈을 핥게 만들고 싶었다. 하지만 나는 진짜 관계도 맺고 싶었다. 일요일에 같이 코스트코에 가는 그런 관계 말이다. 그리고 이 남자애는 열여섯 시간 동안 회사에서 일한 뒤에 운동복을 입고 얼굴에는 여드름 크림을 점점이 바르고 있는 여자를 높이 평가할 타입으로는 보이지 않았다. 세 번째 메일에서 그는 자기가 양성애자가 아닐까 생각하고 있으며 최근에는 마이애미에서 코카인을 들이마셔봤다고 고백했다.

"이 남자 이력에는 '회복 중인 여성에게 적합한 평생의 반려'라는 걸 증명해주는 어떤 것도 없는 것 같아요."

"일단 같이 자보고 알아내도 되죠." 로젠 박사가 말했다.

토토, 우린 더 이상 가톨릭 학교에 있는 게 아닌 것 같아*.

---

*《오즈의 마법사》에서 회오리바람에 휩쓸려 정신을 잃었다가 깨어난 도로시가 강아지 토토에게 하는 대사 "토토, 우린 더 이상 캔자스에 있는 게 아닌 것 같아"를 패러디한 말.

우리의 첫 데이트는 그가 스캐든사의 채용 제안을 받아들이고 며칠이 지난 월요일 밤으로 잡혔다. 그러니 나는 더 이상 성희롱법 위반 대상에 해당하지 않았다. 월요일, 하루 종일 수업이 있었던 그는 헌법 세미나가 끝나고 나서 빛나는 검은색 렉서스를 내 사무실 앞에 세웠다. 주차 담당원처럼 내게 문을 열어주었다. 차는 티 한 점 없이 깨끗했다. 빛나는 검은색 가죽, 깔끔한 음료수 홀더, 그리고 계기판을 밝히고 있는 사운드 시스템.

"보통 여자들하고는 벅타운에 있는 식당 '제인스'에 갔다가 근처에 있는 바에 가곤 했는데, 오늘은 특별대우로 모시는 거예요." 그의 미소는 교활했다. 그는 지금껏 그 어떤 남자가 나와 보낼 시간을 계획하는 데 들인 것보다도 많은 생각을 이 데이트에 이미 쏟아부은 상태였다.

그는 그랜드 스트리트에 있는 작은 식당으로 차를 몰았다. 나는 그때까지 그를 대책 없고 건방진 바람둥이로 여겼고, 그건 틀림없이 사실이었지만, 그는 그 인정사정없는 성적 허세 밑으로 자신이 법조윤리에 강하게 관심을 갖고 있으며 시민의 자유에 대해서도 어느 정도 생각이 있다는 사실을 드러내기도 했다. 아기인 여자 조카를 처음으로 안아본 얘기를 하면서 그의 얼굴은 거짓 없는 상냥함으로 부드러워졌다. 그는 조지 부시에게 투표한 얘기를 해서 점수를 잃었지만, 자기 심리치료사 얘기를 해서 몇 점을 다시 만회했다.

"그 사람이 조너선 로젠 박사는 아니죠?" 그는 고개를 저었다. 하느님 감사합니다.

호박 수프 코스가 끝날 무렵, 나는 루서 밴드로스와 했던 걸 그와 전부 할 준비가 되어 있었다. 그가 발로 내 종아리를 쓸자 다리 사이에서 그 열기가 다시 느껴졌다. 포크 가장자리로 농어 요리를 베어내면서 나는 오직 한 가지 생각밖에 없었다. 오 하느님, 오늘밤에는 제가 섹스를 하겠군요.

계산서가 오자 그는 지갑을 꺼내 가죽 폴더 칸에서 검은색 아메리칸 익스프레스 카드를 꺼냈다. 그는 팁으로 내기 위해 숫자를 휘갈겨 쓰더니 알아보기 힘든 장식체로 서명을 했고, 자리에서 일어섰다. "여기서 나가죠." 그는 손을 내밀었고, 나는 그 손을 잡았다. 그의 의미심장한 미소는 그가 밤새도록 비디오 게임을 할 생각은 없다는 사실을 말해주었다.

자기 집으로 돌아가는 길에 그는 텍사스에 관한 질문들을 던졌다. 마치 그곳이 먼 우주에 있는 희한한 지역이라도 되는 것처럼.

"땅은 편평하고, 날씨는 덥고, 사람들은 보수적이에요."

"거기 유대인들도 있나요?"

"약간요. 제 발레 선생님이 프랑스계 유대인이었어요. 왜요?"

"우리 유대교 신자들은 언제나 우리 동족의 수가 얼마나 되는지 생각하고 있거든요." 인턴의 종교에 관해 들은 건 그 때가 처음이었다. 누군지 다들 알 그 인간의 미소가, 자기가 함께 오르가슴을 느껴보라고 내게 지시한 남자가 유대인이었다는 걸 알게 된 로젠 박사의 자기만족적인 미소가 눈앞에 그려졌다. 마말레, 정말 자랑스럽네요.

그의 건물 로비에 있는 엘리베이터 문이 우리 뒤에서 닫히자, 인턴은 내 바지의 벨트를 끼우는 고리에 양손가락을 걸더니 나를 바짝 끌어당겼다. 그에게선 청결한 세탁물 냄새가, 그리고 계피처럼 뭔가 자극적인 향이 났다. 그는 나 때문에 굶어 죽어가고 있던 것처럼 내게 키스했고, 나 역시 똑같이 격렬한 키스를 되돌려주었다. 그의 두 손이 내 가슴을 감쌌을 때, 단 한 개의 브래지어를 뚫고 들어오는 쾌감으로 신음했다.

너무나 자유로운 느낌이었다. 공기 분자들이 내가 해방된 걸 축하하며 우리 사이에서 춤추는 듯했다. 나는 한 손을 그의 셔츠 밑에 넣었고, 그는 더 가까이 다가왔다. 마치 마법 같았다. 내게 가까이 다가오는 남자, 잠들지 않고 나를 위해 깨어 있는 남자, 내게 허기를 느끼는 남자라니.

"이렇게 하니까 좋아요?" 그가 속삭였다. 그의 손이 내게 닿을 때마다 껍질이 한 겹씩 녹아 사라졌다. 그는 희롱하듯 내 입술을 깨물었고, 그건 프렌치 키스는 섹스 동작과 닮았으니 죄라고 했던 수녀님들에게 보내는 작별 인사가 되었다. 그가 내 허리의 잘록한 부분을 어루만지자, 섹스는 결혼할 때까지 아껴두라는 엄마의 명령이 내 몸을 붙잡고 있던 그 손아귀의 힘을 뺐다. 그는 내 얼굴을 감싸고 키스했고, 제러미와의 관계가 남긴 얼룩을 씻어냈다. 배수구 속의 헤어볼, 불쾌했던 오럴 섹스, 그리고 돌처럼 단단하던 제러미의 고립에 내 몸을 끊임없이 갈아대던 기억이 씻겨 나갔다.

핑, 소리를 내며 문이 열렸을 때, 나는 몸을 떼려고 했지만 그는 나를 꽉 안았다. "내려야 되지 않아요?" 내가 말했다. 그는 혀를 내 귓속에 집어넣고 속삭였다. "오, 당연히 그래야죠."

우리는 복도를 달려갔다. 그가 내 앞에서, 내 손을 잡으려고 손을 뒤로 뻗은 채. 누구일까, 순도 높은 쾌락 속으로 나를 데려가고 싶어 하는 이 남자는?

아파트 문을 열고 들어가자마자 그는 내 브래지어 후크를 풀어냈다. 그렇게 깊은 키스를 받아본 적은 없었다. 다른 누구 앞에서도 움직이지 않던 나의 어떤 부분이 깨어났다. 이렇게, 이렇게, 이렇게, 내 몸이 기쁨에 차 노래불렀다. 좀 더, 좀 더, 좀 더.

그는 작고 말끔한 침실로 나를 이끌었다. 불은 꺼져 있지만, 침대 위에 깔린 무늬 없는 회색 깃털 이불과 선반 위 붉은 숫자들이 반짝이는 작은 시계 옆에 꽂힌 몇 권의 법률서들은 알아볼 수 있었다. 나는 두 팔을 활짝 벌리고 그의 부드럽고 깨끗한 침대에 뛰어들어 엎드렸다.

우리 사이에는 아무것도 없었다. 비디오 게임도, 정신질환도, 심리치료사도. 그는 손을 뻗어 콘돔을 집었고, 바지를 벗었다. 그의 이마가 내 이마에 닿았고, 나는 두려움 없이 커다랗게 뜬 그의 두 눈을 들여다보았다. 그의 몸에 내 몸을 밀어붙이고 몸을 떨면서 내 처방을 실행에 옮기기 시작했다.

눈을 떴을 때 내 눈에 들어온 그의 싱글거리는 웃음은 딱 한 가지 메시지만을 전해주었다. 나 이거 잘한다고 했잖아요. 다리 사이에서 쾌감의 파도가 솟아올라 내 온몸 끝까지 전해졌다. 그러자 눈물이 터져 나왔다.

"왜 눈물이 나는지 모르겠어요. 슬프지는 않은데." 나는 내 위태로운 마음속으로 흐느낌을 다시 집어넣으려고 애를 썼다. 인턴은 내 뺨을 타고 흘러내리는 눈물에 키스했다. 그러고는 뭐가 문제냐고 물었다.

"그냥 당신이 너무-"

그는 눈썹을 치켜올리고 몸을 바짝 기울이고는, 흘러내려 간 눈물을 붙잡으려는 듯 내 목에 키스했다. "너무, 뭔데요?"

"깨끗해서요." 달아오른 두 뺨에 눈물이 계속 흘러내렸다. "아, 맙소사." 나는 두 손으로 얼굴을 가리며 속삭였다.

"사실, 내가 좀 섹시하죠." 그는 내 턱을 들어올리고 입술에 키스했다. "당신 심리치료사는 뭐라고 할까요?"

─────────

"나, 그거 했어요. 그리고는 울었어요." 오후 그룹 사람들이 기뻐 날뛰었다. 그날 아침, 내 심리치료 역사상 처음으로 자느라 아침 그룹 상담에 못 갔다. 마침내. 섹스하느라 너무 바빠서 그룹 상담에 나올 수 없게 되는 데 3년이 걸렸다.

낸은 믿으려 하지 않았다. "그 쬐끄만 백인 남자애가 뭘 해줬는데요?"

로젠 박사는 양손을 관자놀이에 대고 고개를 흔들었다. "크리스티는 그 사람이 자신을 기쁘게 해주도록 허락했고, 그 다음에는 그 일에 대한 모든 감정을 그 사람한테 드러냈어요. 그게 얼마나 친밀한 일이었는지 알겠어요?" 그는 경이롭다는 눈으로 나를 바라보았다.

"또 하고 싶어요."

"다음번 데이트는 언제예요?"

"다음 주요." 훌륭한 의사에게서 양손 엄지를 들어올리는 칭찬을 받다니. "그건 그렇고 그 사람, 유대교 신자예요." 로젠

263

박사는 정확히 내 예상대로 헉, 소리를 내더니 양손을 가슴께에 올렸다. "그러실 줄 알았어요."

"제가 왜 이렇게 반응한다고 생각해요?"

"그래야 이 모든 게 박사님에 관한 욕망이라고 주장할 수 있으니까요. 루서 밴드로스 때처럼." 로젠 박사가 고개를 광적으로 끄덕이더니 내가 정답을 말했다는 듯 양손 엄지를 펴들었다.

"정말 짜증나는 분이네." 마니가 저리 가라는 듯 손을 내저으며 로젠 박사에게 말했다.

로젠 박사는 내게 시선을 고정하고 있었다. "이해가 돼요?"

내가 이해한 거라고는 내 심리치료사가 프로이트적인 망상에 사로잡혀 있다는 사실뿐이었다. 로젠 박사는 내 멍한 표정이 무지를 뜻한다는 걸 정확히 읽어냈다.

"크리스티가 저와 애착으로 연결되면- 여기, 상담 시간에 말이죠." 그는 자신의 멍청한 갈색 구두를 가리켰다. "그러면 저 바깥에 있는 남자들하고도 애착으로 연결될 수 있을 거예요." 그는 창문 밖을 향해 손짓을 했다. "우리가 건강한 애착을 형성하고 있다고 가정한다면, 그걸 크리스티의 연애 관계에 토대로 삼을 수 있어요."

"효과가 나타나고 있는 건가요?" 나는 양손바닥을 가슴께에 댔다.

"당연하죠!"

인턴은 일주일에 한 번씩 나를 자신의 빛나는 검은색 차에 태우고는 한창 뜨고 있는 작은 식당으로 잽싸게 데려갔고, 거기서 우리는 한 바구니의 토르티야 칩인 양 성적인 암시를 주고받곤 했다. 그건 말하자면 과부하가 걸린 플러팅이었다. 그는 나를 어떻게 느끼게 해줄 건지 허풍을 떨었고, 나는 그가 상상하는 것보다 내가 훨씬 더 굶주려 있다고 넌지시 암시했다. "오랫동안 못 하고 지냈거든요." 나는 그렇게 말하곤 했다. "내가 해결 못할 건 없어요." 그는 그렇게 주장하곤 했다. 집으로 돌아오면 그는 스테레오 위로 몸을 굽히고 완벽한 배경 음악을 찾기 위해 공을 들였다. 그는 알 그린과 힙합을 좋아했다. 분위기를 잡으려고 그토록 열심히 노력하는 그를 지켜보는 것도 무척이나 흥분되는 일이었다.

우리가 세 번째로 함께 보낸 밤, 그는 장난꾸러기처럼 눈을 빛내며 나를 자기 침실로 끌어들였다. "놀라게 해줄 게 있어요. 여기서 가만히 기다려요." 방에서 나가며 그가 말했다. 돌아온 그는 내게 푸른색과 흰색으로 된, 깃발처럼 접힌 뭔가를 건네주었다.

"대체 뭔데요?" 나는 웃음을 참으며 묵직한 천을 펼쳤고, 번호 18번이 적혀 있는 거대한 축구 유니폼 셔츠 한 장을 들어올렸다.

"페이턴 매닝의 셔츠예요. 그거 입어줬으면 좋겠어요."

"단지 텍사스 출신이라는 이유만으로 축구에 흥분하지는 않는데요."

"그걸 입은 당신 곁에서 자면 흥분될 것 같아서요."

내 몸은 그의 편안하고 자유로운 설득력에 굴복했다. 나는 셔츠 속으로, 그의 몸속으로, 그의 세계로, 숨김없고 떠들썩한 욕망이 있고 언제라도 섹스를 할 수 있는 곳으로 기어들어 가고 싶었다.

내 두 그룹 사람들 모두 인턴을 좋아했다. 두 그룹 모두 그가 나와 사랑에 빠지고 있는 거라고 만장일치의 예언을 내놓았다. 두 그룹 모두, 내가 어떤 감정적 손상이나 성격적 결함 때문에 제러미 곁에 그토록 오래 머물렀든 간에 이제 그것들은 다 치유된 것 같다고 선언했다. 로젠 박사는 상담 시간마다 얼굴을 빛내면서 인턴과 나의 친밀한 만남을, 내 기쁨을, 쾌락에 몸을 내맡긴 일을 자세히 털어놓는 나를 칭찬했다.

근무 시간 내내 둥둥 떠다니는 기분이었다. 뜨거운 섹스와 이제 막 싹튼 진짜 관계가 주는 행복감이 내가 여성 주니어 소속 변호사로 로펌에서 매일 겪는 굴욕감을 누그러뜨려주었다. 어느 화요일, 부서 회의 중에 파트너 변호사가 그 방에서 유일하게 여자였던 내게 마치 비서에게 시키듯 회의 내용을 기록하라고 했다. 나는 입술을 깨물었지만, 내 블랙베리 폰에 인턴에게서 온 메일이 뜬 걸 보고는 그걸로 됐다고 생각했다.

두 시간 뒤, 나는 인쇄한 그 메일을 로젠 박사에게 건네주었다. "읽어보세요." 내가 말했다. "두 번째 단락부터요."

"'난 반드시 유대교 신자인 여성과 결혼해야 해요.'" 로젠 박사가 고개를 들었다.

"왜 결혼 얘기를 꺼낸대? 두 사람, 전부 해서 한 여섯 번쯤은 잤어요?" 낸이 말했다.

"다섯 번요."

"이 사람, 그냥 겁을 집어먹은 것 같은데요." 마니가 말했다. 에밀리와 레지나도 동의했다.

"백인들은 정말 웃기다니까." 낸이 혼자 웃었다. 낸의 고리 모양 금빛 귀고리가 햇빛을 받아 반짝였다.

공포가 몸속을 흘러갔다. 의자에 앉아 있기도, 사람들이 하는 말을 알아듣기도 어려웠다. 이 사람들은 어떻게 이렇게 차분할 수 있지? 인턴이 그 모든 쾌락과 자유를 짐으로 싸서 멋진 검은색 차에 싣고 떠나버리려고 하고 있는데.

"그건 모르는 거죠." 로젠 박사가 말했다.

"지금껏 유대교 신자인 남자들이 저한테 멋진 데이트를 많이 선물해주긴 했죠! 정말 고맙네요, 로젠 박사님."

"그 데이트들은 크리스티한테 무지무지하게 많은 도움이 됐어요. 그리고 다음에 무슨 일이 일어날지는 모르는 거예요."

나는 알 수 있었다. 다음번에 내가 이 멍청한 가로세로 4미터짜리 방에 걸어 들어오는 날에는 마음의 고통을 한 무더기 끌어안고 앉아 화장지 박스를 발로 차버리며 얼굴 가득 눈물을 흘리고 있으리라는 걸.

며칠 뒤 인턴이 차를 몰고 내 사무실 앞에 마지막으로 찾아왔을 때, 그의 미소는 가짜처럼 보였고, 그의 트레이드마크였던 건방진 기색은 자취도 없이 사라진 뒤였다. 그가 날 끌어안았는데, 사람들이 비어트리스라는 이름의 증조할머니한테나 할 법한 황급한 A자형 포옹이었다. 우리 사이의 분위기를 달궈놓던 열기도 섹스의 가능성도 더 이상 없었다.

그는 나를 태워 링컨 파크에 있는 '사이 카페'로 데려갔

고, 거기서 우리는 생선회 롤을 따로따로 주문했다. 나는 내가
얼마나 훌륭한 유대교 신자가 될 수 있는지 증명해보이려고
새우를 빼놓고 먹었다. 물방울이 부드럽게 방울져 떨어지는
축소판 바위 정원 장식이 놓인 화장실에서, 나는 로리에게 전
화를 걸었다. "'영원한 안녕'이 다가오는 게 느껴져요." 내 기
분은 언덕 꼭대기에서 고꾸라져 자유낙하에 들어가기 일보직
전이었다. 로리는 심호흡을 하라고, 그리고 모든 가능성에 마
음을 계속 열어두라고 말했다. "어쩌면 그 사람, 개종해달라고
할지도 몰라요." 로리가 말했다.

"안 되겠어요." 그날 밤이 끝으로 향해 갈 무렵, 그가 내
집 앞에 차를 세우면서 말했다.

나는 우리가 지금까지처럼 그냥 어울리면 왜 안 되느냐
고 물었다. 그는 고개를 저으며 나를 계속 만나도 되는 척하는
건 잘못된 일일 거라고 고집했다. 나는 개종을 고려해보겠다
고 했다.

"가톨릭 신자잖아요."

"몇 년 동안 미사 보러도 안 갔고, 훌륭한 유대교 신자가
될 수 있어요. 햄도 싫어하고요. 아이들을 낳게 되면 유대교
회당에 보낼게요. 쇼퍼*도 불게요." 그의 입꼬리가 올라갔지
만, 진짜 미소는 아니었다. 나를 불쌍해하면서 히죽히죽 웃는
웃음이었다.

"진심이에요. 인터넷으로 듣는 전공 교체conversion 과정 얘
기가 아니라 진짜로 개종conversion할 수 있다고요. 안시 에멧,

* 유대교에서 쓰는 양의 뿔로 만든 피리.

아니면 캄 이사야*에 다닐게요. 미크바**랑 바르 미츠바도
하고-"

"바트 미츠바***겠죠."

"코셔 음식만 먹고, 할라****도 굽고, 할례도-"

"미안해요."

나는 입을 다물고 똑바로 앞을 노려보았다. 그가 처음으
로 내게 키스한 곳, 내 식욕이 줄어들기 시작한 곳, 내가 '연
애'라고 불렀지만 조금 있으면 '잠깐 놀았던 일'로 급이 떨어
져 버릴 이 관계가 시작된 곳을.

"하룻밤만 더 올라가서 같이 보내면 안 돼요?"

"우리 자신을 우스꽝스럽게 만들지는 말죠."

다음날 아침 사무실에 출근한 나는 로젠 박사에게 전화해
달라고 애원하는 메시지를 남겼다. 다음 상담 시간까지 기다
릴 수가 없었다. 당장 박사가 필요했다. 그가 전화했을 때 나는
전화에 대고 울면서 이유를 말해달라고 했다. 왜 그 인턴은 저
와 같이 있고 싶어 하지 않는 거죠? 왜 저는 또다시 박사님한
테 전화하며 울고 있죠? 왜 저는 가톨릭 신자로 자라나야 했던
걸까요? 왜 우리 부모님은 예수 그리스도의 이름을 따서 제 이
름을 지은 거죠? 나는 손가락으로 전화선을 꼬면서 로젠 박사
의 대답에서 희망을 찾아보려고 귀를 기울였다. 하지만 그가
하는 어떤 말도 위로가 되지 않았다. 박사는 상담을 시작하기

* 둘 다 시카고에 있는 유대교 회당의 이름이다.
** 유대교 신자의 목욕 의식.
*** 유대교 소녀의 성인식.
**** 유대교 신자가 명절에 주로 먹는 새끼 모양으로 꼰 빵.

전보다 내 인생이 나아지고 있느냐고 물었다. 그랬다. 내 인생은 전보다 나아졌다. 로젠 박사와, 그룹 동료들과 가까워졌다고 느끼니까. 클레어는 내가 나가는 그룹들에 대해 알았고, 내가 회복되고 있다는 것도 알고 있었다. 나는 다른 사람들 앞에서 진짜 내가 되는 법을 배워가고 있었다. 하지만 한 남자와의 관계는 그 어느 때보다도 불가능한 것으로 느껴졌다.

"도움이 더 필요해요. 뭔가가 더 필요하다고요. 틀림없이 뭔가가 더 있을 거예요. 어쩌면 박사님하고 할 수 있는 만큼은 다 해봤는지도 모르겠네요, 로젠 박사님." 나는 내가 로젠 박사에게 뭘 요구하고 있는 건지 알 수 없었다. 생각이 일관성 있게 떠오르지 않았다. 나는 슬픔을 물리치려고 애쓰면서 전화기에 대고 아무 말이나 떠들어대고 있었다. 검은 전화선 밑에서 검지손가락이 창백해졌다.

"뭔가 떠오르는 게 있긴 해요. 내일 두 그룹에서 같이 얘기해보죠."

나는 거칠게 숨을 쉬었다. "무슨 생각을 하고 계신 건데요?" 슬픔에 잠긴 상태를 뚫고 나갈 지름길이 있으리라는 생각에 마음이 조금 밝아졌다.

"내일 얘기해요." 박사는 뭘 계획하고 있는 걸까? 개인 상담? 신경성 성욕부진증 여성을 위한 인터넷 만남 사이트?

"힌트 좀 주세요."

"내일 봐요."

24

울어서 당기고 얼룩진 얼굴로 10분 일찍 대기실에 도착했
다. 파티클 보드로 된 책장 맞은편의 의자에 털썩 앉아 눈을
감았다. 누군가가 대기실 문을 열고 들어왔을 때, 나는 카를로
스나 패트리스일 거라 생각하며 한쪽 눈을 떴다. 하지만 들어
온 사람은 회색 비즈니스 슈트를 입고 갈색 가죽 서류가방을
든 키 큰 남자였다. 전체적으로 볼 때 변호사나 금융계 종사자
타입이었다. 나보다 열 살쯤 많아 보였다.

로젠 박사가 그룹에 새 구성원이 들어올 거라고 알렸었는
데 내가 잊고 있었던 모양이었다.

"리드라고 합니다." 남자가 칵테일 파티에 온 사람처럼 손
을 내밀며 말했다. 나는 일어서지 않은 채 손을 내밀었고, 그
와 손바닥이 닿았을 때 우리 사이 분위기에 뭔가가 어른거리
는 걸 느꼈다. 리드의 희끗희끗한 머리카락은 양옆이 짧고 위

쪽은 좀 더 길었고, 구두는 너무도 눈부시게 닦여 있어서 슬프게 부어오른 내 얼굴이 비쳐 보일 정도였다. 물론 나는 그가 왼손에 낀 금반지와 미소 지을 때 왼쪽 뺨에 들어가는 보조개도 알아차렸다. 잠시 후 로젠 박사가 문을 열었고, 우리는 한 줄로 서서 그룹 상담실로 들어갔다. 우리가 자리에 앉으려는데 카를로스와 패트리스가 도착했다.

"그건 뭐죠?" 리드가 내 무릎 위에 놓인 테리 직물로 된 보랏빛 수건을 가리켰다. 나는 인턴이 나를 연석 위에 내려놓고 떠난 뒤로 그 수건을 들고 다녔다.

"이건 제 애도용 헝겊 조각이에요. 저 차였거든요." 나는 엄지와 검지손가락 손톱으로 수건의 실 한 올을 붙잡아 휙 잡아당겼다. 한 올, 또 한 올 잡아당겼다. 곧 내 무릎에는 보랏빛 실오라기가 한 올 한 올 엇갈려 쌓였다. 몇 올은 바닥으로 날아갔다. 실을 당기는 동안 내 두 뺨에는 뜨거운 눈물이 흘러내렸다. 손으로 뭔가 할 일이 있다는 게 위로가 됐고, 수건에서 실을 잡아뽑고 있으니 분노를 마약처럼 아주 조금씩 나누는 데 도움이 됐다. 패트리스가 바닥에 있던 화장지 박스를 끌고 와 내 의자에 올려놓았다. 나는 그걸 던져버렸다. "화장지는 안 써요."

패트리스는 내가 폭발한 걸 모른 체하고 내 팔을 문지르면서 그 인턴은 결혼할 만한 인물이 아니었다고 일깨워주었다.

카를로스는 리드를 심문하는 일을 주도하더니 다음과 같은 관련 정보를 끌어냈다. 대단히 잘나가는 투자 은행가. 결혼했고, 쌍둥이 딸이 있으며, 몇 년간 술을 끊고 지냄. 그런 다음 크게 성공함.

"여기 오신 진짜 이유가 뭐예요?" 카를로스가 물었다.

리드가 얼굴을 붉히더니 로젠 박사를 보았고, 박사는 모두에게 말해줘요,라고 격려하듯 고개를 끄덕였다.

"다 말해버려요." 카를로스가 말했다. 리드가 부끄러워 고개를 숙이자, 카를로스는 나와 눈을 맞추더니 너무 섹시하네,라고 입모양으로 말했다. 나는 고개를 끄덕이고는 보랏빛 실 한 올을 더 뽑아냈다.

"결혼생활이 힘들어서요." 아, 친밀감 문제로구나.

"계속하세요." 카를로스가 눈썹을 치켜올렸다.

"오, 이런." 패트리스가 한숨을 쉬었다. 무슨 얘기가 나올지 직감한 것이었다. 바람피운 얘기겠지. 오랫동안 고통받아온 아내가 있고, 이 남자를 살아 있다고 느끼게 해주는 애인이 있겠지. 로젠 박사의 얼굴에는 함박웃음이 떠올라 있었다.

"몇 주 전에 저희 회사 자금을 모으기 위한 칵테일 파티에 갔었어요. 거기 어떤 여자가 있었고요." 리드는 자신 없는 표정으로 방 안을 둘러보았다. 그가 우리를 신뢰할 수 있을까? "그 여자하고 저는 다시 그 여자 사무실로 갔는데, 그 여자가 저한테-"

"아이고 이런, 그 여자분이 오럴섹스를 해줬군요!" 카를로스가 손뼉을 쳤다.

아내에게는 얘기했느냐고 패트리스가 물었다. 리드는 얘기하지 않았다고, 결혼생활을 지키고 싶어서였다고 대답했다. 패트리스와 로리가 우리에게 그 얘기를 털어놓은 리드의 용기를 칭찬했다.

나는 무릎 위에 수건을 펼쳤다. 수건 한가운데 가로세로

10센티미터 정도씩 되는 부분의 실이 다 뽑혀서 휑하니 비어 있었다. 비어 있는 부분을 손으로 쓸어보았다. 리드의 옷깃을 손으로 쓸어보면 어떤 느낌일까? 그의 다리는? 일주일 동안 최고로 오래 인턴을 생각하지 않고 보낸 시간이 있다면 그 순간이었다. 돌무더기만 남아버린 마음속으로 희망을 닮은 뭔가가 파고드는 게 느껴졌다. 그룹 상담이 90분보다 더 길었으면 싶었다.

그룹 상담이 끝나기 전, 나는 보랏빛 실오라기들을 주워 모으며 화급한 질문을 던졌다. "다들 제가 한 번이라도 다시 섹스를 하게 될 날이 올 거라 생각하세요?" 리드의 입이 일그러지며 반쯤 미소로 변했다.

"크리스티가 원한다면요." 로젠 박사가 말했다.

"전 원해요. 정말이지 조만간." 나는 인턴과 그가 주었던 쾌감이 그리워서 몸이 아팠다.

"제안 좀 해도 될까요?"

"뭐든지 할게요." 배우자에 대한 신의에 문제가 있는 섹시한 새 그룹 구성원 때문에 나는 로젠 박사가 내게 뭔가를 제안할 거라는 사실을 잊고 있었다. "뭘 생각하고 계신데요?" 나는 수건을 무릎에 내려놓고 양손바닥을 펼쳐 보였다.

"월요일과 목요일에 하는 그룹에 들어오라고 제안할게요."

나는 놀라서 큰 소리로 숨을 들이마시며 양손으로 수건을 움켜쥐었다.

"설마 진심은 아니시겠죠. 그룹을 또요? 일주일에 두 번이나 더요?" 박사는 내가 정규직으로 일하고 있다는 걸 알기는 하는 걸까? 변호사가 일주일에 청구 가능 상담 시간 40시간을 채워야 한다는 건 알까? 나는 고개를 저으며 입술을 꾹 다물었다. 수건을 집어올려 휑해진 부분 가장자리에 있는 실 한 올을 홱 잡아뽑았다.

"이 그룹은 달라요. 일주일에 두 번, 구성원은 같지만 훨씬 더 강도 높은 상담을 받을 수 있죠. 구성원 모두가 장기간 상담을 받아온 내담자고-"

"진짜 관계를 맺으려면 여길 일주일에 네 번이나 와야 된다고요? 대체 저는 얼마나 망가진 거죠?"

"굉장히 망가져 있긴 하죠." 로젠 박사가 미소 지었다.

"와, 진짜 장사 잘 하시네."

로젠 박사는 내게 화요일 아침 그룹은 그대로 계속하되 화요일 오후 그룹에서는 빠져서 월요일과 목요일에 모이게 될 이 그룹을 위한 시간을 내보라고 제안했다. 1년 전 낸과 마니가 거의 주먹다짐 직전까지 갔을 때, 내가 그룹에 다시 오느니 차라리 머리를 박박 깎는 게 낫겠다고 생각했을 때는 왜 이런 제안을 안 하고 이제 와서? 이제 나는 슬픔으로 몸이 아렸다. 그 여자들은 내가 제러미를 만나고 인턴과 놀아나는 내내 그 시간들을 헤쳐 나가게 도와줬는데. 낸은 내가 머리카락을 뽑으려고 했던 날 나를 안아주었다. 지니어는 팬 픽션과 장거리 레즈비언 섹스에 대해 가르쳐주었다. 내가 그 사람들을 두고 떠날 준비가 되어 있나?

"생각해볼게요."

마치는 시간이 되어 일어섰을 때, 나는 실들이 뽑혀나간 수건과 뽑아낸 실오라기 전부가 바닥에 떨어지게 내버려두었다.

그렇게 해서 나는 다시금 로젠 박사의 또 다른 그룹에 들어갈지 곰곰이 생각하게 됐다. 나는 '네'라고 두 번 말했고, 이제 내 삶은 나를 잘 아는 사람들로 채워져 있었다. 친밀하게. 로리는 내 입에 들어가는 음식이라면 부스러기까지 다 알았다. 마티는 밤마다 내게 긍정적인 말들을 해주었다. 내 그룹 사람들은 내가 빨았던 더러운 고추, 나한테 있었던 요충, 내가 터뜨리는 울화통에 대해 알고 있었다. 그게 내가 항상 원해온 거 아니었나? 나와 내 모든 이야기를 속속들이 알고, 자신들의 이야기도 공유해주는 사람들이. 그건 분명 내가 원하던 것의 일부였다. 그리고 이제 나는 그 이상을 원했다. 마니와 패트리스와 로리와 낸처럼 나만의 가족을 갖고 싶었다. 내가 가진 것들에는 감사한 마음이었지만, 새로운 욕망들도 피어올랐다. 반려자와 나만의 가족을 꾸리고픈 욕망. 엄마가 되고픈 욕망. 낭만적인 관계 속에서 안정을 찾고 싶은 욕망. 스캐든사에서 내 능력을 발견하고픈 욕망. 내가 그럴 수 있도록 로젠 박사가 도와줄 거라는 생각이 들었다. 일주일에 세 번, 전부 합해 270분간의 그룹 상담을 받아야 한다는 게 고민되긴 했지만.

월요일과 목요일에 모이는 그룹에 대해서는 들어본 적이 있었다. 로젠 박사의 그룹 중에 유일하게 일주일에 두 번 모이는 그룹이었다. 그 그룹은 '심화' 그룹으로 알려져 있었다. 거기 초대된 것에 대한 자부심도 없지는 않다. 동시에 로젠 박사가 그저 내게서 돈을 뜯어내려 하는 것 같다는 의심도 들었다. 나는 정신적으로 취약하면서 억대 연봉을 받고 있는 사람이었다. 박사는 내가 가고 싶어 하는 곳에 갈 수 있는 방법을 제안하고 있거나, 요트를 살 돈을 모으려고 나를 돈줄로 삼고 있거나 둘 중 하나였다. 어느 쪽인지 내가 어떻게 알겠는가?

그리고 그럼에도, 나는 물론 '네'라고 대답했다. 일주일에 세 번 그룹 상담을 한다면 분명 1년도 걸리지 않아 내가 원하는 걸 얻을 수 있을 것 같았으므로.

3부

*

계속 떠들 수 있게 놔두는 것

25

1월 셋째 주 월요일, 기온은 영하로 한참 내려가 있었지만 너무 긴장해서 얼굴에 와 닿는 바람조차 얼얼하게 느껴지지 않았다. 로젠 박사의 사무실에서 두 블록 떨어진 곳, 보도에 막 덮인 얼음층 위에서 발이 헛나가는 바람에 나는 미끄러져 엉덩이를 콘크리트에 찧고 말았다. 새로운 그룹에 들어가기로 한 게 끔찍한 생각이었나? 욱신거리는 엉덩이뼈는 그렇다고 대답했다.

"우리에 대해 뭐라고 들었어요?" 맥스가 물었다. 그는 형클어진 금발에 금빛 단추가 달린 푸른색 블레이저를 입고 완벽한 자세로 앉아 있었다. 40대 중반쯤 돼 보였고, 무척 사교적으로 보였다. 맥스에 대해서는 들어본 적이 있었다. 로젠 박사의 비밀 정보망에서 들은 얘기로는 그는 옛날에 약물에 찌든 상태로 자기 차에서 먹고 자고 하던 시절에 로젠 박사에게

왔다고 했다. 뭔가 무거운 죄로 고발당한 적이 있다고도 했다. 하지만 그는 약물중독에서 회복되었고 제약회사의 높은 자리까지 올라갔다. 이제 그는 잘나가는 간부급 직원이었고, 딸들이 다니는 일류 사립학교 이사회의 일원이었으며, '스노매스' 리조트에서 여름을 보냈다. 치켜 올라간 그의 눈썹과 싱글거리는 웃음 속에서 뭔가가 내게 말해주었다. 이 사람은 내가 자신에 대한 소문들을 들은 걸 알고 있었다.

"별로 많이는 못 들어봤는데요." 얼굴이 너무 심하게 당기는 느낌이었다.

"거짓말을 하고 계시네요." 맥스가 나를 노려봤다. 나는 얼른 그의 눈을 피했다. 로젠 박사를 힐끗 쳐다봤지만, 박사는 마약 중독자 같은 미소만 지을 뿐이었다.

"좋아요." 나는 심호흡을 했다. "당신이 중독에서 회복 중이라고 들었어요."

"그리고요?" 심하게 당기는 내 얼굴이 붉어졌다.

"파티를 굉장히 신나게 하셨다고요."

맥스는 눈을 피하지 않았다. 그는 내가 뭘 말하지 않고 있는지 정확히 알고 있었다. 그건 일종의 시험이었고, 나는 통과하지 못했다.

여기에는 짙은 자줏빛 머리칼을 하고 팬 픽션을 이용한 섹스를 설명해주는 지니어는 없었다. 아무도 음식을 먹거나 소리를 지르거나 큰 소리로 울지 않았다. 모두들 의자 옆에 서류 가방이나 고급스러운 가죽 핸드백을 놓아두고 있었다. "우리는 심화 그룹이에요." 맥스는 이 대단히 차분하고 세련된 한 무리의 사람들의 대변인이 분명했다.

화요일 아침 그룹의 패트리스도 그 자리에 있었다. 패트리스는 1년 전에 이 '심화' 그룹으로 진급했지만 이 그룹에 대해 많은 말은 하지 않았었다. 맥스가 다소 감당하기 어려운 사람이라는 것 말고는. 오늘 아침, 패트리스는 온화한 미소를 지었지만 남은 85분을 어떻게 버텨야 할지에 대해서는 아무런 조언도 해주지 않았다. 엉덩이의 다친 부분이 심장박동과 함께 쿵쿵 울렸지만, 얼굴을 찡그리거나 그곳을 문질렀다가는 내게 주의가 집중되고 말 것 같았다. 그건 사양하고 싶었다.

또 다른 아는 얼굴은 론이었다. 그는 40대 중반이었고, 구겨진 카키색 바지와 닳아서 해진 밤색 스웨터라는 살짝 흐트러진 옷차림을 하고 있었지만, 환영 인사처럼 느껴지는 환한 미소를 짓고 있었다. 론을 만났던 건 그의 결혼식에서였는데, 그때 나는 제러미의 동행으로 참석했었다. 제러미와 론은 남자들만의 그룹에 같이 속해 있었다. 그게 의미하는 바를 떠올리자 왼발이 덜덜 떨렸다.

"우린 당신에 대해 들었어요." 마치 내 머릿속을 읽은 듯 브래드가 말했다. 브래드는 론보다 나이가 살짝 많았고, 이카보드 크레인*처럼 키가 크고 호리호리했으며 머리카락은 희끗희끗했다. 내가 그에 대해 들은 유일한 얘기는 그가 돈에 집착한다는 것이었다.

"뭐라고 들으셨는데요?"

브래드와 맥스가 시선을 교환했다. 그러더니 둘 다 미소 지었다.

---

* 워싱턴 어빙의 소설 《슬리피 할로의 전설》의 주인공.

"블레이크랑 항문 섹스를 하셨다고요." 브래드가 아주 살짝만 민망해하며 말했다. 그룹 상담을 시작하기 전에 만났던 사람을 기억나게 하는 얘기를 들을 거라곤 예상 못했다. 내 입술이 비틀려 언짢은 표정으로 변했다. 그러시든지, 브래드. 나도 성적으로 나만의 역사를 가질 수는 있는 거잖아.

"사실 제러미하고도 했어요." 내가 말했다.

"그것도 들었어요." 브래드가 말했다.

불안으로 배 속이 울렁거렸다. 토하려고 이러나? 알지도 못하는 남자들이 내 성생활에 대해 꼬치꼬치 묻게 놔두면서 내가 뭘 하고 있는 거지? 로젠 박사와 함께 3년 반을 보내면서 처음으로 비밀 유지 의무가 있었으면 하고 간절하게 바란 순간이었다. 나는 비밀은 유독한 거라는 로젠 박사의 집요한 주장을 그때까지 내내 높이 평가해왔다. 그런데 이제 그 탁한 이면이 보였다. 나는 내 항문 섹스 이력에 관해 알 건 다 아는 사람들로 가득한 그룹에 막 들어온 것이었다.

그룹 사람들은 불쾌감으로 부글부글 끓는 나를 그냥 놔두고는 론의 불안정한 전 부인과 브래드가 기본급이 20퍼센트 높은 일자리를 얻기 위해 머지않아 보게 될 면접에 관해 이야기를 이어갔다. 대화가 잠시 잦아들었을 때 나는 로젠 박사와 눈을 마주쳤다. "여기가 심화 그룹인 이유는 뭐죠?" 내가 물었다. 박사가 뭐라고 대답하기도 전에 백발을 어깨까지 늘어뜨리고 남색 폴리에스테르 바지 정장을 입은 여자가 불쑥 끼어들었다.

"맥스하고 나는 이 그룹의 창립 멤버예요. 80년대 말까지 거슬러 올라가죠. 그건 그렇고, 나는 매기예요." 매기는 로젠 박사 바로 옆에 앉아 있었다. "우리가 로젠 박사가 어떤 사람인지 알게 된 게 언제냐면, 그러니까-"그가 말을 멈췄다.

"그러니까 언젠데요?"내가 말했다.

매기가 눈을 위로 치떴다. "그냥, 로젠 박사가 선을 긋는 기준이 그때그때 굉장히 달랐다고 해두죠."

"그게 무슨 뜻이죠?"내가 물었다.

"한번은 맥스가 박사네 집에서 점심을 먹었는데-"

"저한테 햄 샌드위치를 만들어 주더라고요."맥스가 말했다. 햄? 바루크 아타 아도나이,라고 유대교 기도문을 외우는 박사가 내담자한테 코셔가 아닌 음식을 줬다고? "그때는 유대교 신자 같은 정도가 좀 덜했거든요. 박사가 충실한 유대교 신자가 된 건 두 번째 부인과 결혼한 뒤부터예요."

매기는 나를 향해 몸을 기울이더니 자기가 로젠 박사의 전 부인과 '아주 가까운' 사이였다고 했다. 박사의 전 부인은 거식증이었는데, 블루스 클럽 '체커보드 라운지'에서 만난 남자와 바람을 피웠다. "내 생각엔 그 남자가 흑인이었던 것 같아요."

"그래서 제가 꾼 루서 밴드로스 꿈에 그렇게 반응하셨던 거군요."나는 로젠 박사에게 말했다. 박사는 배를 움켜쥐고 웃었다.

맥스는 로젠 박사가 90년대 초반에 이유는 말하지 않고 장기간 일을 쉬었던 적이 있다고 했다. 브래드와 론은 그게 섹스중독 치료 때문이었는지 공동의존성 때문이었는지를 놓고 옥신각신했다.

새로운 사실을 알게 될 때마다 위장이 꽉 죄어드는 느낌이었다. 새로운 사실이 폭로될 때마다 내 상상 속에 사는 저 빛나는 로젠 박사, 내가 내 가장 깊은 욕망들의 통제권을 넘겨 준 로젠 박사에게로 흙탕물이 튀었다. 나는 입술을 안으로 오 므리고 힘을 꽉 주었다.

맥스가 로젠 박사에게 몸을 돌리더니 박사의 팔뚝을 찰싹 때렸다. "몇 달 동안 설사에 시달렸던 거 기억나요? 그게 언제 였지? 1989년이었나요? 1991년이었나?" 그룹의 나머지 사람 들이 각각 다른 연도를 댔다. 이 사람들은 로젠 박사의 장 상 태에 대해 왜 알고 있는 걸까?

증발해버리고 싶었다. 그래서 공중으로 떠올라 그 방에서, 상담에서 나가버리고 싶었다. 맥스와 매기는 로젠 박사에 관 한 얘기를 하나하나 소화전처럼 콸콸 쏟아냈다. 내가 아직 중 학생이었던 레이건의 첫 번째 집권기까지 거슬러올라가는 얘 기였다. 그때 박사네 개가 도망쳤잖아요. 그 해 여름에 박사는 시어 서커*로 된 옷을 입고 있었어요. 그때 맥스한테 덤벼든 매기를 박사가 몸으로 막다가 매기의 갈비뼈 한 대가 부러졌답니다. 15분 만에 나 는 내 심리치료사에 관해 지난 3년 넘게 알아온 것보다 더 많 은 걸 알게 되었다. 그라는 텅 빈 백지에는 이제 오물이 잔뜩 묻어 있었다.

로젠 박사는 늘 그렇듯 무방비한 미소를 짓고 있었다. 그 는 이런 폭로들에 당황해하지 않았다. 내가 방을 둘러보니, 불 안해하는 사람은 아무도 없었다. 그들의 몸은 편안히 의자에 늘어져 있었다. 그들이 하는 얘기는 해마다 추수감사절 식탁

---

* 물결무늬가 있는 인도산 직물.

을 둘러싸고 나누는 가족 내 설화 같았다. 맥스가 중간에 얘기를 멈추면 매기나 브래드가 계속 이어가곤 했다. 얘기가 정말 많았다. 과거도 정말 많았다. 나의 로젠 박사에게 겹겹이 오염된 것도 정말 많았다.

나는 그 순간까지 로젠 박사의 인습과는 거리가 먼 면모에 감탄해왔다. 심지어 다른 심리치료사로부터 상담을 받는 친구들에게 제러마이어라는 아기, '감질나게만 하는 여자' 처방, 내가 매일 밤 로리와 마티에게 거는 전화 같은 얘기를 했을 때, 그 친구들이 눈썹을 치켜 올리며 기겁하는 걸 보면서도 그랬다. 나는 로젠 박사가 용기 있고, 똑똑하고, 나 같은 중독자들을 다루는 데 재능이 있다고 믿었다. 하지만 이제 그가 그것과는 다른 사람, 심각한 결함이 있고 막나가는 사람일지도 모른다는 생각에 겁이 났다. 어쩌면 위험한 사람이기까지 할지도 몰랐다.

거기 앉아 내 새로운 그룹 동료들이 옛날 일을 얘기하며 웃는 걸 들을수록 나는 점점 더 속이 울렁거렸다. 그들은 모두 결혼한 사람들이었고, 아이들과 커리어도 있었다. 매기에게는 손주가 있었다. 브래드는 자신의 순자산액을 늘리는 데 집착하는 게 분명해 보이긴 했지만, 그들 가운데 내가 간절히 갖고 싶어 하는 것과 비슷한 뭔가를 갖고 싶어 하는 사람은 아무도 없었다. 로젠 박사가 평범한 사기꾼이 아니라 강력한 오즈의 마법사이기를 나만큼 절실하게 바라는 사람도 없었다.

로젠 박사가 내 쪽으로 고개를 기울이며 싱글싱글 웃었다. "크리스티?"

"저는 이런 추억 여행에 보탤 게 아무것도 없네요."

"뭔가 하고 싶은 얘기가 있지 않았어요? 아까 보니까 작은 소리로 중얼거리고 있던데?" 매기가 악의라고는 없는 할머니 같은 미소를 지으며 말했다.

모두가 나를 빤히 처다보았다. 둥글게 앉은 여섯 명이 아니라 단상에 올라 수백 명의 사람들을 향해 연설을 하게 된 것처럼 양손이 떨렸다. "저기요, 저는 건강한 관계를 맺고 저만의 가족을 만들어보고 싶어서 여기 왔거든요. 로젠 박사님이 옛날에 변 상태가 어땠는지는 알고 싶지가 않네요." 나는 로젠 박사에게 몸을 돌리고 내가 늘 하는 질문을 했다. "이게 어떻게 저한테 도움이 될까요?"

박사가 뭐라고 대답하기도 전에 맥스가 말했다. "도움이 안 되고 있다는 건 어떻게 알죠?"

"로젠 박사님이 옛날에는 선 긋는 데 문제가 있었던 정신과 의사라는 얘기를 듣는 게 저한테 도움이 된다고요?"

"왜 도움이 안 되는데요?"

맥스는 나에 대해서는 아무것도 몰랐다. 나는 다시 시계를 힐끗 처다보았다. 왜 일어나서 문으로 달려가지 못하는 걸까? 내가 왜 이걸 겪고 앉아 있는 거지? 이 그룹은, 아니 이 상담의 모든 부분은, 내가 원하는 것들로 나를 절대 이끌어줄 수 없을지도 몰랐다. 일주일에 두 번 성실하게 여기 와서 시간마다 70달러씩이나 내고도 결국 고독사라는 미래를 맞게 될지도 몰랐다.

매기 할머니가 왼손을 들어올리더니 자기 결혼반지를 가리켰다. "자기 같은 여자들을 결혼시키는 데 로젠 박사가 정말 재능이 있어요. 알게 될 거야. 나는 2년 전에 결혼했거든

288

요." 매기는 아마도 60대 중반쯤이었는데, 조지 W. 부시의 아버지인 조지 H. W. 부시가 부통령이었을 때부터 로젠 박사에게 상담을 받아왔다. 내가 정착해 가족을 꾸리려면 수십 년이 걸릴 거라고 생각하니 아무래도 위로가 되기는 힘들었다.

"6개월 드리죠." 내가 말했다. "7월에도 제 인생이 나아지지 않으면 저는 그만둘게요." 박사와의 첫 개인 상담에서는 5년짜리 일정을 가지고 시작했었지만 상관없었다. 나는 로젠 박사에게 3년 반 동안 상담을 받고 있었고, 이제 일주일에 세 번 상담을 받으면서 한 달에 심리치료비로만 800달러를 쓰고 있었다. 투자한 돈이 늘어나 있었다. 이제 결과를 얻고 싶었다.

"그만두겠다고 협박하는 건 신뢰와 친밀감을 쌓는 흥미로운 방식이죠." 맥스가 싱글싱글 웃었다.

"저는 여기 일주일에 세 번-"

"저도 그래요." 론이 말했다.

"저도요." 패트리스가 말했다.

"진짜 무슨 종교 집단 같네요." 모두가 웃었다. "어쨌든 저는 6개월로 할래요."

"화요일 아침 그룹도 그만둘 생각인가요?" 로젠 박사가 물었다.

"네. 전부 하든지 전부 그만두든지 하려고요. 6개월이에요."

그날 저녁 태양이 살금살금 지평선 밑으로 옮겨 갈 무렵, 나는 내 사무실에 앉아 있었다. 구글에 검색어를 넣어보았다. '시카고 심리치료사'. 링크 목록이 떴다. 린다라는 임상심리사, 로젠 박사와 같은 건물에서 일하는 프랜시스라는 정신분석 전문가가 있었다. 린다나 프랜시스에게 전화를 거는 걸 상상해봤지만, 그건 불가능한 일처럼 느껴졌다. 새로운 누군가에게 지금까지의 일들을 알리는 건 에너지가 너무 많이 드는 일이었다. 사과. 요충. 제러미. 인턴. 내가 처음으로 만난 두 그룹 사람들과 로젠 박사는 내게 먹고, 자고, 섹스하는 법을 가르쳐주었다. 박사와 그의 얼빠진 웃음소리가 그리울 것 같다. 화요일 아침 그룹 사람들도 그리울 것 같았다. '심화' 그룹에서의 첫 상담 시간은 정확히 말해 삶을 변화시키는 종류는 아니었지만, 그 그룹에 조금 시간을 줘보는 건 나를 위해서도 당연히 필요한 일이었다. 나는 그저 만약의 경우에 대비해 린다와 프랜시스의 연락처가 나와 있는 웹사이트를 즐겨찾기해 두었다.

───────

일주일에 세 번 그룹 상담을 받는 새로운 생활은 이랬다. 월요일과 화요일에는 출근 전에 그룹에 나갔고, 목요일에는 하루의 중간쯤에 그룹에 나갔는데 그걸 '긴 점심'이라고 부르기로 했다. 프로젝트 때문에 야근해야 할 때가 아니면 나는 아침 9시 30분에서 저녁 7시까지 일했다. 저녁에 퇴근하면 새로 이사 간 아파트로 걸어 돌아갔는데, 그 집의 길 건너편에는 최근 스티븐과 약혼한 클레어네 집이 있었다. 클레어와 스티븐의 집에 꼽사리 끼어 눌러 사는 대신, 나는 로젠 박사의 금요일 여성 그룹 구성원인 캐스린이라는 사람으로부터 원룸 하나를 빌렸다. 클라크 스트리트와 메이플 스트리트가 만나는 길모퉁이 고층 건물에 있는 집이었다. 클레어와 함께 있던 시간들이 그립긴 했지만, 새로운 공간 구석구석까지 내 몸을 뻗고 서쪽 창문으로 지는 해를 바라보는 건 기분 좋은 일이었다. 로젠 박사는 이렇게 나만의 집으로 이사 간 일이 내가 낭만적 관계를 위해 공간을 만들고 있다는 증거라고 보았다. 그가 그 말을 할 때 나는 눈을 가늘게 떴다. 셰일shale*만큼이나 속이 꽉찬 회의주의를 버리고 연약하고 속이 다 비쳐 보이는 희망을 갖는 게 두려워서였다. 주말에는 12단계 모임에 나갔고, 최소한 반나절 정도는 사무실에 나가 문서를 검토하고 내가 스캐든사에 있을 자격이 있다는 사실을 (나 자신에게) 증명하면서 보내곤 했다. 생활의 규칙적인 잠음 뒤에서, 나는 뭔가 큰일이 일어나기를 기다렸다. 내 심장에 똑바로 겨눠진 용접용 화염 램프 같은 '심화' 그룹이 마술을 부려주기를 기다렸다. 하지만 마술 같은 건 없었고, 노출된 불꽃에서 날아오는 불똥도 없었으며, 다른 사람들에게 애착으로 연결되는 능력을 빨리 얻는 방법도 없었다. 둥그렇게 앉아 말하고, 듣고, 느끼는 일, 로젠 박사와 상담을 시작한 뒤로 계속해온 똑같은 일들만 있을 뿐이었다.

6개월이라는 시간이 째깍째깍 줄어들어 갔다.

약간의 변화가 있긴 했다. 첫 번째 변화는 내가 심한 변비에 걸렸다는 것이었다. 내 장이 겨우 8일에 한 번씩만 배변을 하는 바람에 7일 동안은 둔하게 욱신거리는 아랫배를 하고 돌아다녀야 했다. 몸을 아래로 굽히면 아팠다. 달려도 아팠

---

* 얇은 층으로 된 암석.

291

다. 재채기를 해도 아팠다. 가장 뚱뚱했던 PMS 기간보다도 뚱
뚱해진 기분이었다. 새 그룹을 시작하자마자 소화기관이 기능
을 멈춰버린 것 같았다. 아무것도 내 몸속에서 빠져나가지 못
하고 있었다. 새 그룹이 내게 준 유일한 선물이 이거라면 나는
받고 싶지 않았다. 나 자신을 위로하기 위해 크리스마스까지
며칠 남았는지 세는 아이마냥 달력을 7월로 넘겼다. 빨간 옷
을 입고 선물을 든 유쾌한 남자를 기다리는 대신 내가 고독사
하지는 않을 거라고 약속했던 요정 같은 심리치료사와의 관계
를 어떻게 끝낼지 상상했다는 것만 달랐다. 월요일 그룹에서
내가 변비 얘기를 하며 불평을 늘어놓자, 거기에 자극받은 맥
스는 1980년대 말에 로젠 박사가 전설에 남을 만한 설사로 고
생했다는 사실을 박사에게 다시금 상기시켜주었다. 내가 변비
를 어찌하면 좋을지 묻자 맥스는 이렇게 소리를 질렀다. "6개
월이라는 최종기한을 정해두지만 않았어도 그렇게 속에 똥이
쌓이진 않았을 거 아니에요."

　화요일 아침마다 나는 첫 번째 그룹에 가서 새로운 그룹
에서 뭘 해야 할지 모르겠다고 말했다. 90분 내내 계속해서
두 손을 어디에 두고 무슨 말을 해야 할지 전혀 알 수 없는 느
낌이 어떤 건지 설명하려고 애를 썼다. 패트리스가 고개를 저
었다. "크리스티는 거기서 그냥그냥 잘하고 있는데요."

　"거긴 그룹 상담처럼 느껴지지가 않아요. 론 말고는 어떤
문제를 얘기하는 데 참여하는 사람이 아무도 없어요. 그 사람
들은 오래된 친구들처럼 잡담만 해요. 아무도 저한테 있었던
요충이나 섭식장애나 제가 제러미를 만나면서 저 자신의 가치
를 떨어뜨렸던 일에 대해 몰라요. 다들 바로 자기 눈앞에 있는

것 말고는 어떤 것에도 관심이 없어 보여요."

"그래서 문제가 되는 건 뭐죠…?" 로젠 박사가 물었다.

문제가 되는 건, 일주일에 270분씩 상담실에 앉아 있는데도 나아지는 느낌이 전혀 없다는 것이었다.

월요일과 목요일에 하는 상담에서 나는 어찌어찌 다른 누군가의 가족 모임에 끼어든 이방인이 된 기분이었다. 대화 속으로 흘러들어가 보려고 매번 애를 썼지만 나로서는 접근할 수 없는 과거, 기억, 이야기, 관계들에 층층이 부딪혔다. 맥스인지 론인지가 내게 어떻게 지내느냐고 물었을 때, 나는 마음속 가장 가까이에 있던 욕망을 소리 내 말했다.

"저 진지한데요, 이 변비를 어떻게 없앨 수 있죠?"

"물을 많이 마셔요." 로젠 박사가 말했다. "차전자피 가루를 써봐도 되고요. 메타무실에 들어 있는 유효성분이거든요." 이제 보니 나는 배변 촉진제에 들어 있는 유효성분이 뭔지 배우려고 한 달에 840달러씩 꼬박꼬박 내고 있었다.

로젠 박사는 월요일과 목요일의 그룹에서는 처방을 내려주지 않았다. 잠을 자려고, 혹은 저녁식사 후에 과일을 폭식한 걸 얘기하려고 누군가에게 전화를 거는 사람은 아무도 없었다. 우리는 일주일에 두 번 90분씩 둥글게 모여 앉아 서로의 말을 튕겨냈다. 브래드가 직장의 누군가에게 속아 커미션을 뜯겼다고 하면, 맥스는 그가 병적으로 돈에 집착한다고 비난했다. 패트리스가 병원의 공동 경영자들에 대해 불평하면 로젠 박사는 병원에서 가장 연장자인 사람이면서 왜 그렇게 권위가 없느냐고 따졌다. 내가 너무 오랫동안 아무 말이 없으면 맥스는 내게 몸을 돌리고는 상담을 그만둘 때까지 몇 달이나 남았느냐고 묻곤 했다. 나는 그를 무시하고 로젠 박사에게 이게 어떻게 도움이 되느냐고 묻곤 했다.

"당연히 도움이 되죠." 맥스가 짜증 섞인 한숨을 쉬며 말했다.

"하지만 제 장 상태 말고는 아무것도 달라진 게 없는데요."

"말도 안 돼요. 그리고, 그거 알아요?" 맥스가 목소리를 높였다. "자기가 불쌍하다고 우리한테 설득하는 것 좀 그만해요. 그냥 그만해요. 짜증난다고요."

누군가를 그렇게 무안 줄 수 있는 사람은 맥스밖에 없었다. 그가 고개를 저으며 진저리가 난다는 듯 한숨을 내쉬자 벌을 받는 기분이었다. 조언이나 위로를 바라며 로젠 박사를 쳐다봤지만 박사는 그저 알 수 없는 미소만 지을 뿐이었고, 그래서 나는 카펫에 있는 오스트레일리아처럼 생긴 얼룩으로 시선을 옮겼다.

몇 분 뒤 로젠 박사가 내게 몸을 돌렸다. "맥스한테 크리스티가 불쌍하지 않은 이유를 전부 말해달라고 부탁해보면 어떨까요?"

가슴이 죄어들었다. 로젠 박사의 제안을 받아들이기 전에 아주 잠깐 동안, 나는 맥스가 내 머릿속에 쾅쾅 울리는 메시지와 똑같은 대답을 하는 걸 상상했다. 당신이 혼자인 건 당신 탓이에요. 당신은 치료가 안 되는 사람이라고요. 불쌍하다고! 나는 단단히 결심을 하고 맥스를 똑바로 쳐다보았다.

"그래서, 제가 불쌍하지 않은 이유가 뭐죠?"

맥스는 로젠 박사를 보며 말했다. "내가 여기서 모든 일을 다 해야 되는군요." 그는 한숨을 쉬더니 내게 몸을 돌렸다.

"크리스티는 시카고에서 대단히 영향력이 큰 회사에서 일하는 뛰어난 변호사잖아요. 여기 심화 그룹으로 진급도 했고요. 자기가 어떻게 망가져 있는지, 거기에 대해 어떻게 해야 하는지 알아내려고 열심히 노력하고 있고요. 불쌍하지 않아요. 크리스티는 열심히 노력했지만 얻고 싶은 것들을 전부 다 얻지는 못했고, 그래서 화가 난 거잖아요. 그런데, 그렇게 자꾸 '불쌍한 나' 어쩌고 하는 것보다는 화내는 게 나아요." 그는 한 박자 쉬었고, 나는 그가 마지막 일제사격을 위해 정곡을 찌르는 한 마디를 남겨놨을 거라고 생각하며 숨을 죽였다. "제발 그딴 짓 좀 하지 말라고요."

나는 맥스를 계속 쳐다보면서 숨을 쉬어야 한다는 걸 알았지만 그럴 수가 없었다. 만약 내가 나 자신을 맥스의 눈에 비치듯 바라본다면, 나는 어떤 사람이 될까?

3월의 어느 날 오후, 내가 책상 앞에 앉아 (여전히 그놈의 변비를 개선시켜보려고) 건포도 한 팩을 먹고 있는데 업무용 메일함에서 신호음이 났다. 한잔 하러 갈래요? 우리 건물에서 네 층 위에 사는 앨릭스였다. 며칠 전 어느 날 아침, 나와 마찬가지로 헬스장으로 향하던 그와 엘리베이터에서 마주쳐 잡담을 했었는데, 그도 나처럼 대형 로펌에서 주니어 소속 변호사라는 사실을 알게 되었다. 그는 내 가까이에 있는 러닝머신을 골랐다. 나는 거울에 비친 그가 여윈 두 다리를 빙글빙글 돌리듯 내딛는 걸 지켜보았다. 군살이라고는 전혀 없이 완벽한 몸

을 지닌 그는 6분 동안 1.5킬로미터 넘게 달리면서도 호흡이 편안했다. 그의 육체가 아름다워서 지나치게 정신이 산만해진 나는 자전거로 옮겨가야 했다.

나는 그의 초대를, 어쩌면 큰일일지도 모르는 이 사건을 맞이한 기쁨을 감추기 위해 두 손으로 입을 가렸다.

26

그다음 주 월요일, 우리는 일이 끝나고 클라크 스트리트에 있는 어느 아이리시 펍에서 만났다. 더욱 좋았던 건 내가 더 이상 변비에 시달리고 있지 않다는 사실이었다. 앨릭스의 메일을 받고 나서 한 시간도 안되어 내 장은 되살아나 제대로 기능하기 시작했다.

앨릭스와 나는 시작한 지 얼마 안 된 법률 전문직 커리어에 관한 서로의 인상을 비교하며("문서 검토가 너무 많아요") 저녁으로 셰퍼드 파이를 주문해 나눠 먹었다. 노릇노릇하게 구운 매시트포테이토가 한 겹 덮이고 아래쪽에는 뭔지 알 수 없는 갈색 덩어리들이 떠다니는 요리가 나왔을 때, 나는 딱 1,000분의 1초 동안만 망설였다. 할 수 있었다. 이 아름다운 남자와 함께라면 외국에서 온 스튜도 먹을 수 있었다.

나는 화장실에서 로리에게 전화를 걸어 브래드 피트처럼

생겼지만 더 깔끔하고 키도 더 큰 이웃 남자와 데이트 중이라고 알렸다.

"게이예요?" 로리가 물었다.

"그럴지도 몰라요." 싱글맘인 어머니 밑에서 컸고 여자 형제가 두 명 있는 그가 남성성으로 충만하지 않은 건 어느 정도 이해가 됐다. 이렇게 아름다운 육체를 지닌 남자의 마음속에 숨어 있다가 나중에 나를 상처 입힐 수 있는 건 뭘까?

앨릭스와 나는 그 주 내내 메일을 주고받았고, 나는 내가 가진 제일 좋은 모습을 내세웠다. 재치 넘치는 대답. 로펌 생활과 대중문화에 대한 농담. 그의 메일을 받으면 몇 초 만에 대답을 준비했음에도 몇 시간이 지난 뒤에야 답메일을 보냈다. 그에게 어필할 만하다고 생각되는 크리스티의 모습을 엄선했다. 내가 열심히 추측해본 바로, 앨릭스만큼 아름답고 안정돼 보이는 남자는 다음과 같은 자질들을 좋아할 것 같았다. 마음 편한 유머. 지성과 야망. 자립심. 그리고 그의 체질량 지수로 미뤄볼 때, 신체 단련에 몰두하는 태도. 나는 이것들을 모두 지니고 있었고, 앨릭스를 위해 공들여 포장한 그것들을 각각의 편지에 균형 잡힌 분량으로 나눠 적었다. 오르락내리락하는 온갖 감정들은 따로 떼어내 그룹에서 관리했다.

첫 데이트를 하고 이틀 뒤, 그는 내게 두 번째 데이트를 신청했다. 이탈리아 음식을 먹고 라이브 재즈를 들으러 가자는 것이었다.

어두운 클럽에는 우리보다 최소한 열 살쯤은 많아 보이는 커플들이 꽉 차 있었다. 앨릭스와 나는 무대에서 멀리 떨어진, 빌리 홀리데이의 젊은 시절 사진이 걸린 벽에 붙어 앉았다. 음료 두 잔이 간신히 들어가는 원형 테이블이 통로와 우리를 갈라놓고 있었고, 통로에서는 종업원들이 정신없이 시달리며 우리 주위를 꽉 채운 테이블로 칵테일을 나르고 있었다. 3인조 밴드가 음악을 한 세트 연주하는 동안 앨릭스는 내 손을 잡았고, 박자에 맞춰 엄지손가락으로 내 손바닥을 두드렸다.

세트 사이에 밴드가 휴식을 취하자, 앨릭스는 첫 저녁식사 때 나를 알아가기 위해 했던 질문들의 후속 질문들을 던졌다.

"텍사스로 돌아가서 살 생각 있어요?"

"절대 없죠." 그가 왜냐고 물었을 때 나는 잠시 말을 멈췄다. 다양한 대답이 가능했다. 거긴 너무 덥다거나 정치적으로 보수적이어서 싫다고 할 수도 있었다. 내가 선택한 도시에서 내 힘으로 성공해야 할 것 같다고, 고향으로 돌아가면 왠지 좀 실패한 기분이 들 것 같다고 대답할 수도 있었다. 여전히 텍사스에 살고 있는 친구들에 대한 애착을 유지하는 데 하나같이 실패해서 돌아가는 데 별로 간절함이 없다고 할 수도 있었다. 그 대답들은 사실이었지만, 그의 입술이 그리는 곡선과 완벽한 턱선을 보았을 때 나는 진짜 이유를 말해도 될 것 같은 대담한 기분이 들었다. "제 심리치료사한테 상당히 애착을 느끼고 있어서요." 일단 로젠 박사 얘기를 꺼낸 이상, 나는 전부 말해버리기로 마음먹었다. "그룹 상담도 받고 있어서 그룹 동료 전부한테 애착을 느끼고 있기도 하고요." 그룹이 두 개고 일주일에 세 번 상담을 받는다는 말까지 그에게 할 필요는 없었다. 나는 옛날식 은빛 마이크에 대고 노래하는 빌리 홀리데이의 사진을 빤히 쳐다보았다. 오 하느님, 제가 무슨 짓을 한 거죠? 앨릭스한테 제가 미쳤다고 암시해서 겁을 집어먹게 한 다음 쫓아버리라고 제 무의식이 시킨 건가요?

"그거 멋지네요." 앨릭스가 말했다. 그는 호기심 어린 미소를 지었다. 마치 내가 그렇게 취약한 면모를 드러내서 놀랐다는 듯이. 그는 조금씩 더 가까이 다가왔다. "저도 그 비슷하게 말하기 힘든 얘기 좀 해도 될까요?"

나는 미소 지었다. "그럼요."

"제 부모님이 이혼하셨다는 얘기는 했죠?" 나는 고개를 끄덕였다. "이건 말 안 했는데, 그분들, 이혼하고 나서 재혼하셨어요. 서로하고요. 그러고는 또다시 이혼하셨어요." 그는 텅 빈 무대로 시선을 옮겼다. 그러더니 다시 내게로 몸을 돌렸다. "그러니까, 좀 복잡해요."

"그렇게 들리네요."

사실 내가 하고 싶었던 말은 "고마워요"였다. 취약함을 이해해줘서 고마워요. 말하기 힘든 얘기를 함께 나눠줘서. 두 번째 데이트에서 심리상담 얘기를 해도 비참한 게 아니라는 걸 보여줘서.

밴드가 발을 끌며 무대 위로 돌아가자 앨릭스는 의자를 내 가까이로 끌고 왔다. 우리는 어두운 클럽에서 손을 잡고 무릎이 맞닿는 자세로 앉아 뼛속으로 스며드는 음악을 느꼈다. 나는 위태로운 감정들이 몰려온 뒤에 자리잡는 친숙한 느낌을, 그 따스하고 안전한 느낌을 알아보았다. 내가 그룹에서 뭔가 어려운 문제를 공유한 뒤에 구성원들로부터 "저도 그래요"라거나 "저도 공감이 가네요"라는 말을 들을 때와 같은 느낌이었다. 내가 두 번째 그룹에서 가슴에 대한 혐오를 털어놓자 그들 한 사람 한 사람이 자기 가슴과 맺고 있던 고통스러운 관계를 얘기해줬던 때처럼.

내 차례, 다음은 당신 차례. 그렇게 왔다갔다하며.

그러니까 그 일은 이렇게 일어나는 거였다. 친밀한 관계란 이렇게 만드는 거였다. 말 한 마디, 또 한 마디. 이야기 한 자락, 또 한 자락. 놀라운 사실 하나, 또 하나를 나누며.

꼭 그룹에서처럼.

재즈 클럽을 나선 그는 자기 아파트로 올라오라고 나를 초대했다. "남쪽 발코니에서 전망을 보여주고 싶어서요." 그는 북두칠성을 가리키며 한 팔을 내게 둘렀다. 별들을 증인으로 삼아 우리는 처음으로 키스했다. 그가 완벽한 입술을 내 입술에 밀어붙였을 때, 나는 별빛을 삼켰고, 내 심장은 빛을 내기 시작했다. 그는 나를 집까지 걸어서 데려다주었다. "더 할 거예요." 그는 그렇게 말하고는 내게 다시 키스했다.

이게 심화 그룹이 내게 준 선물이라면, 나는 영원히 그 그룹에 있고 싶었다.

───────

앨릭스는 놀라운 남자였다. 우리의 데이트는 내가 가장 깊이 갈망하던 종류의 데이트였다. 그와 함께 있는 게 얼마나 즐거운지 믿을 수 없을 정도였다. 유일하게 안 좋은 점이 있다면 관계를 어떻게 지속할 수 있을지에 대해 내가 항상 느끼는 질 나쁜 불안이었다. 나는 관계가 언제, 그리고 어떻게 틀어질지, 흐지부지될지, 혹은 안에서부터 폭발해버릴지 상상하며 괴로워했다.

내 불안을 그룹에 공유했다. "이건 지속될 수 없는 관계예요." 내가 주장했다. "이 관계가 계속 굴러가게 하려면 뭘 해야 하는지 말해주세요."

"관계를 통제하고 싶은 욕구를 버릴 수 있나요?" 로젠 박사가 물었다.

"아뇨." 로젠 박사는 이해하지 못했다. 앨릭스의 몸은 완벽에 가까웠고, 그에게선 시원한 스포츠 데오도런트 향이 났으며, 나는 내가 곧 성적으로 전성기를 맞으리라는 걸 알 수 있었다. 내가 이 관계를 받아들이고 진짜라고 믿어버렸는데 만약 잘 안 되면? 그러면 나는 부서져버릴까?

"잘 안 될 거라는 예상은 버릴 수 있고요?"

"노력해볼게요."

다가올 여름에 두 번의 트라이애슬론 참가 신청을, 가을에 마라톤 참가 신청을 해둔 앨릭스와의 생활이란 출근하기 전 이른 아침에 달리기와 자전거 타기를 하고, 퇴근 후에는 체육관이나 미시건 호수에서 수영을 하는 걸 뜻했다. 데이트를 시작하고 한 달이 채 안 되어 그는 거의 매일 아침저녁으로 같이 운동을 하자고 나를 초대하기 시작했다. 어느 토요일, 그는 새벽 6시에 내 집 문을 두드렸다. 경기 번호판을 플리스 재킷에 핀으로 꽂고 두 손에는 얇은 검은색 장갑을 끼고 있었다. 그는 내 셔츠에 번호판을 단단히 고정하고는 물병 하나를 건네주었다. 우리가 참가 신청을 한 16킬로미터 경기 출발선에

302

서 그는 내가 추위에 떨고 있다는 걸 알아차리고 내 어깨를 문질러주었다. 달리기 도로 옆 땅에는 여전히 눈 부스러기들이 달라붙어 있었고, 오직 몇백 명의 주자들만 경기를 하러 나타난 호반에서는 바람이 우리의 드러난 얼굴을 후려칠 조짐을 보이고 있었다. 16킬로미터 경기에 참가해본 적은 한 번도 없었지만, 앨릭스와 사귀게 된 뒤로 내 몸에는 불안과 즐거움이 반반씩 섞인 새로운 쾌활함이 감돌고 있었다. 이렇게 얼어붙을 정도로 추운 날씨에 하는 도로 경기를 포함해 뭐든 시도해보고 싶다는 이상하고 흔쾌한 마음 때문에 나는 그가 제안하는 거라면 무엇에든 동의하게 되었다.

우리가 퇴근하고 저녁을 먹으러 식당으로 함께 걸어가거나 호숫가를 달릴 때마다, 아주 가벼운 낙천주의가 내 마음을 두드리며 관계가 잘 안 될 거라 예상하는 걸 그만두라고 권했다. 어쩌면 모든 관계가 그룹 상담실에서 몸을 웅크리고 넝마 조각을 끌어안고 우는 걸로 끝나는 건 아닐지도 몰랐다. 어쩌면 어떤 관계는 끝나지 않을지도 몰랐다. 어쩌면 지속될 수도 있을 것이었다.

경기가 끝나자 허벅지 뒤쪽 근육들이 아팠고 어깨에도 스포츠 브라 끈이 파고들어 쓰라렸다. 하지만 앨릭스와 함께 있으니 고통마저 순수한 즐거움으로 변하는 것 같았다.

———

어느 월요일 아침, 로젠 박사가 모두가 보라고 사진 한 장을 들어 올렸다. 패트리스는 독서용 안경을 꺼내 썼고, 맥스는 앞으로 몸을 기울였다. "방해하던 것들로부터 해방된다는 건 이런 뜻이죠." 로젠 박사가 말했다. 그건 나와 앨릭스를 찍은 사진이었다. 나는 분홍빛 칵테일 드레스를 입었고, 앨릭스는 턱시도를 입었다. 조프리 발레단의 갈라쇼를 보러 간 날이었다. 어두운 극장에서는 반짝이는 튈*을 입은 무용수들이 빙글빙글 돌았고, 앨릭스는 두 손으로 내 손을 잡아 쥐었다. 나는 붉은색 벨벳이 씌워진 객석에 앉은 채로 우리의 다리가 서로 닿을 때까지 그에게로 조금씩 가까이 다가갔다. 어마어마하게 큰 데다 금빛으로 장식된 힐튼 호텔 볼룸에서 저녁식사를 하는 동안, 그는 내 등을 어루만지고 내가 한 목걸이 걸쇠를 만지작거렸다. 댄스플로어에서 그는 나를 바짝 끌어당겨 안았다. 밴드가 오티스 레딩의 커버곡을 연주할 때였다. 몇 시간 뒤 그의 집 발코니에서 그는 내게 다시 키스했다. "꼭 크리스티가 내 여자친구인 것 같네요." 그가 말했다. 나는 그의 품 안으로 몸을 기대고 숨을 내쉬었다.

매기 할머니가 사진을 가리키더니 자기 결혼반지를 톡톡 두드렸다. "다음 차례는 자기예요, 아가씨."

앨릭스가 너무도 편안하게 자신을 드러내서 나도 그럴 수 있을 것 같다는 생각이 들었다. 그는 우리가 나중에 하게 될 갖가지 일들에 대해 더할 나위 없이 자연스럽게 얘기했다. 6월에는 그의 회사 사람들과 함께 시카고 강으로 보트 여행. 7월에는 단거리 트라이애슬론. 여름 중 언젠가는 아이오와에 있는 그의 여동생 집에 방문하기. 코미디 공연, 콘서트, 그리

* 아주 얇은 망사 천으로 레이스를 만드는 데 사용된다.

304

고 동물원으로의 소풍. 그는 우리에게 미래가 있는 것처럼 행동했고, 나는 몇 달보다 더 오랫동안 사귀고 있는 우리를 조금씩 상상하게 됐다.

"진짜로, 이 관계에 숨어 있는 함정이 뭘까요?" 나는 그룹 동료들과 로젠 박사에게 물었다.

"크리스티가 말해봐요." 맥스가 말했다.

나는 고개를 저었다. 앨릭스의 부모님이 처한 상황이 좀 복잡하게 들리긴 했지만, 그는 트라우마에 남몰래 발이 묶여 있거나 관계 맺는 걸 두려워하는 것처럼 보이지는 않았다. 앨릭스의 운동 일정은 과도한 것에 가까웠지만, 그가 그것 때문에 지쳐서 나와 시간을 보내지 못하거나 섹스를 못할 정도가 되는 일은 없었다. 앨릭스의 독서 취향이 내게 다소 미성숙하게 느껴지긴 했지만, 《해리 포터》는 많은 사람들이 사랑하는 책이었고, 그건 앨릭스처럼 멋진 누군가를 깎아내릴 정당한 이유가 못 됐다. 나는 그저 겁에 질려 있었다.

어느 날 아침 앨릭스와 나는 출근하기 전에 아침을 먹으려고 '코너 베이커리'에 들렀다. 우리는 창가 칸막이 자리에 앉아 서로의 입에 머핀을 한 입씩 넣어주면서 내가 싱글이었거나 제러미 때문에 고통받고 있던 때였더라면 경멸했을 바로 그런 부류의 커플처럼 굴었다. 그러다 내가 일어나 냅킨을 가지러 가자, 앨릭스는 자기 바로 옆에 있던 내 핸드백 속 휴대폰으로 전화를 걸었다. 나중에 들어본 그 음성사서함은 내 불안하고 방어적인 마음을 녹여버렸다. "안녕, 카페에 있는 예쁜 아가씨. 남자친구예요. 남자친구는 당신이 굉장히 사랑스럽다고 생각하고 있네요." 나는 그 메시지를 몇 번이고 다시 들으

면서 이 관계가 무너져내리면 나는 정말 엉망이 되겠구나 생
각했다.

　로젠 박사는 고장난 레코드판처럼 말했다. "믿어봐요, 마
말레. 믿어요."

　한 주 한 주 지나가는 동안 불안의 흔적들은 남아있었지
만, 변비는 나아졌고, 기쁨이 솟아올랐다. 일주일에 한 번씩
안부를 전할 때마다 두 그룹 모두 나를 격려해주었다.

　"안정적인 관계도 잘 어울리는데요." 로젠 박사가 말했다.

　"이 관계에는 우리 공도 들어갔다는 걸 인정해줬음 좋겠
네요." 맥스가 말했다. "다른 그룹들에서는 더러운 고추나 빨
고 유대인 여자답지 않다고 차이기나 하고 그랬잖아요. 아, 고
맙다고요? 천만에요."

　론은 나를 향해 엄지손가락을 치켜들었고, 브래드는 고소
득 법률 전문직인 나와 앨릭스의 순자산액 합계를 계산해주었
다. 매기 할머니는 내 손을 어루만지며 속삭였다. "그럴 줄 알
았다니까."

　나는 얼굴에서 빛이 났고, 기분은 떠다니는 듯했다. 월요
일과 목요일 그룹에 들어온 지 6개월째를 찍던 7월의 어느 날
아침, 나는 계속 그룹에 남겠다고 선언했다. 영원히.

　"아이고, 신나라." 맥스가 짜증난 척하며 말했다.

　"여기 있어도 되고말고요." 론이 말했다. "하지만 나중에
결혼식 해도 난 차려입고 가지는 않을 거예요. 청바지를 입어
도 되는 자리가 아니면 안 가요." 그는 원 맞은편에서 윙크를
보냈다.

　나는 그들 모두에게, 내 심화 그룹의 구성원들에게 활짝

웃어 보였다. 앨릭스와 나는 튼튼하고 건강하며 성적인 관계를 맺고 있었고, 그 대부분은 그들의 공이 맞았다.

———————

"엄마." 일요일 오후에 안부 전화를 하다가 나는 말했다. "나, 만나는 사람이 있어요. 괜찮은 사람이에요. 정말 괜찮은 사람이에요. 이번 주말에 그 사람이랑 10킬로미터나 같이 달렸어요." 엄마에게 소식을 전하면서 집 안 여기저기를 춤추듯 돌아다녔다. 대단히 위생적이고 자기 할 일을 다하는 세심한 남자친구와 함께 즐거워하는 여자 크리스티. 나는 그런 새로운 정체성에 발을 들여놓은 것이었다. 같이 시간을 보내고 주의를 기울일 만한 가치가 있는 여자 크리스티. 나는 이제 제대로 작동하지 않던 내 과거를 있어야 할 곳에 남겨둘 수 있었다. 다시 말해, 내 뒤에.

"정말 멋지구나, 애. 너무 행복하게 들려."

———————

"이리 와서 칠리 좀 먹어요." 어느 날 밤 앨릭스가 말했다. 그는 다진 쇠고기와 통조림 토마토를 작은 철제 압력솥에 넣고 갈색이 되도록 익혔다. 커민 향기가 공중에 부드럽게 떠다녔다. 나는 앨릭스의 뒤에서 두 팔을 그의 몸에 둘렀다. 그는 계속 음식을 저었다.

"여기 들어간 비밀 성분이 뭔지 알아요?" 그가 물었다. 나는 고개를 저었다.

"정말 몰라요?" 그의 어깨가 축 처졌고, 얼굴에는 상심에 가까운 혼란이 떠올랐다.

내가 칠리에 관한 우리만의 비밀 농담을 까먹었나? 아니면 해리 포터가 칠리를 좋아했었나? 나는 그를 실망시키고 싶지 않았지만, 머릿속에 떠오르는 거라곤 방귀에 관한 재미없는 농담뿐이었다.

"말해줘요."

"사랑." 그가 말했다. "비밀 성분은 사랑이에요."

나는 칠리를 두 그릇이나 싹싹 비웠다.

———————

"아, 맙소사." 내가 그룹에서 사랑이 들어간 앨릭스의 칠리를 자랑하자 론이 말했다. "너무 오글거리잖아."

나는 론 쪽으로 의자를 돌리고 허공에 발길질을 했다. "초치지 말아요! 나는 너무 좋았다고요."

"오글거려요."

"그냥 질투가 나는 거겠죠."

"질투요? 앨릭스의 바보같은 칠리에?"

"자기는 르네한테 엄청 큰 카르티에 반지까지 사줘야 했는데, 앨릭스가 한 거라곤 나한테 칠리를 만들어준 것밖에 없으니까."

"뭐라는 거예요?"

308

어느 일요일, 앨릭스와 나는 태양이 호수 위로 비치기도 전인 새벽 5시에 일어났다. 레이크 쇼어 드라이브를 왕복하는 48킬로미터쯤 되는 거리를 자전거로 달리기 위해서였다. 우리는 자전거용 반바지를 입고 게토레이를 벌컥벌컥 마셨다. 달걀과 잉글리시 머핀으로 늦은 아침식사를 하려고 자전거에서 내렸을 때 우리의 등은 뻐근했고 걸음은 비틀거리고 있었다.

"올라와요." 그가 말했다. 우리는 그의 황동 침대 위에서 키스했다. 이른 아침부터 몇 시간씩 페달을 밟느라 지친 몸이 무거웠다. 그가 내 반바지를 벗겼다. 정오의 태양이 그의 깨끗한 흰색 시트 위를 황동빛으로 흘러갔다. 그의 피부에서는 소금 맛이 났고, 나는 그걸 게걸스레 삼키고 싶었다. 그가 내 몸을 가득 채웠다. 나는 느끼고, 또다시 느꼈다.

《레 미제라블》을 읽으며 눈물을 흘리는 이 귀여운 소년 같은 남자. 자전거를 타고 보는 미시건 호수의 일출이 얼마나 멋진지 보여준 사람. 사랑을 넣은 음식을 만들어 내게 차려주는 사람. 나를 상처 입히는 날카로운 모서리라고는 없는 소년 같은 남자. 나는 몸과 마음을 그에게 기댔다. 내 머릿속에서 홈이 파인 내 심장은 앨릭스와 내 새로운 그룹이 만들어낸 이중 나선으로 감싸여 있었다.

"이 남자가 '운명의 짝'이네요." 어느 날 밤 나와 앨릭스를 만나 초밥을 함께 먹고 나서 마니는 그렇게 말했다. 클레어도 같은 얘기를 했다. 패트리스와 로젠 박사도.

"그 사람이 정말 좋아요." 나는 그룹 사람들과 친구들에게 말했다. 그 일에 완전히 몰두한 채 말하고 또 말했다. 잠도 깊이 잤다.

7월 중순, 우리는 내 친구의 결혼식에 참석했다. 캐스린은 앨릭스가 사는 건물에 있는 집을 내게 임대해준 사람이었고 로젠 박사의 내담자이기도 했는데, 로젠 박사의 그룹에서 만난 제이콥이라는 남자와 결혼했다. 방 맞은편, 4번 테이블에는 로젠 박사와 그의 아내가 앉아 스테이크를 먹고 있었다. 그들은 줄지어 지나가며 수줍은 인사를 건네는 내담자들에게 미소를 지어 보였다. 나는 초콜릿 분수 옆에서 로젠 박사에게 앨릭스를 소개했다. 그러고는 두 사람이 악수하는 동안 로젠 박사의 얼굴에 따스한 환대의 빛이 퍼져나가는 걸 지켜보았다. 온전하다는 느낌이 가슴속에 파도처럼 밀려왔다. 그토록 충만한 감정은 처음 느껴보는 것이었다. 크리스티, 그들이 불렀다. 나는 그 안에 담긴 나에 대한 사랑을 들었고, 내 몫의 그 사랑을 얻었다. 강렬한 즐거움이 내 안에서 솜사탕처럼 빙글빙글 돌아갔다.

그날 밤 내 어두운 침실에서 앨릭스는 내 흰색 면 잠옷을 머리 위로 벗겨냈다. 몇 번이고 몇 번이고, 떨어져 내리다가 붙들리는 느낌이 찾아왔다. 그가 몸을 뒤로 기댔다.

"정말 아름다워요." 그가 말했다.

"나 너무 행복해요." 그가 다시 말했다.

"사랑해요." 그의 아름다운 머리를 두 손으로 감싸며 내가 말했다.

월요일 아침 그룹 상담에 나온 나는 서쪽 창문으로 흘러든 여름 해가 두 팔을 적시는 걸 느끼며 자세를 똑바로 하고 앉아 있었다. 내 얼굴에는 백만 와트짜리 미소가 걸려 있었다. "앨릭스한테 사랑한다고 말했어요."

"앨릭스도 사랑한다고 말하던가요?" 론이 물었다.

"말은 그렇게 많이 하지 않았어요." 브래드와 맥스가 재빨리 원을 가로질러 눈빛을 주고받았다. 매기 할머니는 자신의 양손을 내려다보았다. 나는 내 몸에 감각을 집중하며 잠깐 동안의 걱정을 쫓아버렸다. 우리의 피부가 맞닿아 있던 게 기억났다. 당연히 그건 사랑이었다.

7월 말, 나는 앨릭스와 사귀기 전에 계획해두었던 대로 패트리스와 그 가족들과 함께 상트페테르부르크로 휴가차 여행을 갔다. 네프스키 대로에서 조금 떨어진 우리의 아파트에는 모기가 들끓었고, 내 팔다리 여기저기에는 물려서 빨갛게 성난 자국들이 생겼다. 밤이 되어 부어오른 자국들을 긁으며 달을 보고 있자니 앨릭스가 몹시 그리웠다. 다시 낮이 되자 나는 조용히 사이버 카페를 찾아가 메일을 확인했다. 이틀, 사흘, 나흘이 지나도록 앨릭스에게서 메일이 한 통도 오지 않자 속이 쓰려왔다. 그때쯤 되자 마음이 너무 괴로워 식사를 제대로 할 수가 없었다. 왜 메일을 안 쓰지? 우리, 애착으로 연결돼 있던 거 아니었나? 그건 사랑이 아니었나?

"앨릭스가 없어졌어요." 나는 예르미타시 박물관 바깥에서 패트리스를 보며 울음을 터뜨렸다. 패트리스는 내 어깨에 팔을 두르고 경치를 좀 즐겨보라고 했다. 거리의 배우가 대형 카세트 플레이어를 놓고 사슬에 묶인 검은 곰을 구슬려 신디 로퍼의 〈걸스 저스트 원 투 해브 편〉에 맞춰 춤추게 하려고 하고 있었다.

"못하겠어요. 속이 아파요." 나는 몸을 낮게 굽혀 발목에 한 무더기 생긴 모기 물린 자국을 긁었다. "러시아도, 그 멍청한 돔들도, 모기들도, 춤추는 곰도 다 싫어요." 러시아에서 나는 추웠고, 속이 메스꺼웠고, 그에게서 너무도 멀리 있었다. 외롭게 잊혀 있었다. 피가 날 때까지 양쪽 발목을 긁었다. 손톱 밑에서 피와 살이 뒤섞였다. 패트리스는 원을 그리며 내 등을 문질러주고는 다크 초콜릿 한 조각을 내게 주었다. 나는 눈을 감았다. 그룹이 그리웠다. 거기서는 울 수도, 이를 갈며 화를 낼 수도, 감정을 다 쏟아낼 수도 있었으니까.

"크리스티가 러시아에 가 있는 동안 생각할 시간을 좀 가져봤어요." 법률 구조 협회를 위한 5킬로미터 경기가 끝난 뒤 앨릭스와 나는 디어본 스트리트를 걸어내려가고 있었다. 내 몸은 러시아와 시카고 사이 어딘가의 허공을 맴돌면서 시차 속에서 술에 취한 듯 울렁거리고 있었다.

"사실 나, 크리스티가 내 운명의 짝이 아니라는 거 알아요." 그는 걸음을 멈추지도, 나를 쳐다보지도 않고 디어본 스트리트를 성큼성큼 걸어내려갔다.

안 돼, 안 돼, 안 돼. 나는 목소리를 가다듬으려고 코로 숨을 쉬었다. "그게 무슨 말이에요?"

"그냥 알겠어요. 크리스티는 내가 함께할 사람이 아니라는 걸."

8월의 습한 공기 속에서 내 두 팔이 후들거렸다. 네 블록을 걸어오기 전, 경기가 끝나고 삼켰던 바나나 맛이 올라왔다. 목에 배어난 땀이 얼음처럼 차갑게 식었다.

로비에서 그가 메일을 확인하려고 멈춰 서 있는 동안 나는 길 잃은 고양이처럼 엘리베이터 옆에서 떨고 있었다. 그는 정말 지금 이 순간에 비자카드 청구서와 식료품 가게 광고 메일을 확인해야만 하는 걸까?

엘리베이터 문이 열리자 나는 발을 끌며 걸어 들어가 탔지만, 그는 다음 엘리베이터를 기다리기 위해 뒤로 물러났다.

———————

그날 밤에 부숴버린 접시들의 파편을 월요일 아침 그룹에 모두 가져가 원 한가운데 쏟아버렸다. '월그린즈' 매장에서 산 도자기로 된 추수감사절 접시 조각들, '이케아'에서 산 유리잔들, '더 태그' 아웃렛에서 카를로스와 함께 산 연한 푸른색 과일 그릇. 나는 '메이시스' 백화점의 이중 쇼핑백에 그것들을 퍼담은 다음 팔에 끼우고 집에서 상담실까지 1킬로미터가 조금 넘는 거리를 걸어왔다. 시카고 애비뉴에서 길을 건널 때 쇼핑백을 뚫고 나온 정찬용 접시의 삐죽삐죽한 가장자리에 종아리 살이 찢어졌다. 다리를 타고 흘러내린 핏줄기가 검은색 발레 플랫슈즈 속으로 스며들었다.

"가버렸어요." 나는 앨릭스를 내 삶에 데려와주었던 그룹

313

사람들에게 말했다. 이제 그들이 나를 잡아줘야 했다. 나는 정말로 무너지고 있었으니까. "내가 '운명의 짝'이 아니래요." 조용히, 끊임없이 눈물이 흘러내렸다. 패트리스가 의자에서 걸어나와 나를 일으켜 세웠다. 그러고는 두 팔로 나를 감싸 안았다. "너무나 유감이에요."

로젠 박사는 비밀 얘기를 하는 것처럼 내 쪽으로 몸을 기울였다. "마말레, 앨릭스는 크리스티가 러시아로 떠났을 때 그저 겁이 났던 거예요."

아니, 그는 영원히 떠나버렸다. 그의 매끄러운 피부와 근사한 갈비뼈 밑에 있을지도 모른다고 내가 언젠가 상상했던 그 폭탄이 터져버린 것이었다. 나는 산산조각이 나 있었다.

"모두들 나한테 실망하지 않았어요? 다들 앨릭스가 나한테 맞는 사람이라고 생각했잖아요." 나는 둥글게 앉은 사람들의 얼굴을 바라보았다. 맥스의 걱정스러운 시선. 론과 브래드의 조심스러운 눈빛. 언제나 내게 결혼반지를 보여주며 나를 '아가씨'라고 불렀지만, 지금은 안타깝다는 듯 고개를 흔들고 있는 매기 할머니. 그룹에서의 시간을 다시금 나를 위로하는 데 쓰고 있는 패트리스. 그리고 자신의 꼬마 마말레가 접시들을 (또다시) 깨뜨리고 상담실로 걸어오는 길에 다리를 베었는데도 여전히 신뢰의 눈길을 보내고 있는 로젠 박사.

"앨릭스가 정말 맞는 사람인지 아닌지는 모르는 일이에요."

로젠 박사, 당신은 영원한 낙천주의자예요, 아니면 헛소리를 늘어놓는 광인이에요?

기도와 포옹이 끝나고 상담실을 걸어나오는데 론과 브래

드, 그리고 맥스가 아침을 같이 먹자고 했다. "근데 깨진 접시가 든 그 괴상한 쇼핑백은 놔두고 가요." 맥스가 그렇게 말해서 나는 그걸 그룹 상담실에 두고 나왔다. 그들이 커피를 마시는 동안 나는 달걀 요리를 먹었다. 우리는 로젠 박사의 패션 감각을 헐뜯었고, 박사가 로젠 부인처럼 감각적인 사람과 결혼한 이유를 이러쿵저러쿵 추측해봤는데, 목요일 상담 시간이 끝날 때면 가끔씩 로젠 부인이 복도를 걸어가는 모습이 우리 눈에 띄었던 것이다. 내가 조금 떨어진 허공을 응시하며 앨릭스와 그가 만들어준 칠리, 그의 황동 침대를 떠올리고 있는데 론이 내 얼굴 앞에서 손가락을 튕겨 딱 소리를 냈다. "정신 차려요, 크리스티! 달걀 먹어요. 로젠 박사의 부인을 어떻게 생각하는지 우리한테 말해달라고요."

10시가 되자 나는 테이블에서 일어났다. "30분 뒤에 전화 회의가 있어서요." 그렇게 말하며 냅킨 한 장을 움켜쥐었다. 회사로 걸어 돌아가는 길에 눈물이 날지도 모르니까. 세 명 모두가 일어나 나를 안아주었다. 론이 내게 앨릭스는 '지독하게 오글거리는' 남자였다고 상기시켜주었다. 맥스는 새 접시들을 빠른우편으로 주문하라고 했다. 내 달걀 요리 값을 내준 브래드는 루프 지역 저편에 있는 내 사무실까지 데려다주겠다고 했다. 그는 여섯 블록을 걷는 동안 내 가방을 계속 들어주었고, 빨간불에 걸릴 때마다 사랑할 사람이 다시 나타날 거라고 나를 안심시켜주었다. 그는 심지어 라살 스트리트에서 내가 대놓고 울음을 터뜨렸을 때도 내 곁에 있어주었다.

회사에서는 생각을 다른 데로 돌려주거나 위로해줄 그룹 구성원들이 없었으므로 나는 문을 닫는 일조차 하지 못하고 울었다. 동료인 라즈는 내가 계속 엉엉 울고 있는지 보려고 몇 번인가 들렀다. 내가 울고 있으면 그는 문을 닫고 파트너 변호사들의 성생활에 대해 이러쿵저러쿵 추측하며 내가 잠깐 동안 미소 지을 때까지 기다렸다. 나는 책상 밑에 작은 CD 플레이어를 두고 〈리버댄스〉 OST를 끊임없이 반복 재생했다. 자리에 앉아 내 기분에 어울리는, 마음을 떠나지 않는 켈트어 노래들을 듣는 동안 청구 대상 상담 시간이 흘러갔다. 나는 황동으로 된 편지 개봉용 칼의 끝부분을 왼손 검지손가락의 부드러운 부분에 대고 눌렀다. 피부를 베이지는 않았지만, 찌르는 듯한 아픔이 나를 위로해주었다. 필요하면 살을 벨 수도 있었다.

나는 화요일 그룹 상담 내내 말이 되는 문장을 거의 내뱉지 못하고 울었다. 목요일에는 로젠 박사 바로 오른쪽에 앉아 핸드백을 무릎에 올려놓고 있었다. 편지 개봉용 칼 끝부분을 몰래 검지손가락에 대고 누르기 위해서였다. 물론, 가로세로가 4미터씩밖에 안 되는 그 방 안에서 들키지 않기란 불가능했다. 그룹 상담에서 중요한 점은 온통 목격되는 것, 숨어 있던 장소에서 나오는 것이기도 했다.

로젠 박사가 편평하게 활짝 편 오른손바닥을 내게 내밀었다. "그 무기 이리 내놔요." 나는 고개를 저었다. "그거 저한테 줬으면 좋겠네요."

정말로 자해를 할 생각은 없었으므로 나는 칼을 넘겨주었다. 편지 개봉용 칼을 넘겨받은 로젠 박사는 계속 내 손을 잡고 있었다. 나는 가만히 있었다. 그가 나를 나 자신으로부터, 나를 피 흘리게 할 날카로운 물건들에 끌리는 마음으로부터, 나를 사랑하지 않는 남자들로부터, 내가 가진 정신병이 뭐든 그것으로부터 나를 구해주길 바랐으니까. 내 심장을 그가 구해줬으면 했다. 애착이 지속될 만큼 충분히 깊은 칼집이 거기 생길 일은 절대로 없을 테니까. 나는 이렇게 죽을 것이었다. 내 인생이 멀리로 미끄러져 가는 동안 누군가에게 내 손을 잡아달라고 돈을 내면서. 내가 항상 갖고 있던 문제가 그 어느 때보다도 심각하게 느껴졌다. 누구와도 눈을 맞출 수 없어서 나는 사람들의 신발만 쳐다봤다. 맥스의 값비싼 아디다스 브로엄, 닳아서 홈이 생긴 론의 갈색 '에코' 구두, 바닥이 두툼한 매기 할머니의 흰색 구두, 브래드의 회색 뉴발란스 테니스화, 패트리스의 남색 플랫슈즈. 그게 내가 쳐다볼 수 있는 유일한 풍경이었다.

"혼자서 울지 말아요. 최대한 그룹 구성원들하고 같이 있고요." 로젠 박사가 말했다. 내 시선은 계속 그들의 신발에 머물러 있었다.

"르네가 이번 주말에 유도분만을 하거든요. 병원에 와주면 좋겠어요." 론이 말했다.

"토요일 밤에 우리 집에 들러서 같이 저녁 먹어요." 패트리스가 말했다. "자고 가도 되고요."

"나한테 오페라 티켓 두 장이 있는데 윌리엄은 가고 싶지가 않대요." 매기 할머니가 말했다.

나는 식료품 가게에서 울었다. 회사에서 울었다. 기차에서도. 그룹에서도. 집에서도. 마니의 소파에서도. 패트리스의 소파에서도. 마니, 마티, 패트리스, 로리와 전화를 하면서도. 론의 남자 아기를 보러 병원에 가서도 산부인과 병동을 오르내리며 우는 바람에 대기 중인 간호사들을 놀라게 했다. 검진을 받으러 간 부인과에서 피임할 필요가 있는지 의사가 물었을 때도 울었다. 걱정이 된 스프링 박사는 펜을 내려놓고 내게 심리치료사를 연계해줬다.

아침마다 격렬한 위경련으로 소스라치며 일어났다. 설사도 시작됐다. 어느 날 아침엔 미처 화장실까지 못 가고 거실 한복판에서 내가 아끼는 콘플라워 블루빛 면 파자마에 실수를 하고 말았다. 로젠 박사는 울음이 나는 것도, 바지에 변을 지리는 것도 영원히 계속되진 않을 거라고 약속했다. 나는 1초쯤 그를 믿었지만 그다음 순간에는 믿지 않았다. 수치심이 나를 사로잡았다. 5개월 동안의 관계가 수포로 돌아가고 있다는 수치심. 스물일곱 번 같이 잔 잘생긴 남자 때문에 문자 그대로 변을 흘리고 있다는 수치심. 거의 380번쯤이나 상담을 받았는데도, 아이비리그 출신의 심리치료사와 함께 3만4000분 이상의 시간을 보냈는데도 내 심장에는 여전히 결함이 있어서 애착을 맺는 게 불가능하다는 수치심이었다.

27

"여권, 최근 거예요?" 두꺼운 안경을 쓰고, 웃을 때는 친근하게 깔깔 웃는 중년의 파트너 변호사 잭이 내 사무실에 머리를 들이밀고 물었다. 나는 내가 맡은 음료수 회사 소송건에 관한 법률검토의견서 초안을 쓰고 있었다. 〈리버댄스〉 OST를 일시정지하고 똑바로 앉았다. 2005년 8월이었고, 이틀 뒤면 스캐든사에 내가 들어온 지 2년이었다.

"2014년까지 유효합니다."

"독일어 할 줄 알아요?"

"아니오nyet?"

"그건 러시아어고요."

"그러면, 아뇨."

"상관없어요. 일이 하나 새로 생겼는데요. 법무부가 관련돼 있어서 빨리 움직여야 돼요. 일요일에 출발할 수 있겠어요?"

"독일로요? 네, 문제없습니다." 그때까지 들은 것 중에 최고로 좋은 소식이었다. 자전거를 타고, 달리기를 하고, 칠리를 먹으며 지내는 몇 달 동안 나는 내 커리어가 서서히 끓어오르게 내버려뒀었다. 잭은 성공으로 가는 연줄이었다. 그에게 총애를 받아오던 뛰어난 여성 소속 변호사가 곧 파트너 변호사로 승급할 예정이었다. 잭에게 좋은 인상을 주면 나도 결국에는 파트너 변호사라는 궤도에 올라갈 수 있었다. 가슴속이 뜨거워졌다. 나는 선택받은 것이었다. 몇 년 전 돈으로 청구 가능한 일이 아니라 관계들로 가득한 삶을 꾸리겠다는 분명한 목적을 갖고 로젠 박사에게 전화했던 일은 잊어버리자.

"파트너 변호사 회의에서 소속 변호사 중에 묶인 데가 없는 사람, 그러니까 배우자나 아이들이 없는 사람이 누구냐는 얘기가 나왔는데, 크리스티 이름이 제일 먼저 나와서요."

"너무 좋네요." 내 얼굴에 굳은 미소가 떠올랐다.

이틀 뒤, 나는 며칠 만에 미소를 띠고 목요일 그룹 상담에 나타났다.

"울지도 않고 날카로운 물건도 안 갖고 있으니까 못 알아보겠는데요." 맥스가 말했다.

"회사에서 독일로 출장 가게 됐어요. 앞으로 몇 달간은 격주로 거기 날아갔다 올 거예요. 어쩌면 더 오래 그럴 수도 있고요."

모두들 깊은 인상을 받은 듯 고개를 끄덕였다. 낮에는 위풍당당한 독일 최고법원의 돌계단을 오르고 밤에는 호프브로이하우스에서 큼직한 맥주잔을 들어올리는 내 모습을 그려보고 있는 게 분명했다.

"일적인 삶에 공을 들일 기회가 생기는 거군요." 로젠 박사가 만족스러운 듯 고개를 끄덕였다. "이제 파트너 변호사가 되는 데 관심 없는 척하지 말고 인정해도 돼요. 당신은 둘 다에서 성공하고 싶어 하잖아요. 일, 그리고—"

나는 두 손으로 귀를 막았다. "**진짜 그러지 좀 마세요.**" 일에 있어서라면 나는 성공하고 있었고, 언제나 성공할 것이었다. 뼈빠지게 일을 해서 끝장을 내버리는 법을 알고 있었으니까. 나는 로젠 박사의 세계에 발을 들여놓기도 전에 학년 1등까지 올라갔다. 파트너 변호사들의 비위를 맞추는 방법도 배워둔 터였고, 보조원들을 존중하고 인격적으로 대할 줄도 알았다. 동료들과 함께 웃으며 술집의 해피 아워를 즐기는 법도, 증권거래위원회가 법적인 조치를 취하겠다고 위협할 때 의뢰인을 지지해주는 법도 알았다. 내가 한 실패가 산더미처럼 쌓여 있는 건 사적인 관계 속이었다. "저기요, 제 개인적인 삶에 초점을 맞춰주세요. 맡은 일에 집중하셔야죠."

그날 밤, 뜬금없이 엄마에게 전화를 걸었다. 우리는 보통 한 달에 한두 번, 대체로 일요일에 엄마와 아버지가 미사를 보고 돌아온 뒤에 통화를 했다. 엄마에게 독일 출장 얘기를 하고 싶었지만, 내 입에서 제일 먼저 나와버린 말은 나한테 뭔가 심각하게 잘못된 부분이, 나만의 가족을 만들 수 없는 이유가 있을까 봐 두렵다는 말이었다.

"나 너무 외로워요." 나는 그렇게 말하고 성인이 된 후로는 처음으로 엄마가 듣는 데서 울어버렸다. 그동안 내가 가족들로부터 고립됐다거나 결국 혼자 남게 될까 봐 두렵다는 얘기 같은 건 엄마에게 한 번도 해본 적이 없었다. 내 계획은 결국에는 망가지지 않은 딸로 나 자신을 내세울 수 있도록 로젠 박사에게 날 고쳐달라고 하는 것이었다. 하지만 내가 나아가는 속도로 볼 때, 그때쯤이면 엄마와 나 둘 다 이 세상에 없을 것 같았다.

"우리 딸, 나도 똑같은 걸 느꼈었어."

소파에서 자세를 바로하고 소매로 코를 닦았다. 내가 아는 한 우리 부모님은 어느 배구 모임에서 처음 만났고, 그 뒤의 이야기(아이 셋과 태커레이 애비뉴 6644번지에 있는 붉은 벽돌로 된 랜치 하우스)는 내가 아는 그대로였다. 대학을 졸업한 뒤 1960년대 말에 어울리는 단발머리를 하고 댈러스의 은행 창구 직원으로 일했던 엄마가 담요 속에서 몸을 웅크린 채 고독사를 걱정하는 모습을 상상하는 건 불가능한 일이었다.

"나도 너랑 똑같았어. 내 친구들은 모두 결혼해서 아이들을 갖는 중이었는데, 나한테 그런 일이 일어날 거라고는 한 번도 생각해보지 못했어. 스물여섯 살에도 여전히 싱글이었는데, 그 나이면 1970년대에는 너무 늦은 거였어. 아무도 나를 원하지 않는 것 같았지."

그럼 이건 유전적인 건가? 나는 이상하게 기분이 들떴다. 어쩌면 이건 전부 내 잘못만은 아닐지도 몰랐다. 이건 상상력이나 페미니즘이나 의지의 한계 때문이 아닐지도 몰랐다. 관계를 맺는 데 있어 내가 어딘가 잘못돼 있다고 믿는 이런 정신 상태는 눈이 갈색이라거나 치과 치료를 죽도록 무서워하는 것과 마찬가지로 엄마와 내가 공유하는 특징이었다. 어쩌면 거기서 벗어나려고 애쓰는 일을 그만둬도 되는 건지도 몰랐다. 내가 슬프고 혼란스럽다는 사실을 엄마에게 더 이상 숨기지 않아도 되는 건지도. 내가 다시 상담을, 그것도 무려 일주일에 세 번씩이나 그룹 상담을 받고 있다는 걸 말할 준비는 돼 있지 않았지만, 감정적 진실을 약간이나마 공유하니 위로가 되었다.

"엄마가 시카고로 갈까?"

엄마의 제안에 나는 더 격하게 울어버렸다. 엄마의 보살핌이 필요했지만, 엄마더러 시카고까지 먼 길을 날아오라고 할 수는 없었다. 엄마가 그렇게 물어봐준 것, 그리고 가장 큰 두려움들을 엄마에게 더 이상 숨길 필요가 없어졌다는 것만으로 충분했다.

───────

아우토반은 구경도 못해봤다. 독일 법정도 마찬가지였다. 독일에서 매일같이 본 건 아우크스부르크 외곽의 들판 한가운데 서 있는 아무런 특징 없는 4층짜리 사무실 건물과 그 안의 거대하고 냉방이 안 되는 방이었다. 예상치 못한 적막함이 흐르는 시간 속에서 나를 반겨준 건 암소들의 낮은 울음소리였다. 코를 찌르는 쇠똥 냄새가 2층에 있는 작업 공간까지 올라왔는데, 거기서는 독일과 시카고, 애틀랜타 출신의 변호사들과 보조원들이 긴 테이블에 나란히 모여앉아 일을 했다. 사무실에는 휴지가 부족해서 일을 보고 나서 닦으려면 오후 3시 이전에 화장실에 가야 했다.

하루 중에 그나마 나은 시간은 직원용 카페테리아에서 점심을 먹는 시간이었는데, 그곳의 주된 음식 종류는 갈색 그레이비였다. 정말 모든 것에 그레이비가 들어갔다. 주요리에도, 곁들임 요리에도, 샐러드에도. 갈색에, 끈적끈적하고, 기름기는 왕창에다, 맛은 없었다.

나는 독일이 싫었다. 내 일이 싫었다. 내 인생도 싫었다.

바쁘다는 건 감사한 일이었지만, 업무 사이에 쉬는 시간이 생기면 시계를 노려보며 시카고로 돌아갈 때까지 남은 시간을 헤아리곤 했다. 어느 화요일 오후, 사무실 전화로 로리의 휴대폰에 전화를 걸었다. 로리가 그룹에 있을 시간이었다. 로리는 받지 않았다.

그날 밤, 독일의 호텔에 혼자 있던 나는 침대 위로 쓰러졌다. 나는 4성급 고급 호텔을 기대하고 있었는데, 우리는 그 대신 '라 킨타*'의 독일 버전에서 친절한 직원들과 근처에 있는 식당 '데니스'만 뺀 것 같은 곳에 묵고 있었다. 샤워를 할 때도 물 온도가 미지근한 것 이상으로는 올라가지 않았다. 집이 그리웠다. 최소한 거기선 델 정도로 뜨거운 물이 나왔으니까.

TV에 나오는 거라곤 태풍 카트리나가 도시를 파괴하고 있는 현장(밀려오는 갈색 물과 보금자리를 잃고 뉴올리언스의 슈퍼돔 구장에 꽉 들어찬 사람들의 충격적인 이미지들)과 폭력적인 독일 포르노밖에 없었다. 내 마지막 희망은 룸서비스였다. '피자'를 주문했더니 케첩 국물에서 헤엄치는 플레인 피타 브레드 위에 반쯤 녹은 화이트 치즈를 올린 덩어리 하나가 도착했다. 미지근한 물에 한 샤워 때문에 여전히 몸을 떨면서 이

---

* 미국, 캐나다, 멕시코 등지에 있는 서비스 호텔 체인.

불 속으로 기어들어갔다. 다행히도 잠이 나를 의식에서 해방시켜주었다.

한 시간도 채 지나지 않아 유리잔 부딪치는 소리와 낮은 웃음소리가 나를 깨웠다. 창문의 블라인드를 올리고 호텔 바로 밑에 있는 수영장과 선술집, 그리고 옷을 홀딱 벗은 채 전채 요리를 먹고 음료수를 마시고 있는 여남은 명의 사람들을 내려다보았다. 내 방 바로 아래 있는 건 '슈바벤 크벨렌'이라는 워터파크였는데, 내가 보기에 그 이름은 '알몸으로 슈니첼 요리를 먹고 하이네켄 맥주를 마시는 곳'을 뜻하는 것 같았다.

국제전화 교환원에게 전화를 걸어 로젠 박사의 번호를 불러주었다. 박사는 대서양 건너편에 앉아 그날의 마지막 그룹 상담을 진행하고 있을 테고, 조만간 사무실의 음성사서함을 확인할 것이었다.

삐.

"제가 있는 방 바깥에서 사람들이 나체로 칵테일 파티를 하고 있어요. 못 견디겠어요. 부탁인데 전화 좀 해줘요. 부탁이에요." 나는 내가 받을 수 있는 전화번호를 남겼다.

독일 시각으로 새벽 2시, 시카고에서는 저녁 7시가 되자 나는 진실을 받아들였다. 로젠 박사는 내게 전화해주지 않을 것이었다. 나는 따끔거리는 깃털 이불을 몸에 둘둘 말고 눈을 감았다. 감히 어떻게 나를 버릴 수 있어. 담요에서 빠져나와 국제전화 교환원에게 다시 그를 연결해달라고 했다.

삐.

"망할 놈의 〈미국의사협회저널〉 기사에 치료사가 국제 전화로 내담자를 도와주면 안 된다고 나와 있기라도 해요? 나한

325

테 보여줘봐요! 대체 어떻게 5분도 시간을 안 내줄 수가 있어요? 댁이 아직 거기 있다고 확인만 시켜주면 됐다고요! 있죠, 나한테 전화해줬으면 대금은 나중에 갚았을 거예요. 재수없어 진짜!" 수화기를 쾅 내려놓았다. 꺼지라 그래. 내가 그 모든 돈과 시간과 신뢰를 기꺼이 바쳤는데 나한테 아무것도 안 해줘?

금요일, 아우크스부르크 회의실에서 작은 손을 들어 의사 표시를 해달라고 했다. 집에 가고 싶은 사람? 비행기를 타고 집으로 돌아가는 사람들은 시카고에서 팀 업무를 브리핑하고 그다음 주에 돌아오게 될 거라고 했다. 소속 변호사 대부분은 주말에 남아 비어 가든과 '검은 숲'에 놀러가고 싶어 했다. 옥토버페스트가 며칠 뒤로 다가와 있었다. 번쩍, 내 손이 높이 올라갔다. 제가 집으로 갈게요.

공항에 세 시간 일찍 도착했지만, 내 비행구간 중 아우구스부르크에서 프랑크푸르트까지의 구간이 취소되었다. 유나이티드 항공 카운터에 있는 거만해 보이는 여자가 다음날 비행편을 제안했다. 나는 고개를 저었다. 프랑크푸르트로 가는 기차 티켓을 사고, 그다음에 시카고로 가는 비행기를 예약했다. 독일 땅을 기어가야 하기는 했지만, 나는 집에 가고 있었다.

한 시간 뒤, 나는 기차의 차장을 올려다보지도 않고 티켓을 건네주었다. 나는 결정을 내린 뒤였다. 그룹으로 돌아가면 로젠 박사와 끝낼 것이다. 내 상처와 분노는 뜨겁거나 격렬하지 않았다. 차갑고 날카로웠다. 결정은 내려졌고 약정서는 서명되었고 문은 잠겼다. 내가 밑으로 계속 가라앉고 있는 거라면 두 발이 바닥을 치게 놔두길. 로젠 박사는 내가 가장 필요할 때 나를 보살펴줄 수 없다는 사실을 증명했으므로 나는 그의 감독 하에 있고 싶지 않았다. 린다나 프랜시스를 검색해볼 것이었다. 진짜 심리치료사를 구하는 거다. 내게 조금이라도 신경을 써주는 사람을.

차창 쪽으로 몸을 웅크렸지만 쌩쌩 지나가는 독일의 시골 풍경은 쳐다보지 않았다. 지금쯤이면 나아져 있어야 했다. 이렇게 오랫동안 상담을 받았는데도 이렇게 진전이 거의 없는 사람은 나 말고는 없었다. 그룹의 다른 구성원들은 상담에 들어온 이후로 나아졌다. 커리어도 새롭고 전도유망한 방향을 향해 날아갔다. 빚도 다 갚았다. 그들의 아이들은 졸업을 하고 문과대학에 진학했다. 그들은 남자친구의 집에 들어가 살기 시작했다. 결혼을 했다. 아이들도 낳았다.

그리고 내가 있었다. 얼마나 많은 그룹에 들어가든 관계라는 건 계속 내 손가락 사이로 빠져나가기만 했다. 뭐 이런 빌어먹을 바보가 다 있지. 어쩌면 로젠 박사는 내가 자기 실적을 망쳐버려서 화가 난 건지도 몰랐다. 나는 우승할 것으로 기대되던 경주마였는데 경기장에서는 한 바퀴도 제대로 돌지 못했다. 누군가 나를 총으로 쏴야 했다. 나는 로젠 박사에게 처음으로 전화하기도 전에 있던 곳으로 되돌아와 있었다. 지금이 더 나쁘다는 점만 달랐는데, 그건 내가 그동안 훨씬 더 많은 걸 느끼는 법을 배워왔기 때문이었다. 분노를. 상처를. 외로움을. 수치심을. 그 모든 한 음절과 두 음절 단어들을.

시카고에 예정보다 여섯 시간 늦게 도착한다고 알리기 위해 블랙베리 폰을 꺼냈다. 하지만 누구에게? 지금 비행기 대신 기차를 타고 가고 있다고 부모님에게 말할 수는 있었지만,

그건 서른세 살이나 먹은 패배자처럼 느껴지는 일이었다. 바로 지금 이 순간 내가 어디 있는지 신경 쓰는 사람이 누가 있다고? 아무도 없었다. 단 한 명도 없었다.

로젠 박사에게 보낼 메일을 쓰기 시작했다. 미안해요. 정말 잘해보려고 했는데. 맹세코 잘해보려고 했는데.

월요일 아침 그룹에서, 나는 90분의 상담 시간 가운데 1시간 25분 동안 한 마디도 하지 않았다. 내게 시간이 필요하다는 걸 모두가 눈치 챈 것 같았다. 맥스와 매기 할머니가 나를 빤히 쳐다보는 게 느껴졌지만 그들은 아무 말도 하지 않았다. 나는 에너지가 부족해서 로젠 박사와 끝내는 것조차 할 수 없었다. 너무 많은 말을 해야 할 테고 너무 많은 논쟁이 이어질 것이었다. 지금은 머리가 물속에 잠길 때까지 그냥 떠 있을 생각이었다.

"저 다음 주에는 못 올 것 같아요." 9시 5분 전, 패트리스가 말했다. "샌프란시스코에서 회의가 있어서요." 로젠 박사는 주머니에 넣고 다니는 파란색 수첩을 꺼냈다. 누군가가 그룹 상담에 빠질 거라고 알릴 때마다 그가 습관적으로 하는 행동이었다. 한번은 그에게 왜 항상 결석한 사람을 작은 수첩에 적느냐고 물어본 적이 있었다. 그때 그는 우리가 어디 있는지가 자신에게 중요하기 때문이라고 대답했었다. 그 말을 믿었던 때가 기억났다.

로젠 박사는 펜을 든 채로 나를 보며 내가 언제 독일로 돌아가는지 말해주기를 기다렸다. 그래서 월요일, 화요일, 목요일의 칸들에 내 머리글자를 적어 넣을 수 있도록. 나는 아무 말도 하지 않았다. 내 머리가 수면 밑으로 미끄러져 들어갔다.

로젠 박사가 수첩에 펜을 끼우더니 헛기침을 했다. "그룹으로 넘겨서 얘기해야 할 일이 하나 있어요." 그는 입술을 일직선으로 다물고 두 눈은 진지하게 빛내고 있었다. 그가 나를 쳐다보는 게 느껴졌지만, 나는 브래드의 뉴발란스 운동화만 뚫어져라 보고 있었다.

"크리스티, 마지막으로 보낸 메일을 받았을 때, 처음으로," 그는 잠시 말을 멈추고 방 안을 둘러보았다. "크리스티가 안전한지 아닌지 몰라 두려웠어요."

내가 저 둔감한 로젠 박사를 겁먹게 했다고? 감정적인 성장을 위해서는 세상 모든 게 다 웃기고 쓸모 있는 재료라고 생각하는 사람을?

"크리스티는 보통 때는 열정과 분노로 가득 차 있어요." 그는 나를 흉내 내며 양손을 경련하듯 흔들고는 머리를 앞뒤로 움직였다. "비명을 지르고 침을 튀겨가며 떠들어대고 격분해 있죠. 그런데 이번에는 달랐어요. 무서웠죠."

자기 심리치료사를 무섭게 하는 일이 좋은 일일 리는 없었다.

기억 한 조각이 머릿속을 스쳤다. 2년 전 여름, 내가 일주일에 7일 동안 변호사 시험 참고서를 열심히 들여다보면서 근무 외 시간에는 제러미와 나의 점점 쪼그라드는 관계를 꽉 움켜쥐고 있던 때였다.

"저것들 중에 하나 빌려가도 돼요?" 나는 로젠 박사가 그룹 상담실에 놓아둔 뒤죽박죽 섞인 동물 모양 봉제완구들을 가리켰다. "제러미가 비디오 게임을 하느라 바빠서 같이 자주 지 않을 때 저런 게 있으면 잘 수 있을 것 같아서요." 로젠 박

329

사는 그러세요,라는 듯 양 손바닥을 펼쳤고, 카를로스는 근심 걱정에 찌들어 초췌해진 것처럼 보이는 갈색 곰인형 하나를 내게 던져주었다. 나는 그걸 턱 밑에 끼우고 조는 시늉을 했다. "완벽하네요."

그해 여름 어느 일요일 밤, 내 막내 사촌동생이(자라면서 내가 기저귀를 갈아준 적도 있는 동생이었다) 전화를 걸어 약혼자와 함께 휴스턴에 있는 집 한 채를 계약했다고 말했다. 전화를 끊은 나는 수치심으로 얼굴이 뜨거워졌다. 나는 사촌동생이 약혼한 것도 모르고 있었다. 쭉쭉 나아가는 그 애의 기세에 대한 질투도 내 얼굴을 뜨겁게 했다. 내 남자친구는 자기 컴퓨터 화면에서 몸을 돌리는 수고조차 하기 싫어하는데. 이제 내 가계도 전체가 커플들로 이루어져 있었다. 가지에 여전히 혼자 매달려 있는 건 오직 나뿐이었다.

그날 밤 제러미가 잠들자 나는 그의 어두운 거실에 앉아 사촌의 새 집을 머릿속으로 꾸며보았다. 미션 스타일* 식탁을 놓고, 안방에는 머리와 다리 부분이 바깥쪽으로 말린 침대를 놓자. 사촌동생의 완벽한 삶을 상상하는 동안 창문으로 가로등 불빛 한 줄기가 들어왔다. 꼭 제러미의 책상 위에 놓인, 오렌지색 손잡이가 달린 가위를 비추기에 충분할 만큼의 버터색 빛이었다. 나는 가위를 움켜쥐고 곰인형의 오른팔을 마구 잘랐다. 그다음 주 화요일, 나는 팔이 잘린 곰인형을, 그리고 팔을 채우고 있던 속이 가득 담긴 지퍼록을 그룹 한가운데 바닥

---

* 19세기 말에 생겨난 가구 스타일로 나뭇결을 강조하는 수직과 수평 라인, 편평한 패널이 특징이다.

에 던져넣었다.

로젠 박사가 그것을 뚫어져라 쳐다보았다.

"제 꼬마 사촌이 집을 산대요. 2층집이라네요."그룹 사람들은 그때쯤에는 내 감정 폭발에 익숙해져 있었지만, 로젠 박사는 부어 넣은 콘크리트처럼 꼼짝도 하지 않고 앉아 있었다.

"박사님이 화가 많이 났나 봐요."로리가 걱정스러운 목소리를 냈다.

"턱은 왜 떨리고 있는 거죠?"카를로스가 말했다.

커널 샌더스가 팔 하나만 남은 곰인형의 몸통을 움켜쥐었다. 솜털 같은 하얀 속이 바닥에 조각조각 흩뿌려졌다.

"왜 그렇게 이상하게 행동하세요?"내가 로젠 박사에게 물었다. 그는 분명 자신감으로 빛나는 상태와는 거리가 멀었다. 그는 한숨을 쉬고, 뭐라고 말을 하려다가, 자기 자리에서 다시 자세를 고쳐 앉았다. 나는 그가 입을 열어 쉿쉿거리는 소리로 비난하는 걸 상상했다. 너 이제 큰일났어, 큰일났어, 큰일났다고.

"제 물건을 부숴버렸군요. 그게 크리스티한테는 뭘 뜻하나요?"

"저희 집 가계도 전체에서 제가 고립된 낙오자라는 걸 뜻하죠! 그 사람들은 한 명도 빠짐없이 합유재산권*을 획득해가는 중이고-"

"그리고 곰인형은요?"나는 로젠 박사가 내 안 어딘가에 있어 마땅하다고 주장하는 감정을 찾아 내 몸을 뒤졌다. 큰일

* 부동산 등의 재산을 공동으로 소유하는 한 형태.

331

났다는 게 실감났다. 배 속에서 수치심이 울렁거렸다.

"그냥 그게 제일 먼저 눈에 들어와서 집은 건데요."

로젠 박사는 눈을 깜짝하지도, 태도를 누그러뜨리지도 않았다. "그 곰인형은 저와 그룹 사람들을 상징하는 거예요." 그가 원을 그리며 손짓을 했다. "거기에 가위를 들이댄다는 게 무슨 뜻인지 한번 생각해볼 의향은 있나요?"

"하지만 전에 발코니에서 그 접시들을 망치로 전부 때려 부쉈을 때는—" 내 양손이 떨리기 시작했다.

"그것들은 제게 속한 물건들이 아니었죠."

박사는 왜 미소 짓지 않을까? 왜 내 눈에는 눈물이 고이고 있는 걸까? 나는 곰인형을 집어들어 무릎 위에 놓았다. 뭐라도 느끼려고 애를 쓰면서 팔이 붙어 있던 곳에 난 구멍 주위를 손가락으로 훑었다. 큰일을 저질렀다는 수치심 밑에서 찾아낸 건 차가운 공포의 덩어리였다. 내가 내 무의식이 하는 생각을 알지 못한다는 사실이 나를 두렵게 만들었다. 그룹 상담을 시작했을 때부터 내가 질투하고 실망했을 때 나타낸 반응에 날카로운 물건들이 연관돼 있었던 이유는 뭘까?

"이건 어떻게 고치면 될까요?"

로젠 박사의 턱에서 긴장이 아주 조금 풀렸다. "그룹 사람들한테 도움을 요청하세요."

마티가 나와 눈을 마주쳤다. "오늘 오후에 내 진료실로 와요. 팔을 봉합해 줄게요." 정신의학으로 전공을 정하기 전, 마티는 외과의사가 되는 게 꿈이었다고 했다. 그는 바늘과 실을 꺼내들 생각으로 들뜬 것처럼 보였다.

주택 지구에 있는 마티의 조그만 진료실에서 곰인형 속에

폴리에스테르 속을 최대한 많이 채워 넣은 다음 마티가 꿰맬 수 있게 상처 가장자리를 그러모았다. "이렇게." 곰인형의 털을 뚫고 나온 두꺼운 실을 잡아당기며 그가 말했다. 마지막 몇 땀은 내가 꿰맸고, 마티가 점검할 수 있도록 들어올렸다. 팔을 꿰매 붙이고 나니 하얀 속이 빠져나올 일은 없었다.

———————

　내가 로젠 박사의 곰인형을 난도질했을 때 박사는 화가 난 것처럼 보였다. 이제 그는 내가 독일에서 보낸 메일로 인해 두렵고 슬픈 것처럼 보였다. 나는 신속한 해결을 요청할 만큼 어리석지는 않았다. 로젠 박사의 세계에 그런 것들은 존재하지 않았다. 9시 정각이었다. 그룹 상담이 끝났다. 우리는 모두 일어섰고 나는 쫙 편 두 손을 론과 패트리스에게 내밀었지만, 그건 그저 근육이 기억하고 있는 동작일 뿐 진정으로 연결되는 몸짓은 아니었다. 내 손에 닿은 그들의 따스한 손바닥은 한기를 누그러뜨리는 데 아무런 도움이 되지 못했다. 그들 각자가 나를 포옹했을 때 나는 그들에게 포옹을 되돌려주는 동작을 했다. 또다시 근육 기억에 불과한 동작들이었다. 그중 어느 것도 내 존재의 얼어붙은 핵심에 닿지는 못했다. 나는 브래드와 맥스, 론이 아침식사를 하는 자리에 함께하지 않았다. 브래드가 나를 사무실까지 데려다주게 두지도 않았다. 그들의 걱정 섞인 유쾌함을 받아들이지 않았고, 그들이 돌아가며 농담과 긍정적인 말로 나를 띄워주는 걸 지켜보는 것도 거부했다. 혼자 있고 싶었다. 내가 완전히 바닥으로 가라앉도록 그들이 뇌뒀으면 했다. 나는 내 사무실로 걸어 돌아가 문을 닫고, 〈리버댄스〉 OST를 틀고, 밤 8시 15분이 되어 하늘이 어두워질 때까지 하루 종일 법률검토의견서 초안을 썼고, 그런 다음 집으로 돌아갔다.

28

독일 일에서 손을 떼야 했다.

두 번째 업무 기간을 보내러 아우구스부르크에 돌아가 정신을 차려 보니 벌거벗은 채 슈니첼 요리를 야금야금 먹고 있는 사람들이 내려다보이는 방 안이었다. 또다시 잠깐 동안 진통제 알리브 한 병을 삼키는 상상을 했다. 두 번째로 시카고에 돌아왔을 때 로젠 박사가 내게 제안을 하나 했다. 개인적인 문제로 당분간 독일에 못 가게 될 것 같다고 잭에게 말하라는 것이었다. 나는 잭에게 개인적인 문제로 의논을 좀 해야 할 것 같다고 메일을 써 보냈다. 곧바로 답장이 왔다. **같이 점심 먹으면서 얘기하죠!**

그는 영향력 있는 파트너 변호사이면서 품위 있는 사람이었다. 나를 점심식사에 초대했고, 메일에 느낌표를 사용했다. 어쩌면 독일에서 몇 주 더 있을 수도 있을까? 나는 호텔을, 나체주의자들의 해피 아워를, 그 길고 외롭던 밤들을 떠올렸다. 온몸이 아니오라고 아우성을 쳐댔다. 모두가 탐내는 이 업무를 거절해서 내 법률 전문직 커리어가 엉망이 된다면 그러라지 뭐.

잭과 나는 '원 노스' 식당으로 걸어가 테라스에 있는 테이블에 앉았다. 우리 주위를 둘러싼 사람들은 대체로 고급 슈트를 입고 고급 점심을 먹고 있었다. 잭이 참 샐러드를 주문하는 동안 나는 고백할 시간이 점점 가까이 다가오는 걸 느끼며 몇 번 심호흡을 했다.

"그래, 무슨 일인가요?" 잭의 얼굴이 너무도 정직해 보여서 나는 주눅이 들 뻔했다. 테이블 밑에서 손가락 관절들을 풀어준 다음 몸을 앞으로 기울였다.

"저, 독일에 못 갈 것 같아서요. 개인적인 문제가 있는데요-"

잭이 손을 들어 올렸다. "더 이상 말 안 해도 돼요. 크리스티가 여기서 할 일도 많으니까요. 파트너 변호사들한테 알릴게요." 그는 자신의 블랙베리 폰을 집어들고 메시지를 새로 작성했다. 나는 내 커리어를 완전히 망쳐버린 게 아니기를 기도하면서 와커 드라이브*를 내다보았다.

―――――

앨릭스와는 두 번 엘리베이터에서 마주쳤는데, 그는 두

* 시카고 강을 따라 이어져 유람선을 타기 위한 사람들로 항상 붐비는 거리.

번 다 듀크대학교의 티셔츠를 입고 운동화를 신은 금발 여자와 함께 있었다. 두 번 다 우리는 서로를 무시했다. 두 번 다 나는 숨을 죽이고 앞을 똑바로 노려봤지만, 그들이 거리로 나가 사라지자마자 로리에게 전화를 걸어 군살이라고는 없는 앨릭스의 새 여자친구에 대해 얘기하며 울어버렸다.

"다른 건물에 집을 사야 되겠는데요." 맥스가 말했다.

"크리스티 수입 정도면 방 세 개짜리 집도 가능해요." 브래드가 말했다.

"그 정도 위치에 있는 여자라면 당연히 부동산이 있어야죠." 매기 할머니가 말했다.

로젠 박사가 콘도를 구입하는 데 거부감이 있느냐고 물었을 때 나는 진실을 말해버렸다. "그 일을 저 혼자 하고 싶지는 않아서요." 혼자서 콘도를 구입하면 내 지위는 성공했지만 짝은 없는, 세상에 오직 자기 혼자뿐인 여성으로 굳어질 것이었다. 오로지 부동산 에이전트만 동반한 채 텅 빈 집들을 방문하고 미래를 꿈꾸는 일은 얼마나 우울할까. 혼자서 큰 액수의 자금 거래에 착수하는 일은 얼마나 외로울까. 콘도를 사는 일이 페미니즘적으로는 승리일지 몰라도, 내게는 로젠 박사의 도움을 받아 피하고 싶었던 바로 그 미래처럼 느껴졌다.

"그냥 구경만 한다고 손해 볼 건 없죠." 그룹 상담을 마치고 나가는 길에 맥스가 말했다.

1월 말의 어느 목요일, 나는 짙은 감색 슈트를 입고 권리

337

대행업체 건물 10층에 앉아 한 무더기의 서류에 서명하고 있었다. 완전히 혼자는 아니었다. 내 오른쪽에는 내가 고용한 변호사가, 왼쪽에는 론의 아내 르네가 앉아 있었으니까. 나는 다음과 같이 적힌 문장 아래 수십 번 서명했다. 크리스티 O. 테이트, 미혼 여성, 노처녀. "와우." 내가 작게 말했다.

"표준 부동산 매매계약서 중 일부에는 다소 구시대적인 용어가 계속 남아 있지 뭐예요." 내 변호사가 소리 없이 웃으며 말했다.

"하-하." 르네가 비꼬듯 말했다. "누가 업데이트 좀 해야겠네요." 르네는 내가 한 장 한 장 서명하는 동안 원을 그리며 등을 문질러주었다.

몇 분 늦게 그룹에 도착한 나는 오른손 검지로 그룹 상담실 버튼을 눌렀고, 왼손으로는 내 콘도 열쇠들을 빙빙 돌리면서 내가 이제 은행을 끼고 리버 노스 지역의 5층에 있는 로프트를 보유하게 됐다는 사실을 놀라워했다. 방 두 개짜리 집이었다. 나는 내 발전에, 그리고 부동산 한 채를 사면서 10퍼센트의 계약금을 낼 수 있는 내 능력에 황홀함을 느꼈다. 이런 행운이자 축복이라니. 내가 자리에 앉자 모두가 축하해줬지만, 상담 시간이 진행될수록 황홀감은 빠져나가고 한 가지 생각만 남았다. '크리스티 테이트, 노처녀'.

맥스의 말을 중간에 끊었다. 그가 무슨 말을 하고 있었는지는 기억나지 않지만 나는 허둥대며 그의 이야기를 잘랐다. "여러분, 저 이 콘도에 대해 확신이 안 들어서요." 그 모든 서류. 일리노이주 인장 밑에 적혀 있던 내가 노처녀 신세라는 그 모든 공식 증거. 나는 텅 비어 소리가 울리는 그 방들을 오직 혼자서 채워야 했다.

내가 불쑥 끼어들어 짜증이 난 맥스가 버럭 화를 냈다. "괜찮아요. 괜찮을 거라고. 옳은 일을 한 거잖아." 그러더니 그는 자기 이야기로 돌아갔다. 나는 최대한 오랫동안 조용히 앉아 있었지만, 맥스에 대한 분노와 콘도에 대한 공포가 너무 강렬해서 오래 억누르지는 못했다. 양손이 주먹을 꽉 쥐었고, 내 몸은 비명을 지르기 직전 상태가 되어 앞으로 고꾸라졌다.

"아, 또 시작이네." 맥스가 말했다. 나는 그를 보고 있지 않았지만, 어조로 보아 그가 눈을 위로 치뜨고 있다는 걸 알 수 있었다.

꺼지라 그래. 나는 신발(눈길을 걷기 위한 핑크색 어그부츠)을 벗어 한 짝을 맥스가 있는 방향으로 던졌다. 맹세코 그의 위쪽 벽을 겨냥했지, 그의 얼굴을 겨냥하지는 않았다. 그는 맞지는 않았지만 거의 맞을 뻔했다. 안감이 짧은 양털로 된 내 부츠가 원 한가운데로 날아갈 때, 내가 내뱉은 "꺼져버려"도 같이 날아갔다. 나는 잘난 척하는 맥스란 인간을 똑바로 노려보았다. "댁한테 협박받는 거 아주 신물이 나. 댁이 한숨 쉬는 것도 신물이 나고. 뭐는 좋네 뭐는 안 좋네 나한테 훈계하는 것도 그래. 댁은 부동산을 살 때도 절대—"

맥스는 내가 던진 부츠를 움켜쥐더니 곧장 내 자리로 성큼성큼 걸어와 그것을 총처럼 내게 겨눴다. 그는 내 앞에서 멈췄고, 나는 일어나 맞섰다.

"너도 꺼져버려!" 그가 내 얼굴에 대고 소리쳤다.

"아니, 너나 꺼져!"

우리가 아주 가까이에 서 있어서 그의 코트에 달린 황동

단추들이 내 복근에 스치는 게 느껴졌다. 내 분노가 그의 입 속으로 펄펄 날렸고, 그의 격노도 곧바로 내 입 속으로 날아들어왔다. 그의 두 눈 속에는 작은 금빛 점들과 순도 높은 증오가 박혀 있었다. 나에 대한 증오였다. 나는 그가 내 지독한 증오를 목격하길 바랐다. 그건 혼자서 콘도를 구입할 필요도 없고 데이트를 하는 30대도 아니고, 수천 시간의 상담을 지나 결국 자기가 피하고 싶어 했던 바로 그 장소에 도착하는 경험을 할 필요도 전혀 없는 그에 대한, 그리고 둘러앉은 다른 모든 사람들에 대한, 세상 모든 사람에 대한 지독한 증오였다. 크리스티 테이트, 노처녀.

"넌 나에 대해 아는 게 존나 하나도 없어, 맥스!"

"아니, 알아! 당연히 안다고! 왜 그렇게 멍청한 말들을 하는 건데?"

"나 안 멍청하거든!"

"그럼 멍청한 짓거리 좀 그만해!"

내가 아는 거라곤 맥스가 내 얼굴에 대고 소리치는 한 나도 그의 얼굴에 대고 소리칠 거라는 사실뿐이었다. 무너지듯 의자에 앉으며 한심한 눈물로 마법을 깨뜨리지는 않을 것이었다. 물러서지 않고 그와 똑같이 오랫동안 시끄럽게 소리를 지를 것이었다. 내 몸속의 힘을 뺏기지 않을 것이었다. 맥스는 그걸 가져갈 수 없었다.

그러다가 우리는 조용해졌다. 여전히 서로에게서 몇 센티미터 거리에 서서. 우리 사이에는 여전히 격노가 맥박치고 있었다. 맥스가 물러나더니 자기 자리에 앉았다. 그제야 나도 내 자리에 앉았다.

로젠 박사는 그 싸움이 끝난 뒤에도 뭔가를 위엄 있게 선언하지는 않았다. 이건 크리스티가 기꺼이 누군가와 친밀해지고 싶어 한다는 뜻이에요 같은 말도 하지 않았다. 남자랑 그런 식으로 싸워본 적 있어요? 아니면 누구하고든? 이게 뭘 뜻하는지 알겠어요, 마말레? 같은 유도 질문도 없었다. 내 귓속에서 심장 박동이 미친 듯 울리고 있어서 어차피 못 들었을 것 같기는 했지만 말이다. 나는 언제나 로젠 박사가 내게 주의를 돌리고 내가 해내는 갖가지 어려운 일들을 칭찬해주기를 은밀하게 바라곤 했다. 그런데 이번에는 그런 마음이 들지 않았고, 그건 내가 받은 그룹 상담 시간 전체를 통틀어 처음이었다. 내가 앞으로 나아가고 있고, 원하는 모습이 되기 위해 어려운 일들을 하고 있다는 걸 증명하기 위해 그의 승인이 필요하지 않았던 것 역시 처음이었다. 내 핸드백 속에는 리버 노스에 새로 구입한 콘도 열쇠가 들어 있었다. 나는 맥스에게 부츠를 던졌고, 물러나지 않고 팽팽한 긴장감 속에서 대치했다. 부동산을 사는 일은 부인할 수 없이 삶을 변화시키는 일이었다. 하지만 나는 충분히 오랫동안 그룹 상담을 받아왔기에, 맥스와 기꺼이 끝까지 싸우려는 내 의지가 온타리오 스트리트에 생긴 새 주소보다 훨씬 더 큰 변화의 증거일 수 있다는 걸 깨달았다. 내 몸은 가라앉을 게 분명한 아드레날린으로 윙윙거렸지만, 소리지르기 시합이 끝난 뒤의 그 어지러운 순간들 속에는 단단하고 차분한 또 하나의 내가 있었고, 그런 나는 다음과 같은 사실을 알고 있었다. 나는 앞으로 나아가고 있었다. 엉망진창이고, 시끄럽고, 겁을 집어먹은 나만의 방식으로.

상담 시간이 끝나자 후들거리는 다리가 내 몸을 지탱해줄지 확신하지 못한 채 자리에서 일어섰다. 엄밀히 말해 부끄럽지는 않았지만, 포옹할 때나 엘리베이터로 걸어가는 동안에 맥스를 어떻게 대해야 할지 알 수 없었다. 로젠 박사를 끌어안은 뒤 내게 다가온 건 맥스였다. 그는 30분 동안 두 번째로, 내 앞 아주 가까이에 섰다. 그러더니 이번에는 두 팔을 활짝 벌렸다. 나도 두 팔을 벌렸다. 둘 다 말은 한 마디도 하지 않았지만, 우리는 서로를 꽉 끌어안았다.

29

빨간색 트렌치코트를 사무실 문 뒤쪽에 걸고 책상 앞에 앉아 컴퓨터 전원을 켰다. 컴퓨터가 여전히 부팅되고 있는데 전화벨이 울렸다. 나는 땀으로 축축한 손에 쥐고 있던 가장자리가 말린 명함의 전화번호를 확인했다. 그래, 약속대로 그였다.

"크리스티 테이트입니다." 나는 신경을 안정시키고 이것이 업무상 전화라는 기만을 뒷받침하기 위해 공적인 목소리로 말했다. 화요일 그룹에 새로 온 리드라는 남자는 20년간 계약관리를 (혹은 헤지펀드 매니저가 하는 일이 뭐든 그 일을) 해오고 있었다. 내가 변호사로 일한 기간은 2년이었다. 그에게 내 법률 자문은 필요없었다. 전화선 반대편에서 그가 웃자, 조금 전 그룹 상담에서 로리가 하는 아버지 이야기에 우리가 웃었을 때 봤던 그의 보조개가 눈앞에 떠올랐다.

"진짜 변호사 같은 목소리네요." 리드가 말했다.

"왜냐하면 저는 진짜 변호사니까요." 체온이 올라갔다. 나는 그가 내 손에 쥐여준 명함으로 부채질을 했다.

"제가 전화할 것 같았어요?"

진실이 거기서처럼 여기서도, 통제도 감독도 없는 그룹 바깥의 공간에서도 작동할까? 내가 뛰어든 뻔한 일에서 진실이 나를 구해줄까? 〈다이너스티〉나 〈댈러스〉 같은 1970년대 저녁 드라마에 나오는 어른거리는 수영장처럼 뻔한 이 상태에서? 나는 탄탄한 팔뚝과 여윈 목, 해안선 같은 머리선을 지닌 이 연상의 유부남과 나 사이에 무슨 일이 일어날 거라고 생각하는 걸까? 유부남인데 다른 여자들에게서 오럴섹스를 받는 걸 그만두지 못해서 내 상담 그룹에 들어온 이 남자와?

"잘 모르겠네요." 하지만 나는 그가 전화하길 바랐고, 전화가 와서 기뻤다. "뭘 도와드릴까요?"

"아는 분 중에 혹시 M&A 관련된 일을 하는 분이 있나요?"

이번에는 내가 웃을 차례였다. 스캐든사는 인수 합병에 있어서는 국제적으로 유명한 회사였다. 나는 M&A 담당 변호사들과 겨우 한 층 떨어진 곳에 앉아 있었다. "그 부서 책임자 성함을 알려드릴게요."

"성함하고 전화번호 좀 부탁할게요."

나는 맞춤 제작한 가는 세로 줄무늬 슈트를 입고 〈월 스트리트 저널〉 1면에 실리는 계약들을 체결하는 백발 파트너 변호사의 이름과 전화번호를 그에게 알려주었다.

잠시 침묵이 흘렀다. 리드의 명함 모서리를 가볍게 털어내고는 전화기 뒤에 있는 게시판에 핀으로 꽂았다. 이미 그의 전화번호는 외우고 있었지만 말이다.

다시 침묵이 이어졌다. 조금 더 길게.

"그럼." 그가 말했다. 그의 싱글거리는 웃음소리가 들리는 듯했고 그 반짝이는 눈이 눈앞에 선했다. "당신하고 계속 통화하려면 감시할 사람이 필요할까요?"

"왜요?" 나는 그가 그 말을 하게 만들고 싶었다.

"우리가 서로 하게 될 모든 말이랑 행동들에 대해서요."

두피에서 허벅지까지 여전히 따뜻하게 웅웅 울리는 채로 여전히 미소 지으며 전화를 끊었을 때, 나는 일어서서 두 손을 비비며 그 마법과 흥분과 두근거림에서, 리드의 관심을 받았다는 기쁨에서 벗어나보려고 애를 썼다. 우리가 나눈 대화를 한 마디 한 마디 다시 떠올렸고, 일을 핑계로 나눈 우리의 대화를 그가 꿰뚫어보고 있었다는 사실에 전율을 느꼈다.

나는 뚝 소리가 나게 목을 꺾고 등을 활처럼 휘었다. 하지만 내 몸은 해방을 갈구했고, 그래서 나는 문 손잡이의 금속 부분을 눌러 잠갔다. 의자를 뒤로 밀고 바닥에 누웠다. 두 손을 다리 사이로 미끄러뜨렸다. 리드의 보조개와 억센 두 손을, 그의 빳빳한 칼라를 떠올리며 입을 꼭 다물고 내 몸을 어루만졌다. 그의 전화 목소리. 그 맛깔스러운 침묵들. 너무 강렬하게 오르가슴을 느끼는 바람에 나는 컴퓨터 본체 모서리에 머리를 찧었다. 온몸이, 손가락 끝이, 삼두근이, 입술이, 배가, 아킬레스건이, 발가락이 맥박쳤다.

의자에 앉아 스웨터 매무새를 정돈하고 잭과 독일에 있는 팀에게서 온 메일들에 답하기 시작했을 때도 나는 여전히 거칠게 숨을 몰아쉬고 있었다.

리드가 자신의 결혼을 막다른 골목이라고 여기고 있다는 건 그룹에서 알았다. 그는 바람을 피운 유책 배우자였고, 그의 아내 미란다의 분노는 끓는점 바로 밑의 온도로 계속 뜨거워지고 있었다. 그들의 소통은 딸들에게 체조 수업을 받게 하고 가정교사를 붙여주는 실행 계획에 관한 간결한 대화에 한해 이루어졌다. 그들은 잠을 잘 때도 서로에게 등을 돌리고 잤다.

내가 여전히 앨릭스 때문에 흔들리고 있는데 무턱대고 리드와의 관계에 뛰어드는 건 너무 뻔한 일이라는 것도 알고 있었다. 그럼에도 나는 이미 전력 질주를 시작한 참이었다.

이어지는 목요일과 월요일 상담에서 나는 리드 얘기를 하지 않았고, 그가 화요일 그룹에 나와 같이 속해 있다는 이유로 그런 생략을 정당화했다. 그러니 나는 화요일에는 그에 관해 얘기해야 했다. 화요일, 여분의 시간을 들여 옷을 차려입을 수 있도록 알람을 15분 일찍 맞춰놓았다. 열차가 워싱턴역에 들어오자 배 속에서 위장이 공중제비를 넘었다. 90분 동안 그와 함께 있게 된다.

리드는 몇 분 늦게 도착했다. 그는 자기 서류가방을 내 의자 근처에 놓았고, 자리에 앉으면서 자기 의자를 내게로 조금 더 가까이 끌고 왔다. 모두들 우리 사이에서 솟아오르는 열기를 느낄 수 있을까? 심장이 쿵쾅거리고 있었다. 분명 로젠 박사와 다른 모든 사람에게도 들릴 것 같았다.

상담 도중에 나는 리드의 짙은 남색 바지를, 그의 손목에 난 섬세한 털을 빤히 쳐다보았다. 그가 말할 때는 입술이 움직이는 걸 지켜보았고, 그가 불만에 차서 손으로 머리를 쓸어 넘길 때는 시선을 뗄 수가 없었다. 하지만 나는 시계 역시 집요하게 쳐다봤는데, 9시가 되어 그룹 상담이 끝나면 리드는 자기 사무실이 있는 북쪽으로 향할 것이고, 나는 서쪽으로 향해 문서 검토와 〈리버댄스〉 OST라는 따분한 생활이 기다리는 내 사무실로 돌아갈 것이기 때문이었다. 하지만 그룹에서 내 삶은 리드에게서 채 30센티미터도 떨어지지 않은 곳에서 다양한 빛깔과 가능성을 품고 희미하게 빛을 발했다. 리드가 커널 샌더스에게 이의를 제기하는 걸 지켜보고, 그의 발을 내 발로 살짝 스치고, 그의 웃음소리를 들을 수 있기 때문이었다.

그리고 그 다음은 이랬다. 리드에 대한 내 감정들은 부인할 수 없게도 성적인 종류였는데, 그건 내가 그 감정들을 그룹에 공유해야 한다는 뜻이었다. 털어놓아야 한다는 압박감이 내 입술을 밀어붙였지만, 나보다 한 발 앞서나간 건 리드였다.

"전 항상 크리스티를 떠올려요. 미란다랑 같이 침대에 들어갈 때는 미란다가 크리스티였으면 하고 바라죠. 딸들이 하는 축구 경기를 보러 가면 크리스티가 같이 있었으면 좋겠다고 생각하고요. 우리는 며칠 전에 전화로 얘기를 나눴는데, 그건 정말-" 리드는 허락을 구하듯이 나를 보았다. 나는 고개를 끄덕였다. "정말 근사했어요."

모두가 나를 쳐다보며 나머지 절반의 고백을 해주기를 기다렸다. 나는 그와의 통화가 즐거웠다고 인정했다. 그 첫 번째 대화가 끝난 뒤 내가 사무실 문을 잠그고 자위를 했다는 말은 하지 않았다. 어떤 단어들이 내 몸속의 감각들에 어울릴까? 그 끊임없는 웅웅거림, 술을 퍼마시거나 웃음 가스를 들이킨 것처럼 몽롱한 느낌. 내게는 터무니없는 말들만 떠올랐다. 내가 사랑에 빠지고 있다고 사람들에게 말할 수는 없었다.

동시에, 내가 다른 여자의 남편을 뺏는 여자는 아닌 것도 사실이었다. 나는 여성학 수업들을 들은 적이 있었다. 캐서린 매키넌, 낸시 초더로, 엘렌 식수의 책들도 읽었다. 거기에 더해, 나는 유부남인 리드가 교외에 있는 자신의 식민지풍 저택을 떠날 거라고 믿을 만큼 어리석지는 않았다. 나는 **심리치료 그룹**에서 만난 불행한 유부남에게 빠지는 외로운 여자라는 클리셰 속으로 뛰어들기 위해 수백 시간이나 되는 상담을 받은 게 아니었다. 로젠 박사에게 상담받는 남자를 만나보는 건 이미 시도해봤고, 잘되지 않은 터였다. 모니카 르윈스키가 기억났다. 오럴섹스 스캔들이 터지고 나서 대중이 경멸을 쏟아내고 레블론사의 채용 제안이 취소됐던 일이. 로젠 박사의 세계가 느슨한 경계로 이루어져 있다는 걸 고려하면, 내가 내 치료의 근거지를 위험에 빠뜨리고 있다는 건 말할 것도 없고 나 역시 공공연하게 망신을 당하는 걸로 끝날 수도 있었다.

"크리스티가 원하는 건 뭔가요?" 로젠 박사가 내게 물었다.

"어떻게 대답해야 될지 모르겠어요."

"왜요?"

"제가 가져도 되는 게 뭔지 모르겠어서요." 나는 로젠 박사를 마주 쳐다보았고, 그가 대답을 알고 있다고 믿었다. 나는 리드를 원했다.

매일 아침 침대 옆 협탁 위에서 휴대폰이 덜그럭거렸다. 해가 뜨기 전에 출근길에 나선 리드였다. 주식시장에 어울리는 시간감각이었다. 그는 언제나 오전 중반쯤에 내 사무실로 전화해 안부를 물었고, 시장이 폐장하면 다시 한번 전화했다. 밤에는 사무실에서 기차역으로 걸어가는 길에 전화했다. 그의 구두가 보도 위에서 뚜벅이는 소리가 들려왔다. 가끔씩 그는 사무실을 떠나는 순간부터 기차를 타고 가는 내내, 그리고 자기 집 현관문으로 걸어가 자물쇠에 열쇠를 넣고 가야 한다고 속삭일 때까지 나와 통화를 하기도 했다. 그는 내게 핀PIN 메시지, 그러니까 우리 회사의 서버를 우회해서 기록이 남지 않게 메시지를 보내는 방법을 알려주었다. 내 블랙베리 폰 지시등에 빨간 불이 켜지며 깜박이면, 그게 리드에게서 온 핀 메시지라는 걸 알아차린 내 몸은 급격한 동요로 반응했다.

그가 뭐든 물어봐도 된다고 하기에 나는 미란다에 대해 물었다. 그러면 아마도 미란다는 내게 현실적인 존재로 다가올 테고, 나는 물러나게 될 테니까. 미란다한테선 무슨 향기가 나나? (청결한 향) 그 사람은 얼마나 말랐나? (사이즈 4) 리드가 그 사람에게서 제일 좋아하는 점은? (아이들에 대한 헌신) 마지막으로 같이 잔 건 언제인가? (기억이 안 나네요) 리드는 왜 그 사람과 결혼했나? (그래야 할 것 같아서요) 왜 그 사람을 떠나지 않았는가? (애들 때문에) 나는 머릿속에 미란다의 모습을 그려보았다. 나와 비슷한 키에 짙은 자줏빛 원피스와 은색 샌들을 신고, 금발에 가까운 머리카락에는 햇빛을 받아 바랜

349

것처럼 완벽하게 부분염색을 한 여자. 내가 생각하기에 엄청나게 마르고 부유해서 일할 필요가 없는 여자들의 특징인 냉담함을 지닌 여자. 내가 상상하는 미란다는 자신만의 립스틱 색조가 있고 음식은 조금씩 오물오물 먹는 여자였다. 흠 없지만 차갑고, 침착하지만 갈망에 차 있고, 외모는 완벽하게 관리했지만 불안정한 여자. 내 몸에는 살이 좀 더 많았고, 따스함도, 생기도, 젊음도, 힘도 더 많았다.

죄책감이 느껴졌다. 결국 나는 가짜 페미니스트였다. 남의 남편을 뺏는 여자, 뻔한 여자였다.

그럼에도, 그때만큼 내가 살아 있다고 느껴진 적은 없었다.

───────────

"정오에 알코올의존증 자조 모임에 가야 해요. 거기서 만나요." 어느 날 아침 리드가 말했다.

10분 뒤면 회의라 잭이 나를 기다리고 있을 터였다. 내가 독일 출장을 가지 않아도 되게 잭이 도와준 뒤로 나는 어떤 문제도 일으키고 싶지 않았다. 나는 리드를 위해 얼마나 많은 걸 감당할 수 있을까?

잭에게 메일을 보냈다. 일이 좀 생겨서요. 1시 30분에 뵈어도 될까요?

알코올의존증 자조 모임은 내 사무실에서 네 블록 떨어진 곳에서 열렸고, 나는 영하 1도의 날씨에 힐을 신고 코트도 안 입은 채로 정신없이 달려갔다. 지갑도 돈도 없었고, 머릿속에는 아무런 정신도 없었다. 내게 있는 거라곤 만나자고 초대하

350

는 리드의 목소리에 담긴 강력한 힘과 내가 앞뒤를 가리지 않고 한 '네'라는 대답뿐이었다. 시카고 루프를 가로지르면서, 나는 꾸벅꾸벅 인사를 하며 보행자들 사이를 이리저리 빠져나가 차들 사이로 발을 들여놓았다. 더 빨리 리드에게 갈 수 있도록, 따분하고 사랑 없는 내 삶에서 도망쳐 그의 곁에서 삶의 생생함을 느낄 수 있도록. 그랬다, 나는 알코올의존증 자조 모임을 향해 전력질주를 했다.

비록 엄밀히 말하면 나는 알코올의존증 환자가 아니었지만.

비록 우리 부서에서 성공으로 가는 가장 강력한 연줄인 사람과의 회의는 뒤로 미뤄야 했지만.

비록 리드는 외도를 저지른 유부남이었고 관련 증거도 많았지만.

뒷줄 끝, 그의 곁에 앉았다. 그가 빛나는 검은색 레이스업 슈즈를 내 검은 웨지힐에 밀어붙였다. 나는 헉, 하고 숨을 들이마셨다. 의자 뒤로 몸을 기대고 그의 팔꿈치와 갈비뼈 사이로 내 손을 몰래 집어넣었다. 손가락 끝에서 느껴지는 진동은 나 자신의 맥박이었지만 마치 그의 맥박처럼 느껴졌다. 모임의 사회자가 12단계 쉼터를 안내하는 전단지를 돌렸고, 나는 그것을 리드에게 건네주면서 손가락들을 그의 손바닥에 잠시 대고 있었다. 몸과 몸이 닿았다. 모든 것이 사라졌다. 흰색 벽으로 둘러싸인, 금주 중인 변호사들과 비서들, 증권업자들, 그리고 마사지 치료사 한 명으로 가득한 방도. 평온함을 비는 기도에 쓰는 동전들도. 스택형 의자들도. 멀리 떨어진 구석에서 치폴레 부리토를 먹고 있는 경비원 복장의 여자도. 모두 사라졌고, 그와 함께 시카고 루프도, L선 기차도, 와커 드라이브의 차들도 사라졌다.

오직 내 손가락 끝과 리드의 손바닥만 존재했다.

그리고 내 몸속에 전해져오는 그 진동도.

그는 내 사무실까지 걸어서 나를 데려다주었다. 나는 몇 걸음마다 우리의 손이 서로 스치도록 그의 넓은 보폭에 맞춰 걸었다. 매번, 우리는 충격을 받은 것처럼, 혹은 나쁜 짓을 하다가 걸린 것처럼 재빨리 손을 뺐다. 우리는 얼빠진 미소를 짓고 있었다.

책에 나오는 것 중에 최고로 낡은 섹스 이야기. 나이 많고 성공한 남자와 그보다 젊은 불륜 상대. 이 이야기의 끝에 나는 어딘가에 처박혀 엉엉 울며 로젠 박사에게 메시지를 여러 개 남기고는 내가 한 멍청한 결정들을 떠올리며 주먹을 휘두르고 있을 것이었다. 하지만 와커 드라이브와 랜돌프 스트리트가 만나는 길모퉁이에, 내 손에서 몇 센티미터밖에 떨어지지 않은 곳에 리드의 손이 있고, 드러낼 수 없는 갈망이 내 몸에 넘쳐흐르는 이 순간만이 내게는 중요했다. 그걸로 충분했다.

"당신이 나에 대해 모든 걸 알았으면 좋겠어요." 빙글빙글 돌며 나를 사무실로 돌려보낼 거대한 유리 회전문 앞에 우리가 서 있을 때 그가 말했다.

"예를 들면요?" 그룹 덕분에 나는 리드의 아버지가 처방약 중독자이고, 건축가가 되고 싶어 했던 리드를 억지로 경영학 석사 과정에 밀어넣었다는 걸 이미 알고 있었다. 도시 외곽에서 열린 대회에서 중학생이었던 리드에게 술을 먹이고 성추행을 한 육상 코치에 관한 이야기도 들은 적이 있었다. 나는 리드가 매일 술을 마시던 시절 자신이 어떤 사람이었는지에 관해, 그리고 물론 그가 그룹 상담에 오게 만든 그 오럴섹스에 관해서도 얘기했던 상담 시간들 얘기를 들었기에 은밀히 알고 있었다. 그리고 리드의 결혼생활에 균열을 낸 다른 혼외의 불장난들에 대해서도. 나는 아는 것들이 있었다. 안다는 건 사랑처럼 느껴지는 힘이었다.

"모든 걸요. 내가 물병 뚜껑을 어떻게 여는지. 내가 운전대를 어떻게 잡고, 수영장에서 레인을 어떻게 왕복하는지. 그룹에서나 길에서는 당신한테 보여줄 수 없는 것들도요." 그는 몸을 기울이고 내 귀에 속삭였다. "당신한테 사랑한다고 말할 때 내가 어떤 모습인지, 당신이 알았으면 좋겠어요."

———————

"제가 어제 어떤 일을 했는데요." 나는 월요일 아침 그룹 상담에서 그렇게 알렸다. 리드가 그 그룹에 없었기에 털어놓기에는 그곳이 더 쉬웠다. 몇 주 동안, 나는 리드와 함께 죄를 짓기 일보직전까지 가 있었다. 공공연하게 성적인 일은 아무것도 없었기에 나는 죄에 가까운 그 각각의 행동을 무해하다고 합리화했다. 알코올의존증 자조 모임에서 그의 손바닥을 스친 일은 불륜이 아니었다. L선 궤도 아래 숨겨진 어두운 바에서 그와 만나 점심을 먹은 일이나, 그의 가족들이 잠자리에 든 늦은 밤에 그와 통화한 것도 불륜은 아니었다. 우리는 키스조차 한 적 없었다. 내게는 아무 잘못도 없다고 나는 자신을 속였다. 마음속 깊은 곳에서는 내가 리드와 하고 있는 일이 사

과 열두 개를 몰래 먹고는 섭식장애에서 회복된 척하는 것이
나 마찬가지가 아닐까 의심하면서도.

"무슨 일인데요?" 론이 물었다. 그는 리드와 나의 '우정'이
지나치게 친밀해질 수도 있을 것 같다고 몇 주째 예언해왔었
다. 론의 아내 르네가 예전에 리드와 같은 그룹에 속해 있었는
데, 그들은 거의 바람을 피우기 직전까지 갔었다고 했다. 나는
그 사실 때문에 주저해야 옳았다. 하지만 그러지 못했다.

"우리는 어제 전화통화를 하고 있었는데요- 그러다가 상
황이- 감당할 수 없게 됐어요."

"그게 무슨 뜻이죠?" 엄마 같은 걱정으로 패트리스의 이
마에 주름이 생겼다. 매기 할머니는 무슨 말이 나올지 알겠다
는 듯 혀를 쯧쯧 찼다.

"리드가 식료품 가게에서 전화를 했거든요." 주말이면 리
드와 나는 그가 가족들로부터 몰래 빠져나올 수 있을 때마다
짧은 돌발 통화를 여러 번 했다. 나는 주말 내내 전화기에서
떨어지지 못했다. "그가 어떤 말들을 했는데- 냉동식품 코너
에 있는 통로에서였는데-"

"이런, 우린 냉동 콩에는 관심 없다고요!" 론이 쏘아붙였다.

"알겠어요. 우리는 폰섹스를 했어요."

"그 사람이 자기 아내랑 아이들이 먹을 음식을 사고 있는
동안에 말이죠." 패트리스가 이해를 도우려는 듯 말을 덧붙였
다.

"그 인간, 르네하고도 그랬어요. 알잖아요." 론이 말했다.
"당신이 너무나 특별하다고 그 인간이 그러던가요? 사랑한다
고?"

354

나는 나 같은 위치에 있는 모든 여자가 자신에게 들려주는 말을 나 자신에게 했다. 나는 다르다고 말이다. 하지만 내 배 속에 자리잡은 땋은 머리 모양의 매듭이(한 가닥은 리드의 아내, 나머지 두 가닥은 두 딸들이었다) 꽉 죄어들었다. 나는 입술을 꾹 다물고 로젠 박사를 쳐다보았고, 박사는 더 말해보라고 나를 재촉했고, 그래서 나는 리드가 내 몸속에 들어온 자신을 상상해보라고 말하는 동안 내가 벽장 바닥에서 어떻게 자위를 했는지 설명했다. 그는 나를 사랑한다고, 나를 위해 뭐든 하겠다고 했다. 계산원이 종이 봉지와 비닐봉지 중에 뭘 원하는지 리드에게 묻는 소리가 들렸을 때 나는 끊으려고 했지만, 그는 자기가 차에 탈 때까지 끊지 말라고 했다.

"왜 하필 벽장인데요?" 늘 중요한 질문을 하는 맥스가 물었다.

리드와의 대화가 선정적으로 변했을 때 나는 스웨터를 꺼내려고 벽장 안에 들어가 서 있었다. 그다음에 기억나는 건 내가 바닥에 누워 내 바지와 치마 끝단들을 올려다보고 있었고, 내 손가락은 다리 사이에, 전화기는 귀와 어깨 사이에 끼워져 있었다는 것이다.

로젠 박사가 큰 소리로 말했다. "성적인 취향을 숨기기에 벽장보다 더 좋은 장소가 어디 있겠어요? 이해하기 쉬운 선택이죠." 박사와 눈을 마주칠 수가 없어서 나는 그의 턱 윤곽선을 노려보았다. 그는 어떤 감정이 느껴지냐고 내게 물었다. 답은 하나밖에 없었다. 수치심. 수치심. 수치심. 그 모든 짜릿한 두근거림들이 액체 상태의 수치심으로 변해 몸속에서 출렁이고 있었다.

355

"나 정말 죽도록 뻔한 인간이네요. 이것보단 나은 인간이어야 되는데. 뒷걸음질치고 있어요." 알코올의존증에서 회복 중이고 10대 아이들이 있는 유부남은 내가 전에 '바닥'이라 분류해둔 공간으로 통하는 뚜껑 달린 문이었다. 아무리 로젠 박사라 해도 싱글이지만 나를 사랑하지 않았던 앨릭스에게서 유부남인 리드에게로 옮겨 가는 게 올바른 방향으로 나아가는 거라고 나를 납득시킬 수는 없었다. "난 나 자신의 남편과 나 자신의 아이들을 원하지, 다른 누군가의 것을 원하지는 않아요! 난 발레 플랫슈즈를 신고 폰섹스를 하는 것 이상의 뭔가를 원한다고요."

"만약 이게 크리스티가 가고 싶은 곳에 가기 위해 필요한 바로 그 경험이라면요?"

"그럴 리가 없어요."

"크리스티하고 자고 싶어 하는 남자한테 마지막으로 많은 사랑을 받아 본 게 언제였어요?"

"그 인턴 때-"

로젠 박사가 고개를 저었다.

"박사님은 저한테 경고를 해주고 있어야 하는 거 아닌가요. 빌어먹을 빨간 깃발을 제 코 바로 밑에서 흔들면서요." 하지만 그런 일은 없을 것이었다. 로젠 박사는 우리를 판단하지 않으면서 우리가 스스로 길을 찾게 하는 방식에 있어서는 끝까지 물러서지 않았다. 이른바 신경성 성욕부진증 환자인 내가 마침내 '가질 수 없는 남자들'과의 관계에서 바닥을 치기 위해 유부남과 연애사건을 벌일 필요가 있다고? 그렇다면 그런 거겠지. 내게 리드는 산사태를 일으키기 직전의 6등급 허리케인 같았고, 나는 로젠 박사가 나를 들어올려 더 높은 지대로 데려가줬으면 했다. 하지만 그건 로젠 박사의 역할이 아니었다. 박사는 목격자였지 국가 요인 경호대가 아니었다.

패트리스가 로젠 박사의 방임주의적인 접근법에 난색을 표했다. "그룹 밖에서는 리드하고 말을 하지 말아야 할 것 같아요, 크리스티."

나는 그 충고를 유념해야 한다는 걸 알았기에 고개를 끄덕였지만, 내가 마르틴 루터의 불멸의 말들을 따라 그대로 관계를 유지하리라는 건 명백했다. 죄인이 되어 담대히 죄를 지으라. 비록 루터의 말이 벽장 속에서 유부남인 그룹 동료의 속삭임을 들으라는 뜻은 아니었겠지만 말이다.

"이 경험이 어떻게 제가 가고 싶은 곳에 가게 해준다는 거죠?" 내가 물었다.

"그건 알게 될 거예요." 로젠 박사가 어깨를 으쓱했다. 피할 수 없는 참사를 향해 가고 있는 내게 격려가 되는 몸짓은 아니었다.

"맥스, 도와줘요." 내가 말했다.

우리가 한판 승부를 벌이고 난 뒤로 나는 맥스가 둘러앉은 사람들 중 다른 누구보다도 신뢰할 만한 사람이라고 느꼈다. 누군가의 얼굴에 대고 소리를 질러 보면 상대가 얼마나 단단한 사람인지에 대해 배우게 되는 게 있다. 맥스는 지옥에서 온 삼나무 같아서, 둘러앉은 사람들 중 다른 누구보다도 깊고 널찍하게 뿌리를 내리고 있었다. 맥스가 리드에게서 도망치라고 한다면 나는 신발 끈을 묶는 걸 고려해볼 생각이었다.

"난 크리스티가 이 일의 끝까지 가봐야 한다고 생각해요."

357

맥스의 얼굴에 떠오른 심각한 표정이 무섭기는 했지만, 그의 목소리는 내 바보짓을 향해 가호를 빌어주는 것 같기도 했다.

하지만 권위자이자 의사이자 하버드 출신인 사람은 로젠 박사였다. 박사는 판결을 내리거나 권고를 해주어야 했다. "이런 불륜에 대고 잘해보라고 하는 건 의료 과실 아닌가요?"

"이걸 지하로 끌고 내려가서 더 비밀스럽게 만들면 자신한테 도움이 될 거라고 생각해요? 그건 아니죠."

30

그룹 구성원들은 내 짝이 될 사람으로서 리드의 가능성을 검토하다가 그의 왼손 약지에 끼워진 순금 반지에서 시선을 멈췄다. 나는 그 작은 특징을 못 본 척하고 있는 게 아니었다. 내가 좋은 새엄마가 될 수 있겠다고, 내가 새로 산 콘도에 자기가 들어와 살 수도 있다고 리드가 넌지시 암시했을 때조차 그랬다. 그 대신 나는 그동안 내가 만나온 다른 남자들에 비해 리드가 얼마나 훨씬 나은 사람인지에 초점을 맞췄다. 그는 나와 얘기할 때마다 사랑한다는 말을 했으니 앨릭스와는 반대였다. 종교에는 신경 쓰지 않았으니 인턴과도 반대였다. 내가 메일을 보내면 30초 내에 답장을 쓰고 하루걸러 한 번씩 점심을 같이 먹자고 했으니 제러미와도 반대였다. 나는 리드가 쏟는 사랑과 관심을 누리는 일은 좋은 연습이 될 거라고 합리화를 했다. 나는 결국 그와 꼭 닮았지만 금반지는 끼고 있지 않은 남자에게로 관심을 옮기게 될 것이었다.

리드는 화요일이면 그룹에 들어와 자리에 앉자마자 내 쪽으로 손을 뻗곤 했다. 나는 그룹에서 많은 사람들의 손을 잡아봤다. 패트리스, 마티, 낸, 에밀리, 메리, 마니, 맥스, 매기 할머니, 론, 로젠 박사까지. 그들의 손은 가끔씩 나를 지지해줬고, 가끔씩은 내 손바닥 역시 다른 누군가의 마음을 안정시키는 데 도움이 될 때가 있었다. 하지만 이건 달랐다. 리드의 손을 잡는 일은 치료에 도움이 되는 지지의 몸짓으로 느껴지지 않았다. 그건 전희처럼 느껴졌다.

우리가 그룹에서 처음으로 손을 잡았을 때 로리와 마티는 둘 다 헉, 하고 놀랐다. 패트리스는 실망으로 한숨을 내쉬었다. 카를로스는 속삭였다. "야, 제발." 로젠 박사는 우리가 잡은 손을, 격자 모양으로 서로의 몸에 이어진 손가락들을 봤다는 티를 내긴 했지만 아무 말도 하지 않았다. 로젠 박사와 내 눈이 마주치자 두려움과 낭패감의 씨앗은 항의라는 꽃으로 피어났다.

"어쩌실 셈인가요, 로젠 박사님?" 나는 여전히 리드의 손에 엮인 내 손을 들어올렸다.

"어쩌다뇨? 저는 신이 아닌데요."

"리드의 부인은 어떡해요? 그분에 대해서는 신경 안 쓰시나요?"

"그분은 제 내담자가 아니죠. 크리스티는 제 내담자고요."

그는 어떤 감정이 느껴지냐고 물었다. 내 대답은 언제나 똑같았다. 수치심과 갈망. 다시, 로젠 박사는 내가 원하는 건 뭐냐고 물었다. "리드요. 리드를 원해요. 저를 도와주고 계시기는 한 건가요? 전 관계에 대해 도움을 얻으려고 여기 왔는데-"

"지금 크리스티를 돕고 있는 거예요."

"여기 와서 감정들을 느끼고 모든 걸 털어놔라. 그게 박사님이 절 치료하기 위해 해주시는 조언의 전부인가요?" 내가 로젠 박사에게 대드는 동안 리드는 내 손을 잡고 엄지손가락으로 내 손바닥에 원을 그렸다.

"그래요."

로젠 박사는 리드와 내가 함께 있어야 한다고 생각하는 걸까? 특별한 사이가 돼서 함께? 나는 로젠 박사를 뚫어져라 노려보았다. 그의 태연한 눈과 일자목을, 살짝 굽은 어깨를, 바닥을 딛고 있는 구두를. 미래를 내다보면서 그는 내게서 무엇을 보는 걸까? 리드와 그의 딸들과 함께하는 삶? 아니면 리드와 비슷하지만 오직 나 혼자만 가질 수 있는 사람과 함께하는 삶?

패트리스와 매기 할머니는 내게 관계를 그만두라고 애원했다. 론은 경고 삼아 르네와 리드의 과거를 꺼내 놓았다. 맥스는 계속 내가 이 경험의 끝까지 가봐야 한다고, 심화 그룹의 신비한 마력이 내가 어떻게든 완전히 파괴되지는 않을 수 있도록 면역력을 심어줄 거라고 했다. 로리와 마티, 카를로스와 커널 샌더스는 로젠 박사를 경계했고, 박사는 속을 알 수 없는 미소를 지으며 양손바닥을 활짝 펴서 들어 보였다. 어느 화요일 아침 엘리베이터 안에서 로리는 조용한 목소리로 이렇게 말했다. "난 로젠 박사가 크리스티를 데리고 뭘 하고 있는 건지 모르겠어요." 로리는 두렵다는 듯 얼른 내 눈을 피했다.

2월 말, 스티븐이 클레어의 생일 파티를 열면서 로스쿨 친구들을 전부 초대했다. 어두운 식당에 들어서자 실크 상의와

스키니진을 차려입은 클레어가 눈에 띄었다. 아주 먼 나라로 긴 여행을 떠났다가 막 돌아온 기분이었다. 리드와의 관계에 너무 열중해 있던 나는 내 조그만 블랙베리 폰 화면 너머에 크고 넓은 세상이 있다는 걸 잊고 있었다. 나는 그 화면 속 리드의 메시지들을 읽고 또 읽으면서 그가 가족들로부터 빠져나와 내게 전화하기만을 기다렸다.

내 블랙베리 폰은 저녁을 먹는 내내 울렸다. 전화기가 진동할 때마다 나는 리드에게서 온 메시지를 읽으려고 립글로스나 껌이나 펜을 찾아 핸드백을 뒤지는 척했다. 보고 싶어요. 2분 뒤. 언제 집에 갈 거예요? 10분 뒤. 잠깐 전화할 수 있어요. 받을 수 있어요? 지금 어디? 그리고 또 5분 뒤. 우린 곧 운전해서 집에 갈 거예요. 한 시간쯤 접속 못할 듯.

"테이터, 그 블랙베리 폰에 대체 뭐가 오기로 돼 있는 거야?" 화장실에 들어가려고 줄을 서 있을 때 클레어가 내게 따져 물었다.

내가 누군가와 사귀고 있다고 하자 클레어는 왜 그 사람은 같이 안 온 건지 알고 싶어 했다. 내 입가가 미소 지으며 굳는 동안 너무도 명확하게 깨달았다. 클레어가 리드를 만나게 될 일은 없겠구나. 나는 비밀이 되어야 하는 존재였고, **불륜 상대**였다. 클레어의 눈을 들여다보며 내가 지금 자기 조카의 발레 공연에 결혼 19년째인 아내와 같이 가 있는 남자를 사귀고 있다고 말하는 상상을 하자 현실이 나를 뒤흔들어 구역질이 났다. 나는 그가 "말하자면 어디 좀 묶여 있다"고 했고, 클레어는 금세 알아들었다.

"너희 두 사람, 서로 사랑하는 거야?"

362

나는 핸드백 속에 갖고 다니는, 리드가 준 밸런타인데이 카드를 꺼냈다. 클레어는 그걸 펼치더니 소리내 읽었다. "'사랑해요, 리드로부터.'"

"이 사람, 어떻게 만났어?" 클레어는 그룹 상담에 대해서는 전부 알고 있었지만, 나는 진실을 입 밖에 낼 수 없었다. "그룹 상담에서"라고 대답하는데 그 단어들이 순수한 광기로 진동하는 것처럼 느껴졌다.

"음, 이 사람은 분명히 너를 사랑하는 것 같네!" 클레어는 카드를 공중에 흔들더니 나를 다시 끌어안았다. 나는 클레어가 나의 꾸며낸 관계에 보내는 순수한 선의를 격려로 받아들였다.

몇 시간 뒤 침대에 들어갔을 때, 블랙베리 폰에 새로운 핀 메시지가 도착했다는 빨간불이 켜졌다. 나는 암호를 입력했지만, 그의 메시지를 확인하려다가 멈췄다. 리드가 유부남이라고 말했을 때 클레어의 얼굴에 떠오른 표정을 생각하자 두 다리를 감싸 안고 큰 소리로 신음을 토하고 싶어졌다. 리드는 미란다와 자기 딸들을 절대로 떠나지 않을 것이었다. 그리고 설령 떠난다 해도, 우리가 지금 이상으로 서로에게 끌리게 되기는 할까? 그의 과거를 아는데 내가 어떻게 그를 신뢰할 수 있겠는가? 그리고 내가 이 관계에 끌리는 진짜 이유가 이것이 잘못되고 비밀스러운 관계라는 점, 우리 관계를 움직이는 수치심의 흐름이라면? 이거 '라이프타임' 채널에서 가장 기본으로 봐야 하는 영화들에 나오는 얘기 아닌가?

블랙베리 폰을 벽장 안에 던져버렸다. 잠들기 전에 리드와 연결되지 못하는 건 신체적으로 고통스러운 일이었다. 뭔가가 내장 안쪽을 마구 긁어대는 듯한 위경련이 일어났다. 리드가 나를 사랑할지는 몰라도 그는 가질 수 없는 남자였다. 나는 진짜인 뭔가를 원하지 않았던가? 모든 게 비밀이라면, 유부남과 난잡하게 놀아나는 일이 어떻게 나를 진짜인 사람으로 만든단 말인가? 나는 앞뒤로 몸을 흔들었다. 베개 한귀퉁이를 입에 넣고 힘껏 깨물었다. 블랙베리 폰의 빨간 불빛이 심장 박동처럼 깜빡였다.

31

어느 금요일 저녁 6시 30분, 로건 스퀘어에 있는 스타벅스로 들어가 몸을 숨겼다. 퇴근하는 사람들은 서둘러 집으로 향하고 있었고, 어둠은 힘없는 겨울 태양을 지평선 한참 아래로 쫓아버린 뒤였다. 리드의 전화가 10분째 늦어지고 있었다.

클레어의 파티가 있던 날 밤 했던 결심은 그다음 날이 되자 사라졌고, 우리는 다시 매일같이 전화하기 시작했다. 평일 중 하루는 밤에 교외에 있는 쇼핑몰에 가서 그가 겨울 코트를 사는 걸 도와주기도 했다. 쇼핑몰이 문을 닫자, 우리는 '치즈 케이크 팩토리' 식당 조명 옆에 세워놓은 그의 미니밴 속에서 서로를 더듬었다. 우리의 로맨스는 참 고급이기도 했다.

마침내 전화기가 울리자 에스프레소 기계에서 멀리 떨어진 조용한 자리로 옮겼다. 리드의 목소리는 숨소리 때문에 잘 들리지 않았다. 거리를 달려가는 중인 것 같았다. 나는 집에 가기 위해 매디슨 스트리트를 전속력으로 달려가는 그의 모습을 그려보았다. 가족을 향해 가는 그를. 그가 나한테 달려와줬으면 좋겠어. 그의 목소리에 담긴 차갑고 날카로운 뭔가가 나를 조금 더 똑바로 앉게 만들었다. 그는 항상 내게는 아무 비밀이 없다고, 뭐든 물어봐도 된다고 맹세했다. 이제 나는 모든 용기를 끌어올려 물었다. "어디 가는 중이에요?"

"애들한테 피자 사주려고 데리고 나가고 있어요." 애들에는 의심의 여지 없이 그의 아내도 포함돼 있었다. 내 목에 걸린 덩어리는 그 짙은 자줏빛 원피스를 입고 할리우드식 부분 염색을 한 그 여자의 모습을 유지하고 있었다. "오늘은 일찍 자게 될 것 같아요. 내일은 다시 아이오와로 갈 거고요." 미란다의 아버지가 최근에 간암 말기 진단을 받았다. 그 진단은 리드와 아내를 더 가까워지게 해줄 거라고 나는 확신했지만, 그래도 지금까지는 아내가 그 어느 때보다도 자신을 멀리하고 있다고 그는 보고했다.

"괜찮아요?" 나는 한 손은 전화기에, 다른 손은 가슴께에 대고 스툴에 앉은 채 몸을 앞뒤로 흔들었다.

"여행 때문에 좀 예민해요." 그의 목소리에 담긴 차가운 기색이 훨씬 더 날카로워져 있었다.

"내가 필요하면 난 여기 있어요―" 에스프레소 기계가 돌아가며 윙윙거리는 바람에 다른 모든 소리가 들리지 않게 됐다.

"가야겠어요."

그는 처음으로 사랑해요라는 말 없이 전화를 끊었다. 시끄러운 스타벅스 카운터가 순수한 공포가 시키는 대로 내 시야에서 빙글빙글 돌았다. 전에도 느껴본 적 있는 감정이었다. 나를 잡고 있던 리드의 손에서 힘이 빠져나가고 있었다. 이제 그는 물속으로 미끄러져 들어가 사라질 것이었다. 다른 모든 사람들처럼. 그가 그럴 거라고 내가 늘 예상하고 있던 것과 똑같이.

리드의 핀 메시지는 그날 밤 11시가 되자마자 왔다. 미안해요. 그는 그렇게 적었다.

그에게 따져 물을 생각은 없었다. 나는 미란다와는 반대였다. 절대 의심하지 않았고, 꼬치꼬치 캐지도, 까다롭지도 않았다. 답장을 썼다. 사과할 필요 없어요! 사랑해요! 내일 얘기해요. 나는 분명 '애들이랑 같이' 피자를 먹는 데 왜 네 시간이나 걸렸느냐고는 묻지 않았다.

"당신한테 거짓말을 했어요." 그다음 날 새벽 6시였다. 나는 4시부터 깨서 집 안 여기저기를 걸어 다니고, 우유팩에 든 탈지 우유를 꿀꺽꿀꺽 마시고, 위장을 진정시키려고 애쓰고 있었다.

"있죠, 그게 부인하고 애들이었다는 건 이미 알아요." 나는 억지로 웃음을 쥐어짜냈다. 그는 조용했다.

"어젯밤에 미란다하고 외출한 건 그것 때문이었어요. 우리의," 나는 숨을 들이마시면서 그가 말하기 전에 그 단어를 입모양으로 말했다. "결혼기념일."

나는 침실 벽에 등을 대고 미끄러져 내려갔다.

결혼기념일. 그 아름다운 단어가 이제 내 입 속에서 쓰디쓰게 변했다. 그의 거짓말에 담긴 진실이 내 배 속으로 가라앉았다. 내 몸은 간절히 뭔가를 토해내고 싶어 했다. 토사물을, 눈물을, 비명을. 하지만 나는 벽에 등을 대고, 다리를 몸과 수직이 되게 펴고 앉아 있었다.

그는 그룹에서 결혼기념일 얘기는 한 마디도 하지 않았었다. 우리가 손을 잡고 같이 앉아 있던 그 모든 상담 시간에, 나는 리드와 미란다는 서로에게 예의를 지키기가 어려워서 딸들 없이 둘이서는 식사를 끝까지 마칠 수 없을 것 같다는 인상을 받았다. 이제 나는 함께 앉아 살코기 요리와 밀가루가 들어가지 않은 초콜릿 케이크를 먹는 그들의 모습을 머릿속에서 지울 수가 없게 됐다. 촛불이 보였고, 미안하다는 뜻을 담아 어루만지는 손이, 그들 사이에 생겨 굳어진 모든 상처가 누그러지는 광경이 보였다.

내 몸이 흔들리고, 흔들리고, 또 흔들렸다.

"사랑해요. 내가 사랑한다는 건 제발 의심하지 말아줘요." 리드가 애원했다. "무슨 말이든 좀 해봐요. 제발."

"재미가 없네요." 그동안 나는 우리 관계가 절대 지속될 수 없으리란 걸 알 만큼은 똑똑했지만, 이것과는 다른 결말을 바랄 만큼은 어리석었던 모양이었다.

여전히 전화기를 붙든 채로 욕실로 기어가 변기 속을 들여다봤다. 내가 10대 때 너무도 잘 알던 위로가 되는 풍경이었다. 나오는 건 아무것도 없었다. 결혼 20년째인 아내와 함께 근사한 결혼기념일 식사를 한 리드와는 달리 나는 저녁으로 아무것도 먹을 수가 없었으니까.

"끊을게요." 휴대폰을 접어 닫고는 욕실 거울에 있는 힘껏 집어던졌다. 휴대폰은 덜커덕거리며 굴러가 욕조 옆에서 멎었다. 나는 전원을 끈 블랙베리 폰을 차 트렁크 속에 넣고 잠가버렸다.

핀 메시지는 이제 그만.

폰섹스도 이제 그만.

비밀스러운 스릴도 이제 그만.

나 자신에 대한, 리드에 대한, 이걸 '발전'이라고 불렀던 로젠 박사에 대한 분노가 몸에 들어차서 가만히 서 있을 수가 없었다. 내게 '끝까지 가봐야 한다고' 격려했던 맥스에게도 화가 났다. 로리, 패트리스, 매기 할머니에게도 그들이 내내 옳았다는 것 때문에 화가 났다. 운동화 끈을 묶고 나가 호숫가를 16킬로미터 달렸다. 달리는 사람들의 무리와 네이비 피어의 사진을 찍는 관광객들의 숲을 쿵쿵 발소리를 내며 지나쳤다. 모자를 이마에 눌러쓰고 누구와도 눈을 마주치지 않았다. 최대 볼륨으로 틀어놓은 음악이 리드에 대한, 그리고 내가 얼마나 바보였는지에 대한 생각을 남김없이 삼켜버리게 놔뒀다. 달리기를 끝냈을 때도 나는 여전히 초조한 흥분 상태였다. 16킬로미터를 더 달릴 수도 있었을 것이다. 다리의 근육이란 근육이 모두 갈가리 찢어지고, 폐가 말라붙고, 발가락들이 떨어져 나가 피가 날 때까지 달릴 수도 있었을 것이다.

하지만 내게 정말로 필요한 건 울음을 터뜨리는 일이었다.

아무 말도 들리지 않는 상태로, 한 마디도 하지 않고 12단계 모임에 끝까지 앉아 있었다. 모임이 끝나자 사람들 여럿이 내게 다가와 괜찮냐고 물었고, 나는 아니라는 뜻으로 고개를 저었다. 양손 손가락 관절 부분이 하얘지게 머리를 감싸고 고개를 숙였다. 아뇨, 괜찮지 않아요.

모임이 끝난 뒤 나는 차 안에 앉아 있었다. 어디로 가야 할지 알 수 없었다. 사방에서 햇빛이 흘러들었고, 길에는 웃음을 터뜨리는 드폴대학교 학생들과 교외를 찾아온 관광객 무리가 어슬렁거리고 있었다. 차창 너머 세상이 너무 시끄럽고 무서웠다.

패트리스에게 전화를 걸었다. "블랙베리 폰을 꺼버렸어요. 다 끝났어요."

"걱정 많이 하고 있었어요. 지금 혼자 있으면 안 돼요."

론의 집으로 운전해 가서 그의 장식용 쿠션들에 얼굴을 묻고 울음을 터뜨렸다. 그러면서 트렁크를 열어 블랙베리 폰을 꺼내 리드와 연락하고 싶은 충동과 싸웠다. 론의 아내 르네는 내 머리를 쓰다듬으며 리드가 절대 자기 아내를 떠나지 않으리라는 걸 깨달았을 때 자신도 그 때문에 며칠 밤을 울었다고 말해주었다. 론과 르네의 아들 로먼이 내 발치에서 마룻바닥 위를 아장아장 걸으며 귀여운 옹알이를 했다.

슬픔은 나를 납작하게 만들어 두들겨 팼고, 나는 자꾸만 내가 부당하게 리드를 버리고 있다는 잘못된 생각에 도달했다. "리드의 장인 되시는 분이 곧 돌아가실 것 같대요. 그 사람이랑 끝내는 건 이번 여름에 해야 할지도 모르겠는데요."

론과 르네는 고개를 저었다.

"로젠 박사가 크리스티를 무척 자랑스러워 할 거예요." 론이 말했다. 눈에 눈물이 핑 돌았다. 로젠 박사는 그룹에서 리드와 손을 잡고, 우리가 쇼핑몰로 갔던 바보 같은 여행과 벽장 안에서의 성생활을 묘사하는 나를 보며 무슨 생각을 했을까? 그는 몇 주 내내 그룹에서 무표정을 유지했지만 분명 사무실로 돌아가서는 고개를 흔들며 자신의 어리석은 내담자가 언제 정신을 차릴지 궁금해했을 것이다.

"좋은 생각이 떠올랐어요. 따라와봐요." 르네는 나를 자기 책상으로 데려가더니 컴퓨터 앞에 앉혔다. 르네가 몇 개의 키를 누르자 화면이 어느 젊은 커플의 웃는 얼굴들로 가득 찼다. 배경에는 커플을 둘러싸고 폭죽을 든 사람들의 흐릿한 이미지가 있었다. 화면에는 다음과 같이 적혀 있었다. 유대인들만의 관계가 시작되는 곳을 찾으세요. 지금 브라우징을 시작하세요.

"제이데이트?"

"이 남자들은 싱글이고-"

"그리고 유대교 신자인 여성들을 찾고 있네요. 제 이름은 문자 그대로 그리스도Christ의 이름을 딴 건데요."

"날 믿어봐요. 여기 남자들은 크리스티를 좋아할 거예요. 닉네임은 '텍사스 걸'이라고 할게요. 일단 만나면 크리스티가 수녀라고 해도 신경 안 쓸 걸요."

내가 망설이는데, 르네가 할 거예요, 말 거예요? 하는 표정으로 쳐다보았다. 르네는 리드와의 관계를 깬 다음 얼마 지나지 않아 괜찮은 유대인 남자인 론과 행복한 삶을 꾸렸다. 이제 르네에겐 잘생긴 아들이 있었고, 장식용 쿠션들이 있었고, 냉장고에는 산지에서 직송된 달걀들도 있었다. 르네는 이 사이트가 내게 효과가 있을 거라고 너무나도 확신하는 것처럼 보였다. 상담을 시작한 첫날, 로젠 박사는 박사와 그룹 사람들을 결정에 참여시킨다면 나는 나아질 수 있다고 했다. 분명, 이것도 '혼자서 감당하려고 애쓰지' 않는 일에 포함됐다.

르네의 지도를 받아 프로필 입력 폼의 질문들에 끝까지 대답했다. 아뇨, 저는 독일·폴란드·러시아계 유대인이 아닙니다. 아뇨, 저는 유대교 회당에 매주 가지는 않습니다. 르네는 내가 햄을 싫어하니까 '코셔 식단을 지킨다'는 문장 옆 박

371

스에 체크해야 한다고 주장했다. '제이데이트'에 드나드는 남자들이 나를 기꺼이 받아주리라는 희망은 희박했지만, 르네는 나를 웃게 만들어주었다. 내가 집에 갈 때 르네는 안식일 저녁 식탁에서 남은 할라를 내게 들려 보냈다. "샬롬." 나는 등 뒤로 문을 닫으며 말했다.

늦겨울의 청명한 밤에 북쪽에서 중심가로 향하는 레이크 쇼어 드라이브를 바라보면 상상할 수 있는 가장 화려한 풍경 중 하나가 펼쳐진다. 드레이크 호텔의 석조 건물은 성처럼 우뚝 서 있고, 핸콕 센터 건물은 별들을 스칠 만큼 높다. 하지만 리드 때문에 너무 엉망이 되어 있던 나는 도시의 밤 풍경을 봐도 두려움 말고는 아무것도 느낄 수가 없었다. '제이데이트' 사이트의 야심찬 유대인 여성으로서 보내는 셋째 날 밤이었고, 나는 회복 모임에서 집으로 운전해 돌아가고 있었다. 아파트는 춥고 텅 비어 있으리란 걸 알았지만, 리드 주위에서 삶을 꾸려나가려고 애쓰며 자극적이고 활기차지만 불안정한 상태를 감당하는 것보다는 외로움에 호되게 얻어맞는 게 나았다. 나는 아직까지는 접시를 깨지도, 편지 개봉용 칼을 손에 쥐지도 않고 있었다.

로젠 박사에게 전화를 걸었다. 박사는 회의가 있어서 이 동네를 떠나 있었기 때문에 리드의 거짓말에 대해서도, 결혼 기념일 저녁식사에 대해서도 모르고 있었다. "리드를 놔줬어요. 그룹 바깥에서는 그 사람하고 어떤 접촉도 하지 않을 거예요." 나는 박사의 음성사서함에 대고 말했다.

그러고는 심호흡을 했다. 할 얘기가 너무 많았다. 몇 주일 동안 나는 로젠 박사가 나와 리드의 연애 사건에 파수꾼 역할

372

을 하면서 어떻게 자존심을 유지할 수 있는지 궁

구성원들은 나를 대신해 반복해서 로젠 박사에게

일에 대해 왜 조치를 취하지 않는 거죠? 크리스티가 상처받을

이건 완전히 비윤리적인 일이에요. 로젠 박사는 각각의 항의

립적인 표현을 써서 대응하면서 내가 이 관계를 그만 두게

기 위해 자신이 해야 하는 일이 정확히 뭐냐고 물었다.

내가 로젠 박사의 세계에 머무르는 동안 다양한 그룹 구
성원들이 박사를 뛰어난 사람이라고 언급해왔다. 나는 그가 커
널 샌더스와 맥스에게 유창한 독일어로 얘기하는 것도 봤고,
그의 혀에서 히브리어로 된 축복의 말이 술술 나오는 것도 지
켜봤었다. 그는 그룹 구성원들의 삶에 일어나는, 겉으로는 서
로 아무 관계도 없어 보이는 사건들 사이에 심오한 연결고리
를 만들어냈다. 반려동물인 페렛과 홀로코스트. 기타 레슨과
청산가리 알약. 요충과 신용카드 빚. 그가 날카롭긴 했는데,
그게 뛰어난 걸까? 그럴지도 몰랐다.

내가 로젠 박사에게서 가장 높이 치는 건 대담함이었다.
그는 문자 그대로 자기가 보는 앞에서 그룹 구성원 두 명이 바
람을 피우는 걸 허락할 정도로 자신을 신뢰했다. 그는 연달아
미심쩍은 선택을 하는 나를 지켜보면서 내가 신이 주신 판단
력을 되찾기를 참을성 있게 기다렸다. 만약 이번 일로 내가 자
살이라도 했다면 그는 분명 자격관리위원회에 불려갔을 것이
었다. 하지만 그는 자신을 신뢰했고, 나를 신뢰했다. 내가 현
명해지기를 기다리는 일은 틀림없이 마취제 없이 이를 뽑아내
는 것처럼 느껴졌을 것이다. 나라면 내가 마음을 쓰는 누군가
가 그렇게 미심쩍은 선택들을 하는 걸 절대 지켜보고 있지 못

사실이 나는 기뻤다.

32

나는 발가벗은 채 몸을 떨면서 두 팔을 가슴에 V자 모양
으로 교차시키고 있었다. 하지만 가슴을 가리기에는 역부족이
었다. 방금 그와 섹스를 끝냈다는 걸 생각하면 뭐랄까 좀 우스
꽝스러운 일이었다. 내 옷가지는 방 맞은편 라디에이터 위에
걸쳐져 있었다. 방 안에 빛이라고는 벽장에서 새어나오는 이
등변삼각형 모양의 불빛밖에 없었다. 샤데이*가 시간을 초월
하는 목소리로 낮게 노래 불렀다.

나는 몇 분 동안 거기 서서 브랜든을 지켜보고 있었다. 브
랜든은 벌써 아래위 한 세트로 된 파자마를 입고 단추를 채
운 뒤였다. 그는 침대 시트 모서리를 병원에서 하는 식으로 정
돈하고, 깃털 이불을 팽팽하게 잡아당긴 다음 세심하게 접었

* 샤데이 아두가 보컬을 맡고 있는 영국의 밴드.

다. 그는 거기 몸을 떨며 서 있는 나를 알은척하지 않았다. 그는 또 다른 세상에, 침대 시트와 담요, 깃털 이불, 수평을 이루는 선들, 주름 없는 표면들로 이루어진 일종의 둔주遁走 상태에 들어가 있었다. 나는 브랜든이 오직 자신의 린넨 제품들만 쳐다보기 전의 순간들을 머릿속으로 다시 떠올리려 실패했고, 그러는 동안 내 가슴을 가린 두 팔은 떨렸고, 배에는 소름이 돋았다.

브랜든은 뒤로 물러나 양손을 허리에 얹고 침대를 둘러보았다. 그러더니 고개를 끄덕이고는 혼자서 무슨 말인가를 중얼거렸다. 침대 옆으로 성큼성큼 걸어간 그는 용의주도하게 이불을 다시 걷어올렸다. 그러고는 그토록 힘겹게 얻은 반듯함을 망가뜨리지 않기 위해 조심스럽게 몸을 비틀어가며 이불 속으로 들어갔다. 베개에 머리를 얹은 그는 얼굴 가득 꾸밈없는 미소를 띠고 내게 몸을 돌렸다.

"침대로 올래요?"

르네가 '제이데이트' 사이트에 내 프로필을 작성한 뒤, 유대교 신자인 파트너를 찾던 일련의 남자들은 그 '텍사스 걸'이 실은 신약성서에 나오는 구원자의 이름을 딴, 별로 유대인 같지 않은 유대인 여자라는 걸 알게 되자 나를 거부했다. 애런과 오렌이라는 이름의 남자들은 내 프로필에 속아서 화가 난 것 같았지만, 대니얼과 에릭, 마크는 내가 코셔 식단을 지키고 있다는 문구를 보고 좋아했다. 틀림없이 예순두 살쯤은 먹었을 제리는 식품점 '마니스'에 나를 데려가겠다고, 그런 다음엔 자신의 '유대인 소시지'를 보여주겠다고 제안했다. 나는 제이데이트 회원 자격이 소멸되게 놔두고는 '이하모니닷컴eharmony.

com*'으로 옮겨 갔다.

브랜든이 보낸 첫 번째 메일에 나는 곧바로 매료되었다. 그는 아침에 먹는 시리얼을 저녁으로 먹는 걸 좋아하냐고 내게 물었고, 그 뒤로 켈로그 콘플레이크와 그래놀라의 장점을 비교하는 활발한 논쟁이 시작되었다. 그가 보낸 편지들로부터 나는 그가 여자를 사귀는 데 경험이 풍부하다는 결론을 내렸다. 그는 메일로 플러팅하는 법을 잘 알고 있었다. 세미콜론을 어디에 써야 하는지 아는 걸 보면 교육도 괜찮게 받은 것 같았다.

브랜든은 데이트를 위해 내가 세워놓은 유일한 기준에 부합했다. 즉, 그는 나와 같은 상담 그룹의 유부남이 아니었다. 그에게선 30대 후반이 되어 이제 사교적인 자리에 꾸준히 동행해줄 여자를 찾고 있는 남자의 안정적인 분위기가 엿보였다. 첫 데이트날, 우리는 식당이 딸린 헬스클럽인 '이스트 뱅크 클럽'에서 만나 점심을 먹었다. 그곳은 교외에 있는 컨트리 클럽의 시카고 버전으로, 오프라 윈프리와 오바마 부부도 회원이라는 걸 뽐내는 곳이었다. 브랜든은 푸른색 블레이저를 입고 있었고 상냥한 눈으로 미소 지었다. 그는 나보다 2, 3센티미터쯤 키가 컸고, 머리는 프로필 사진에서 본 것보다 길었다. 그는 〈에드 설리번 쇼〉에 첫 출연을 준비하는 비틀스 멤버처럼 소년 같은 매력이 있고 다가가기 쉬워 보이는 사람이었다. 두 번째 만난 날 우리는 스테픈울프 극장에서 〈러브송〉이라는 연극을 보고 난 뒤 홀스테드 스트리트에 있는 식당 '보

* 2000년부터 서비스 중인 데이팅 앱.

쿠'에서 저녁을 먹었다. 브랜든은 특별 할인 메뉴가 아닌 음식을 주문하고 주말 밤에는 다림질한 카키색 바지를 입는 타입의 남자였다. 그는 항상 자기가 계산을 했고, 항상 문을 열어 잡아주었으며, 디저트 값은 분담하자고 항상 고집했다. 그가 학부를 마치고 의과대학원까지 나온 대학교는 수십 명의 단체장들과 대법원 판사들을 길러낸 것으로 유명했다. 그는 웃을 때 한 손으로 입을 가리고 수줍게 웃었다. 최근에는 자신에게 어렵게 느껴지는 뭔가를 억지로라도 해보기 위해 암벽 등반을 배웠다고 했다. 위생 상태도 나무랄 데가 없어서, 섹스를 하기 전과 후에 이를 닦았고 하루에 두 번씩 샤워를 했다. 절대 욕을 하지 않았고, 술도 안 마셨으며, 차분함을 잃는 일도 없었다. 나는 그가 공화당 지지자일 거라고 90퍼센트쯤 확신했지만 그는 그때까지 어떤 여성혐오나 인종차별, 계급적 편견도 드러내지 않았고, 그래서 나는 그가 귀족적인 매너와 친절한 태도로 내게 구애하게 놔두었다.

브랜든과 있을 때는 오르가슴이라는 위안을 찾아 사무실 바닥에 눕도록 나를 몰아가는 즉흥적인 욕망의 동요 같은 건 일어나지 않았다. 스테픈울프 극장에서 연극을 보고 돌아와서 내 집 소파에 앉아 그와 처음으로 키스하는 동안, 나는 특별히 흥분까지는 느끼지 않았지만 기분이 좋아졌다. 나는 그 정도면 대체로 괜찮았다. 인턴 때문에 식욕을 잃었다가 리드와의 관계에서 금지된 성적 흥분을 느끼는 동안 나는 쥐어짜낸 것처럼 소진된 상태가 되어 있었다. 하지만 브랜든과 있으면 내 몸은 조용한 6월 아침의 호수처럼 차분했다.

가끔씩 그룹에서 나는 데이트가 거의 지루할 정도라고 속삭였다.

"좋네요." 맥스가 말했다. "건강한 관계의 품질보증마크는 지루함이죠."

"정말 그래요, 아가씨." 매기 할머니가 내 쪽으로 미소를 빛내며 말했다. "어떤 결혼에나 있는 부분이죠."

로젠 박사도 동의하면서, 지루함이 느껴진다면 내가 뭔가를 제대로 하고 있는 거라고 했다. 하지만 클레어나 마니나 르네 같은 다른 사람들이 사랑하는 사람과의 연애 초기 이야기를 하는 걸 들어보면 다들 제대로 먹지도 자지도 못하고 집중할 수도 없었다고들 했다. 잔물결 하나 없는 호수 같았다고 묘사하는 사람은 아무도 없었다. 나의 어떤 부분은 나를 뚫고 들어왔던 예전 연인들의 짜릿함을 그리워했다. 그 짜릿함이 내게 도움이 되지 않았다는 걸 내가 인정했는데도 말이다. 이제 내 심장을 그려볼 때면 리드로 인해 홈이 파이고, 앨릭스와 인턴으로 인해 둥근끌로 몇 번 파낸 흔적이 생기고, 제러미로 인해 새김눈이 생긴 심장이 보였다. 물론 그룹 구성원 각자와 로젠 박사 역시 그들의 흔적을 남겼다. 나는 브랜든에게 애착으로 연결되는 일을 상상해보려 애썼다. 한번은 저녁을 먹다가 그의 풀 먹인 하얀 셔츠를 노려보며 그의 심장 표면이 어떤 모양일지 상상해보기도 했다. 그의 홈들은 내 홈들에 잘 맞을까?

그리고 이제 나는 브랜든이 마치 강박증으로 기이한 규칙적 행동을 보이는 사람처럼 침대 시트를 바로잡는 걸 지켜본 뒤였다. 궁금했다. 그의 과도한 침대 정돈 의식은 무엇의 전조일까? 나로서는 그저 그가 어린 시절의 어떤 말할 수 없는 트라우마 때문에 침대 시트가 그렇듯 질서정연해야 만족하는 사람이 된 게 아닐까 상상해볼 수 있을 따름이었다. 그에게 묻고 싶었지만, 그는 이미 졸려서 눈꺼풀이 무거워져 있었다. 어깨 주위로 시트를 말아 넣은 그는 너무도 앳돼 보여서 우유 한 잔과 그레이엄 크래커라도 가져다주어야 할 것 같았다.

그와의 섹스는 이상했다. 우리는 그가 좋아하는 태국 레스토랑에서 집까지 손을 잡고 걸어갔다. 집에 돌아온 브랜든은 샤데이의 음악을 틀었다. 그는 나를 어두운 침실로 이끌었고, 거기서 우리는 처음으로 그의 침대 위에 올라가 키스했다. 그가 셔츠를 잡아당겨 벗은 뒤 내 셔츠를 벗기자 내 배 속에 있던 차분한 호수에 가벼운 잔물결이 일어났다. 우리가 옷을 모두 벗자 그는 침대 가장자리에 올라앉아 콘돔을 끼웠다. 그러고는 내게로 기어와 두 다리를 내 허리 양쪽에 걸쳤다. 내가 상상하거나 원했던 전희는 결코 아니었다. 그는 의과대학원에 다니던 15년 전부터 여자친구가 없었다고 했다. 나는 그가 서투르다고 나무라지 않았고, 굳이 목소리를 내고 싶다는 생각도 없었다.

브랜든은 내가 예상했던 일반적인 선교사 체위로 섹스를 하는 대신 오른손바닥을 내 왼쪽 어깨 밑에 밀어넣더니 빠른 동작으로 단번에 내 몸을 뒤집었다. 나는 베개에 얼굴부터 처박히면서 아무것도 보이지 않게 됐다. 내가 고개를 들거나 뭐라고 말하기도 전에 브랜든은 내 엉덩이를 들어올리더니 안으로 들어왔다. 그의 피스톤 운동은 불쾌하지는 않았지만 빠르고 감정이 결여돼 있는 느낌이었다. 나는 그토록 예의범절에 엄격하고 그토록 공화당 지지자일 가능성이 높은 누군가가 후배위 섹스를 좋아한다는 사실에 놀라고 약간 흥분도 돼서 혼란에 빠져 있었다.

하지만 베개에 얼굴이 처박히는 건 싫었다. 나는 그를 보고, 음악을 듣고, 자유롭게 숨을 쉬고 싶었다. 내 몸을 다시 뒤집어줄 말들, 그러니까 기다려요. 잠깐만요. 멈춰요. 다시 뒤집어줘요. 이건 내가 좋아하는 게 아니에요, 같은 말들은 입에서 나오지가 않았다. 거기 누워 이렇게 뒤집힌 상태에 대해 그룹 사람들에게 어떻게 말할지 정리하고 있을 때 브랜든의 손가락들이 내 다리 사이에 닿았고, 쾌감이 뜨겁고도 빠르게 몸속을 뚫고 솟아오르면서 머릿속이 텅 비어버렸다. 등이 활처럼 휘더니, 그다음엔 뭐가 뭔지 모를 상태에서 쿵 소리와 함께 내 얼굴이 베개에 부딪혔다. 내가 그를 보려고 돌아누웠을 때, 그는 파자마에 양팔을 꿰고 있었다.

내 몸이 뇌를 향해 블라인드마냥 말려올라가는 것처럼, 생각들이 육체의 모든 감각을 삼켜버렸다. 저 파자마는 뭐지? 내가 저런 걸 좋아했나? 샤데이 음악은 어디로 간 거야?

그리고 이런 생각. 내 목소리는 어떻게 된 거지?

그의 침실에 들어온 순간부터 우리는 어떤 소리도 내지 않았다. 신음도, 헐떡임도, '우'나 '아' 같은 소리도 없었다. 대화도 없었다. "어떻게 하는 걸 좋아해요?"나 "이러니까 기분이 어때요?" 같은 질문도 없었다. 모든 게 단정하고 깔끔했다. 마치 그의 흠잡을 데 없는 린넨용 벽장 속에 열 맞춰 배열된 한 무더기의 고풍스러운 파자마처럼.

브랜든이 잠들자 나는 뒤집힌 채 했던 섹스부터 병원 침대처럼 정리한 침대 모서리까지 모든 장면을 다시 재생해봤다. 정확히 말하자면 그중 어느 것도 나를 싫증나게 만들지는 않았다. 그는 비열하지도, 부주의하지도, 정신이 다른 데 가 있지도 않았다. 나는 그가 얼굴을 보며 하는 섹스를 두려워하고 침대 시트에 관해 병을 앓고 있다고 진단을 내렸다. 하지만 해결되지 않은 각자의 문제를 안고 있는 건 우리 모두 마찬가지 아닌가. 내가 내린 판단, 나의 불안, 두려움, 망상, 그리고 방금 일어난 모든 일에 대한 감정들, 이것들은 모두 그룹에서 이야기하면 됐다. 그들이 내가 이 일을 자세히 살펴보는 걸 도와줄 것이었다.

"뒤집개 박사랑 사귀고 있군요." 론이 농담을 했다. "그래도 그 사람이 리드보다는 낫네요."

맥스는 침대 시트 정리가 귀여운 버릇인지, 아니면 브랜든이 융통성 없고 완고하다는 신호인지 확실하지 않다고 했다. "아마 그 사람한테 상담을 받으라고 해야 할 것 같네요." 맥스가 제안했다.

브랜든과 내가 아직 상담에 관해서는 얘기 나눠본 적이 없다고 하자 맥스는 나를 보며 눈썹을 치켜올렸다. "속이고 있는 게 아니고 그냥 말할 일이 없었을 뿐이에요."

"일주일에 세 번씩 그룹 상담 받느냐고 그 사람이 물어오길 기다리고 있다는 거예요?" 맥스가 싱글싱글 웃었다.

그룹 상담의 규칙은 로젠 박사와 그룹 사람들에게 모든 걸 얘기해야 한다는 것이었지, 내 연애 상대가 될지도 모르는 사람에게 상담에 관한 모든 걸 얘기해야 한다는 게 아니었다.

"그 사람이 좋은지 안 좋은지 잘 모르겠어요. 사실 몸이 별로 반응하지 않아요."

"오르가슴은 느꼈고요?" 론이 물었다.

"네."

로젠 박사는 구름 한 점 없는 하늘에 걸린 보름달처럼 얼굴을 빛내고 있었다.

내 서른네 번째 생일날, 브랜든이 내 집 부엌에 서 있는 동안 나는 하룻밤 자고 오기 위해 가방을 쌌다. 우리는 언제나 네이비 피어가 내려다보이는 그의 펜트하우스에서 밤을 보냈는데, 그곳에 수입 가구들과 서라운드 사운드 스테레오, 그리고 물론 그의 파자마들이 있어서였다.

"이건 누구예요?" 브랜든이 사진 한 장을 가리켰다. 10킬로미터 경기 번호판, 그리고 티켓의 남은 반쪽 들로 사방이 뒤덮인 내 냉장고에 붙은 사진들 중 하나였다. 가리킬 수 있는 수십 명의 얼굴 중에 그가 목표로 삼은 건 하필이면 내가 얘기하고 싶지 않은 한 사람의 얼굴이었다. 내 생일에 정말 이래야 하나?

"그 사람은 내-" 나는 말을 멈췄다.

그는 음? 하는 듯 고개를 기울이며 손가락을 사진에 계속 고정하고 있었다.

"내 멘토예요."

브랜든은 몸을 바짝 기울이고 사진을 자세히 들여다보았

다. "정말요?" 그건 로젠 박사의 얼굴 클로즈업 사진이었다. 캐스린의 결혼식날, 내가 박사와 앨릭스를 서로에게 소개해주기 직전에 찍은 사진이었다. "어떤 종류의 멘토인데요?"

정신건강을 위해 받는 치료에 대해 브랜든이 어떻게 생각하는지 알 수 없어서 로젠 박사 얘기는 하고 싶지 않았다. 몇주 전 브랜든에게 내가 섭식장애 회복을 위한 12단계 프로그램 회원이라고 말했더니 그는 얼굴을 찡그리며 이렇게 말했었다. "왜 그렇게 많은 사람들이 필요한 건지, 그리고 왜 배가 부른데도 먹는 걸 그만두지 못하는 건지 이해가 안 가는데요."

"음, 사실은요." 젠장. "그 사람, 내 심리치료사예요."

브랜든은 몸을 기울이고 사진을 아주 자세히 뜯어보았다. "심리치료사? 이 사진은 어디서 났는데요?"

"어떤 사람 결혼식에서요. 그 사람 내담자 중에 두 명이 서로 결혼을 했거든요. 난 신부랑 친구고요."

브랜든의 두 눈에 불안한 빛이 스쳤다. "내담자 중 두 명이 서로 결혼을 해요? 뭐, 대기실에서 서로 스친 다음에 사랑에 빠지기라도 한 건가요?" 나는 그룹에 대해, 그리고 로젠 박사가 상담 바깥에서 공동체를 만드는 걸 금지하지 않는다는 것에 대해 설명했다. 브랜든의 입술이 팽팽한 일직선으로 굳어졌다. 그는 마루를 왔다 갔다 하며 그룹이 어떻게 운영되는지, 내 그룹 동료들은 어디서 온 사람들인지, 그 모든 게 어떻게 돌아가는 건지에 대해 여남은 개의 질문을 했다. 나는 보통의 상담과 비슷하지만 단지 사람이 더 많은 것뿐이라고 그를 안심시켰다. 그는 내가 혹시 그에 대한 얘기도 그룹에서 하는지 알고 싶어 했고, 내가 고개를 끄덕이자 양손을 주머니에 넣었다. 방 안 온도가 몇 도쯤 내려가는 느낌이었다.

그의 집으로 돌아가서 한 섹스는 보통 때보다 훨씬 더 빨랐고 의례적으로 느껴졌다. 그는 내 몸을 뒤집었고, 우리는 채 20분도 지나지 않아 이불을 덮고 누워 있었다. 그 뒤에 나는 그의 가슴에 머리를 기댔지만 그가 천장을 노려보는 게 느껴졌다. 나는 일어나 앉았다.

"왜 그래요?" 내가 물었다.

브랜든의 시선은 벽과 천장이 맞닿는 부분의 크라운 몰딩에 흔들림 없이 머물러 있었다. "부탁인데, 그룹에서 내 얘기는 하지 말아줘요."

"네?" 이 사람, 상담이란 게 어떻게 작동하는지는 아는 걸까?

"내 이름을 언급하지 말라고요." 내 '그룹'이라는 게 사실은 두 개고 내가 일주일에 세 번 상담을 받는다는 건 아직 말하지도 않은 상태였다.

"그 사람들, 이미 우리가 만나고 있다는 거 아는데요." 그들은 **모든 걸** 알고 있었다. 어느 월요일, 그룹 상담을 마친 맥스와 브래드는 구글에서 브랜든의 이름을 검색해 그의 아파트 가치가 100만 달러가 넘고 그의 어머니가 가톨릭 자선 단체의 주요 기부자라는 사실을 알아냈다.

"그 사람들이 내 이름을 안다고요?"

나는 고개를 끄덕였고, 얼굴이 벌겋게 달아오르는 걸 느꼈다. 브랜든의 이름은 말하지 말았어야 했나?

"제발." 브랜든이 몸을 돌려 나를 보았다. "그냥 난 거기서 빼줘요."

나는 고개를 끄덕였다. 동의해서가 아니라 그가 요구하는 게 뭔지 이해해서였다. 그는 내 말 없는 끄덕임을 동의로 받아들였고, 몸을 굽혀 내 뺨에 키스하고는 다시 자기 베개를 편하게 베고 누웠다.

33

"생일은 어땠어요?" 맥스가 물었다.

나는 '커스텀 하우스' 식당에서 먹은 연어와 검은 송로버섯 판나코타를 칭찬했다.

"그 사람이 선물 줬어요? 섹스하는 동안 얼굴을 쳐다봐줬다든지?" 론이 물었다. 나는 론에게 가운뎃손가락을 날렸다.

"좀, 그냥 넘어가면 안 될까요?"

맥스가 눈을 가늘게 떴다. "보통 때는 그렇게 말이 많으면서. 그 사람이 뭐라고 했는지, 어떻게 키스를 해줬는지, 자기가 강박증인 걸 부인하고 있는지 아닌지-"

"그 사람이 당신 몸을 어떻게 뒤집었는지-" 론이 말했고, 나는 그에게 가운뎃손가락을 두 개 더 날렸다.

"근데 이제는 우리가 알 일이 아니라는 듯 행동하고 있네요." 맥스가 말했다.

나는 로젠 박사를 쳐다보았다. "도와주실래요?"

로젠 박사하고는 내 생일 다음 날 아침에 전화통화를 했었다. 박사는 내게 그룹에서 브랜든에 관해 말하라고 강요하지는 않겠다고 했지만, 브랜든의 요구사항은 그룹에 알리라고 힘주어 제안했다. 지금, 박사는 내게 어서 말하라는 몸짓을 하고 있었다. 나는 심호흡을 하고 브랜든의 요구사항에 대해, 그리고 내가 그룹에서 그의 얘기를 하지 않겠다고 암묵적으로 동의한 일에 대해 설명했다.

모두가 똑같은 질문을 했다. 브랜든은 왜 크리스티의 상담을 망치려고 하는 거죠? 나는 입술을 꾹 다물었다. 이 사람들은 너무 호들갑스러웠다. 브랜든이 원하는 건 단지 사생활의 보호였다. 내가 뭘 먹었고, 어떻게 섹스를 했고, 얼마나 망가져 있는지 그룹에 얘기하면서 편안함을 느낀다고 해서 그도 그러라는 법은 없었다. 브랜든의 방식을 따라본다고 해로울 게 뭐가 있을까? 만약 그랬는데 내가 자살사고나 사과 폭식으로 돌아가게 되면 언제든 방향을 바꾸면 되는 일이었다.

그룹 사람들은 더 많은 질문을 내게 던졌다. 매기 할머니는 내가 브랜든과의 관계에 필요한 도움을 어떻게 얻을 건지 알고 싶어 했다. 론은 브랜든이 자기 별명이 '뒤집개'인 걸 아는지 알고 싶어 했다. 가장 어렵게 다가온 건 맥스의 질문이었다. 이 관계는 내가 희생하기로 한 것만큼의 가치가 있는 관계인가?

내가 질문을 받아 처리하는 동안 로젠 박사는 말없이 앉아 있었다. 나는 몇 번인가 그를 건너다보았다. 그는 어느 순간에는 내가 브랜든의 요구에 순순히 따르겠다고 결정한 걸 승인하는 듯한 표정을 짓곤 했다. 그러다 다시 보면 그는 입술을 일직선으로 다물고 있었고, 경계하는 눈빛으로 내 등줄기를 뻣뻣해지게 만들기도 했다. 나는 두 손으로 귀를 막고 비명을 지르고 싶었다. 왜 내가 맺는 관계란 관계는 죄다 이 모양이 꼴인 거야? 대체 언제 쉬워지는 거야?

상담 시간이 끝날 무렵, 그룹 사람들과 타협을 봤다. 나는 브랜든 이야기를 그룹에서 하지 않겠지만, 관계에 도움이 필요하면 로젠 박사에게 메시지를 남길 것이고, 박사는 그룹 바깥에서 내게 상담을 해줄 것이었다. 그러면 나는 로젠 박사와 나눈 대화 내용이 아니라 박사가 그룹 바깥에서 피드백을 해줬다는 사실만 그룹에 알릴 것이었다.

"절대 잘되지 않을 것 같은데요." 론이 말했다. 나는 그에게 다시 한번 양손 가운뎃손가락을 날리는 걸로 인사를 했다. 하지만 심지어 내가 그런 타협을 하면서 자신 있게 행동하는 순간에도 걱정은 나를 놔주지 않았다. 나는 로젠 박사와 그룹 사람들에게 내 모든 걸 드러내는 법을, 그리고 '그들을 마음속에 들여놓는 법을' 배우며 5년을 보내왔다. 이제 그들을 들어오지 못하게 하면 어떤 대가가 따를까?

"크리스티." 맥스가 자기가 낼 수 있는 가장 심각한 목소리로 말했다. "진짜로 궁금해서 그러는데요. 이유가 뭐예요? 왜 상담 시간에 그 사람에 대해 얘기할 수 없다는 거죠?"

나는 브랜든이 핏줄에 대한 도리로 지키고 있는 아주 오래된 가족 간의 비밀 같은 게 있지 않을까 생각했다. 내가 기껏 추측한 건 중독, 정신질환 혹은 혼외 임신처럼 뭔가 그가 수치스러워 하는 가족사가 있으리란 것이었다. 나는 브랜든이 어렸을 때 아버지가 돌아가셨다는 걸 알고 있었고, 그가 딱 한 번 넌지시 흘린 그 이야기에 고통과 수치심이 함께 얽혀 있다는 걸 느꼈다. 때가 되면 브랜든도 내게서 배우게 될 것이었다. 비밀은 유독한 것이고 마음을 털어놓아야 자유와 친밀함으로 향해 갈 수 있다는 걸.

그날 밤 초밥을 먹으며 브랜든에게 말했다. 기꺼이 브랜든으로부터 내 그룹을 격리하겠다고. 단, 로젠 박사에게는 뭐든 하고 싶은 얘기를 하고 싶다고. 브랜든은 그 정도는 감당할 수 있다고 했다. 의자에서 일어난 나는 그의 자리로 걸어가 그를 안아주었다. 그는 공공장소에서의 그런 애정 표현에 얼굴을 붉혔다. 우리는 레몬타르트를 주문하고 포크를 두 개 달라고 했다. 뭔가를 축하하는 분위기가 되었다.

그다음 몇 주 동안 그룹 상담은 어색하게 느껴졌다. 나는 브랜든의 명령이 있기 전까지는 지금 누구랑 섹스하고 있고 방금 누가 날 차버렸는지 얘기하면서 상담 시간마다 적극적으로 행동을 취하는 위치에 있었다. 천조각을 갈기갈기 찢고, 머리카락을 뽑고, 그룹 사람들이 나를 어떻게 도울지 알려달라고 요구했다. 그들은 내게 나 자신을 가지고 농담을 하고 내가 맺고 있는 인간관계를 다양한 각도에서 바라보는 법을 가르쳐주었다. 하지만 이제 나는 섹스나 관계 얘기가 나올 때면 내 안으로 움츠러들어 입술을 꾹 다물고 나 자신에게, 그리고 그들 모두에게 아무 얘기도 공유하지 않을 거라고 상기시키고 있었다.

브랜든과의 데이트가 끝날 때마다 나는 로젠 박사의 음성 사서함에 정보성 메시지들을 남겼다("브랜든의 대학 때 룸메이트랑 같이 셋이서 저녁을 먹었어요." "금요일, 토요일, 일요일, 이렇게 브랜든의 집에서 잤어요!"). 나는 **혼자서 감당하려고 애쓰기**라는 대죄를 저지르고 있지 않았다. 여전히 매일 밤 로리에게 전화해 먹은 음식을 보고했다.

어느 목요일 아침, 브랜든과 나는 주문제작한 그의 오크나무 식탁에 나란히 앉아 스틸컷 오트밀죽을 먹고 있었다. 브랜든은 모노그램*이 새겨진 실내복을 입었고, 나는 출근 복장이었다. 우리는 3개월 넘게 만나고 있었고, 평일 아침에는 종종 친밀감으로 가득한 편안한 시간을 보냈다. 식탁에는 〈뉴욕타임스〉가 조각조각 흩어져 있었고, 우리는 각각 한 섹션씩 놓고 보고 있었다. 그는 경제면을, 나는 1면을.

"가야겠어요." 내가 신문을 접으며 말했다. "한 시간 뒤에 의뢰인이랑 전화 회의가 있어서요."

"지금 몇 시죠?" 그가 물었다.

"8시 30분요."

그는 보고 있던 신문으로 다시 눈을 돌렸다. "난 10시나 돼야 약속이 있네요."

나는 그가 환자 얘기를 하고 있는 줄 알았다. 그에게 작별키스를 하려고 몸을 기울이자 그가 말했다. "나 디트리히 만나기로 했어요—" 그는 한 박자 쉬더니 말했다. "내 정신과 의

---

* 두 개 이상의 글자를 합쳐 하나의 글자 모양으로 도안화한 것.

사요.”

“당신의 뭐라고요?”

그는 허리에 두른 로브 끈이 묶여 있는 바로 그 부분의 배를 움켜쥐고 웃었다.

“정신과 의사요.”

그는 계속 웃었다. 갑자기 브랜든이 괴짜라거나 미숙하다거나 아주 똑똑한 게 아니라 계산적이고 잔인한 사람처럼 보였다. 나는 심호흡을 하고 가방을 오른쪽 어깨에서 왼쪽 어깨로 바꿔 멨다.

“그 의사한테 상담 받은 지 얼마나 됐어요?” 그는 여전히 혼자 웃으며 손가락으로 헤아리는 척했다. “브랜든. 얼마나 됐냐고요?”

“사실 그 사람은 정신분석 전문가예요.”

“얼마나 됐어요?”

“그룹 상담은 아니에요. 당신이 그런 걸 어떻게 하는지 모르겠어요. 둘러앉아서 다른 사람들의 문제에 귀를 기울인다니ㅡ” 그는 소리 없이 웃으며 세심하게 계획된 꼼꼼한 태도로 신문을 접었다. “그 그룹 어쩌고는 나한테는 전혀 도움이 안 될 거예요.” 그는 문까지 나를 따라나왔다. “왜 그렇게 화가 났어요?” 그는 엘리베이터를 향해 씩씩거리는 내 등에 대고 말했다.

“날 놀리고 있잖아요.” 아래로 내려가는 버튼을 콱 눌렀다. 브랜든이 얼굴에 후회하는 빛을 띠고 나를 따라왔다.

엘리베이터 도착음이 울렸다.

나는 안으로 걸어들어갔다.

문이 닫힐 때 그의 목소리가 들렸다. "9년 됐어요."

나는 브랜든이 좋은 사람이라고 생각했었다. 별나고 약간 억압돼 있긴 해도 근본적으로는 좋은 사람이라고. 그의 미소와 부드럽게 말하는 태도, 그리고 나무랄 데 없는 매너는 한데 섞여 그가 나처럼 자신의 길을 찾아가고 있는 다정한 영혼이라는 인상을 남겼다. 자기가 가진 부유함과 특권에도 그는 모든 사람을 조용하게 존중하는 태도로 대했다. 팁도 듬뿍 줬다. 내가 〈리어왕〉을 좋아한다고 말했을 때는 '굿맨' 극장에서 하는 그 작품의 연극 티켓을 구해줬다. 침실에서 그가 보이는 괴상한 습관들에 대해 알게 됐을 때도 그것들이 잠재적인 소시오패스 성향으로는 보이지 않았다. 그는 그저 대법관 데이비드 수터나 빌 게이츠처럼, 아니면 나처럼 사람들과 어울리는 걸 어려워하는 사람이었다.

하지만 이번 일은 너무 심했다. 자기도 상담을 받고 있다는 걸 말하지조차 않았으면서 내게 너무 많은 걸, 상담에서 자기 얘기를 하지 말라는 걸 요구했다. 괜찮지 않았다. 내 몸을 생기로 가득 차게 만드는 다른 남자들에게서 헤어나올 수 있었으니 브랜든에게서도 헤어나올 수 있을 것 같았다. 나는 나중에 그에게 전화를 걸어 이렇게 말하는 공상에 잠겼다. "잘 살아요. 당신 펜트하우스랑 돈이랑 즐기면서."

하지만 나는 내가 그를 놔버리는 걸 용납할 수가 없었다. **용납.** 말 그대로 그게 머릿속에 떠오르는 단어였다. 나는 몇 년 동안이나 관계 때문에 큰 소리로 울어대고 있었다. 상담에 수천 달러를 투자했다. 내 이름은 '예수 그리스도'에서 따온 것인데도 그 망할 놈의 '제이데이트' 사이트에도 가입했다. 최근에는 유부남하고도 엮였다. 그러니, 나는 내가 브랜든을 떠나는 걸 용납할 수 없었다. 그는 싱글이었고, 지불 능력이 있었고, 대체로 친절했다. 와커 드라이브를 따라 요란하게 달리던 택시가 내 사무실 앞에서 오른쪽으로 목뼈 손상을 일으킬 것 같이 급회전을 했을 때, 나는 내가 그와 헤어지지 않으리란 걸 깨달았다. 친밀한 관계에 필요한 게 분명한 힘든 노력을 내가 기꺼이 감수하려 한다고 증명하고픈 욕구가 도망치고 싶다는 충동보다 더 컸다. 나는 분노를 유지하고 그것을 똑바로 직면하는 법을 배웠다. 그냥 관계를 끊고 도망치기에는 너무 많은 상담을 받아온 것도 사실이었다. 하지만 이제 나는 진짜 딜레마에 직면해 있었다. 방금 일어난 일을 그룹 사람들에게 말해야 하나?

결정할 시간이 4시간 30분 남아 있었다.

———

"9년?" 맥스가 말했다. 엄밀히 말하면 나는 브랜든에게 한 약속을 어긴 건 아니었다. 이렇게 말했으니까. "어젯밤에 같이 잔 남자가 9년 동안 상담을 받아오고 있었다고 했어요." "네, 거의 10년이죠. 정말 싫어."

로젠 박사가 손을 들었다. "좀 천천히 하면 안 될까요?"

나는 로젠 박사를 가리켰다. "그 사람은 몇 달 전부터 박사님에 대해 알고 있었어요. 그 사람이 절 비웃는 걸 보셨어야 돼요. 자기도 비밀이 있었으면서-"

"그건 비밀이 아니에요. 브랜든은 그 얘기를 크리스티한

394

테 했잖아요."로젠 박사는 마음을 진정시키는 목소리로 말했지만 나는 더 화가 날 뿐이었다.

"저한테 그 이상을 바라시진 않는 건가요?"

로젠 박사는 눈썹을 치켜올렸다. "그 이상이라니 무슨 뜻이죠?"

"브랜든은 제가 그룹에 얘기하는 걸 못하게 해놓고 자기 상담 얘기는 하지도 않았어요. 이 관계는 또 하나의 막다른 골목이에요. 제 주특기죠."

로젠 박사는 생각에 잠긴 얼굴을 하더니 나를 빤히 쳐다보았다. 그는 턱을 문지르며 몇 번인가 뭔가 말을 하려다 말았다. 그러더니 마침내 현명한 지혜를 내려주었다. "모르겠네요."

하지만 나는 그가 **모르라고** 매달 840달러씩이나 지불하는 게 아니었다. 그 고급스러운 학위들을 사용해 내가 건강한 관계에서 활용할 수 있도록 필요한 기술들을 가르쳐달라고, 그래서 내 인생을 변하게 해달라고 돈을 내는 거였다. 나는 이제 브랜든과 헤어져야 할지 박사에게 물었다.

"왜 그 사람하고 헤어지려고 해요?"로젠 박사는 마치 내가 브랜든의 은촛대를 훔칠 계획을 발표하기라도 한 듯한 표정을 지었다.

"몇 주 동안이나 말을 안 하는 걸로 저를 속인 사람이니까요. 시작했던 바로 그 자리에서 끝내게 될 것 같네요. 아마 피오리아에 부인이랑 애들이 있다거나 뭐 그럴 걸요."

"그렇진 않을 거예요."로젠 박사가 말했다.

"왜요?"

"왜냐하면 피오리아는 별로 안 좋은 동네거든요."론이 말했다.

로젠 박사는 비밀을 들려주기라도 할 것처럼 내 쪽으로 호들갑스럽게 몸을 기울였다. "잠깐만요. 이건 크리스티한테만 하는 얘긴데요. 이 관계는 지금껏 크리스티가 맺어본 것 중에 최고의 관계예요."

나는 그의 반쯤 벗겨진 머리를 말라빠진 목에서 날려버리고 싶었다. 이게 나한테 최고의 관계라고? "꺼져 버려요, 로젠 박사."

"박사님 말이 옳아요." 패트리스가 말했다. 매기 할머니도 따라서 고개를 끄덕였다.

"리드였다면 자기가 상담받는 걸 저한테 비밀로 하지 않았을 거예요."

"그 사람은 크리스티한테 엄청 많은 거짓말을 했잖아요." 브래드가 말했다.

"좋아요. 하지만 앨릭스는- 우린 해 뜨는 걸 보면서 자전거도 탔고 섹스도 스무 번도 넘게-"

맥스가 화가 난 듯 한숨을 내쉬었다. "그 사람은 당신을 사랑하지 않았잖아요. 기억나요? 그 편지 뜯는 칼이랑 깨진 접시 무더기. 기억 좀 해봐요." 모두들 브랜든이 지금껏 내가 만난 남자 중 최고인 이유를 하나씩 꺼내며 끼어들었다. 로젠 박사의 얼굴에 자기만족적인 미소가 떠올랐다. 나는 논쟁을 그만두었다. 나는 이른바 '가질 수 있는 남자'와 진짜 관계라는 걸 맺기 위해 리드와 앨릭스에게서 느꼈던 몸속의 짜릿함을 포기한 뒤였다. 그런데 그 '가질 수 있는 남자'에게는 나를 겁먹게 만드는 뿌리 깊은 문제들이 있었다.

"크리스티는 거절당할 가능성에 성적으로 끌리는 거예요."로젠 박사가 말했다.

그의 말을 반박하고 싶었지만, 어떻게 그러겠는가? 내가 예전에 맺은 모든 관계를 생각해보면, 내가 누군가에게 끌리는 건 최소한 절반쯤은 내가 타고난, 방해물을 극복하고 싶어하는 과감한 성정 때문이었다. 인턴의 종교, 리드의 아내, 앨릭스의 나에 대한 양가감정 같은 방해물 말이다.

"브랜든은 아무 데도 가지 않을 거예요."로젠 박사가 말했다. 그 말에 뒤따르는 침묵 속에서 나는 분명 그가 이렇게 말하는 걸 들은 것 같았다. "크리스티도 마찬가지고요."

그날 밤 브랜든은 제발 용서해줘요,라고 애원하는 미소를 지으며 내 사무실에 나타났다. "내가 사람들이랑 가까워지는 게 좀 힘들어요."그가 말했다. 헤어지겠다고 부렸던 온갖 허세가 내게서 사라졌다. 나는 "나한테 이래봤자 소용없어요"라고 말하는 대신 "우리 저녁에는 뭐할까요?"라고 물었다. 그날 밤 늦은 시간에 그가 내 몸을 뒤집었을 때 그의 피스톤 운동에서 다급함이 느껴지기에, 나는 그가 나를 잃을까 봐 두려워하고 있었다고 상상했다. 우리가 성생활에 대해, 몸을 뒤집는 것에 대해, 일단 섹스할 분위기가 되면 우리가 기이한 침묵에 미끄러져 들어간다는 점에 대해 아무 얘기도 하지 않는다는 게 신경이 쓰였다. 나는 머릿속에 단 하나의 질문만 남은 채로 잠이 들었다. 솔직히, 내가 이 남자와 가정을 꾸릴 수 있을까? 혼자인 것보다 이게 나은 걸까?

34

브랜든을 시험해봤다. 그룹에서 그에 관해 자유롭게 말해
도 됐다면 그런 시험을 했을까? 아마 그렇지 않았을 것이다.
나는 그가 나를 사랑할 수 있다고 생각하는지 알고 싶었다. 그
에게 나와 함께하는 미래가 떠오르는지를. 그가 자기 침대 모
서리를 병원식으로 접는 일에 신경 쓰는 것만큼 내게도 신경
을 쓰는지를. 직설적으로 그렇게 말하고 직접 물어보는 것보
다는 그를 시험하는 게 쉬워 보였다.

첫 번째 시험. 일하다 만난 키 크고 내성적인 기업 변호사
존이 내게 저녁을 같이 먹자고 했을 때 나는 그러자고 했다.
존에 관해 아는 거라곤 그가 골프를 좋아하고, 집에 텔레비전
이 없고, 얘기를 할 때 길고 장황하게 한다는 것뿐이었다. 존
의 제안을 승낙한 건 그래서 우리 관계는 어디로 가고 있는 건데?
라는 대화에 브랜든을 끌어들이고 싶어서였다. 다른 남자와

데이트를 하는 일은 그러기에 안성맞춤인 방법이었다.

존과 저녁을 먹기로 했다고 내가 말했을 때, 브랜든은 신문에서 시선조차 들지 않았다. "재미있겠네요." 그가 말했다. 다음날 나는 존과의 약속을 취소했다.

어느 날 저녁 해가 진 뒤, 브랜든과 나는 노스 애비뉴 해변이 내다보이는 돌로 된 턱에 앉아 프로슈토 샌드위치와 검은 올리브를 먹었다. 모래를 조용히 씻어내는 미시건 호수를 빤히 쳐다보고 있는데 그가 내 몸에 팔을 둘렀다. 그는 체스 파빌리언 옆에 있는 나무들의 그림자 속에서 내게 키스했고, 나는 몸속 깊은 곳에서 뭔가가 동요하는 걸 느꼈다. 욕망에서 나온 활기나 전율은 아니었다. 뭔가 좀 더 견고한 것이었다. 자기 할 일을 잘해내는 성인들은 이런 식으로 사랑에 빠지는 건가? 몸을 떼어낸 그는 나를 빤히 쳐다보았다. "당신은 모르겠지만 난 보통 겨울은 런던에서 보내거든요." 그가 말했다. 그는 손을 뻗어 내 손을 잡았다. "근데 올해는 여기 있고 싶어요. 우리 관계가 어디로 가는지 보고 싶어서요."

그날 밤 섹스할 때, 그는 내 몸을 뒤집지 않았다.

몇 주가 지난 월요일 밤, 브랜든이 내 콘도 앞 보도에서 전화를 했다. 산책을 가고 싶냐고? 밖을 내다보니 브랜든은 고민하는 얼굴로 휴대폰에 뭐라고 적고 있었다. 그는 아무 말 없이 걷기 시작했고, 나는 그가 말을 꺼내기를 기다리면서 따라갔다. 그는 라살 스트리트에서 갑자기 멈춰 섰다. 버스 한 대가 잽싸게 지나갔다.

"할 얘기가 있는데 아무한테도 말하면 안 돼요. 로젠 박사도 포함해서요. 이건 우리 둘만 알아야 되는 일이에요."

나는 '스포츠 어소리티*'라고 적힌 빨간 글자들을 노려보았다. 이제 내가 시험에 들 차례였다. 그는 내게 왜 이런 요구를 하는 걸까? 그리고 더 나쁘게도, 내가 왜 여기 동의해야 할까?

5년 동안 내가 신의를 지킬 대상을 로젠 박사에게서 남자친구에게로 옮긴 적은 한 번도 없었다. 로젠 박사에게 의지하는 마음을 잘라내면 내가 앞으로 나아가는 데 도움이 될까? 어쩌면 뭔가를 중심으로 원을 그리고 로젠 박사를 그 원 밖으로 쫓아내는 일이 필요한 건지도 몰랐다. 하지만 나보다 자신의 1천 수짜리 침대 시트를 더 사랑스럽게 바라보는 남자의 손에 정말로 내 정신건강을 맡겨야 할까? 여기서 좋다고 대답하면 내 심장에는 칼집이 생길까? 아니면 싫다고 해야 그렇게 될까?

좋아요. 신호등이 초록불로 바뀌는 동안 나는 공식적으로 상담의 일부를 포기했다. 브랜든의 가장 은밀한 비밀을 내 안으로 접수하고, 그것이 나와 로젠 박사 사이를 억지로 갈라놓게 내버려두기 위해서. 로젠 박사는 내가 하는 어떤 얘기든 비밀로 할 법적인 의무가 있는 사람이었는데도.

브랜든이 털어놓았다. "난 성욕이 없어요."

나는 웃음을 터뜨렸다. 배를 움켜쥐고 몸을 앞으로 굽히면서 웃는 로젠 박사식 웃음이었다. 첫째, 나는 이미 그 사실을 알고 있었다. 둘째, 로젠 박사가 브랜든의 성욕에 대해 알게 된들 대체 뭐가 문제란 말인가? 브랜든에게 1975년 무렵

* 미국의 스포츠 용품 체인점.

400

의 믹 재거 같은 섹스를 기대하는 사람은 아무도 없는데. 안도 감이 몸속을 흘러갔고, 따뜻하고 강해진 느낌이 들었다. 이건 우리가 해결할 수 있는 문제였다.

브랜든은 고개를 저었다. "영원히 달라지지 않을 수도 있어요."

"디트리히는 뭐래요?"

"나한테 친밀감과 관련된 문제가 있대요." 하.

"다른 얘기는요?"

"별로 안 했어요."

2층짜리 맥도날드 건물에서 나오는 불빛이 우리 앞 보도를 비췄다. 클라크 스트리트의 차들은 식당 '포틸로'의 드라이브스루 시설 때문에 막혀 있었다. 성욕은 관계가 깨질 만한 이유가 아니었다. 우리가 함께하면서 이 문제를 풀려고 계속 노력하면 (그는 디트리히와 함께, 그리고 나는, 음, 방금 혼자서 해결하겠다고 약속하긴 했지만) 우리가 결국 어떻게 될지 누가 알겠는가? 나는 그의 '놀랄 만한' 커다란 문제 때문에 포기할 생각은 없었다.

"당신 옷을 찢어발기고 싶어야 마땅할 텐데, 나는 그런 생각이 안 들어요." 그는 내 팔을 만지며 자신은 그런 기분을 누구에게도, 단 한 번도 느껴본 적이 없다고 말했다. 그의 눈빛을 보니 그가 얼마나 자신을 학대해왔는지 알 것 같았다. 나는 그게 뭔지 알았다. 내 안에 뭔가 심각하게 고장 난 부분이 있다고 생각하며 평생을 살아왔으니까. 수년간 나 자신의 문제들에 대한 해결책을 찾아 헤맸다. 내가 한 명의 소녀로, 발레하는 무용수로, 텍사스 사람으로, 학생으로, 여자친구로 마땅히 갖춰야 하는 모습과 싸워왔고, 그 싸움은 수년간 나를 화장실 변기로 끌고 갔다. 브랜든 역시 나처럼 언제나 학업에서 뛰어났고, 의학 분야에서 높은 위치까지 올라갔다. 하지만 그의 개인적인 삶, 그러니까 자기 자신에 대한 감정들, 아버지를 일찍 여읜 일에 대처하는 방법, 다른 사람들, 특히 여자들과 상호작용하는 방법 같은 부분들은 그가 수년간 무시해온 것이었다. 브랜든이 나와 똑같은 덤불을 뚫고 나가려고 애쓰고 있는 걸 알면서 내가 어떻게 그에게 등을 돌릴 수 있겠는가? 그는 감정적으로 안전해지고 싶어서 내게 요구를 했고, 나는 그의 방식을 따를 만큼 그를 사랑했다. 최소한 한동안은.

다음날 그룹 상담에 들어갔을 때 나는 다람쥐처럼 경계심이 많은 상태가 되어 있었다. 10분마다 다리를 꼬고 싶은 충동이 느껴졌다. 브랜든과 나눈 대화의 조각들이 머릿속을 헤엄쳐 다녔지만, 나는 아무 말도 하지 않았다. 90분 동안 거의 한 마디도.

이틀 뒤 목요일 그룹에서도 상황은 같았다. 론이 뒤집개 박사와는 어떻게 돼가느냐고 물었고, 패트리스는 내가 괜찮은지 물었다. 내가 의미 있는 대답을 전혀 하지 않자 모두들 나를 계속 혼자 내버려두었고, 상담이 끝나기 직전이 되자 맥스가 비밀을 지키니까 도움이 되는 것 같냐고 내게 물었다. 패트리스가 자기도 그게 궁금하다고 했다.

로젠 박사가 뭔가를 말하려다 말았다. "뭔데요?" 내가 물었다. 브랜든의 비밀을 지켜주기로 동의했다는 메시지를 박사에게 남기긴 했지만, 나는 자세한 얘기는 일절 하지 않았다.

"저한테 남긴 메시지에 대해 좀 말해봐도 될까요?" 로젠 박사가 말했다.

"그러세요."

"전 크리스티의 비밀을 어디다 말하지는 않을 거예요. 그런데-"

"비밀?" 론이 물었다.

"크리스티," 맥스가 낮은 목소리로 내 이름의 두 음절 모두를 길게 끌어 발음했다. "무슨 꿍꿍이예요?"

로젠 박사는 브랜든의 비밀을 말하지 않아도 된다고 나를 안심시켰지만, 내가 비밀의 작동 원리를 이해하고 있는지는 확인하고 싶어 했다. "누군가의 비밀을 지켜주는 데 동의하면, 그 사람 몫의 수치심을 당신이 품게 돼요." 이게 로젠 박사의 철학이라는 건 이미 알고 있었다. 내가 이해할 수 없는 건 내 남자친구가 자신의 수치심을 헤쳐나갈 수 있도록 돕는 일이 뭐가 그렇게 나쁜지였다. 우리가 관계를 진전시켜 나가는 동안 그를 위해 그 수치심을 좀 품는다고 내가 죽기라도 하겠나? 관계의 핵심은 아기 유골이 가득 든 깡통 옆에서 고독사하지 않기 위해 의견 절충이라는 걸 하는 것 아니었나?

내가 비밀을 털어놓기를 바라는 그룹 사람들의 욕망이 파도처럼 밀려왔다. 브랜든이 횡령을 한 건가? 파산인가? 숨겨둔 아내가 있나? 도박? 불법 수표 사용? 아니면 소아성애 충동이 있나? 브랜든이 자신의 비밀을 말하지 말아달라고 했던 바로 그 타인들의 집단이 이제 그가 돈 세탁과 아동 성추행을 했을지 모른다며 의심하고 있었다. 나는 로젠 박사를 보며 제발 저 사람들을 조용히 시켜달라고 애원했지만, 박사는 고개를 젓더니 그들은 내가 브랜든 몫의 수치심을 짊어지는 걸 도와주고 있는 거라고 했다.

"지금 그룹 사람들은 크리스티가 치르고 있는 대가를 보여주고 있는 거예요."

나는 둥글게 모여 앉은 사람들의 얼굴을 쳐다보았다. 조금 전의 경박함은 사라지고 없었다. 나는 브랜든이 말한 걸 그들에게 너무도 말하고 싶었다. 내가 그의 비밀을 말하면 맥스는 웃음을 터뜨리면서 성적으로 만족시킬 수 없는 남자는 존재할 수 없다고 뭐라뭐라 말해줄 것이었다. 론은 섹스할 때 몸을 뒤집는 일에 대해 뭔가 비난하는 말을 할 것이었다. 패트리스는 내 팔을 문지르며 달래듯 정다운 말을 속삭여줄 테고, 매기 할머니는 자기 결혼반지를 가리킬 것이었다. 브래드는 브랜든의 재무 포트폴리오에 관해 질문하고 나설 것이었다. 나는 브랜든을 사랑하는 것보다 내 그룹 사람들을 더 많이 사랑했지만, 그들 모두를 밤에 내 집으로 데려갈 순 없었다. 그들은 다음번 로스쿨 동창회에 나와 같이 가줄 수 없었다. 밤에 내 손을 잡아주거나, 나와 함께 가족을 꾸려줄 수도 없었다. 그들은 내가 고독사하는 걸 막아줄 수 없었다.

로젠 박사가 내게 어떤 감정이 느껴지냐고 물었다. 대답할 때, 내 목소리는 갈라져 나왔다.

"외로운 감정이요."

35

추수감사절 전 월요일, 내가 내내 조용히 앉아 있는 동안 그룹의 모든 사람들은 각자의 추수감사절 계획에 생긴 골치 아픈 문제들에 대해 얘기를 나눴다. 맥스는 칠면조에 넣을 소를 만드는 데 쓸 빵가루를 엉뚱한 종류로 주문해버린 아내와 말다툼 중이었다. 패트리스의 딸들은 시카고에 와 있었지만 자기들의 아버지와 너무 많은 시간을 보냈다. 애리조나에서 온 매기 할머니의 의붓아들은 매기네 집의 규칙을 어기고 지하실에서 대마초를 피웠다. 로젠 박사는 그들 각자의 말을 귀기울여 듣고 피드백을 해주었다. 박사는 나를 여러 번 쳐다봤지만, 나는 무표정을 유지했다.

맥스가 브로엄 운동화를 신은 발로 내 발가락을 툭 쳤다. "조용하네요."

나는 고개를 끄덕이고 어깨를 으쓱했다.

"그래서요? 우리한테 해도 되는 얘기는 뭐예요? 추수감사절 계획이 어떻게 되는지는 말할 수 있어요?"

나는 의자에 앉은 채 몸을 돌려 내 뒤 벽에 걸린 시계를 확인했다. 5분 남았다. 지금부터 300초 동안 맥스의 질문을 무시하는 게 가능할까? 진실을 말하자면, 내겐 아무 계획도 없었다. 그리고 클레어, 로리, 마니, 패트리스, 론과 르네처럼 내게 흔쾌히 자기 집에 오라고 해줄 사람은 많았지만, 누군가의 식탁에 끼어 앉을 자리를 찾아 어슬렁거려야 한다는 생각을 하니 수치심이 들었다. 브랜든과 내가 추수감사절을 함께 보낼 줄 알았기에 가족들에게도 사귀고 있는 남자와 그냥 시카고에서 보내겠다고 말해둔 터였다. 그런데 금요일 밤이 되자 브랜든이 다음날 자기 가족들과 함께 일주일간 여행을 떠나게 됐다고 알려왔다. 그 뒤로 내게는 내 감정들, 다시 말해 수치심, 외로움, 상처받은 느낌, 분노 같은 것들 전부를 처리할 시간이 없었다. 그것들은 집에서 만든 폭약처럼 한데 묶여 내 갈비뼈 아래 놓여 있었다.

"브랜든은 어딨죠?" 맥스가 물었다.

나는 내가 '남자친구가 있는데도 아무 데도 갈 곳 없는 휴일'을 또다시 맞아야 한다는 수치심으로 폭발하기 직전임을 알아주길 바라며 로젠 박사를 쳐다보았다. 이건 완전히 이탈리아에서 제러미와 있었던 일의 재탕이었다.

"어서요." 로젠 박사가 말했다. 그는 알고 있었다.

나는 저항하듯 고개를 흔들었다.

"그걸 오직 혼자만 알고 있고 싶어요?" 로젠 박사가 말하며 시계를 힐끗 보았다. 200초 남았다.

"아뇨!" 내가 소리쳤다. 아냐! 아냐! 아냐! 아니라고!

"아니면, 그러면요?" 로젠 박사는 계속 내게 시선을 고정하고 있었다.

나는 이 모든 것에 대고 이건 아니라고 하고 싶었다. 몇 달이나 사귀었는데도 나와 휴일을 같이 보내고 싶어 하지 않는 남자를 위해 나 자신의 입에 재갈을 물리는 일에. 비행기를 타기 겨우 48시간 전에 여행을 간다고 알리는 브랜든에게. 이 외로움에. 몸을 뒤집는 행위에. 그룹 상담 내내 고립되고 외롭고 비밀들로 꽉 찬 상태로 목소리를 내지 못하고 앉아 있는 일에. 로젠 박사는 내가 독일 출장에서 돌아왔을 때와 똑같은 눈빛으로 나를 보고 있었다. 여전히 나를, 자신의 작은 실패작을 걱정하고 있었다. 그는 내가 싫을 것이었다. 나는 나 자신이 싫었다.

"크리스티가 원하는 건 뭔가요?" 그가 물었다.

"나한테 잘해주지 말아요!"

"전 크리스티를 사랑하는 일을 그만두지 않을 거고, 이 그룹 사람들도 그럴 거예요."

나는 두 눈을 질끈 감았다. 그들 모두가 싫었다. 그들이 가진 것 때문에 싫었다. 결혼으로 생긴, 그들이 몹시 싫어하는 친척들, 까먹기를 잘하는 배우자들, 약물에 중독된 의붓자식들. 칠면조에 채워 넣을 소 레시피들. 가족들. 갈 수 있는 곳들, 함께 있어줄 사람들. 눈을 뜨면, 나는 갈 곳이 아무 데도 없다고 시인한 사람의 눈으로 그들의 얼굴을 보게 될 것이었다. 나는 두 다리 위로 무너지듯 몸을 굽히고 두 손으로 머리칼을 움켜쥐고는, 당겼다. 힘껏. 날카로운 신체적 고통이 위안을 가져다

407

주었다. 내 두 주먹에는 머리에서 뽑아낸 머리칼이 가득했다.

나는 상담이 직선을 그리며 쭉 나아가기를 바랐다. 한 해 한 해 시간을 들일 때마다 나아진 점을 측정 가능한 형태로 드러내고 싶었다. 5년 2개월이나 지난 지금쯤이면 내 손으로 내 머리칼을 뽑게 만드는 분노에는 면역이 돼 있어야 했다.

패트리스가 내 등에 손을 얹었다. "부탁인데 자신을 괴롭히지 말아요. 우리 집에 와요."

"난 동정을 원하는 게 아니에요! 난 나 자신의 것을 원해요! 나 자신이 만든 가족을 원한다고요! 당신이 나를 도와줄 거라고 생각했어요, 로젠 박사!" 창문들이 내 비명으로 진동했다. 나는 다시 그룹에서 손으로 머리를 쥐어뜯으며 흐느끼는 여자가 되어 있었다. 나는 다른 뭔가가 될 수는 없는 걸까?

"그 상처에 집중해볼 수 있겠어요?" 로젠 박사가 물었다.

"아뇨!" 상담 시간이 0초 남았다. 머리가 지끈거렸다.

"그 상처에 집중해봐요."

나는 일어서서 창턱에 놓인 도자기 화분 하나를 움켜쥐었다. 양손으로 그것을 머리 위로 들어올렸다가 머리에, 정확히 이마와 머리선이 만나는 곳에 내리쳤다. 새하얗게 끓어오르는 침묵이 나를 멍해지게 하더니 이내 고통이 머리로 밀려왔다. 나는 화분의 흙이 내 손가락 사이로 흘러내리게 두었다. 조그맣고 하얗고 동그란 덩어리들이, 점점이 박힌 흙이, 커다란 유칼립투스 덩어리와 함께 카펫 위로 비처럼 쏟아졌다. 로젠 박사가 내 양 손목을 붙잡아 나를 다시 의자로 이끌고 갔다. 나는 몸부림치지 않았다. 벌써 부어오르기 시작한 머리를 손가락으로 더듬었다. 귀에 거슬리는 내 숨소리를 빼면 상담실 안은 조용했다. "말해요, 로젠 박사님. '오늘은 여기까지 하죠.' 끝났어요."

9시에서 2분이 지나 있었다. 아무도 움직이지 않았다. 나는 눈을 들지 않은 채 물었다. "난 뭘 하면 되죠?" 나는 그들 모두에게 묻고 있었다. 일주일 동안 우리가 다시 볼 일은 없었다. 가슴속에 박혀 있던 흐느낌이 터져 나왔다. "내가 나아지고 있는 줄 알았는데."

"더 이상 자신을 괴롭히지 말아요." 패트리스가 말했다. "제발."

"크리스티-" 맥스가 망설였다. "브랜든의 비밀을 지켜주는 일이 도움이 안 되는 것 같아요."

나는 고개를 끄덕이고 양손바닥을 펴보이면서 그 동작이 나를 나 자신으로부터 구해주기를 바랐다. 로젠 박사는 늘 그렇듯 내게 휴일이 낀 주말 내내 다른 사람들과 가능한 한 많이 어울리라고 제안했다. 모임에 나가고. 론과 르네의 집 소파에서 자고. 나는 유치원생처럼 그룹이나 회복 모임 사람들과 놀이 약속을 잡아야 했다.

9시 5분, 로젠 박사가 심호흡을 하더니 두 손을 맞잡았다. 우리는 모두 평소처럼 상담을 마무리하기 위해 일어섰다. 나는 나 자신의 피로 줄무늬가 생긴 오른손을 패트리스에게 내밀었다. 내 왼손은 로젠 박사가 잡았다. 눈물이 뺨을 타고 뚝뚝 떨어져 내렸고, 머리는 맥박과 함께 웅웅 울렸다. 손을 놓은 우리 모두는 아주 천천히 몸을 움직였다. 나는 그룹 사람들에게 등을 돌린 채 가방을 집으려고 몸을 굽혔다. 울화를 터뜨린 일이, 머리에 난 피투성이 상처가, 상담을 받아도 직선을

409

그리며 나아가지 못하는 내가 민망했다.

"모두 잠깐만 여기 있어주실래요?" 로젠 박사가 말했다. 맥스, 브래드, 패트리스, 매기, 론은 자기 의자 앞에 말없이 서 있었다. "크리스티한테 찢어진 데 바를 약을 좀 갖다주려고요." 로젠 박사는 자기 파일 캐비닛에서 작은 구급상자 하나를 꺼냈다. 그는 뭔지 모를 연고를 손가락에 짜더니 내 이마에 문질러 발라주었다. 그러고는 내 머리를 부드럽게 어루만졌다. "괜찮을 거예요." 그는 그 말을 두 번 반복했다. "머리가 아주 단단해서 다행이네요."

커튼을 옆으로 밀어 열고 12월의 밝은 햇빛이 방을 가득 채우게 했다. 태평양이 거품이 이는 혀처럼 해변을 향해 밀려왔다. 모래사장은 오전 중반쯤의 햇빛 속에서 희미하게 빛났고, 부둣가의 대관람차는 완벽하게 구름 한 점 없는 하늘을 배경으로 반짝거렸다.

크리스마스날이었고, 브랜든과 나는 산타 모니카에 있었다.

화분 사건 이후로 나는 더 직설적이 되기 위해 용기를 끌어 모았다. 브랜든이 추수감사절 여행에서 돌아오자마자 나는 그에게 대놓고 말했다. '다음 휴일은 같이 보냈으면 좋겠어요.' 그건 시험도 요구도 아니었고, 그저 내게 필요한 것이었다. 그는 며칠 동안 로스앤젤레스에 가자고 제안했다. "해변에 있는 아주 좋은 호텔을 알아요." 그가 말했다. 그는 내 이마의 상처에 대해서는 조금도 물어보지 않았다.

로젠 박사는 나와 브랜든의 관계에 대해 잘 모르겠다는 태도를 보였지만(그는 내가 비밀들을 놔버려야 한다고 암시하지는 않았다) 그룹 구성원 모두는 회의적이었다. 그들은 상담 도중에 자기들끼리 추측하곤 했다. 그 비밀에 대해, 브랜든이 섹스할 때 여전히 내 몸을 뒤집는지에 대해, 우리가 얼마나 오래갈지에 대해. 크리스티는 심지어 이 관계를 즐기고 있기까지 한 걸까요?

휴가를 떠난 브랜든과 나는 여유로워지고 다정해졌다. 그는 농담을 더 많이 했고, 면도를 하면서 콧노래를 불렀다. 우리는 섹스를 더 많이 했고, 라디오에서 나오는 노래들을 따라 불렀고, 신선한 아보카도로 만든 요리들을 먹었다. 우리는 윌 스미스가 몹시 가난한 영업사원을 연기하는 영화 〈행복을 찾아서〉를 봤다. 그 영업사원은 결국 일류 종합증권회사의 무급 인턴사원이 되고, 마침내 부유한 경영자가 된다. 영화를 보는 내내 브랜든은 내 손을 잡고 있었다. 그 영화는 불가능해 보이는 변화가 일어날 수도 있다는 걸 증명해주었다. 캘리포니아의 맑은 하늘 아래 바다를 증인으로 삼아, 나는 행복이 내게로 스며들게 두었다.

———

"일요일에 '페닌술라'에서 엄마를 만나 브런치를 먹기로 했어요." 1월의 어느 날 밤, 나는 블랙베리 폰을 들고 일 관련 메일을 스크롤하고 있었고, 브랜든은 내 집 거실을 왔다 갔다 하고 있었다. "같이 갈래요?"

내 고개가 획 들렸다. 내 블랙베리 폰이 조리대에 떨어졌다. 브런치. 페닌술라. 브랜든의 어머니. "네. 네. 진심으로 페닌술라에서 어머니 되시는 분하고 셋이서 브런치 먹고 싶어요."

1월의 첫째 주, 시카고에 있는 모든 것은 조용히 얼어붙어 있었다. 얼음을 잔뜩 이고 있는 나무들, 오래된 눈으로 얼어붙어 미끄러운 도로들, L선 기차역으로 이어지는 차가운 금속 난간. 하지만 입고 있는 울 스웨터 밑에서, 패딩 밑에서, 플리스 모자 밑에서, 나는 활기로 넘치고 있었다. 누군가의 어머니를 만나 5성급 호텔 브런치를 먹어본 일은 전에는 한 번도 없었다. 내 마음이 온몸을 따스해지게 했다. 나는 그룹 사람들에게 일이 잘 돼가고 있다고 암시했다. "아마 일요일에는 어떤 친구랑 그 친구 어머니랑 고급진 브런치를 먹게 될 것 같아요." 교묘하기도 하지.

브런치를 먹기로 한 날 아침, 브랜든 모친 되시는 분의 운전사가 우리를 길고 검은 메르세데스에 태웠다. 브랜든 어머니의 모피 코트가 두꺼워서 온통 밍크에 파묻힌 얼굴은 잘 보이지 않았다. 브랜든 어머니는 나와 악수를 하고 살짝 미소 지었다. 우리는 주문을 하고 나서 바버라 킹솔버의 소설들에 관해 얘기를 나눴고, 그 작가가 쓴 책에 나오는 것과 똑같은 앙트레를 주문했다. 농장에서 기른 채소와 염소 치즈를 곁들인 달걀흰자 프리타타였다. 브랜든 어머니는 밍크를 계속 어깨에 걸치고 있었지만, 아까보다 활짝 미소 지었고 내 농담에도 웃어주었다.

나중에 브랜든은 자기 어머니가 나와 "함께 있어서 활기찬 시간"을 즐겁게 보냈다고 보고했다. 나는 다음 단계는 런던에서 쭉 살고 있는 그의 남동생을 만나는 것이고, 그런 다음

봄에 우리 부모님이 찾아오면 브랜든이 그분들을 만나면 될 거라고 생각했다. 나는 내 미래를 상상할 때마다 브랜든을 포토샵으로 프레임에 합성해 넣었다. 그 프레임만 있으면 내 그룹 구성원들과 로젠 박사의 격려를 느낄 수 있었다. 비록 그들은 나를 제외한 누구의 눈에도 보이지 않았지만.

36

브랜든이 내 입술에 키스하는 걸 그만두었다. 내가 이유를 묻자, 그는 입 냄새 때문에 내게 집중이 잘 안 된다고, 심지어 내가 이를 닦고 치실질을 하고 구강청결제로 헹궈낸 뒤에도 그렇다고 했다. 상처받은 나는 더 열심히 이를 닦고 더 많은 양의 구강청결제로 입속을 씻어냈다. 그래도 그는 키스하지 않았다.

그는 그러더니 근무 시간을 연장하기 시작했다. 시외에서 회의를 잡았고, 오헤어까지 차로 데려다주겠다는 내 제안을 거절했다. 우리는 여전히 일주일에 한 번 정도 섹스를 했고, 내 얼굴은 언제나 베개에 처박혔다. 뒤집기 확률 100퍼센트였다. 그리고 매번, 나는 목소리가 나오지 않았다. 내 떨리는 목소리는 머리 근처 베개 위에서만 떨면서 맴돌 뿐 아무 쓸모가 없었다. 회사에 있을 때 나는 다음번에 그가 내 몸을 뒤집으면 침대를 박차고 일어나 뭔가 말을, 무슨 말이든 할 거라고 상상하곤 했다. 아니면 차에서, 저녁을 먹으면서, 혹은 문자메시지로 그 얘기를 꺼낼 거라고. 우리의 섹스 방식에 대해 그와 얘기를 나눌 수 없다면 그와 자지 않겠다고 나는 자신에게 약속했다. 하지만 그의 침실에서는, 그 하얗고 고급스러운 시트 위에서는 단 한 음절도 입 밖으로 꺼낼 수가 없었다.

나는 그룹에서도 계속 말을 하지 않았다. 속을 털어놓고 피드백을 청하고 싶은 마음이 너무도 간절했다. 사람들에게 내 이야기를 자세히 안 한 지 너무 오래돼서 더 이상 그들이 어떤 충고를 해줄지 가늠할 수가 없게 됐다. 그들은 브랜든에게 입술에 하는 키스를 요구하라고 할까? 몸을 뒤집는 행위가 내게 어떤 느낌인지 얘기하라고? 그를 있는 그대로 받아들이라고? 아니면 전부 다 놔버리라고? 내게 연결되어 있던 그룹 구성원들과 그들의 목소리가 기억 속으로 흩어지고 있다는 건 두려운 일이었다.

브랜든과 함께하는 일요일 아침은 여전히 아무렇지 않게 느껴졌다. 우리는 여전히 늦잠을 자고 〈뉴욕 타임스〉를 읽고 헬스장에 갔다. 그 얼마 되지 않는 시간 동안 신문을 건네주거나 트랙을 돌고 나서 하이파이브를 하면서, 나는 브랜든의 일과 관련해 무슨 일이 일어나고 있건 간에 우리의 관계는 그것보다 힘이 세다고 믿었다. 진짜 관계는 좋을 때도 나쁠 때도 있는 법이었다. 모두들 그렇게 말했다. 우리의 심장이 서로 완벽하게 들어맞지 않을지는 몰라도, 우리가 애착으로 연결될 만한 홈들은 충분히 있었다.

2월 초의 어느 일요일, 우리는 헬스장 앞에서 브랜든의 대학 시절 친구인 빌과 우연히 마주쳤다. 캐시미어 같은 회색빛 하늘에서 큼직한 눈송이들이 떨어지는 동안 우리 셋은 주차장에 서서 몸을 덥히려고 제자리뛰기를 했다. 브랜든과 빌이 그들이 같이 아는 친구들, 정형외과학 그리고 다우존스 지수 얘기를 하는 동안 나는 옆에서 귀를 기울였다.

"마시는 어떻게 지내?" 빌이 브랜든에게 물었다. 나는 그들이 대학 때 같이 알던 친구인 마시를 만나본 적이 있었다. 가을에 자기 회사가 만드는 최고급 안경테 독점 라인의 구매자들을 만나러 마시가 시카고에 왔을 때였다. 나는 마시의 길고 구불거리는 머리칼에, 죽여주는 가죽 재킷에, 파격적이고 멋진 안경테에 질투가 났다. 뉴욕 스타일로 차려입은 마시 곁에 있으니 나는 중서부에서 굴러온 밀가루 반죽 덩어리가 된 기분이었다.

"2주 뒤에 만나기로 했어." 브랜든이 말했다. 나는 처음 듣는 얘기였다.

"뉴욕에서?" 빌이 물었다.

"사실은, 칸쿤에서."

내 인생이 영화였다면, 나는 먹던 음식을 뱉거나 누군가의 얼굴에 탄산음료 한 모금을 뿜어서 온통 범벅으로 만들어버렸을 것이다. 10개월 사귄 남자친구가 방금 아무렇지도 않게 다가오는 휴가를 다른 여자와 함께 다른 나라에서 보낼 거라고 선언한 것이었다. 내가 잘못 들은 것임에 틀림없었다. 브랜든은 내가 받은 충격을 알아채지 못했다. 몇 분 뒤 빌은 내 어깨를 툭 치고 작별 인사를 하고는 걸어가버렸다. 브랜든은 헬스장 쪽으로 걸어갔다. 나는 그 자리에서 움직이지 않았다.

416

그는 몇 걸음 걷다가 몸을 돌리고 내게 왜 그러냐고 물었다.

"진심이에요?" 내 목소리가 낮고 강력하게 느껴졌다. 몸속 가장 깊은 곳에서 올라오는 소리였다.

"뭐가요?"

"지금 장난하는 거죠?" 나는 몸을 돌려 내 차 쪽으로 걸어갔다. 할 만큼 했다.

내가 운전석 쪽 문을 열 즈음 그가 나를 따라잡았다. 차에 탄 나는 똑바로 앞을 보며 차키를 꽂고 난방을 최대한도로 틀었다. 두 손을 동그랗게 모아 입에 대고 따스한 입김을 불어넣었다. CD 플레이어에 뭐가 들어 있었는지 모르겠지만 볼륨을 돌려 끝까지 올렸다. 브랜든이 조수석으로 미끄러져 들어오더니 볼륨을 낮췄다.

"크리스티."

나는 볼륨을 다시 올렸다. 그가 전원 버튼을 눌러 끄고 내 손을 잡아 치웠다.

"왜 그렇게 화를 내요?"

"부탁인데, 내려요." 그는 움직이지 않았다. 해질 무렵이면 내가 다시 싱글이 되리라는 걸 알았지만, 나는 이번만은 히스테리를 일으키지 않았다. "시치미 떼지 말아요. 보기 안 좋으니까. 게다가 칸쿤은 텍사스 고등학생들이 봄방학마다 가서 수영장에 토해놓는 곳인데—"

"마시가 거기서 회의가 있다고, 나한테 와달라고 부탁해서—"

"뭐가 어떻게 돼가고 있는 건지 똑바로 말하든지 아니면 차에서 내려요." 그는 무겁게 한숨을 쉬었고, 그걸 본 나는 그의 얼굴을 한 대 치고 싶어졌다. 가엾은 브랜든에게는 이게 그렇게 부담이 되는 일인 모양이었다.

잠시 후 그는 "당신은 당신 곁에 있고 싶어 하는 사람의 곁에 있어야 돼요" "크리스티는 더 나은 대접을 받아 마땅해요" 같은 말들을 했다.

"헤어지고 싶은 거면 어른답게 말해요."

"난 당신한테는 당신 곁에 있고 싶어 하는 사람이 어울린다는 말을 하고 있는 거예요."

"그게 당신은 아니라는 거군요."

그는 대답하지 않았다.

———

"안색이 별로 안 좋아 보이네요." 맥스가 말했다.

나는 그 전날 입었던 옷을 그대로 입고 있었다. 스웨터에는 이제 구김이 가 있었고, 셔츠는 바지 밖으로 나와 있었다. "브랜든이랑 어젯밤에 헤어졌어요."

여기저기서 헉, 하는 소리가 났다. 모두의 눈이 커다래졌다.

"혹시 지금 뭐든 날카로운 물건 숨기고 있어요?" 론이 물었다.

나는 항복하는 자세로 두 손을 들어올렸다. 무기는 없다. 자해를 하거나 물건을 박살내고 싶은 충동도 일지 않았다. 다른 이별들과는 다르게 이번 이별에는 전에는 없던 뭔가가 따라왔다. 강렬한 안도감의 향기였다. 이제 나는 브랜든이 내 소울메이트인 척하는 걸 그만두고 내 삶을 살아갈 수 있었다. 내가 사람들에게 마시와 칸쿤 얘기를 했을 때는 아무도 놀란 것처럼 보이지 않았다.

"뒤집개 박사한테 심각한 문제들이 있군요." 론이 말했다.

"그런 병은 돈으로 해결되지 않아요." 맥스가 브래드를 힐끗 보며 말했지만, 브래드는 여전히 돈이면 해결할 수 있다고 흔들림 없이 믿는 눈치였다.

로젠 박사는 나를 오랫동안 열심히 쳐다보았다.

"무슨 얘기 하실지 알아요." 내가 로젠 박사에게 말했다. 모든 전의를 상실한 내 양손바닥은 활짝 펼쳐져 있었다. 로젠 박사가 양손바닥을 펼쳤다. 나의 거울 이미지.

"말해 봐요."

"이 그룹 사람들이 저를 사랑한다고 하시겠죠. 그리고 제 다른 그룹 사람들도 저를 사랑한다고요. 박사님도 저를 사랑하고, 저는 괜찮을 거라고요." 물론 그는 이걸로 충분하다고 주장할 것이었다. 이렇게 구겨진 옷을 입고 둘러앉아 생각과 감정들을 그와 그룹 사람들에게 전하는 걸로 충분하다고.

"잠깐만요-" 론의 얼굴이 핼러윈 호박등처럼 밝아졌다. "이제는 그 친구 비밀을 우리한테 말해줄 수 있나요?"

나는 로젠 박사를 쳐다보았지만, 박사는 완전히 수수께끼 같은 표정을 하고 있었다. 나는 그들에게 모든 걸 말하고 싶었고, 내가 그들이 아니라 브랜든을 선택하기 전의 상태로 돌아가고 싶었지만, 이렇게는 아니었다. 이렇게 여전히 상처가 아물지 않은 채로 론의 호기심을 만족시키기 위해서는 아니었다. 나는 고개를 저었다. 그들에게는 나중에 말해줄 것이었다. 온몸이 걷잡을 수 없이 떨리기 시작했다. 대리석 위에 떨어지

419

는 동전들처럼 이가 딱딱 맞부딪쳤다. 양 무릎이 위아래로 요동쳤다. 나는 몸을 구부리고 서로 감싼 두 팔을 그 안에 집어넣고 가만히 앉아 있으려고 애를 썼다. 불가능했다.

"무슨 일이에요?" 로젠 박사가 말했다.

나는 고개를 저었다. 아무리 애를 써도 점점 더 격렬해지는 떨림을 멈출 수가 없었다.

"크리스티한테 담요 좀 주세요." 패트리스가 말했다. 나는 상담실 한구석, 술 달린 1970년대풍 베개들을 모아둔 로젠 박사의 서글픈 컬렉션과 쥐가 나올 것 같고 천연두라고 비명을 지르는 듯한 낡은 갈색 담요 한 장을 힐끗 보았다.

"고맙지만 괜찮아요." 나는 딱딱 맞부딪치는 이 사이로 말했다.

로젠 박사가 일어서서 자기 의자를 뒤로 밀었다. 그는 바닥에 앉아 다리를 골반 넓이로 벌리고 두 팔도 활짝 벌렸다.

"아이고 이런." 맥스가 낮은 소리로 중얼거렸다.

"지금 뭐하시는 거예요?" 내가 물었다.

로젠 박사가 얼굴 가득 미소 지었다. "아이디어가 하나 있어요." 그는 두 팔을 더 넓게 벌렸다. "제가 느끼기엔 크리스티를 누가 좀 안아줘야 할 것 같아요. 막 새로운 정체성을, 그리고 자신에 대해 생각하는 새로운 방식을 얻으려는 참이니까요." 그는 두 팔을 더 넓게 쭉 뻗었다.

"박사님이 안아주겠다네요." 맥스가 말했다.

"어떻게요?"

맥스가 내게 베개 하나를 던져주었다. 나는 로젠 박사가 앉은 곳으로 걸어가 박사에게 베개를 건네주었고, 박사는 그것을 국부 가리개처럼 위치시켰다. 나는 무릎을 꿇고 앉았다가 엉덩이를 대고 편히 앉았다. 박사의 몸과 수직을 이루도록 두 다리를 뻗었다. 그는 자신의 왼무릎을 굽혀 내 등을 받쳤고, 오른무릎은 내 뻗은 두 다리 위로 다리처럼 놓이게 했다. 내 몸은 여전히 떨리고 있었고, 양손과 양 다리 모두 흔들리는 상태였다.

"숨 쉬어요." 박사가 말했다.

나는 가슴이 터질 것처럼 느껴질 때까지 숨을 들이마셨다. 그러고는 천천히, 공기 분자 하나씩 내쉬었다. 떨림은 계속됐지만 떨리는 강도는 약해졌다. 사건 목록에 실패를 또 하나 추가한 채 이 방에 있다는 수치심이 파도처럼 밀려왔다. 하지만 나는 그냥 내버려두었다. 머릿속에서 그 수치심을 앞서 나가려고 애쓰지도, 고독사에 관한 생각으로 지레 겁을 먹지도 않았다. 로젠 박사가 나를 안았다. 나는 그가 그렇게 하도록 내버려두었다.

몇 분 뒤, 로젠 박사의 어깨에 머리를 얹었다. 그는 한쪽 팔을 내 등에 대고 나를 바짝 끌어안았다. 나는 어린애처럼 그의 셔츠에 얼굴을 파묻고 몸을 앞뒤로 흔들기 시작했다. 그는 내 등을 부드럽게 어루만졌다. 나는 계속 몸을 흔들었다. 나는 어딘가 다른 곳에 가 있었다. 말을 배우기 전의 언젠가로, 내게 언어가 생기고 실패와 낙오자라는 단어들을 알게 되기 전, 누군가가 어린 소녀인 내 몸을 흔들어 재워주었던 시간 속으로.

그룹 상담은 평소처럼 이어졌다. 론은 자기 전처 얘기를 했고, 맥스는 딸의 대학 지원에 관해 무슨 얘긴가를 했다. 그들 모두는 바로 거기 있었지만 나는 먼 곳에 있었다. 나는 어린이였고, 아장아장 걷는 아이였고, 아기였다. 로젠 박사가 말을 할 때면 내 머리에 맞닿은 그의 목이 울렸다. 나는 계속 눈을 감고 있었지만, 가끔씩 두 눈을 깜박일 때면 로젠 박사의 손목시계와 맥스의 구두, 얼룩덜룩한 카펫이 보였다. 20분이 흘러갔다. 그리고 또 20분이.

어느 시점이 되자 로젠 박사가 말했다. "오늘은 여기까지 하죠." 우리 두 사람은 여전히 바닥에 있었고, 이제 그룹 상담은 끝났다. 나는 눈을 뜨고 일어나 앉았다. 양쪽 고관절 굴곡근이 아팠고, 혼자 두 발을 딛고 일어설 수 있을지 알 수 없었다. 맥스가 내 한쪽 손을, 브래드가 다른쪽 손을 붙잡았다. 나는 일어서서 원에 합류했다.

37

로젠 박사는 내가 브랜든을 지나 앞으로 나아가게 돕기 위해 두 가지 처방을 내렸다. 하나는 언제 어디서든 내 감정들을 느껴보라는 것이었고, 다른 하나는 안전 고글이 필요한 행동은 절대 저지르지 말라는 것이었다. 나는 동의했고, 이번에는 좀 다른 방식으로 싱글이 되어보기로 결심했다. 혼자인 상태를 기꺼이 받아들이고 탐험해보기로. 싱글이 되는 게 사형선고라거나 죽을병이라는 생각은 떠나보내기로 했다. 밤이면 소파에 앉아 시카고의 스카이라인을 빤히 쳐다보곤 했다. 산산조각이 날 만한 뭔가를 던져버리고 싶어서 손가락이 근질거릴 때면 로리나 론, 패트리스에게 전화를 걸었다. 나를 위로해줄 그들의 친근한 목소리를 향해 외로움을 뚫고 천천히 나아갔다.

어느 날 밤, 고요함이 저주처럼 느껴지고 곁에 아무도 없을 때였다. 나는 부엌에서 침실까지 천천히 걸어갔고, 침실 문간에 서서 내 침대를 노려보며 제러미, 인턴, 알렉스, 브랜든의 유령들이 내 깃털 이불 바로 위를 맴돌고 있다고 상상했다. 잘 가요, 나는 속삭였고, 그런 다음 노트북 컴퓨터로 몸을 돌리고는 새 침대를 찾아 가구 상점 페이지들을 스크롤했다. 새 침대가 내 인생의 이 새로운 챕터를 위한 상징이 된다는 게 좋았다. 그 상징 속에 무엇이 들어 있든, 오직 나만이 들어 있다 해도.

클릭. 클릭. 클릭.

이제 나는 머리와 다리 부분이 바깥쪽으로 말린 거대한 침대의 새 주인이 되었다. 밝은 색 오크나무로 만들어진, 곡선형에다 엄청나게 크고 무거운 그 괴물딴지는 2주 뒤에 배송될 예정이었다. 따스한 기쁨이 솟구쳐 올라 주먹을 허공에 힘껏 들어올렸다. 이 침대는 로젠 박사의 곰인형을 난도질했던 날 밤에 약혼한 내 사촌동생을 위해 상상했던 물건이었지만, 이제 나는 그걸 내 것으로 만든 참이었다.

일주일 뒤, 나는 나 자신에게 '어떤 사교적인 초대에든 응하기'라는 과제를 선사했다. 아무 말도 덧붙이지 않고 무조건 응할 것. 어떤 우주적인 방식에 의해 내 새로운 결심을 둘러싸고 말이 퍼진 게 틀림없었다. 초대가 쏟아져 들어왔으니까. 회사 친구와 함께 들어본 적 없는 컨트리 밴드의 공연을 보고 싶냐고? 딜도를 바꾸러 상점에 가는 낸을 따라가고 싶냐고? 시카고에서 서쪽으로 16킬로미터 떨어진 곳, 원래는 낡은 은행이었던 영화관에 가서 프레스턴 스터지스의 흑백 영화를 보는 건 어떨까? 좋아, 좋아, 좋아. 갈 거야. 나는 살아 있어. 나는 존재한다고.

대통령의 날, 기온이 영하로 떨어진 2월의 그 아침에 나는 수치심과 분노 속을 헤매다 깨어났다. 주먹이 꽉 쥐어졌고 머리가 지끈거렸다.

이거구나. 여기가 나를 떨어뜨리는 절벽 끝 바위구나. 브랜든과 내가 어느 결혼식에 참석하기 위해 뉴햄프셔에 가 있기로 했던 날이었다. 헤어지지 않았다면 우리는 지금 거기 있었을 텐데. 브랜든은 아마 마시를 데려갔을 테고, 그들은 2월 중순에 뉴햄프셔에서 사람들이 하는 건 뭐든 하고 있을 것이었다. 메이플 시럽을 받아내기 위해 나무에 흠집 내기? 얼음낚시하기? 모닥불가에서 섹스하기? 내 앞에는 텅 빈 하루가 펼쳐져 있었다. 사무실은 닫혀 있었고, 나는 그룹 상담을 빼면 다른 계획이 없었다. 다가오는 휴일은 언제나 내 실패의 원인이었다. 숨 쉬기가 힘들었다. 절망을 물리치기 위해 나는 운동화 끈을 매고 밖으로 나갔다.

하늘은 여전히 어두운 회색이었고 기온은 영하 12도 근처를 맴돌고 있었다. 얼음으로 덮인 보도는 미끄러워서, 차도를 달리기로 했다. 공기가 너무 차갑고 희박해서 숨을 쉬는 데 여분의 노력이 필요했다. 호반길에 도착할 무렵이 되자 반쯤 얼어붙은 호수 위로 태양이 떠오르고 있었다. 한 걸음 내디딜 때마다 숨결이 하얀 입김이 되어 훅훅 뿜어져 나왔다. 주위의 세상은 온통 얼어붙어 있었고, 이렇게 달리는 일은 금방이라도 자기학대가 될 것 같았지만, 앞으로 2분 내에 또 다른 사람이 달리고 있는 걸 보게 되면 나도 계속 달리기로 마음먹었다. 만약 보지 못하면, 로젠 박사의 사무실에서 모퉁이를 돌면 나오는 커피숍으로 택시를 타고 가서 그룹 상담이 시작할 때까지 앉아 있을 생각이었다.

800미터쯤 앞에서 녹색 점퍼를 입은 여자가 달리고 있는 모습이 눈에 들어오자, 나는 그를 북극성인 양 따라갔다.

왼발, 오른발, 숨 쉬고.

왼발, 오른발, 숨 쉬고.

녹색 점퍼를 따라가자. 녹색 불빛을. 가자, 가자, 가자.

태양이 수평선 위로 모습을 완전히 드러냈을 때, 나는 저항하듯 불타오르는 그 주먹이 미시건 호수에서 솟아오르는 광경을 바라보려고 멈춰 섰다. 거기 대고 내 주먹도 마주 흔들어 보였다. 와커 드라이브와 레이크 쇼어 드라이브가 만나는 길모퉁이를 돌았을 때 나는 멈춰 섰고, 두 손을 무릎에 얹고 천천히 숨을 쉬려고 애를 썼다. 무슨 일인가가 일어나고 있었다. 온몸이 안쪽에서부터 설명할 수 없이 따스하게 느껴졌던 것이다.

그러다 빛으로 된 그 주먹을 바라보았을 때, 목소리 하나가 들려왔다. "넌 괜찮아." 어깨 너머를 돌아보았다. 아무도 없었다. 누구 목소리지? 나는 그런 생각은 평생 단 한 번도 해본 적이 없었다. 어딘가에 동행해줄 사람, 애인, 애인 후보자, 사랑하는 사람, 반려자, 나 자신이 만든 가족, 나를 진정으로 아는 사람들이 가득한 빛나는 미래 같은 것들이 없어도 내가 지금 이대로 괜찮다는, 어떤 선동에 가깝게 느껴지는 그런 생각은.

코가 얼어붙을 것 같았기에 달리기를 계속해야 했다. 보폭이 두 배로 넓어졌다. 조용히 내 몸을 맡기는 듯한 속도였다. 난 괜찮아, 난 괜찮아, 난 괜찮아. 뛰는 내 심장이 쿵, 하고 한 번 내려앉을 때마다 나는 그렇게 속삭였다. 그건 하나의 계시였다. 그리고 계시들은 계속 밀려왔다. 내가 괜찮은지 그렇지 못한지는 브랜든에게도, 다른 누구에게도 달려 있지 않았다. 심지어 로젠 박사에게도. 박사는 나를 괜찮아지게 해줄 수 없었다. 그가 할 수 있는 일은 상담 시간에 나타나 내 개인적인 삶을 이루는 온갖 허튼소리에 증인이 되어주고, 고통이 나를 무너뜨리겠다고 위협할 때 안아주겠다고 하는 것뿐이었다. 내 평생을 통틀어 처음으로, 나는 괜찮았다. 충분히 괜찮았다. 왜냐하면 내가 그렇게 말했으니까.

지나가는 찰나의 생각들이라고 여겼기에 이 생각들을 그룹에서 말할 계획은 없었다. 그런데 그룹 상담 도중에 그 일이 일어났다. 론이 자신의 양육권 분쟁에 관련된 가장 최근의 법원 명령을 읽고 있는데 그 느낌이 다시금 내게로 밀려왔다. 바로 지금, 바로 여기 나는 괜찮다는 감각이.

"여러분, 저한테 무슨 일인가가 일어나고 있어요."

패트리스가 내 뺨에 손등을 가져다 댔다. "꽁꽁 얼었네요."

"제가 계시를 받았는데, 설명하기가 어려워요. 마치 누군가가 저한테 말을 하고 있는 것 같았는데, 그 누군가는 저였어요. 제가 저 자신한테 괜찮다고 했어요. 바로 지금, 바로 이 순간 제가 괜찮은 것처럼요." 로젠 박사의 얼굴에 곡선이 생겨나며 넋을 잃은 미소가 떠올랐다. "굉장한 관계를 맺을 사람이 나타나지 않아도, 제가 독신 여성으로서 아이를 입양해야 한다고 해도, 오늘부터 앞으로 모든 로맨스에 실패한다 해도-전 괜찮아요. 전 살아갈 거고 일하러 갈 거예요. 그리고 여기올 거고요."

427

로젠 박사가 내 쪽으로 몸을 기울였다. "우리 모두가 크리스티를 그렇게, 지금 그 모습 그대로 사랑해왔어요. 오랫동안."

그들은 언제나 나를 사랑해주었다. 내 화요일 그룹 사람들도 마찬가지였다. 그들은 내가 분노를 터뜨리고, 자기연민의 폭탄들을 폭파시키고, 울부짖고, 콧물을 흘리고, 싸우고, 내 고민거리들로 상담 시간을 독점했을 때조차 내 곁을 지켜주었다. 나는 고독사하지 않을 것이었다. 이 사람들이 나를 둘러싸고 있어줄 것이었다. 혼란에 빠져 슬퍼하는 우리 엄마에게 나에 대한 좋은 말들을 해주고, 제러마이어라는 이름의 아기에 대해서도 설명해줄 것이었다.

나는 내 심장을 그려보았고, 내가 그룹 상담에 들어올 때마다, 남자를 만날 때마다, 로젠 박사나 그룹 동료와 말다툼을 벌일 때마다 생겨난 빗금들을 보았다. 로젠 박사에게 소리친 "꺼져버려요" 한 번이 새김눈 하나였다. 찢어지는 소리로 음성사서함을 남길 때마다, 상담 도중에 울화통을 터뜨릴 때마다, 연극하듯 머리카락을 잡아 뽑고 접시를 박살 낼 때마다. 새김눈들, 갈라진 틈들, 샵 부호들, 이 빠진 자국들, 둥근끌로 파낸 흔적들, 줄무늬들. 지저분하고 흐물흐물한 내 심장에는 각각의 시도로부터, 성공할 뻔했던 각각의 성과로부터, 다른 사람들을 향해 돌진했던, 그러고는 나 역시 사랑받았거나 그러지 못했던 각각의 시간으로부터 칼집이 나 있었다.

어떤 초대에나 응하기로 한 방침에 더해, 나는 내가 타인들에게 원하는 바를 정확히 표현하기 시작했다. 그건 브랜든을 사귀는 동안 목소리를 내지 못했던 일을 나 자신에게 보상하는 하나의 방법이기도 했다. 나는 다시는 성적인 상황에서 나 자신을 포기하지 않을 것이었다. 하지만 그 맹세를 지키기 위해서는 우선 성적인 상황이 아닌 상황에서 목소리를 크게 내는 일부터 시작해야 했다. 친구들에게 메일을 보낼 때, 좀 더 안전하게 언제 한번 만나요,라고 쓰는 대신 이번 주말에 만나고 싶어요,라고 썼다. 동료인 애나가 '하우스 오브 블루스' 콘서트홀에서 러스티드 루트의 공연을 보자는 계획과 함께 답장을 보내와서 나는 달력의 빈 네모칸을 채웠다. 허공으로 퍼져나가는 내 목소리가 내 삶을 구체화해주기 시작했다.

그런 다음 나는 메일을 한 통 더 보냈다. 우리 몇 명이 모여서 콘서트에 가려고 하는데, 당신이 와줬으면 해서요. 나는 발송 버튼을 눌렀고, 그런 다음 웃었다. 내가 방금 정말로 존에게 뜬금없이 메일을 보낸 건가? 존은 스캐든사에서 일하는, 내가 브랜든을 시험하는 데 이용했던 남자였다. 그 메일은 목소리를 내는 연습이었다. 나는 발송 버튼을 누르기 직전에 당신이 와줬으면 해서요,라는 구절을 보고 미소 지었다. 전에는 어떤 남자에게도 그런 말을 해본 적이 없었다.

결혼이라는 숨은 의도도, 존과 내가 죽이 잘 맞을 거라는 비밀스런 희망도 없었다. 그냥 갑자기 머릿속에 그가 떠올랐다. 발송 버튼을 누르고 나서도 답장을 기다리며 집요하게 메일함을 확인하지 않고 업무로 돌아갔다. 솔직히, 그가 같이 간다고 해도 안 간다고 해도 상관없었다.

가을에 존과의 저녁 약속을 취소하고 나서 그에게 다시 연락이 오는 일은 없을 거라고 생각했었다. 그런데 브랜든과 내가 헤어지기 6주 전, 존이 '리릭 오페라' 극장에서 푸치니의 〈투란도트〉를 볼 수 있는 티켓이 한 장 남는다며 내게 주었다.

내가 그 얘기를 했을 때 브랜든은 물론 침착했다. 나는 그때는 브랜든을 시험하고 있지 않았다. 우리는 이미 페닌슐라 식당에서 브런치를 먹은 뒤였으니까. 그런데 존과 내가 극장에 가기로 되어 있던 날로부터 사흘 전, 브랜든이 직장에서 전화해 그날 저녁에 뭔가 계획이 있느냐고 물었다. 아무 일도 일어나지 않는 1월 초의 눈 내리는 수요일 저녁이었다. 내 계획은 두꺼운 모직 내복을 껴입고는 시카고의 날씨 패턴을 욕하는 것밖에 없었다. 브랜든은 내게 그날 밤 〈투란도트〉를 보고 싶냐고 물었다. 그의 부모님에게 정기 입장권이 있다고 했다. 앞에서 넷째 줄 가운데 자리였다. 고장 나 있던 우리의 관계를 전형적으로 보여주듯, 브랜든과 나 둘 중 누구도 내가 그 주 토요일 밤에 똑같은 오페라를 존과 함께 보기로 했다는 이야기를 하지 않았다. 대화 내내 나는 미소 지었다. 브랜든이 자신이 나에 대해 신경 쓴다는 걸 보여주고 있었으니까. 우리에 대해 신경 쓴다는 걸. 어쩌면 그는 존으로 인해 약간의 위협을 느꼈는지도 몰랐다.

그로부터 사흘이 지난 밤, 나는 존과 그의 친구 두 명과 함께 2층 발코니석에서 똑같은 오페라를 보았다. 오페라가 끝나고 나서는 존의 친구 마이클이 운전을 해서 우리 모두를 집에 데려다주었고, CD 플레이어에서는 〈아무도 잠들지 말라〉가 울려 나왔다. 나는 뒷자리에 앉아 마이클과 존이 시카고 최고의 디저트 전문점이 어디인지 논하는 걸 귀 기울여 들었다. 그날 밤 내내 나는 존이 내가 기억하는 것보다 매력적이라고 생각하고 있었는데, 그 순간 그가 게이일지도 모른다는 생각이 스쳤다.

게이일 가능성이 있는 남자에게 콘서트에 같이 가서 놀자고 하기: 위험 부담 낮음.

콘서트 무척 보고 싶은데요. 몇 시 공연인지 알려줘요.

콘서트 여섯 시간 전, 나는 몹시 불쾌한 기분으로 그룹 상담을 받으러 갔다. 새로운 삶을 기꺼이 받아들이고 있긴 했는데, 내가 하고 있던 방식으로는 너무 지치는 데다 돈도 많이 들었다. 콘서트 티켓 여러 장, 새 침대, 초밥이 나오는 1인용 저녁식사 여러 번. 이것들 중에 저렴한 건 하나도 없었다. 나는 그 모든 게 너무도 피곤했고, 너무도 불만에 차 있었다. 로젠 박사에게 소리를 질렀다. 꺼져 버려요와 이건 도움이 안 돼요와 왜 날 도울 능력이 없다고 인정을 못해요? 같은 말들을 잔뜩 퍼부었다. 로젠 박사나 그룹 구성원들이 한 말 가운데 와닿는 말은 하나도 없었다. 머릿속에는 단 하나의 생각만이 쿵쿵 울렸다. 이렇게까지 망가진 내가 싫어.

그룹 상담이 끝난 뒤, 나는 콘서트장에서는 얼굴에 미소를 만들어 붙이고 사람들과 살갑게 어울려야 하리라는 사실 때문에 겁에 질린 채 요란한 소리를 내며 사무실로 돌아갔다. 6시 정각이 되었고, 지나갔다. 나는 계속 책상 앞에 앉아 있었다. 거의 7시가 가까워졌다. 20분 뒤면 존을 포함해 모두를 만나기로 되어 있었다. 태양이 시카고강 뒤편으로 서서히 사라지면서 내 컴퓨터 불빛만 빼고 사무실이 온통 깜깜해지고 있을 때, 나는 로리에게 전화를 걸어 울음을 터뜨렸다. 주위에는 청소 담당 직원들 말고는 아무도 없었다. "뭐든 승낙하는 일에 신물이 나요."

"한 시간 동안만 있다 오면 안 돼요? 딱 한 시간만요." 로

431

리는 내가 동의할 때까지 전화를 끊지 않고 있었다.

사무실을 나서기 전에 화장실에 들어갔다. 한 시간 동안 울어서 생긴 피해를 확인했다. 화장이 몽땅 지워져 있었다. 나는 브러시도, 립스틱도, 화장품 비슷한 그 무엇도 갖고 있지 않았다. 손가락으로 머리를 빗어 묶은 다음 틀어올렸다. 내게서 진행 중인 존재론적 위기의 증거처럼 보이지 않기를, 그보다는 섹시하고 저돌적으로 보이기를 바라면서. 바를 향해 걸어가는 도중에 코트 주머니에서 오래된 버츠비 립글로스를 찾아냈는데, 마치 우주가 나라는 개를 도우려고 펄이 들어간 연보라색 뼈다귀를 던져주는 것 같았다. 땅에는 눈 부스러기들이 아직 남아 있었지만, 다가올 준비를 하고 있는 봄의 향기도 느껴졌다. 우리가 만나기로 한 바에 가까워질수록 기분이 나아졌다. 나는 내가 괜찮다는 걸 기억했다. 그리고 한 시간 뒤면 나는 집에 돌아가 침대에 누울 수 있었다.

애나와 다른 사람들은 바 구석에 모여 앉아 있었다. 누군가가 치즈와 말린 과일이 담긴 특대형 사각 접시를 내 쪽으로 밀어주었다. 나는 크림빛 로크포르 치즈와 훈제 고다 치즈를 입에 밀어 넣었다. 10분 뒤, 존이 걸어 들어왔다. 잠깐 동안 걱정이 스쳤다. 내가 그를 신경 써줘야 할까? 바를 향해 걸어올 때 그는 자신 있게 성큼성큼 걸었고, 얼굴에는 차분한 미소를 띠고 있었다. 그는 잘 모르는 동료들에게 인사하고는 한쪽 팔을 내 어깨에 둘러 포옹했다. 그에게선 상쾌한 공기와 깨끗한 옷감 향이 났다. 이 남자는 자신을 돌볼 수 있으니 나는 집에 가고 싶을 때 언제든 가도 됐다.

"늦어서 미안해요." 존은 북적거리는 바의 소음을 뚫고 목소리가 들리도록 내 쪽으로 몸을 기울였다. "바로 얼마 전에 새 침대를 구입했는데 배송되는 걸 기다려야 했거든요." 나는 내가 새로 구입한 머리와 다리 부분이 바깥쪽으로 말린 침대 얘기를 했다. 침대 얘기에는 뭔가 도발적인 데가 있었고, 그게 내 안의 뭔가를 흔들어놓았다. 어쩌면 그는 게이가 아닐지도 몰랐다.

친구들이 더 많이 도착했고, 우리는 바 여기저기 섞여 앉았다. 나는 끝까지 존의 곁에 남아 있었다.

나는 그를 지켜보았다. 그는 말수가 적었지만 대화를 따라갈 때면 생기로 두 눈이 빛났다. 콘서트가 열리는 '하우스 오브 블루스'로 걸어가야 할 시간이 되었을 때 존과 나는 또 다시 나란히 걷게 됐다. 그의 스타일은 심플했다. 푸른색 스웨터, 청바지, 끈으로 묶게 되어 있는 검은색 라운드 토 드레스 슈즈. 그의 재킷은 따뜻해 보였지만 유행하는 스타일도 아니었고 기업인들의 복장처럼 엄숙해 보이지도 않았다. 그에게서는 비밀스럽고 어두운 곳에 숨겨놓은 수치심 같은 건 느껴지지 않았다. 외로움의 근원도, 매력적이지만 고치려다 사람이 미쳐버리고 마는 어두운 면이 있다는 낌새도 없었다.

핸드백 속에서 휴대폰이 울렸다. 로리에게서 온, 내가 집에 들어갔는지 확인하는 문자였다. 나는 화장실에 가서 답장을 보냈다. 아직 밖이고 재밌게 놀고 있는 것에 가까워요!

그 콘서트장에는 스웨터와 부츠 차림을 하고 땀투성이로 술에 취한 사람들이 꽉 차 있었다. 존이 내게 물 한 병을 사줬다. 나는 그가 게이가 아니기를 적극적으로 바라고 있는 나 자신을 깨달았다. 그를 보면 누군가가 떠올랐는데 그게 누군지는 알 수가 없었다. 희미한 연관성이 내 의식을 간질였다. 그에게 꼬치꼬치 캐물을 의도는 없었다. 그건 그냥 질문이었다. 대화를 나누기 즐거운 남자에게 하는 무해한 질문.

"혹시 종교 있어요?" 왜 그 질문이 그런 말들로 나왔는지 모르겠다.

그는 재미있어 하며 눈썹을 치켜올렸다. "그런 질문이 나올 줄은 몰랐는데요." 그는 물을 꿀꺽꿀꺽 마시더니 대답했다. "유대교 신자로 자랐어요."

모든 게 조용히 멈춰버렸다. 댄스플로어도. 바가 있는 구역도. 무대를 설치하고 있던 사람들도. 나 역시 한순간에 얼어붙었고, 그 순간은 그다음 날까지 이어졌다. 내가 몇 달 전 바람을 맞혔고 그 다음엔 게이 같으니 가망 없다고 생각했던, 하지만 지금은 키스하고 싶어진 이 남자가 연상시키는 사람은 로젠 박사였다. 나를 계시로 밀어넣은 건 유대교와 관련된 뭔가였다. 갑자기 너무도 분명해졌다. 그들은 둘 다 날카로운 유머감각과 과시할 필요 없이 온화하면서도 단단한 남성성을 지닌 내향형 인간이었다. 지위나 최신 유행을 드러내지 않는 수수한 스타일. 두 사람 모두 가끔씩은 거드름 피우는 느낌으로까지 번지는 자신감 넘치는 분위기를 지니고 있었다. 그리고 솔직한 태도도 있었다. 그들은 언급하기 꺼려지는 주제라고 해서 못 본 척할 사람들이 아니었다. 맙소사. 내 앞에는 젊고 싱글이며 나이도 적당하고 돈을 버는 일자리가 있는, 내 심리 치료사를 연상시키는 남자가 서 있었다.

콘서트의 나머지 시간은 땀을 흘리고 춤추고 음악에 빠져 넋을 잃는 몽롱함 속에서 지나갔다. 존은 조금 떨어진 곳에 서서 모든 걸 지켜보았다. 새벽 2시, 그가 내 집까지 걸어서 데려다주었다. 눈발이 점점이 흩날리는 도시의 거리는 밤에 개를 산책시키는 어떤 사람을 빼고는 텅 비어 있었다. 나는 전에는 남자에게서 느껴본 적이 없는 뭔가를 느꼈다. 차분하고, 조용하고, 행복하고, 들뜨는 느낌이었다. 그와 가까워지고 싶었다. 그의 목소리를 들으며 잠들고 싶었다. 우리가 함께 아는 사람들에 대한, 그리고 그가 여행한 장소들에 대한 그의 생각을 듣고 싶었다. 그가 좋았고, 그 느낌은 내 피부 아래 모여드는 비밀스러운 힘처럼 느껴졌다. 우리는 지난 48시간 동안 둘다 새 침대를 구입했다는 사실에 다시금 웃음을 터뜨렸다. 그건 뭔가 의미가 있었다. 우리 두 사람과 우리의 새 침대. 좋은 징조였다.

다음날 존이 음성사서함을 남겼다. "당신이 싱글인지는 모르겠는데요, 만약에 그렇다면 우리 만나요."

내가 존에게서 느끼는 들뜬 기분은 나를 이끌어줄 수 있는 든든한 버팀목이었지, 마음을 어지럽히고 내 삶에서 다른 모든 것을 삭제해버리는 종류의 감정이 아니었다. 인턴과 리드에게서 느꼈던 강풍급 바람보다는 조용했다. 하지만 더 밝았고, 내가 브랜든에게 느끼던 욕망의 평평한 선보다 높이 솟아올랐다. 그럼에도 그건 저항하기 힘든 감정은 아니었다. 나는 여전히 식욕이 있었다. 잠도 정상적으로 잤다. 회사에서는 소송 사건 적요서를 잘 써냈고, 12단계 모임에도 나갔다.

"유대인이고, 싱글이고, 잘생겼고, 월급이 나오는 일자리가 있고, 진보적이고, 친절하고, 바로 얼마 전에 새 침대를 사기도 한 사람이에요." 나는 존의 긍정적인 특징들을 그룹 사람들에

435

게 하나씩 나열했다. "내일 밤에 같이 외출하기로 했어요."

"그리고 크리스티를 오페라에도 데려가줬고요." 맥스가 말했다. "지금 말할게요. 존이 운명의 짝이에요."

"그러지 말아요." 너무 부담이 됐다. "그냥 저녁 같이 먹는 거예요."

나는 의자에 편히 앉아 로젠 박사와 마찬가지로 얼굴을 빛내며 그의 미소에 미소로 대답했다. "그 사람을 보면 박사님이 생각나요."

로젠 박사가 가슴께를 문질렀다.

———

그랜드 애비뉴에 있는 식당 '라 스카롤라'는 싸구려 술집처럼 보였지만 안에 들어가니 밝았고, 버터를 넣어 구운 마늘향기가 났으며, 아무렇게나 난 통로로 라자냐와 오징어 튀김이 든 쟁반을 나르는 종업원들로 붐비고 있었다. 정문 옆에는 수십 명의 사람들이 어슬렁거리고 있었지만, 존이 지배인에게 얘기하자 우리는 곧바로 구석에 있는 조용한 테이블로 안내되었다. 새우가 든 에인절 헤어 파스타와 아라비아타 파스타를 나눠 먹었다. 대화는 우리가 대학 때 뭘 했는지에서 우리의 상사인 파트너 변호사들에 대한 느낌, 얼마나 자주 집에 가서 가족을 만나는지로 흘러갔다. 그다음 세 시간 동안 내 시선은 우리 테이블 위에 펼쳐진 세계에서 단 한 번도 벗어나지 않았다. 전체 조명이 들어오고 음악이 멈췄을 때 나는 순수하게 놀랐다. "죄송합니다." 우리를 담당한 친절한 종업원이 말했다.

"저희도 잠을 자야 해서요." 나는 방금 거의 세 시간 반을 존과 함께 보내면서 그룹 구성원 중 누구에게도 화장실에서 전화하지 않은 것이었다. 내 심장은 며칠 전 그날 밤에 그가 나를 집에 데려다주었을 때 처음 느꼈던 차분한 즐거움으로 여전히 가득 차 있었다.

데이트가 끝날 무렵 존은 내 손을 꽉 잡았고, 나는 곧바로 온몸으로 퍼지는 충격을 느꼈다. 집에 돌아온 나는 그룹 사람들에게 임무를 보고하는 긴 메일을 쓰거나 로리에게 전화해 먹은 것을 알리지 않았다. 대신 침대에 올라가 미소를 지은 채로 곯아 떨어졌다.

다음날 회사에 가서는 작업하고 있던 소송 사건 적요서에 집중했고, 12단계 모임에 나가는 것으로 하루를 마무리했다. 나는 내 인생 최고의 데이트를 했고, 그럼에도 여전히 할 일을 제대로 할 수 있었다. 잠들기 전 메일함을 확인하다가 존에게서 온 메일을 발견했다.

방금 하고 온 데이트가 내 인생의 마지막 첫 데이트가 될 것 같네요.

나는 그 문장을 읽고 또 읽었고, 마치 갑자기 움직이면 가슴 속에서 커져가는 느낌이 사라지기라도 할 것처럼 발끝으로 걸어 침대로 갔다. 머리를 베개에 올려놓았다. 나는 극적인 사건이나 의혹, 알코올의존증이나 보호 안경 없이 이어지는 관계를 맺기 위해 이토록 오랜 시간을 기다려온 것이었다. 이제 그 기회가 나의 메일함에 들어 있었다.

나는 두 손을 가슴 위에 올렸다. 내 아름다운, 칼집이 난 심장 위에.

38

나는 존이 취해서 내 몸에 오줌을 누는지 기다려봤지만, 그는 술을 좋아하지 않았다. 비디오 게임 하는 걸 좋아하지도, 아내가 있지도, 엄격한 종교적 규정을 따르지도 않았다. 그가 로스앤젤레스에서 자라난 이야기를 들려주었을 때, 나는 그가 어머니로 인해 곤경에 빠졌다거나 무의식적으로 아버지에게 분노하고 있다는 신호를 찾아 귀 기울여 들었지만, 그는 감정적으로 차분하고 부지런히 일하는 사람이라는 것 외에는 아무것도 드러내지 않았다. 그의 성격에는 극단적인 요소라곤 전혀 없어 보였다. 그는 운동을 했지만 적당히 했고, 긴 근무시간을 요하는 법인법 관련 일을 했지만 오직 업무에 필요한 만큼만 열심히 했으며, 자신의 재정 상태에 주의를 기울였지만 인색하지는 않았다. 나는 그의 착실함에 지루해질 마음의 준비를 했고, 내 몸이 겨울 낙엽처럼 스스로 움츠러들 거라고 생각했다. 하지만 존과 함께 있는 일은 마치 완벽하게 그슬린 북극곤들매기* 한 조각과 로즈메리를 얹어 구운 감자, 석쇠에 구운 아스파라거스를 함께 먹는 일과 같았다. 배도 부르면서 맛도 있고 영양도 풍부했다. 내 입맛은 변해 있었고, 존은 맛도 영양도 균형잡힌 한끼 식사 같았다. 그는 내가 생기로 가득차 불가사리처럼 몸을 쭉 뻗을 수 있을 것 같은 기분이 되게 했다.

"분명 뭔가 함정이 있을 거예요." 나는 로젠 박사와 내 그룹 사람들에게 말했다. "제가 어떻게 단지 몇 주 만에 브랜든한테서 이런 사람한테로 옮겨온 거죠?" 헤어지고 나서 건강한 관계를 찾아내려면 몇 달은 기다려야 하는 줄 알았는데. "저는 브랜든에 대한 반발로 존을 만나고 있는 걸까요?"

"존한테 옛날에 사귀었던 사람들에 대해 물어봐요. 그런 사람들이 있었는지, 있었다면 어떻게 끝났는지." 로젠 박사가 말했다. "어쩌면 그 사람이 책임지는 걸 두려워한다는 증거를 발견하게 될지도 몰라요."

론이 신음소리를 냈다. "아니, 그러지 말아요. 남자들은 '책임지는 걸 두려워한다'거나 그런 얘기 하는 거 싫어해요."

"걱정 말아요. 그 얘기는 완전히 지나가는 투로 꺼낼 테니까."

그날 밤 저녁을 먹고 나서 내가 하얀 울 담요를 두르고 몸을 웅크리고 있는 동안 존은 난로에 불을 피웠다. 그는 소파 위 내 곁에 자리잡고 앉아 두 눈을 감았다. 전날 자정 넘어서

---

* 연어, 송어와 함께 전통 생선 요리에 재료로 사용되는 물고기.

까지 일해서 피곤한 모양이었다.

나는 담요를 벗어던지고 그를 마주보았다. "오래 사귀었던 여자친구 있어요?"

그는 한쪽 눈을 뜨고 나를 보았다. "그 얘기를 지금 하자고요?"

"궁금해서요. 당신이 혹시 전에…"

"누군가랑 진지한 관계였던 적이 있느냐고요?"

"맞아요. 미래를 약속했다거나 그런 거요. 그리고 만약 그런 일이 있었다면 무슨 일이 있었는지도요."

"이거 혹시 시험인가요?"

나는 고개를 끄덕였다. 그는 온화하게 웃더니 진지한 관계였던 두 명의 전 여자친구 얘기를 했다. 한 명은 대학 졸업 직후에, 다른 한 명은 몇 년 전에 사귀었다고 했다. 그는 두 사람 모두 좋은 사람들이었고 전 여자친구들이 아니었더라면 아마 지금도 여전히 친하게 지냈을 거라고 했다. 첫 번째 관계는 여자친구가 그를 속이고 다른 사람을 만나는 바람에, 그리고 극적인 상황이 너무 많이 일어나서 천천히 무너졌다. 두 번째 관계에서는 서로 비슷한 데가 너무 많아서 헤어졌다.

"나랑 너무 똑같이 생각하고 행동하는 누군가와 함께 있으니 설레지가 않더라고요."

나는 그가 좋아하는 것보다 극적인 상황을 더 많이 일으킬지도 몰랐지만, 우리가 서로 너무 비슷해서 걱정할 일은 없었다. 나는 어떤 일도 적당히 할 줄을 몰랐고, 그가 한 달 동안 느끼는 것보다 많은 감정을 한 시간 동안에 느꼈으니까.

데이트를 시작하고 두 번째 주 어느 날, 존과 나는 내 집 앞에 차를 세우고 키스했다. 밤이었지만 우리 둘 다 작별 인사를 하고 싶지 않았다. 나는 고백하고 싶다는 충동에 사로잡혔다.

"나, 섭식장애 때문에 12단계 회복 모임에 나가요. 일주일에 세 번 그룹 상담도 하고 있고요. 이런 얘기 들어서 기분이 안 좋다면 그냥 지금 각자의 길로 가는 게 좋겠어요. 그리고 난 내 그룹 사람들한테 아무것도 비밀로 안 하니까 거기에 대해선 아예 묻지 말아요. 그 사람들은 당신 페니스 사이즈라든지 섹스할 때 당신이 내 몸을 뒤집는지 안 뒤집는지까지 알게 될 거예요." 나는 팽팽한 담판을 예상하며 마음의 준비를 했다.

"뒤집는지 안 뒤집는지라니, 재미있게 들리네요." 존의 목소리에 불안한 기색은 전혀 없었다.

"난 그룹 상담에 대해서는 진지해요."

그는 어깨를 으쓱했다. "상담에서 해야 되는 얘기면 뭐든 해요."

"그리고 난 더러운 고추는 빨지 않아요. 절대로."

"충분히 알아들었어요." 그는 또 뭐가 있는데요?라는 듯 미소 지었다.

나는 그의 뺨에 손을 가져다 댔다. 이 남자는 어디서 왔을까?

우리는 다시 키스했다. 그런데 그때 존이 몸을 빼더니 자신의 두 손을 내려다보았다. 표정이 심각했다.

"왜 그래요?" 내가 물었다.

"크리스티가 상담 받는다는 거랑 12단계 모임에 나간다는 거, 이미 알고 있었어요."

"네? 어떻게요?"

441

"크리스티가 쓴 에세이를 몇 편 읽었어요. 스캐든사 서버에 저장해둔 거요."

오 하느님, 그것들을 까맣게 잊고 있었다. 가끔씩 나는 파트너 변호사들이 소송 사건 적요서를 수정해서 다시 가져다주기를 (때로는 몇 시간씩) 기다리는 동안 에세이나 짧은 이야기들을 쓰곤 했다. 텍사스에서 자라며 겪은 일들, 가톨릭 학교에 간 일, 그룹 상담에서의 일화들 같은 것들을. 나는 내 글에 '테이트 정산 정보'라든지 '테이트 소송 파일' 같은 가짜 제목을 달아 회사 서버에 저장해두었다. 훌륭하게 숨겨놓은 이스터에그라고 생각하면서.

"그 글들을 찾아냈다고요?"

그는 얼굴을 붉혔다. "당신에 대해 더 알고 싶었어요."

"'정산 정보'를 읽는 방법으로요?"

"효과가 있던데요."

우리는 다시 키스했다. 하지만 이번에는 내가 멈췄다. 근육이 뻐근한 것처럼 양심에 통증이 느껴졌다.

"당신하고 〈투란도트〉 보기 사흘 전에 전 남자친구랑 같은 공연을 봤어요."

그의 얼굴에 놀란 표정이 번져나갔다. "하지만 그 작품에 대해 아무것도 모르는 것처럼 행동했잖아요." 오페라를 보기 전, 존은 나를 집으로 초대해 푸치니의 삶과 〈투란도트〉 줄거리에 대해 자기가 준비한 파워포인트 프레젠테이션을 해주었다. 푸치니가 〈나비부인〉을 완성하기 직전에 당한 자동차 사고를 담은 만화 동영상도 덧붙였다. 나는 존이 내게 그 작품을 가르쳐주려고 들인 노력에 완전히 매료되었다. 그는 내가 자신만큼 공연을 즐겁게 관람할 수 있기를 바란 것이었다. 손을 들고 바로 며칠 전에 앞에서 네 번째 줄에 앉아 그 공연을 이미 봤노라고 말할 수는 없었다.

"당신 기분을 상하게 하고 싶지 않았어요."

"나를 불안하게 하기는 힘들 거예요."

"내가 그랬나요?"

"그럴 뻔했죠."

데이트를 한 지 3주가 지난 어느 날, 나는 존의 집에 있다가 자정이 훌쩍 넘어 집에 가려고 일어섰다. 존은 자고 가도 된다고 했지만 나는 아직 준비가 되어 있지 않았다. 브랜든의 침대에 누워 잠들던 때에서 겨우 6주밖에 지나지 않았다.

"섹스는 꼭 안 해도 돼요." 그가 말했다.

"그냥 내가 아직 준비가 안 돼서요."

그는 내 차가 있는 곳까지 바래다주고는 짙은 남색 하늘 아래서 나를 꼭 안았다.

"나를 사랑하지 않는 사람과는 섹스할 생각 없어요. 그런 건 별로 관심이 없어서요." 아, 아름답고 분명한 내 목소리라니.

"당신을 정말 사랑해요, 알잖아요." 그가 내 귀에 속삭였다.

"네?"

그는 내 눈을 들여다보며 한 번 더 그 말을 했다.

"사랑하는지 어떻게 알아요?"

"느껴져요."

"우린 만난 지 겨우 3주밖에 안 됐는데요."

"그러니 대략 3주 동안 그 사실을 알아온 거죠."

우리는 결국 서로의 집에서 밤을 보내며 아침의 첫 햇살이 커튼 사이로 번져올 때까지 자지 않고 이야기를 나누고, '섹스만 빼고 모든 걸' 하는 사이로 발전했다. 밤을 보내다가 섹스를 할지 말지 결정해야 하는 시간이 되면 내가 몸을 뺐다. "아직 준비가 안 됐어요." 나는 이유를 설명할 수 없어서 그냥 그렇게만 말하곤 했다. 그는 분명 내가 같이 자보거나 교외 쇼핑몰 주차장에서 몸을 더듬어봤던 어떤 남자보다도 내게 훨씬 잘 맞는 사람이었지만, 나는 그와의 섹스에 있어서는 앞으로 나아갈 수가 없었다.

"왜 그 사람하고 자기 자신을 그렇게 고문해요?" 맥스가 말했다. "그 친구 너무 안됐네."

"뭐가 두려운 거예요?" 모두가 알고 싶어 했다. 나 자신을 포함해서.

로젠 박사는 이 관계가 내가 그동안 맺게 되기를 기다려왔던 건강한 관계라고 지적했다. 나는 내 목소리를 내고, 선을 그어야 할 곳에 긋고, 그와 함께 있을 때도 내 감정을 잘 통제하고 있었다. 박사는 섹스를 하면 나와 존이 더욱 친밀해질 것이기 때문에 내가 섹스를 두려워하는 거라고 했다. 나는 이번만큼은 온전히 박사의 말에 동의했지만, 그래도 알고 싶었다. "왜 그 사람이랑 그냥 섹스부터 먼저 하면 안 되는 거죠?"

"마말레, 당신이 준비가 되면 하게 될 거예요."

그러다가 어느 봄날 밤, 나는 더 이상 존을 멀리할 필요가 없어졌다. 우리의 몸은 서로 잘 맞았다. 우리 관계에서 육체적인 부분은 우리가 이미 같이 하고 있던 모든 일, 그러니까 얘기하고, 먹고, 웃고, 키스하고, 만지고, 잠을 자는 것 같은 일들의 연장이었다. 섹스는 내게 중요한 일이었다. 그런데 그 이유가 생식기와 연관된 일이어서도, 수녀님들이 섹스는 하느님이 내려주신 가장 중요한 임무 중 한 가지라고 말해서도, 혹은 결혼 전에 섹스를 하면 지옥에 떨어질 거라고 우리 엄마가 말해서도 아니라는 걸 나는 처음으로 이해하게 되었다. 섹스가 내게 중요한 이유는 섹스를 하면서 내가 내 몸을 몹시 특별한 방식으로 존에게 선물하고, 그도 그의 몸을 그렇게 내게 선물하기 때문이었다. 우리는 그렇게 주고받는 일의 즐거움을 함께 나눴다. 그리고 존이 친절하고 헌신적이고 다정한 사람이었음에도, 그 섹스는 엄청나게 뜨거웠다.

39

내 서른네 번째 생일이 다가왔을 때는 존과 내가 사귄 지 겨우 4개월밖에 안 된 시점이었다. 나는 예약이 필요한 식당에서의 저녁식사, 진심 어린 몇 마디 말이 적히고 '사랑하는 존'이라고 서명된 카드를 기대했다. 로젠 박사는 내가 약혼반지를 받을지도 모른다고 암시했지만 나는 그의 말을 잘라버렸다. 내게 가장 필요하지 않은 게 있다면 이제 4개월밖에 안 된 관계에 거는 무거운 기대였다. 존이 내게 '필립스 소니케어' 전동 칫솔과 나무로 손수 만든 사진액자를 선물했을 때 오히려 우습게 돼버린 건 로젠 박사 쪽이었다. 그 선물은 사랑스러웠지만 '평생을 책임지겠다고' 선언하는 보석 같은 건 아니었으니까.

내 생일에서 몇 달이 지난 뒤, 존과 나는 존의 고등학교 때 친구들과 함께 인도로 2주간 여행을 갔다. 어떤 먼 나라들로 여행을 가면 장 상태 조절이 항상 가능한 건 아니어서 관계에 균열이 생기는 일이 종종 생기지만, 그 여행은 그런 여행과는 전혀 닮은 데가 없었다. 존은 디왈리 축제의 불꽃놀이를 보는 동안 내 손을 잡아주었고, 고아에 있는 수퍼마켓에서 내가 탐폰을 찾는 걸 도와주었으며, 내 그룹 구성원 모두에게 줄 기념품을 자기 휴대용 가방에 넣어 운반해주었다. 그 기념품 중에는 행운과 번영을 상징하는, 우연히도 만卍자를 뒤집어놓은 것처럼 보이는 황동으로 된 힌두교 상징물도 있었다. 그건 로젠 박사에게 줄 선물이었다.

12월이 되어 존과 나는 우리의 첫 번째 크리스마스 겸 하누카를 로스앤젤레스에서 그의 가족들과 함께 보냈다. 그의 가족들이 30명이나 참여하는 대규모 하누카 선물 교환식을 하는 동안, 그의 어머니는 빅토리아 시크릿 상품권을, 그의 할머니는 자기가 옛날에 인도 여행을 갔을 때 구해온 서로 얽힌 타일 모양을 한 하얀 대리석 상자를 내게 주었다. 존의 사촌들은 내게 라트카* 만드는 법을 가르쳐주었고, 존의 형은 자신들의 러시아계 선조들(긴 수염과 검은 모자 차림의 엄격해 보이는 남자들과 칼라가 높이 달린 검은 드레스를 입은 여자들)의 모습이 담긴 오래된 가족사진들을 보여주었다. 존이 단체사진을 찍기 위해 카메라를 삼각대 위에 설치하자 나는 그의 곁에 섰고, 그는 한쪽 팔을 내게 둘렀다. 나는 나를 환영하는 그의 가족들의 팔에 팔짱을 꼈다.

어느 날 오후 우리는 공식 기념행사에서 몰래 빠져나와

---

* 유대인들이 하누카에 먹는 감자 팬케이크.

447

오렌지카운티의 해변을 조용히 산책했다. 뜨거운 백사장 위에 내리쬐는 캘리포니아의 밝은 햇살에 눈이 아렸다. 그 바다는 꼭 1년 전 브랜든과 내가 함께 그 옆을 걸었던 바로 그 바다였고, 데이비드의 생명을 앗아갔던 바로 그 바다이기도 했다. 그 바다가 여전히 거품을 일으키며 해안을 향해 밀려와 부딪치는 걸 보니 위로가 되었다. 발가락 사이로 따스하고 까끌까끌한 모래를 느낄 수 있도록 청바지를 걷어 올리고 부츠를 벗었다. 우리는 선반 모양을 한 바위에서 멈춰 선 다음 바다를 바라보았다. 나는 거기, 초현실적일 만큼 푸른 하늘 밑에서 유명인들과 그들의 개들을 찾아 해변을 유심히 살폈다. 우리가 다시 차로 향할 때까지 존은 말이 없었다.

"난 앞으로 나아가고 싶어요. 당신과 함께." 그는 어떤 남자도 내게 해준 적 없는 말들을 했다. 약속하는, 확실한, 함께라는, 미래가 담긴 말들을. 나는 정신없이 뛰는 내 심장 위에 한 손을 얹었다.

3월의 어느 월요일 아침, 나는 몇 분 늦게 그룹 상담에 들어와 로젠 박사 오른쪽의 빈자리에 앉았다. 내 왼손을 티 나게 가리키거나 주의가 쏠리게 하지 않고 조용히.

로젠 박사는 내가 말을 꺼내기를 충분히 오랫동안 기다렸고, 그런 다음 이렇게 말했다. "미안한데, 크리스티 손가락에 있는 반지 때문에 거의 눈이 멀 지경이에요." 나는 웃으며 자리에서 뛰어나와 상담실 안을 돌아다니며 모두의 눈앞에 손을 내밀어 보였다.

"너무 크지도 작지도 않네요." 맥스가 만족스러운 듯 말했다.

패트리스는 반지를 햇빛에 비춰보려고 내 손을 창문 쪽으로 들어올렸다.

매기 할머니는 얼굴을 빛내며 웃었다. "그럴 줄 알았다니까, 아가씨."

보석에 관심을 가져본 적은 없었지만, 이 반지의 가치는 거기 부착된 보석보다 훨씬 컸다. 존과 내가 반지를 같이 디자인했던 것이다. 한가운데 조금 큼직한 보석이 있고, 그 양옆에 작은 보석들이 각각 세 개씩 달려 있다. 큼직한 보석은 나와 존을 뜻했고, 여섯 개의 작은 보석들은 로젠 박사와 내 그룹 사람들을 뜻했다. 그 작은 보석들은 내 인생의 기반이었다. 그들은 내가 나 자신에, 내 식욕에, 내 분노에, 내 두려움에, 내 쾌락에, 내 목소리에 처음으로 접촉하게 해주었다. 나를 진짜인 사람으로 만들어주었다. 그들 없이 '존과 나'는 없었다. 내 결혼생활의 모든 하루하루는 내가 그룹에서 해낸 일에 바치는 찬사가 될 테고, 나는 이 낭만적인 관계를 내가 그룹에서 그토록 많은 시간을 보내며 성장하고 내 삶에 자신감을 갖게 된 일로부터 떼어낼 수 없었다.

"존이 크리스티를 견뎌주고 있다는 사실을 믿기 어렵네요." 론이 내게 윙크하며 말했다. "매일 밤 뒤집기를 할 필요가 없는 남자를 찾아내다니 대단한데요."

로젠 박사는 내 반지를 두고 '우와' '아아' 같은 감탄사를 연발했고, 내 마음에 정말로 축복처럼 와닿는 "마젤 토브"라는 말을 해주었다. 7년 전 처음으로 약속을 하고 만났을 때 그가 내 학년 석차를 듣고 했던 그 인사말을 내가 받아들일 수 없었던 것과 똑같은 이유에서, 나는 그의 이번 인사말은 너그러이 허용할 수 있었다. 이제 나는 로젠 박사가 나를 사랑한다는 걸, 그리고 내가 그의 칭찬과 그 '마젤', 즉 행운이 무엇을 뜻하든 그것까지 받을 자격이 있다는 걸 알 수 있었다. 하지만 나는 그 이상의 것을 몹시 갖고 싶었다. 명시된 축복을. 보통의 승인이 아닌 종교적인 축성을. 나는 로젠 박사를 보며 말했다. "박사님이 더 많은 걸 해주셨으면 해요."

"생각하고 있는 게 뭔데요?"

"정확히는 모르겠어요."

"그럼 그룹에서 얘기하고 구체화할 수 있는지 한번 보세요."

———————

벨을 누르자 로젠 박사가 깔끔한 흰색 연립주택 문을 열고 나왔다. 그는 청바지를 입고 발가락이 드러나는 갈색 샌들을 신고 있었다. 자기 심리치료사의 맨발을 보는 게 맞는 걸까? 나는 아니라고 생각했고, 그래서 그의 산뜻한 주방으로 주의를 돌렸다. 그런데 그때 말 그대로 깨지는 것 같은 통증이 머리를 덮쳤다. 내 심리치료사네 집에서 약혼자와 함께 저녁 식사를 하게 되는 바람에 생긴 맹렬한 긴장성 두통이었다. 존이 운전을 해서 로젠 박사가 사는 조용한 교외 지역으로 달려오는 동안에도 희미하게 메슥거리는 느낌은 있었지만, 이제는 그저 머리에 얹을 차가운 수건과 강력한 진통제 생각밖에 안

났다. 나는 존의 손을 꽉 잡고 신경을 안정시키려고 애를 썼다. 자기 심리치료사네 집에서 저녁을 먹는 건 아주 자연스러운 일이야. 로젠 박사의 아내는 내가 건넨 연분홍빛 작약 꽃다발을 받아 향기를 맡아보더니 자기가 좋아하는 꽃이라고 했다.

"화장실 좀 써도 될까요?" 내가 그렇게 물은 건 화장실에 가야만 해서가 아니었다. 내가 결혼할 예정인 남자, 그리고 내가 여러 번 울화통을 터뜨리고 요충에게서 영감받은 독백을 늘어놓는 걸 목격한 남자와 함께 전채 요리를 앞에 두고 잡담을 나눌 준비가 되어 있지 않아서였다. 나는 변기에 앉아 양쪽 관자놀이를 문지르면서 두개골을 압박하는 통증을 향해 사라지라고 명령했다. 내가 사용한 휴지의 칸 수(여섯 칸)와 액체 비누 펌프를 누른 횟수(세 번)를 헤아렸다. 약장을 활짝 열어보고픈 충동으로 손가락이 근질거렸지만, 그런 염탐 행위를 했다가는 다음 주에 그룹에서 털어놓아야 할 거라는 생각이 들어 참았다.

주방으로 돌아가는 길에 거실을 천천히 지나면서 선반 위의 책들, 액자에 담긴 사진들, 커피 테이블 위의 장식용 소품들을 살펴보고 싶다는 생각이 들었지만, 나는 그러기엔 너무 겁을 먹은 상태였다. 자기 심리치료사의 개인 소지품을 사찰해서는 안 된다. 게다가 니콜라스 스파크스의 소설들이나 로젠 박사 부부가 디즈니 유람선을 타고 구피와 포즈를 취한 사진들같이 민망한 걸 보게 되면 어쩐단 말인가?

다행히도 박사의 아내가 우리를 불러 앉으라고 했다. 로젠 부인은 심한 러시아어 억양을 써서 말했고 따뜻하게 미소지었다. 존의 접시와 내 접시 사이에 포장된 선물 하나가 놓

451

여 있었다. "열어보세요." 로젠 박사가 미소 지으며 말했다. 존이 포장지를 벗기고는 알록달록한 꽃들이 그려지고 **여러분 모두에게 샬롬**,이라는 글씨가 적힌 하얀 타일 하나를 들어올렸다. 로젠 부부는 최근에 다녀온 이스라엘 여행에서 그 타일을 발견했는데, 우리가 물려받은 두 가지 정체성, 그러니까 '텍사스 사람'과 '유대인' 둘 다에 대한 기념의 뜻이 담겨 있다는 점이 마음에 들었다고 했다. 나는 뭐라고 말을 꺼낼 수조차 없었다. 할 수 있는 일이라고는 그 글씨를 빤히 바라보며 로젠 박사가 지구 반대편으로 여행을 가서도 나를, 나와 존을 계속 마음에 담아두고 있었다는 사실을 받아들이는 게 다였다.

로젠 박사가 양초 두 개에 불을 붙이더니 히브리어로 기도를 했다. 그런 다음 그는 우리가 그룹에서 논의한 대로 두 손을 내 머리 위에 얹고 히브리어로 아이에게 내리는 축복의 말을 암송했다. 그의 손이 머리를 누르자 두통 때문에 쿵쿵 울리던 게 멈췄지만, 그가 존에게로 옮겨 가자 다시 요란스러운 통증이 시작되었다. 로젠 박사가 존의 머리 위에서 기도를 하자 존의 두 눈에는 눈물이 솟아올랐고, 그걸 본 나 역시 눈물이 핑 돌았다.

로젠 부인은 파스닙이 제철이 아니었다며 미안해했다. 나는 로젠 박사를 보았고, 박사는 내게 미소 지었다. 일주일 전 그룹에서 로젠 박사는 좋아하는 음식이 뭐냐고 내게 물었고, 나는 대답하려다 울기 시작했다. 음식들은 떠오르는데 단어들은 내 머릿속에 그림들로만 박혀 있을 뿐 나오지를 않았다.

처음으로 폭식증 회복에 들어갔을 때, 폭식하고 토하는 습관으로 되돌아가지 않기 위해 수십 개의 규칙들에 매달렸

452

던 일이 기억났다. 설탕, 밀가루, 밀, 옥수수, 바나나, 꿀, 감자를 피했다. 간식을 먹지 않았고, 밤 9시 이후에도 먹지 않았다. 어떤 것도 한 접시 더 가져와서 먹지 않았고, 절대로 선 채로 뭔가를 먹지 않았다. 회복에 들어가고 얼마 지나지 않았을 때, 오빠의 대학교 졸업식에 참석하기 위해 부모님과 함께 댈러스에서 배턴 루지까지 차를 타고 간 일이 있었다. 아버지는 루이지애나주 르컴트에 있는 식당 '리스 런치룸'에서 점심을 먹기 위해 차를 세웠다. 부모님이 좋아하는 파이 전문점이었다. 메뉴판에는 꿀을 넣어 염지한 햄 샌드위치와 네 종류의 파이밖에 없었다. 나는 종업원에게 햄 샌드위치에서 잘게 썬 아이스버그 양상추를 빼내서 그걸로 샐러드를 만들어줄 수 있는지 물었다. 그건 어려운데요, 종업원이 말했다. 너무 배가 고팠던 나는 햄 샌드위치 두 개를 주문해서 햄과 빵은 남기고 양상추에만 소금과 후추를 뿌려 먹었다. 접시 위는 범죄 현장처럼 보였다. 나는 부모님이 햄 샌드위치를 먹고 초콜릿 파이와 레몬 파이 한 조각씩을 나눠먹는 걸 지켜보았다. 나는 내가 먹을 수 있는 음식이 있는 어딘가로 데려가 달라고 부모님에게 어떻게 말해야 할지 알 수 없었다. 나만의 식사 규칙을 고수해야 살아갈 수 있다는 믿음을 어떻게 전해야 할지도 알 수 없었다. 내가 할 줄 아는 거라곤 텅 빈 위장이 어서 포크를 집어들고 파이를 넣어달라고 애원하며 꾸르륵거리는 동안 의자에 앉아 멍청하게 미소 짓는 것뿐이었다.

로젠 박사는 그룹 상담 첫날부터 내게 먹는 것과 관련된 은유를 사용했다. 하지만 그의 집에서 맞이한 이 저녁식사는 은유가 아니었다. 로젠 박사와 아내가 나와 존에게 먹을 것을 주고 축복해주는 자리였다. 박사는 정확히 내가 원하는 대로 나에게 먹여주고 싶어 했다. 내가 좋아하는 음식들을. 그룹에서 로리가 내게 눈을 감고 좋아하는 음식 이름을 외쳐보라고 한 적이 있었다. 나는 질끈 감은 두 눈 위에 양손 주먹을 대고 문지르면서 속삭였다. "파스닙. 망고. 연어. 감자."

로젠 부인이 녹아내리는 크림 덩어리를 한가운데 띄운 선명한 주황색 당근 수프를 내왔다. 숟가락으로 휘젓자 크림은 녹아 사라졌다. 수프에서는 기름지고 구수한 맛이 났다. 그 무렵 나는 이미 식사 규칙 대부분을 포기한 뒤였지만, 로젠 박사는 각각의 요리에 내가 말한 모든 재료를 하나씩 포함시켰다. 연어는 완벽한 분홍빛이었고, 감자에서는 로즈메리와 소금 맛이 났다. 로젠 박사와 아내는 다 먹고 난 빈 접시들을 내가면서 러시아어와 히브리어를 절반씩 섞어놓은 것처럼 들리는 또 다른 언어로 부드럽게 이야기를 나눴다.

그날 밤 내내 나는 뭔가 말을 했겠지만 한 마디의 말도 입밖에 낸 기억이 없다. 온통 감각뿐이었다. 욱신거리는 두통. 혀에 느껴지는 맛. 내 다리에 올려진 존의 손. 그 밤이 너무 근사하고 음식이 너무 맛있고 그 상황이 너무 비현실적이라는 것 말고 다른 이유는 없이 울고 싶다는 느낌. 차 마시는 데 필요한 은스푼과 치즈를 써는 칼이 어디 있는지 로젠 박사에게 알려주는 그의 아내가 그 집의 책임자처럼 보였던 기억이 난다. 누군가가 로젠 박사에게 이래라저래라 하는 걸 지켜보는 놀라움이라니! 얼른 맥스에게 말하고 싶어 견딜 수가 없었다.

로젠 박사는 디저트로 딱딱한 치즈 몇 덩어리와 포도, 말린 체리를 올린 도마를 식탁 한가운데 놓았다. 나는 포도 한

454

알을 입에 넣었다. 그 매끄럽고 달콤한 느낌이 두통을 아주 조금은 가시게 해주었다. 그날의 마지막 햇빛 줄기들이 창문으로 흘러들어와 식탁 위에 그림자를 만들었다. 로젠 박사는 그들의 집 뒤뜰에 있는 숲에서 가끔씩 사슴이 눈에 띈다고 했다. 포만감으로 몸이 무거웠다. 나는 정말 많이 먹고 마셨고, 이제 집에 갈 준비가 되어 있었다.

교외에서 시카고로 돌아오는 길에 좌석을 비스듬히 뒤로 젖히고 에어컨을 돌려 세게 나오게 한 다음 바람이 내 얼굴에 닿게 조정했다. 시카고로 돌아오는 34킬로미터 내내 나는 울었다. 존이 내 손을 잡아주었다.

"이거 정말로 일어나고 있는 일 맞아요?" 나는 울었다. 존은 내 손을 더 꽉 잡아주었다.

"당신은 어디서 왔죠?" 나는 조금 더 울었다.

1킬로미터, 또 1킬로미터 달려가는 동안 나는 울었다. 감정이 내 몸에서 쏟아져 나왔다. "이 모든 것 중에 어떤 것도 현실이라고 믿을 수가 없어요. 나, 어떻게 이럴 수 있게 된 거죠?"

앞유리 너머로 도시의 스카이라인이 반짝이는 동안 존은 내 손을 잡아주었다.

"두려워요." 우리가 내 집 앞에 차를 세웠을 때 내가 말했다.

"뭐가요?" 존이 물었다.

"당신이." 그는 눈썹을 치켜올리더니 미소 지었다. "이제 우린 서로와 함께 있네요. 이상한 외로움이 느껴져요. 내가 어디 있는지 잘 모르겠어요." 존은 이해한다는 듯 내 손을 꽉 잡았다.

나는 일단 약혼이라는 걸 하면 결혼할 상대방에 대한, 그리고 두 사람이 만들어가고 있는 인생에 대한 확신과 더없는 기쁨으로 가득 찰 거라고 생각했다. 결혼할 남자를 찾아내면 내 깊은 외로움도 치유될 줄 알았다. 하지만 순수하고 더없는 기쁨은 느껴지지 않았다. 나는 두려움과 외로움이 속삭이는 걸 느꼈다. 나는 여전히 나였다.

"이렇게 오랫동안 난 어디를 가든 가장 혼자인 사람으로 살아왔어요. 그룹에서도, 로스쿨에서도, 텍사스 친구들 중에서도, 가족 중에서도. 크리스티. 사랑하는 사람도 없고, 싱글에, 어딘가에 동행해줄 사람도 없는 크리스티. 그 역할이 싫었는데, 이제 그게 더 이상 내 역할이 아니게 되니까 꼭 자유낙하를 하고 있는 기분이에요. 내게서 뭔가가 떨어져 나가고 있는 것 같아요. 개떡 같은 연애 생활과 만날 사람 없는 주말을 욕하며 시카고 어디서든 울고 있지 않으니까 내가 더 이상 특별하지 않게 느껴져요. 이제 난 그냥 다른 사람들과 똑같아요. 이해가 돼요?" 그 사과들은 어디로 갔지? 요충들은? 내가 실오라기를 뽑아냈던 보랏빛 수건은? 이제 난 누구고, 옛날의 나는 어디로 갔지?

존이 내 뺨을 닦아주었다. "크리스티는 여전히 대부분의 사람들보다 더 많이 울어요. 그건 아마 영원히 바뀌지 않을 거예요."

40

버락 오바마가 미합중국의 44대 대통령이라는 직함을 얻기 몇 시간 전이었다. 텍사스 사람들은 모두 이성을 잃은 상태였다. 승리감에 넘치는 사람들은 오바마가 대통령 당선인으로 단상에 오르기를 기다리며 도심의 사무실에서 그랜드 파크까지 줄지어 이동하고 있었다. 4시쯤 되자 라즈가 내 사무실에 머리를 불쑥 들이밀더니 집회 표가 한 장 남았다며 내게 주었다. 존과 나는 위스콘신에서 오바마를 위해 선거운동을 했고 그가 승리했다는 기쁨에 현기증도 났지만, 표는 사양했다. 내 몸이 내 몸 같지 않았고, 그런지 며칠째였다. 그날 오후, 나는 전화로 회의를 하다 우리 의뢰인이 사기죄라고 주장하는 상대 쪽 변호사에게 버럭 화를 내기 직전에 음소거 버튼을 눌러야 했다. 내가 책상을 너무 세게 치는 바람에 스테이플러가 덜컥거리며 가장자리로 날아갔다. 전화를 끊고 한 시간 뒤, 나는 피로에 얻어맞은 나머지 책상에 머리를 대고 20분쯤 잤다. 독감이 의심됐고, 11월의 찬바람을 맞으며 그랜드 파크까지 나갔다가는 선열에 걸려 결국 입원하게 될 거라는 확신이 들었다.

그날 밤 존과 함께 테이크아웃 음식을 주문하고 오바마의 연설을 기다렸다. 텔레비전 카메라들이 우리 집에서 8킬로미터 떨어진 곳에 결집한 군중을 보여주자 거기 가지 않은 게 아쉬워졌다. 존은 로스쿨에서 알던 친구들이 오프라 윈프리에게서 1.5미터쯤 떨어진 곳에 서 있는 걸 보았다. "우리가 저기 있을 수도 있었네요!" 나는 왜 그랬을까? 그날 밤은 내 평생 역사적으로 가장 중요한 밤이었는데, 나는 노브라로 소파에 앉아 존의 이모에게서 이른 결혼 선물로 받은 두 개의 '크레이트 앤드 배럴' 상자 위에 발을 올리고 콥 샐러드를 퍼먹는 쪽을 택한 것이었다.

존 매케인의 얼굴이 화면을 채우더니 선거에서 패했음을 인정했다. 그 옆에는 노란 슈트를 입고 머리를 완벽하게 손질하고 흠 없는 빨간 립스틱을 바른 신디 매케인이 서 있었다. 나는 매케인의 지지자가 아니었지만, 그가 가슴에 손을 얹고 지지자들에게 작별을 고하자 내 몸속 깊은 곳에서 시작된 흐느낌이 온몸으로 괴롭게 밀어닥쳤다. 나는 가엾은 존 매케인을 생각하며 빨간색 셔닐실로 짠 우리의 새 담요에 대고 울었다. 마치 그가 내 가장 소중한 친구라도 되는 것처럼. 매케인도 언젠가는 다시 행복해질 거라고 나 자신을 설득하려 애를 썼지만 아무리 해도 울음을 멈출 수가 없었다.

그다음으로 기억나는 건 내 어깨를 흔들고 있던 존의 손이다. "이거 보고 싶어 할 것 같아서요." 그는 그렇게 말하며 볼륨을 높였다. 나는 고개를 들었다. 여기가 대체 어디람? "매 케인 때문에 울다가 잠들던데요." 우리는 경이로움을 품고 오바마가 연설하는 모습을 지켜보았다. 또다시 눈물이 얼굴에 흘러내렸다. 이번에는 순수한 기쁨의 눈물이었다.

다음날 밤, 나는 또다시 저녁을 먹고 바로 잠들었다가 결국 새벽 2시에 깨어 침실 천장을 노려보았다. 존이 몸을 뒤척이더니 눈을 떴다. 나는 화장실에 가야겠다고 했다. "거기서 임신 테스트 좀 하고 올게요." 그는 웃더니 내가 농담을 하고 있기라도 한 것처럼 행운을 빌어주었다.

나는 쪼그리고 앉아서 일반약국에서 산 보라색 상자에 든 임신 테스트기를 찾아 싱크대 밑을 뒤졌다. 생리주기 14일째에 콘돔 없이 섹스를 했으니 가능성이 있었다. 하지만 내가 아는 너무도 많은 여자들이 난임 치료제를 복용하며 임신하기 위해 애쓰고 있어선지 내가 태아를 품고 있을 가능성이 있다는 생각은 해보지 못했다. 산부인과에서는 내가 서른다섯 살이 넘었기 때문에 시간이 좀 걸릴지도 모른다고 알려주었다. 나는 스틱에 소변을 보고 나서 다시 침대로 기어들어갔다.

"그래, 임신이던가요?" 부드럽지만 놀리는 듯한 말투로 존이 물었다.

"아마 쌍둥이일 거예요. 더 큰 집이 필요하겠어요."

3분 뒤 나는 존을 팔꿈치로 찔렀다. "가서 확인해봐요." 나는 음성인 임신 테스트 결과를 확인하기 위해 침대 시트와 깃털 이불로 된 따뜻한 고치에서 나갈 생각은 없었다. 베개를 뒤집어 시원한 쪽에 뺨을 대고 누웠다. 존이 소변을 보는 소리가 들리더니, 그 다음엔 조용해졌다. 그가 문간에 들어섰다. 그의 머리 뒤에서는 화장실 불빛이 역광을 비추고 있었고, 얼굴은 그늘에 가려 있었다.

"두 줄인 것 같아요."

"하-하." 나는 심지어 생리가 늦는지 아닌지조차 잘 모르고 있었다. 10월에는 잭과 함께 맡은 새로운 사건의 합의를 하러 시외로 출장을 다니느라 바빠서 시간 가는 줄도 몰랐던 것이다. 나는 이불 속으로 더 깊이 파고들어 존이 오기를 기다렸지만, 그는 문간에 서서 소변이 묻은 스틱을 노려보고만 있었다. 표정이 진지했다. 나는 이불을 벗어던지고 스틱을 향해 달려들었다.

작은 동그라미 안으로 크리스마스에 먹는 박하사탕 줄무늬처럼 선명한 두 줄이 보였다.

나는 기쁨에 넘쳐 소리를 지르며 춤을 추기 시작했다. 아기다! 아기! 아기라니!

행운을 가져다주는 박하사탕 줄무늬였다. 우린 운이 좋았다.

41

당신은 결혼식에 가본 적이 있을 것이다. 진줏빛 드레스들
과 검은 넥타이들, 보석 빛깔 톤의 옷을 입은 신부 들러리들을
본 적이 있을 것이다. 현악 4중주와 진심어린 맹세를 들어본
적도 있을 것이다. 결혼식 절차도 알 것이다. 음악과 함께하는
행진, 낭독, 맹세, 그리고 주州를 대표해 이루어지는 선언.

우리 결혼식에서 당신에게 보여주고 싶은 것들은 다음과
같다.

나와 여섯 명의 신부 들러리들을 보라. 여섯 명 중 네 명
은 로젠 박사의 내담자다. 태양이 서쪽 하늘을 가로질러 사라
지기 전에 사진작가가 콩알 모양 미술작품 앞에 있는 우리의
스냅 사진을 찍을 수 있도록 시카고의 밀레니엄 파크 안을 뛰
어가는 우리를 보라. 천장에 근사한 육각형 거울들이 설치된
어느 사무실 건물 로비를 전속력으로 가로지르며, 여전히 웃

으면서, 사진작가의 당황한 얼굴에 대고 이렇게 알리는 우리를 보라. "우린 제 심리치료사를 만나러 가는 거예요!" 끈 달린 힐을 신고, 그동안 해온 임신 초기의 갖가지 탄수화물 집중 요법으로 몸통 부분이 꽉 조이게 된 드레스를 입은 임신 6주의 나를 보라.

단정한 회색 슈트를 입고 빛나는 검은색 구두를 신은 로젠 박사가 일곱 명의 여자에게 문을 열어주는 걸 보라. 우리, 일곱 명의 여자는 마치 호위를 받으며 무대 뒤로 록스타를 만나러 온 것처럼 박사를 향해 이구동성으로 소리를 질러대고 있다. 미소를 지으며 안쪽에 있는, 내가 지구상의 어떤 다른 장소보다도 잘 아는 방으로 우리를 이끄는 로젠 박사를 보라. 그 방의 안쪽 구석에는 눈부신 조명이 달려 있고, 창가에는 커피 얼룩이 있고, 비뚤한 미니 블라인드가 걸려 있다. 로젠 박사가 원형으로, 그때가 토요일 밤이고 내 결혼식 1시간 30분 전이라는 점만 빼면 상담 시간과 똑같이 정돈해 놓은 의자들을 보라. 그가 늘 앉는 자리에 앉아 우리에게 어디를 다녀왔느냐고 묻는 걸 보라. 내게 준비가 됐느냐고 묻는 것도. 네, 준비됐어요. 임신 초기의 입덧이 몸을 요동치게 하는 와중에 두 눈을 감고 심호흡을 하는 나를 보라. 당황스러운 고통을 느끼며 내가 소리치는 걸 들어보라. 크래커를 깜빡하고 놓고 왔네! 문으로 나가 사라졌다가 우유와 시리얼이 든 빨간 플라스틱 컵을 들고 돌아오는 로젠 박사를 보라. 뮤즐리다. 내가 이렇게 말하는 걸 들어보라. 이게 아침 상담 전에 박사님이 드시는 거예요? 이것보다는 토스트를 드실 타입 같은데.

결혼식 전, 옆방에 함께 서 있는 나와 존을 보라. 우리가 서로를 끌어안고 우리만의 순간을 간직하는 걸 보라. 내 칼집 난 심장이 부풀어오른 그 경계선들 속에 얼마나 많은 사랑을 품고 있는지 보라. 통로로 함께 걸어들어가는 나와 존을 보라. 누구에게 누구를 인도하는 것 같은 절차는 없고, 오직 선택하고, 받아들이고, 모습을 드러내는 행위만 있다. 우리가 우리를 사랑하는 사람들의 지지를 받으며 함께 가정과 삶을 꾸려나가겠다고 약속하는 걸 들어보라. 우리의 가족을 창조해내는 우리의 목소리를 들어보라.

증인들 앞에서 맹세하는 우리를 보라. 1분에 175번을 기록하는 우리 아기의 심장 박동이 들려오는 배에 손바닥을 얹고 있는 나를 보라.

당신은 결혼 피로연에도 가본 적이 있을 것이다. 중앙에 놓인 장식품들과 의자 커버들, 캘리그래피로 적힌 좌석표들에 관해 모든 걸 알고 있을 것이다. 버섯과 브리 치즈를 넣은 전채 요리, 드라이 샴페인, 케이크에 입힌 버터크림을 맛본 적도 있을 것이다. 새로 탄생한 부부에게 보내는 축배의 인사와 〈브라운 아이드 걸〉의 처음 몇 소절을 들어본 적도 있을 것이다.

우리의 결혼 피로연에서 당신에게 보여주고 싶은 것들은 다음과 같다.

5번 테이블을 보라. 거기에는 로젠 박사와 아내가 맥스, 론, 패트리스, 그리고 그들의 배우자들과 함께 앉아 있다. 내 화요일 오후 그룹에서 온 여자들이 둘러앉은 6번 테이블을 보라. 로리, 마티, 카를로스가 서로에게 파스타와 생선 요리를 건네주는 7번 테이블을 보라. 그 밤 내내 그들 한 명 한 명이 나를 끌어안고, 덕담을 건네고, 다시 꼭 안아주는 걸 보라. 그들이 언제나 그랬던 것처럼.

　기적을 보고 싶다면, 두 번째 코스 요리가 끝난 뒤 군중 속을 누비며 나를 향해 다가오는 리드와 그의 아내 미란다를 봐주길. **축하해요,** 그들은 말한다. 두 사람 모두와 포옹하는 나를 보라. 인간의 마음이 무엇을 할 수 있는지, 놀라면서 동시에 기쁜 마음이 어떻게 가능한지, 마음이 어떻게 재회하고, 되살아나고, 용서하고, 상처의 바다와 외로움의 협곡을 건너 연결될 수 있는지에 놀라 말을 하지 못하는 나를 보라. **와줘서 고마워요. 제게 아주 큰 의미가 될 거예요.**

　결혼식 대부분은 가족들을 뒤섞어 놓은 행사가 된다. 텍사스에 살면서 가톨릭 신자인 내 일가와 웨스트코스트 출신이며 유대교 신자인 존의 가족처럼. 결혼식마다, 댄스플로어마다 뒤섞여 구분되지 않는 몸들이 있다. 어떤 몸은 한쪽에, 또 어떤 몸은 다른 쪽에 속해 있다. 존의 가족 구성원들이 호라*를 위해 나를 의자에 앉히고 머리 위로 들어올려서, 나는 우리의 피로연을 위에서 내려다보게 되었다. 한쪽에서 용감하게도 함께 박수를 치며 자신들의 관습이 아닌 것을 받아들이고 있는 내 부모님과 오빠와 여동생. 손에 손을 잡고 우리를 둘러싸고는 늘 외우고 있던 말들을 읊는 한 무리의 내담자들. 그들 가운데 있는 로젠 박사 부부. 허공에 냅킨을 흔들고 있는 제프의 형과 부모님, 사촌들. 〈하바 나길라〉가 연주되는 동안 내 몸 아래 펼쳐진 혼란스러우면서도 기쁨을 주는 광경은 존과 나를 들어올리는 애정 어린 얼굴들과 팔들의 콜라주가 되

* 이스라엘의 원무.

었다.

결혼식에 이르기까지 몇 주에 걸쳐, 나는 로젠 박사에게 결혼식 도중에 우리가 함께 춤을 출 수 있을지 물어보았다. 그동안 내가 박사와 함께 그룹에서 해온 일, 존과 아기와 함께하는 내 인생을 가능하게 해준 그 일을 기념하고 싶었다.

"아버님 되시는 분 발을 밟고 싶지는 않은데요."

"걱정 마세요. 당연히 저희 아버지는 따로 춤을 추실 거고요. 우리는 좀 더 있다가 춤을 추면 돼요. 전통적인 춤이면서 피로연 중간쯤에 추는 심리치료사-내담자 간 왈츠가 될 거예요."

"그룹에서 얘기해봐요."

논의를 더 많이 할수록 로젠 박사와 춤을 추고 싶다는 마음은 더욱 커져갔다. 나는 그동안 수백 번 상담을 받아온 내가 더 이상 미래에 청구 대상 상담 시간밖에 없는 고립된 젊은 여자가 아니라는 사실을 기념하고 싶었다. 울고, 이를 악물고, 쥐어뜯고, 소리를 지르던 그 모든 시간 끝에 이제는 춤을 출 시간이었다.

나는 춤을 추고 싶었다.

존과 내가 약혼한 직후, 클레어는 이렇게 오랫동안 그룹 상담을 받지 않았어도 결국 존과 함께하게 됐을 것 같냐고 내게 물었다. 그렇지 않을걸, 나는 말했지만 정말로 하려던 말은 이거였다. 죽었다 깨어나도 아니지.

영화 〈지붕 위의 바이올린〉에 나오는 상징적인 노래의 처음 몇 소절을 들어보라. 아버지가 빠르게 지나가는 세월과 해바라기로 피어나는 묘목들에 관해 부르는 그 노래를. 내가 아내 곁에 앉은 로젠 박사를 그의 자리에서 댄스플로어로 이끄는 걸 보라. 그가 나를 왼쪽으로, 다시 오른쪽으로 빙글빙글 돌리다가 내게 밀려오는 입덧 때문에 돌리기를 멈추는 걸 보라. 댄스플로어를 에워싼 과거와 현재의 내 그룹 동료들을, 이 춤이 내게, 그리고 아마 로젠 박사에게도 무엇을 의미하는지 정확히 아는 그들을 보라. 음악이 끝날 때 박사가 내게 다시 한 번 "마젤 토브"라고 말하는 걸 들어보라. 내가 모든 것에 감사드려요. 월요일에 뵈어요,라고 말하는 것도.

왜냐하면 이 이야기는 결혼식과 함께 끝나는 게 아니니까.

다음날, 존과 나는 우리의 가족들에게 포옹으로 작별 인사를 하고 그들을 공항으로 떠나보냈다. 오후 내내 눈발이 빙글빙글 돌며 날렸고, 11월 말의 태양은 빛을 내는 척조차 하지 않았다. 집으로 들어온 존과 나는 우리를 둘러싼 선물들과 남은 케이크를 놔두고 침대에 드러누웠다. 존의 무거운 두 눈꺼풀은 잠에 굴복했지만, 나는 안정이 되지 않았다. 케이크에서 버터크림 장미들을 떼어내 입에 넣었다. 그런 다음 로리와 패트리스에게 차례로 전화를 했다.

"이제 어쩌죠?" 나는 그들에게 물었다. "이상한 기분이 들고, 그리고, 그래요, 이상한weird은 감정이 아니란 건 알아요." 나는 존을 사랑했고 결혼해서 행복했지만, 그와 동시에 외로웠고, 지칠 대로 지쳤고, 불안하기도 했다. 이상했다. 남은 결혼식 케이크에 대고 엉엉 울고 싶달까, 약간 그랬다.

두 사람 모두 그럴 거라 예상했던 대답을 했다. "그룹에서 얘기해요."

466

모두가 늘 앉던 자리에 앉아 있었다. 가족들, 친구들, 기쁨, 그리고 케이크로 채워진 주말이 과도한 아드레날린을 남겨놓은 까닭에 내 몸은 여전히 떨리고 있었다. 나는 내가 임신을 했으며 우리의 조그만 태아와 어지러울 만큼 사랑에 빠져 있다는 사실에 여전히 충격을 느끼고 있었다.

맥스가 첫 질문을 했다. 피로연 자리에 있던 DJ는 로젠 박사와 내가 춤출 때 왜 그렇게 난장판을 만들어 놓은 거냐고. 패트리스는 내 여동생이 결혼식 전에 로젠 박사의 사무실로 갔던 나들이를 재미있어 하더냐고 물었다. 브래드와 론은 로젠 박사가 입었던 슈트 스타일을 놀려댔고, 매기 할머니는 로젠 부인의 포도주빛 드레스를 칭찬했다.

그런 다음, 꼭 그렇게, 우리는 계속 나아갔다. 론은 자기 전처와 아이들과 관련된 가장 최근의 일을 보고했고, 우리는 맥스가 새로운 직업에 대한 실마리를 계속 찾아봐야 할지 논의했다. 로젠 박사가 원을 따라가며 한 사람에게서 다른 사람에게로 시선을 옮기는 동안 우리는 우리 자신의 가장 온전한 모습을 서로에게 보여주기 위해 최선을 다했다. 나는 심장이 뛰는 걸 느꼈다. 그 네 개의 방을, 심실을, 심방을, 판막을, 대동맥을 보호하고 있는 칼집이 난 표면을. 나는 가슴께에서 두 손을 맞잡고 내 그룹 사람들이 만들어내는 음악에 귀를 기울였다.

후기

10년 뒤

나는 아래층으로 몰래 내려오기 전에 딸의 머리에 키스한
다. 아이는 눈을 뜨지 않은 채 몸을 뒤척이며 속삭인다. "잘 다
녀와, 엄마. 오늘 밤에 봐." 옆방에 있는 그 애의 어린 남동생
은 내가 자기 머리칼을 헝클어뜨리고 뺨에 키스하는데도 아
랑곳하지 않고 계속 깊은 잠에 빠져 있다. 아이들은 월요일 아
침에는 나를 보게 될 거라고 기대하지 않는다. 내가 이른 시간
에 로젠 박사와 약속이 있다는 걸 아는 것이다. "거기 왜 가?"
"거기서 뭐 하는데?" "로젠 박사를 엄마 혼자 독차지할 수 있
었으면 하고 한 번이라도 바랐던 적 있어?" 내가 로젠 박사와
그룹 동료들, 그러니까 내 아이들이 평생 알고 지낸 사람들과
둥글게 모여 앉아 얘기를 하고, 듣고, 가끔씩은 울고 소리지르

기도 한다는 말을 할 때 그 애들이 무엇을 상상하는지 나는 알지 못한다. 아니, 내가 그룹을 그만두고 개인 상담을 받는 일은 절대 없을 것이다. 가끔씩 월요일 밤에 저녁을 먹다가, 아이들은 패트리스나 맥스에 대해 묻곤 한다. 내 아이들의 머릿속에 든 그룹 동료들의 이미지가 내 머릿속에 든 것과 똑같다는 생각을 하면 웃음이 난다.

부엌에서 점심 도시락을 가방에 집어넣은 다음 6시 55분 기차를 타기 위해 서둘러 문 밖으로 달려나간다. 기차가 중심가를 향해 육중한 몸을 움직여갈 때, 나는 그룹에서 무슨 주제들을 얘기할지 생각한다. 아마도 존이 출장에서 돌아왔던 지난 두 번에 걸쳐 그와 벌였던 말다툼에 관해 얘기해야 할 것 같다. 그가 여행가방을 끌고 현관으로 들어오면 아이들은 그를 에워싸고 마구 끌어안고, 자기들의 미술 작업과 철자법 시험지와 새로운 춤 동작을 봐달라며 몰아붙인다. 그는 코트를 벗고 아이들에게 온전히 관심을 쏟아준다. '우와' '아아' 같은 소리를 내면서. 눈부시게 밝은 사랑의 빛을 아이들에게 쏘아보내면서. 나는 부엌에서 저녁 먹은 접시들을 설거지하거나 다음날 점심 도시락을 준비하는 동안 그들이 다시 연결되며 내는 소리를 듣는 게 좋다. 싸움은 나중에, 존이 아이들에게 책을 읽어주고 수학 숙제를 점검하고, 아이들이 곤히 잠든 뒤에 벌어진다. 그 일은 우리가 침대에 쓰러지고, 내가 직장에서의 불만이나 어떤 친구가 나를 무시하는 걸 알아차린 일에 대해 이야기를 시작할 때 일어난다. 존은 눈을 뜨고 있으려고 안간힘을 쓰지만, 새벽 5시부터 깨어 여러 회의에 참석하고 국토를 횡단하는 비행기에 실려 온 다음, 잠들기 직전 아이들이 집중 공격을 하는 시간이 끝날 때까지 아빠 노릇을 했다. 그의 핼쑥한 얼굴이 얼마나 멀리까지 다녀왔는지를 말해준다. 나는 머리로는 이해한다. 그가 얼마나 뼛속까지 지쳤는지, 잠이 얼마나 달콤한 휴식 속으로 그의 발목을 끌어당기는지. 하지만 내 말도 좀 들어줬으면 하는 마음도 있다. 그가 나를 위해 밝은 빛으로 이루어진 자신의 에너지를 조금은 남겨주었으면 좋겠다. 로젠 박사는 이 일로 내가 어떤 감정을 느끼는지 물을 것이고, 나는 이렇게 대답할 것이다. "존에게서는 외로움을, 그리고 제가 제 아이들을 질투한다는 점에서는 수치심을 느껴요." 맥스는 싱글싱글 웃으며 이렇게 말할 것이다. "이게 크리스티가 원한 삶이잖아요, 기억 안 나요?" 그런 다음 그룹 사람들은 존이 집에 왔을 때 그의 육체적 한계나 아이들의 욕구를 무시하지 않고 어떻게 그와 내가 다시 연결될 수 있을지 여러 가지 제안을 할 것이다. 아마 누군가는 존이 돌아온 다음 날을 섹스할 날로 잡으라고 제안할 것이다.

그룹 사람들에게 금요일에 나를 감독하는 상사와 나눈 대화 얘기를 할 수도 있을 것이다. 그때 나는 이렇게 말하고 나 자신에게 놀랐다. "전 일을 정말 열심히 하고 잘 해내는데요. 돈이나 고급 사무실은 필요없지만 고맙다는 말은 듣고 싶습니다." 나는 지난 한 달간 기록적인 수의 소송 사건 적요서를 제출했던 터라 인정받고 싶었다. 브래드는 내게 엄지손가락을 들어 보이고는 고급 사무실과 연봉 인상을 요구하라고 다그칠 것이다. 패트리스는 원하는 걸 요구한 내게 하이파이브를 해줄 것이다. 직장에서 눈에 띄는 좋은 점도 보람도 없는 일을 맡으라는 요구를 받을 때 선을 긋고 거절하려면 발버둥을 쳐야 하지만, 나는 최소한 나를 인정해달라고 요구하는 목소리를 내기는 했다.

그룹 사람들은 또 주말동안 내 집에서 일어난 파국적 사건에서 짜릿한 흥분을 느끼기도 할 것이다. 아이들이 피아노 연주회에 나갔는데, 그건 그 애들이 스케일링과 독감 예방접종보다도 싫어하는 활동이었다. 리사이틀 홀로 향해야 하는 시간이 되자 아이들은 찢어진 반바지와 파자마 윗도리를 입는 걸로 항의를 표했다. 존과 나는 그 행사에는 조금 더 제대로 된 옷을 입고 가야 한다고 설명하면서 다른 학생들과 선생님, 그리고 그들이 준비하며 했던 모든 작업을 존중해야 한다고 강조했다. "너희들도 〈웬 더 세인츠 고 마칭 인〉을 수십 번 연습했잖아. 그때를 떠올려봐." 아이들은 발을 쿵쿵 구르고 문을 쾅 닫는 것으로 반응했다. 그러고는 우리와 나란히 거리를 걸어가지 않겠다고 했다. 나는 전에 스키틀즈를 대용량으로 사지 못하게 했을 때 아이들로부터 받았던, 엄마에게, 우리 인생을 망쳐줘서 고마워,라고 적힌 편지와 비슷하게 이번에도 손으로 쓴 편지를 받게 될 거라 확신했지만, 펜을 종이 위로 가져갈 시간이 없었다. 나는 내 아이들의 강렬한 감정을 그 조그만 몸속에 다시 집어넣으라고 우기는 대신 어찌어찌 그것들을 칭찬하는 데 성공했다고 그룹 사람들에게 보고할 것이다. 사실 나는 족히 20분쯤 로젠 박사가 빙의되어 있다가 결국 평정심을 잃었고, 쉿쉿 소리를 내면서 아이들에게 어금니 꽉 깨물고 정신 좀 차리라고 잔소리를 했다. 우리는 각자 화가 난 상태로 연주회에 늦게 도착했다.

다른 사람들의 분노는 여전히 나를 겁먹게 만들지만, 이제 나는 그게 친밀감의 일부라는 걸 안다. 그걸 그냥 내버려둬도 괜찮다는 것도. 나는 최선을 다해 그 분노를 뚫고 숨을 쉰다.

내 가장 기본적인 충동들은 모두 여전히 내 안에 잠복한 채 숨 쉬고 있다. 나와 음식 사이의 변함없이 이상한 관계를 비밀에 붙이고 싶은 충동. 며칠 떨어져 있다 온 존이 자기 에너지를 아빠 노릇 하는 데 쓰는 합당한 결정을 내렸다는 이유로 그를 악마화하고 싶은 충동. 어떤 감정이 떠오르려 하든 간에 심호흡을 하고 그것을 느껴야 하는데, 그러지 못하고 끊임없는 절망 속으로 뛰어들고 싶은 충동. 직장에서 내가 생각하고 느끼는 것, 내가 원하고 필요로 하는 것에 대해 침착하게 대화하는 대신 좌절감과 무시당하는 상태를 받아들이려는 충동. 사람들이 내게 화내는 걸 막으려고 무슨 일이든 하려고 드는 충동. 이런 충동들을 멈추기 위해 나는 여전히 도움이 필요하다. 두 음절로 된 어떤 단어가 내 감정들을 가장 잘 묘사하는지 알아내기 위해서도 도움이 필요하다. 설령 수치스럽다 한들 내 욕망을 사실대로 말하기 위해서도. 다른 사람들의 강렬한 감정들을 참아내기 위해서도. 내 강렬한 감정들을 참아내기 위해서도.

나는 가끔씩 예전에 로젠 박사의 내담자였던 사람들과 우연히 마주친다. "아직도 R박사한테 상담 받고 있어요?" 그들은 묻는다. "그럼요, 저는 종신형을 받았거든요." 내가 가망 없이 망가진 것도, 위태로운 상태에 갇혀 있는 것도 아니라고 설명하고 싶은 충동을 느끼며 나는 그렇게 대답한다. 처음으로 로젠 박사의 사무실에 찾아갔을 때 내가 갈망했던 애착들이 지금의 내게는 있고, 이제 나는 그것들을 더 깊어지게 하기 위해 도움이 필요하다. 그리고, 내게는 그동안 새로운 꿈들이 생기기도 했다. 더 창조적인 삶. 내 두 아이가 중학교, 고등학교, 그리고 그 이후 시기를 거쳐가는 동안 그 애들과 친밀한 관계를 맺는 것. 내 몸에 곧 닥칠 완경기의 혼돈과, 세 개의 주만큼 거리를 두고 연로해져 가는 부모님을 돌보며 겪게 될 스트레스를 우아하게 통과하는 것. 로젠 박사와 그룹 사람들은 내가 초기 성인기의 문제들을 통과하도록 이끌어주었다. 중년기의 문제라고 안 될 이유가 있을까? 나는 더 이상 머리칼을 뽑거나 머리에 총알이 박히기를 바라면서 차를 몰고 돌아다니지는 않지만, 나를 지지해주고 증인이 되어줄 사람들, 그리고 내 혼란과 내면의 동요를 풀어놓을 공간을 가질 자격은 여전히 있는 게 아닐까? 그리고 로젠 박사와 그룹 동료들에 대한 내 사랑과 애착은 어떡해야 할까? 자수성가를 높이 치는 우리 사회는 누군가를 30회기 이내에 일으켜 세워 내보내는 게 상담의 목적이라고 말하지만, 단지 그것 때문에 내가 그들에 대한 사랑과 애착을 끊어내야 할까? 우리가 원한다면 로젠 박사는 종신 내담권을 제공한다. 그리고 나는 그걸 원한다.

기차가 역에 도착하면 나는 로젠 박사의 사무실까지 서쪽으로 두 블록을 걸어간다. 저 앞에 1년 전 우리 그룹에 새로 들어온 남자가 보인다. 그는 30대 중반이고, 6개 국어를 하는 뛰어난 내과의사이며, 자신이 혼자라는 사실에 진절머리를 내고 있다. 그가 주말에 함께 어울릴 친한 친구들이 시카고에는 없다. 그의 주특기는 두 번째 데이트를 하고 나서 갑자기 연락을 끊어버리는 여자들에게 빠져드는 것이다. 그룹에서, 그는 어떤 것도 평생 동안 되풀이되는 자신의 행동 양식을 바꿔놓지는 못할 거라며 절망한다. 절대 자신만의 가족을 꾸릴 수 없을까봐, 그러기엔 너무 늦었을까 봐 두려워한다. 나는 그토록 오랫동안 나를 위로해주었던 내 그룹 동료들의 방법을 빌려온다. 자신의 문자에 대답해주지 않는 여자가 또 한 명 늘었다고 그가 고통을 토로하면, 나는 그의 팔을 쓰다듬어준다. '가질 수 없는 여자'의 애정을 얻으려고 원치 않는 일을 했다고 그가 보고하면, 나는 위로가 되는 말들을 해준다. 그 기분 알아요. 나도 그랬어요. 나는 더러운 고추를 빨았었는데, 혹시 그 얘기 들어봤어요? 일요일 오후나 화요일 밤에 외로움의 무게를 못 이기고 무너져 내린 그가 전화를 걸면, 나는 받아준다. 그가 삶을 변화시키는 과정 중에 있음을 믿어 의심치 않는다고 말해준다. 로젠 박사가 그룹에 나와서 자신의 얘기를 들려주는 걸로 충분하다고 그를 안심시킬 때면, 그는 나를 쳐다보고, 나는 고개를 끄덕인다.

"약속할게요. 그걸로 충분해요."

감사의 말

이 책을 (그리고 내 컴퓨터 안에서 숨 쉬고 있는 다른 네 권의 책을) 쓰고 있을 때 나는 '출판산업'이 안나 윈투어처럼 앞머리를 뱅으로 자르고 바니스 백화점이나 내가 들어본 적도 발음할 수도 없는 이름의 부티크에서 산 옷을 입은 무섭도록 화려한 뉴요커들의 집단이라고 생각했다. 언젠가 내게 기회를 줬으면 했던 사람들의 얼굴이나 몸이나 마음을 그려본 적은 없었다. 이제 내가 이 책을 매만지고 내 인생을 영원히 변화시켜준 사람들의 마음과 지성을 떠올리지 않고 출판업을 상상할 일은 없을 것이다. 그들은 날카로운 지성과 관대한 마음의 소유자들이다. 그리고 전 지구가 끔찍하고 불확실한 시간을 겪는 동안, 그들은 그 지성과 마음 모두를 이 책에 쏟아부었다. 그들의 이름을 소개하고 싶다. 로렌 와인에게, 사려 깊은 편집과 특히 섹스 장면들에서 내가 했던 대단히 안 좋은 몇몇 선택들로부터 나를 구해준 그 모든 묘안들에 감사드린다. 에이미 과이, 메러디스 빌라렐로, 조던 로드먼, 펠리스 재빗, 모건 호이트, 그리고 마티 칼로에게, 여러분의 노력과 전문 지식을 이 책에 제공해준 것에 감사드린다.

에이전트, 큰언니, 어머니, 친구, 동료 여행자라는 아주 많은 역할을 하면서도 언제나 나를 웃게 해주는 에이미 윌리엄스에게 감사한다. 당신이 나와 같은 팀이라는 사실이 내게는 너무도 큰 축복이다.

리디아 유크나비치와 그의 '몸으로 글쓰기' 프로그램이 보내준 바다 같은 사랑과 지지가 없었다면 이 책은 존재할 수 없었을 것이다. 이야기와 몸에 대한 이해로 이 책과 내 인생의 행로를 바꿔준 산파들로는 다음과 같은 작가들이 있다. 메리 맨더빌, 타냐 프리드먼, 로이스 루스카이 멜리나, 앤 거저, 제인 그레고리, 앤 팔코우스키, 에밀리 팔코우스키, 크리스틴 코스텔로, 헬레나 로, 그리고 어맨다 니하우스. 친절하게 내 글을 여러 번 읽어주고 특히 내 농담들이 어떻게 진짜 이야기에 집중이 안 되게 만드는지에 관해 예리한 논평을 해준 진 애들린에게 마음에서 우러나는 특별한 감사의 말을 전한다.

2019년 겨울, 아량과 재능을 겸비한 지니 버내스코와 나를 짝지어준 '틴 하우스'에 감사한다. 그리고 내 워크숍 동료들에게도 특별한 감사를 보낸다. 웨인 스코트, 사샤 왓슨, 멜리사 뒤클로, 그리고 크리스틴 랭리 말러에게.

작가로서, 엄마로서, 딸로서, 아내로서, 팟캐스트 크리에이터로서, 변호사로서, 그리고 다재다능한 팔방미인으로서 하루도 빠짐없이 내게 영감을 주는, 내가 가장 아끼는 영혼의 자매 커린 제이드에게.

아주 오래전에 나는 목소리, 매혹적인 첫머리, 스토리 곡선, 그리고 내가 본질적으로 가지고 있다고 느꼈지만 너무 겁나서 실제로 써보지는 못했던 기술적 측면들에 대해 가르쳐주는, 물불을 가리지 않는 한 무리의 작가들과 함께 온라인으로 글쓰기를 시작했다. '예 라이트'의 동료들인 에리카 호스킨스 멀리넥스, 윌리엄 대머런, 메리 로라 필포트, 그리고 플러드에게 감사한다. 상당히 고통스러운 몇몇 원고들을 공들여 읽어주어야 했던 내 초기 글쓰기 그룹들에게, 사라 린드, 서맨서 호프먼, 그리고 메리 넬리건에게 감사한다.

감사의 마음이 빚은 아니지만, 나는 이 책의 원고를 읽어준 몇몇 작가들과 친구들에게, 그리고 그중에서도 두 번 이상 읽어준 이들에게 너무도 많은 빚을 졌다는 생각을 할 수밖에 없다. 크리스타 부스, 에이미 리츠, 앤드루 넬트너. 여러분은 정말이지 성인聖人이다. 조이스 폴랜스는 여러 편의 원고를 읽어주었고, 이야기를 제대로 만들려고 노력하는 일의 고통과 황홀함에 대해 언제나 기꺼이 대화해주었다. 그의 관대함과 지지와 지혜가 없었다면 이 책은 존재할 수 없었으리라. 또한 그의 남편 프랭크 폴랜스도 상당히 멋진 사람이다.

내가 이 책을 쓸 수 있도록 수년간 노동을 제공해준 우리의 모든 베이비시터들에게 감사한다. 사브리나, 티파니, 크리스천, 브리트니, 몰리, 헤일리, 매티, 캐시, 다이앤, 그리고 기서에게.

평생을 바친 업적으로 나 같은 여성이 그룹 상담에서 도움을 받고 그 이야기를 세상에 전할 수 있게 해준 어빈 얄롬에

477

게 감사드린다.

초기의 원고를 읽고 계속 쓰라고 격려해준 심리학 박사 마르시아 니코에게 특별히 감사드린다. 글쓰기의 힘에 대한 새러 커널의 헌신과 믿음은 이 프로젝트의 마지막 단계에 엄청난 즐거움과 기쁨을 가져다주었다. 사람들의 생명을 살리는 일을 하며 시간을 내 이 책의 교열을 도와준 데이너 에딜슨 박사에게 영원히 감사드린다.

내 심리치료사는 내가 감사하고 있다는 걸 알 거라고 나는 제법 확신하지만, 다시 한 번 말하고 싶다. 나는 수년에 걸쳐 당신에게 호화로운 요트 한 척을 살 만큼의 돈을 지불했지만, 당신은 내게 하나의 삶을 통째로 선물했으니 우리 사이에 정산은 끝난 것 같네요.

내 그룹 동료들은 이토록 오랜 시간 동안 내가 만들어내는 너무도 많은 불쾌한 상황들을 견뎌주었다. 나는 마음을 다해 그들을 사랑한다. 내가 아끼는 사람들에게 특별히 감사의 말을 전한다. R.S., T.L., C.C., D.E., J.T., S.M., K.S., M.N., J.S., K.B.B., J.P., C.G., A.R., B.A., S.M., S.N. 그리고 S.K.에게. 그리고 이제 우리 곁에 없지만 그 애정 가득한 지혜가 계속 내게 조언과 위로를 건네주는 M.C.에게.

모임의 내부와 외부에서 자신의 회복에 관한 이야기를 공유해준 모든 이에게 감사드린다. 그들은 나의 모든 것이나 다름없다. 맥스 셰퍼드에게, 일주일에 몇 번씩 그의 팟캐스트 '암체어 엑스퍼트'에서 중독과 알코올의존증에 관해 정직하게 진실을 전하는 데 헌신해준 것에 영원히 감사드린다.

이 책에 관한 이야기를 들었을 때 내 부모님은 모든 작가가 부모로부터 듣고 싶어 하는 말들을 들려주었다. "그건 네 얘기잖니. 너는 네가 원하는 어떤 방식으로든 그 얘기를 할 권리가 있단다." 오랜 시간 그분들이 보내준 지지와 모든 선물에 감사드린다.

내가 결코 당연하게 여기고 싶지 않은 지지와 열광을 보내준 덕과 앨릭스 테이트에게. 여러분이 내 가족이어서 기뻐.

레슬리 달링, 마이클 래치, 킴 카터와 저메일 카터, 티어 굿먼, 마크 듀빈, 캐롤라인 챔버스, 베티 사이드, 마리아 터마리, 데이비 베이비, 캐럴 엘리스, 캐런 예이츠, 스티브 엘리스와 실리어 엘리스, 그리고 '작가들에 의한 글쓰기' 프로그램에 감사한다.

내 아이들은 이 책을 조금이라도 읽게 되면 몹시 당황할 것이다. 자기 어머니의 성생활 이야기를 읽고 싶어 하는 사람은 아무도 없으니까. 좋은 소식이 있다면 내가 그 애들 자신의 상담 시간을 위해 충분한 참고자료를 주었다는 것이다. 나를 어머니로 만들어준 내 아이들에게 감사한다. 그 애들이 존재한다는 것, 그 애들을 사랑하고, 그 애들로부터 사랑받는다는 것은 내가 계속 회복되고 상담을 계속하는 이유다.

마지막으로, 내가 아는 그 누구보다 많은 인내심과 노하우를 지닌 남편에게. 나를 사랑해주어서, 내 이야기와 목소리를 옹호해주어서 고마워요. 나는 너무도 운이 좋다고 하루도 빠짐없이 느껴요. 관계를 새로 만들고 싶다는 바람으로 상담을 시작하는 사람이라면 누구나 당신처럼 마음이 넓고 한결같은 사람을 꿈꿀 거예요. 이 책의 결말의 일부가 되어주어서, 그리고 내 가장 행복한 날들의 중심에 있어주어서 고마워요.

479

지나친 고백

초판 1쇄 발행 2023년 2월 3일

지은이 크리스티 테이트
옮긴이 서제인
책임편집 양하경
디자인 주수현

펴낸곳 (주)바다출판사
주소 서울시 종로구 자하문로 287
전화 02-322-3675(편집) 02-322-3575(마케팅)
팩스 02-322-3858
이메일 badabooks@daum.net
홈페이지 www.badabooks.co.kr

ISBN 979-11-6689-132-8 03840